# 就这样遇见你

蒋牧童 著

青岛出版社
QINGDAO PUBLISHING HOUSE

**图书在版编目（CIP）数据**

就这样遇见你 / 蒋牧童著. — 青岛 : 青岛出版社,
2020.9
ISBN 978-7-5552-9055-1

Ⅰ. ①就… Ⅱ. ①蒋… Ⅲ. ①言情小说－中国－当代
Ⅳ. ①I247.5

中国版本图书馆CIP数据核字(2020)第087271号

**书　　名**　就这样遇见你
**著　　者**　蒋牧童
**出版发行**　青岛出版社
**社　　址**　青岛市海尔路182号（266061）
**本社网址**　http://www.qdpub.com
**邮购电话**　18613853563　0532-68068091
**责任编辑**　李文峰
**特约编辑**　崔　悦　田　宇
**校　　对**　张琳娜
**装帧设计**　蒋　晴
**照　　排**　李红艳
**印　　刷**　三河市良远印务有限公司
**出版日期**　2020年9月第1版　　2020年9月第1次印刷
**开　　本**　32开（880mm×1230mm）
**印　　张**　17.5
**字　　数**　332千
**书　　号**　ISBN 978-7-5552-9055-1
**定　　价**　59.80元（全二册）

编校印装质量、盗版监督服务电话　4006532017　0532-68068638
**建议陈列类别：**畅销·青春文学

# 目录 CONTENTS

上册

# 目录 下册

CONTENTS

## 第一章

# 剑桥初遇，一见难忘

“Miss Stevens！”

姜离刚从实验室出来就被助理詹妮弗叫住了，她停住脚步，回过头的同时摘下了防护眼镜，被高高束起的长发在她身后划过一道优雅的弧线。

詹妮弗将手中的东西递给姜离，笑着说道：“希望你有一个愉快的假期。”

姜离微笑着接过文件，说了声谢谢。

她低头看着手中的文件，两周的假期申请居然这么容易就批准了，连她自己都觉得不可思议。

姜离回到办公室，同事看到姜离笑容满面的样子，说道：“让我来猜猜，是你的假期申请被批准了？”

说话的是个长着一头火红色长发的法国姑娘，满脸的笑容让脸上的雀斑都显得生动活泼起来。

姜离扬了扬手中的文件，十分愉快地说道："我回来的时候会记得给你们带礼物的。"

此时正好是休息时间，其他同事听了也纷纷向姜离表示祝贺，毕竟假期对他们来说比加薪还有诱惑力。也不知是谁先开口引出了话题，大家纷纷讨论起了自己最喜欢的度假胜地。

坐在姜离不远处的一个英国姑娘甩了下长发，耸了耸肩膀，说道："我喜欢拉斯维加斯，那里是个结婚的好地方。"

众人听了纷纷大笑，因为这个姑娘去年的假期就是在赌城度过的，还在那里嫁了个只见过三次面的美国男人。

"Shiloh，希望你也能遇到一个英俊的男人，你太喜欢实验室了，这可不好。"法国姑娘说道。

在她看来，漂亮的姑娘应该多约会，特别是像姜离这样神秘又美丽的亚裔姑娘。

姜离笑了下，随后听见手机响了起来，是裴芷打来的电话。

她接通电话后，就听裴芷问道："还在实验室吗？要不要过来喝一杯？"

"这个时间？"姜离顺着窗子看向外面，午后的金色阳光洒满了整座实验楼，街上泛黄的树叶正随着温和的秋风缓缓飘落。

"是喝咖啡，想什么呢！"裴芷的语气中带着一丝嗔怪的意味，不过说完，连她自己都笑了，"看来我这酒鬼的形象真是深入人心了，连你都这么说我。"

"对不起。"姜离抱歉地说道，随后低声笑了一下。

裴芷是姜离在学校里为数不多的朋友之一，不仅长相美艳、个性开朗，在中国留学生圈子里也十分有名。

正好姜离也刚刚结束了实验，便一口答应了下来。

初秋时节，温暖的阳光洒落在高耸的建筑群上，将外壁染上了一层金黄色。蜿蜒的河流两岸草坪宽阔平整，河水在阳光的照射下泛着粼粼的波光。

虽然已在剑桥生活了七年，可姜离还是和刚来时一样喜欢这个地方，所以她才会在博士毕业之后继续留在学校。她喜欢这个充满学术气息的地方，安宁、平和又庄重。

三一学院名气之大，几乎能和剑桥齐名，所以每天来这里参观的游客络绎不绝。学院门口拿着椅子腿的亨利八世雕像是最受游客欢迎的合影景点，每个到这里的人都会忍不住想与它拍一张合影。

姜离走在路上，发现今天的游客似乎格外多，一堆人聚集在门口拿着单反或手机对着四周一通乱拍。

她小心翼翼地穿过人群，突然被一个小女孩叫住了。

“美女，你好，能帮我拍张照片吗？”女孩穿着一条浅蓝色的背带裤，白色T恤上印着可爱的图案，说话的同时已将手机递到了姜离面前。

姜离怔了一下，随后自然地接过了手机。对于这样的要求，她一点儿都不陌生，在剑桥的这些年，她不知道为来自各个国家的多少游客拍过照片。

她还记得自己第一次来剑桥的时候，陪她来的萧世琛曾笑着指着亨利八世的雕像问她要不要拍张合影。

那时候她说什么来着？

“不要！俗气！”

可是等到正式入校之后，她还是忍不住偷偷摸摸地和这个雕像拍了一张合影，照片中傻乎乎的她，明明满心激动却仍强装淡定。

因为帮太多人拍过合影，所以姜离十分清楚哪里的景致拍起来更好看。拍完后，她将手机还给那个小女孩，说道：“我替你多拍了几张，你可以挑选一下。”

“真是太谢谢你了！你太好了！”女孩感激地说道，她原本也想让姜离帮忙多拍几张，可又怕太麻烦，所以没好意思提。接过手机后，女孩随手翻了几张，惊呼道：“你拍得好有意境啊！真是太好看了！”

照片中，初秋的金色阳光笼罩着整座建筑，女孩身后的尖塔高楼散发着古老的韵味，女孩站在交错的光影中，整个人沐浴在阳光里，脸上却没有丝毫阴影，甜美的笑容一览无余。

女孩知道自己一向不上镜，没想到姜离随手帮她拍一拍就能拍出这样令人惊喜的效果。

姜离见女孩十分满意，笑着点了点头，说了声“不客气”便离开了。

她刚刚走开，一个穿着浅灰色风衣的高大男人走到了那个女孩的身边。

“看什么呢？”打完电话的封庭一回来就看见穆小瑜一脸痴相地看着远处，不由得蹙眉问道。

见她没有回应自己，眼睛还盯着前面，封庭便顺着她的目光看了过去。

只见阳光下，一个穿着米白色风衣的女子款款而行，黑得如浓墨一般的及腰长发披散在身后，在阳光的照射下泛着微微的鸦青色，那是黑到极致的颜色。风衣下露出的纤细双腿衬得女子的身材十分修长。封庭虽然未瞧见她的正脸，可是光看背影就觉得已足够引人注目。

“真的好美！封特助，她真的是我见过的最好看的女生！”回过神来的穆小瑜一见封庭便倒豆子一般将自己对姜离的赞美之情说了出来。

在这个看脸的世界，穆小瑜觉得自己已经被眼前的姜离活活美晕了。

封庭不以为然地嗤笑一声，说道：“那是你的见识少。”

听了这话，穆小瑜虽然心里不高兴，可是也不敢反驳自己的顶头上司，只能在心底默默吐槽：你才没见识！

对于这两人的对话，姜离自然一无所知。到了与裴芷约好的咖啡馆后，她一下车就看见了坐在露天圆桌旁的裴芷。

“点了你喜欢的甜点。”裴芷见姜离走过来便招呼道。

姜离看着她面前摆着的“三层塔”，摇了摇头，无奈地说道：“你也太夸张了。”

周围也有人在享用下午茶，只是别人面前不过是一个圆碟里摆了几块点心。

裴芷哼了一声说道：“姐有钱，高兴！”随后她问道，“准备去哪儿逍遥快活啊？”

“摩纳哥。”

“真是人比人，气死人。”裴芷听罢，十分嫉妒地说道。

她目前还在剑桥攻读医学博士学位，今年是最后一年，忙得很，根本不可能抽出时间去旅游。

姜离淡淡一笑，端起桌上的咖啡喝了一口。

其实她没有和裴芷说实话，她去摩纳哥不是为了游玩，而是为了寻找她的父亲。

说起来，姜离从没见过自己的父亲，母亲在世的时候也从未提及过他。姜离在旧居整理母亲的遗物时才发现母亲竟有遗物要交给父亲，所以便想帮母亲完成心愿。

至于找到自己的父亲之后，是该远远地看着他平静地生活，还是该上前质问他为什么这二十几年从未回来过，姜离并没想清楚。

下午茶喝了没一会儿，裴芷的手机响了起来。

她接完电话，有些暴躁地说道：“真是一天都不得清静！”

“加油，你还有一年就能解脱了。”姜离安慰道。

裴芷看着她笑了笑，无奈地说道：“你是没见识过中国的医学环境，一个门诊大夫每天得看上百个病人，简直是女人当男人用、男人当牲口用。”

姜离笑而不语，只当裴芷是在发牢骚。

两人道别之后，裴芷回了实验室，姜离则准备开车回家。她今天的工作已经做完了，这会儿正好可以回去收拾行李。

刚从街角拐出来的穆小瑜一眼就看见了打开车门准备离开的姜离，她用胳膊肘撞了下身边的封庭，激动地说道：“封特助，你看！那就是刚刚给我拍照的美人，我一点儿都没夸张，她真的是我见过的最好看的人了。”

封庭嗤笑一声，心想她可真够夸张的，可当他看过去的时候，表情一下子就僵住了。

怎么可能！这怎么可能！

随后，他猛地往姜离车子的方向跑了过去，中途差点儿撞到迎面骑来的自行车。在他连声向对方道歉时，那辆保时捷已飞驰而去。

“封特助，你没事吧？”穆小瑜追了上来，关切地问道。

封庭却仿佛没听见她说话一样，死死地盯着车子驶离的方向，心里不断地思索着：怎么可能！已经死去的人怎么可能会出现在这里！

姜离从剑桥郡开车回伦敦，途径泰晤士河畔时，手机响了起来。她用蓝牙耳机接通电话，打了声招呼后便陷入了沉默，直到险些撞上前面的车，才一脚踩下了刹车。

“谢谢你，你把所有的资料都发到我的邮箱里吧。”姜离对电话那头的人说道。

此时车窗被敲响，一个高大的白人男子一边愤怒地敲着窗户，一边不断地责问她为何突然停下车子。

听到身后的汽车鸣笛声此起彼伏地响起，姜离赶紧启动了车子。

到十字路口的时候，她突然改变了路线，将车子向右边开去。路口往左是她现在住的地方，那是一座可以俯瞰泰晤士河的公寓，去年还被评选为全球十大最贵住宅。往右转去后，她将车子开到一所老旧的公寓前停了下来。

从外观看，这座公寓像是二十世纪六七十年代的产物，至少也有几十年的历史了，老旧的供暖设备一到冬天就时常坏掉，天气冷的时候能将人的手和脚冻伤。

姜离将车停在路边，拿着包走了进去。

十六层的公寓却只有两部电梯，进入电梯后，她不由得想起自己当初离开时的情景。

在拿出钥匙准备进门前，姜离习惯性地戴上了口罩。她打开门，入目便是一片白色，屋内的所有东西都被盖上了白布，这里虽然常年没人居住，可是会有人定期过来打扫，因此并没有太多灰尘。她虽然偶尔会回来一次，但都是取东西，因此从来没仔细地重新打量过这间老公寓。

姜离和往常一样，直奔母亲曾经住过的卧室。将藏在油画后面的保险柜打开，取出里面的东西——三封信，分别写于 1996 年、1999 年和 2001 年，还有一个戒指盒，里面是一枚款式简单大方的纯白金男戒。

拿完东西后，姜离准备离开。正在等电梯时，她收到了一条信息，所以当电梯门打开的时候，她便一边低头回复信息一边走了进去，电梯里的男人穿着的黑色手工皮鞋瞬间吸引了她的目光。

并非姜离对鞋子有所研究，只是那鞋子出自萧世琛十分喜欢的一家伦敦老店，他的鞋柜里有一半的鞋子都是出自那家店的鞋匠之手。短暂一瞥之后，她将视线转回到了手机上。

公寓老旧失修，电梯的灯闪了两下后，姜离抬头看了一眼，显得有些不耐烦。

谁知电梯的灯又闪了两下后突然灭了，紧接着电梯在一瞬间快速下落，开始剧烈地晃动起来。姜离连尖叫声都没来得及发出，便站立不稳倒向了一旁，手机也啪的一声摔在了地上。

黑暗中想抓住什么稳定自己身体的姜离，用手划拉了几下，抓住了旁边男人的手臂。隔着西装布料，她感觉到那人坚实的臂膀，随后他温热的体温一下子透过布料传递到了她的掌心。

好在电梯的晃动只持续了一会儿便停了下来，姜离回过神来，迅速将自己的手收了回来，同时低声向旁边的男人说了声“对不起”。

“别害怕。”男人低沉的嗓音在黑暗中响起，姜离听他的语调觉得他不像英国人。

姜离将身体紧紧地贴在电梯内壁上，方才电梯晃动的时候，她的脚踝崴了一下，钻心的疼痛正一阵阵地传来，而此刻令她忍不住发抖的不是脚踝处的疼痛，而是电梯里的黑暗。

她的手机摔在地上，屏幕已经不亮了，她只能隐约地看见旁边男人高大的身体轮廓。

姜离从来都不知道自己这么怕黑，她大口大口地喘着气，脑海中闪过一帧帧很模糊、很可怕的画面。她不停地调整着呼吸，试图让自己冷静下来，脑海里的画面却越来越多，她想不起来自己为什么怕黑，心底的恐惧却很真实。

“不要！不要把她关起来，不要……”

“你没事吧？”男人似乎察觉到姜离有些不对劲，沉声问道。

姜离抬起头，看着对面模糊的人影，用颤巍巍的声音说道：“你能让电梯门快点儿打开吗？”

男人往前走了两步，摸索着按下了电梯里的报警按钮，过了好一会儿才有人回应。他简短地向对方描述了电梯里的情况，那边的人立马表示会即刻处理，请他们稍等片刻。

此刻的姜离却一分钟都不想再等，心底的恐惧如洪流般破堤而出，几乎将她吞没。她正靠着电梯内壁，大口地喘着气，突然间一道光亮划破了黑暗。

她抬起头，男人将闪着亮光的手机举到她的面前，说道：“别害怕，很快就会有人来处理了。”

他的声线一如方才那般冷静淡漠，但这样平稳的声音反而安慰了姜离，让她不至于太过惊慌。借着亮光，她只能看见男人的半张脸，高挺的鼻梁和优雅的下颌线显得异常精致。

男人平静的语调有效地安抚了姜离慌乱的情绪，再加上有了光亮，她觉得自己无力的四肢渐渐恢复了一点儿力气。她靠在电梯内壁上，冰凉的触感令她有种冰火两重天的感觉。

“还能站起来吗？”男人又问了一句。

姜离嗯了一声，却迟迟没有动弹。她真的从来都不知道自己对于密闭空间会有这样强烈的恐惧反应，若不是此时面前有这个男人，她恨不得立刻坐在地上。

突然，男人将他修长白皙、骨节分明的手伸到了她面前，姜离看到他平整的衬衫袖口上别着一枚精致的袖扣，完美切割的宝石因为手机的亮光反射出璀璨的光芒。

男人问道："需要帮助吗？"

他的声音很好听，但也很淡漠，在这样慌乱的场景下极能安抚人心。

"谢谢。"姜离慢慢地伸出了手。

她的手同样很漂亮，纤细修长而又骨肉均匀，白得如同上等的羊脂玉。她握住男人干燥温热的手，在他的牵引下慢慢地站直了身体。

此时电梯外面传来物业人员的呼喊声，男人立即抬头看向上方，出声回应了对方。姜离也抬头看向上方，余光却瞥见旁边男人的喉结在说话的同时不停地上下滚动。

她从来都不知道男人在说话时会这么性感，随后自嘲地想到自己真是得失心疯了，这种时候居然还会注意到这种事情。

物业人员查看了情况后告诉他们，电梯卡在了两层楼中间，需要联系维修人员过来修理。

"需要多久？"姜离颤声问道。

听到物业人员回答至少需要半个小时时，她忍不住骂了句脏话，随即感觉到旁边男人投来的异样目光。

就在此时，电梯又晃动了一下，姜离在失声尖叫的同时，紧紧地握住了男人的手。

她虽然害怕得很，可是头脑还算清楚，电梯显示楼层在十楼，所以他们应该是被卡在了十楼和九楼之间，若是从这样的高度摔下去……

想到这儿，姜离害怕地问道："怎么办？会掉下去吗？"

"放松，不会有事的。"男人冷静地说道。

姜离听了他的话，觉得稍稍安心了一些。

电梯中又陷入一阵沉默，只有男人手中的手机发出些许亮光。

片刻后他开口问道：“你现在能动吗？”

姜离听着从自己头顶上方传来的声音，不禁在心中感叹：他的声音可真好听啊！

随后她点点头说道：“可以。”

“那你脱掉高跟鞋，把后背贴在电梯内壁上。”男人的声音低沉稳重，说出的每一个字都带着能安抚人心的神奇作用。

姜离立刻明白了他的意思，在电梯急速下坠的情况下，背靠电梯可以在很大程度上减轻受伤程度。可不凑巧的是，她今天穿的高跟鞋是系带款，要脱掉鞋子就得蹲下。

“怎么了？”见她没有动，男人又问了一句。

“我需要蹲下才能脱掉我的鞋子。”姜离小声地解释道。

男人听完，用手机的亮光照了照她的脚踝，随后看见她所穿的风衣外套，里面搭配的白色衬衫和黑色短裙，以及裙子底下的一双白皙纤细的长腿。鞋子的黑色带子绑在她的脚踝上，显得那双小腿越发柔润纤细。

姜离并不知道男人此时心中的想法，她蹲下身子开始解鞋子的带子，可是只有一只手能操作，另一只手还被男人牵在手中，所以解了好久才将左脚的鞋子脱了下来。等她将两只鞋都脱下后，男人牵着她的手走到了电梯内壁旁边。

“现在我们靠着电梯内壁等待救援就行了。”男人说道。

姜离点了点头，情绪比刚刚稳定了不少。

可这时，男人手机的亮光却突然灭了，电梯里再次陷入了一片黑暗。

“手机没电了。”男人无奈地说道，说话的同时，他感觉到自己的手被姜离握得更紧了，便安慰道，“别紧张，放松，修理人员会来救我们的。”

姜离低着头，有些抱歉地说道：“不好意思，一直让你安慰我。”

此前，她一直以为自己是个能坦然处理问题的人，可谁知真的遇到事情时，情况却截然相反。

男人似乎没想到她会这么说，沉默片刻后，低声说道："我们聊聊天吧，这样可以缓解你的紧张情绪。"

"嗯。"姜离答道。

话虽这么说，两个完全陌生的人却不知道该聊些什么。

向来不善于聊天的姜离不知该说什么，而且据她猜测，旁边的男人虽然一直在安慰她，但他大概只是不希望同处一个电梯里的她情绪崩溃从而影响到他自己吧。

这时，男人开口说道："我姓霍。"

姜离颇为惊讶地想到，姓霍？他是中国人？

之前隐约看到男人的侧脸后，她只猜到他可能是亚洲人，并不确定他来自哪个国家。

"我叫姜离。"

不知道为什么，她将自己鲜为人知的中文名告诉了面前的这个男人。

既然对方已主动开口，姜离也开始尝试通过聊天的方式缓解自己的恐慌情绪："你最喜欢的球队是哪个？"

"红魔。"男人答道。

姜离轻笑着说道："那可真是遗憾。"

"我可不觉得。"男人的声音听起来似乎没有之前那么冷漠了，反而多了几分轻松。

他伸出另外一只手，拽了拽领带，又顺势解开了衬衫最上面的纽扣，原本西装笔挺的他，感觉一下子放松下来。

姜离可不喜欢曼联，她暗暗咬了咬牙。

足球在英国的地位不只是一项运动那么简单，两人顺着足球的话题又聊了许多，姜离觉得这位霍先生虽然话不多，见解却很犀利，也很博学。

也不知过了多久，电梯外面传来了修理人员的呼喊声。

姜离遗憾地收住了声音，听着旁边的男人与外面的修理人员沟通。

“他们要用制动装置将电梯拉到十层，会有点儿晃，很快就好了。”在与修理人员简短沟通后，霍先生安慰姜离道。

略感心安的姜离点了点头，可当电梯真正被拉动时，她才意识到情况根本不是男人口中所谓的“有点儿晃动”，电梯每往上挪动一点儿就会剧烈地晃动一次。

电梯上升的过程中，霍先生始终握着她的手，明明是两个完全陌生的人，却仿佛早已习惯这样亲密的动作一般。

相比等待救援的时间，真正的救援过程并不漫长，大概几分钟后，他们面前的电梯门就被打开了。双腿酸软的姜离被修理人员拉出了电梯，等到站在地面上时，她才感觉自己整个人都放松下来。此时的她，额头、鼻尖满是细密的汗珠，看起来十分狼狈。

姜离回过头时，看见原本已经被拉出来的霍先生又重新回到了电梯里，把她刚刚脱下来的鞋子拿了出来。

他用洁白修长的手指轻轻地捏着鞋子的带子，黑色的缎带与他玉色一般的手指形成了最为鲜明的反差，姜离暗道难怪人们都说极致的反差会带来极致的冲击。

在光亮下，她终于看清了霍先生的脸。

明亮的灯光下，他的脸庞立体得如同用刻刀精雕细琢出来的一样，有着优雅精致的下颌线和挺立的鼻子，最特别的是他那双如寒潭一般的眸子。姜离在伦敦见惯了各种碧眼，他这双如浓墨般的黑眸比她见过的任何一双眼睛都要吸引人，里面就像是藏着巨大的旋涡，只要看一眼，就能将人彻底吸进去。

他的手工西装此时已经有些凌乱，领带被拉扯开，衬衫扣子也解开了两颗，露出了脖颈，显得整个人修长极了。西装的每一处细节都恰到好处地勾勒着他的身材，妥帖的剪裁令他看起来十分挺拔。

姜离此刻才想起自己见过他的脸。

“你的鞋子。”霍先生绅士地将鞋子递到她面前说道。

“谢谢。”

男人乘坐另一部电梯离开时，回头对姜离说道：“再见。”

这一次，他说的是中文。

惊魂未定的姜离选择了从安全通道离开，坐进车里后，她没有立刻启动车子，而是拿出了手机，开始靠着零散的记忆搜索霍先生的资料。

他那张俊美至极的脸本就令人过目不忘，更何况姜离的记忆力还算不错。

她依稀记得那是一篇刊登在伦敦财经杂志《经济学家》中的关于近年来中国商人大力投资英国企业的文章，而那一期杂志封面上的人就是霍先生。

虽然那本杂志所提及的商人并非只有他一个，可是在众多的商业大鳄中，作者唯独对他十分欣赏，赞美之词溢于言表，还称他为中国近年来最成功、最年轻的商人。的确年轻，不到三十岁的霍从烨就拥有了属于自己的商业帝国，他的成功有目共睹。当然，文章中还提及了他的家族霍家，那是中国最富有的家族之一。

霍从烨虽然很有名，但很低调，搜索网站上关于他的资料都是从各种杂志上拼凑而来的。

“霍从烨，29岁，毕业于普林斯顿大学，众禾科技公司的创始人。2012年，众禾科技公司在香港上市，同年，霍从烨首次登上中国福布斯富人排行榜，翌年成为经济论坛成员，并入选《时代》杂志评选的‘全球百名新一代领袖’。”

饶是见惯了大人物的姜离，也不禁为他的经历感到惊讶，而文章下面对于其家族背景的描述更是令她震惊。

“霍从烨，生于中国S市，安扬集团创始人霍亦成之长孙、行政总裁霍余哲之子。清末民初时，霍家在S市创立了第一家现代百货公司，后因战乱，举家前往中国香港。二十世纪六十年代时，霍亦成不顾家族成员反对，将安扬集团总部迁回了 S 市。”

姜离从未到过中国，对于这些文字记载的内容没什么特殊的感受，不过她倒是极喜欢作者在文章最后对霍从烨的评价。

“越优秀、越努力——霍从烨出身于古老富足的家庭，却依旧保有进取心，他的成功让我们明白，上帝不会亏待那些努力的人。”

退出搜索网页后，姜离又打开了微博。

裴芷迷上微博之后，就“胁迫”姜离也注册了微博账号，理由是她觉得自己玩儿太孤单。

裴芷的微博多用于与国内朋友联络，而姜离的微博看起来像是个小号，由于不经常登录，至今只有 26 个粉丝，远远比不上她在推特上的 12 万粉丝。

姜离刚在搜索栏里打出一个“霍”字，就见下面跳出了很多个名字，而排在第一个的就是“霍从烨”。令她没想到的是，霍从烨的粉丝数量居然高达 901 万。

她十分好奇地点进了他的微博，发现一共只有 21 条内容，关注的人只有 10 个，不过评论内容倒是十分热闹：

“男神终于更博了，我等得好累啊！”

“看完你的微博，我还挺喜欢你的，觉得你对很多事情都看得很透彻，而且是个善良的人。我很欣赏你，同时也好心疼你，希望你一切都顺利！”

“男神，今天梦到你了，你陪我去食堂吃饭，还和我说‘今天这里被你承包了’。”

看到这里，姜离不由得轻笑一声，随后将手机扔到了旁边的副驾驶座位上，启动了车子。

回到家后，她给裴芷发了个微信：“你认识霍从烨吗？”

发完后，她觉得自己问得太直白，刚将消息撤回了，裴芷的消息就接二连三地发了过来：

“别以为你撤回了我就没看见啊。

“真是奇迹啊！你居然会向我打听男人。”

姜离被她调侃得有些尴尬，回复道：“只是随便问问。”

“就是随便问问也不正常，咱们认识这么久，我可从没听你随便问过男人的事。我还以为你真打算‘立地成佛’，一心只向实验室，两眼不见窗外男呢。”

姜离尴尬得不知道该怎么回复了。

“不过，你怎么突然问起霍从烨了？你认识他？”

“算是认识吧。”

“什么叫‘算是认识’？是你们在宴会上见过面，还是你那个无所不能的哥哥介绍你们认识的？”

“无所不能的哥哥”是裴芷给萧世琛起的外号，虽然姜离从没这样叫过，可心里也十分认同。

她靠在沙发上，不想回答裴芷的问题。对于今天在电梯里发生的事，她谁都不想告诉，此时回忆起当时的情景，她总觉得有一种说不出的情绪在心头萦绕。

见她许久没有回复，裴芷又发来一条消息，内容是一个网页地址。

姜离点开后，发现内容是一条时长三分钟左右的视频。

穿着一身深色西装的霍从烨站在台上，手持话筒，用动听的声音进行着新年致辞，视频最后，他还用流利的英文向海外员工表达了新年问候。

她刚看完视频，裴芷的消息又发了过来：“他就是因为这段视频在网络上红起来的，微博上有一群小姑娘嚷嚷着要嫁给他。他有钱、有貌，还有身材，是个顶级高富帅。”

虽然摩纳哥的治安情况很好，可姜离到底是孤身一人前往，所以还是得低调一点儿。她用最普通的行李箱收拾好了行李，只带了些最普通的衣物，没有带一件奢侈品。

见收拾得差不多了，她正准备洗漱睡觉，萧世琛打来了视频电话。

“你的假期批下来了？”此时他还在纽约的办公室里加班。

姜离回复道：“我的行李都收拾好了。”

“你一个人可以吗？”萧世琛摘下眼镜，用手指捏了下眉心，神色略显疲惫，随后靠在了椅背上。

他身后的景致随着他的动作被镜头拉得更近了，如星光般璀璨的灯光被姜离尽收眼底。

“完全可以，我又不是小孩子。”

“在我看来，你和小孩子没两样。”萧世琛用慵懒的语气说道，随后伸手扯掉了脖子上的领带。

萧世琛也是一个英俊的男人，只是他身上的气质更具侵略性，名贵的手工西装也不能掩饰他身上的那种强悍。他是个在华尔街厮杀打拼的男人，踏着无数人的失败才走到现在这个位置。

两人正说着，姜离听到电话里萧世琛的秘书告诉他车子已经在楼下等着了，便说道：“那不打扰你忙了。”

萧世琛微微蹙了下眉头，提醒道：“别忘了带礼物。”

“我知道，你们都有。”

挂了电话，姜离就拿起睡衣进盥洗室洗澡了。

“你小子现在混得很好哇！年薪百万不说，还跟着那么有能力的老板，厉害！厉害！”坐在封庭对面的方卫夸赞道。

“哪里，比不上学长，你做的可是为全人类做贡献的事情。”封庭谦虚地回应道。

穆小瑜听着封庭假惺惺的客套话，偷偷地翻了个白眼。

穿着格子衬衫的方卫抬起手扶了扶眼镜，收起笑容问道：“说吧，找我有什么事？”

封庭轻笑着说道：“知我者，学长也。”

方卫和封庭是在普林斯顿读书时认识的，方卫如今在剑桥研究所工作。

看见姜离后，封庭就迅速联系了方卫，想通过他打听一下她的消息。毕竟剑桥的留学生圈子也不算大，方卫就算不认识姜离，也有可能听说过。

穆小瑜瞧着封庭谄媚的嘴脸，登时想到他在霍从烨面前应该也是这副模样，暗自揶揄道：这个封特助还真是见人说人话、见鬼说鬼话。

“我想和你打听一个人，中国人、黑色长发、个子很高挑，开着一辆保时捷。”说到这儿，封庭顿了一下，随后说道，“长得非常、非常、非常漂亮。”

穆小瑜听完他的描述，不由得叹了口气，心想以他这个问法，肯定不可能问出结果的。

谁知，方卫竟不假思索地答道：“你们见到洛神了？”

穆小瑜一下子就被“洛神”这个称呼吸引住了，连忙问道：“学长，你也知道她？”

其实她还是有点儿不相信方卫会认识他们要找的人，毕竟封庭说的那些特征基本就等于什么都没说。

“他不是说非常、非常、非常漂亮吗？在剑桥的亚裔学生里面，能用‘非常、非常、非常漂亮’来形容的，除了洛神，我还真想不到别人，而且她就开保时捷啊。”方卫耸了耸肩膀说道。

穆小瑜点了点头，说道：“厉害啊！学长。”

“不是我厉害。”方卫哈哈一笑，说道，“实在是你们要找的这个人太有名了。”

穆小瑜听他这么一说，对姜离更加好奇了，连忙问道：“她叫什么名字啊？在剑桥很有名吗？”

“她不仅在剑桥很有名，在我们留学生圈子里也很有名。”方卫说着拿起了放在桌子上的手机，打开推特翻了一会儿，递给穆小瑜问道，

“是她吧？”

穆小瑜接过手机看了一眼，推特账号的头像是一张黑白照片，虽然照片里的人只露出了半张脸，可她还是一眼就认出那张漂亮至极的脸是姜离的。随后她又在相册里翻了翻，发现里面大多是风景照，而且取景都很厉害。

穆小瑜一边在心里感叹着姜离的摄影技术，一边继续往下翻，终于看见了一张单人照。

那是姜离在圣诞舞会上的照片，照片里的她，端着香槟，抬头看向镜头，显得极为美艳动人。

“就是她！我们今天见到的人就是她！”穆小瑜说完，激动地用手肘撞了下封庭的胳膊。

不同于穆小瑜的惊喜，封庭脸上的表情十分震惊，他盯着照片看了许久才抬起头问对面的方卫：“学长，你认识她吗？”

“Shiloh Stevens，三一学院的化学博士，今年25岁。”方卫说着，端起手边的红酒抿了一口。

封庭知道方卫喜欢喝红酒，为了打探消息特意带了一瓶价值上千英镑的红酒来讨好他。

“她不是中国人吗？中文名字叫什么啊？”穆小瑜问道。

“不知道。”方卫答道。

“她没有中文名字？”穆小瑜看着姜离推特账号的名字，心想难不成是个混血儿？

“她确实是中国人，是个移民二代，和我们这些中国留学生不一样，Shiloh Stevens就是她的本名。”说完，方卫看着默不作声的封庭问道，“你们打听她干什么？”

“封特助看见人家就疯了一样地追了过去，我说他是一见钟情，他还死不承认呢！”穆小瑜酸酸地说道。

“别胡说，那是因为她长得很像我认识的一个人。”封庭反驳道。

实际上，在封庭看来，两人何止是很像，简直是一模一样。要不是他曾亲自去警局领取鉴定报告，只怕真的会以为那个人还活着。

“像你认识的人？”方卫嗤笑一声，非常赞同穆小瑜的观点，笑道，“就算你真的想追她，我也不会笑话你的。”

“她真的长得太像那个人了。”封庭说完，似乎突然想起了什么，问道，“你说她是移民二代？”

方卫点点头说道：“她出生在英国，母亲是中国人，继父不仅是英国人，还是个子爵。”

“学长，你不会也对人家有意思吧？连她家里的情况都这么清楚。”穆小瑜在一旁揶揄道。

方卫连忙摆手笑道：“我是有女朋友的，这话可不能乱说。Shiloh Stevens 的家族在英国很有名，去年还捐了一大笔钱给三一学院呢！”

“她真的好完美啊！不仅长得美，气质、身材也好，而且还是学霸！”穆小瑜托着腮帮子感慨道，“什么样的男人才能配得上她啊！”

“据我所知，她一直单身。”方卫说道。

穆小瑜捂着脸说道：“还洁身自好，真的太完美了！”

封庭皱着眉头看着她犯花痴，心想她之前对男人这样也就算了，现在居然连女人都不放过。

“学长，你能帮我联系到她吗？我有一些很重要的事情想要当面问问她。”封庭急切地说道。

方卫显得有些为难，毕竟他和姜离不是一个学院的，谈不上认识。他想了想，突然想起一个人，便说道：“说起来，我女朋友倒是认识一个和洛神关系很好的人，我可以让她帮你打听打听。”

说完他便打电话给自己的女友，简单说了一下情况后，女友答应帮忙试试。

没过一会儿，方卫女友的电话就打了回来。方卫挂断电话后对封庭说道：“很遗憾，洛神今天刚批下了两周的休假，现在已经离开英国了。”

封庭没想到事情会这么不凑巧，虽然他迫不及待地想知道关于姜离的事情，可是那些事情在电话里是不可能说清楚的。

两周……封庭只能在英国待一周，下周他要陪霍从烨去东京参加一个经济学会。

姜离直到上了飞机都不曾听说这件事，之前有太多人向裴芷打听姜离的电话想约她出来，所以这次方卫的女友向裴芷打听姜离的电话号码时，裴芷以为又是什么狂蜂浪蝶想要骚扰姜离，于是想也没想就替她拒绝了，反正姜离也不会随便给别人自己的电话号码。

姜离定了从伦敦飞往尼斯的航班，打算再从尼斯乘车前往摩纳哥。临行前，她只预订了两天的酒店，心想若是行程不顺利，可以直接回伦敦。摩纳哥是个旅游业很发达的国家，只要不是在旅游旺季，很容易就能订到房间。

她走出机场时，预约的车子已经等在门口了，开了一个小时左右，总算到了酒店。车子刚一停稳，穿着制服、戴着白手套的门童便上前替她打开了车门，随后又将她的行李拿了下来。

此时夕阳西下，整座城市都被笼罩在一层薄薄的橘色之中，空气中还带着一点儿咸咸的味道。

酒店里的住客不多，前台的服务人员很快就替姜离办理了入住手续。她预订的是景色颇为别致的单人海景套房，宽敞的落地窗使得整个房间都沐浴在橘色的落日余晖中。套房的装修风格也很亮丽，与明艳的地中海风情格外搭配，客厅外还有一个阳台，客人可以在那里享用露天早餐。

旅途疲惫的姜离暂时无心欣赏眼前的美景，洗完澡之后便睡了过去。

早上 6 点左右，睡醒的她起身走到窗边拉开了厚实的窗帘，清晨的金色阳光瞬间涌入房间。看着窗外蔚蓝色的大海和白色的沙滩，她深吸了一口气，踮起脚尖伸了个懒腰。

随后，饥肠辘辘的她叫了客房服务。等餐的时候她换好了 T 恤和短裤，这样简单的打扮刚好凸显出她的一双长腿。

坐在露台享用早餐时，面对着湛蓝得仿佛能洗净一切烦恼的大海，姜离忍不住拍了张照片，发了个朋友圈。

她一向极少发朋友圈，所以每次更新状态后都能收获不少人的点赞和评论。

最先评论的是裴芷："牲口！"

姜离对此哭笑不得，好在其他人都在夸赞海景的美好，说的也都是些羡慕的话。

令她没想到的是，连从没有发过动态的萧世琛也发表了评论："在外诸事小心。"

姜离一看又是老生常谈的那一套，便放下手机，开始惬意地享用面前的法式早餐。

之前她请的侦探已将她父亲的基本资料发到了她的邮箱里，不过因为她提供的资料太少，所以调查花了一番功夫。

姜离再次翻看了一下资料，她的父亲如今在蒙特卡洛赌场里工作，不仅娶了一位中国太太，还生了子女。看到这里，她不禁想到，若资料上所写的都是真的，那么她的到来注定会给她的父亲增添不小的麻烦。可为了完成母亲的遗愿，她不得不这样做，而且见见这个抛弃了她二十多年都不曾回头的父亲，或许也能化解她心中的执念。

赌场要到下午 2 点才开门，所以姜离有足够的时间四处逛一逛，素来闲散、又怕太阳晒的她决定到酒店的休闲吧里打发一下时间。

刚走到楼下，她就听到走廊里有人在大声嚷嚷。

"既然你不喜欢我，那为什么还要让我来这里？"女人的声音中带着一丝委屈，听起来十分惹人怜爱。

对面的男人听到女子的问话，只是轻笑一声，随后用低沉的声音说道："白小姐，你会错意了，我从来都不曾有过那样的想法。"

姜离觉得男人的声音听起来有些耳熟，不容她细想，那位白小姐又委屈地说道："可上周你还不是这样的，你怎么能这么对我？"

事实上，这个男人确实只是随口提到了自己会来摩纳哥，是这位白小姐会错了意，以为自己和这个男人的关系可以更进一步，便自作主张地跟了过来，却没想到男人连她的房门都没靠近过。

姜离实在有些好奇，便忍不住探出头来想看得清楚些，只见一个穿着白色宽松衬衫和黑色长裤的高大男子正背对着她站着，男子对面是一个穿着大红色高级雪纺连衣裙的女子，她长发披肩，短至大腿的雪纺裙将身材勾勒得玲珑有致，此时那双眼眸中正隐隐地含着泪光。

姜离刚看过去就被白小姐看见了，她那原本还委屈至极的表情一下子变了，随后怒气冲冲地走过去指着姜离的鼻尖说道："你这人怎么这么没有素质啊！为什么偷听别人说话？"

"すみません、何といいましたか（对不起，你在说什么）？"姜离装作听不懂的样子，用日语说道。

白小姐愣了一下，随后尴尬地说道："原来是日本人啊。"

此时，那个男人迈步准备离开，白小姐急忙喊道："霍从烨，你给我站住！"

霍从烨？真的是他啊！姜离见自己果然没有猜错，嘴角勾起一丝笑容，心里想着，上次的事自己还没好好谢谢他，这次刚好可以补上。

霍从烨冷漠地回过头来，看到姜离的那一刻，他的神色顿时变得十分复杂，随后他大步流星地朝她和白小姐的方向走了过来。

白小姐脸上顿时露出欣喜的表情，心想霍从烨果然还是在意自己的。可谁知霍从烨经过她身边的时候，停都没停一下，而是一把拽住了姜离。

姜离没想到霍从烨会是这样的反应，心想难不成他认出了自己是电梯里的人？可她转念一想，上次在电梯里，自己全程都戴着口罩，今日的穿着打扮又和那日完全不同，他不可能认得出来，难不成他也是恼火自己偷听到了他和白小姐的对话？

她正胡思乱想着，就听霍从烨情绪激动地说道："你还活着！"

姜离听得一头雾水，继续用日语说道："何を言っているのかわかりません（先生，我不明白你在说什么）。"

霍从烨听到她的话，眉头紧锁，英俊清冷的面容上，之前的淡漠变成了隐忍的怒意，似乎随时都会爆发。

他紧紧地抓着姜离的手腕，冷笑一声，说道："日本人？"

"你们认识？"白小姐又震惊又生气地问道，待她看清了姜离的长相后，心中顿时泛起了醋意。

姜离心中的疑惑并不比白小姐少，她和霍从烨认识吗？算是认识吧，毕竟他们昨天还在一个电梯里"生死相依"，只是当时她戴着口罩，他并没看见她的脸。

想到昨天的霍从烨虽然冷漠却帮助了同样受困的自己，就算此时自己的手腕被他拽得生疼，姜离还是不愿冷漠以对。不过她会的日语都用完了，为了解开误会，她又用英语说道："先生，你认错人了。"

"认错人？"霍从烨的视线直勾勾地盯着她的脸，目光从她水亮的眸子一直滑到嘴唇，心里想着自己会认错吗？不！就算她化成灰，自己都不会认错。

虽然白小姐与霍从烨认识不久，可她从未见他这样激动过，于是心中十分疑惑姜离到底是谁。还没等她再次发问，霍从烨已将姜离拽走了。

"你们干什么去？"白小姐看着他们的背影气急败坏地喊道，心里想着明明自己才是他的女伴，他怎么能这么对自己！可霍从烨连头都没有回。

姜离此时也想问问他要干什么，却根本来不及开口就被他一路拽了出去。

电梯门口站着两个穿着黑衣服的高大男子，他们是霍从烨的随行保镖。原本他们站在这里是在等待自家老板和白小姐谈话，谁知等来的却是自家老板和另一位陌生的小姐。

"霍先生。"站在左边的男子走上前，有些不安地说道。

能够接近霍从烨的人都是经过这些保镖仔细调查的，并非他们太夸张，只是如今霍从烨的知名度和身家不断提升，保证他的安全是对股东负责。

霍从烨没有理会保镖的话，只是对他说道："车钥匙。"

随后他便拉着姜离走到了电梯前，按下了按钮。

见保镖愣了一下，站在原地没动，霍从烨又提高了声音说道："钥匙，拿来。"

保镖这才赶紧从口袋里掏出钥匙交给他。

两人进了电梯后，姜离开口说道："霍先生，我觉得我们之间或许有误会。"

"误会？"霍从烨反问了一句。

随后他转过头看向她，深邃的眸子遽然收缩，嘴角上扬，露出嘲讽的笑意，姜离不禁有些出神。

这是她第一次这么仔细地打量霍从烨，不同于昨日电梯里的昏暗，此时头顶的灯光十分明亮，灯光照射之下，他英俊的脸庞犹如雕刻的塑像，面无表情却又无可挑剔。

终于，霍从烨开口说道："我们之间可不只是误会那么简单。"

叮的一声，电梯门打开了。

直到霍从烨将她带上了车，姜离都不知道他要带自己去哪里。

一路上，霍从烨默默地开着车，直到开到一处山崖才停了下来。山下是一望无际、波澜壮阔的汪洋，海天在远处交汇成一条直线。

他转头看着姜离，开口说道："只要你说一句假话，我就把车子开下去。"

说完，似乎怕她不相信，霍从烨踩了一脚油门，车子猛地往前蹿了一下又突然停住，姜离由于惯性往前倾了一下。

慌乱的她一脸震惊地看着霍从烨，不明白他为什么要这样做。

"你是谁？"他紧紧地盯着她的双眸，神色严峻地问道。

"Shiloh Stevens。"说完，见霍从烨握着方向盘的手上青筋暴起，似乎随时准备开着车冲下山崖，姜离赶紧补充道，"我可以给你看我的护照。”

幸亏她在旅行时习惯将所有的贵重物品都带在身上，姜离赶紧翻开随身携带的包，从内侧将护照拿了出来。

霍从烨在看见英国护照封面时，目光顿时黯了下去，随后伸手接过她的护照：“Shiloh Stevens，25 岁，英国伦敦”。

待他将护照还给姜离的时候，脸上盛怒的表情像是冰雪融化一般，渐渐地散开了。他安静地看着姜离，视线在她的眉眼之间细细审度着。

此时太阳已完全从海平面上升了起来，在海天之间投射出了浅浅的金光，霍从烨坐在驾驶座上，阳光照到他高挺的鼻子上，将那如深渊般幽深冷漠的黑眸淹没在浅浅的暗影中。

“你出生在伦敦？”

“是。”

“25 岁？”

“是。”

霍从烨慢慢地转回了视线，看向窗外的海面。

“Miss Stevens，我能看看你的肩膀吗？”

姜离此时已经冷静了下来，虽然霍从烨没说为什么，可她已猜了个大概。

她用灵动闪亮的眸子静静地看着他，说道：“霍先生，你要找的人不是我，如果我曾经和你有过一段深厚的缘分，我不会不记得的。”

姜离曾经简单地查询过霍从烨的资料，他出生在中国，毕业于普林斯顿，现在在美国工作，而她素来不喜欢去欧洲之外的其他国家，他们之间不可能有交集。从他刚刚的表现来看，那个长得与姜离极为相似的人和他的关系一定很亲密。

霍从烨没有理会她的话，而是转回头再次看向她。这一次他是真的在认真地看着她、看着姜离，而不是通过她去寻找另外一个人的影子。

姜离长了一张精致的小脸，眉眼灵动、下巴小巧，尽管过分白皙的皮肤让她看起来有些脆弱，可她此时的神情十分冷静，透露出一股坚毅的味道。

霍从烨用低哑的声音说道："右肩。"

他的语调像是在克制着什么，有一种历经痛苦挣扎之后的压抑，姜离看得出来，他真的很想得到答案。

她的衣领很宽松，纤细修长的脖颈下，露出一片白皙的肌肤，只要将领口微微一拉就能将右肩露出来。

姜离知道，他注定要失望了。

她叹了口气，伸手拉开了自己的衣领，光滑的肩头和锁骨暴露在阳光下。什么都没有，只有光滑洁白的肩膀像是羊脂玉一般在阳光的照射下泛着薄薄的金色。

霍从烨的薄唇紧紧地抿着，虽然表情没有太多的变化，可是失望的情绪却从身体的每一处透露了出来。

姜离能明显地感觉到他的情绪变化，如果说刚才愤怒的他还显得生机勃勃的话，那么此时的他，仿佛一下失去了生气。

周围只有远处的海浪声和风声，车厢内，一种诡异的气氛在四周弥漫。

"你认错人了。"姜离有些惋惜又有些无奈地说道。

随后，霍从烨下了车，姜离以为他只是下去透透气，没想到他却径直走向悬崖边，而且丝毫没有停下来的意思。

她迅速下车，冲着他喊道："霍从烨！"

此时他已临近悬崖，双脚就踩在崖边上，似乎只要一阵风就能将他吹下去。

姜离不敢再出声，生怕刺激到他。

霍从烨回过头，神色如常地说道："这里的海景不错，不是吗？"

强烈的日光照在他的身上，姜离只能模糊地看到他的侧脸，那张英俊得过分的脸，此时带着从未有过的柔和。他的身上有种强烈的自毁倾向，却在极力地克制着。

姜离说不出此时自己的心中是什么感觉，想起昨天在电梯里，霍从烨用冷静却又安抚人心的声音帮她化解了难熬的恐惧，心中涌起一股酸涩的感觉。她想说些什么安慰他一下，却什么都没有说出口，她从来都不知道自己这么不善言辞。

一阵海风拂过，崖下海浪拍打礁石的声音在四周回荡，这可真是个好地方，好到让人觉得埋骨于此也不失为一个好的归宿。

两人静默了一会儿，站在崖边的霍从烨缓缓地退回到了姜离的身边。

姜离看着他平静至极的神色已然明白，他又经历了一次抉择。

霍从烨的身材高大挺拔，站在穿着平底鞋的姜离面前，竟足足比她高出大半个头。

“Miss Stevens，请原谅我刚刚的鲁莽。”他微微低下头，平静地说道。

听他自然地叫着自己的英文名字，姜离忍不住皱起了眉，这是她被他强行拉走之后，第一次皱眉。

“不用说抱歉。”姜离看着面前的霍从烨，平静地说道，“请送我回酒店吧。”

霍从烨沉默了片刻，随后绕过她，回到了车上。

姜离也往车的方向走去，走到车旁时，被地上的小石子崴了下脚。

回去的路上，两人都没有说话，方才的事情像是一幕荒诞的悲喜剧，而现在，一切都以悲剧结尾了。

车子开回酒店的时候，门口精致的喷泉正发出清亮的水声，穿着红色短裙的白小姐焦急地站在门口四处张望。看见霍从烨的车子后，她热情地招了招手，霍从烨却仿佛没看见她一般，从她面前驶过，将车子稳稳地停在了前面的位置。

没等门童上前，姜离已自己打开了车门。

关门时，她回头看了一眼车里的霍从烨，而他则突然开口说道："Miss Stevens，我能问你最后一个问题吗？”见姜离没有拒绝，他问道，“你去过中国吗？”

“从未去过。”

# 第二章

# 两个有缘分的人，不管相隔多远，都会相遇的

蔚蓝色大海边的黄金海岸上，姜离戴着一顶别致的帽子悠闲地散着步，这顶帽子是她在岸边的小摊上花五欧元买的。她脚下踩着细沙，每走一步，身后就会留下一个脚印，随后迅速被冲上岸的海浪淹没。

时间尚早，到沙滩上晒日光浴的人不多，倒是有很多孩子跑来跑去。

一个金发的男孩不小心撞到了姜离的怀中，他抬起头，用清澈的眼睛看了看她，随后用法语问道："女士，你是一个人吗？"

姜离见连这么小的孩子都懂得如何搭讪，心想难怪人们都说法国人天生浪漫。

"是的，我是一个人。"她微笑着说道。

金发男孩欢呼了一声，随后说道："那我能邀请你加入我们吗？"

他浅蓝色的眼瞳比旁边的大海还要美。

姜离微微弯下腰，伸出一只手，说道："当然可以。"

她难得放松一回，便加入孩子们的堆沙子活动中玩儿了一会儿。

离开海滩时还没到赌场的营业时间，姜离就随便挑了一家店，点了点儿吃的，边吃边打发时间。

摩纳哥是全世界第二小的国家，仅大于梵蒂冈，因此姜离待的咖啡馆离蒙特卡洛赌场并不远。尽管侦探发来的资料上有她亲生父亲的电话，可是有些事情得要当面问、当面说。

时间并不难熬，姜离喝着咖啡，看了看微博，随手在搜索栏里输入了一个"霍"字后，想了想又删掉了。

如果说之前在电梯里的霍从烨是个冷静温柔的男人，那么今天在悬崖边上的他则是充满危险的。

姜离虽然刚刚认识他，却觉得他就像危险的气体，正在不断地压制自己，逼迫自己往所谓的正确方向走，当某天遇到剧烈碰撞时，就会"爆炸"。

所谓的剧烈碰撞，应该就是那个和姜离长得很像的人吧。

想到这儿，她将手机反过来扣在了桌子上。

临近2点时，姜离回了一趟酒店，换了一条纪梵希的黑色短裙，背后繁复的绑带设计让她的背部显得十分性感，脚底的银色 Jimmy Choo 高跟鞋华丽精致。这一身虽然色彩低调，后背的大片镂空绑带设计却大有玄机，这是姜离这一次出来带的唯一一套可以撑场面的衣服，其他的不是短裤就是度假长裙，全都是她和裴芷"淘"回来的普通衣服。

换好衣服后，她坐上酒店准备的车子前往蒙特卡洛赌场。

赌场的安保措施十分严密，所有人都不得携带大包进入，保安检查了姜离的香奈儿手包后便还给了她。

因为赌场刚刚开始营业，里面的人不是很多，一些常来的客人已经很快地进入了状态。赌场内装饰得富丽堂皇，巨大的水晶灯悬挂在房顶上，璀璨的灯光映照在四周的巨幅壁画上，让人感觉仿佛回到了纸醉金迷的二十世纪初期。

大厅里堪称鱼龙混杂，各种肤色的人都有。姜离端着一杯鸡尾酒四处转了一会儿后，最终停在了轮盘赌的桌子前。轮盘赌和21点是赌场里最寻常也是最受欢迎的项目，相较于21点，玩儿轮盘赌更要靠运气。

因为刚刚开局，桌子旁的每个人面前都有一堆筹码。

荷官是个棕发的姑娘，穿着赌场的制服，化着淡雅的妆容，手指纤细修长，每次说话前都会微笑地看着众人。

她服务的这一桌是周围最热闹的，因为有位客人已经连赢了七把。不少人见那位客人手气正旺，便一直跟着他下注，可到第十把开盘的时候，他的运气似乎一下子用光了，看到结果之后，跟着他下注的人脸色都十分难看，甚至有人愤怒地骂出了声。不过在赌场里，没人敢轻易惹事，而那个连赢了七把的客人，似乎不愿意相信自己的运气已经用完了，依旧不服输地继续赌着。

事实证明，适可而止才是明智的选择。

那人输掉了所有的筹码后，又重新换了筹码。可显然，幸运之神已经彻底抛弃了他，不过半个小时，他面前的筹码又被他输光了。当荷官再次上前询问时，他突然将手上的劳力士手表摘了下来，喘着粗气说道："我要把这块手表当了。"

尽管他说的是中文，荷官还是立即明白了他的意思，随后就有其他赌场服务人员过来请他去做评估。对于像他这样输红了眼的客人，赌场有的是办法榨干他们身上最后一点儿剩余价值。

姜离换了一千欧元的筹码后也上场了，不知是不是新手运气好的原因，她居然一连赢了六把，一千欧元的筹码很快翻了三倍。钱来得太快了，连她自己都有点儿傻眼。

姜离是个懂得及时收手的人，当荷官再一次请众人下注时，她起身将位置让给了旁边的人。带着刚刚到手的三千欧元筹码，她在赌场里转了一圈，将能玩儿的项目都玩了一遍，不到两个小时，赢了近一万欧元。

兑换筹码的时候，赌场的工作人员用法语夸赞了姜离的好运。她道谢后，趁机向工作人员打听了一下赌场里的中国荷官，这才知道崔枫今天请假了。

姜离原本还觉得这地方有趣，现在却一下就失去了吸引力。失望的姜离将手中的酒杯放下，准备起身离开。刚站起来，她就看见从外面走进来一行人，走在最前面的男人穿着简单的白衬衫，肩臂处的剪裁妥当贴合，再加上他本就是肩宽腰窄的好身材，此时在吵嚷的环境中，便有种鹤立鸡群的醒目感。

男人身姿挺拔、步调悠然，一边往前走，一边歪着头与勾着他手臂的女子说着话。因为离得有些远，姜离看不清男人脸上的表情，只隐约看见他淡漠的脸上似乎带着点儿笑意。

都说女人心，海底针，在她看来，男人也不遑多让。

姜离转身离开后，霍从烨抬起头看着她离去的背影，不禁有些出神。虽然他方才在和身边的女人说话，可其实早已瞧见了姜离。

身边的女子似乎察觉到霍从烨有些出神，便低低地叫了他一声。

霍从烨轻笑一声，两人再次谈笑起来。

他身边的女子人称“小韩夫人”，是澳门大亨韩尚耘养在国外的外室。她给韩尚耘生了一儿一女后，逐渐开始参与管理韩家的核心产业，霍从烨此番来到摩纳哥就是为了与她商谈一桩生意。

从赌场出来后，姜离四处逛了逛，直到华灯初上才回到酒店。

她走进酒店的西餐厅准备吃点儿饭，一进门就看见了早上遇到的那个白小姐。

白小姐的脚边摆着许多奢侈品品牌的袋子，一副满载而归的样子，正在打电话的她，说话声音很大，姜离一进门就听到了。

“你说他是不是不行啊？我就差脱光了躺在他面前了，他怎么……”白小姐说到这儿，抬起了头，随后一眼就看见了姜离，登时觉得气不打一处来，匆匆挂断电话后，气势汹汹地朝姜离冲了过去。

“你到底是谁？你知不知道我和霍从烨是什么关系？”白小姐看着姜离，趾高气扬地质问道。

姜离瞧着她气势汹汹的样子，又想起她方才打电话时说的话，不禁笑道：“小姐，这是我的隐私，没有必要告诉您。”

“你是中国人？”白小姐惊讶地问道。

姜离浅笑一声，说道：“您分辨人的方式真是简单。”

白小姐愣了许久才意识到姜离的话中暗含讽刺的意味，她恼怒地瞪了姜离一眼，讽刺地说道：“别以为你这样就能和他扯上关系了，像你这种人，我见得多了。”说完，她打量了一下姜离的打扮，看见姜离手上的香奈儿手包时，嗤笑一声，说道，“就凭这种冒牌货也想勾引男人？省省力气吧。”

姜离不想再听她胡言乱语，转身就要走。

“你别走！”说着，白小姐伸手拦住了姜离。

姜离也毫不示弱，抬起手推开了她的手臂。

餐厅经理急忙赶过来解围，就在这时，霍从烨一行人出现在了餐厅门口。他还是下午在赌场里的那身白衣黑裤的打扮，只是此时他将衬衫最上面的纽扣解开了，显得有几分不羁。

“从烨，你总算回来了。”看见霍从烨，白小姐立即委屈地迎了上去。

她穿着低胸短裙，雪白的酥胸眼看就要贴上去了。不过，没等她走到霍从烨面前，他身旁的保镖便伸手挡住了她，并客气地说道：“白小姐，请您止步。”

“从烨。”惊讶的白小姐顿时愣住了，她不明白自己为什么突然就被他拒于千里之外了。

霍从烨先看了姜离一眼，随后用冷漠的目光扫了一眼白小姐，目光中满是反感。

这位白小姐的母亲和霍从烨的母亲在同一个慈善基金会里做事，她们两人算是不错的朋友，所以就介绍了白小姐和霍从烨认识。只是霍从烨早已经表明自己无意与白小姐交往，可白小姐似乎不是轻易放弃的人，而且还不太看得懂别人的眼色。

“白小姐，如果你再诋毁我的声誉，我只能请律师出面解决了。”霍从烨冷漠地说道。

他的目光从她的脸上扫过，看到她脸上刚刚打过针的痕迹时，霍从烨不禁皱了皱眉头。

白小姐支支吾吾地说道：“什么诋毁？我什么时候诋毁你了？”

“我目前是单身，我不希望你再以我女伴的名义招摇撞骗。”

姜离听到最后四个字，顿时感觉这位霍先生说起话来，当真是一丝情面都不留。虽然她也看得出来，他们两人之间完全是白小姐一头热，可是……不过她又看了看白小姐那略显怪异的苹果肌和不自然的脸，也觉得好像确实是霍先生比较吃亏。

众目睽睽之下被霍从烨这样奚落，白小姐气得不轻，又想起自己身后还站着疑似是情敌的姜离，登时觉得太过丢脸。她狠狠地推开霍从烨身边的保镖，愤然离去。谁知她离开后，霍从烨居然从口袋里拿出手帕，在鼻子上捂了一下。

姜离看着他的模样，有些啼笑皆非，心想他真的不知道自己这样会气死别人吗？

不过还没等她看完这两人的笑话，霍从烨就朝她走了过来。他英俊的脸上没有了往日的冷漠，变得柔和起来，在暖黄色的灯光下，白衣黑裤的他看起来更加俊逸高贵了。

“Miss Stevens。”他走到姜离面前招呼道，说话的声音不大不小，显得很真诚。

姜离看着他，突然想起自己还未正式感谢过他，便说道：“霍先生，其实我的中文名字叫姜离，那天在电梯里，我还没来得及感谢您的帮助。”

霍从烨没想到那天电梯里的女人竟然是姜离，更没想到他们之间还有这样的缘分。

他微垂着头，扬起嘴角，像是笑了，又好像没笑，眼尾微微上翘，浓密的睫毛在眼下投射出一道暗影。要不是他生性淡漠，不那么爱笑，只怕以他这样的眼睛，能勾得无数的女人意乱情迷。

这是姜离第一次近距离看见他脸上带着笑意，这一笑不同于早上那个让她心惊胆战的冷笑，令她心中的石头似乎一下子落了地。

霍从烨说道："姜小姐，中国有句俗语，不知道你听没听说过？"见姜离的表情有些迷茫，他又说道，"有缘千里来相会。"

姜离说中文的口音的确能唬住人，那是因为她母亲曾经为她请了一个在中国从事过播音主持行业的人当老师，可是真正到了考究中文素养的时候，她很快就会露馅。霍从烨说的这句话她虽没听过，可是能大概猜到意思。

"两个有缘分的人，不管相隔多远都会相遇。"霍从烨用低哑的声音解释道。

听了他的话，姜离几乎在迷离的灯光下迷失了自己，可是当她瞥见他的目光时，突然想到了下午在赌场里看到的他和陪在他身边的美人，便冷淡地开口说道："霍先生，我本来应该请您吃饭以感谢您的帮助的，可我还有事，所以要先走了。"

霍从烨注意到了她的神情变化，却不知她心中所想，于是说道："那这一顿饭就先欠着。"

回到房间后，姜离站在阳台上吹了会儿海风，发热的脑袋才逐渐冷静下来。她暗自想着，肯定是餐厅里的灯光太过迷离，自己才会被霍从烨的美色所迷惑。

她捂着脸，深深地吸了一口气。

或许是摩纳哥太容易使人产生某种不该产生的情绪，她的心绪都快被海风吹乱了。姜离突然有点儿想念在剑桥的日子，在那里，她走出的每一步都是踏实的，绝不会像现在这样慌乱。

晚上的时候，萧世琛打来了电话，问她现在在哪里时，姜离撒了谎，说自己在尼斯。她不想让他知道自己来找父亲的事情，因为萧世琛每每提起她的父亲，总是一副厌恶至极的样子。

“没去摩纳哥玩儿？”萧世琛问道，他今天的状态轻松很多，大概是在纽约家里的原因。

姜离心虚地说道：“尼斯有黄金海岸，摩纳哥只是多了赌场而已，我又不喜欢赌博。”

“小赌怡情。”萧世琛轻笑着说道。

在他眼里，姜离一向听话，除了她母亲离世时出了些状况外，其他时候她总是让人放心的，所以他怎么都想不到姜离会对他撒谎。

挂断萧世琛的电话后，姜离便收拾好了行李。这个房间她只订了两天，找到崔枫之后，不管得没得到想要的答案，她都会离开。

有些事情，冲动一次就够了。

第二天再去赌场时，幸运的姜离很快就找到了自己要找的人。

她站在百家乐的桌子旁，看着站在不远处的崔枫，不禁感叹时间真不公平。快五十岁的崔枫穿着荷官的制服，看起来不仅不显老，还比那些小伙子多了几分成熟的魅力。他服务的赌桌周围有很多人，而且大多是女人。

这就是母亲曾经爱过的人？姜离看着他，心中说不出是什么滋味。

她问过赌场的人，知道崔枫会在晚上 6 点交班，然后会有一个小时的用餐时间。

交班后，崔枫换了一套自己的衣服，拿着钥匙走出了赌场，看起来正准备回家。

姜离站在门口犹豫了许久，终于叫住了他：“崔先生。”

明明那么简单的事情，可是做起来却那么难，每向他走近一步，姜离便觉得脚步重一分。

崔枫回过头，看见长相精致好看的姜离，瞬间晃了一下神，觉得她看起来十分眼熟，随后诧异地问道：“小姐，你是在叫我吗？”

姜离点了点头，似乎觉得自己要说的话有些难以启齿，便从背包里拿出几个信封递给他。信封上面虽然没有收件人的名字，却有她母亲的名字，相信他看见就会明白吧。

崔枫一眼就看到了信封上的“姜韵”两个字，他抬起头时，震惊地问道：“你是姜韵的女儿？”

“我是想……”

姜离正准备说明来意，就听崔枫激动地说道：“姜韵她害得我还不够惨吗？居然还敢让你来找我！”

说完，他就转身走了，走着走着，居然还跑了起来。

“等等！你等等！”情急之下，姜离也顾不得来往的车辆，冲过去想要追上他。

崔枫跑得太快，走的又都是小路，等她好不容易从七拐八拐的巷子里绕出来，准备追上马路对面的他时，突然被身后的人撞倒了，随后她感觉自己肩上的背包被人大力地往后拽着。意识到有人要抢自己的包，姜离拼命地拽着包不撒手，那男人见状竟抬脚踹向她。好在她及时护住了躯干，才没被踹到肚子，只是大腿上感到一阵剧痛。

“怎么回事？”见车子突然停了下来，霍从烨皱着眉问道。

坐在副驾驶座的安保组长刘文杰立即回头说道：“前面好像有人抢劫。”

霍从烨抬头看过去，见到那个熟悉的身影时，大惊失色的他猛地推开车门冲了过去。

此时的姜离已经支撑不住了，可还是拼命地抓着自己的包，激烈地反抗着。抢匪不耐烦地抬起脚又踹了一下，这一次正踹在她的肚子上，姜离整个人往后倒去，差点儿被一辆路过的车子撞到，并不宽敞的车道上响起此起彼伏的汽车鸣笛声。

姜离摔倒后，挣扎着想站起来继续上前抢回自己的包，这时她的身体落在了一个温暖的怀抱中。她以为抢劫的人还有帮手，立刻激烈地挣扎起来，就听耳边一个低沉的声音响起："别怕，是我。"

尽管这个坚定从容的声音显得有一点儿焦急，可还是一下子就安抚了她的焦躁和害怕。

姜离回过头，看到是霍从烨，便焦急地喊道："有人抢了我的包！"

此时那个抢匪已经钻进了巷子里，霍从烨温柔地安慰她："我会帮你找回来的。"

赶来的刘文杰听完，立刻示意其他随行的保镖追上去，随后低声对霍从烨说道："霍先生，这里不安全，咱们还是先上车吧。"

周围车辆的鸣笛声此起彼伏，方才的一幕引来了很多人围观，但所有人都选择留在车子上，只有霍从烨下车来帮姜离。

姜离在霍从烨的搀扶下站起了身，她眼里的惊慌和害怕被他尽收眼底。

霍从烨看得有些出神，她白皙的脸上沾着灰尘，几缕碎发也散落了下来，手上全是擦伤的血痕，还夹杂着浅色的泥土。

那天在崖边，姜离的冷静让他感到陌生，此时她眼里流露出的软弱和无助却让他再次迷惑，因为她们太像了。

霍从烨看着此刻脆弱无助的姜离，忍不住想摸摸她的头，就像他曾经经常做的那样。他意识到自己已经抬起手时，又突然把手垂了下去。

"先上车吧，我送你回酒店。"他轻声安慰道。

"不行，我得去报警。"

姜离的包里装着母亲的遗物，她得立刻找回来。

"就算你报警，找回失物的可能性也很小。我们先回酒店，我可以托当地的朋友帮你找。"霍从烨将手轻轻地按在她的肩上，冷静地说道。

听到他这么说，姜离才想起来自己根本没有续订酒店，而所有的贵重物品都在包里，现在包被抢走了，她的钱包、护照也就都不见了。护照还不要紧，可她所有的信用卡都在钱包里，而且包里还放着她在赌场里赢回来的那一万欧元。

现在的她身无分文，如果离开霍从烨独自去报警，说不定还会遇上更加危险的事情。最后她只得听从了霍从烨的建议，先回酒店。

下车后，姜离再次向霍从烨道了谢，在那么危险的情况下，是他挺身而出帮助了她。

“姜小姐，你住在哪个房间？”霍从烨问完，似乎怕姜离误会，又补充道，“我的人已经去追抢匪了，如果追回了你的包，我该怎么还给你？”

“不用那么麻烦，我就坐在大堂里等着。”

姜离哪里还有房间，她在离开酒店去赌场之前就已经把房间退了，把行李放在楼下寄存了。她不想给自己犹豫和后悔的机会，原本打算将信交给崔枫后就立即离开的。现在想想，她还真是挖了个坑然后自己跳了下去。

敏锐的霍从烨一下就察觉到了她的不对劲，皱了皱眉问道：“有什么问题吗？”

被他看见自己最狼狈的一面，姜离已然觉得十分尴尬了，此时她更不想让霍从烨知道她就要沦落街头了。她原本打算等他一离开，就去拿自己寄存在前台的行李，然后把那个香奈儿的手包卖掉换点儿钱。那是她这次旅行带的最贵的物品，买的时候花了六千欧元，就算现在以十分之一的价格卖出去，也够买一张回英国的机票了。

“你的房间出了问题？”霍从烨见姜离久久不回答也不回房间，便试探性地问道。

“我准备今晚离开摩纳哥的。”

霍从烨看着她，良久都未说话，脸上的表情虽然一如既往地淡漠，眼神中却始终带着探索的意味。

“离开摩纳哥？”他低声问道。

姜离不知道为什么，觉得有些难以启齿。离开摩纳哥是她昨晚临时的决定，在餐厅见到霍从烨之后，她发现自己似乎有些在意这个只见过几次面的中国男人。说实话，她并非一见钟情的支持者，她一直都相信，一段感情的开始应该基于双方的相互了解与信任，而一见钟情听起来更像是在冒险。

“只能说计划总是赶不上变化，现在我只能期望您的保镖能帮我把包追回来。”姜离苦笑着说道，表情十分无奈。

其实对她来说，钱包和护照都不重要，最重要的是她母亲的遗物。她将那三封信从英国带过来，就是希望能将它们交给崔枫。只是她怎么都没想到，崔枫竟然视她母亲如蛇蝎，在听到她是姜韵的女儿后，竟然会是那样的态度，姜离不禁觉得这一切都太讽刺了。

“现在已经7点了，不如咱们先去吃晚餐，边吃边等。”霍从烨低头看了眼手表，提议道。

姜离讪笑着说道：“霍先生，恐怕我现在不能请您吃饭了。”

“没关系，我会记下来的。”霍从烨不紧不慢地说道。

虽然他站在门口逆光的位置，可是姜离还是能看见他眼底亮若星辰的光芒。

他的话虽未说明，姜离却一瞬间明白了他的意思，他会记下这顿饭，等着她回请是吧？

既然事已至此，姜离也不想再拒绝了，因为她现在真的太饿了。

“谢谢。”

两人转身往餐厅走去，霍从烨突然转头看向姜离。

姜离正被他看得有些不知所措时，就听他开口说道：“你的衣服有些脏了，如果不介意的话，你可以先到我的房间里整理一下，换一身干净的衣服，然后咱们可以在露台上享受晚餐。”

姜离低头看了一眼，才发现自己的白色长裤上印着脚印，衬衫也沾满了灰尘。方才她和那个抢匪纠缠的时候被踢了两脚，此时肚子和腿都疼得厉害。

她有些尴尬地点了点头。

霍从烨的随行保镖帮姜离取回了她寄存的行李，一行人乘坐电梯到了顶层的钻石海景套房。一进门，满眼都是精致的装饰，房间的主色调是米色和驼色，点缀着些许端庄的红色。

“这里有三个房间，不介意的话，你可以住客房，里面有浴室。”霍从烨指着旁边的一个门说道。

姜离刚想道谢，就看见他抬起手用修长的手指灵活地解开了衬衫的扣子。霍从烨穿了一件浅蓝色的衬衫，就像是地中海的颜色，当扣子被解开后，他修长的脖子露了出来，紧接着的是结实的胸膛。

此刻的霍从烨显得轻松悠闲，和他一贯冷漠的模样大相径庭，所以姜离忍不住多看了几眼。

见她还站在原地，霍从烨疑惑地抬头看向她，姜离慌乱地说了声“谢谢”后，拉起行李箱往客房走去。

看着她一瘸一拐的样子，霍从烨忍不住皱了皱眉。

进了房间后，姜离将长裤脱掉，才发现自己腿上被踢到的地方已经肿了起来，等看到肚子的时候，她更是倒吸了一口凉气，白皙的皮肤上，一个巨大的青紫色印记十分明显。

她想起当时的情形不禁觉得自己犯了蠢，不该和抢匪做无谓的抗争，幸亏抢匪身上没有带刀。

洗完澡，穿着浴袍出来时，姜离听见门口响起了敲门声。

姜离打开房门后，一个穿着酒店制服的女子将一个墨绿色的瓶子递给她说道：“姜小姐，这是可以消肿的药膏，效果很好。”

她接过药膏，了然地说道：“请帮我谢谢霍先生。”

“道谢的话还是您本人去说更好。”女子微笑着说道。

腿上的伤痕很明显，穿短裤根本遮不住，姜离擦完药后从行李箱里翻出一条长裙，勉强遮住了伤痕。

她收拾妥当后走出房门，发现客厅里没有人，只有外面的露台上亮着灯。

她推开露台的门就看见一个高大的身影站在露台边上，面对着大海，似乎在欣赏夜幕之下的地中海海景。

霍从烨对电话里的人说道：“你继续留在伦敦，我要你说服墨菲教授，不管用什么方法。”

电话那头的封庭，手边放着这几天调查的资料，虽然内容不够详尽，可是该有的也都有了。他看着照片中穿着学士袍的人，犹豫了许久，说道：“霍先生，有件事我需要向你……”

他的话还没说完，就听到电话里面传来一个女人的声音。

“霍先生。”姜离轻声喊道。

回过头的一瞬间，霍从烨不禁愣住了，姜离穿着一身浅绿色的碎花长裙，裙摆随着清凉舒爽的海风飞舞着，她伸出莹白的手指将瀑布一般的长发掖到了耳后，脸上有一丝淡淡的红晕。

此时的她虽粉黛未施，可是如星辰般耀目的双眸与白得发光的肌肤依旧令她美得惊人。侧面开衩的长裙刚好将她那双细腻白皙的长腿显露出来，脚上的平底凉鞋上面点缀着繁复的宝石，在月光的照射下发出夺目的光亮。

霍从烨对封庭说道：“有事情给我发邮件。”

随后他便挂断了电话。

他刚才站在暗处，所以姜离没看见他在打电话，此时见他挂断电话，她不免有些抱歉。

“保镖回来了，很遗憾，那个抢匪很熟悉这里的路，把保镖甩掉了。不过你放心，我已经联系了当地的朋友帮忙，他们会尽量帮你找回你的包的。”回过神的霍从烨边说边往姜离身边走过去，站到了灯光能照到的地方。

姜离看着他，淡然地说道：“幸亏对我来说，这并不是今晚最坏的消息。”

“什么是最坏的消息？”霍从烨说着，走到白色长桌的一边，将椅子轻轻地拉开，邀请她入座。

姜离会意地走到椅子旁坐了下来，两个人离得很近，空气中弥漫着一股馥郁的香气，阳台上盛开的鲜花正随着海风的吹拂轻轻摇晃着。

霍从烨此时已换了一件白色的格子衬衫，衬衫最上面的两颗扣子解开了，一小片结实的胸膛露了出来。平时的他是冷漠的、一丝不苟的，此时的他则浑身散发着一种低调的性感。

姜离的目光在他的领口处停留了片刻后，才慢慢地移开了视线，等霍从烨走到对面的椅子旁坐下后，她才说道：“对我而言，原本今晚最坏的消息应该是流落街头。”

她没有说出的是：只是现在遇见了你。

两人刚坐下一会儿，门口传来了铃声，随后服务员推着餐车走了进来。

“不知道你喜欢吃什么，所以我点了今天主厨的推荐菜。”霍从烨体贴地说道。

他的声音一如既往地冷淡，此时姜离却觉得他的声音不再那么冰冷。

服务员将牛排摆好，又按照霍从烨的吩咐开了一瓶红酒。深紫色的液体在晶莹剔透的高脚杯中轻轻晃动着，姜离主动端起酒杯，有些羞涩地说道：“虽然这顿饭是霍先生您请客，但我还是想借花献佛，感谢您的帮助。”

“姜离。”

听到霍从烨轻声叫着自己的名字，姜离的心头一颤，这是他第一次叫她的名字。不知道为什么，她忍不住心潮涌动，一种说不清的滋味在心底浮现。

“其实你不用这么客气，我说过，有缘分的人总会相遇的。”说完，他端起酒杯，两人隔空碰了个杯。

明明隔得那么远，姜离却好像听到一声清脆的酒杯撞击声，这声音不仅撞击着她的耳膜，也撞击着她的心。

“您下次去伦敦的时候，请务必联系我，让我尽一尽地主之谊。”姜离郑重其事地说道，随后她觉得自己的感谢似乎太过随意了，又说道，“当然，如果您有需要帮忙的地方，也请随时联系我，虽然我只是个小人物，可好歹也在伦敦生活了那么久，总能帮上一点儿忙的。”说完，她忍不住有些后悔，她的话好像巴不得霍从烨遇到什么问题似的，于是又急忙补充道，“就算您只是想吃一餐美味的料理，我也可以提供建议。”

姜离正暗自后悔自己似乎越说越糟糕时，就听霍从烨开口说道：“我会当真的。”

说完，他喝了一口红酒，滚动的喉结让姜离的视线再一次落在了他的脖子上。都说修长的脖子能让人看起来更出挑，霍从烨的脖子就很好看，此时透过他微微敞开的领口更是散发出一股说不出的魅惑。或许是夜色让他看起来更性感，又或许是他让夜色看起来更迷人。

姜离简直要被他的美色诱惑了，想起药膏的事情，她再一次向霍从烨致谢道：“谢谢您安排人送来的药膏，很好用。”

谁知，她的话刚说完，霍从烨的眼神顿时冷了下来。或许是姜离这张脸的原因吧，一想到那个抢匪差点儿将她推到马路上被车撞了，他握着刀叉的手顿时收紧了。

“从烨，不要救我！不要来！”

那时候的他，满心焦急，恨不得用自己的所有去换她，可谁知最终换来的都是谎言罢了。这些年，他在毁灭和克制之间不断徘徊，从不曾有过一刻的安宁。

正低头享用美食的姜离全然没有注意到霍从烨的变化。

二人吃过晚餐后，疲惫的姜离接受了霍从烨的好意邀请，睡在了他的客房里。

深夜时分，穿着深蓝色睡袍的霍从烨坐在吧台旁边喝着酒，他若有所思地端起装着金黄色液体的酒杯，随后一饮而尽。

“老板。”

刘文杰没想到居然会在深夜接到老板的电话，因为霍从烨一向不喜欢晚上的时候有保镖在自己周围晃悠，更何况，刘文杰以为今晚那位姜小姐足以让他的老板分不出精力。

“以最快的速度将这个送回国。”霍从烨拿出一个透明的袋子交给他吩咐道。

刘文杰看了一眼，袋子里好像是头发。

“我需要尽快知道姜离和那个人的DNA（脱氧核糖核酸）对比结果。”

虽然同住在一家酒店里，可是姜离醒来后，躺在床上看着天花板，却觉得身心放松了许多，心想难道钻石套房里的床都要比别的房间好？

她下意识地伸手在床头柜上摸了半天，才想起来自己的手机也在被抢走的包里。

洗漱完毕后，姜离换上了一条白色半露背连衣裙。虽然是素颜，可是她的皮肤又白又细腻，就算不化妆也足够漂亮。

这几天因为在度假，她只是稍微化了点儿底妆，今天则心血来潮地涂了唇釉。原本就丰润的嘴唇在涂上唇釉后，色泽变得更加饱满，看起来就像是上等的樱桃，让人忍不住想咬上一口。

她推门出去的时候，霍从烨正站在客厅里喝水，一身黑色运动装的他，额头上还有汗珠，看起来像是刚刚运动完回来。

姜离开口打招呼：“霍先生，早。”

霍从烨盯着她看了看，当目光落在她的嘴唇上时，喉结滚动了两下，随后平静地说道：“早上好。”

姜离点了点头，不知道该怎么往下接话，她一向不善于与人攀谈，气氛一时显得有些尴尬。

这时，霍从烨放下了手中的水瓶，伸手将桌子上的手机朝她递了过去：“没有电话想必很不方便。”

姜离看着霍从烨递过来的手机，心下一暖，接过手机，轻声说道：

“谢谢。”

她正发愁自己该怎么和萧世琛联系，要是超过两天还不和他联系，只怕他会立即从美国飞过来找她。她来摩纳哥本就是偷偷来的，要是让萧世琛发现，不知道会被骂成什么样子。更何况，她还差点儿让自己陷入危险之中，她可不想以后连独自出游的机会都没有了。

“关于抢你包的人，今天大概就会有信息，不过你得做好准备，东西很可能会遗失。”

“钱和卡都没关系，我只想找回包里的信，那是我母亲的遗物。”

霍从烨顿了一下，点头说道：“放心，我会尽量帮你找回来的。”

吃完早餐后，霍从烨换了一身正式的衣服，看样子是准备出门。虽然昨晚借宿在这里，可是如果主人不在房中，姜离也不好意思继续逗留下去。

霍从烨似乎猜到了她的想法，轻声说道：“酒店里的休闲吧还不错，如果你愿意，可以去那里坐坐。”

她欣然同意，随后两人一起乘坐电梯下了楼，她前往二楼的休闲吧，而霍从烨则去了一楼。

坐在二楼的休闲吧里，姜离用新手机下载了微信，只是用新手机登录微信时，花了很长时间。

她刚登上微信就看见了萧世琛发来的三条消息：

“今天玩儿得怎么样？

“睡了？

“看见信息的话，记得回复我。”

一看信息是昨晚9点左右发来的，姜离不敢耽搁，赶紧回复了信息：“我的手机不小心掉水里了，暂时只能用微信联系了。”

很快，萧世琛就回复了她：“怎么这么不小心？”

“在沙滩拍照时不小心掉了。”

姜离不敢和他说实话，只能先糊弄过去，要是她说了实话，只怕下一刻就会有人过来接她离开。可母亲留下的信丢了，她不想就这么离开。

后来，在回复裴芷的信息时，她无奈地说了实话，裴芷随即发来了一连串信息：

“被抢劫了？我的天哪！你没事吧？

“没想到连摩纳哥都这么不安全，要不你还是快点儿回英国吧，毕竟你一个女孩子待在外面，确实容易被坏人盯上。

“而且你还长得那么漂亮。”

“都这种时候了，你还和我开玩笑。”

姜离刚刚回复完，裴芷的电话就打了过来：“你被吓坏了吧？”

裴芷的声音听起来很担心，她觉得姜离肯定被吓坏了。

虽说姜离看起来成熟稳重，一副现代知性女性的模样，可是裴芷知道，她当真是被放在玻璃罩子里长大的，而她那个无所不能的哥哥，恨不得把自己的妹妹保护在真空环境里。

吓坏了？裴芷的话让姜离想了很久，她被抢包的时候确实很害怕，特别是被推倒在马路上，而周围都是汽车的鸣笛声时。可是霍从烨一来，她好像就不害怕了。

裴芷又问道：“你钱包都没了，不会到现在还没吃饭吧？”

姜离说道：“一个朋友帮了我。”

“朋友？男朋友？”裴芷的好奇心一下子被勾了起来，她又想起姜离是独自出游，忍不住八卦地问道，“你不会是和秘密男友出去玩儿了吧？”

“不是，只是一个偶然相识的人。”姜离不想让裴芷误会，便没有说是霍从烨。

裴芷并没打算放过她：“艳遇？他长得帅吗？如果没有你那个无所不能的哥哥帅的话，我会鄙视你的。”

姜离被她的话噎住了，刚想说关萧世琛什么事，裴芷又补充道：“别怪姐姐我没提醒你，就算再怎么冒火花，也要记得安全措施。”

姜离这会儿是真的什么话都说不出来了，心想难道医学院的学生说话都这么直接吗？

她无奈地解释道：“我们不是你想的那种关系，他很绅士，不是个随便的人。”

“嗯，那你小心他随便起来不是人。”裴芷坏笑着说道。

姜离不想再听她胡说八道，截住她的话问道：“你能借我点儿钱吗？我现在身无分文。”

很快，姜离就收到了五千欧元的到账信息，她心中一暖，随后连忙问道：“太多了吧！你自己没问题吗？”

“我妈最近又给我打了一笔钱，正好借你急用，况且你只是出去旅游两周，又不是两年，我这边没问题。”裴芷豪爽地说道。

姜离连忙说了“谢谢”。

待要挂断电话的时候，裴芷突然说了句：“Shiloh，不要给自己太大的压力，你太追求完美了，其实事事都完美也挺没意思的。”

姜离不明白她的意思，正要询问，就听她又说道：“所以遇见合适的就上，犹犹豫豫只会让你以后后悔当初怎么没睡了他。”

姜离无语地盯着已经挂断的电话摇了摇头。

“姜小姐。”姜离正在摆弄手机的时候，刘文杰找了过来。

“你好。”她抬起头，有些惊讶地回应道。

“霍先生邀您一起吃午餐。”刘文杰客气地说道。

姜离跟着他来到西餐厅时，霍从烨已经挑了个靠窗的位置等她了。待她走近后，一旁的服务员帮她拉好了椅子。

桌子上已经摆好了菜单，她坐下后，想起裴芷转给她的钱，立即开心地说道：“霍先生，这顿饭我来请吧。”见霍从烨的表情有些疑惑，她解释道，“我朋友刚给我转了五千欧元。”

“这家餐厅恐怕不接受网络支付。”霍从烨轻笑着说道，似乎无意让她付账。

“那这样吧，我加你微信，把钱转给你，你能给我现金吗？”姜离想了想，她现在身上没有银行卡，不管卡里有多少钱也无法通过银行提取，所以这个方法是她唯一能获得现金的方式，便脱口而出地说道。

霍从烨没想到她会这样说，显得有些意外。

看到他脸上讶异的表情，姜离才突然意识到自己看起来像是在变相地索要他的联系方式。她想到这儿，脸颊微微有些发烫，羞臊得不敢再看他，只是低头摆弄着掌心里的手机，恨不得把头藏到桌子底下去。

谁知，下一秒霍从烨已将自己的手机递到了她的面前，开口说道：“你可以扫一下二维码。”

姜离抬起头一看，他已经将手机里的微信调了出来，此时手机的界面正是他的微信二维码。她的耳垂已经红透了，赶紧拿出手机扫了一下。

霍从烨的微信昵称简洁明了，是一个大写的英文字母 H。

姜离和他十分相像，她的微信昵称是 S。

他们互换微信后，好奇的姜离忍不住点开了霍从烨的朋友圈，里面只有一条动态，就是那次新年致辞的视频。

她一不小心点开了那段视频，随后霍从烨优雅动听的声音传了出来，见他抬头看着自己，姜离觉得自己的脸都要丢光了。

她赶紧关掉了视频，随后尴尬地笑道：“霍先生，你的声音挺好听的。”

霍从烨挑了挑眉，微微笑了一下，回复道：“谢谢。”

姜离深吸了一口气，试图把自己在实验室里的那股冷静劲儿拿出来，可是在伦敦时的她和此时的她，似乎是两个“次元”的人。

她垂着头，心怦怦地乱跳，总觉得对面的霍从烨在盯着自己。她偷偷地抬头看过去，却发现他在低头看着菜单。

她想了想，还是准备将裴芷转给她的钱转给霍从烨，这样她就可以拿到五千欧元的现金，而她现在的困境也可以迎刃而解了，便说道：“霍先生，我现在就把钱转给你。”

霍从烨抬起头，淡淡地说道："不着急，我们可以吃完饭再说，我身上也没有这么多现金。"

姜离知道他是不想让自己为这顿午餐埋单，也就没有再坚持。

她已经欠了霍从烨足够多的人情，再做无谓的纠结倒显得矫情了，所以她翻开菜单，再次接受了他的好意。

下午的时候，姜离将钱转给了霍从烨，而霍从烨则让刘文杰将一个装着五千欧元的信封交给了她。

拿到钱后，姜离迅速去前台订了一间房，见手里钱不多，她就选了最便宜的一间，不过在这样的酒店里，就算是最便宜的房间，也要几百欧元。她算了算，预订了三天，如果三天内，她还是没找回母亲的遗物，就只能选择离开了。

订好房间后，她上楼收拾好自己的东西搬到了楼下。临走前，还留了一封简短的信感谢霍从烨的帮助。

霍从烨用完午餐之后就离开了酒店，看起来，他好像是专门回来吃个饭而已。

姜离原本想通过微信给他留言，可是点开与他的对话框后犹豫了许久，最后还是什么都没发出去。

砰砰砰。

姜离刚洗完澡就听见了敲门声，她走到门口问道："哪位？"

"是我。"霍从烨低沉的声音在门外响起。

她打开门，就见霍从烨站在门口，看起来一副正要出门的样子。她感到有些奇怪，毕竟此时已经 11 点了。

"姜离，你接下来有什么行程安排吗？"霍从烨垂眸看着她问道，走廊里暖黄色的灯光洒在他的身上，立体的脸部线条令他英俊得像是一座雕像。

姜离故作镇定地说道："没有，我还在等你朋友的消息。"

“那你能帮我一个忙吗？”

姜离刚刚洗完澡，身上穿着酒店的白色浴袍，头发还湿漉漉的。听到他突如其来的请求，虽然觉得有些诧异，但还是爽快地答道：“当然。”

随后她换了一身衣服，连头发都没来得及吹干就跟着霍从烨离开了。

两人坐车来到了一个停机坪，此时一架直升机正停在中央。

姜离一下车就感觉到一阵扑面而来的大风，螺旋桨发出的巨大噪声掩盖住了周围的一切声音。

直到上了飞机，她才转头看向身边的霍从烨问道：“霍先生，我们要去哪里？”

机舱里依旧能听到螺旋桨转动的声音，他俯身贴着她的耳边喊道：“公海。”

在公海赌船这种纸醉金迷的场所里有世界上最美的女人、最好的酒、最奢华的享受以及最让人血脉偾张的胜负之争。

漆黑的、无边无际的海面上，一艘周身霓虹闪烁的巨大邮轮安静地停在那里，即便离得很远，却仿佛依然能听见船上男人们高昂的喊叫声和女人们的娇笑声以及似乎永远都在空气中飘浮着的、隐隐约约的音乐声。

对于公海赌船这种事，姜离只是听说过而已，要是让萧世琛知道她敢到这样的地方，只怕会亲自打断她的腿。

可是现在，她居然就这么来了。

霍从烨先从机舱走了下去，随后向舱内的姜离伸出了手。

海风很大，姜离顾不上整理被吹得来回飞舞的长发，将自己的手伸向了他。

虽然霍从烨的手指看起来修长骨感，手掌却又大又厚实，掌心温热，甚至有些发烫。他牢牢地抓着姜离的手，小心地将她扶到了甲板上。

姜离站稳后，想要抽回自己的手，却被霍从烨紧紧地抓住了。此时已有人在旁边等着他们，他贴着她的耳朵轻声说道：“现在，你是我的女伴。”

这时，一道烟花从船的另一头升起，璀璨的光芒将半边天都照亮了，正像姜离此刻的心情。

“霍先生。”他们刚进船舱，一个穿着火红色长礼服的女人便冲着霍从烨招呼道。

霍从烨淡淡地看了她一眼，回应道：“小韩夫人。”

姜离一眼就认出这个女人就是那天在赌场里站在霍从烨身边的女人，原来她已经嫁人了，不知道为什么，姜离觉得心里松了一口气。

小韩夫人的目光在姜离身上打量了一番，一个漂亮女人看见另一个漂亮女人的时候，目光总会变得很挑剔。姜离虽然穿着最简单的衣服，却丝毫没有让人看低，就连小韩夫人都不得不承认，霍先生带来的这位女伴确实配得上他。

霍从烨介绍道：“这位是姜离。”

他虽未多说什么，可是众人见到他和姜离紧紧握在一起的手，已浮想联翩。

小韩夫人与姜离打了招呼后，嗔怪道：“你们来晚了。”

霍从烨轻轻地捏了一下姜离的手，随后语调清冷地说道：“女士出门总是有些麻烦。”

姜离随即会意，娇笑一声，说道：“讨厌，人家也不是故意迟到的。”

姜离虽然是在小声抱怨，对面的小韩夫人却听得清清楚楚，她似笑非笑地说道：“人人都说众禾的霍董不近女色，一点儿都不懂得怜香惜玉，原来是早有了真命天女啊。”

姜离听完低下了头，尽管她心里窘迫，脸上却不能露出破绽，只得装出一副娇羞的模样。

随后，霍从烨以天色已晚为由拒绝了小韩夫人去赌一把的邀请，小韩夫人也没有强人所难，而是让人给他们安排了客房。

赌船上的服务人员领着霍从烨他们到了客房后，刘文杰给了小费，便让服务员离开了。

一行人走进房间后，姜离一眼就瞧见了房间里的大床，实在是因为那张床太大了，而且还是圆形的。虽然房间看起来也很大，可采用的是开放式格局，只以家具的摆放隔出房间的各个功能区，所以相比别处，那张床格外引人注意。

这时，刘文杰对霍从烨说道：“霍先生，我们就住在隔壁，如果您有什么问题，可以随时叫我们。”

说完，他就带着其他保镖离开了。

偌大的房间里只剩下霍从烨和姜离两个人，虽然姜离昨天也借住在他的房间里，可那是个套房，两人各处一室，互不打扰，与现在的情况截然不同。

她只是站在沙发旁边就能感觉到霍从烨强烈的存在感，她的目光无论怎么躲，都能用余光瞥见他的身影。

霍从烨走到房间的小吧台旁，从冰箱里拿出了一瓶矿泉水。

姜离先是听到瓶盖被拧开的清脆声响，接着又听到了他喝水的声音，她的眼睛不知道该看哪里，只是盯着沙发上的纹理，似乎能在那一团团花纹中看出什么名堂。

她的眼睛虽然盯着沙发，脑海中却一直在想象着霍从烨喝水的画面，他的喉结上下滚动时有种说不出的性感。昨天他只是随便解开衬衫上的扣子，露出脖子，便已让她险些挪不开眼睛。姜离一想到他喝水的画面，心里竟开始浮想联翩：修长的脖子，水珠顺着嘴角流下，滴落在……

“霍先生，天色晚了，我该回去休息了，请问我的房间在哪里？”姜离深吸了一口气，让自己停止荒唐的联想，尴尬地说道。

正站在吧台旁喝水的霍从烨放下了手中的水瓶，置身于昏暗的灯光下，他的身姿异常挺拔修长，他沉声说道：“姜离，在这艘船上，你的身份是我的女伴。”

姜离不明所以地说道：“当然，我明白。”

“那么我们得把戏做全。”他的话听起来很有道理也很自然，却已在姜离心中掀起了惊涛骇浪，还未等她发问，他又说道，“所以，你今晚的卧室在这里。”

听了霍从烨的话，姜离突然想起了那个白小姐，随后她又不禁想到，如果她没有和霍从烨偶遇，如果她不那么像他认识的那个人，那么今晚站在这里的人会是那个白小姐吗？

聪明的姜离知道什么话该问，什么话不该问，她不过是临时帮忙的女伴而已，没有资格询问霍从烨的私生活。

不过共处一室而已，况且这个房间也不小，还有这么宽敞的沙发。想到这儿，姜离迅速调整了自己的状态，既然答应来帮忙，就该把戏做足。

她指了指身旁的沙发，说道：“那么今晚，你睡床，我睡沙发。”

霍从烨沉默了片刻，显然她的提议有些超出他的预期。

随后，他开口说道：“你确定要睡沙发？”

“这里只有一张床，总不能让霍先生你睡沙发吧，这两天若不是你的帮助，只怕我得流落街头了。”姜离大方地说道。

霍从烨微微蹙了下眉，表情微微一变，随后点头说道：“女士说了算。”

有些事情，做起来比想象中难得多。

尽管姜离是接受西方教育长大的，但她骨子里还是更加倾向于东方女性特有的含蓄和婉转。约会对她来说尚且是个陌生的名词，更别提跟男人亲密共处了。

“你要洗澡吗？”一旁的霍从烨说着慢慢地走到了灯光更亮的地方，头顶的小型水晶吊灯华丽璀璨得晃眼。

姜离故作平静地说道：“好啊。”

说完，她就发现了问题，她出来的时候什么都没带。

她自然羞于向霍从烨提出这样的问题，好在她知道这种豪华邮轮上，什么东西都可以提供。

就在她准备打电话给服务人员的时候，霍从烨指着一旁的衣柜说道：

“里面应该有干净的换洗衣物，你可以换上。”

姜离半信半疑地走了过去，打开柜门就看见里面放着一个白色的盒子，盒子里是一件纯白色的裙子，下面还放着内衣。她赶紧将盒盖盖好，虽然知道以霍从烨的位置，肯定什么都没看见，可是一想到他就站在自己身后，姜离心中就有种说不出的羞涩。

她一把将盒子抱了起来，对霍从烨说了声“多谢”，便冲进了洗手间。

洗手间的梳洗台上摆满了化妆品，还都是顶级大牌的，看来准备这间套房的人做了精细的准备工作。

打开花洒之后，姜离才想起自己来之前已经洗过澡了。她简单洗漱了一下，换上了盒子里的裙子。

这条裙子与其说是睡裙，不如说是一条公主裙。白色的裙子长及膝盖，长袖设计，袖口绣着一圈蕾丝，还有用来收拢袖口的带子。裙下露出姜离笔直修长的双腿，就连穿着拖鞋的两只脚都白嫩得仿佛会反光一样。

她走出来的时候，霍从烨正坐在沙发上低头看着手机。

听到浴室开门的动静，他抬起了头，随后他的目光就定在了身着纯白色裙子的姜离身上。此时的她看起来年纪很小，就像是还未走出校园的学生，浑身透着一股惹人怜爱的清纯。那纯白色的公主裙像一个信号弹，将霍从烨的思绪一下炸开了。

姜离看着他的眼神，觉得往常幽深冷静的黑瞳，此时看起来似乎格外不一样，像是着了火，又像是藏着一座冰山，冷热交替，看得她不禁有些心颤。

霍从烨盯着她看了许久后，突然站起身走到了她的身边，整个房间似乎一下变得逼仄起来。

“姜离。”他的声音听起来像在极力克制着什么。

他们站得太近，姜离只好抬起头来看着他，她的视线从他的喉结缓缓往上移动着，最后看向他的眼睛。

“别这么看我。”霍从烨的话既像是请求，又像是命令，说完，他便用自己宽厚的手掌盖住了她的眼睛，她的世界陡然落入一片黑暗中。

“霍……”姜离刚说出一个字就感觉到霍从烨温热的气息陡然进入了自己的安全空间，而她不仅不觉得恐惧，心里反而涌出一股说不清的感觉。

此时，她突然想起裴芷说的“睡了他……”，不禁在心底斥责自己在胡思乱想什么！

她的心脏怦怦地跳个不停，湿热的双手也攥成了拳头。

霍从烨低头看着姜离的脸颊，手心传来的细嫩触感让他心中百感交集。

姜离和那个人真的很像，那个他从心底里恨着的人、那个他以为已经彻底消失在人海中的人。那个人那样伤害他，他以为自己会恨，可最终，他看到与她十分相像的姜离时，还是忍不住地想要靠近。

霍从烨看着自己手掌下方，姜离那娇嫩的唇瓣，他感觉到身体里有一种抑制不住的冲动。

直到他一言不发地将手拿开，冲入浴室后，姜离都没有回过神来。

她走到沙发旁坐了下来，愣了好久才拿出手机给裴芷发了条信息。

过了几分钟，裴芷回复了她的消息：“洛神殿下，大半夜的，您传召小的有什么事？”

姜离：“你已经睡了吗？我是不是打扰你了？”

裴芷：“？”

姜离不知道该怎么说出自己的疑问，说实话，她没怎么和男性接触过，虽然之前有很多人想约她，可都被她拒绝了。到现在她才发现，喜欢一个人并不是一件容易的事情。

想了好久，她才回复道：“裴裴，喜欢一个人会有什么反应？”

“什么反应？能有什么反应？想睡他呗！”裴芷回复道。

姜离无奈地摇了摇头，正后悔自己不该找她当情感顾问时，裴芷的消息又发了过来：“你喜欢上谁了？那个绅士？”

“不是我，就是看电影的时候有感而发。”

“呵呵，你不是从来不看电影吗？”

被拆穿的姜离觉得十分尴尬，忍不住埋怨自己找的这个借口也太烂了，她怎么没说是帮朋友问的呢！

裴芷则难得认真地劝说道：“洛神，说真的，电影里的艳遇情节确实很浪漫、很感人，可是在现实生活中，就算对方长得再帅，睡睡就好，别当真。”

姜离无奈地回复道：“我们能说点儿有深度的话题吗？”

“深度？你们都已经发展到这一步了？”

这时，浴室的门打开了，暖黄色的灯光下氤氲的水汽流泻而出，霍从烨穿着白色的睡袍，顶着一头湿漉漉的乱发走了出来。梳洗过后的他，浑身散发着一种和平时截然不同的气息，既慵懒又性感。

姜离抬头看着他，脸上不禁有些发热，与他目光相对时，则不争气地低下了头。

想到霍从烨此时的模样只有包括她在内的几个人看见过，姜离就忍不住紧张起来。她也不知道自己在紧张什么，心脏却仿佛要从胸腔里蹦出来一样，偌大的屋子里什么声音都没有，只有她剧烈的心跳声。

虽然两人之间隔着茶几，可霍从烨高大的身躯还是带给她不小的压迫感。

“到床上去睡吧。”他清冷的声音打破了两人之间尴尬的沉默。

房里只开了一盏灯，虽然有亮光，却很昏暗，就连他清冷的声音都染上了一层夜色般的柔和。

姜离没想到他会这么说，脸上泛着红晕，轻声回复道：“不是说好了吗？你睡床，我睡沙发。”

霍从烨抬手捏了捏眉心，有些疲倦地说道：“还是你去睡床吧，要不然今晚谁都别想睡着了。”

其实她不是因为要睡沙发才睡不着的，可是此时看着他的表情，也只能沉默。

见姜离默不作声，霍从烨十分自然地说道："乖，听话。"

说完，姜离错愕地抬起头看向他，整个房间再次陷入了一片沉默。

说实话，霍从烨除了那天在山上和她说话时有些激动外，他们两个人之间的一切对话都像是两个刚相识不久的陌生人的交谈。

霍从烨心中的震惊不比姜离少，她的眼神让他忍不住说出了这样的话，而此时，他的心里生出一股说不出的感觉。这么多年来，他的心就像是一潭死水一样，任凭再动人的女人都搅不起一丝涟漪，可姜离的一个眼神就让他变得不像自己了。

霍从烨从心底厌恶这么轻易受到影响的自己，这么多年来，他将所有的精力和心思都用在了工作上。原以为自己已经不会再被任何人轻易影响，此刻他终于明白，他的淡定自如只是因为那个能影响他的人一直没出现而已。

霍从烨想到这儿，脸色一下子变得十分冷淡，透出一股生人勿近的疏离感，他冷漠地说道："我们明天就离开，所以今晚先将就一下。"

姜离见他的态度十分坚决，也不好再推脱，于是放下薄毯，起身上了床榻。

霍从烨看着她纤瘦的身影，狠狠地吐了一口气，似乎要将心底的一切杂念吐出去。

可有些人，一旦扎了根，就别想轻易地将她挪走。

这一夜，两人都没睡好。

姜离起床后照了照镜子，看见自己眼下淡淡的黑眼圈时忍不住摇了摇头。好在船上连化妆用品都准备了，她刻意给自己化了一个亮丽的妆容来掩盖脸上不算好的气色。

早上，邮轮甲板上和餐厅里都没有什么人，大概是昨晚的狂欢过后，人们都还没起床。

霍从烨打了一早上的网球，姜离在旁边看着，觉得他比陪练的网球教练打得都要好。他穿着白色的运动服，每一次挥拍的时候，手臂都会在空中划过一道完美的弧线。当他跃起时，姜离透过翻飞的衣摆看到了他精壮的小腹，那分明的腹肌线条令她不禁面红耳赤。她第一次知道，原来男人的美色也会令人忍不住一直看。

中午的时候，小韩夫人派人来请他们一起用餐，霍从烨换了一身正式的衣服之后才去赴约。

到达邮轮上的日本料理餐厅时，霍从烨对早已等在那里的小韩夫人点头说道："让您久等了。"

话虽这么说，他的脸上却一点儿歉意都没有。

众人落座后，一直等在一旁的大厨开始制作寿司，他的双手十分灵巧，雪白的米饭在他手中很快就成了一个美味的寿司。

姜离想起了伦敦的NOBU，那是由日本名厨松久信幸创建的餐厅，享有米其林星级评价，她十分喜欢那里的刺身，所以时常去那家餐厅一饱口福。

闲聊中，小韩夫人得知姜离是英国人，而且毕业于三一学院，美艳的五官一下子柔和了许多，她颇为亲热地说道："我女儿一天到晚都在念叨着以后要去英国读书，还说最想申请的大学就是三一学院。"

得知她女儿已经十二岁了，姜离立即恭维道："小韩夫人，您可真年轻。"

"哪里还年轻啊，孩子都这么大了。"小韩夫人温柔地笑道。

姜离见她对三一学院似乎很感兴趣，便开口说道："若是您女儿真的喜欢，那下次她去英国时，我可以带她逛一逛三一学院。"

小韩夫人高兴地答应下来，随后两人还互留了电话号码。

餐桌上，两位女士聊得很好，一旁的霍从烨却很少插话。

他们回去的路上，姜离见他一直不说话，还以为他不开心，便问道："我是不是说太多话了？"

“不，相反，你帮了我一个大忙。”霍从烨真诚地说道。

他们回到房间后，他才和姜离说了实情：“事实上，我来这里是为了得到S市的一块地，看中那块地的人不少，小韩夫人不想得罪任何一方，所以就打算在赌桌上定胜负，赢的人就可以得到这块地。”

姜离没想到事情是这样，心底一阵惊讶，随后问道：“赌局在今晚？”

霍从烨点了点头。

下午的时候，他让人送了晚礼服给姜离。

姜离认出那是zuhair murad的高定礼服，内衬是白色的丝缎裙，肩膀处只有一层薄薄的蕾丝覆盖着，若是穿在身上，便会露出若隐若现的香肩。背后是诱人的深V设计，腰间一条银色嵌有宝石的腰带可以将穿着者的腰身勾勒得不盈一握。

换上礼服后，姜离给自己重新化了一个与服装匹配的妆容。

这时，房门被打开了，她回过头与霍从烨四目相对时，见他的眼里露出惊艳之色，有些不好意思地低下了头。

霍从烨走到她的身边，将手中的蓝色天鹅绒盒子放在桌子上说道：“戴上它。”

姜离打开盒子，里面是一对长耳环，上面镶嵌的钻石在灯光的照射下折射出璀璨的光芒。她保险箱里的钻饰比这个名贵多了，此时捧着这对耳环，她却有种从未有过的雀跃之感。

她抬头看着他说道：“这对耳环真好看。”

霍从烨歪着头看了看她的耳朵，雪白饱满的耳垂上有个小小的、清晰可见的耳洞，他俯下身子，用修长白皙的手指拿起一个钻石耳环，浅笑着说道：“我给你戴上。”

姜离眼眸低垂，脸上染着一层薄薄的粉色，白皙的耳垂也慢慢开始泛红，她忍不住暗自抱怨自己现在怎么这么容易害羞。

霍从烨弯下腰，他的脸在她的眼前陡然放大，浓密纤长的睫毛也被她看得清清楚楚，姜离不禁感叹一个男人的睫毛怎么能这么长、这么密、这么好看!

就在她胡思乱想的时候，霍从烨已温柔地将钻石耳环戴在了她的耳朵上，随后又开始戴右边的。

直到他的脸慢慢移开，姜离才敢微微抬起眼帘。

“好看吗？”她脱口问出这句话，随后一下咬住了自己的嘴唇。

“很美。”霍从烨仔细打量着她说道。

姜离真的好看，面若桃花、肤如凝脂，好看得让人移不开目光。

“你一定是今晚全场最美的女人。”

此时在纽约，秘书敲响了萧世琛办公室的门，将一个 iPad（平板电脑）放到他面前说道：“萧先生，您的一张附属卡在摩纳哥消费了两万欧元，银行怀疑是盗刷。”

这张附属卡是他给姜离的，只是姜离一向不喜欢刷他的卡，再加上这笔消费又发生在异国，所以账单出来后，银行便联系了他的秘书。

“Shiloh 现在在哪儿？”萧世琛拿过 iPad 看了看上面的即时消费账单，揉了揉眉心，脸色阴沉地问道。

“Shiloh 小姐的最后一次消费记录是在摩纳哥的一个咖啡馆里。”秘书在来向萧世琛汇报之前，已经查清楚了姜离的行程。

萧世琛冷哼一声，将手搭在额前，说道：“胆子大了啊！居然还敢跟我撒谎，真是三天不打，上房揭瓦！”

## 第三章

# 她需要跨越的，或许是他心底的万水千山

赌场在邮轮的二层，霍从烨和姜离一出电梯，就看见在赌场门口穿着黑色西装的安保人员正在检查进入者携带的物品。

姜离挽着霍从烨的手走过去，正要将自己手中的晚宴包交给保镖，身后的刘文杰便上前出示了一张邀请函，随后里面就有人请他们前往贵宾厅。

此时，贵宾厅里面已经坐了不少人，霍从烨和姜离一进门，所有人都抬头朝他们望过来。

作为主人的小韩夫人走过来迎接他们，她对姜离说道："你今晚真是太美了。"

虽然她打扮得也极为美艳，可是姜离看起来更加高雅矜贵，像是个遥不可及的女神。

“谢谢。”姜离颔首，随后夸赞道，“您看起来也美极了。”

“小韩夫人，是不是人都到齐了？”此时一个男人的声音打断了她们的对话。

姜离循声看了过去，说话的是一个大腹便便的日本男人，看起来快五十岁了，虽然穿着名贵的西装，可是他肥大的肚子让扣起来的西装外套看起来十分可笑。他说话的时候，搂着身边的妙龄女子，手掌一直在女子光滑的肩膀上摸来摸去。

“小泽先生，还有一位客人没到呢，别那么着急。”小韩夫人娇笑着说道，试图安抚他的情绪。

霍从烨和姜离走到吧台旁，霍从烨点了一杯鸡尾酒，又给姜离点了一杯苏打水。

“我也想喝酒。”

对于这种五光十色的名利场，姜离并非没有见识过，可是一想到今晚可能发生的事情，她的心中就有种莫名的兴奋感，所以这时候她也想喝点儿酒。

霍从烨看了她一眼后说道：“酒精对身体不好。”

姜离盯着他手里的酒杯，暗道：那你还喝？

霍从烨看她一脸不满的神情，安抚道：“等这里的事情结束，我们去享用一顿丰盛的晚餐。”

说完，他端起装着红色液体的酒杯一饮而尽，姜离看着他上下滚动的喉结和棱角分明的侧脸，竟有些失神。她没想到禁欲和性感这两个截然相反的词竟会矛盾般地出现在同一个人身上。

客人都到齐之后，赌局正式开始，入场的筹码是一千万，输完离场。

刚开局的时候，所有人都十分谨慎，下注筹码不过十万、二十万。此次看中那块地的买家一共有八位，其中三位看起来都是一副势在必得的样子。小韩夫人做东，邀请他们到船上用这种方式决定最后的买家，是为了不得罪任何一方。

姜离一直坐在霍从烨身后不远的地方，安静地看着他下注。

开场一个小时后，有人提出要去洗手间，荷官便宣布休息片刻后再继续。

姜离帮霍从烨要了一杯香槟，端给他后，低声说道：“看来一时还分不出胜负。”

“不会，最多再有一个小时，就有人要出局了。”霍从烨喝了一口手中的香槟，胸有成竹地说道。

听了他的话，姜离看了一眼赌桌上每个人剩下的筹码，输得最多的人也不过刚输掉了一百万而已，一个小时内怎么可能输掉剩下的筹码？

“我还以为没有三个小时，不会有人出局呢。”她笑了笑，随后将信将疑地说道，“不会有人运气这么差吧？”

“在这里，靠的可不是运气。”霍从烨将手肘撑在桌子上，转头看着她说道。

“那靠什么？”

“在赌桌上，你玩儿的不是牌，而是牌桌上的对手。”

姜离虽然听懂了霍从烨的意思，可还是有些疑惑：“要拿到那块地，靠手里的钱不就行了吗？为什么要让这虚无的赌局来决定输赢，要是输了的话，你不仅会失去那块地，还会输掉一千万。”

虽然只是一千万人民币，可还是一笔不小的数目。

“你知道吗？像这样的赌局，光是今年就已经有两场了。”霍从烨贴到她的耳边说道。

举止如此亲密的他们在外人看来，就像是一对热恋中的情侣正窃窃私语着旁人不能听的肉麻情话。

姜离感觉到霍从烨说话时的气息喷在自己耳朵上的一瞬间，她的脸再一次不争气地红了。只是这一次，她努力让自己的意识停留在他的话上，强装镇定地回复道：“就为了一块地？小韩夫人可真是奇怪，居然不是价高者得之，难不成她要按照生辰八字来挑选买家？”

“一场赌局，八个买家，最后的赢家不仅可以拿走八千万，还能得到一块物美价廉的地，这个诱惑大吗？”

姜离笑了笑，刚想说世界上哪儿有这么好的事情，可下一秒就想明白了。她转过头狐疑地看着霍从烨，他的神色依旧是那么清淡冷漠，英俊的面容像是一尊精心雕刻的塑像，让人忍不住凝望着他。

“所以，是有人故意设下这个赌局的？”说完，她下意识地往场内看了一眼。

正中央的赌桌旁空无一人，小韩夫人正与那个日本男人亲密交谈着，还不时笑得花枝招展。

突然，霍从烨伸出一只手把姜离拉进了自己的怀中并俯身贴着她的耳朵说道：“别乱看，小心让别人看出你的心思。”

“我的演技可不好，会坏了你的好事吗？”姜离小声地回应道。

他哼了一声，虽然未看见他的表情，姜离却听出了浓浓的笑意：“没关系，你只要扮演好自己的角色就可以了。”

赌局再次开始后，盲注被提高到了二十万，果然如霍从烨所说的一样，赌桌上的形势不再像之前那么焦灼。赌局进行到第四十六分钟的时候，一位中东买家抽到了“满堂红”，一对K、三张8，而那个姓小泽的日本男人则抽到了更大的“满堂红”，于是中东买家不幸出局。

小泽瞬间超过霍从烨，成了赌桌上筹码最多的人。

赌局进行到第四个小时时，又有两位买家出局了。

中场休息时已经过了十二点，姜离想起霍从烨从中午开始就一点儿东西都没吃过，等他到吧台又叫了一杯马提尼的时候，她问道：“你需要吃点儿东西吗？”

“不用，饥饿感能提高我的兴奋度。”吧台昏黄的灯光照在他的脸上，使他凌厉的眼神柔和了几分，他温柔地对她说道，“如果你饿了的话，我让人给你准备点儿吃的。”

姜离摇了摇头，说道："没关系，饥饿对女人来说是常态。"

赌局开局之后，盲注再次被提高。

霍从烨从吧台离开的时候，转头看着姜离说道："如果我赢了八千万，我想送你一份礼物，你现在可以考虑自己想要什么了。"

姜离看着他骄矜冷傲的模样，登时笑道："除去你自己的赌注，你将赢得的是七千万。"

显然猪肉还没到手，他们已经在商量是红烧还是清蒸了。

霍从烨笑了笑没有说话，转身要走时，姜离拉住了他的手，随后一边替他整理领带，一边轻声说道："那个意大利人和那个德国人是一伙的，你注意他们。"

"你怎么知道的？"霍从烨问道。

"我能听懂德语和意大利语，他们以为别人听不懂，说得有点儿肆无忌惮了。"姜离低声回复道。

霍从烨闻着她发丝间清淡的香气，心里有种说不清的情绪被勾了起来。姜离正微微抬着头帮他整理衣领，他的目光稍稍往下移了一点儿，落在了她精致的脸上，秀丽的眉毛微微弯曲，柔软粉嫩的红唇轻轻上扬，而乌黑清亮的眼眸里染着浓浓的骄傲。

是的，骄傲，她在为他感到骄傲吗？

霍从烨温柔地一笑，说道："你最好选个贵一点儿的礼物。"

赌桌上的意大利人和德国人确实有一手，他们的手法很利索，见一个人牌好，另一个就引诱其他人提高下注筹码。很快，在他们两人的配合下，第四个买家出局了。

赌桌上只剩下他们两个、霍从烨和小泽。

"看来霍先生今晚要'大丰收'了。"小韩夫人走到姜离的身边，用赞赏的口吻说道。

姜离只是笑了笑没有说话。今天之前，没听说赌局背景的她还十分欣赏美丽又有手腕的小韩夫人，可现在，她只觉得小韩夫人是个偷奸耍滑、利用他人的贪心满足自己利益的俗人。

一场赌局就可以赢到七千万，钱来得太快，正常人自然忍不住动心，可姜离不知道霍从烨为何明知这是一场骗局仍要参与。

他虽然看起来冷静自持，骨子里却有着一种强烈的自毁倾向，只是现在，他克制了这种倾向，选择了毁灭别人。

想起刚才的一幕，姜离猜测那个小泽先生应该是小韩夫人的傀儡，小韩夫人安排他上赌桌，赢了赌局之后两人再分账。

要问姜离是怎么知道的，只能说她很善于观察，每次小泽赢的时候，小韩夫人都会喝上一口酒，然后抚摸一下自己的脸颊。

想到这儿，姜离忍不住试探道："是吗？可是我看小泽先生的赌注比他还多呢。"她的语气中带有一丝焦虑，还不断地往霍从烨那边张望。

小韩夫人的嘴角微微翘起，她忍不住略显得意地说道："虽然赌场上的运气很重要，不过最重要的还是气势，谁的气势能横扫众人，谁就能无往而不利。"

"还有这种说法？我真是第一次听说呢！"姜离故作天真地说道，看起来像极了一个不谙世事的大小姐。

"当然，赌场上的讲究多着呢！我看这四位的牌技都不差，现在就看谁能在气势上压倒其他人了。"小韩夫人说道。

姜离自然是什么都不懂，更是不时问出一些可笑的问题。

很快，赌场上的形势发生了变化，意大利人下注之后，德国人和小泽都选择了跟牌，而霍从烨则选择了放弃。姜离看着他们，心里想着，还真是有缘，轴心国在赌桌上再次重逢了。

令德国人没想到的是，这一次，他被意大利人耍了，他们的联盟解体了。

看着这富有戏剧性的一幕，姜离扬起嘴角笑了笑，而此时坐在赌桌旁的霍从烨也转过头冲她笑了笑，明亮炙热的灯光映得他那双幽深如寒潭般的眸子愈发魅惑。

注意到霍从烨的眼神后，小韩夫人感慨道：“年轻人的爱情可真让人羡慕。”随后她转头看着姜离说道，“他看你的眼神比看任何人都温柔，他一定很喜欢你。”

“不是的。”姜离下意识地否认道。

小韩夫人只当她是口是心非，便不以为意地笑了笑。

姜离心里不禁在想，虽然那天之后，霍从烨再也没说过她像谁之类的话，可是他不经意间流露出的温柔真的是为了她吗？还是他只是在通过她寻找另一个人的影子而已？

她明白，如果有一天她真的爱上了这个男人，那么她需要跨越他心里的万水千山才能得到自己想要的。

凌晨3点，赌场里依旧灯火通明、人声鼎沸。姜离顾不得腹内饥饿，一直观察着赌桌上的形势。

德国人愤然离场之后，赌桌上的局势变得明朗起来，显然，没有了旁人的配合，意大利人的离场是迟早的事情。接下来，就是霍从烨和小泽之间的较量了。

很快，焦躁的意大利人赌上了自己所有的筹码奋力一搏，小泽看了霍从烨一眼，狞笑着问道：“霍先生，这一局，你要继续吗？”他的语气带着刻意的嘲讽，说完他又转头看向姜离，问道，“那是你的女伴吗？我从未见过这么漂亮的中国女人。”

姜离看到小泽目光中不加掩藏的、赤裸裸的欲望，顿时觉得浑身起鸡皮疙瘩。

霍从烨冷笑一声，说道：“小泽先生，我劝你还是盯好自己的牌。”

“如果你愿意，待会儿我赢了，可以邀请你的女伴跳支舞吗？”小泽色眯眯地盯着姜离说道。

一旁的小韩夫人有些尴尬地低声安慰姜离：“你别生气，他们男人啊，就是嘴巴坏了点儿。”

气愤的霍从烨还没开口，姜离便回应道：“我当然不会生气，路边的狗冲你狂叫的时候，难道你会跟它过不去吗？”

她说的是英文，在场大多数人都听懂了她的话。

姜离知道这显然是小泽的手段，他想利用她扰乱霍从烨的思绪，可惜他太过自负，也小看了她和霍从烨。

小泽听到姜离的话，脸色一下沉了下去，而霍从烨冷漠狠厉的眼神也慢慢地收了回去，虽然脸色依旧清冷，看向姜离的眼神却格外温和。

小泽不再说话，随后将自己全部的筹码都押了出去。

姜离粗算了一下小泽的筹码，大概有三千万，霍从烨唯有全跟才行。她还在疑惑霍从烨会怎么选择时，他已将全部的筹码推了出去

此时桌面上的牌是红桃A、黑桃A、红心9、红心7和红心6。

先是意大利人开牌，一对A、三张9，见牌面足够好，他露出了得意的笑容。

随后轮到小泽，荷官请他掀开自己的底牌后，身后一片哗然，荷官迅速做出判断：“三张A、一对7，‘满堂红’。”

显然小泽的牌面更大。

现在所有的压力都集中在霍从烨的身上，小韩夫人在一旁略显遗憾地说道：“看来今天胜利女神没有站在霍先生这边，真是可惜。”

姜离冷静地说道：“没到最后一刻就论输赢，太早了。”

“看得出来你不太懂得玩儿牌，现在场上的A已经没有了，霍先生基本没有可能赢了，除非……”

她的话还没说完，霍从烨已伸手将面前的两张牌甩到了荷官的手边，是红心10、红心8。

“除非是同花顺……”小韩夫人看着桌上霍从烨的牌，结结巴巴地说完了后半句。

也不知是谁带的头，全场响起了热烈的掌声。

姜离顿时脸颊发烫，肾上腺素飙升，却不忘隐忍着激动的心情对小韩夫人说道：“小韩夫人，成败要等到最后一刻才能下定论。”

说完，见霍从烨朝自己走了过来，姜离恨不得立刻冲上去抱住他，她白皙的脸颊染上了一层薄薄的红晕，比胭脂还要好看。

“今天胜利女神站在我身边。”霍从烨走过来抱着姜离，温柔地说道。

她的礼服背后是深 V 造型，当他宽厚的手掌碰到她光滑的后背时，姜离忍不住一阵战栗。他的手掌有点儿粗糙，搭在她细腻光滑的肌肤上时，仿佛有一股电流从她的后背钻进了骨髓，随后游走于她的全身。

虽然姜离知道这只是一个普通的拥抱，可还是忍不住沉溺在霍从烨宽厚又温暖的怀抱中。

拥抱过后，霍从烨松开了双手，眼眸里的色彩又加深了几分，天知道他需要有多大的克制力才能控制住自己的手不要顺着她的后背往下滑。

“你赢得很漂亮。”姜离抬头看着他，真诚地说道。

虽然在赌桌上，他不像小泽表现得那么张扬，可是他沉稳、有气势，走的每一步都经过深思熟虑，所以胜利女神最终选择了他、选择了能够压倒一切的人。

心情颇好的霍从烨笑了笑，说道：“我有些饿了，你呢？”

“我也是，刚刚紧张的时候不觉得饿，现在我觉得自己可以吃下一头牛。”姜离夸张地说道。

“那我们就去点一头牛。”霍从烨宠溺地说道，随后用修长的手指扯了扯脖子上的领结。

姜离没想到他会这么配合自己，低头笑了起来。

两人正说着，小韩夫人提着裙摆，步态婀娜地走了过来，随后伸出手，笑着对霍从烨说道：“霍先生，恭喜你。”

“谢谢。”霍从烨绅士地轻轻回握了下她的手，随后说道，“我明天会亲自上门与您商谈土地转让的事情。”

一旁的姜离忍不住偷偷地瞥向小韩夫人。

偷鸡不成蚀把米的小韩夫人，脸上依旧挂着温柔得体的笑容，她开口问道：“我们准备去喝一杯，霍先生和姜小姐要一起吗？”

霍从烨点头说道：“那是当然，我既然是赢家，自然应该请大家喝一杯。”

邮轮二层的西餐厅十分豪华，霍从烨让刘文杰去找餐厅负责人包下了整个餐厅，凡是今晚消费的酒水饮食一律由他埋单。

豪赢七千万的他，自然不会在意出这点儿钱，而其他人也没和他客气，点的都是最好的食物和最贵的酒。此时大家已经四散坐下，倒是小韩夫人满场与人交谈着，表现得甚是热络。

霍从烨找了个安静的位置与姜离坐了下来，甲板上的风很大，还好他们坐在餐厅里面。

他见姜离的脸上有些倦意，便体贴地问道：“困了？”

姜离有些不好意思地点了点头，她看霍从烨的神色虽然冷漠淡然，却仍是神采奕奕的，没有一丝困乏疲倦的迹象，便问道：“你不困吗？”

“大脑兴奋过度，不是很困。”

服务员端来红酒后，给他们各自倒了一杯。

霍从烨的话一向很少，此时自然更不会说什么庆祝的话，倒是姜离主动端起酒杯笑道：“虽然熬到现在有些困，但是能看到这么精彩的场面，再累也值得。霍先生，再次恭喜你。”

“姜离，谢谢你能帮我这个忙。”霍从烨的声音依旧很平静。

姜离歪着头，略显俏皮地说道：“我不过是个‘壁花’，是霍先生你自己有本事。”

此时餐厅里响起了音乐声，角落的钢琴旁坐着一个穿着礼服的女子，她白嫩的双手在黑白琴键上飞舞着，优雅动人的音乐不断从她的指间飞舞而出。

“她弹错了一个音。”姜离略显遗憾地说道。

霍从烨看了她一眼，这几次相处下来，他越来越清楚她和那个人是不一样的。眼前的姜离优雅从容、美丽大方，一看便知道出身不俗，受过良好的教育，她可以一下就听出别人弹错了音符，而那个人每次去西餐厅吃饭总会显得局促不安，不管别人弹得怎么样，那个人都会十分欣赏。

她们不一样。

霍从烨静静地看着姜离的脸，眼中看不出任何情绪。

在音乐的影响下，餐厅里的气氛越来越轻松，渐渐地，有人跳起了舞。原本只是优雅和谐的双人舞，后来竟慢慢变成了群舞。

姜离真的饿了，她一个人吃完一整份牛排之后，又吃了一份意面，还喝了奶油蘑菇汤。

酒足饭饱后，她一抬头，正撞上霍从烨的目光，表面上颇为淡然地擦了擦嘴角，心里却忍不住犯起了嘀咕：自己是不是吃得太多了？

“霍先生，有什么问题吗？”她尴尬地问道。

“你是我见过的为数不多的真的在吃东西的女人。”霍从烨的语气十分平淡，却让姜离红了脸颊。

她忍不住咬着下唇想，方才分明是他说要请客吃一顿大餐的，现在居然又说这样的话……

霍先生却仿佛毫不知情一般，又淡淡地开口说道：“这样很好，我是在夸你。”

姜离忍不住在心里吐槽：能吃是夸人的话吗！

吃完饭后，姜离反而没了睡意，此时餐厅里的众人都玩儿疯了，有人在尖叫，有人在跳舞，还有人在谈笑。

“这里有些吵，我们出去休息一会儿吧。”霍从烨提议道，随后率先站了起来，推开餐厅的玻璃门，走到了外面的甲板上。

姜离点了点头，跟着他走了出去。

谁知他们刚走出来，就听见黑暗处传来一声咒骂，随后一男一女尴尬地走了出来。姜离这才看清，是赌桌上的那个意大利人和小泽的女伴。那个女伴是个东方人，她小巧玲珑的身体依偎在意大利人的怀中，眼睛却直勾勾地盯着霍从烨。

“两位，今晚所有的账单都由我来埋单，包括房间的费用。”霍从烨瞥了他们一眼，冷漠地说道。

意大利人尴尬地笑了笑，随后带着小泽的女伴准备离开，而他怀中的女人则露出了失望的表情。

姜离原本只是想出来吹吹海风，然后就回房休息，谁知居然撞见了这一幕，有些尴尬地将目光投向远处的海面。

银月当空，漆黑的海面在清冷的月光下泛着点点波光，衣着单薄的姜离正被海风吹得瑟瑟发抖时，一件带着温热体温的外套披到了她的肩膀上。她转过头，月光下，霍从烨英俊的面容仿佛雕像一般精致，她的心开始剧烈地跳动起来。

这时，她余光一扫，看见餐厅的门被人推开了，一个穿着服务员制服的男人端着托盘走了过来。紧接着，她就看见他抬起了手，手中有一把枪。

砰的一声枪响后，餐厅里的音乐声戛然而止。片刻之后，整个餐厅充斥着尖叫声。

姜离倒在地上，紧紧地闭着眼睛。看到枪手举起枪的时候，她想也没想就扑向了霍从烨，可她的双手刚伸过去，就被他一把抓住了。霍从烨用自己的手掌护着她的头，两人在地上滚了两圈后停了下来。此刻他趴在她的身体上方保护着她，两人离得非常近，霍从烨厚实的胸膛紧紧贴着她柔软的身体。

“霍先生。”这时，刘文杰带着人冲了过来。

刚才他们就守在门口，只是场面太过混乱，那个枪手过来的时候，他们还以为是餐厅里的服务员。在枪手扣下扳机的瞬间，刘文杰开枪击中了他。刘文杰是特种兵出身，还曾经得过军事比赛的第一名。

霍从烨一言不发地站起身，半搂半抱地将姜离带离了甲板。

餐厅门口，那个枪手趴在地上一动不动，身边满是鲜血。餐厅里已经乱成了一团，邮轮上的保安人员正在安抚宾客。

姜离惊魂未定，牙关一直在打战，腿也发软，连走路的力气都没有了，整个人靠在霍从烨的怀中。霍从烨抱着她往外走时，她好几次因为踩到自己的裙摆险些摔倒。

电梯到了之后，两人走了进去，刘文杰和其他几个保镖也拿着枪跟了上去。

电梯里安静得可怕，只有机器运行发出的轻微声响。

姜离大口大口地喘着气，当看见自己裙摆上的血迹时，她忍不住惊呼道："血！"

霍从烨立即低头看去，她的裙摆上沾上了血迹，银色高跟鞋方才从血泊中走过，在电梯里的孔雀蓝纯手工地毯上印下一个清晰而狰狞的血脚印。

他紧紧地将她揽在怀中，低头安慰道："别害怕，没事，只是一点儿血迹而已。"

见姜离还一直盯着裙摆，霍从烨将她的头埋进自己的胸口，说道："不要再看了。"

叮的一声，电梯到达了顶楼，门还没开，挡在霍从烨和姜离身前的保镖就抬起了手，将枪口对准了电梯门。

好在电梯门打开后，外面空无一人。

霍从烨搂着姜离进了房间，刘文杰带着保镖守在门外。

姜离的头靠在霍从烨的胸口上，他身上清冽沁人的香气似乎带有某种镇定的效果，有效地安抚了她此时慌乱惊恐的情绪。

霍从烨的心情十分复杂，他没想到姜离在最危险的时刻竟然毫不犹豫地扑过来想要保护他。

"该死的。"他低低地咒骂了一声，不禁自责地想到，如果他没有把姜离带到船上来，如果他再谨慎一点儿……

好在，不幸中的万幸，她毫发无损。

他按下门边的按钮后，灯光在一瞬间倾洒而下。

“你知不知道那个该死的枪手刚才差点儿就打中你了！”霍从烨用双手压着姜离的肩膀，仿佛要捏碎她的骨头一样，急切地说道。

姜离此时的脸色依旧很苍白，但情绪比方才平静了许多，听他这么问，她故作轻松地回道：“如果我能有一秒钟的思考时间，或许我的选择会有所不同。”

事实上，她也不敢相信自己在看见枪的那一瞬间，居然会下意识地想要推开他、保护他。那种强烈的感觉，现在想想，连她自己都难以理解，她没想到自己居然会有这种无私奉献的精神。

霍从烨低头看着垂下眼眸的姜离，她不时颤动的睫毛又长又密，粉嫩的唇瓣在灯光下就像是粉红色的果冻，充满诱惑。虽然他从小到大都不爱吃果冻，此时却有一股想要尝一尝的冲动。

“其实我不是不惜命，只是当时脑子蒙了。”说着，姜离抬起手拍了拍自己的脸颊。

姜离当然惜命了，她这么年轻、这么有钱，她的命可是很值钱的，可她下意识的反应居然是救他。

虽然英国的治安情况也不算很好，可是姜离住的地方是富人区，周围的安保措施是最严格的，所以枪杀、暴力事件对她来说，只存在于电视新闻当中。

此时她的耳边似乎还回荡着刚刚的那一声枪响，她略显虚弱地说道：“我有点儿腿软，想去沙发上坐会儿。”

谁知话音刚落，她的下巴就被霍从烨的手抬了起来，他的眼神如火一般炙热，下一秒，他的气息铺天盖地地朝她袭来。

霍从烨吻了她。

姜离被动地承受着他灼热的亲吻，他狠狠地将她抱在怀中，坚实的胸膛再一次紧紧地贴着她的身体。

她只穿着一件薄薄的晚礼服，深V的设计露出一大片雪白的后背，霍从烨紧紧抱着她的时候，宽大的手掌贴在她的背上。一开始只是贴着而已，可是随着两人交缠的喘息声渐渐浓烈，他的手开始滑过她的后背，滑腻而柔嫩的手感让霍从烨脑中原本欲断的理智终于彻底地断了。

他爱死了这种手感，刚才他们在赌场里拥抱的时候，他就想将手顺着她的背滑下去，现在他毫不犹豫地跟随着心中的想法。

他的手心像是燃着火一般，带着滚烫的触感一直向下游走着，隔着裙子，揉捏着她柔软的身体。

姜离舒服得头皮发麻，甚至不自觉地发出一声轻微的呻吟，像是小猫的声音，又细又软，却带着说不出的诱惑。她虽然穿着高跟鞋，可还是比霍从烨矮，因此只能仰着头被动地承受着他激烈的、不顾一切的吻。

两人一言不发却又心有灵犀地往房中的大床旁挪动着，姜离好几次因为被他踩住长裙，差点儿摔倒，随后又被他抱住。

终于到了床边，两个人双双跌向柔软的床上。

姜离躺在床上，紧紧地闭着眼睛，霍从烨终于松开了她的嘴唇，轻轻地咬住了她的下巴。

她觉得自己的呼吸越来越急促，身体也酥酥麻麻的，有一股说不出的感觉升腾而起，那是她前二十五年都不曾有过的感觉。

脚上穿着的尖头高跟鞋已被她踢掉，得到释放的脚趾忍不住开始蜷缩，紧接着她整个人被翻了过去，脸贴着柔软的床单，胸腔剧烈地上下起伏着。

姜离趴在床上，小口地喘着气，眼神迷蒙地看向床头的台灯，随后感觉身上的重力骤然消失，当听到皮带扣解开的声音时，她不禁一阵恍惚。紧接着，背上的重力又重新压了回来，那种沉重的力量贴在她的后背上，带着一股蓄势待发的狠劲。

砰砰砰。就在霍从烨刚刚抱紧姜离，准备从身后亲吻她的脸颊时，门外传来了敲门声。

“霍先生，直升机已经到了，我们现在可以离开了。”

原本已经被欲望烧得理智尽失的两人，听到刘文杰的说话声，犹如被一盆冷水兜头浇了下来，霍从烨忍不住低声咒骂了一句。

姜离的意识逐渐清醒过来，她想要起身，可霍从烨还紧紧地压着她，她连动都动不了。她试着起身，可是刚刚动了一下，霍从烨的吻又落了下来。

他的脸贴着她的脸颊，厮磨着她的耳鬓，太过亲密的动作让好不容易恢复一丝清醒的姜离又有些迷茫了，她有些着急地说道：“门外有人敲门。”

“姜离。”霍从烨轻声叫着她的名字。

姜离回眸看向他，两人靠得太近了，她几乎能从他的眼睛里看见自己潮红、娇羞的脸。

“跟我走吧。”

他们到了直升机上，姜离还在恍惚，直到一个大大的耳机戴在她的耳朵上，她才看向帮她戴耳机的霍从烨。

此时，他又恢复了往日冷漠的模样，姜离只看了他一眼便觉得脸颊发烫，赶紧低下了头。

刘文杰带着其他保镖坐在对面，姜离羞臊得不知道眼睛该往哪里看。

人果然不能做越界的事情，即便昨晚她与霍从烨共处一室，但两人之间清清白白，所以她今天看见霍从烨的这些保镖，并不觉得有什么问题。可是刚才她重新换了一身衣服再出来的时候，竟不敢抬头看任何一个人。

耳机隔绝了大部分螺旋桨的噪声，姜离转头看向外面，飞机正在慢慢升起，窗外是黑色的天空，海面上巨大的邮轮依旧灯火通明，似乎死了一个人并不足以让它改变喧嚣的本性。很快，邮轮就从巨大的一团变成了一个亮色的小点，直到再也看不见。

直升机飞入厚实的云层后，周围一片漆黑，疲倦的姜离无法克制自己的倦意，沉沉地睡了过去。

醒来时，她发现自己躺在一个陌生的房间中，只是这种陌生中又带着几分熟悉。她起身看了看周围，渐渐明白了这种既陌生又熟悉的怪异感来自何处。

之所以熟悉，是因为房中的装饰和她曾借住过一晚的霍从烨的房间十分相似，而陌生的是因为这个房间足有那个房间的两倍大。

她赤着脚走到窗边拉开了窗帘，窗外是蔚蓝色的大海和金色的沙滩，灿烂的阳光在窗帘被拉开的一瞬间挤了进来。

他们又回到摩纳哥了。

姜离松了一口气，洗漱完后，她换上了沙发上准备好的衣物走出了房间。客厅里十分安静，她去阳台看了看，发现也没有人，于是猜想霍从烨应该又出门了。

回到客厅后，她才注意到沙发上摆着的女士背包，就是那天她被抢走的包。姜离赶紧查看了一下包里的东西，护照还在，她母亲的信也在，只有钱包不见了。

她拿出手机，想给霍从烨打电话，结果发现自己没有他的电话号码，于是给他发了条微信："我看见背包了，真的很谢谢你能帮我找回来。"

五分钟过去了，信息如石沉大海一般没有回应，姜离叹了口气，将手机放在了一旁。

她觉得自己真的被霍从烨诱惑了，如果说之前她还能给自己找借口，那么现在她连理由都没有了。

姜离一直是一个慢热的人，不管是交朋友还是谈恋爱，所以迄今为止她只交往过一个男朋友，可两人在一起不到半年就分手了，而且他们在一起时，除了牵手之外，最亲密的肢体接触就是对方亲吻了她的额头。

可是昨晚，她居然差点儿和霍从烨……

趁着这几天在英国出差，穆小瑜好好逛了逛伦敦，就连一向严肃的封庭都变得好说话起来。

她接到表姐陈漪的电话时，封庭正坐在旁边看报纸。她不敢当着他的面接，便站起来走到了一旁。

穆小瑜能在众禾科技工作，全靠她这个表姐。众禾科技不仅企业氛围好，待遇也堪比国外知名的大公司，多少毕业生挤破了头都挤不进去。

电话刚一接通，陈漪就不耐烦地说道："怎么这么久才接电话？"

穆小瑜赶紧解释道："我刚才和封特助在一起呢，你不是说不能让他知道我们的关系吗？"

陈漪又问道："我不是和你说过关于霍先生的事情都要告诉我吗？为什么出了这么大的事情，你连个电话都不给我打？"

穆小瑜疑惑地问道："出什么事了？"

陈漪没好气地让她赶紧看微信，随后挂断了电话。

穆小瑜刚一登上微信就看见了陈漪发过来的信息，内容是某个网红的微博："没想到在邮轮上居然还能碰上'国民老公'，不过你们的男神身边有美人相伴哦！偷拍了两张照片，有点儿模糊，不过依旧挡不住男神的帅气。"

微博照片中，霍从烨穿着一身西装，脖子上系着领结，看起来十分英俊挺拔，他身边的女人则穿着一身白色的晚礼服，腰间系着一条银色的腰带。她挽着霍从烨的手臂，两人看起来十分亲密，不过从照片中看不清女人的正脸。

穆小瑜刚看完照片，陈漪又发来了信息：

"这是怎么回事？

"你不是陪霍先生去英国了吗？

"他身边的那个女人是谁？"

穆小瑜看着陈漪发来的一连串消息，觉得头都大了。

陈漪对霍从烨的心思，穆小瑜自然再清楚不过了，虽然她在霍从烨身边的时间很短，但她看得出来，霍从烨对她表姐根本没有一丝男女之情，他只当陈漪是同学。

穆小瑜如实回复道："霍先生三天之前就离开英国了，只有我和封特助还在英国，所以我也不知道那个女人是谁。"

陈漪生气地回复道："要你有什么用！"

穆小瑜觉得有些委屈，就算她知道那个女人是谁又能怎么样？霍从烨要交女朋友，难道她这个小助理还敢阻拦不成？就算是陈漪，恐怕也没资格过问。

穆小瑜回来后，封庭看她跟被霜打了一样，端起面前的咖啡抿了一口，问道："怎么了？被谁骂了？"

"没……没什么。"穆小瑜低下头，小声地回应道。

封庭嗤笑了一声，说道："你每次说谎都是这个样子，一眼就能看穿了。"

还没等她反驳，封庭的手机响了起来。他接起电话后，脸色慢慢变得凝重起来。

穆小瑜赶忙担心地问道："怎么了？"

"我们得立刻回国了。"封庭沉声说道。

霍从烨与小韩夫人会面时接到了来自国内的消息，他的爷爷昏倒住院了。

霍从烨的爷爷虽然已经快八十岁了，可身体一直很好，并且还在参与安扬集团的商业决策。他住院的消息一经披露，只怕会引起公司股价的暴跌。

霍从烨此时还在尼斯，得知消息后他立即让刘文杰打电话给机场，让工作人员安排好航班，让他们尽快飞离法国。

霍从烨重新回到谈判桌上时，小韩夫人看着他的表情，轻笑着说道：“霍先生，出什么事情了吗？”

霍从烨没有回答她的问话，而是直截了当地说道：“小韩夫人，这块地我势在必得，当然我也不会让您做亏本生意，一切按照市场价格来定，所以您尽快签字对我们双方来说都是最好的决定。”

小韩夫人本来只是准备拿这块地当诱饵来狠狠赚一笔的，没想到小泽居然输了。此刻，就算她再怎么心不甘情不愿，也不得不兑现承诺。只是这块地虽然在她的名下，可总归是韩家的产业，以后是要留给她儿子的。

霍从烨见她犹犹豫豫的，便吩咐刘文杰将准备好的资料拿了出来。

他拿着资料，冷漠地说道：“小韩夫人，你私自挪用公款炒股，现在股票被套牢了，你要是不拿出钱来填补这个空缺，恐怕韩家大房那边就要瞒不住了。”

霍从烨的话听得小韩夫人直冒冷汗。

韩尚耘比小韩夫人大三十岁，而他老婆和他同岁，他们的子女都和小韩夫人差不多大了，她不仅要和老的争，还得和小的争，处境可谓腹背受敌。如今出了事，她也不敢告诉韩尚耘，只想赶紧拿钱补上这个窟窿，思来想去，她不得不和霍从烨签了合约。

一拿到合约书，霍从烨就急忙赶去了机场，机场那边已经准备好了，飞机可以在半个小时之后起飞。

车上，他打了个电话给母亲柳蔚子。柳蔚子告诉他，他爷爷的情况不是很好，霍从烨安慰了她一番后挂断了电话。

上了飞机，霍从烨刚坐下就想起了还留在酒店里的姜离。原本他准备谈判结束后赶回摩纳哥与她共同庆祝的，可没想到突然遇上这样紧急的情况。

他拿出手机想要联系姜离时看见了她发来的微信，立即回复道：“对不起，姜离。家中有变故，我只能立即赶回国内，很遗憾没能亲自和你说再见，不过我会尽快回英国，到时候我们再见。”最后他还将自己的电话号码发了过去并写道，“这是我的电话，如果有需要，你可以随时和我联系。”

姜离刚从洗手间出来就听见门铃响了起来，她以为是霍从烨回来了，满心欢喜地打开了门。

看见门口站着的高大男人时，她惊愕地瞪大了眼睛，半晌才低低地喊道：“哥哥。”

萧世琛看着她，面无表情地说道：“你只有犯错的时候才会这么叫我。”

姜离不知道萧世琛为什么会找到这里来，一想起自己和他撒了谎，便低下了头。她觉得丢脸极了，她说过的话现在都成了证明她撒谎的证据。

萧世琛满意地看着她脸上愧疚的神色，挑眉问道：“怎么？不请我进去坐坐？”

“哦，对，哥哥，你进来吧。”姜离说完，赶紧挪开了身子，将他迎了进去。

萧世琛打量了一下房间的布置，姜离的房间是这间酒店里最特别的，一眼就能看完房中的摆设。没有见到男人的生活痕迹，他满意地点了点头。

“钱包丢了？”萧世琛直接问道。

他走到沙发旁时，茶儿上的手机因为收到一条微信亮了起来，他眼就看到了微信的内容，随后不动声色地转过身，看向身后的姜离。

“我只是不小心而已……”姜离没想到他连钱包的事情都知道了，尴尬地解释道，随后赶紧指了指沙发上的包补充道，“我朋友已经帮我把包找回来了。”

萧世琛想着那条微信的内容，继续不动声色地问道：“朋友？和你一起来玩儿的朋友吗？”

“不是，就是认识的朋友。”姜离含糊地说道。

萧世琛在沙发上坐了下来，两条长腿交叉着叠放在一起，虽然他是坐着的，眼神中的强大压力却让站着的姜离感觉头皮有些发麻。她暗暗想着，自己果然不该抱有一丝侥幸心理，只要说一个谎，就要用无数谎言去掩饰。

“既然你朋友帮了你这么大的忙，那么就由我做东，请他吃个饭，以示感谢。”萧世琛大方地说道。

姜离听完，立时瞪大了眼睛，摇头说道：“不用，我已经谢过他了。”

让萧世琛和霍从烨见面，她连想都不敢想。虽然她和霍从烨之间还没什么关系，可是让他们见面令她有种要带男朋友见家长的错觉。

“既然不用谢了，那我们走吧。”

萧世琛见她这副表情就知道她没有说实话，不过此时他也不想逼姜离，小女孩不就是这样嘛，心里有秘密的时候，总以为自己能守得住，可是不经意间就会说漏嘴。

姜离有些惊讶地问道：“去哪里？”

“难道你在摩纳哥还没玩儿够？”萧世琛嗤笑一声，又说道，“这里该玩儿的你也都玩儿遍了吧？”

姜离被他噎得不知道该说什么，可她还没去找崔枫问清楚自己想问的，不想就这么不明不白地离开，于是说道：“我暂时还不想离开。”

萧世琛嘴角一扬，不仅没有因为她的话而生气，反而神色放松地靠在了沙发靠背上，问道：“那你能告诉我理由吗？”见姜离默不作声，萧世琛知道她肯定正在腹诽自己，他不想再耽误时间，站起身来，居高临下地看着她说道，“Shiloh，你这次的莽撞行为，我会当作是一个意外，所以趁我还能好好说话的时候，乖乖听话。”

“我不是你的下属。”姜离有些不悦地说道。

萧世琛笑了笑，见她的脸色越发难看，说道：“既然如此，我给你时间，你可以去和你那位朋友好好道别。”

姜离知道自己拗不过他，其实在刚才开门的一瞬间，她就知道自己的假期结束了，此时不过是在做最后的挣扎罢了。

既然如此，她只能亲自去和霍从烨道别。

走出自己的房门后，姜离突然发现钻石套房的门开着，几个保洁人员正在更换客厅里的东西，她走进去疑惑地问道：“这间房的客人回来了吗？”

“客人已经退房离开了。”保洁人员略带歉意地回复道。

姜离眨了眨眼睛，好像没听懂似的，保洁人员也以为她没听懂，于是又清楚认真地重复了一遍这个套房的客人已经退房并且离开了。

姜离听了对方的话，觉得心里空落落的，就像胸口有什么东西突然被拔掉了一样。

在房中等待姜离的萧世琛拿起了她留在茶几上的手机，手机没有设置密码，他打开后，一眼就看见了最新的微信，就是他刚刚看见的那条霍从烨发来的微信。

他看着霍从烨的微信昵称“H”，好奇地点进了朋友圈。看到那个新年致辞的视频时，萧世琛的表情一下子变得阴沉起来。

居然是他！

萧世琛深吸了一口气，想了想，点开了旁边的“资料设置”，果断地将联系人“H”拉黑了。退出微信后，他将手机放回了原处，随后正准备给什么人打电话时，房门就被推开了。

萧世琛抬头看向姜离，蹙眉问道：“怎么？这么快就和你的朋友道过别了？”

“不用了。”姜离低声回道。

萧世琛察觉到她有些不对劲，起身走了过去，见姜离低着头，便按住她的肩膀，沉声说道：“Shiloh，抬头。”

抬起头的姜离，眼中满是晶莹的泪光，她的眼睛本来就很大，此时泪光闪烁，看起来更加楚楚可怜了。

萧世琛的语气不自觉地柔和了起来：“怎么了？”

姜离摇了摇头，什么都没有说。她不停地告诉自己，其实没什么大不了的，不过是一个她觉得还不错的男人突然不告而别，这并不是失恋，她什么都没失去，更没必要为此难过。可是当她走进电梯的时候，眼泪一下子就落了下来。

她知道，事实并不是这样的，她满心期待着自己能与霍从烨展开一段美好的关系并得到她想要的结果。早上起床的时候，她还欢呼雀跃地以为自己和霍从烨的感情是与众不同的，他们的关系也许可以变得更加深入。

可是这还不到一个早上，现实就打破了她的幻想。她明白了，并不是她期待的事情都会如愿发生，并不是她喜欢的人也会同样喜欢她。

现在看来，霍从烨真的只是把她当作旅行中的一段艳遇，现在旅行结束了，连一句告别的话都没有，他就这样消失了，一切都烟消云散了。

对于自己天真的想法，姜离觉得既难过又难堪。

“好了，不哭了。”萧世琛将她揽进怀中，抚摸着她的长发，柔声安慰道。

他已经不记得姜离有多久没有哭过了，她上一次哭好像也是因为这个男人。萧世琛一向不相信缘分，可姜离和这个男人之间的事情又怎么解释呢？

“哥哥，我心里好难过。”一想到霍从烨，姜离就觉得胸口闷得难受，她咬着嘴唇，努力克制着自己的哭腔，却怎么都忍不住。

这么多年来，她第一次遇到一个让自己心动的男人，却得到了这样的结局。

她回想起昨晚发生的一切，觉得十分讽刺。

萧世琛不想再在这里停留，他安排秘书留在酒店替姜离收拾好行李，随后自己带着姜离赶去了尼斯的机场，他的私人飞机已经等在那里了，他们会直接飞回英国。

他们去机场的路上，姜离一直趴在萧世琛的怀中低声抽泣着，泪水将他胸口的衬衫打湿了一大片。萧世琛并未过多安慰她，只是让她哭了个痛快。

他们上飞机后，萧世琛让服务人员给姜离倒了一杯牛奶，又看着她喝下去。姜离大概是哭累了，飞机还未起飞，她就睡着了。

萧世琛拿出一本杂志正看着，秘书的电话打了过来："老板，有人在酒店前台给 Shiloh 小姐留了一份礼物。"

"是什么？"萧世琛别过头看着已经睡着的姜离问道。

她卷翘的睫毛上还挂着泪珠，鼻头也有点儿泛红，嘴巴抿得紧紧的，看起来睡得不是很安稳。

"是一个很大的礼盒。"秘书说道。

萧世琛一边翻着杂志，一边淡然地指挥道："打开。"

"是一件晚礼服，非常漂亮。"秘书虽然已经结婚生子了，看到这样漂亮的晚礼服还是忍不住称赞道。

"扔掉。"萧世琛冷漠地说道。

秘书以为他没听清自己的话，又重复道："这是给Shiloh小姐的礼物。"

"我说了，扔掉。"萧世琛再次冷漠地说道，随后便挂断了电话。

此时在 S 市，已经有媒体得知了安扬集团的霍老先生入院的消息，不过碍于霍家的势力，暂时还没有媒体敢报道。

霍从烨是在事情发生十五个小时之后才赶回国的，他爷爷的手术已经结束了，只是人还在重症病房里。

霍从烨赶到医院时，他的父母、姑姑和姑父都已经到了，就连表弟也来了。

柳蔚子看着疲惫的他，心疼地问道："飞了这么久，身体还吃得消吗？"

"爷爷怎么样了？"霍从烨抱了她一下，轻声问道。

站在后面的霍余哲开口说道："你爷爷已经做完手术了，现在还在观察阶段。"

“爸爸，你带着姑姑他们回去休息吧，这里我来守着。”霍从烨轻声说道。

“那怎么行？你飞了十几个小时才回来，一定累了，还是我和你爸守在这里吧。”柳蔚子心疼霍从烨，立即否定了他的提议。

霍余哲显得冷静许多，他将霍从烨拉到一旁，商量起了后续的公关事宜。毕竟纸包不住火，出了这样的事，势必会影响到公司，这个时候最重要的是要稳住股东们的情绪。

霍余哲已经让公关部门制订了应对方案，力求将影响范围缩到最小。

可谁知第二天，一个名叫“查理小号”的博主就在微博上曝光了霍老先生住院的消息：“爷爷病倒入院，孙子却忙着在公海赌钱、泡妞，有钱人的世界，我们果然不懂。”

微博下方还配上了之前那个网红偷拍到的霍从烨和姜离的照片。

如果只是霍从烨个人的绯闻，消息还不会被传播得那么快，但是这个“查理小号”原本是个传播财经信息的博主，他每天都会发一些关于国内外商业人物的消息，因此与他互关的人当中，有不少都是财经界人物，所以当即就有财经记者在微博下面留言：“怎么回事？霍老先生住院了？”

“查理小号”很快就回复道：“内部消息，千真万确，等着看安扬集团召开记者会吧。”

随后又有几个财经人士参与了讨论，毕竟这个消息若属实，那实在是个大新闻。不一会儿，“查理小号”的微博居然被一个有百万粉丝量的营销号转发了，随后就有霍从烨的女粉丝在微博下面展开了评论：

“照片里的人根本就不是我男神，那个网红都已经删除微博了，你盗图不说，居然还诅咒人家爷爷！”

“第一次这么生气，虽然平时都是男神、男神地叫着，但这还是我第一次评论。男神是单身，他就算真的和谁在一起了，那也是他的自由。这种未经证实的消息，你就这么发出来，要出名是吧？行，我帮你。@安扬集团，这里有人造谣，你们公司管不管！”

“去搜索了一下，霍从烨的爷爷都八十多岁了，你发这种微博不怕遭报应吗？”

“没想到‘国民老公’的粉丝这么彪悍，博主都说这是内部消息了，你们怎么就知道人家是乱说话啊？一个个还真以为自己是少奶奶啊！”

“查理小号”的微博被营销号转发之后，热度便不断地升高，毕竟这种豪门戏码是最受网友关注的话题。

很快，又有一个八卦的营销号发布了一条微博：“众所周知，霍从烨出身豪门，身为豪门继承人的他却没有继承家族事业，究竟是他自己不愿意继承，还是另有隐情？”微博中还有一张霍家的全家福，下面写道，“想必了解霍从烨的人都知道，如今他的亲爹在安扬集团中担任联席董事及总经理，乃是手握安扬集团实权的人物。你们以为这样，霍从烨就能顺理成章地继承安扬集团了吗？各位，你们太天真了！照片中站在霍从烨旁边的那位，是他的亲叔叔、霍老先生的老来子，霍季彦。据说霍从烨与他这位亲叔叔一向不和，两人的关系几乎到了水火不容的程度。”

这条微博的发布者显然掌握了网友们爱看八卦的心理，同时做足了准备，他还分别找了几张霍从烨和他叔叔霍季彦的日常照放在长微博里。

网友们纷纷评论道：

“霍家的基因这么好！看了照片，一个是我‘老公’，一个是‘老公’的亲叔叔，可是我竟然不知道要选哪一个！”

“当然还是我霍老公最帅，叔叔算什么！”

“当然是选小叔叔了，儿子自然比孙子更亲近，要是真到了分家产的时候，就是你男神他爹和他小叔叔的事情，算算账也知道该选谁吧。”

“手心手背都是肉，好难。”

豪门恩怨一向是网友们最喜欢看的八卦内容，再加上霍从烨之前在网上爆红了一阵，这条微博发出没多久，霍从烨的名字就登上了微博热搜榜。

霍余哲得知此事后自然十分生气，他当即对公关部门的负责人发火道：“不是早就说过这件事要保密吗？现在去给我查清楚消息究竟是从什么地方泄露出去的。”

柳蔚子见他这么生气，忍不住抱怨起霍季彦：“爸爸都病成这样了，也不知道他跑哪里去了，到现在都联系不上。”

“好了，阿彦肯定是有事情耽误了，别说这些了，现在最重要的是爸爸的身体。”霍余哲说道。

霍从烨回家换了一身衣服就赶回了医院，得知网上的消息后，冷静地说道：“这种事情，越是隐瞒越是会让流言四起，我觉得还是尽早发出声明，稳定人心为好。”

霍余哲心里也是这样想的，他立即赶回公司，准备召集公关部门的全体人员商讨声明一事的细节，霍从烨和柳蔚子则继续守在医院。

姜离醒来的时候发现自己已经回到了伦敦的家里，周围一片黑暗，窗帘拉得严严实实的，也不知道是什么时间了。

她伸手将床头灯打开，身下的大床柔软舒适，真丝被单上绣着繁复华丽的花纹，头顶的天花板高得有种看不到顶的感觉，触目所及之处都带着一股复古的味道，与她位于伦敦市中心的公寓相比，简直是天壤之别。

这里是她在上大学之前居住的地方。

姜离起身的时候，觉得脑袋昏昏沉沉的，她强撑着身体才站了起来。

这时，房门打开了，萧世琛看见她起来了，立即上前说道：“医生说你需要卧床休息，快回去躺好。”

“我生病了吗？”姜离舔了舔干涩的嘴唇，声音嘶哑地问道。

“你在发高烧。”萧世琛将手搭在她的肩上，语气温和地说道，“再回床上休息一会儿。”

坐回床上的姜离见萧世琛拿了药片过来，不禁皱起了眉，也不伸手去接。

“都这么大了，还怕吃药？”萧世琛说道。

吃药对姜离来说是个大难题，别人喝一口水就能把药咽下去，可是她不管喝多少水都咽不下去，药片总会溶化在她的喉咙里，那苦涩的滋味让她对吃药产生了阴影。

“不想吃。”她看着他手心的药片，摇了摇头说道。

萧世琛板起脸，严肃地说道：“不行，医生嘱咐了，一定要吃药。”随后他又哄道，“先喝点儿粥，你一直睡到现在，还什么都没吃呢，我去吩咐人准备一下。”

萧世琛走后，姜离轻吐了一口气，随后翻出自己的手机，点开了微信。

直到现在，她的心里依然抱有一丝幻想，或许霍从烨只是突然有事离开了？或许他给她发信息解释了突然离开的原因？

她找了半天却没找到霍从烨的微信，心想难道他已经把自己的微信拉黑了？

姜离不愿相信，她又将通讯录从头至尾翻了一遍，还是没有。

他真的把她的微信删除了。

终于死心的她将手机狠狠地扔了出去，手机飞出去后砸到了墙壁上的油画上，画框玻璃碎裂的巨大声响吓到了楼下的萧世琛，他迅速冲到了楼上。

推开门后，萧世琛打开了灯，只见地上散落着玻璃碎片，旁边手机的屏幕也碎得像蜘蛛网一样。

他走到姜离身边柔声问道：“怎么了？”

见她一副欲言又止的样子，萧世琛安抚道：“你有什么事可以和我说，你小时候不是什么秘密都愿意告诉我吗？”

“哥哥，如果一个人不告而别，是不是表明他无意与对方展开一段感情？”姜离想了许久，婉转地问道。

萧世琛伸手捋了捋她的发丝，说道：“Shiloh，很多时候，一段感情的开始往往只是双方一时的心血来潮，而对于是否要将这段感情继续下去则需要深思熟虑。如果一方不告而别，那么他一定是觉得这段感情是没有结果的，既然一方已经做出了选择，那么另外一方也应该往前看，彻底放手。”

虽然姜离已猜到了答案，心还是痛得厉害。她不知道自己为什么会对霍从烨有如此强烈的感觉，难道就因为他曾帮助过自己吗？可是她已经还清了他的人情，他们之间是互不相欠的。

沉默了良久后，姜离点了点头说道：“我明白了。”

事情果然如霍余哲和霍从烨预想的一样，霍老先生病重的消息一经传出，安扬集团旗下 12 家上市公司的股价全部暴跌，创下了半年来的最大跌幅，市值在一夕之间蒸发了数百亿。即便霍余哲发出声明进行了解释，也依然没能挽回颓势，股价在一周之内连续下跌，更是引起了一部分股东的恐慌。

媒体对此事争相报道，霍老先生病重的消息登到了各大报刊的经济版上，甚至还有财经记者在网上分析起了安扬集团未来的变化。

霍家资产丰厚，家庭成员关系又十分复杂，外界纷纷猜测，一旦霍老先生过世，霍家很可能会出现争夺家产的闹剧。在媒体的大肆渲染下，一向低调的霍家被推到了风口浪尖上，成为大众关注的焦点。这段时间，每天都有无数的记者打来电话想要采访霍从烨，封庭为了处理这些事情耗费了不少心力。

在重症监护室住了三天之后，霍老先生被转到了普通病房，可谁也不敢告诉他公司现在的状况。

周一开盘的时候，安扬集团连续放出了数个利好消息，其中包括安扬集团拟斥资 130 亿美元收购英国移动运营商，并计划与 S 市市政府携手建造新兴科技园区的消息。

安扬集团的股价在过去一周内下挫了 7.8%，已经对市场造成了极大影响，而此番利好消息一经传出，安扬集团的股价终于止住了下跌的趋势。随后，安扬集团又迅速对外发布了霍老先生病情好转的消息，这才算稳住了众多股东。半个月后，集团的股价也开始慢慢回升。

刚刚结束了视频会议的霍从烨正坐在椅子上闭目养神，敲门声响了起来。

“进来。”

刘文杰走到宽大的办公桌前，将一个文件袋放到了桌上，说道：“霍先生，这是姜小姐的 DNA 检测报告。”

霍从烨盯着那个文件袋看了许久都没有说话，随后便挥手示意刘文杰出去了。

刘文杰走后，他还是没有伸手去拿文件袋，而是拿起了搁在桌上的手机。

这些天因为霍老先生的事情，许多人想方设法地想从霍从烨这里打探消息，所以他将手机暂时关机了一段时间，只有工作邮箱还在正常接收邮件。

他点开微信后，发现自己与姜离的对话内容始终没有更新，他向姜离告别的消息发出后，至今没有收到回复。

霍从烨看了看桌上的那个文件袋，紧紧地握着手机想了许久，最后发出了一条消息：“姜离，你现在有空吗？我需要和你谈谈。”

“S 开启了好友验证，你还不是他（她）的好友，请先发送好友验证消息，对方验证通过后才能聊天。”

惊诧的霍从烨恍然大悟，这就是她半个月都不回信息的原因？她已经将他的微信拉黑了？

虽然安扬集团的股价已趋于平稳，但是经过这次事件，集团内部的问题已暴露在大众面前。霍老先生年事已高，他的身体状况与安扬集团紧密相连，但凡有一点儿风吹草动，都会对公司产生影响，降低投资者对安扬的信心。

为了公司的事情，霍从烨忙得连睡觉的时间都快没有了，也不再想着联系姜离的事情，因为她已经将他列入了拒绝往来用户的名单。

“你帮我订一份礼物，送到英国……”霍从烨原本想吩咐封庭亲自订一束花送给姜离，可他想了想才发现自己居然只知道她的名字。

封庭看见便笺上的“Shiloh Stevens”时，疑惑地问道：“霍先生，您在摩纳哥的时候看过我给您发的那份资料吗？”

“什么资料？”

“关于这位姜小姐的资料。”

霍从烨重新翻看了一下邮箱才发现，封庭确实曾经给他发过一封邮件，只是附件里的姜离的资料被他忽略了。

“我曾在剑桥偶遇过姜小姐，所以……”

封庭解释的话还没说完，霍从烨便了然地点了点头。

封庭已经在霍从烨身边工作六年了，见到姜离后，他也和霍从烨一样震惊，因此他去调查她是很自然的事情。

“霍先生，我觉得您需要看一下这个。”说完，封庭将手机递给了霍从烨。

他低头看了一眼，是一条娱乐新闻：“新恋情？音乐金童约会豪门继承女。”

新闻照片中，一个金发男子走在前面，而他身后跟着的女人虽然垂着头，可霍从烨还是一眼就认出了她——姜离。

## 第四章

# 好久不见，霍先生

如果问姜离，和名人约会是什么感觉？答案很简单——麻烦。

一大清早，她还在睡觉，就被裴芷的电话吵醒了。

“你居然还在睡觉！你怎么还能睡得着！”裴芷尖锐的声音从电话里传了过来。

姜离的起床气虽然不重，可一个凌晨4点钟才睡下的人突然被吵醒，语气也好不到哪里去：“什么事啊？”

裴芷似乎也意识到自己吵到她了，便自觉地降低了声音说道：“你上报纸了，而且是头版头条，你赶紧看看吧，现在网上都传遍了，我看了一下你的推特，评论数都已经过万了。”

“什么？！”姜离总算清醒了一些，吃惊地说道。

她从床上坐起来，靠着身后的枕头，大概过了一分钟，才开口说道：

“我现在醒了，出什么事了吗？”

“有记者拍到你和路易·埃文斯约会，我的天哪！他可是万千少女的偶像，这是真的吗？”裴芷激动地问道。

她也去看过路易·埃文斯的演唱会，而现在自己的偶像居然在和自己的朋友谈恋爱，想想就觉得太刺激了。

姜离一边听着电话，一边拿过床边的 iPad 上网搜索了一下新闻。果不其然，消息确实很轰动。新闻标题虽然很简洁，内容却格外吸引人：“拥有七首冠军单曲的音乐金童——路易·埃文斯在上周六约会了一位亚裔女子，我想这个消息会让无数粉丝心碎吧。”

撰稿人显然深谙如何制造一条轰动的新闻，更何况这是路易·埃文斯的绯闻，他可是英国目前最红的男歌手，甚至大有横扫整个欧美音乐圈的趋势。

姜离抬手揉了揉太阳穴，睡眠不足的她，此刻觉得头昏脑涨。

裴芷听她没了动静，调笑道：“看见了吗？洛神，你要红了！”

“只是一次约会而已，我们并没有交往。”姜离无奈地摇了摇头说道。

裴芷可管不了那么多，迫不及待地说道：“正好我今天要去伦敦，待会儿去你家找你。”

姜离昨晚连夜修改了一篇论文，这会儿被裴芷的电话吵醒，她也睡不着了，便随手点开了推特。

她发动态的次数并不多，不过到底有 12 万粉丝，所以一般情况下，提醒消息也很多，但是像今天这样，手机险些因为消息过多而卡死的情况，还是头一回遇见。

她看了一眼自己现在的粉丝数量，居然涨到了 15 万，也就是说从新闻登出到现在，她已经涨了 3 万粉丝了。显然，这些蜂拥而至的粉丝有发泄不完的情绪，特别是女粉丝。姜离从不追星，一直以为明星谈恋爱是很寻常的事情，可没想到，粉丝居然会疯狂到去她的推特里谩骂。

姜离下楼的时候，女管家玛丽正在熨衣服，她见姜离起床了，有些吃惊地问道："Shiloh 小姐，您怎么这么早就起床了？"

昨晚玛丽知道姜离要连夜赶论文，还特地为她准备了咖啡。

姜离点了点头说道："玛丽，麻烦你做两份早餐。"

"今天您有客人？"玛丽立即放下手中的工作，走到她身边问道。

这里是姜离位于伦敦市中心的房子，萧世琛不在英国的时候，她都是住在这里的，因此萧世琛给她请了一位女管家，专门打理这里的一切。玛丽虽然是英国人，却拥有精湛的厨艺，会做美味的法国菜和意大利菜。

姜离点点头，随后又回到了自己的房间。等她洗漱完，换好衣服后，玛丽告诉她客人到了。

裴芷正站在落地窗前欣赏秋日的美景，听到声音，她转过头，羡慕地说道："有钱可真好，在房子里就能俯瞰整个伦敦。"

姜离清了清嗓子说道："你就是过来和我说这个的？"

"当然不是，我是来逼问你的。"裴芷摇了下头，啧啧两声，感慨道，"你可真能憋得住，和大明星谈恋爱居然还能守口如瓶。"随后她好像突然想起了什么，八卦地问道，"你上次去摩纳哥度假也是和这位大明星一起去的？"

"当然不是。"姜离不知道裴芷怎么会联想到那里，不想再提起关于那次度假的任何事情。

此时，玛丽走过来说早餐已经准备好了，姜离便招呼裴芷一起吃早餐。

餐厅在房子的另一边，里面也有个巨大的玻璃窗，因为楼层太高，所以根本看不清路上的行人，就连车子都小得像火柴盒一样。

裴芷坐下后，往窗户外面瞧了一眼，说道："真不知道你是怎么想的，吃个饭都要弄得这么刺激。"

姜离笑了笑，玛丽已将早餐端到了桌上，姜离特意请她准备了裴芷喜欢的食物，只是现在裴芷的心思可不在早餐上。

"你和大明星究竟是怎么认识的？"

裴芷对此事好奇不已，之前只能远远仰望的大明星如今居然在和自己的好友交往，别说她吃惊了，就连她微信里的中国留学生群都炸了。所有人都在讨论这件事，虽然说什么的都有，不过多数人还是很羡慕的，甚至有人打算求姜离帮忙要几张大明星巡演的门票。

姜离知道她不问清楚是不会死心的，便解释道：“我和路易只是一起吃了一顿晚饭而已，并没有交往。”

“就是这样？”裴芷一副不相信的样子。

虽说照片并没拍到姜离和路易·埃文斯有特别亲密的接触，可是两人一前一后地从餐厅里走出来，又上了同一辆车，显然是一副正在约会的模样，况且这还是路易·埃文斯入行以来传出的第一个绯闻。来的路上，裴芷看了一会儿姜离推特下的评论，暗自感叹路易·埃文斯的少女粉丝们真是疯了，一个个在评论里哭得泪流成河。

姜离不知道该怎么和她说，便回道：“先吃早餐吧，吃完我们再细谈。”

吃过早餐，两人坐在客厅里聊天，和暖的阳光透过落地窗洒满了房间。在装修这套房子的时候，姜离只提了一个要求，那就是一定要窗明几净，所以这套房子里到处都配置了大片的落地窗，从每个房间里都能眺望泰晤士河。

玛丽给姜离和裴芷各拿了一条毛毯，姜离又让她准备了香槟，裴芷一听，便笑着说道：“一大清早就要喝香槟庆祝，还说你没和大明星交往？”

姜离摇了摇头没有接话，等香槟准备好后，她倒了一杯递给裴芷，又给自己倒了一杯。

“赶紧跟我说说，你是怎么拿下大明星的？”裴芷急不可耐地问道。

在她看来，姜离可谓深藏不露，要么就不随便约会，这刚一约会就闹得轰动不已，整个英国，所有报纸头条都是她和路易·埃文斯的绯闻。

“我再说一遍，我们真的没有交往，我只是和他一起吃了顿晚餐而已，至于那帮记者怎么会拍到照片，我也不知道。”

听她这么说，裴芷才相信，不过紧接着又觉得甚是可惜，毕竟对方可是路易·埃文斯，是一个拥有天使面孔的音乐金童。他在音乐方面十分有才华，七首冠军单曲中，有六首都是他自己作曲、作词的。当年他横空出世的时候，所有英国媒体都对他的作品惊叹不已，而他也不负众望，在全世界范围内拥有无数粉丝，可以说是目前的英国歌手中，在全世界拥有最大影响力的人之一。

和裴芷不一样，对于这位大明星，姜离并不想多说，在她看来，那是一顿错误的晚餐。半晌，她轻叹了一口气，眼神也黯了下去，就连嘴角都挂上了一丝苦笑。

裴芷见她状态不对，也不敢再开玩笑，担心地问道：“发生什么事了？自打你从摩纳哥回来，我就发现你有些不对劲。”

虽然姜离之前也喜欢做实验，可是这一个月以来，她甚至连裴芷的邀约都推了好几次，一副拼命三郎的架势，看起来是要将所有的精力都放在工作上。

“这是第七个了。”说完，姜离捏了捏自己的眉心，倦意再次袭来，看起来她已经被什么事情困扰许久了。

裴芷一头雾水地问道：“什么第七个？”

“他是我这个月里约会的第七个人了。”姜离有些无奈地说道。

毫不夸张地说，之前的她活得像个圣女一样，而这一个月以来，她却频繁地更换约会对象。这件事要是被那些记者知道，只怕又会有无数的嘲讽声等着挖苦她。

裴芷被她的话惊得一时不知道说什么好。

姜离低头晃了晃手中的酒杯，说道：“我就是想试试，想知道一个结果。”

“什么结果？”回过神来的裴芷问道。

“我不仅约会了路易·埃文斯，还约会了其他人，有现在当红的模特，也有银行家，有亚洲人，也有北欧人，可是都不对。和他们在一起，别说是更进一步了，就连牵手我都不能接受。一开始我还以为自己好了，结果好像还是和以前一样。”姜离说完这些，觉得好像松了一口气。

她一直觉得自己对霍从烨的感情来得有些莫名其妙，而且强烈得不合常理。在邮轮上，见到有人要杀他，她的第一反应居然是扑过去替他挡枪。对于他的亲吻、他的抚摸，她不仅没有表现出一丝的抗拒，甚至还隐隐地期待着。

姜离之前从未和裴芷提过，其实她内心深处对男人有种说不出的厌恶，所以从不曾尝试着去约会。她也曾在心里隐隐地害怕过，一个二十五岁的正常女性，除了在十八岁时谈过一段恋爱之外，从未和别的男人约会过，别人要是知道了，一定会觉得她不正常。

对于这些事情，她无法和任何人倾诉，对于一个女人来说，无法交往男友，本身就是一件不正常的事情。

若是母亲姜韵还在的话，或许姜离还能将自己的困惑和忧虑倾吐出来，可是母亲早已深埋于地下，而她心底的不安和惶恐也就再也得不到母亲的安抚了。

后来，她干脆放弃与异性接触了，并刻意地不再去想关于感情的事情，可霍从烨的突然出现让她以为自己对感情的恐惧被彻底治愈了。

“你不是一直问我为什么不尝试着约会吗，其实，我有些害怕和异性接触，一想到他会牵我的手、吻我，甚至还会有更深入的接触，我就止不住地觉得恶心、不能接受。”姜离如释重负般说道。

裴芷没想到她会聊起这么沉重的话题，真诚地安抚道：“洛神，你是不是把问题想得太严重了？我知道有些人确实会对亲密关系产生抵触心理，但是只要你愿意踏出第一步，你就会发现所谓的抵触就像窗户纸一样，一捅就破了。”

“我都踏出去七步了。”姜离笑了笑，无奈地说道。

“所以就连路易·埃文斯也只是实验品而已？”

“不是实验品，我只是想尝试去认识不同的人而已。”

姜离原本以为自己是喜欢好看的男人，会被霍从烨迷惑完全是因为他的一张脸，所以她最开始约会的三个男人都是她在杂志上见过的最好看的模特。

“你们理科生好可怕，动不动就拿别人做实验。”裴芷啧啧两声，揶揄道。

“我知道我这么做很愚蠢，你不要用这种眼神看着我。”姜离说道。

裴芷一直觉得姜离很知性、很成熟，尤其是她平时在实验室里穿着一身白大褂的时候，看起来既干练又精明。可直到现在，裴芷才发现，她和常人太不一样了。

裴芷摇了摇头，说道：“你知道你最大的错误是什么吗？”

见姜离一脸迷茫，她又说道：“你最大的错误就是你换人的速度太快了。就像一辆车，你刚买的时候，开起来肯定不熟练，总得多开几次吧，结果你倒好，开了一次就扔了，根本都还没上手呢……”

裴芷还没说完，姜离的手机响了起来，是萧世琛的秘书打来的——他们已经看到了网上的消息，打电话过来是想询问姜离要怎么处理。

关于绯闻的事情，姜离倒是不着急，毕竟她和路易确实没有交往，况且像这样的娱乐新闻，每天不知道要被曝光多少条，不过因为她的绯闻对象是个当红歌手，才会闹得这么轰动。所以她让公关方面先冷处理，这种事情过个两三天，自然就消停了。

她又说了一会儿，才挂断电话。

见裴芷冲着自己挑了挑眉，姜离主动解释道：“你也听到了，我们确实没有关系。”

“真可惜。”裴芷说着，摆出一副惋惜的模样，随后又说，“别人遇见一个都要偷着笑了，你居然一下子浪费了好几个，真是饱汉不知饿汉饥！”

两人都不说话，房中陷入了沉默，只有金色的阳光洒落进来，将整个房间都染上一层柔和的暖色调。

突然，裴芷转头看着姜离说道：“所以你是先遇到了一个男人，发现自己并不排斥跟他进一步接触，以至于你认为自己好了，但回到英国后，发现自己连续约会了七个男人，结果还是跟从前一样？”

姜离听了她条理清晰、思路明确的分析后，说道：“你没有去学心理学，真是可惜了。”

“谢谢夸奖，我有心理资格从业证。”裴芷得意地说道。

姜离听完，无语地看着她。

“那你为什么不继续和之前遇到的那个男人约会呢？”

十一月的英国，天气已经很冷了，姜离刚从实验室里出来便被走廊里的冷风冻得打了个寒战。墨菲教授今天要给本科生上课，5点的时候，他有半个小时的时间与她见面。

姜离不知道墨菲教授为什么突然让他的助理联系自己，不过还是和助理约定了见面的时间。

她在剑桥读本科时候的一对一小课程就是由墨菲教授亲自上的，周围同系的同学对她的待遇既嫉妒又同情。嫉妒是因为能让一位化学届的大牛人物亲自授课是每个学生都求之不得的事情，不过这也意味着作为他的学生不能有一丝偷懒和懈怠。

姜离的本科生涯中有三分之一的时间是在实验室里度过的，墨菲教授十分喜欢学生待在实验室里，因为他认为一切理论都源于实践，如果连实验都不做，数据和理论又从何而来？

姜离博士毕业之后原本想在剑桥谋求一份教职工作的，可是后来事与愿违，她留在了化学实验所，成了那里的研究员。

姜离按照约定的时间准时到达了墨菲教授的办公室，他的私人助理正在接听电话，等助理打完电话之后，她才走过去说道：“我是来见墨菲教授的。”

“教授已经在办公室里等您了。”助理微笑着说道，随后将她领了进去。

墨菲教授戴着眼镜，正坐在办公桌前批改学生的作业，他抬头看了一眼姜离，伸手指了指旁边的沙发说道：“Shiloh，你先坐一会儿，我需要把这个批改完。”

五分钟后，墨菲教授放下了手中的笔，走到姜离身边坐下，有些无奈地说道：“现在的学生实在不懂学习的乐趣。”

随后他又回忆起姜离在求学期间的优异表现，忍不住夸赞了她一番，姜离一边含笑倾听一边暗自琢磨他突然找自己来到底有什么事。

英国人说话一向委婉，在闲谈了一堆无关紧要的事情之后，墨菲教授才不紧不慢地说道：“Shiloh，我记得你的中文说得非常不错，是吧？”

姜离不知道他为什么突然提起这件事，一头雾水地点了点头。她虽然出生在英国，但姜韵是地道的中国人，她自然也学会了中文。

“有个前往中国工作的机会，我知道你一向乐于接受挑战，你愿意接受这个邀请吗？”

姜离有些惊讶地说道：“这个消息有些突然，我需要时间考虑一下，具体是一份什么工作呢？”

墨菲教授起身回到办公桌前，随后拿了一份文件递给她，说道：“S大是中国最顶尖的学校之一，目前校方正在积极寻求与全球各大名校合作的机会，剑桥是其中之一。S大的化学研究所目前研究的课题与你主攻的研究方向十分契合，你不是一直想在大学里工作吗？这对你来说是一次机会。”

墨菲教授说得没错，对姜离来说，这确实是一个很好的工作机会。她之前曾谋求过剑桥的教职工作，却失之交臂。这次剑桥与S大深入合作，墨菲教授会在下月初前往S市，并在那里待一个月，进行深入的访问交流，所以如果姜离能够接受这份工作，到时候就可以和研究所的其他同事一起前往中国。

姜离表示自己会好好考虑后，郑重地感谢了墨菲教授。

她刚走出实验楼就接到了裴芷的电话。

“我给你发了那么多条微信，你怎么都不回啊？”裴芷抱怨道。

姜离抱歉地说道：“我最近有点儿忙，一直没登微信。”

事实上，她已经将微信卸载了，每次看见那个小小的图标，她就从心底里觉得不舒服，于是干脆卸载了，一了百了。本来她打算连微博也一并卸载的，后来想想还是作罢了。

“你在哪里？赶紧过来，我有好事告诉你。”裴芷兴奋地说道。

想起裴芷的本科就是在S大读的，姜离清了清嗓子说道：“正好我也有事情想和你说。”

到了与裴芷约好的地方，姜离发现不远处围了许多人，细看之下发现都是中国人，不少人的手中举着单反和手机在拍着什么。

她找了半天都没找到裴芷，倒是裴芷一眼就看见了她那辆显眼的车。

“姑娘，走！带你去见见我们国家的大明星。”裴芷将手搭在姜离的车窗上，冲着她勾了勾手指说道。

姜离没想到她说的好事竟然是这个，登时失望地摇头拒绝道：“我还是不凑这个热闹了。”

“我就知道你肯定会这么说，你知道我说的是谁吗？”裴芷神神秘秘地说道。

姜离是真的不感兴趣，也不想知道，自从上次被记者拍到她和路易·埃文斯吃饭的照片，她的推特至今还没消停，对于“大明星”这三个字，她都快有心理阴影了。

“是易时远，现在中国最红的男明星，你就不想去看看？”裴芷瞧着姜离的表情略有变化，又调笑道，“之前他还不红的时候，你还千里迢迢地给人家送过花，现在人家成了大明星，你这个资深粉丝怎么无动于衷了？”

姜离用双手紧紧地握着方向盘，努力克制着自己的情绪，随后转过头，淡淡地说道："我不是易时远的粉丝。"

"是不是偶像近在咫尺，你害羞啦？曾静也太守口如瓶了，当上了易时远的宣传总监居然都没告诉咱俩，想当初咱们三个可是共同吃遍'英伦三岛'的交情，你得和我一起'谴责'她！"

听了裴芷的话，姜离稍稍有些惊讶，没想到曾静居然当上了易时远的宣传总监，随后说道："我真的不过去了，曾静在英国待几天？找个时间，我们单独出去吃个饭吧。"

裴芷对她的反应感到十分疑惑，便问道："你以前不是很喜欢易时远吗？他退出T台前的最后一次大秀，你人在国外还订花送过去了，现在这是怎么了？"

姜离没有回答她的问题，随便找了个借口就离开了。

曾静见裴芷一个人回来了，立即问道："洛神呢？你不是说要给她一个惊喜吗？"

"来了，又走了。"裴芷不悦地答道。

"走了？怎么回事？她不是很喜欢易老师吗？"

裴芷撇着嘴说道："可能是因为要见偶像，㞞了吧。"

"洛神不至于吧？她什么大世面没见过，还怕见我们易老师？"

两人正说着，易时远结束了一组封面拍摄后进来换服装。这次他是到国外拍《W》的封面照的，这是他第一次登上"五大女刊"的封面，再加上他此次是受范思哲邀请来看秀的，所以杂志社和他的团队商议之后决定将拍摄地点定在英国，还采用了户外景。也不知道那些神通广大的留学生粉丝是怎么得知消息的，竟然早早地就在外面等着了。

易时远旁边的助理韩骏耳朵尖，听到了裴芷她们的对话，笑着问道："谁怕我们易老师啊？我们易老师可是暖男啊！"

知道韩骏是在开玩笑，曾静笑着回道："是我的一个朋友，她很喜欢易老师，以前易老师走秀的时候，她还经常送花给他呢！结果她来都来了，却没好意思进来和易老师见面。"

“原来是粉丝啊，可真够有趣的。”韩骏笑了笑，转头看了看旁边的易时远。

此时一直默不作声的易时远缓缓开口问道：“你刚刚叫她洛神？”

曾静立即解释道：“洛神是我这个朋友的外号，她不仅是个大美人，还是个学霸，所以同学们都这么叫她。”

韩骏有些可惜地说道：“我们易老师这么个暖男，她有什么可害怕的？要不然还能和易老师合影呢。”

易时远没有说话，见旁边的服装师已经准备好了衣服，便走进了更衣室，韩骏留下来和曾静她们聊了起来。

裴芷第一次这么近距离地看到明星，暗自感叹易时远简直帅到发光。他本身就是模特出身，身高一米八七，五官立体英俊，剑眉星目，黑色的眸子里像藏着星光一样。刚才曾静和韩骏说话的时候，她光顾着看易时远了，心想难怪他能这么火，这脸蛋、这身材，不火才怪。

韩骏知道曾静是剑桥毕业的，就问裴芷：“裴小姐也是剑桥的？”

裴芷点了点头，韩骏又笑着说道：“原来剑桥的学霸也追星啊。”

“我们也有正常的兴趣爱好啊。”裴芷有些尴尬地回复道。

不过以她的年纪确实不适合追星了，虽然她偶尔也会去听歌手的演唱会，却不会像那些小姑娘一样为偶像做出疯狂的举动。

很多人对国外一些名校的学生有误会，其实剑桥的学生玩儿起来也是很疯狂的。裴芷从硕士开始就在剑桥读书，早已经见惯了身边的人在夜店玩儿到凌晨三四点，第二天早上照样 9 点起床去上课，甚至年年都能轻松地考出 first class（优秀）的成绩。

他们聊了一会儿后，换好衣服的易时远走了出来，本就高大挺拔的他，此时穿上修身的西装，显得更加光彩照人。

裴芷正想着要不要偷拍一张他的照片发给姜离，就听易时远问道：“你们说的洛神是我的粉丝吗？”

“是啊是啊，易老师您之前在伦敦走最后一场秀的时候，她在国外还让人订了花送到后台给您呢！麻烦您待会儿给我一张签名照吧，免得她到时候后悔。”曾静立即说道。

“当然可以。”易时远笑了笑，又问道，“你的朋友叫什么名字？”

“她叫 Shiloh，易老师，真是麻烦您了。”

“为自己的粉丝做的，不麻烦。”易时远绅士又礼貌地说道。

户外很冷，拍摄间歇，韩骏连忙给穿得十分单薄的易时远倒了一杯热茶。

曾静和裴芷正坐在旁边聊天，就见易时远突然转过头来，一脸笑意地看着她们说道：“我突然想到一个比签名更好的福利。”

姜离正开着车，手机响了起来，她低头看了一眼，是裴芷打来的。

“有事吗？我正在开车。”

“Shiloh。”易时远低沉的声音从电话里传了出来。

姜离猛地踩下了刹车，轮胎在地面上划出一道长长的痕迹后，车子停了下来，她整个人随着惯性往前冲去，随后又被安全带拉了回来，撞上身后的椅背的时候，她的思绪也被撞了回来。

电话那头的易时远听她久久都不说话，又发出一声轻笑。

原来世界真的很小，两个人兜兜转转了一圈又回到了彼此的身边。

半个月前，易时远决定出演一部由经典言情小说改编的青春题材电影，原著小说在网上的知名度极高，当公布他将担任男主角时，原著粉们十分震惊。因为书中的男主角是个十八岁的少年，而易时远已是二十七岁了，显然不符合粉丝心目中的主人公形象。而且，包括经纪人在内的所有工作人员都不知道他为什么会选择出演这部电影，他也从来没解释过。

直到电影发布会上，当主持人问到易时远的初恋时，他才诚恳地说道：“我和我的初恋分手是因为她说她想成为科学家，为了实现这个目标，她要一直努力，所以没办法把精力浪费在别的事情上。”

“还没来得及恭喜你终于成为科学家了。”易时远故作轻松地说道。

“科学家”这个称呼在姜离听来更像是一种讽刺。

“谢谢。”她平静地答道。

简简单单的两个字却一下子拉开了两人之间的距离，就算他们的关系曾经有多么亲密，经历了这么多年的分别，彼此也早已生分起来。如今易时远是备受万人追捧的大明星，而姜离只是个圈外人，他们的生活毫无交集。

“你演的电视剧很好看。”姜离想了想，寒暄道。

“你看过吗？”易时远问道，言语中带着似笑非笑的语调，听起来像是嘲弄一般。

姜离皱了皱眉，却还是耐着性子说道：“我没看过，只是看网上评论都说很好看。”

“这么多年了，你还是这样，连谎话都不屑于说。”易时远轻笑着说道。

他拿着手机的手指修长骨感，垂眸时露出的淡淡笑容看得远处的曾静和裴芷忍不住面面相觑。

当易时远主动提出要给姜离打个电话代替签名的时候，裴芷和曾静就觉得不太对劲，可既然大明星都这么说了，裴芷当然不好拒绝。她拿出手机拨出电话后，将手机递到了易时远的手上，见他接通电话后，就自顾自地走到了一旁，她和曾静都好奇得抓心挠肝。

看见易时远边打电话边不时露出微笑，裴芷转头看着曾静低声说道：“这不对劲啊。”

曾静赞同地点了点头，暗道何止是不对劲，简直是太不对劲了！

易时远爆红之后，曾静就被公司派到他身边担任宣传总监。如今国内市场混乱，易时远红起来的时候，还有一批小生也红了起来，竞争十分激烈，好在他是其中势头最强劲的，又有大公司力捧。

曾静负责他的宣传工作已有半年了，这半年以来，她也把他的性格了解得八九不离十了。易时远对于合作的女艺人，除了工作接触外，私底下连话都极少说。说起他对待粉丝的态度，那自然是十分友善的，可她也没见过他像今天这么主动地要给某个女粉丝送福利。

姜离整理好情绪后问易时远："为什么裴芷的手机会在你的手上？"

"哦，是这样的，你的朋友说你是我的粉丝，还订过花送给我。"易时远略显得意地说道，"所以作为偶像，我怎么也该打个电话亲自谢谢你。"

姜离已将车子停在了路边，悠闲地靠在椅背上，轻笑着说道："不用谢，毕竟那也算是我们的一段回忆。"

两人初次相见时的场景此刻重现在她的脑海里，那时拖着大大的行李箱的易时远，正焦急地用蹩脚的英文问路，同去参加活动的姜离便好心地将他带去了秀场。大秀结束之后，姜离随母亲一起去后台祝贺设计师时又遇上了易时远。他是那场大秀中唯一的一个中国男模，经纪人因为他差点儿迟到正在训斥他，就在他满不在乎地将头别向一旁时，看见了姜离，两人相视一笑。

这也是姜离为什么会在他最后一场大秀时让人送花的原因，那确实是他们两个人的回忆，是年少时甜蜜、酸涩、美好的回忆，也是永远回不去的回忆。

易时远嗤笑的声音打断了姜离的思绪，她摇了摇头，语气冷淡地说道："如果没事的话，那我就……"

嘟……她的话还没说完，电话已猝然挂断。

姜离讶异地盯着手中的手机，说不出心里是什么感觉。

易时远将手机还给裴芷时，没有了方才的轻松和惬意，脸色变得很难看。裴芷自然不方便多问，此时拍摄场地已准备妥当，工作人员便来通知他继续拍摄。

和曾静道别时，裴芷把姜离要请客吃饭的事情告诉了她。

曾静赌气地说道："你让那个家伙亲自来请我！太不够意思了！人都到门口了，居然也不进来看看我这个老朋友。"

裴芷求饶道："这么艰巨的任务还是您亲自去吧。"

说完，她和曾静哈哈大笑起来。

姜离被灌进来的冷风吹得连打了两个喷嚏，刚把车窗关起来，一直阴沉沉的天空中突然划过了一道闪电，随后瓢泼似的大雨倾盆而下。

她到家的时候，玛丽还在准备晚餐，姜离便坐在沙发上将墨菲教授给她的文件又仔细看了一遍。那是S大与剑桥大学的合作文件，上面清楚地写着S大有意从剑桥引进人才。虽然她之前一直想谋求一份教职工作，却从未想过能有得到机会的这一天，而且这个机会还是来自遥远的中国。

姜离正研究着文件的内容，她之前请的私家侦探打来了电话。

侦探充满歉意地说道："姜小姐，有件事是我的失误，我必须要和您道歉。"

姜离微微皱起了眉，不解地问道："什么事？"

"根据我们的调查，您的母亲是二十五年前来到英国的，您是在她来到英国那年的十二月出生的，而崔枫在那年八月才与您的母亲认识，随后两人在十月领证结婚，所以他不是您的父亲。"听姜离许久没有出声，侦探再次抱歉地说道，"姜小姐，这是我们调查工作的失误。"

姜离好不容易才稳住了自己的心神，平静地问道："那么你们调查到我父亲的消息了吗？"

"您的母亲是中国S市人，如果您需要继续调查下去，我们可以立刻前往S市帮您继续调查。"

姜离低头看着手中的文件，淡淡地说道："不用了。"

萧世琛没想到自己刚从德国回来后就会听到这样的消息。

此时他正和姜离坐在餐桌旁，玛丽将准备好的法式松饼端了过来，姜离要了蓝莓酱，而对面的萧世琛则端起杯子喝了一口牛奶。两人都没有说话，只有落地窗外的阳光争先恐后地涌进来。

萧世琛坐在逆光的位置，身后的阳光在他身体周围染上一层耀眼的光圈。

姜离拿了一块松饼，一边抹蓝莓酱，一边平淡地开口说道："墨菲教授昨天找过我，他将我推荐给了S大，那里需要引进青年人才，我打算接受这份工作。"

萧世琛缓缓地抬起了头，没有说话，只是用眼神示意她继续说下去。

"你也知道，妈妈一直希望我能做出一番成绩，我不想错过这次机会。"

"只是因为凯特吗？"萧世琛一向习惯用英文名称呼姜韵。

姜离点了点头。

"你在剑桥研究所的工作一直做得很好，我想不超过两年，你就能在剑桥得到一个职位，为什么要舍近求远？"萧世琛放下手中的杯子，靠在椅背上问道。

姜离一向对他十分依赖，在她的成长过程中，萧世琛带给她的影响甚至远远超过母亲姜韵。

他一路披荆斩棘，以超乎常人的速度读书、工作，16岁便考入了牛津，19岁独自前往美国，21岁回到英国进入普森投资工作，将当时濒临破产的公司带成了如今市值百亿美元的大企业。

与他相比，姜离的优秀看起来更像是一般的聪明人只要努力就能达到的成果。正是因为有萧世琛这样优秀的哥哥，她才会以他为目标不断努力着，希望有一天能赶上他的脚步。

"S大开出的条件很好，我想去试试，况且我也想接触不同的学术思想……"

"我不同意。"姜离的话还没说完，萧世琛便神色冷峻地打断了她。

他的眉眼之中透出的凝重让姜离一下子忘记了自己早已经在心中想好的说辞。

此时，玛丽小心翼翼地走过来给他们两人添了点儿牛奶，萧世琛隔着桌子看着姜离，两人的目光对峙着，谁都没有低下头。

许久，姜离才开口说道："对不起哥哥，我已经接受了，我只是想第一个告诉你而已。"

"先斩后奏？"萧世琛不怒反笑，嘴角染着的点点笑意看得姜离打从心底里发怵。

她沉默了，她从小就以萧世琛为榜样，他说的话比姜韵说的还要管用。自从他们的父母相继过世之后，两人可以说是相依为命，如今她都没有和他商量一下，就擅自接受了这份远在异国的工作，他会发火是理所当然的事情。

"Shiloh，你从小就是这么执拗，想做的事情就一定要做成。"

萧世琛宠溺的语气像是锤子一样敲在姜离的心上，他虽然没有指责她，却让她感觉更加内疚。

"对不起，哥哥。"姜离现在能说的似乎只有这句话。

其实她也不知道自己为什么这么执拗地想要找出真相，她总觉得在过去的几年中，似乎曾经发生过一些让她刻骨铭心的事情。易时远的突然出现让她想起自己也曾有过正常的男女关系，虽然事情已经过去了很多年，可是初恋总是会让人记忆犹新。就像一面镜子，即便已经蒙上了灰尘，可是只要擦拭干净，就会再次将人照得清清楚楚。

姜离意识到自己对于男人的抗拒并非与生俱来，她也曾渴望着能牵着自己喜欢的人的手走在伦敦的大街上，两人共同撑着一把伞，身旁高大的男人揽着她的肩膀，炙热的手灼着她的皮肤，带来一阵又一阵的心悸。

她想知道自己究竟是从什么时候开始变得抗拒与异性接触、抗拒亲密关系的，她知道一个人不会无缘无故地发生改变，可是对于改变自己的原因，她却怎么都记不起来。

这些事情她虽不曾和别人说过，可是心底的疑惑就像雪球一样越滚越大。此时，萧世琛突然站了起来，身后的椅子倒在了地上，发出一声巨大的响声："我坚决不同意，这件事你想都不要想。"说完这句话后，他便转身进了房间。

"你无所不能的哥哥没生气吗？"机场的候机室里，裴芷看着姜离担忧地问道。

姜离抬头望了一眼窗外，今天伦敦的天气格外好，蔚蓝的天空中连一片云都没有，不知道纽约的天气如何。

她轻叹了一口气，说道："很生气。"

事实上，萧世琛生气得在姜离临出发的一个星期里连她的电话都不接，姜离每次打给他的秘书，都只是被告知"萧先生很忙"，之后就再无消息。

墨菲教授和其他同事已于昨天启程飞往了中国，而裴芷是S市人，她担心人生地不熟的姜离会出事，便主动提出与姜离同行。

离登机还有半个小时，姜离拿出手机又给萧世琛发了一封邮件，措辞极为温顺，大有讨好之意，甚至还有些撒娇的意味。可是，萧世琛显然打算给她点儿教训，直到登机，姜离也没收到任何回复。

虽然身旁有好友相伴，可萧世琛的态度还是让姜离感到有些扫兴，随着飞机慢慢升空，她的沮丧终于渐渐被激动和雀跃替代，她虽有中国血统，却从不曾到过历史悠久的中国。

飞机降落前，姜离好奇地透过窗户向下望了望，鳞次栉比的高楼大厦看起来像是一个个小方格。

飞机在天空中盘旋了一会儿，便收到指挥塔的指令，顺利地到达了跑道上方，然后开始匀速下降。

飞机安全着陆后，旁边的裴芷抱怨了一句："终于到了。"

此时，前排突然响起一个夸张的声音："你看！外面那架是不是私人飞机？"

女子的娇呼声引得姜离再次看向窗外，只见一架白色的飞机正徐徐地降落在跑道上，从她的窗口正好能看见机身上的图案，那是一个不属于任何航空公司的标志，前排的女子说得没错，那的确是一架私人飞机。

裴芷也伸着脖子看了过来，她把下巴抵在姜离的肩膀上，凑到姜离的耳边揶揄道："要是你没和你那无所不能的哥哥吵架，说不定咱们也能坐着私人飞机过来呢。"

"真是对不起您了。"姜离无奈地笑了笑，说道。

裴芷大方地拍着她的肩膀说道："没事，咱们来日方长。"

等了大概二十分钟，她们才从飞机上下来。

办理入境手续的时候，由于姜离是第一次来到中国，所以流程有点儿复杂，花了半个小时她才和裴芷会合。

两人用手推车领了行李，姜离要在这里待很久，所以带的东西不少，足足有两大箱，其他的都已经提前邮寄过来了。

"我爸爸已经在外面等着了，你跟着我一起走吧。"裴芷热情地说道。

姜离告诉她自己来之前已经和S大联系过了，学校会派人来接她。

裴芷一听，立刻瞪着眼睛，生气地说道："之前在英国，一直都是我到你家去做客，如今你好不容易来了中国，难道还不让我尽一下地主之谊吗？"

"咱们来日方长，到时候你别烦我就是了。"姜离笑着回道。

裴芷听她这样说，也就没有再勉强。

两人推着车子刚走到门口，就看见黑压压的一片人，不少人的手里还拿着手机和相机。

裴芷吓得连忙问姜离："这是什么情况？"

姜离摇了摇头，随后大概扫了一眼，发现好多人不仅手里拉着横幅，身上还穿着统一的服装，这时也不知是谁喊了一句"人出来了"，闪光灯顿时亮起。

姜离被光晃得难受，赶紧抬手挡住了眼睛，身后的裴芷用手肘撞了她一下，笑着说道："没想到我们和你男神这么有缘分，这些人都是来接他的。"

见人实在太多了，她们赶紧推着行李往外走，可是也不知是谁喊了一声什么，人潮突然往她们这边挤了过来，随后闪光灯一直在姜离眼前闪，她被人撞得险些摔倒。

此时机场里一片混乱，什么声音都有，连谁在说话都听不清楚。姜离只感觉有几个人一直在往她身边挤，还一个劲儿地拿相机对着她拍，虽然心里十分厌恶，可她又腾不出手去挡住自己的脸。

慌乱中，她被人狠狠地踩了一脚，顿时感觉脚下一凉，还没来得及反应，身子就往一侧倒去，幸好她及时抓住了手推车，才没有摔倒。旁边的裴芷早已经被人潮挤出去很远了，姜离感觉越来越不对劲，因为有越来越多的人开始往她身边挤。

"那就是吧？我没看错吧？"一个拿着摄像机的男人激动地问道。

他的同伴显得比他还要激动："没错，没想到啊，他们居然坐同一班飞机回国，还说没女朋友。赶紧拍！拍完了发微博。"

姜离的周围全都是人，走都走不动。

就在这时，几个穿着黑色西装的人拨开人群走到了她的身边，姜离抬头一看，居然是刘文杰。他客气地对姜离说道："姜小姐，我护送您出去。"

想到霍从烨肯定也在，她很想拒绝刘文杰，可想了想自己现在只剩下一只鞋，还是先出去再说，便客气地对他说道："麻烦你把我的朋友也一起带走吧。"

这会儿，手推车肯定是推不走了，刘文杰留下一个人看着她们的行李，亲自护送着姜离走了出去。

他们好不容易才挤出了人群，刘文杰领着姜离一路往里走，却不是往机场出口的方向，而是到了 VIP（贵宾）休息厅。

门一打开，站在窗前的人立刻回过了头。

深色的大衣显得他的身材十分高大，肩膀也很宽，就像一尊完美的雕像一样站在落地窗旁。

他用乌黑的眸子淡淡地看向姜离，她的心在看到他的一瞬间跳得剧烈起来。

姜离想象过他们可能会在这里重逢，也曾想象过重逢的场景，她以为自己会淡然地一笑而过，同样将他视作旅行中的一个意外。可现在，这个意外就站在她面前，用他那沉静如水的目光看着她。

他的面容依旧是那么英俊，长途旅行也未能令他身上出现一丝狼狈。

姜离看了看他，又低头看了看自己的脚，她的脚上穿着顶级品牌的鞋子，既舒适又好看，可惜只剩下一只。

他淡定、从容、优雅地看着狼狈、难堪、尴尬的她，这个场景似乎一下又回到了摩纳哥。

终于，姜离用冷漠的声音说道：“好久不见，霍先生。”

## 第五章

# 要我亲自帮你换吗

霍从烨将手里的烟碾灭在烟灰缸里，随后走到了姜离的身边。

他低头看着她的脚，不禁皱起了眉头。她的脚上穿着纯白色的袜子，袜子底下却黑黑的，袜面上还有脚印。

“怎么回事？”他的声音很轻，低着头的姜离没有看见他眸子里透露出的担忧。

她还没开口，就听刚刚被带过来的裴芷边走边吼道：“疯了！真是疯了！现在的人追星都这么疯狂吗？”

看见霍从烨后，裴芷登时愣在了门口，露出一脸不可思议的表情，也不敢再往里面走了。

“先进来吧，外面人多。”霍从烨淡然地说道。

裴芷茫然地点点头，刚坐下，手机就振了起来，等拿出手机时，对方已经挂断了。她一看通话记录才发现，曾静居然接连打了 9 个电话。

裴芷赶紧回拨了过去，电话一接通就听曾静急切地说道："你总算接电话了！"

"不好意思啊，我一直在飞机上。"裴芷赶紧解释道。

"洛神跟你在一起？"

裴芷看了姜离一眼，说道："嗯，我们在一起。"

"赶紧让她接电话，出大事了！"曾静着急上火了一整天，这会儿总算找到人了，恨不得从电话里伸出一只手把人从里面拖到自己面前。

裴芷把电话递给了姜离，说道："曾静找你，听起来挺着急的。"

姜离一接过电话，曾静就慌忙地问道："洛神，你现在在哪儿？"

"机场。"

"哪个机场啊？"

"S 市机场。"

见曾静的目光死死地盯着前方，一副失了神的样子，旁边的韩骏推了她一把，问道："怎么了？你这是什么表情？"

今天一整天，易时远的经纪公司因为网上的传闻忙得不可开交。公司的官方微博收到了一万多条粉丝私信，内容全是让工作人员尽快澄清新闻的，有些激进的粉丝甚至要求公司发律师函。

曾静转过头，看着坐在旁边的易时远说道："易老师，洛神说她也在 S 市。"

戴着墨镜、靠在椅子上闭目养神的易时远一听这话，立刻直起了身子，看着曾静说道："她也在这儿？！"

"对，而且和咱们在同一个机场。"

因为机场外面的人实在太多了，工作人员原本希望安排易时远从 VIP 通道离开，可是被他拒绝了。外面的粉丝为了见他一面，早早地等在那里，因此他还是希望能走普通通道。

"我的天哪！"韩骏瞪着眼睛看着曾静，说道，"不会这么巧吧？她也今天回国？"

易时远直接从曾静手里接过了手机，对电话那头的姜离说道：“洛洛，我对不起你，给你带来这么大的麻烦。”

姜离听到易时远的声音，顿时有些恍惚，许久之后，才十分不解地问道：“出了什么事吗？”

“我家里被偷了。”

姜离蹙了蹙眉，思索着他家被偷了和自己有什么关系，心里虽这么想，她还是关心地问道：“有什么贵重物品丢失了吗？”

易时远充满歉意地说道：“我们的照片被偷了。”

姜离听完立刻站了起来，走到窗边，低声问道：“什么照片？已经被曝光了吗？”她一只手拿着电话，另一只手扶着额头，回想着当初他们两人拍过的照片，突然想到了什么后，她险些失声喊出来，但想到房里还有其他人在，不得不压低声音问道，“不会是那几张照片吧？”

“应该是。”易时远觉得很抱歉，安慰她道，“我的公司已经联系了对方，不管花多少钱，我都会把照片买回来的。”似乎是怕姜离过于担心，他又保证道，“你放心，我一定会处理好这件事的。”

“为什么事情过去这么久了，你都没有想到要处理那些照片呢？难道这种照片不应该在分手后就立即处理掉吗？最起码不能让自己的女朋友看见产生误会吧。”姜离咬着嘴唇克制着情绪，不让自己再抱怨下去。

她也明白，既然事情已经发生了，再怎么抱怨也无济于事，可是她真的不想再经历一次被动出名了。她虽然不了解中国，可也知道易时远如今有多红，而她不是娱乐圈的人，无意出名。

姜离深吸了一口气，试图让自己尽量冷静一些，随后说道：“易时远，我希望你能处理好这件事，我不想看见自己的名字出现在新闻里。”

“对不起，洛洛。”易时远摘下墨镜，捏了捏眉心，略显疲惫地说道。

姜离也很疲惫，刚刚经历了十几个小时的行程，从遥远的伦敦到达S市，可谁知刚踏上中国的土地，脚跟还没站稳，就遭到当头一棒。她轻轻地叹了口气，慢慢地将身子转了回来，肩膀还没来得及放松下来，就撞上了坐在沙发上的霍从烨的目光。

他靠在沙发靠背上，姜离从他脸上的表情看不出他是什么情绪，他的手指一直在旁边的沙发扶手上敲击着，一下一下地发出嗒嗒的声音。那声音虽然很轻，却仿佛敲在她的心头。

他们分别两个月后，他依旧英俊逼人，只是眼中的冷意和外面的冰天雪地似乎更加匹配了。

姜离觉得自己的头开始胀痛，她转回身，再次开口说道："有什么事情，随时联系我，我待会儿把我国内的电话号码发给曾静。"

她刚要挂断电话，就听易时远急切地说道："洛洛，没有女朋友，我和你分手之后就没有交过女朋友。"

姜离落荒而逃似的挂断了电话，不想琢磨他话里的意思，便没有回复，只当他是随口说说的。

她刚转过身来，一旁的裴芷就好奇地问道："曾静找你有什么事啊？"

"没什么。"霍从烨就坐在旁边，姜离不想多说。

一头雾水的裴芷恨不得立刻向姜离问清楚，可她看了看霍从烨，又看了看门口的保镖，知道现在不是时候。

"霍先生，车已经准备好了。"这时，刘文杰开门进来对霍从烨说道。

姜离这才想起S大派人到机场来接她的事情，赶紧拿出手机按照联系方式打了过去。

"姜老师，您到了吗？"电话里，一个声音很年轻的男人问道。

姜离抱歉地说道："我这里出了点儿问题，恐怕要麻烦你等我一会儿。"

"没关系，姜老师，您遇到什么事情了？需要我帮忙吗？"对方也不知是学生还是学校的工作人员，为人热情极了，一听她遇到了麻烦，连忙询问道。

姜离赶紧找了个理由搪塞了过去，这时，一直坐在沙发上盯着她的霍从烨突然走了过来，拿过她的手机说道："我会送她回去的，你先走吧。"

随后他挂断了电话。

他的举动让姜离十分生气："霍先生，请把我的手机还给我，您这样很没有礼貌。"

霍从烨不急不恼，只是看着她，沉静地说道："听话。"

简简单单的两个字就让姜离一下子安静了下来，她那原本就不平静的心，像被一阵轻风拂过，泛起了阵阵涟漪。这个熟悉、清冷的声音再次让她紧绷的情绪慢慢放松下来，就连易时远那边像定时炸弹一般的消息似乎也没那么可怕了。

平静之后，姜离突然觉得十分委屈，不明白为什么霍从烨平平淡淡的一句话就能对她产生这么大的影响。

"现在最重要的是离开机场，我们之间的事情稍后再谈。"说完，霍从烨将手机递到她面前。

他的手掌很大，轻轻松松就能握住宽屏手机，骨节均匀分明，手指白皙，让人想不注意都难。

气恼的姜离没有再说什么，只是毫不客气地一把夺过了手机，她的手指不经意地划过了他的掌心，那温暖、干燥的触感，和他冷峻、严肃的外形极不相称。

姜离的心里逐渐蔓延出一丝心酸的感觉，暗骂他怎么能一直这么淡定，当初因为他的突然离开，她就像是经历了分手一样，他却永远都这么冷静。

当然，也有人能让他瞬间变得不再淡定，姜离突然想起他们在摩纳哥第一次相遇时霍从烨的模样，现在她真想看到霍从烨为了她变得不再淡定，最好是痛哭流涕的样子。

坐在旁边的裴芷，简直要好奇死了。

"听话""我们之间"？裴芷暗暗思索着，现在是什么情况？他们两个在交往吗？

这时，刘文杰递过来一个浅蓝色的盒子，霍从烨将盒子打开递给了姜离，里面是一双白色的平底鞋。

"去把鞋子换上，我们离开这里。"

见姜离一动不动，霍从烨挑了下眉说道："还舍不得走？"

姜离心不甘情不愿地接过了霍从烨手里的鞋盒，心里觉得十分别扭，暗骂自己不争气，明明已经下定决心，要把关于他的一切都彻底抛在脑后了，怎么一看见他，一切就全都变了呢？

偏偏每次她最狼狈不堪的时候，总会被他撞上。姜离从不觉得自己是个需要被别人保护的人，可每次都不得不接受霍从烨的帮助。

她换鞋子的时候发现码数正合适，不大不小，不仅鞋底柔软舒适，穿起来也很暖和。几乎是在一瞬间，她的心里又泛起一股酸涩。霍从烨是个绅士，虽然摩纳哥之行结束得很仓促，可是她不得不承认他确实帮了自己很多，一直以来是她一厢情愿，在没有得到他的回应之后，将自己的失落归咎于他。

姜离暗暗下定决心，不再让过去的事情左右自己的情绪，从现在开始，霍从烨对于她来说，只是一个陌生的名字，今天过后，他们之间不会再有任何瓜葛。

待她换好鞋子后，霍从烨低声说道："走吧。"

他们从 VIP 通道走出来后，姜离和裴芷坐上了霍从烨的商务车，保镖则坐到了后面的奥迪车里。

车上，裴芷掏出手机，抱歉地说道："不好意思，我得给我爸爸打个电话，他大概还在机场等我。"

姜离这才想起先前裴芷提起过她爸爸今天来接她了。

电话打通后，裴芷说道："我这里有点儿事情，晚点儿坐朋友的车回家，您先回去吧。"也不知对方说了什么，裴芷再三保证道，"没事，我真的没事。您放心，我晚上肯定回家吃晚饭。"

随后她将家里的地址告诉了司机。

车子刚开上高架桥，坐在前排的霍从烨突然回过头，看着姜离问道："你的酒店订好了吗？"

姜离原本打算到裴芷家后下车，然后再自己打车去 S 大，没想到霍从烨会突然这么问，便点了点头，淡然地说道："已经订好了。"

"准备住多久？"他清冷的声音再次响起。

"看情况。"

姜离说的是实话，虽然学校可以提供教职工宿舍，可她不习惯和别人一起住，所以已经请中介帮忙找房子了。

霍从烨难得主动寒暄，奈何姜离不领情，车内的气氛便一下子冷了下来。

这时，坐在霍从烨旁边的封庭将 iPad 递给了他，似乎是有紧急公务要他处理，两人便聊起了公事。

姜离正百无聊赖地盯着窗外新奇陌生的街景，突然手机响了，她一看，是裴芷发来的短信："什么情况？"

姜离转头看了一眼裴芷，只见她晃了晃手中的手机，示意姜离用手机回复。

姜离无奈地回复道："什么？"

裴芷瞪了她一眼，回复道："你和这位霍先生是什么情况？什么时候勾搭上的？为什么我都不知道？"

姜离皱了皱眉，回复道："请注意你的用词，我们只是认识而已，并无关系。"

裴芷冲她翻了个白眼，心想自己又不是傻子，没关系的话，他会让自己的保镖把她们从人堆里救出来？没关系的话，他会那么关心姜离？

"你们是不是有什么误会？我看你对他好冷淡啊。"

姜离不想提起摩纳哥的事情，便没有回复消息，而裴芷也累了，没一会儿就靠在她的肩上睡着了。

到裴芷家后，封庭转头看见姜离和裴芷睡得正香，刚要叫醒她们，却被旁边的霍从烨拦住了。

封庭没有说话，而是发了条短信到霍从烨的手机上："霍先生，您7点钟还要出席一个晚宴，再不出发，我怕时间来不及。"

"没关系。"霍从烨用简短的三个字回复了他。

封庭不再劝阻，转身看了看姜离，心情十分复杂。不管看多少次，他都觉得她太像那个人了，不知道霍从烨心里是什么感觉。

车里一片沉默，霍从烨用 iPad 处理着文件，屏幕反射出的浅浅的亮光照在他的脸上，让他的侧脸更加立体了。

姜离睁开眼时，正看见坐在侧前方的霍从烨的英俊侧脸。他的睫毛很长，浓密得像把小扇子，在眼睑上投射出一道浅浅的阴影，每眨一下眼睛，睫毛就微微颤动一下。从她的角度看过去，竟有一股楚楚可怜的感觉。

也不知过了多久，霍从烨突然抬起了头，正看见姜离在偷看他。

“醒了？”他的声音里含着浅浅的笑意，表情似乎还有一丝得意。

姜离连忙垂下头，轻轻嗯了一声，又推了推旁边的裴芷，说道：“裴裴，我们好像到你家了。”

熟睡的裴芷应了一声，随即一下子坐直了身体，只是起得太猛，头撞到了车顶，她忍不住骂了句脏话。

一旁的姜离看得目瞪口呆，就连坐在前面的霍从烨和封庭都看得愣住了，露出一脸惊愕的神色。

尴尬的姜离看着裴芷那副生无可恋的样子，生怕她真的想不开，赶紧拉着她下了车。

霍从烨也跟了下来，看了一眼裴芷家住的小区，问姜离：“你暂时住在这里？”

“嗯，谢谢你送我们回来。”姜离点点头，客气地说道。

一旁的裴芷一边揉着自己的头，一边客气地问道：“霍先生，谢谢您送我们回来，要不您到楼上去坐坐？”

“不用了。”

裴芷对于霍从烨的回答丝毫不觉得意外，又寒暄道：“这么麻烦您真是不好意思，要不改天我们请您吃顿便饭吧。”

上大学的时候，裴芷就是学生会里的骨干，所以寒暄起来可是一套一套的，她料定了高冷的霍从烨不会赏脸吃她这顿饭，所以说这话的时候根本没抱任何指望，随便开起了空头支票。

谁知霍从烨认真地看了她一眼，开口询问道：“哪天？”

始料未及的裴芷露出一脸惊讶的表情，而旁边的封庭已经拿出了手机，翻看了几下后，开口说道：“裴小姐，如果您和姜小姐要请霍先生吃饭的话，他只有后天晚上有空。”

霍从烨他们离开之后，姜离原本想自己打车去学校的，裴芷放出绝交的话来吓唬她，才把她留了下来。

两人吃力地将几个大行李箱拖进了电梯里，电梯正往楼上走着，就听裴芷阴阳怪气地说道：“后天晚上的饭局你可别想躲啊，别以为我不知道，人家是醉翁之意不在酒。”

“我可没答应要请他吃饭。”姜离刚说完这话，就想起自己在摩纳哥的时候好像还真的欠了霍从烨两顿饭。

裴芷没好气地瞪了她一眼。

她们一出电梯，裴芷就冲着901喊了两声，房门打开后，一个系着围裙的中年妇女走了出来，看见她们两个，赶忙冲着屋里喊道：“老裴，别忙了，闺女和她的同学回来了。”

在裴爸和裴妈的帮助下，四个人很快就把行李箱拖进了屋里。

“爸、妈，这就是我在剑桥最好的朋友，姜离，她是个化学博士，马上就是S大的副教授了。”与父母热情拥抱后，裴芷搂着姜离的肩膀向他们介绍道。

裴芷的父母都是高知，裴爸是S市最好的医院里的肿瘤科主任医生，年轻的时候在美国密歇根大学学习过，裴妈则是高校的美术老师。

两人一听裴芷对姜离的介绍都惊讶不已。

姜离在来之前已经听裴芷说起过她家里的情况了，便恭敬地喊道：“叔叔好、阿姨好。”

裴爸和裴妈见姜离不仅相貌出众，而且年纪轻轻的，居然都要当副教授了，十分欣赏她。

裴妈薛琳笑着冲姜离点了点头，见大家还站在门口，赶紧招呼道：“都进来，我们坐下说话，站在这儿干什么！”

“是是是，赶紧进来吧。”裴爸附和道。

晚餐早已经准备好了，裴芷领着姜离去洗手间洗手的时候骄傲地说道："我妈妈做饭可好吃了，你可千万别客气啊。"

姜离笑着点了点头，在英国的时候，她就经常听裴芷念叨着想吃家里的饭。

两人一进餐厅，姜离就闻到一股饭菜的香味。厨房就在餐厅旁边，推拉门没有关严，炉灶上的锅里正冒出淡淡的水汽。餐桌上方是一盏简单的圆形吊灯，暖黄色的灯光倾泻而下，将周围都染成了暖色调，一种家的感觉顿时让姜离觉得心里暖暖的。

"小姜，你多吃菜，阿姨做得不好，你随便吃点儿。"薛琳笑着对她说道。

姜离连忙说道："阿姨您做的每道菜都很好吃。"

薛琳高兴地说道："那你就多吃点儿。"

"妈，你这么热情，别吓着人家。"裴芷知道姜离的性格比较慢热，于是调笑着替她解围。

薛琳瞪了裴芷一眼，没好气地说道："你以为人家小姜跟你一样吗？都这么大了，还跟个孩子似的，没正经！"

"妈，姜离难得来咱们家一趟，你能给我留点儿面子吗？"裴芷说道。

薛琳没有搭理她，一边用公筷给姜离夹着菜，一边笑着说道："听裴裴说，在英国的时候，你可照顾她了，现在回国了，你千万别和我们客气。"

"阿姨您太客气了，都是裴芷在照顾我。"姜离回复道，此时她面前的碟子里已经被夹满了菜。

一直没说话的裴爸开口问道："我听裴裴说，你这次回国是准备留在国内发展？"

"爸，姜离可是S大重金聘请回来的高端人才。"裴芷抢先替姜离回答道。

裴爸和裴芷都是S大毕业的，所以他一听闺女这么说，便语重心长地嘱咐道："你多跟小姜学学，不管是工作还是学习，我看小姜都比你稳重。"

裴芷叹了口气，看着姜离委屈地说道："我就知道肯定是这个结果，你看看你一来，我爸妈就只喜欢你了。"

"别说孩子话，让人笑话。"薛琳笑着说道。

他们吃完饭，裴芷见裴爸还想拉着姜离聊天，赶紧说要带姜离看看房间，这才将她拉走。

"你可千万别被我爸爸抓住，他带学生带习惯了，不管逮着谁都要长篇大论一番，我那些堂弟堂妹，没有一个愿意和他说话的。"裴芷边说边推开了房门，见姜离愣在了门口，她揶揄道，"没见过这么小的房间吧？"

姜离瞪了她一眼说道："我只是不太习惯这么粉嫩的颜色。"

的确，整个房间都是粉粉嫩嫩的颜色，特别是床铺，被子是粉色的，枕头也是粉色的，就连梳妆台都是粉色的。

裴芷撇了撇嘴，抱怨道："真不知道为什么，我妈作为一个大学的美术老师，品位怎么这么俗。"

姜离柔声说道："我觉得挺好的，很有少女的感觉啊。"

还在倒时差的姜离早早就睡下了，无聊的裴芷便去了父母的房间。

薛琳正在敷面膜，见她进来，便问道："姜离睡了？"

"睡了，她要倒时差。"

"你不用倒吗？你也赶紧去睡吧。"

"她明天要去学校，我又没事，不着急。"裴芷略显得意地说道。

谁知，薛琳竟数落起她来："你看看人家，再看看你，我记得姜离比你还小两岁吧，人家马上要当副教授了，可你连个工作都还没有。"

裴芷正觉得有点儿委屈，裴爸打起了圆场："像小姜这样的人才，那是万里挑一的，你这么比较，对咱们闺女可不太公平。"

"还是爸爸心疼我。"裴芷笑着说道，随后又觉得裴爸这话隐约有种破罐子破摔的意思。

这边一家三口亲密地说着话，那边客房里的姜离却是没睡好。

她这一觉睡得极不踏实，一直在做梦，先是梦见了自己的妈妈，后来又梦到了萧世琛，还梦到了他们在伦敦那个老公寓里生活的日子。那时候姜韵还没嫁给姜离的继父，他们母子三人住在阴冷潮湿的老公寓里，可是在姜离的梦里，那种阴冷潮湿的感觉仿佛都消失不见了，只剩下厨房里的那盏灯，暖得像太阳一样。

半梦半醒间，她听见手机振动的声音，随后拿起床头柜上的手机，看都没看就接了起来：“喂？”

“姜离。”一个清冷熟悉的声音从手机里传了出来。

姜离揉了揉眼睛，看了看手机屏幕，来电是一个陌生号码，她还在想对方是谁，就听电话那头的人有些无奈地说道：“你还真是让人不省心。”

“我怎么了？”她的声音显得十分无辜，尾音的腔调像是在撒娇一样。

听到还没睡醒的姜离说话时带着浓浓的鼻音，霍从烨的心里仿佛有什么东西陷落了下去。

他看着手机上的照片沉默了许久，直到听见手机里传来了姜离睡着后均匀的呼吸声，才挂断了电话。

第二天一早，姜离是被裴芷急促的敲门声吓醒的。

她刚打开门，就听裴芷着急地说道：“曾静给你打电话发现你关机了，急得都要哭了。”

“怎么了？”姜离一边揉着眼睛一边转身往床边走，想再睡一会儿。

听裴芷不回答自己的问题，也不说话，姜离转过头看向她。

谁知裴芷竟一脸复杂的神色，许久才开口问道：“你怎么从来没告诉过我，你和易时远交往过？”

## 第六章

# 有缘的人总会遇见

易时远之前一直在布拉格为自己即将上映的新电影《那些回不去的过去》拍主题曲的MV（音乐短片），这部电影是由一部经典IP（知识产权）改编的，原著小说在网上很红。媒体报道了易时远要出演的消息后，引起了原著粉们的极大争议。

争议的原因主要是易时远和书中人物的年龄不符，书里的男女主角都是18岁，与他搭戏的当红小花旦陈潇只有21岁，她演起18岁的学生来自然毫无压力，可是易时远已经27岁了，要他演18岁的少年，显然有些牵强。

好在预告片公布后，粉丝们的反响还不错，所以公司才安排他演唱电影的主题曲并前往布拉格拍摄MV。

没想到，易时远工作结束，临近回国时出了事，他家里的保姆打电话说家里进了小偷。经纪公司虽然立即报了警，可是这伙小偷似乎是老手，作案手法干净利落，所以破案难度很大。

他原以为只是丢了些财物罢了，可没想到，晚上的时候就有人在网上爆料了："某 y 小生自从红了之后，一直声称自己是单身，结果没想到，他不仅有女友，还拍下了亲密照，我都不敢想象照片被曝光之后会掀起怎样的腥风血雨了。不过现在他的经纪公司已经进行紧急公关处理了，照片能不能曝光就看经纪公司的公关给不给力了。"

爆料者是一个有 600 万粉丝的营销号，"y 小生"这个称呼使人很快就联想到了易时远，所以没过多久，这条微博的转发量就过万了，而热搜榜里面几乎全是易时远的名字。

兔子一一："易时远？！"

痴人说梦："我觉得就是易时远。"

甜美易天："评论里既然提到我哥哥了，那我就不客气了。12 月 20 日青春校园大 IP 电影《那些回不去的过去》将于元旦档与大家见面，希望大家多多关注，谢谢！"

哟哟："易时远的粉丝这么刷屏给自家偶像招黑？"

易时远的粉丝们当然不愿意相信这样的传闻，但爆料者只是提到了"y 小生"，并没有直接提到易时远，所以一开始只有部分粉丝去评论而已，大部分人还在观望着事情后续的发展。

事情发生后，许多粉丝去易时远的经纪公司、经纪人，甚至助理韩骏的微博里面私信留言，让他们出来辟谣。可那时易时远还在飞机上，公司联系不上他，也不敢随意在网上回应任何消息。

易时远的经纪公司在娱乐圈内很有实力，所以工作人员立即发动了人脉，联系了爆料的营销号，想知道他们究竟掌握了什么照片。虽然说这种爆料消息中有很多是不靠谱的，可这次万一是真的，到时候真爆料出来可就追悔莫及了。

昨天易时远回国时，由于大量粉丝接机，险些发生踩踏事故，网友对此极为不满，不少人抱着看好戏的心态在等着微博中提到的亲密照被曝光。

早上 6 点的时候，照片真的被放到网上了，照片里的人确实是易时远，但与其说是亲密照，不如说是艺术照。

其中一张照片中，赤裸着上身的易时远从背后抱着看起来只有十七八岁的姜离，她身上裹着床单，露出光滑的肩膀，两人看起来十分亲密。易时远的头发稍显凌乱，有一种刚刚睡醒的慵懒感，两人安静地坐在床上，画面显得极为安静宁和。

还有两张是他们的日常生活照。其中一张照片的背景是古老的城堡建筑，易时远手里捧着书坐在草地上，而姜离则枕着他的腿躺在一旁，照片里的他正俯身要亲吻姜离。另一张照片里，姜离把手搭在自己的额头上，而易时远则吻着她的手心。和暖的阳光在照片中构造出美妙的光影，意境美得像童话一般，照片里的人，一个垂头，一个仰眸，一副浓情蜜意的样子。

照片被曝光后，粉丝们登时炸开了锅，尽管有些粉丝依然拒绝相信这样的消息，但大部分粉丝还是很理智的，当然也有水军在搅弄风雨，恨不得一脚踩死易时远。其他看热闹的网友也十分开心，毕竟最近娱乐圈里实在没什么大事，显得有些过于平静。

很快，易时远的名字就登上了热搜榜，就连这次和他合作出演电影的陈潇也出现在了热搜榜上。

“他女朋友看起来好小，成年了吗？”

“就给我看这个？”

“眼睛坏了吗？看不出来这是好几年前的照片吗？我哥哥早就分手了！分手了！不要随便给他安排女友好吗！”

不甘心的粉丝们很快就找出了易时远七年前当模特时候的照片，不管是发型还是模样，都和被曝光的照片里的人一样，所以一些激进的粉丝就开始大骂营销号拿过去的照片糊弄人，还在每个转发微博的营销号下面都发了照片，力证那是易时远七年前的旧照。

另外一些看不过去的网友也忍不住出来泼冷水：“呵呵，就算照片是旧的，你怎么知道人家现在没在一起？说不定这会儿，他的女朋友正陪在他身边呢！你们随随便便就把人家女朋友说成是前女友，搞不好你家偶像晚上回去还得跪键盘。”

网络环境本就是鱼龙混杂，何况参与其中的不仅有网友，还有不少水军。易时远爆红之后，一下子就冲到了同时期85后小生的前头，原本那几个势头好的也都被他追上了。

他本来是模特出身，红了之后，广告资源自然比别人好，不仅市场上铺货量极大的快销产品愿意找他做代言，就连手表和车子这类高级产品的品牌商们也在和他的经纪公司洽谈合作。这半年来，光是广告，他就接了十个，代言费更是一口价。他如此顺风顺水，怎么可能不令别人眼红？娱乐圈就是这样，你红的时候，所有人都捧着你，但凡你有一丁点儿差错，就会有人趁机打压你。

他的经纪人刘卉在娱乐圈里也算是资深人物，人脉很广，可谁知她忙活了一个晚上，还是没能拦住照片被曝光。

刘卉见易时远发了火，甚至还说要发律师函给爆料的营销号，赶紧劝道：“其实这几张照片根本没什么要紧的，只是七年前的旧照而已，网友们的好奇心过去了，事情也就慢慢平息下来了。”

虽说这些营销号确实有兴风作浪之嫌，可是“不得罪小人”这句话也不是没有道理的。况且经营这些营销号的博主也不都是爆料明星隐私的，他们平时也会发一些照片或者视频“安利”明星，粉丝转发消息，营销号获得热度，双方互惠互利，这是很正常的操作方式。

自从易时远红了之后，不少营销号都在不断地向网友“安利”他，而他的经纪公司也会在私底下透露一点儿无关紧要的消息给营销号，这也是为了双方能保持良好的合作关系。

虽然易时远发律师函只是为了警告其中一个营销号，可很多营销号都是由同一个公司运作的，牵一发而动全身。

对刘卉来说，这种新闻根本不需要动真格的，反而可以借机炒一炒电影的热度。

易时远听她这么说，站起身来，不悦地说道："我已经答应了洛洛，不会让她曝光的，她不是演艺圈里的人，这样做只会增加她的烦恼。"

"可现在照片已经被曝出来了，你也不是故意的，我觉得隐瞒不是办法，干脆承认，毕竟你们也是正常交往、正常分手的。"刘卉低着头，边说边把网上的照片都保存下来。

易时远当模特时的经纪人不是她，所以这几张照片她也是第一次看见。她不得不承认，照片中的两个人真的很般配，易时远身材高大挺拔，而姜离则显得小鸟依人。那两张在草地上的照片简直比青春片里的场景还要吸引人，男女主角一个帅气阳光、一个清丽娇俏，举止又是那样亲密，让人看了有种赏心悦目的感觉。

一旁的韩骏也笑着说道："远哥，你别着急，网友们都说你们两个很般配，简直是现实版的沈怿和许昕。"

他说的是电影《那些回不去的过去》里的男女主人公的名字。

"呵呵，沈怿和许昕就算分手了，他们心里也还惦记着对方，我可没那么好的命。"易时远嗤笑一声，随后拿起手机又给姜离打了个电话，可是从刚刚开始，她的电话就一直在通话中。

他不禁思索着，都已经半个小时了，她怎么还在打电话？难不成是屏蔽了他的号码？可他转念一想，姜离根本没有他的电话号码，又怎么可能屏蔽呢。

刘卉出去接了个电话回来后，语重心长地对易时远说道："时远，我知道你现在很生气，可事已至此，咱们只能将危机转化成机会。这部电影是你自己坚持要接的，也是你的第一部大荧幕作品，现在所有人都在盯着你，要是这第一步没走好，往后可就更难走了。"见易时远抿着嘴不说话，她又继续劝道，"我听说你们是彼此的初恋，这正是个很好的宣传点，咱们可以趁机多宣传一下电影，等电影上映了你再澄清，岂不是一举两得？”说完，刘卉又看了一眼韩骏，问道，“对了，你之前说这个姜离是哪个学校毕业的？”

“剑桥的化学博士。”韩骏立即说道，之前他听曾静说过。

刘卉一听更高兴了，她最怕的就是易时远和一些不三不四的人扯上关系，在她看来，就算要传绯闻，对象也应该是当红女明星或者是像姜离这种有格调的人。要是他真的和网红传出绯闻，那在大众心里，他以后也就只配得上网红而已。

先不说姜离的其他背景如何，光是“剑桥博士”这四个字就足够炒热话题了，男神易时远的初恋女友，不仅家世好、长相好，还是学霸，这对于他的形象也可谓一种提升。

刘卉越想越觉得这几张照片的曝光对易时远来说，不仅不是坏事，反倒是好事。

易时远没有说话，只是默默地听着他们俩一唱一和。

韩骏说完之后，他立即冷漠地看着韩骏，将手边的靠枕扔了过去，正砸在韩骏的肩膀上，吓得韩骏立马闭上了嘴，不敢再说话。

“说完了是吧？”易时远冷着声音问道，而韩骏连头都不敢抬了。

刘卉在一旁也是默不作声，她知道易时远明着是朝韩骏发火，实际上却是做给她看的。

“卉姐，我答应了洛洛，不会拿这件事炒作，希望你不要违背我的意思。”易时远看着她，神色认真地强调道。

刘卉愣了一下，自从她担任易时远的经纪人以来，他一向对她敬重有加，这样重的话她还是头一次听到。

见她还想说些什么，易时远抢先说道：“我说不行，就是不行！”

姜离一脸歉意地看着裴芷，还没开口，裴芷就将自己的手机塞到了她的手里：“曾静一直在给你打电话。”

姜离接过手机后就听曾静说道:“洛神,网上的照片你都看见了吧?”

“还没。”姜离平静地说道。

得知照片被偷后，她虽然盼着易时远能将照片截下来，可是也已做好了照片会被曝光的心理准备。不过她到底是圈外人，又是第一次回国，应该没什么人知道她，所以她只盼着自己的信息不要被网友们翻出来。

“你放心，易老师说肯定不会拿这件事炒作的，我们也正在找人删除网上的照片，反正不管怎么说，我们会保护你的。”

曾静没进演艺圈之前觉得这个圈子光鲜亮丽，到处都是镁光灯，还有无数的掌声，可是进了圈子之后，她才发现这份工作简直不是人做的。做得好，粉丝们一口一个“静姐姐”叫得亲热，但凡有一丁点儿错误，他们私信谩骂的时候，连祖宗十八代都要问候一遍。

从曾静起床开始，她的微博就一直卡顿，私信甚至超过了一千条，让她想办法解决问题的还是少数，大部分粉丝的私信内容是“废物”“什么都不会”“纯粹耽误我哥哥的前途”之类的。

曾静虽然生气，可还是得继续解决问题，最让她感到头疼的是，刘卉和易时远的意见不统一，刘卉想借着这个事情把电影炒热，而易时远为了保护姜离，死活不愿意。

曾静自然不愿意将自己的好朋友拖下水，可是作为宣传总监又得保证艺人的利益，要不是她家在易时远的经纪公司持有一部分股份，她真是不想再受这个罪了。

“曾静，你替我带一句话给他，无论如何，不要把我牵扯进去，不要用我的名字炒作，我不愿意，也不会配合。”

曾静听姜离说得这么严肃，立即保证道：“你放心，易老师已经说过了，他不会利用你炒作的，我这边有什么情况会随时和你联系的。”

要挂断电话的时候，曾静埋怨道：“姜离同志，说实在的，咱们当初那是什么样的革命友情，吃遍英伦三岛、跑遍欧洲大陆，结果你倒好，这么大的事情，居然还瞒着我！而且你知道我在易老师的身边工作，居然一点儿口风都不透露给我，你的嘴巴是螃蟹做的？”

姜离轻咳了一声，有些尴尬地说道：“我们两个已经分手那么久了，我以为没什么提起的必要了。”

曾静又念叨了她几句才挂断电话。

挂断电话后，姜离转过身就看见裴芷抱着双臂，一脸严肃地说道：“姜离同志，我现在给你最后一次机会，坦白从宽。”

“我和易时远确实谈过恋爱，但那是七年前的事情，不到半年我们就分手了。”

“就这样？”裴芷一脸狐疑地看着她，不死心地追问道，“那你们分手的原因是什么？”

姜离轻笑了一声，说道：“是因为我。”

其实七年前，他们相处得很好，没有争吵，也没有矛盾。姜离虽然年纪小，可并不是任性的人，就算他们两个真的有什么矛盾，也总是易时远让步。

刚开始的时候，两人几乎形影不离，姜离甚至还曾跟他飞到美国，去纽约的秀场看他在T台上大放异彩。

可是好景不长，姜离进入大学之后，一切都变得不一样了。易时远由于工作忙，待在英国的时间很短，而姜离刚进剑桥，不仅要上课，还要参加很多社团活动，忙到恨不得一天有四十八个小时。两人别说见面，就连打电话的时间都没有。

易时远要过生日的时候正在米兰工作，为了给他一个惊喜，姜离偷偷去了他工作的地方，在外面等了两个小时后，她看见易时远在一大帮人的簇拥下走了出来。她一路跟着他们到了一家酒吧，酒吧的老板捧出一个精致的蛋糕，易时远的朋友们纷纷祝贺他生日快乐，而姜离就坐在离他们不远的地方，安静地看着他满脸笑意地吹灭了蜡烛，周围的姑娘和他拥抱，在他的脸颊上轻吻。

姜离绝对相信易时远的人品，只是那一刻她突然发现自己的世界和他是完全不同的。

她喜欢的化学是他完全不了解的领域，而他的舞台也离她十分遥远。

经过深思熟虑之后，姜离提出了分手。

当易时远问起分手的原因时，她想了想，认真地说道："我的目标是成为科学家，所以我现在没办法再分心做别的事情。"

这么说来，姜离也算是个合格的前女友吧，最起码分手的时候，她把责任都揽到了自己的身上。

"就因为这个？"听完姜离的话，裴芷惊讶得目瞪口呆，随后长叹了一口气，说道，"他可是易时远啊！你居然随便找了个理由就把他甩了？再说，你怎么就知道你们不是一个世界的人？难道博士就非得找博士吗？霍金都能和护士结婚，你们两个怎么就不能有共同语言？"

"我只是希望在感情走到无法收场前，将它体面地结束，这样至少当我们回忆起彼此时，仍然会觉得对方是美好的。"姜离如释重负般地说道。

对于她来说，能坦然地提及过去的这一段感情并不容易。

"美好？我估计易时远当时都快恨死你了，说分手就分手，你心里难道一点儿都不后悔吗？"裴芷不屑地说道，随后又揶揄道，"不过也是，就算没了易时远，你还有霍从烨呢。"

听她突然提起霍从烨，姜离微微愣了一下，随后岔开了话题："我得换衣服了，今天我还要去S大见学院院长。"

被姜离推到门口的裴芷还不死心地想说什么，可是姜离已经把门关上了。

墨菲教授这两天正带着其他同事在北京参加一个国际研讨会，明天才会乘坐飞机来S市，所以今天只有姜离自己去学院报到。

"姜离第一次来，你怎么能让她打车呢？万一走丢了怎么办？"薛琳担心地说道。

裴芷咬了一口手里的油条，边吃边说："就是，我开车送你过去，正好我也好久没回母校了，就当是重游故地。"

听她们这么一说，姜离便打消了自己打车过去的念头。最后，裴芷开着薛琳的车，带着她去了 S 大。

"我妈的学校是旁边的那所大学，名气不如 S 大响亮，不过两所学校靠得近，所以我们家房子离 S 大挺近的，开车二十分钟就到了。"趁着等红绿灯的工夫，裴芷向姜离简单介绍了一下。

姜离点了点头，看向窗外整洁宽敞的车道，往来的车流不断，街道旁是鳞次栉比的高楼大厦，完全是一副摩登大都市的模样。对于中国，她只在各种新闻中简单了解过，她是第一次来中国。

下车的时候，裴芷见她一直沉默不语，用胳膊撑着车顶，笑着问道："怎么一直不说话？你觉得 S 市怎么样？"

想到这里是自己母亲的家乡，也可能是父亲的家乡，姜离粲然一笑，说道："这里真好。"

她微微扬着头，白皙的皮肤在阳光下显得更加晶莹剔透。

许愿赶过来的时候，看见两个高挑纤瘦的女生站在电话里约好的地点，他一眼就认出了姜离，之前学院安排他到机场接人，所以他见过姜离的照片。

可是照片是一回事，真人却是另外一回事。他原本以为照片是经过精心处理的，毕竟这么年轻漂亮的姑娘能成为学校的副教授，简直让人不敢相信。等他真的见到姜离的时候，才发现照片居然还没她本人好看。

她穿着一件浅灰色的毛呢大衣，里面是白色毛衣和黑色半身裙，裙子下面一双修长的美腿引人侧目。

许愿赶紧小跑了两步，来到姜离身边，自我介绍道："姜教授，您好，我是许愿。"

姜离之前和他通过电话，没想到他不仅名字不错，长相也不错，清秀中带着一点儿英俊。

一旁的裴芷也在心里吹了一声口哨，暗自感慨当初自己在S大读书的时候，医学院那些博士师兄的长相简直一言难尽，怎么她去了英国之后，学校的生源质量一下子就有了质的飞跃呢？

“你叫我姜离就可以了，我现在还不是教授。”姜离微微一笑说道。

许愿不好意思地笑了笑，说道：“那我还是叫您姜老师吧。”

姜离点了点头。

“姜老师，是这样的，院长正在接待客人，所以暂时没办法见您，不过院长吩咐了，让我带您先到学院里转转。”说完，许愿又礼貌地问道，“可以吗？”

“当然可以，麻烦你了。”

裴芷来之前和同学约好了要见面，临走的时候，她在姜离的耳边轻声说道：“待会儿记得把这个小帅哥的电话给我。”

姜离无奈地摇了摇头，将她送走后，才跟着许愿往化学院走去。

许愿刚把她领进实验室，里面正在说话的人就齐齐地看了过来。

“许师兄，你怎么来了？”一个圆脸的小姑娘率先站起身问道，看见跟在许愿旁边的姜离时，她脸上的笑容一下子僵住了。

“许师兄，你带女朋友过来玩儿吗？”一个穿着白大褂的男生羡慕地问道。

现在是上课时间，实验室里的人不多，只有生活区里坐着四五个人，这会儿所有人都一个劲儿地看着姜离。化学院的女生本来就少，许愿又突然领来一个这么漂亮的女生，大家自然惊讶不已。

许愿赶紧摆手解释道：“别胡说，这位姜老师以后就是咱们化学院的老师了，院长让我带她过来熟悉熟悉。”

“姜老师！咱们化学院到底何德何能啊！”穿白大褂的男生刚说完，就引起一阵笑声。

姜离看着笑得前仰后合的学生，不禁在想自己的选择应该没有错吧？

在大家的热情招呼下，还未就职的“姜老师”就被请进了实验区，许愿向她简单介绍了一下实验室里的现有设备，他的话还没说完，就被先前开口的男生打断了：“许师兄，不是说众禾马上要给咱们捐一批设备吗？你应该给姜老师好好介绍一下吧。”

“就是，听说还会捐钱给咱们院呢，也不知道是真的还是假的。”另一个学生也附和道。

“还都是没影儿的事呢，别乱传！”许愿低声斥责了一句。

姜离听到这儿，脸上的笑容渐渐退了下去，她皱了下眉头，问道：“众禾？是众禾科技吗？”

“对啊。”

姜离恍然大悟，原来这个突然掉下来的“馅饼”不是偶然。

“众禾科技和我们学院有合作？”离开实验室之后，姜离问道。

因为事情还没有确定，许愿本不想多说，可想到她马上要在化学院工作了，才说道：“嗯，这件事我也不是很清楚，只是听说过而已，大概半年前，众禾科技就开始和我们院谈合作的事情了。”

姜离见他一副十分谨慎的样子，也就没有再追问。她突然想起了墨菲教授，原以为是教授将她引荐到S大的，现在看来，事情只怕没那么简单。

不过，姜离在来之前已经和S大进行过一次视频面试，再加上她之前发表的几篇论文影响力不凡，所以她被聘请已是板上钉钉的事情，现在只是再走一下流程罢了。

许愿又领着她在化学院附近转了转，介绍了食堂的方位以及学校的一些基本信息。到了10点半的时候，他接了个电话，随后将姜离带到了院长的办公室。

院长正和一个中年男人说着话，瞧见许愿后，便招手示意他进去。

看到跟在许愿身后的姜离时，院长先是一愣，随后充满歉意地说道：“哟，我都把这事忘了，实在是不好意思。”

“王院长，您好。”姜离礼貌地招呼道。

王院长点点头，随后对那个中年男人说道：“老詹，你不是一直在问咱们的外援怎么还不到吗？这不就来了！”随后他又向姜离介绍道，“小姜,这是咱们化学院的詹副院长,你上次面试的时候,他正好出国了。”

双方打过招呼后落了座，许愿自然不方便再继续待下去，便出去给他们倒茶了。

詹副院长大概是因为第一次见到姜离，显得有些惊讶。虽然他之前听说了这次引进的青年教师很年轻，可没想到居然会年轻到这种程度，姜离就算坐到本科生的教室里，也不会有人怀疑她不是学生。

王院长瞧着詹副院长疑惑的表情，解释道：“老詹，你别看小姜年轻，她可是墨菲教授的得意高徒，她去年发表的那篇论文，你不是还赞不绝口吗？”

听他这么一说，詹副院长反而更纳闷儿了：“院长，您说的是哪篇论文啊？我真是年纪大了，记性越来越不好了。”

得知论文题目后，詹副院长说道：“可我记得那篇论文的作者是个英国人啊，而且……而且名字也不叫姜离啊。”

“詹副院长，Shiloh 是我的英文名。”姜离含笑解释道。

听她这么一说，詹副院长立刻欣喜地说道：“原来是你啊，我十分赞同那篇论文的观点，真是没想到啊！”

王院长见误会解除了,笑眯眯地说道:“那你对小姜没有意见了吧？”

“当然没意见，像小姜这样的人才，咱们院要是没把握住，那可是重大损失。”詹副院长夸赞道。

姜离不太习惯被别人这么直白地夸赞，低头笑了下。

因为她是外籍人士，所以要办理的手续比其他人复杂一些。

王院长说道：“小姜，你的情况比较特殊，关于你入职的手续问题，我会向校方申请，能尽快就尽快。”王院长又转头和詹副院长说道，“毕竟小秦马上就要去美国做访问学者，他那个班还得有人带呢。”

眼看到饭点了，王院长便提出请姜离到学校食堂用餐，许愿也陪着一起去。饭桌上的气氛还算不错，遇见化学院的其他老师时，王院长又将姜离介绍给他们认识。

吃完午饭后，王院长和詹副院长一同回了办公室。姜离打电话给裴芷时，她还在和同学吃饭，许愿下午要去给本科生上课，走之前他有些担心地问姜离："姜老师，您一个人没问题吧？"

"嗯，没问题，虽然我是第一次来，不过我肯定不会把自己弄丢的。"姜离笑着说道，随后冲着许愿挥挥手便转身离开了。

S 大在市中心，学校占地面积着实不小，从食堂到校门口足足要走十分钟。出校门后，姜离走进了一家奶茶店，正在排队时，裴芷发了条信息说自己大概还有半个小时才能结束。

姜离回完她的消息才看见自己的通话记录中有一个陌生号码，通话时间居然持续了两个小时，这也是今早她的手机会自动关机的原因。

她这才突然想起自己昨天夜里睡得半睡半醒的时候，确实接过一个电话，对方似乎是……

就在她回忆通话的内容时，这个陌生号码又打了过来，她犹豫了一会儿，接通了电话："喂？"

寒风凛冽，姜离站在陌生的街头，周围都是行色匆匆的路人，她拿着电话，安静地等待着电话那头的人开口。同时在心中暗暗地期待着，是你吧，一定是你吧。

"想喝奶茶？"霍从烨低沉的嗓音中带着明显的笑意，见姜离向四周张望了一下，他又说道，"3 点钟方向，黑色奔驰。"

她顺着他的指示看了过去，果然看见一辆低调的黑色奔驰正停在路边。

随后，霍从烨近乎命令一般地说道："过来。"

"你在我身上放了监视器吗？"姜离说着，低头看了一眼自己今天的打扮，好在她今天穿得精致一些，总算能够坦然自信地面对霍从烨了。

“姜离，你还记得我在摩纳哥时和你说过的那句话吗？”他的声音依旧十分冷静。

姜离不愿回忆起那段令自己难受的经历，刚要挂断电话，就听霍从烨说道：“有缘的人总会遇见。”

他的话让姜离有种被戏弄的感觉，她拿着手机气势汹汹地冲到了霍从烨的车旁，随后用力地敲着车窗，玻璃上贴着深色的车膜，她看不清车里的状况。直到她敲第三次时，车窗才缓缓打开，一张英俊至极的侧脸随着车窗的下落缓缓露了出来。

“你……”姜离看着霍从烨英俊的面庞，一时竟忘了自己要说什么。

“美色误人”，突然，她的脑海中冒出了裴芷常说的这四个字。

原本姜离恨不得冲着霍从烨大吼一通，让他把话说清楚，不要再说一些似是而非的话，不要在撩拨了她之后就一言不发地离开，如果他只是想要一场艳遇，那就不要总是做些让她误会的事情，不要让她的心里充满期待。

可是在看到他之后，姜离什么话都说不出来了。

她能说什么呢，如果霍从烨只是在玩儿游戏，那么她的质问只会平添笑料罢了。

“上来吧，外面冷。”霍从烨清冷的声音打断了姜离的思绪。

见她没有动，霍从烨一把推开了车门，黑色的牛津皮鞋踩在地上，随后他整个人从车里钻了出来，高大挺拔的身材一下舒展开来。

他伸出手想拉姜离上车，姜离却一下甩开了他的手，随后抬起头看着他质问道：“你到底想干什么？很好玩儿吗？”

“玩儿什么？”霍从烨的神情依然很冷静，冷静到让姜离想要撕碎他的面具。

“难道不是玩儿吗？你现在是不是很有成就感？想来就来，想走就走，需要的时候就像对待宠物一样逗弄一下，不需要的时候就消失得无影无踪，连话都不说一句。”姜离将自己这两个月以来积攒的所有疑惑和纠结全都发泄了出来，“你知不知道你不声不响地离开了，我有多难堪？

“既然如此，昨天在机场，你就不该来救我。

“不管我是摔倒也好，出事也好，那都是我的事情，与你没有任何关系。

“不要再反反复复，离我远一点儿！”

说完，她转身就要走，霍从烨却已经牢牢地拽住了她的手腕。姜离挣扎着想甩开他，可是他的力气大得让她挣脱不了。

“你要让路人都看着我们吗？”霍从烨看着她，低声说道。

姜离瞪着他说道：“如果你不想让别人看笑话就放开我。”

“恐怕不行。”说着，霍从烨竟扬起嘴角笑了笑，露出一丝愉悦的神情。

见他这种时候居然还能笑得出来，姜离不禁恼怒地在心里骂道：变态！

她觉得心头冒出一股邪火，想也没想，抬脚就冲着他的脚踩了上去，谁知他竟灵活地躲开了，同时将她拽进了自己的怀中，手臂紧紧地箍着她的腰。姜离根本动弹不得，而此时他们的纠缠也引来了路人关注的目光。

接着，霍从烨贴在她的耳边，轻声说道：“真的有人在看。”见姜离不再奋力挣扎了，他才腾出手从口袋里掏出了自己的手机说道，“或许，你应该看看这个。”

他的手臂依旧箍在她的腰间，只是说话时，两人的上半身松开了一点儿间隙。

霍从烨将手机举到姜离的眼前，好让她能看得清清楚楚。

姜离嗤笑一声，想看看他还能耍什么花招，可是看到手机的那一秒，她所有的怒气都如同潮水般迅速退了下去。

霍从烨缓缓地放开了她，叹了一口气，随后眼里噙着笑意说道：“我觉得世界上不会有贼喊捉贼这么坏的人。”

“对不起，姜离，家中有变故，我只能立即赶回国内。很遗憾没能亲自和你说再见，不过我会尽快回英国，到时候我们再见。”

“S开启了好友验证，你还不是他（她）的好友，请先发送好友验证消息，对方验证通过后才能聊天。”

姜离仿佛被人狠狠地掴了一巴掌，她张了张嘴，想要解释什么，最终却什么也没说出来。

霍从烨笑了笑，牵着她的手将她带到了车子的另一侧。

这一次，姜离没有反抗，任由他牵着自己的手，等他拉开车门后，她默不作声地坐到了副驾驶座上。

车里十分温暖，她冰冷的手指渐渐地恢复了知觉，空调吹出的温暖气流环绕在周围，就连车窗都蒙上了一层薄薄的水雾。

“还想喝奶茶吗？”霍从烨转头看着冻得鼻尖发红的姜离问道。

姜离怔怔地看着前方，什么话都没说，随后就听见车门打开的声音，接着冷风灌了进来，车门再次关上。

霍从烨下车走向马路对面的奶茶店，门前排队的人依旧很多，他排在队尾，抬头看了一眼队伍里叽叽喳喳地说个不停的女生，陷入了回忆中。

“我要喝，这可是我最喜欢喝的奶茶。”

“不行，是谁说一周只喝一次的！”

“霍从烨，你不要太过分哦，哪儿有你这么当男朋友的！”

最后霍从烨还是给她买了最爱喝的奶茶，喝完之后，她撑着腰抱怨着又要胖三斤了，他则将她抱了起来，掂量了一下，说道：“还行，也就胖了两斤而已。”

“先生，请问您要喝什么？”

店员轻柔的询问声将霍从烨从回忆中拉了回来，他淡淡地说道：“一杯丝袜奶茶，再加一份珍珠。”

他打开车门的时候，姜离正在重装微信，见他回来了，便迅速地把手机反扣在腿上。

霍从烨装作没看见一样，将手里的奶茶递了过去。

姜离接过奶茶，低声说了句“谢谢”。

“我爷爷在两个月前突然昏倒住院了，当时我正在尼斯与小韩夫人商谈地皮的事，接到消息后，我来不及返回摩纳哥就直接回国了，这就是我为什么无法亲自和你道别的原因。”说完，霍从烨转过头凝视着姜离。

“对不起，我不知道，我以为……”姜离听着他的话，又想到自己刚刚那样无理取闹的举动，恨不得立马从他面前消失。

此刻，她已分辨不出自己的心中是什么滋味，原来他并非不告而别，只是事出紧急而已。

“以为什么？”霍从烨的语气中带着浅浅的无奈，“以为我只是和你玩玩？我在你心里就是这样的人？”

愧疚的姜离不知道自己该说什么，便垂下了头。在事实面前，她实在无言以对，原以为自己才是理直气壮的一方，可事实证明令她感到生气的一切都是不存在的，她误会了霍从烨。

姜离觉得那种紧张的感觉又回来了，似乎只要一看见霍从烨，她的心里就像装着一只活蹦乱跳的小鹿一样。

思虑许久后，她只好再次致歉：“对不起。”

“如果道歉有用的话，那还要警察做什么？”霍从烨一脸戏谑地看着她说道。

姜离完全没想到霍从烨会说出这样的话，抬起头一脸震惊地看着他。

当看见他温柔的目光时，姜离轻声笑了出来，那些沉重、烦闷、纠结、难堪的情绪都在这一瞬间烟消云散。原来这一切都只是误会而已，原来他并不是不告而别，他和她说了再见。

她别过头看向窗外，觉得眼睛又胀又酸，心像是从苦水池子里被一下捞了起来，又扔进了奶油堆里，心酸还未远离，甜蜜已悄然涌上心头。

这一瞬间，她彻底明白了为何这两个月来自己的心情会那样低落。

“现在该我问你了。”霍从烨见她别过头看着窗外，并不打算轻易放过她，“为什么把我的微信拉黑了？”

姜离又一次握紧了手机，霍从烨下车买奶茶的时候，她回想起了那天的场景，唯一合理的解释就是萧世琛看见了霍从烨发的信息，而他不仅没有告诉她，还将霍从烨从她的微信联系人中拉黑了。

她想起自己回到英国后曾经问萧世琛的那个问题，他当时明明知道她为什么难过，却还是说了那样的话。

她无法向霍从烨解释这一切，只得低声回道："我不是故意的。"

霍从烨已大概猜到删除他联系方式的不是姜离，见她不愿多说，也就不再细问。

两人之间又陷入了沉默，姜离默默地想着自己的心事，而霍从烨只是看着她，仿佛只要一转眼，她就会再次消失不见了。

他还记得自己初次见到她时有多么惊讶和紧张，四年了，他从未和任何一个女人交往过，就算曾经差点儿开了房间，却怎么都不行。不是对的那个人，他根本毫无感觉。

霍从烨从心底里知道自己不该继续沉沦下去，在机场重新见到姜离时，她脸上闪过的惊慌和忐忑几乎和那个人一模一样，那一刻他下定决心，这一次他不会再放手了。

姜离抿着嘴唇，神情有些低落，许久后才开口说道："你能送我回去吗？我累了。"

霍从烨启动了车子，开口问道："你还住在朋友家里吗？"

"嗯。"

霍从烨猜想她应该还没有找到住的地方，遂又问道："是准备一直住在那里，还是过两天再搬到酒店去？"

姜离想了想，说道："我已经请中介帮我找房子了，之前只是看了照片，打算过两天亲自去看看。"

因为她没有预算方面的困扰，只要求住得方便、小区一定要安全，所以中介给她找房子的时候，推荐的都是S大周边的小区，房租相较一般的要贵一些，可对她来说不是问题。在英国的时候，她就已经看了好几间公寓的照片，打算到中国后立即去实地看房。

“你第一次到中国来，如果有什么问题，可以随时给我打电话。”

“你还管租房子的事？”姜离听了有些想笑，心想现在的霍从烨和网上说的那个高冷的“国民男神”实在相差太远了，可细细一想，心头又涌起一阵甜蜜，猜想是不是因为这是她的事情，他才会如此放在心上？

遇到红灯，车子缓缓停了下来，霍从烨转过头看着她说道：“别人租房子的事情我不管。”

姜离觉得脸上止不住地发热，却还是故作镇定地说道：“那谢谢你了，我不会客气的。”

“嗯，不需要客气。”

姜离早上上班时还不觉得裴芷家离S大很近，等霍从烨的车子到达小区门口的时候，她才不免失落地想到，可真快。

“我到了。”她将安全带解开，笑着对霍从烨说道。

“那明天见。”霍从烨清朗的声音响起，随后用深邃的眸子定定地看着姜离。

姜离愣了一下，有些疑惑地问道：“明天？”

“难道你又忘记了我们之间的约定？”他不慌不忙地盯着她。

明明是个清冷孤傲的人，此时的眼神却那么热烈，像是醇烈的美酒，姜离觉得自己快要溺毙在他的眼神中了。

听他这么说，她才想起来那天裴芷提出请他吃饭的事，微微一笑，说道：“是你和裴裴约好了，我可没答应。”

“我是醉翁之意不在酒，我想裴小姐也会理解的。”霍从烨轻笑着说道。

低沉的笑声传到姜离的耳中，像是有羽毛在轻扫她的耳蜗一样，又酥又麻。

姜离原以为他不善言辞，现在才发现原来男人天生就会伪装，如今她说一句，他便堵一句。

她虽然表面上平静如常，心里却像打翻了糖罐一样，点了点头，说道："那明天由我来请客，毕竟是我要谢谢你，不应该再让你破费。"

"你说了算。"

姜离敲了半天门才发现裴芷的父母都不在家，就按照裴芷之前告诉过她的密码打开了门，回了自己的房间。

她看了看时间，拿出手机拨通了萧世琛的电话。

电话那头传来一阵阵的忙音，就在她以为电话不会被接通时，一个声音娇俏的女人用英文问道："你好，请问你找谁？"

姜离扬起嘴角笑了笑，显然电话那头的女人把她当成情敌了。

"我找 Hyman，请让他接电话。"

女子带着些许歉意说道："他正在洗澡，如果你有什么要紧事的话，我可以代为转达。"

"那请你告诉他，记得给我回电话。"

大概是因为她的语调有些盛气凌人，电话那头的女人明显顿了一下，随后轻声问道："请问你是哪位？我需要告诉他你的名字。"

姜离这才想起自己是用国内的手机号码打的电话，萧世琛并不知道这个号码，他的手机上也不曾保存过，便说道："你让他给他的未婚妻回个电话，谢谢。"

半个小时之后，萧世琛的电话终于打了过来。

接通之后，姜离不说话，他也不说话，两人僵持了一会儿后，姜离败下阵来，开口问道："哥哥，你在听吗？"

默不作声的萧世琛裹着浴袍站在曼哈顿最豪华的酒店顶楼的落地窗前，璀璨的灯火将街道装饰得犹如一条绵延不绝的星河。他走到床头拿了一支烟点上，房中一片安静。

姜离知道他只有在心情不好的时候才会抽烟，听到打火机按动的声音，原本还理直气壮想要质问他的姜离，突然不知道要怎么开口了。

萧世琛狠狠地吐了一口烟，萦绕在心头的愁绪却怎么都消散不去。

“哥哥，你没有话想要跟我说吗？”姜离有些委屈地问道。

萧世琛的一声嗤笑，听得她心头一寒：“我还有什么可说的？我说的话，你会听吗？”

说到最后一句时，他的声音陡然变得凌厉起来，像是在逼问她一样。

姜离从未听过他这么冷漠地跟自己说话，心里觉得又委屈又难过，明明是他擅自删除了霍从烨的微信，现在却好像反倒成了她的错一样。

“从小到大，我最听的就是你的话。”姜离说话的声音有些颤抖。

“那你就不该去中国，不该不顾我的反对接受那份工作。”

萧世琛的话像利剑一般扎在姜离的心上，她眼眶泛红，搭在膝盖上的手也紧紧地攥成了拳头，竭力不让自己的眼泪流下来。

“所以我就该听你的话，做你的提线木偶吗？”姜离终究还是把这句话说了出来。

姜韵去世之后，萧世琛多次自作主张地替她做决定，她心中虽然不悦，可还是默默地接受了。她每次都会告诉自己，哥哥是为了她好，所以她不应该有怨言。可她没想到，自己一次又一次的妥协竟让萧世琛觉得可以随意摆布她的人生、插手她的私事。

“提线木偶？”萧世琛冷笑了一下，说道，“如果你是提线木偶，那我早应该剪断你身上的线，让你哪里都去不了。”

“你没有禁锢我的权利！”姜离见他毫无悔意，急切地反驳道。

“权利？你和我说权利？如果这个世界上只有一个人能插手你的事，那么那个人就是我！”萧世琛怒气冲冲地说道，如果此时姜离站在他的面前，他一定会好好地教训她一番。

姜离苦笑了一声，此时外面的天色已经暗了下来，原本湛蓝晴朗的天空也不知从什么时候开始，变得灰蒙蒙的。

她望着窗外，酸涩的眼睛眨了又眨，心却逐渐变得坚定起来：“那么从现在开始，这个唯一不存在了。”不等萧世琛开口，姜离又质问道，

“在摩纳哥的时候，是你把我微信里的信息删除了对吗？也是你把霍从烨拉黑的？”

“看来你们又见面了。”说完，萧世琛轻笑了一声。

姜离听他不仅没有否认，反而说出这句话，就明白事情真的是他做的，可是她不明白他为什么要这么做。

她还没来得及问，萧世琛又说道：“Shiloh，如果你坚持要接受这份工作，那么我也无话可说，但是有一件事我不会同意，而且是永远不会同意。”萧世琛用低沉的声音斩钉截铁地说道，“我不会同意你和姓霍的在一起。”

“请进。”姜离听到敲门声，回应了一声。

她正在坐在桌前用电脑接收邮件，墨菲教授明天晚上 7 点要在 S 大办一场讲座，他的助理提前将演讲稿发给了姜离，请她帮忙修改一下。

裴芷听到回应，打开门走了进来，一下就扑到了姜离的床上。

“怎么了？”姜离关心地问道。

裴芷将脸埋在被子里，说道：“我今天听到那对狗男女的消息了。”

姜离没有听清她说什么，正要修改稿子里的一个错误用词时，突然听到身后的裴芷发出一声大吼，吓得姜离手一抖将一大段文字都删除了。

她赶紧按了恢复按钮，这才回过头，心有余悸地问道：“你在说谁？”

“我今天和大学的舍友见面时听说那对狗男女要结婚了，他要是敢把结婚请帖寄给我，我就……”说着，裴芷抱起床上的枕头，用手狠狠地抽了两下。

姜离挑了下眉，问道：“狗男女？”

裴芷哼了一声，生气地说道：“我大学时的初恋男友，当初我们说好要一起出国的，结果我收到了剑桥的 offer（录取通知书），他留在了国内。”

“他劈腿了？”姜离问道。

裴芷没说话，只是狠狠地捶了几下枕头。

“别多想了，事情都已经过去了。”姜离坐在床边，拍着她的肩膀安慰道。

可方才还生龙活虎的裴芷一下子变得像泄了气的皮球一样，有些沮丧地说道：“其实我也知道事情都过去了，可心里还是很生气，我曾经暗暗地诅咒过他们，觉得他们分手才好呢，可结果呢？”她摊了摊手，苦笑了一声继续说道，“现在人家都要结婚了。”

姜离很少见到裴芷这般失落，一直以来她见到的裴芷都是阳光灿烂、讨人喜欢的，或许每个人心里都隐藏着一些不为人知的伤痛吧。

此时的姜离也很失落，在萧世琛说出那句话就挂断了电话之后，她生气、难过得要命，不想再给他打电话，甚至还暗暗下定了决心，如果他一直是这样的态度，她就一辈子都不和他联系。

想到这儿，她忍不住叹了口气。

裴芷见她这样，好奇地问道：“我生气就算了，你叹什么气？”

“裴裴，我今天和我哥哥吵架了。”姜离撇了撇嘴，双手撑在床上，穿着拖鞋的脚在床边晃悠着。

裴芷听了，立即转过头看向她，惊讶得仿佛世界末日到来一样，随后又伸手摸了摸她的额头，问道：“你是不是发烧了？”

“我只是和哥哥有争执而已，这很奇怪吗？”姜离把她的手拍了下去，无奈地说道。

裴芷冷笑一声，开始竹筒倒豆子般说道：“说真的，感情好的兄妹，我见过不少，但是控制欲像你哥哥那样强的、像你这样听话的，我真是没见过。”

姜离觉得她说得太过夸张，不禁皱了皱眉。

裴芷见她一脸不相信的样子，认真地说道：“先说一件事，May Week（五月狂欢周）的时候，你十二点前必须回家，每次都是你哥哥亲自开车来接你。你知道同学们都怎么说吗？他们说你是长发公主，说你哥哥恨不得一辈子把你养在城堡里。”见姜离张了张嘴，想要解释什么，裴芷拦道，“你先别解释，等我说完。还有那次，咱们说好去看极光，连机票都订好了，结果你哥哥一个电话打来，你说不去就不去了。对，还有一次，咱们去玩儿滑翔机，结果你居然把你哥哥也带来了，所有人全程没和你说超过五句话，你们兄妹在一起简直是自带防护罩啊，我们想插话都插不进去。”

听她这样一说，姜离才发现自己从没察觉过这些细节。

裴芷看着她迷茫的表情，说道：“看你这一脸迷茫的样子，连你自己都没觉得有问题是吧？可这就是最大的问题啊！你都二十五岁了，除了七年前交过一个男朋友之外，现在身边除了你哥哥就没有别的男人，你说这正常吗？”

姜离垂下了头，裴芷的话让她突然清醒地认识到，萧世琛会如此肆无忌惮地插手她的事情，她自己也是有责任的，可她还是忍不住反驳道：“我身边只剩下哥哥一个亲人了，我们两个是相依为命长大的。”

在姜离看来，她和萧世琛比一般的兄妹更亲密也很正常。

裴芷开解道：“你看看，就是这种想法才是最危险的。对，你们是相互依靠的亲人，可是除了亲人之外，你也可以有朋友啊，难道你一辈子都不找男朋友、不嫁人了吗？你以后的男朋友看到你和你哥哥这么亲密，他不会介意吗？”

听她这样说，姜离忍不住将自己和霍从烨在摩纳哥发生的事情告诉了她，也解释了自己和萧世琛吵架的原因。

裴芷听完，惊讶地说道：“你和霍从烨居然还有这么一段奇缘，而且要不是他锲而不舍，只怕你们两个真的会被你哥哥棒打鸳鸯了。”她啧啧了两声，随后感慨道，“真没想到，居然还有人嫌弃霍从烨，他可比易时远靠谱多了。先说家世，你们两个简直是门当户对。况且以易时远的知名度，现在被曝光恋情无疑是自绝生路。可是霍从烨就不一样了，你们两个在一起，不仅没人骂你，还都是羡慕、嫉妒你的，也就你那个控制狂哥哥才会不同意吧。”

此时的裴芷哪里还有刚才失落的样子，这会儿听她又提起了易时远，姜离赶紧打断她的话，说道：“我和易时远早就分手了，这么多年从来没联系过。”

裴芷翻了个白眼，嘲笑道：“那你还给人家送花！”

“说吧，你究竟要怎么样才能忘了这件事？”姜离抱着胳膊，故意沉着脸问道。

“哟！咱们洛神也有着急的时候啊！这个把柄，我怎么都得捏一辈子吧。”裴芷调笑道。

刚说完，曾静给姜离打来了电话。

“我现在看见曾静的电话就害怕。”裴芷低声说道。

姜离赞同地点了点头。

“洛神，答应我，现在千万不要看微博，就算看了，也千万不要生气。”曾静底气不足地说道。

姜离叹了口气，说道：“你能告诉我又发生什么事情了吗？”

姜离的这个“又”字成功地让曾静垂下了头，她叹了口气，坦白道：“你的身份可能要被人翻出来了。”

“可能？”姜离疑惑地问道。

只能说冥冥之中自有天意，她和易时远的亲密照被曝光之后，当下确实占据了一整天的微博热度。随后，经纪人迅速出面澄清那只是旧照而已，照片中的人确实是易时远和他的前任女友，不过两人已经分手很多年了，女方是圈外人，希望媒体不要打扰她平静的生活。

围观的网友们自然十分失望，没想到等了半天的照片居然只是这种程度的生活照，当然也有人怀疑是易时远故意在炒作。

很快，公安机关也发布了一条微博，大意就是警方接到报案，某别墅小区遭入室偷窃，目前犯罪嫌疑人已被抓获，原来是保姆联合外人作案。而易时远的经纪人刘卉很快也转发了警方的微博并评论道：“感谢警方的认真负责，这么快就侦破了案件，感谢。”

易时远的很多粉丝都关注了她的微博，所以微博发出后的第一时间，就有不少人留言评论：

“什么情况？我哥家里被偷了？这该死的小偷！”

“怎么回事？一刷微博就刷出这条，别吓唬我，我的心脏都要停跳了。”

“你们到底是怎么回事？怎么找的保姆？我宝宝身边怎么都是废物点心啊！”

微博娱乐也转发了刘卉的微博并写道：“方才已经和易时远的经纪人取得了联系，确认易时远家被盗，之前在网上流传的照片也确实是小偷从他家中拿走的。那么现在问题来了，第一个发布照片的营销号又是从哪里得到照片的呢？”

显然这条微博充分解释了照片被曝光的原因，也算洗刷了易时远故意炒作的嫌疑。而微博娱乐的这段话提醒了易时远的粉丝，这些照片按理说是小偷拿走的，现在却被营销号发在微博上，这就说明是小偷将照片卖给营销号的，甚至有可能整件事根本就是有人故意指使易时远家的保姆偷他的东西好在网上制造新闻。

“真是举头三尺有神明，易先生自入行以来，从未故意炒作过，今天有人借机抹黑他，我们所有‘薏米’都会坚定地支持他，易时远加油！”

“根本就是有人在故意抹黑我哥哥，幸亏坏人已经被抓住了，希望警察叔叔能好好审审，看看究竟是谁在背后指使。”

易时远的粉丝们恨不得立即找出幕后黑手，为他讨个公道。

就在众人以为这件事将要告一段落的时候，一个叫“英国小事”的博主又发了一条微博：“易时远的初恋女友居然是路易·埃文斯的绯闻女友！”

很快，这条微博就被转发了一万多次，下面的评论更有意思：

爱吃猫的鱼：“等等，这是什么意思？我有点儿慌。”

陈卷毛：“你这么一说，我赶紧去翻了翻照片，好像真的是一个人。”

没过多久，“英国小事”又发了一条长微博：“没想到，有生之年，我的国产‘墙头’和我的欧美‘本命’会以这种方式被联系到一起，你们能理解我现在复杂的心情吗？”

微博下面还有几张照片，一张是路易·埃文斯和姜离从餐厅里走出来时被偷拍到的照片，虽然看不到正脸，可两人看起来异常登对。还有一张也是他们的照片，不过这张照片拍到了姜离的正脸，白皙如玉的脸上，一双眸子如浓墨般乌黑，鼻梁秀挺，唇色如粉嫩的樱桃般诱人。再往下是易时远之前被曝光的照片，短发的易时远裸着上身，而他怀中的姜离正盯着镜头，眼神中带着浅浅的笑意，脸颊还有些许婴儿肥，透着一股青春的感觉。

虽然不同照片中的姜离，穿着打扮相差甚远，但网友们还是一眼就认出是同一个人。网友们原本以为易时远家被偷已经是这个新闻的结局，可是没想到事情居然还会出现这样的转折。

“英国小事”还写道：“根据英国媒体报道，照片里的这个女子是英籍华人，出身豪门，名校毕业，简直是传说中那种出生在终点线上的人。所以粉丝们别伤心了，输给这样的人，最起码比输给网红好吧，只能说易男神的眼光还是不错的。”

这条微博很快就登上了热搜榜，而裴芷一上微博就看见有不少剑桥的同学都在私信问她这件事。当初看到姜离和路易的绯闻后，这些同学惊讶不已，如今更是没想到，后面还有这样一出戏。

“怎么办啊？”裴芷拿着手机，担忧地说道。

现在网友的探查能力这么强，翻出姜离的信息是迟早的事情。况且，剑桥里认识姜离的中国留学生有不少，但凡有一个嘴巴不严的，她的信息随时会被曝光。

与裴芷相比，姜离显得平静很多，她轻笑着说道：“能怎么办？兵来将挡呗。”

“哟，不错啊，成语都用得这么溜了。”裴芷说着拍了拍她的肩膀，随后又安慰道，“放心吧，这种新闻顶多热闹个几天而已，反正你们早就分手了。”

姜离点了点头，想起和霍从烨约好的晚餐，问道：“对了，S市有什么好的餐厅吗？你帮我推荐一家吧。”

“要请谁啊？”

姜离知道自己要是说请霍从烨，裴芷又该笑话自己了，于是犹犹豫豫地不知道该说什么。他们之间的误会解除了，姜离从心底里高兴，所以连请客都变得上心起来。她也彻底想明白了自己之前的那些不甘心和失落感因何而来，如今误会澄清了，那些烦扰她已久的情绪顿时一扫而空。

裴芷看着她欲言又止的表情，了然地说道：“霍从烨是吧？”

“你选一家吧，明天我们一起去。”姜离有些不好意思地说道。

“我可不去，这点儿眼力见儿我还是有的。”裴芷边摇头边揶揄道。

姜离伸手从她手里抢过枕头，说道：“这样不好吧，毕竟是你主动提出要请他吃饭的。”

“我那是客气，既然你们之间的误会解除了，我去碍什么事！”说着，裴芷拍了拍她的肩膀，调笑道，“离离，加油哦。”

听到她故意作怪的声音，姜离装作嫌恶地推开了她。

裴芷被推倒在床上，又迅速坐了起来，问道：“你不是说明天晚上墨菲教授要去S大开讲座吗？”

姜离转头看了一眼会场，来参加讲座的人很多，有些人因为没有位置，只好站在过道上。会场内一片嘈杂，礼台上有几个学生正在测试话筒的声音。

她站在礼台的右侧，低头核对着手上的演讲稿。墨菲教授今天的讲座大概会持续一到两个小时，其间他会进行一小段演讲，演讲稿是他的助理准备的，不过这次助理并未随行，因此只好由姜离来润稿。此时，墨菲教授还没到场，她只好先到旁边等着。

许愿正指挥着化学院的两个学生把沙发抬到台上，等台上的人都准备好了，他走到姜离身边问道：“姜老师，您觉得这样可以吗？还有什么要准备的吗？”

“可以帮忙准备两瓶矿泉水吗？”姜离轻声问道。

许愿点点头，转头吩咐了一个学生去准备。

这时，姜离的手机响了起来，是霍从烨。她之前给他打过电话，可没有接通，她就发了条短信向他解释了自己不能赴约的原因并道了歉。

“抱歉，下午有个会，没接到你的电话。”电话那头，霍从烨的声音有些沙哑，听起来很疲惫。

姜离看时间已经快 7 点了，而他居然才开完会，不免有些担心，随后有些抱歉地说道：“对不起，我忘记自己今天有事情要忙，所以今晚没办法请你吃饭了。”

会场里有些吵闹，她走到外面的走廊里，身后才没有那么嘈杂。

由于走廊比较空旷，她一开口就带着些许回音，霍从烨听着她的声音，想象着她急匆匆地走到外面的样子，不知道为什么，突然很想见她。

明明身体已经那么累了，连声音都有些沙哑了，可他就是想见她，似乎只要见她一面，所有疲倦都会消失殆尽。

“什么事情？需要我帮忙吗？”霍从烨关心地问道。

姜离把讲座的事情和他简单说了一下，虽然请了主持人，但是难免会有些问题沟通不清楚，所以她需要留在会场里等待讲座结束。

霍从烨有些失望地说道：“是这样啊。”

歉疚的姜离刚要开口，就听他问道：“什么时候结束？结束之后，我们见一面吧。”

“可能会很久。”她有些不好意思地答道。

姜离听到他的声音，心怦怦地跳个不停，那种掩饰不住的心动让她感觉有一股微小的电流正流过自己的四肢。

“没关系。”霍从烨的声音虽然有些低哑，却很柔和。

姜离微微笑了笑，随后轻轻地咬着自己的唇瓣，生怕自己的笑声会被他听到。

当她带着满脸的笑意回到会场时，墨菲教授和王院长已经到了。

墨菲教授是化学界的大牛人物，他得过不少化学界的学术奖项，也是一直以来备受认可的诺贝尔化学奖的有力竞争者，只是运气不太好。他此番来到 S 大，不仅受到了院里领导的重视，就连学校的领导都亲自来接待了。

这次讲座，不仅化学院所有系的学生都到场了，就连其他院系也来了不少学生。偌大的会场内，座位有限，不少人为了听他的讲座甚至站在了过道上。

姜离站在礼台旁边润稿的时候，有个男生居然走过去和她索要电话号码。被她笑着拒绝后，男生不好意思地回到了座位上，被周围的朋友嘲笑了一番。

墨菲教授拿着演讲稿上台后，姜离看了一下手腕上的手表，从教授演讲结束到接受访问，大概要二十分钟的时间。

她低声问旁边的许愿：“校医室这会儿还开着门吗？”

许愿看了她一眼，担心地问道：“姜老师，您生病了吗？”

“没有，我只是嗓子有点儿不舒服。”

“哦，现在还开着，离这里不远，要我陪您过去吗？”

“不用，你告诉我怎么走吧。”

到校医室后，姜离买了治疗嗓子的糖浆，赶回会场的时候，演讲还没结束。

由于刚才跑得太急，她靠着墙壁，一边喘着粗气一边听演讲。这时，身后有人轻轻拍了下她的肩膀。

霍从烨的身上还裹着寒气，面容依旧俊朗深邃，眉梢还挂着一点儿雪花。

看到他用那双比黑曜石还要漂亮的眸子看着自己，脸上还带着浅浅的笑意，姜离觉得周围所有的声音都消失不见了，只剩下自己的心跳声。

## 第七章

# 我好像爱上别人了

“你怎么来了？”姜离又惊又喜地说道，她清亮水润的眸子里满是笑意。

霍从烨看着她眼中流露出的欣喜，心情也变得愉悦起来：“工作结束就过来了。”

他身上穿着修身的大衣，从领口看里面似乎穿了一件条纹衬衫，看着他湿润的头发，她问道：“外面冷吗？”其实她想问的是“你冷不冷啊”。

霍从烨盯着她泛着红晕的脸颊，伸手捋了下她耳边的头发，说道：“不冷。”

此时周围掌声雷动，墨菲教授的演讲结束了，下面是学生提问的时间。许愿赶紧跑了过来，看到姜离身边的霍从烨时，他明显愣了一下，随后对姜离说道：“姜老师，下面要麻烦你了。”

姜离点点头，转头对霍从烨说道：“我要上台帮墨菲教授翻译，所以……”

“去吧，我等你。”

明明他的声音依旧清冽，可是不知为何，她心里却觉得一股暖流淌过。她点点头，刚要离开，倏然转头说道：“结束之后，我请你吃东西。”

姜离离开之后，霍从烨站在过道静静地看着舞台，她从舞台的右侧走了上去。在她上台的一瞬，原本已经安静的会场又变得骚动起来，所有的窃窃私语交织在一起，变成了嗡嗡作响的声音。

“那谁啊，你们化学院的吗？我以前怎么没见过？”一排坐在靠过道的男生，兴奋地问身边的同伴。

同伴摇头说道：“不可能吧，我们化学院一向僧多粥少，这种高质量的美女，我不可能不知道的。”

就在两人兴奋讨论的时候，姜离已在墨菲教授身后坐好，而主持人已经选了一个男生提问，等男生提出问题后，姜离在墨菲教授耳边说了两句，教授点头含笑，随后拿起话筒解答了这个男生的疑惑。

提问环节很热闹，墨菲教授风趣幽默，交流得还算顺利。

“你要不到前面坐一下？我的位置没人坐。”许愿看着霍从烨说道。

霍从烨没有理会他的话，只是安静地盯着舞台中央的姜离，明亮的灯光打在她的身上，如墨般乌黑的长发泛着微微的鸦青色，神情十分专注。

都说认真工作的男人很性感，那么此时专注工作的姜离，也很诱人吧。

霍从烨的嘴角扬起，从见到她的那一刻，他一向冷漠沉静的面容上就挂着罕见的浅笑。

许愿扫了一眼周围，坐在前排的几个女生，不住地回头看向霍从烨，轻笑着凑在一起咬耳朵，他赶紧对旁边的霍从烨说道：“你要是再在这儿站着，那些女生的头都要拧断了。”

许愿看着旁边的霍从烨，不禁感叹好看！是好看。

高挑修长的衣架子身材，穿着修身及膝的长款大衣，微靠在墙壁上，整个人看起来慵懒又沉静。就算许愿从小看到大，还是忍不住要感慨，霍从烨就是来打击别的男人的自信心的。

见他无动于衷的样子，许愿也顾不得那么多了，开口说道："表哥，你到前面坐下吧，要不待会儿真要引起骚动了。"

霍从烨终于有了反应，他别过头用幽深的眼神看了看许愿。

许愿赶紧识相地闭了嘴，将眼神移到了舞台上。

此时墨菲讲了一个笑话，引得全场笑声不断，坐在他身后的姜离也扬唇浅笑起来。

由于提问的同学十分踊跃，所以讲座比预计结束的时间迟了二十分钟。主持人宣布讲座结束时，台下的学生们虽然不舍，却还是给予了热烈的掌声，而一直安静站着的霍从烨也伸手鼓起了掌。

许愿看霍从烨一直盯着姜离的一举一动，了然地说道："表哥，我觉得姜老师人很好……"

姜离能力强、长得漂亮、名校毕业，听说家世还很了得，可是待人温和，丝毫没有傲慢，这段时间接触下来，他是真的很佩服姜离。毕竟他自己也是学化学的，知道他们的专业需要花费大量的时间待在实验室，以姜离现在的成就，只怕她从本科到博士期间，没有一天懈怠过吧。

这么好的一个姑娘，他是真的觉得……

"闭嘴！"霍从烨的眼神突然变得十分冷漠，吓得许愿不敢再胡说了。

墨菲教授和姜离从舞台上下来时，王院长领着詹副院长还有学院里的其他老师迎了上去。

王院长年轻时留过学，用英语感谢道："墨菲教授，感谢您今天的讲座，真是让我们的学生受益匪浅啊。"

由于王院长年轻时也是留美学生，所以双方的沟通一点儿都没有障碍。姜离往后面退了一步，别过头朝过道看过去，此时学生正在陆续退场，可是霍从烨站着的那条过道，却没有一个人走。

她看过去的时候，他也正好看着这边，虽然离得远，可两人的目光却还是撞在了一起。

王院长和墨菲教授寒暄一番后，王院长笑着对墨菲教授说道：“那您早些回去休息吧，我让人送您。”

墨菲教授点头应允了，随后转身看着身后的姜离问道：“Shiloh，你怎么回去？”

“教授，我和朋友有约。”姜离实话实说。

他们走后，许愿走到姜离身边说道：“姜老师，您也早点儿回去休息吧，这里有我们收拾就行了。”

几个和许愿相熟的学生也围了过来，好奇地打量着姜离，其中一个短发的女生好奇地问道：“你是那个……那个谁吧？”

许愿看了她一眼，轻声斥责道：“这是我们学院的姜老师。”

短发女生尴尬地低下了头，姜离并没在意她的话，笑着和大家告了别：“那我先走了，辛苦你们了。”

“不辛苦，老师慢走。”几个男生朗声说道。

姜离走后，许愿给学生们分配了工作，就独自去收拾音响了。

见他走了，先前那个短发女生拉着身边朋友的手，八卦地说道：“你们都没看网上的新闻啊？她就是那个人呀！”

“哪个人呀？你少看点儿乱七八糟的东西吧！”朋友笑话道。

S大到底是全国名校，再加上化学系学习任务繁重，学生不是要上课就是要在实验室做实验，所以刷微博的是少数，而短发女生则比较爱关注网上的新闻。她突然呀了一声，像是发现新大陆一样，欣喜地说道：“姜老师就是易时远的前女友啊！”

“不是吧！”旁边两个女生也愣了，不敢相信地看过去。

此时姜离已经走到了霍从烨身边，过道上面，穿着深色大衣的高挺男子以及对面长发披肩的女人，光是看身影就已让别人觉得足够登对。

“我给你们看照片。”短发女生兴奋地拿出手机打开了微博。

几个女生凑在一起看了半天，见朋友们都愣住了，短发女生得意地开口说道：“对吧，是她吧。”

“我的天哪！真的是啊！”

“我第一次遇到这种事情啊！”

短发女生得意地晃了晃手中的手机，说道：“现在网友们都在猜这个女生的身份，没想到我居然是第一个发现的。”随后她又疑惑地啧了一声，有些不确定地说道，“可是我觉得那个男人也很眼熟啊。”

姜离走到霍从烨面前，两人原本就有二十厘米左右的身高差，站在台阶下的她几乎要仰着头才能与他对视：“不好意思，让你等到现在。”

她的声音中带着歉疚，霍从烨怎么说也是日理万机的人，却让他花了一个小时的时间等她。

霍从烨低头看着她，黑曜石般漂亮的眼睛，此时染着浅笑，他说道：“没关系，我有幸听到了一场精彩的讲座。”

姜离抿嘴一笑，知道他是在安慰自己，于是她也眨了下眼睛，笑道：“你的夸奖，我会如实转达给墨菲教授的。”

“哦，那就请你再多转告一句。”听到霍从烨的话，姜离疑惑地看着他，只听到他说，“请你转告他，他的翻译很厉害。”

姜离努力想要克制自己内心的喜悦，可眼角眉梢还是挂上了藏不住的笑意，霍从烨简简单单的一句话，就能轻易让她的心情好起来，连脚底都像是踩在云端一般，心里犹如蜜罐打翻了，甜蜜从里面汩汩流淌而出。

两人从会场出来时，外面下起了雪。明明她去买药的时候，还没下雪。

对，她买的药呢？

此时姜离才想起来，她上台之前，把自己买的药交给了许愿。

霍从烨见外面雪下得不小，正要说他去开车，让她在门口等着。可他还没开口，姜离却急急地说道：“我有东西落在里面了，我回去拿。”

见她着急的样子，霍从烨一把抓住她的手腕叮嘱道：“你慢点儿走，小心摔倒。我现在去开车，你拿完东西就在门口等我。”

姜离点了点头，转身回了会场。

外面风雪渐起，如飞絮般的雪花飘飘洒洒地从天空落下，霍从烨高大的身影走进雪夜里，很快就淹没在了夜色之中。

等她进了礼堂找到许愿，拿完药后，许愿突然看着姜离说道："姜老师……"

"怎么了？"姜离看他欲言又止的样子问道。

"你要和男朋友一起去吃饭吗？"许愿下定决心一般问道。

姜离没想到他会这么问，脸上顿时红了起来，随后不好意思地否认道："没有，只是普通朋友，不是男朋友。还有别的事情吗？"

许愿摇了摇头，心里想着，或许表哥这次是认真的吧，毕竟事情过去那么多年了，该放下的也都放下了，不该放下的估计也淡忘了。

等姜离出来之后，就看见台阶下停着一辆黑色奔驰，是昨天停在校外的那辆。

她刚走到车子旁边，驾驶座上的霍从烨推门下了车，走过来替她将副驾驶座的门打开，随后将手伸到她的头顶替她挡住雪花，同时温柔地说道："上车吧。"

她回眸看着他，雪花温柔缱绻地落在他的肩头。她出生在英国，从小到大见惯了英伦绅士，可是此时站在她面前的男人，明明有着一张冷漠严肃的脸，可为什么她觉得他是那么温柔。

两人上了车子之后，姜离问道："你有什么好的介绍吗？我刚来S市，不知道应该请你吃什么。"

"没关系，我已经想好了。"霍从烨边说边启动了车子，在车里暖气的烘烤下，他头顶和身上的雪花慢慢融化了。

因为是雪天，所以车子开得很慢，路上已经铺上了一层浅浅的白色，如果雪一直这么下，明天起床之后，就会见到一个白雪皑皑的世界吧。

下雪天真好。

车里很安静，只有旁边的路灯在掠过时留下短暂的光亮。大概开了半个小时，车子拐进了一个窄窄的小巷子，姜离好奇地看着周围，想不出会有什么餐厅开在这种地方。

最终，车子停在了一家毫不起眼的店面前，下车后，姜离好奇地朝里面望了望。

“怎么还站在这里？进去吧。”此刻，霍从烨从驾驶座下了车绕了过来，走到她身边说道。

姜离顺着他的眼神看过去，才发现他所指的地方就是面前这个灰扑扑的小馆子。

看姜离一脸迷茫的表情，他又说道：“虽然这家店看起来很旧、很不起眼，不过味道还算不错。”霍从烨说着，便率先进了店里，姜离也跟着他的脚步走了进去。

两人刚进店里，身材微胖的老板迎了上来，看到霍从烨时他稍稍愣了一下，随后热情地问道：“请问几位？”

“两位。”说完，霍从烨拉着姜离找了个位置坐了下来。

姜离坐下后，趁机打量了一下这个小馆子，面积不大，装修看得出来也不是很新。

“他们家的鸡丝馄饨还算不错，可以试试。”霍从烨摘下手上的黑色皮手套，放在旁边说道。

谁知他刚说完，老板嗤笑了一声，姜离诧异地抬头看向老板。

老板见她抬头看着自己，笑着说道：“姑娘，别看我们家店小，可东西绝对好吃。别的不说，就说这鸡丝馄饨，整个S市再找不出比我们家做得还好吃的店。”

姜离之前在伦敦时经常去唐人街，那里的不少餐厅都打着百年老店的旗号来招揽客人，她笑着问道：“你们是百年传承老店？”

她刚说完，霍从烨轻笑了一声，用懒洋洋的语调抢先答道：“五十年。”

随后老板竟哼了一声，反驳道：“是六十年！我爷爷就睡在后院呢，小心我去告诉他老人家，让他拿拐杖招待你。”

“抱歉。”霍从烨满不在乎地回道。

听着他们的对话，姜离问道：“你们认识？”

两人默契地答道：

“不认识。”

“不熟。”

姜离听了忍不住笑了笑。

老板冲着后厨喊了一声：“先弄两碗鸡丝馄饨。”随后他对姜离说道，“还有什么想吃的，想好了跟我说。”

说完，他就回到了收银台。

姜离看着面前的餐具，都是木质的，看起来极为古朴。

她再抬头的时候，就见霍从烨正静静地看着她，她白皙如玉的脸颊就又染上了红晕，她好像得了动不动就脸红的毛病，真没出息啊。

“你知道我中学时代最开心的是什么时候吗？”霍从烨看着她。

头顶昏黄的灯光打在他俊雅的脸庞上，有种说不出的俊俏好看，她几乎要被他英俊的脸闪花了眼睛。

姜离正在思索他话里的意思，就听他说道：“是考试的时候，因为每次考完试，父亲都会带我来这里吃饭。”

那是霍从烨年少时与父亲难得的相处时光。

他虽然表现得毫不在意，心里其实格外在乎。每次考试，他都要求自己一定要考到最好的成绩。

那是他年少时，最开心的时光。

而这里，是他最喜欢的地方。

现在，他想和姜离分享这个地方，他年少时最喜欢的地方。

渐渐地，外面的风声大了起来，门口昏黄的灯光照亮着小小的方寸之地，雪花飘落，外面已寂静无声，衬得店内更加温暖舒适，像春天一般。

霍从烨朝身后看了一眼，喊道：“热水。”

老板连头都没抬，冷漠地回道："自己倒。"

难得看到霍从烨被人这样对待，姜离不禁笑出了声。她看见霍从烨的表情的时候，默默地低下了头，心想还真是难得看见霍先生吃瘪啊，虽然很不厚道，可不知道为什么，她觉得心里有点儿爽。

霍从烨有些尴尬地笑了两声，随后起身走到旁边，接了两杯大麦茶回来。

他将杯子递到姜离面前，轻声说道："他家的茶都是自己炒的，很香。"

姜离尝了一口，点头说道："真的很香，还有点儿甜。"

"喜欢的话，待会儿走的时候带点儿回去。"

霍从烨见她像小猫一样，小口小口地喝着水，垂眸的时候秀气的长睫毛把眼睛都挡住了，在眼睑上洒下淡淡的阴影。她双手捧着木质水杯，深褐色的茶杯把她秀气白润的手掌映得如上等的羊脂白玉。

他刚说完，收银台的老板又是一声嗤笑，见姜离好奇地看了过去，便对她说道："美女，这茶你要是喝得好，就跟我要。有些人啊，还真是会做人，拿别人的东西送人情。"

听了老板的话，姜离忍不住看了看霍从烨，被人落了面子，他好像一点儿都不生气，似乎身后的胖老板说的并不是他一样，反而开口问道："你高中是在哪儿读的？"

姜离不懂他为何突然这样问，但还是说了自己学校的名字，那是英国的一个顶级女校，规矩极为森严，在英国是与伊顿公学、哈罗公学齐名的女校。

霍从烨听完，点了点头说道："我高中是在S市读的，上学的时候发生过不少有趣的事情……"

他的话刚说到一半，姜离就看见原本站在收银台后算账的老板飞快地冲了过来，双手按在桌子上，看着霍从烨亲切地问道："烨，你有什么想吃的？"见霍从烨皱了皱眉头，老板立马改了口，"霍总，您的东西点好了吗？我好吩咐后面准备。"

“再来三两牛肉锅贴吧，还有醋花生……”霍从烨随口又点了两样。

老板亲热地哎了一声，特别热情地看着他，笑道：“稍等一下，我马上就让他们准备。”

老板走后，姜离有些奇怪地问道：“老板怎么突然跟变了个人似的啊？”

“可能懂事了吧。”霍从烨端起茶杯，喝了一口，淡然地说道。

姜离还在琢磨这个懂事的概念，老板亲自将煮好的鸡丝馄饨端了上来，隔着老远就能闻见香味。那种淡淡的清香像是要钻进鼻子里一样，姜离先前还不觉得，这会儿闻到这个味道，才觉得自己真的饿了。

她正用筷子认真地挑着整整齐齐地码在馄饨上面的姜丝，结果刚挑了一下，突然就听见对面的一声叹息，然后她就听见霍从烨说道：“我来吧。”随后他伸手把她面前的碗端了过去。

姜离心底顿时涌上一丝甜蜜，这时他又说道：“挑食不好，姜丝驱寒，对身体好。”

“那你都吃了吧。”姜离十分“贴心”地说道。

始料不及的霍从烨抬头看向她，姜离不好意思地低下了头。

没一会儿，几道小菜也送了上来。姜离用筷子夹了颗花生，自以为筷子用得挺好的她没想夹花生这么难。

第一颗，掉了；第二颗，掉了；第三颗，掉了……

霍从烨摇了摇头，用自己的勺子从小碟子里舀了一勺花生递给她说道：“用勺子吃吧。”

姜离默默地吃着醋花生，看着霍从烨认真地给她挑着姜丝，说真的，他的手指可真好看。之前她就觉得他的手又修长又白皙，骨节分明却又不是那种骨骼特别突出的样子，此时他捏着筷子，显得更加好看了。

她假装查看短信，把手机拿了出来偷偷对着他好看的手拍了好几张照片。

大概是她拿手机的动作让他瞥见了，见霍从烨突然抬起了头，姜离赶紧转移他的注意力：“你以前经常来这里吃东西吗？”

“嗯，这家店我父亲小的时候就开了，我祖父也会带他来这里吃东西。”

“所以他才带你来？”姜离登时笑了，传承真是个奇怪的事情，不过她也十分理解，毕竟在英国，有些老贵族家里也有很奇特的传承方式。

霍从烨点了点头。

“那等以后你有了儿子，也会带他来吧。”姜离环视了一下店里的环境，自然地说道。

其实这家小店虽然外表不起眼，可是却很有内涵，带着一种不经意的古朴。

等她转回头时，就见霍从烨正盯着自己，她刚要问怎么了，就反应过来是因为自己刚才说的话。

“嗯，等我以后有了儿子，也会带他来的。”霍从烨点了点头，认真地回道。

姜离不禁脸红了起来。

风雪夜归人，此时这样的风雪夜里，她坐在这个男人对面，心里却无比宁静。

就好像他们之间，已相识了很久、很久。

二人离开的时候，老板包了一大包的大麦茶给姜离，见她有些不好意思拿，老板一把就塞到了她的手心里，随后说道：“以后经常带朋友过来，到时候我给你们打折。”

姜离点点头说道：“我还不知道老板您贵姓呢？”

“我姓周，你叫我如风就行了。”老板笑着伸出手说道。

姜离轻轻握了握他的手，自我介绍道：“我姓姜，姜子牙的姜，离别的离。”

这么多年，霍从烨只在多年前带过一个姑娘来这儿，周如风忍不住好奇地打量起了姜离。可是他看着看着，脸上的笑容就渐渐僵住了，随后转头看向霍从烨，一副欲言又止的样子。

霍从烨没有理会他异样的神情，平静地说道："老周，我们先走了。"

一声"老周"让周如风回过神来，他看着霍从烨，叹了一口气，说道："外面下着雪，开车慢点儿。"

姜离又说了声"谢谢"，便跟着霍从烨离开了。

两人上车后，姜离看周如风还站在门口，风雪刮在他的身上，房檐下挂着的灯笼正在左右摇晃，红光摇曳，她转头对霍从烨说道："你们的关系真好。"

霍从烨看了她一眼，说道："我们从小就认识，我爷爷很喜欢他爷爷做的菜，我和他不是很熟。"

姜离知道他口是心非，有些羡慕地说道："从小到大除了我哥哥之外，我都没有特别亲密的朋友。"

霍从烨一边将车子开出巷子，一边问道："你还有个哥哥？"

"嗯，我父母都不在了，我只剩下哥哥一个亲人了。"姜离平静地说道。

在她妈妈刚去世的时候，她每天都很恍惚，可是如今她已经能平静地说出这句话了。

她能坦然接受，她的父母都不在了，她是个孤儿。

车子停下等绿灯的时候，霍从烨转头看着她，轻声说道："抱歉，我不知道。"

"没关系。"姜离笑着看着他说道，"我现在已经能坦然地面对他们离开的事实了。"

其实，霍从烨从封庭调查的资料中已经了解过了她的家庭背景，尽管她说得十分坦然，可他还是能听出她声音里的失落。外面风声呼呼作响，车内的暖气开得十足，霍从烨趁着等绿灯的时间，将大衣的纽扣解开了。

吃饭的地方离裴芷家不近，加上下雪天，霍从烨特意把车速降了下来，足足开了一个小时才到。中途裴芷还打了电话过来，问姜离什么时候回去。

到小区门口后，姜离让霍从烨把车停在了门口，免得还要下车登记。

“那我就先回去了。”下车前，姜离轻笑着说道。

霍从烨点了点头，深邃如夜的眸子回视她，说道：“姜离，我有句话要对你说。”

姜离顿时紧张起来，也不知是羞涩还是空调的原因，她的双颊也隐隐有些发烫，她不敢直视他的眼睛，低头问道：“什么话？”

“很高兴你能来中国，很高兴我们能重逢。”霍从烨说话的时候脸上带着温柔的笑意。

不知为何，姜离突然鼓足勇气说道：“删除你微信的事情，我很抱歉，我只想说，那并非我的本意。”

“我理解，其实很多事情你不必在意，那些人不会对你造成任何影响。”霍从烨安慰道。

姜离觉得他的话有些奇怪，正想问什么，突然意识到霍从烨说不定已经看见了网上的消息。虽然她和易时远的感情早在七年前就结束了，不值得在意，可是她和路易的绯闻却是近期的，而且就发生在她回到英国之后。她有些懊悔，早知道就该豁出脸面请萧世琛把新闻封杀掉的。

她想为自己解释些什么，可转念一想，当时她也确实是抱着约会的态度，只不过事情不如她所愿而已。

想到这儿，她只淡淡地回复道：“谢谢你。”

姜离准备说再见的时候，又突然想起了什么，转头看着霍从烨问道：“那天在邮轮上朝你开枪的人，你调查清楚了吗？”

那可是赤裸裸的暗杀行为，姜离不明白为什么有人会追杀一个本分的商人，所以她又奇怪又担心。之前因误会，她一直顾着伤心难过了，如今他们重逢，她才想起这个问题。

“不过是些无足轻重的人而已，至于幕后指使他的，你不用放在心上，因为都是无关紧要的人而已。”霍从烨轻描淡写地说道。

“他真这么说？”裴芷坐在姜离的床上，一边吃着薯片一边说道。

姜离皱着眉头看了她好几眼，裴芷还以为她也想吃，伸手拿出一片递给她，大方地说道：“要吃吗？要不你去客厅拆一包，我买了好几种口味呢。”

“不用了，我一向不怎么吃这种膨化食品。”姜离摆了摆手说道。

“我就说嘛，男神肯定对你贼心不死，你们是再续前缘啊。”裴芷大大咧咧地倚靠在床上说道。

看见薯片的碎屑掉了一床，姜离终于忍不住站了起来，指着旁边的椅子对她说道：“坐那儿吃去。”

“小气鬼。”裴芷白了她一眼，乖乖地挪到了椅子上，随后邀功一般地说道，“我今天一天都在帮你盯着网上的消息呢，你的信息倒是没被人翻出来，但很多人在质疑你故意炒作。”见姜离毫不在意地笑了笑，她又说道，“你别觉得好笑啊，现在这些网友听风就是雨，很多人都跟风，基本上舆论都是被这些营销号控制的。这些人想抹黑明星都是手到擒来的事儿，更别说你一个圈外人了，所以我劝你小心点儿，反正别让他们翻出你的真实身份。现在你在学校里面工作，每天要见那么多学生，说不定哪天谁就把你认出来了，到时候啊……”说到这儿，裴芷用手捏着嗓子，用娇滴滴的声音说道，“姜老师，你真的和易时远交往过啊！那你能不能帮我要一下他的签名？我好喜欢他啊！”

姜离被她逗得笑了起来。

“你还笑，到时候要是学生真这么和你说，我看你怎么应付！”裴芷说道。

“我就是个前女友，能有什么办法？”

“你变了，洛神，你真的变了，以前的你可是绝对不会说出这种话的。”裴芷阴阳怪气地说道。

姜离坦然地说道：“本来就是事实，我和易时远已经分手七年了，早就忘记彼此了。”

“你这潇洒的态度不会是受你那个风流哥哥的影响吧？”说着，裴芷将腿搭在了椅子上，双手抱着膝盖，整个人蜷成了一团。

姜离已经习惯了裴芷随时随地给萧世琛起外号的习惯，只是说到萧世琛风流，她有点儿不快，替他辩解道：“我哥哥不是风流，他和那些女人之间都是各取所需，他从不强迫女人，也从不欺骗她们，他只是没办法在同一个人身边停留很久而已。”

其实关于萧世琛对待感情的随性态度，姜离也不是很习惯。只是那终究是他自己的事情，他若是喜欢，谁都不能强迫他。

“对对对，你哥哥是个绅士，不强迫、不欺骗，可是也不停留。”裴芷揶揄道，不过她见姜离有些板着脸，赶紧语气缓和地说道，“不过你哥哥那样的男人，就算他不去招惹，也会有数不清的女人往他身上扑。还记得他就来参加过一次我们的活动，结果差点儿引发‘世界战争’。”

姜离自然记得那次，就是她带萧世琛去参加滑翔机活动的时候，那些女同学在看见他之后，兴奋得就像是饿狼看见了上等鲜美的生肉。之后更有人不断找借口接近萧世琛，好在他虽对待感情随性，却从不喜欢吃窝边草，更不喜欢和妹妹的同学有瓜葛。

“不过他虽然不是个好男人，却是个好哥哥。”裴芷狠狠地捶了下膝盖，抱怨道，“我妈怎么就不给我生个哥哥！”

霍从烨刚从浴室里出来，就听见手机响了起来。他一边擦着头发，一边走过去接通了电话，封庭的声音传了过来：“霍总，网上的情况好像有点儿不受控制了，有人在挖姜小姐的信息。”

霍从烨顿了一下，随后冷漠地问道：“挖出来了吗？”

“已经有人在发帖子了，IP 地址在 S 大。”

霍从烨突然想起今天晚上舞台上的姜离，她穿着一件修身的大衣，上台之后，大衣扣子解开，露出里面浅蓝色的毛衣和黑色长靴，她的腿本来就修长纤细，在长靴的包裹之下就像被拉伸了一样。那么耀眼的人就坐在舞台的中央，除了他之外，别人的眼睛也不会忽略的。

“删掉帖子，盯紧网上的动向，她不喜欢被人打扰。”霍从烨沉声吩咐道。

封庭嗯了一声，随后问道：“霍总，真的要曝光那个消息吗？”

“为了对付易时远不惜把无辜的人牵扯进来，他既然这样做了，就应该想到后果。”霍从烨冷漠地说道。

封庭点点头，不过心里却叹了口气，还不是为了姜小姐？要是这人惹到姜小姐了，就算是十个易时远都不会让霍从烨看上一眼。

随后就听霍从烨又说道：“你去联系一下，我要明天所有的头版都是这个消息，还有，尽快把姜离的照片删除。”

封庭自然明白，他应了一声，挂断了电话。

众禾科技本就有国内顶尖的黑客人才，所以封庭不用借外人之手就轻而易举地把那个 IP 发出的爆料信息删掉了，甚至还强行封住了对方的 IP。

第二天早上，裴芷一睁开眼睛就拿过床头的手机，翻了翻当天的新闻消息。

她刚一点开，就看见这样一条消息：“‘周一见’再显威力，就在度过平静的周末，准备迎接新的一周时，想必大家都被这条新闻震惊了吧。国内当红小生杨哲深夜约会已婚演员张曼文，二人甜蜜拥吻，男方更亲自下厨为女方洗手做羹汤，羡煞众人。只是在羡煞旁人的时候，也请看看另外两位可怜的当事人吧。”

裴芷眨了眨眼睛，心想这个杨哲她怎么记得是有女朋友的啊？

前两张照片中，只能看见一个模糊的身影，男人戴着口罩和帽子，根本看不见正脸。可是从第三张照片开始，就是偷拍的房间里的照片，只见房间里一男一女正亲密地拥抱在一起，而男人则捧着女方的脸甜蜜地亲吻着，还有男人戴着围裙做饭的照片。

裴芷一下子就被这劲爆的消息震得从床上坐了起来。

说它劲爆是因为，事件双方都是有恋人的。杨哲虽也算当红小生，可是他的粉丝却不像其他小生那么疯狂，全因他有女友，而且女友是同样演电影出身的小花旦杨艺。再加上他又是演电影出身的，所以粉丝数量比起其他当红小生，实在是差了一大截。不过杨哲的粉丝也不以为意，时常以自己的偶像是演电影的为荣。毕竟国内风气如此，电影演员看起来就要比电视剧出身的演员要更高大上一些。至于张曼文，她前年的那场世纪婚礼，直到现在还令很多人记忆犹新。

结果现在两人却被拍到拥吻，不仅有照片为证，更是配有视频，粉丝想狡辩都狡辩不了。

裴芷一边刷着微博一边冲向了姜离的房间，也没敲门直接走了进去。

姜离也刚起来，见她慌慌忙忙的样子，问道："你怎么了？"

裴芷一脸兴奋地说道："这绯闻真是太劲爆了，杨哲居然劈腿张曼文，他眼神不好吧？杨艺多好看啊！男人果然都是吃着碗里的、看着锅里的。"见姜离听得一脸迷茫，裴芷解释道，"总之就是娱乐圈曝光了一个大丑闻，现在所有人都去关注这事儿了，你也不用再担心自己的身份被曝光了。"

姜离点了点头，说道："虽然幸灾乐祸不太好，不过我确实很高兴。"

"你还真是福星高照啊！你说说，你的命怎么就这么好呢？连这种事情都被你碰上了。"裴芷调笑着，对着她的肩膀撞了一下，随后又开始看微博。

易时远刚起床就接到了韩骏的电话："阿远，这次杨哲是真的翻不了身了，之前他用那么下作的手段对付我们，还没等我们出手呢，他就遭了报应。"

韩骏说完，又将杨哲被曝光丑闻的事情告诉了他。

易时远皱了皱眉头，问道："刘卉姐不是说要先忍耐一段时间吗？"

之前易时远的绯闻被曝光，刘卉和韩骏都知道是杨哲在背后捣鬼，可无奈杨哲的经纪公司实力强劲，他又是公司力捧的艺人，刘卉不赞同和他们撕破脸皮，只好吃下这个闷亏。

“谁知道啊，他那种人的小动作那么多，你又不是第一个被他害的人，我看肯定是别人看他不爽，趁机报复。”韩骏分析道。

易时远又说了两句，便挂断了电话。

霍从烨到办公室后，封庭便将早报放在了他的桌子上，说道：“霍先生，这是今天的报纸。”

霍从烨随手翻了翻，笑着说道：“干得不错。”

“那姜小姐那边需要说一声吗？”

“说什么？”霍从烨抬起头问道。

“杨哲险些害姜小姐的信息被曝光，霍先生，你应该叮嘱她一下，让她提防小人。”

霍从烨沉思了一会儿，点头说道：“你说得对。”

他确实应该告诉她一声，当然这绝对不是为了邀功，对他来说，这是举手之劳。

犹豫要不要打电话给姜离的霍从烨不停地摆弄着手机，突然觉得自己就像是个毛头小子一样，随后自嘲地笑了一下。他起身走到身后的桌子旁，打开了保险柜，将里面写着姜离名字的文件袋拿了出来。

袋子里是姜离的 DNA 对比结果，他一直都没有看。

霍从烨拿着文件袋坐回椅子上，正准备打开时，敲门声响了起来。

“霍总，叶总监和其他几位经理已经在会议室里等您了。”秘书走进来说道。

霍从烨嗯了一声，站起了身，快走到门口时，他又走了回去，将文件袋放进了抽屉里。

见霍从烨走进会议室，所有人都起身迎接，他看了众人一眼，点头说道：“早上好，都坐吧。”

这时，事业部总监叶嘉谦朝他走了过来，说道：“霍总，投影仪有些问题，需要稍等片刻。”

“怎么不叫行政部的人过来修？这种事不是应该他们负责吗？”霍从烨皱着眉问道，他不喜欢出现意外，更不喜欢没有做好自己本职工作的人。

站在他身后的秘书立刻答道：“好的，霍总，我马上去行政部叫人过来修理。”

霍从烨点了点头，抬手看了下腕上的手表，此时已经8点55分，距离会议开始只剩下5分钟了，他开口说道：“还有别的会议室吗？不要耽误开会的时间。”

叶嘉谦无奈地说道：“我刚刚让他们去问了，今天的会议室都被提前预订了。”

众禾科技内部分为不同的事业组，开会之前大家都会提前和行政部确定好会议室的使用时间，这样能避免浪费时间。可偏偏今天大家似乎约好了一样，所有的会议室都已经被预订了。

“那就直接开始吧。”霍从烨有些不耐烦地说道。

叶嘉谦让助理把准备好的会议资料分发给大家后，就开始进行工作汇报：“关于这次收购诺信的计划，我们部门已经有了初步的评估结果。本次收购融资由我司领投，鸿海基金、分控资本跟投。根据计划书，我司将出资1.5亿美元，鸿海基金跟投7000万美元，分控资本跟投3000万美元。此外，我司还将提供5000万美元的资源及运营支持费用……”

尽管没有演示文件的配合，叶嘉谦的讲解依旧十分清晰、有条理。

不过对于公司要收购诺信的计划，在座的许多中高层管理人员都是第一次听说，见他们有些疑惑，霍从烨缓缓地开口说道：“你们应该知道，公司的核心业务就是数据，收购诺信可以为公司的众禾云服务平台提供最为合适的产品。”

他刚说完，一直在会议桌前面低头修理投影仪的行政部人员低声说了一句："修好了。"

叶嘉谦的助理赶紧上前试了一下，投影仪总算是能用了。

霍从烨只看了一眼行政部的人，就吓得他低下头站到了一旁，也不敢擅自离开。

谁都知道霍从烨是个面冷心更冷的领导，要是有人敢在工作上出现疏忽，就算是当初跟着他打江山的人，都会被毫不犹豫地换掉。

会议结束之后，霍从烨将叶嘉谦和公关部门的陈漪叫到了自己的办公室，他们两人从众禾创业的初期就跟随着霍从烨，三个人共同打拼到了今天。

"陈漪，这次的投资方案公开后，市场上一定会有很大反响，你们公关部门要提前做好准备工作。"霍从烨解开西装纽扣，坐在椅子上说道。

对面的陈漪点了点头，保证道："霍总，您放心吧，这件事我一定会办妥的。"

随后霍从烨又和叶嘉谦交代了几句，便让他们离开了。

临出门前，陈漪问道："霍总，我想和您谈谈今年圣诞舞会的事情。"

众禾科技是一家企业氛围非常年轻化的公司，加上管理层人员多是从海外留学回来的，所以每年圣诞节的时候都会举办舞会。不同于带有浓重表彰性质的年会，圣诞舞会令人感觉更加轻松自在，像是社交舞会，员工还可以携伴参加。

叶嘉谦离开后，陈漪看着霍从烨问道："霍总，您今年会携伴参加吗？"

霍从烨听完她的话，皱了皱眉头，显然这个问题有些越界。

陈漪和他相识已久，看他皱眉，自然知道他不高兴了。她心里很清楚，自从那个人消失之后，霍从烨身边就再也没有女人停留过。虽然她也知道霍家已经开始安排他相亲，可是她了解霍从烨的性格，只要不是他喜欢的，谁都不能强迫他接受。

陈漪理了理思绪，解释道："去年圣诞舞会的开场舞是风投部的叶总跳的，前年是技术部的韩总跳的，您一次都没有参加过，员工们都很期待看到您。”

霍从烨若有所思地想了想，随后说道：“我会考虑的。”

始料不及的陈漪愣了一下，随即心头涌上一股强烈的酸涩。每年她都会问一遍这个问题，而他总是毫不犹豫地拒绝，这个问题成了她用来试探他的借口，可是现在突然得到了不一样的答案，她顿时觉得十分绝望。

半晌，陈漪装作若无其事的样子说道：“好的，希望您尽快给我答复。”

“这个周末我会给你答复，你记得提醒我。”

“好的，那我先回去了。”说完，陈漪站了起来，点了下头，便转身离开了。

她刚刚离开，秘书走进来对霍从烨说道：“霍总，您和香港那边的视频会议，还有半个小时就要开始了。”

霍从烨点了点头说道：“我知道了。”

秘书转身出去后，他伸手拉开了抽屉，将那个文件袋又拿了出来。

霍从烨盯着文件袋想了许久，最后走到碎纸机旁，将里面的文件拿了出来。

这份对比结果从拿回来就一直被他放在保险箱里，他不知道自己为什么不想看，又或者他不是不想看，而是不敢看。他怕文件里不是他想要的结果，怕姜离真的不是那个人。只要不看到这个结果，他的心里就还能存有一丝幻想，幻想着或许真的是她回来了。

霍从烨按下碎纸机的开关，机器发出嗡嗡的声音，他将文件放在机器正上方，就在文件快要进入碎纸机的时候，他将手抽了回来，随后扔掉文件袋，翻开里面的文件，急切地寻找着结果，直到最后，他看见了一个数字——“0.0001%”。

她不是纪禾！

姜离不是纪禾！

绝望的霍从烨狠狠地将手中的文件抛了出去，雪白的纸张飘飘扬扬地在空中打了个几个转儿后，落在了浅灰色的地毯上。

几张纸让向来冷漠疏离的霍从烨露出了痛苦的表情。

他终于清醒过来，纪禾早就死了，她早就死在那场绑架中了，是他没有去救她，是他故意不去救她的。

“你干吗要搬走啊？我不想让你搬走。”裴芷用身体挡在门口说道。

这两天姜离住在她家里，两人有说有笑、谈天说地的，关系比在英国的时候更亲密了，这会儿乍然听说她要搬走，裴芷自然百般不情愿。

姜离笑着说道：“我住的地方就在这个小区啊。”

中介之前打来电话，说有套新房子要出租，姜离一问，居然跟裴芷家在同一个小区，离 S 大很近，开车才二十分钟，还有直达的公交车，而且周围的生活设施也很完善，最重要的是小区的安保工作做得很好。姜离当即表示愿意去看房，随后就约定了时间。

姜离看房时，中介说房主要出国，所以想暂时把房子租出去，是一套两居室，装修风格简洁利落，处处透露着主人的精心。只是租金要比市面上的其他房子贵一点儿，房东的要求也比较多，不过总体很不错，姜离当即就定了下来。

即使是这样，裴芷还是有些不高兴：“你都没住几天呢，而且我妈的拿手好菜，你也没吃几道。”

“再吃下去，我怕自己会变成胖子了，我今天称了一下，才三天的时间就重了两斤。”姜离摸了摸自己的脸，担心地说道。

“反正我妈妈肯定不舍得你走。”说着，裴芷古怪地笑了一下，“我妈都准备把我表哥介绍给你了，他是中科大毕业的，现在在研究所上班，S 市本地人，虽不是大富大贵，却也是家有恒产。”

姜离顿时傻眼了，正在想怎么拒绝的时候，裴芷一把揽住她的肩膀说道：“放心吧，我已经替你拒绝我妈了。开什么玩笑！你身边都有霍从烨了，哪儿还能看得上我表哥啊！”

“别这么说，我和霍从烨不是那种关系。”姜离皱着眉头说道。

她不是主动的人，唯一的一段恋情也是易时远主动追求她的。目前和霍从烨琢磨不定的关系令她有些忐忑不安，她一边期待着他有所表示，一边又故作镇定地安慰着自己。

“现在没关系，不代表以后也没关系啊。”裴芷说道。

男女之间只要有火花，在一起是早晚的事情，而在裴芷看来，姜离和霍从烨之间，简直是火花四溅。

姜离不擅长处理感情问题，如今的情况让她毫无头绪，她不知道喜欢一个人是不是可以主动。

窗帘拉得严严实实的，房间里一片黑暗，姜离躺在床上，隐约可以看见屋顶上虹吸灯的轮廓。这一整天，她一直在隐隐期待着霍从烨的电话或者短信，哪怕只是问一句“你在干什么”也好。

可她什么都没有收到。

烦闷的姜离翻了个身，闭上眼睛，把脸埋进了枕头里。

这时，放在床头柜上的手机振了一下，她赶紧起身拿起了手机。

失望的是，消息是裴芷发来的：“洛神，你睡了吗？”

姜离重新躺回床上，回道：“睡了。”

“你现在越来越会开玩笑了啊！”

姜离轻笑了一声，还没回复，裴芷又发了一条信息过来：“洛神，我摊上大事了。”

她赶紧回复道：“怎么了？”

“我们大学同学要聚会了，同学聚会啊！”

姜离不清楚裴芷是什么意思，她从小到大在英国读书，从没参加过同学聚会。她有些纳闷儿，与老同学见面不是一件很值得高兴的事情吗？为什么要这么垂头丧气的？

姜离回复道：“可以见到老朋友是件开心的事情啊。”

裴芷愤怒地回复道：“开心什么啊！我的前男友就是我的大学同学，

他和他现在的那个女朋友跟一对连体婴似的，他要是去的话，他女朋友肯定也会跟着去的。”

姜离回复：“如果你不想见他们，那就不要去了吧。”

裴芷为难地回复道：“可是这次聚会是我大学时的班主任组织的，她之前生了重病，很多同学都捐款了。她现在出院了，想趁着年末的时候，请大家聚一聚。我又早早地就在朋友圈里把我回国的事情说出去了，现在真是想不去都不行。”

姜离十分同情她，毕竟她和前男友分得并不愉快，当初对方没有得到国外大学的offer，就留在了国内，后来劈腿了另外一个女生。他们分手时已经撕破了脸，现在自然是能不见面就不见面。

姜离想了想，回复道：“我想你不去的话，你的老师和同学们也能理解吧。”

裴芷回复：“班主任住院的时候，是我托我爸爸给她安排的床位，所以她早就打电话给我了，让我一定要去。”

姜离只得安慰道：“你们分手也不是你的错，所以你不需要尴尬，真正应该觉得尴尬、难堪的是他们。”

裴芷在她的开解下，释怀了许多，立刻回复道：“果然是我家离离，说的就是在理。”

姜离刚要笑她对自己的称呼，裴芷又发来一条信息：“要不你陪我去吧？”

姜离准备出门的时候裴芷才起床，薛琳看了看一身精致打扮的姜离，又转头看了看裹着睡衣、蓬头垢面的裴芷，生气地数落道：“你看看人家姜离，一大清早就起来了，你这个懒鬼，太阳晒屁股了都不知道起床！从明天开始，你不许再睡懒觉了！从你回国，我就没见你看过书，你是不打算毕业了是吧！”

“妈，我也就是假期才稍微休息一下，你有必要这么激动吗？”裴芷挠了挠自己的头抱怨道。

薛琳瞪了她一眼，走进了厨房。

裴芷看见姜离在穿外套，走过去问道：“你昨晚怎么不回我微信啊？”

姜离一边对着镜子整理衣裳一边回道：“哦，那就表明我拒绝你的提议。”

裴芷看她这么不留情面地拒绝了自己，撇着嘴说道：“就是去给我撑撑场面而已。”

“你要找人撑场面，应该带一个男人，不是带我。”说完，姜离冲她挥了挥手就要出门。

走到门口时，薛琳正好端着碗从厨房里出来，姜离笑着对她说道：“薛阿姨，我去上班了，再见。”

“小心啊，这两天路不好走，让出租车司机慢点儿开。”薛琳嘱咐完目送着姜离出了门。

一旁的裴芷看着她妈这副模样，抖了抖肩膀，抱怨道：“妈，你也太偏心了吧。”

薛琳伸手拍了一下她的肩膀，说道：“就你话多！赶紧去刷牙洗脸，我已经把粥给你端出来凉着了。”

裴芷一听，感慨道：“真是亲妈呀！”

等她洗漱完出来，桌子上已经摆满了丰盛的早餐，前几天她都没起床吃早餐，所以根本不知道家里的早餐已经直逼五星级饭店的水准了。

看着桌上月芳斋的奶黄包，裴芷惊讶地说道：“妈，你可真舍得下本钱啊。”

月芳斋是S市的一间中式餐厅，那里的自助早餐售价199元一位，从不打折，而它家最出名的就是奶黄包，每天排队去买的人络绎不绝。

薛琳淡淡地答道：“姜离难得来家里住，马上要搬出去了，当然要让她吃点儿好的。”

裴芷一听，竖起大拇指夸赞道：“妈，你真是太棒了，善解人意、知书达理，真是全天下最好的妈妈。”

“看把你高兴的，你要是真的心疼我，从今天开始就给我干点儿正经事，不要每天像一摊烂泥一样闲在家里。”薛琳毫不留情地说道。

裴芷听她这样说，只好闭嘴不再开口。

姜离刚到楼下，出租车司机的电话就打了过来，她说了声抱歉，急忙往约定地点走去。

如今国内打车软件盛行，她就算没有车子，出行也十分方便，而且相较于到处找停车场，倒是打车更方便。

到了学校之后，姜离直奔化学院的办公楼办理入职手续，从今天开始，她就正式成为S大的老师了。激动的她，早上起来特意选了一件红色的外套，此时走在校园里，引起了不少人的关注。

“姜老师，你这么早就来了啊。”行政室的沈倩见到姜离，立即笑着打了招呼。

姜离笑着点了点头。

知道她今天是来办入职手续的，沈倩开玩笑道：“姜老师，恭喜你，你今天是不是应该请客吃饭啊？”

行政室主任听沈倩这样说，轻声斥责道：“好了，姜老师虽然是新来的，可她以后就是我们院的副教授了，你说话客气一点儿。”

沈倩尴尬地笑了笑，随后向姜离道了歉。心里忍不住一阵感慨，自己都二十七岁了，还只是一个行政老师而已，姜离比她年纪还小，就直接被聘为副教授了，享受的待遇估计她再混个十年都赶不上。可是对于姜离，她又嫉妒不起来，实在是因为差距太大，只能羡慕。

“没关系，这是应该的。这样吧，晚上我请客，希望院里的老师都能一起来，我也想和大家熟悉熟悉。”姜离说完，又问沈倩，“不过我刚来，不知道哪家餐厅的菜比较好吃，沈老师可以推荐一下吗？”

沈倩笑道：“那当然是悦景轩了，要论本地菜做得最好的餐厅，它家称第二，没人敢称第一。”

姜离点点头说道：“那就去这家吧。沈老师，麻烦你帮我问一下大家，我想确认一下人数，提前订好位置。”

主任见她当真了，赶紧说道：“姜教授，沈倩是和你闹着玩儿的，怎么好意思让你这么破费啊。”

“没关系，理应由我请大家吃顿饭，所以才请沈老师帮帮忙，问一下其他老师有没有空。”姜离笑了笑说道。

她刚说完，手机响了起来。姜离对沈倩和主任说了声抱歉，就走到外面去接电话了。

主任连忙转头训斥起沈倩：“你怎么回事！悦景轩那种地方贵得要死，要是大家一听说姜教授请客都跑去吃饭，我看你怎么办！”

沈倩后悔地说道:“我哪里知道她这么好说话啊,我就是说着玩儿的。”

主任瞪了她一眼，说道：“她刚从国外回来，哪里知道悦景轩啊！”

见姜离接完电话回来了，沈倩赶紧说道：“姜老师，我刚才是跟你开玩笑的，要不咱们换一家餐厅吧。”

“悦景轩的菜不好吃吗？”姜离疑惑地问道。

沈倩支支吾吾地说道：“不是不好吃，是……贵。”

姜离这才恍然大悟，笑着安慰她道：“没关系，这是我第一次请大家吃饭，总不能太小气吧。你帮我统计一下人数吧，到时候我来订房间。”

沈倩求救似的看了主任一眼，而主任也觉得不能这么坑新来的同事。悦景轩那种人均四五百的地方，要是化学院的老师都去了，最起码得两桌以上，吃一顿饭就让姜离花掉一两万，这不是坑人吗？

因此他赶紧劝道：“姜教授，那里确实太贵了，我们换一家吧。”

姜离开玩笑道：“我请各位老师吃顿好的，以后就不怕大家不照顾我这个新人了。”

主任见她如此坚持，也就不再阻拦了，转过头对沈倩说道：“既然这样，那你就帮姜教授统计一下人数，再订一下位置吧，最好是包间。”

说完，他就带着姜离去办手续了。

下午的时候，姜离给裴芷打了个电话，将自己晚上要和同事聚餐的事情告诉了她。

裴芷调笑道："恭喜啦，姜教授。"

挂断电话后，心情颇好的姜离给萧世琛发了一条消息："哥哥，我已经办好入职手续了。从今天开始，我就是一名教师了，教书育人不是你和妈妈一直希望我做的事情吗？"

尽管她知道萧世琛肯定还在生她的气，却还是想第一时间和他分享这个好消息。

办完手续，路过刻有S大校训的石碑时，姜离请主任帮她拍了一张照片留作纪念。

灰褐色的巨大石碑上用鲜红的颜色写着四个大字"博学笃行"，这让她不禁想起在剑桥三一学院的门口，无数的游人摆出各种姿势和拿着椅子腿的亨利八世雕像合影的情景。

姜离曾经也是帮他们拍照的人之一，当时的她看着那些游人脸上欣喜的表情，怎么都想不到有一天自己也会做出同样幼稚的事情。

S大喧闹开阔的校园沐浴在金色的阳光之中，草地上坐了许多学生，旁边还有一条小河。校园的主干道上，背着书包的学生正骑着车子匆匆赶往下一个上课地点。不远处的图书馆门口，一座玻璃塔模样的建筑在阳光下折射出璀璨耀眼的光亮。

姜离听着周遭的声音，一种前所未有的感动和难以言喻的情绪在一瞬间占据了她的心房。现在，她成了这所学校的一分子，成了母亲姜韵一直希望她成为的人，她暗自发誓自己会将过去七年在剑桥学到的一切知识毫无保留地教给学生。

她一直以来的惶惶不安，终于在这一刻彻底消失不见了。

主任替她拍好照片后，将手机还给她，笑着说道："美人就是美人，怎么拍都好看。”

姜离不好意思地启唇一笑，接过手机，低头看了看照片中的自己。

巨大的灰褐色石碑旁边，穿着大红色毛呢外套的她亭亭玉立，身后是绿色的草地和波光粼粼的河水。她浅笑着看着镜头，肤色剔透得像是质地上乘的白玉，一双明眸乌黑莹亮，嘴角微微翘起，安静宁和的背景和交汇错落的光影为这张照片赋予了一种美好的意境。

姜离正在翻看主任替她拍的照片，萧世琛回复了消息：“不管什么时候，我和凯特都以你为荣。”

姜离顿时眼眶一红，她强忍着眼泪，回复道：“哥哥，谢谢你，我也是。”

回复完消息，她发了一条朋友圈：“S 大，以后请多指教”，然后她还将自己的照片也发了上去。

裴芷最先评论道：“我的离离真的成了姜教授了。”

很快有人回复了裴芷的评论：“洛神在 S 大当教授？”

评论区一下子热闹起来，姜离的微信好友里有不少中国留学生，此时纷纷冒了出来，对她表示羡慕和祝福。

陪易时远到电视台录制节目的曾静正在化妆室里等待录制结束，看到姜离的朋友圈后，她一边回复一边念念有词地感慨着。

旁边的韩骏看到了，忍不住好奇地问道：“看什么呢？这么激动。”

曾静摇了摇头说道：“姜离啊，她现在成了姜教授了！说真的，这么多年来，论学霸，我只佩服她。”

“姜离？阿远的那个前女友？”韩骏惊讶地说道。

曾静点了点头。

韩骏的脸上立即露出了震惊的表情：“她才多大年纪啊，就当教授了？”

曾静感慨道：“所以啊，这个世界上，有些人生来就是让你仰望的。”

不知道是悦景轩的魅力太大，还是顾忌着姜离副教授的职位，化学系的老师们一听说她要请客，一多半都来了。院长和副院长虽然不方便到场，却还是亲自给姜离打了电话以示欢迎。

化学系的老师们有个微信群，沈倩发完地址和时间后，把姜离也拉进了群，不少人当即对她表示了欢迎。

姜离今天只是来办入职手续的，还不算正式上班，和沈倩约定好晚上聚餐的事宜后，她便提前走了。明天就是搬家的日子，她想着自己这几天一直在裴芷家里住着，临走前应该给裴爸和裴妈买份礼物表达一下谢意。

她向沈倩问起商场的情况时，沈倩立即给她发了一张图片，是从微博上保存下来的，内容是对 S 市几家大型商场的简介。仔细看过之后，姜离决定去德隆商场，那里不仅品牌齐全，种类也很多。

德隆商场的一楼都是奢侈品专卖店，她毫不犹豫地走进了 Burberry 的店铺。裴芷曾提过薛琳很喜欢它家的东西，姜离就按照薛琳平时的穿着打扮，选了一款既低调又好看的包，然后又给裴爸挑了一副手套和一条围巾。

逛着逛着就到了 6 点半，姜离赶紧打车去了悦景轩，好在商场离那里并不远，十分钟就到了。姜离报了包间的号码后，服务员带她上了楼。

这家餐厅的装修风格十分典雅，姜离刚进包间就看见旁边椅子上已经坐了好几个人，见她来了，大家都站起来热情地与她打招呼。

7 点的时候，见人都到齐了，姜离便请服务员上菜。

吃饭时，大家三三两两地聊着天，一个教高分子化学的老师抱怨道："现在的学生真是一届不如一届，上课不听讲不说，交上来的作业也写得乱七八糟的。"

听他这么一说，另一位老师说道："作业乱算什么！我最怕的是他们在实验室里滥竽充数，刚进实验室的新生们还算老实，到了大三大四，一个个就都混成老油条了。"

S 大的化学系并不是一个很大的院系，每届只有两个班级，四年的时间足以让老师们对每个学生的情况都了如指掌。

“对了，听说秦老师好像暂时回不来了，那他的课程怎么办？帮他代课的小吴不是刚请了产假吗？”一个戴眼镜的老师问道。

坐在姜离旁边的沈倩回道：“姜老师不是来了吗？以后就让姜老师上课呗。”

姜离没想到话题会突然扯到自己身上，诧异地转过头看着沈倩问道：“我可以上课了？”

“副院长本来就是准备这么安排的。”沈倩笑着说道。

听沈倩这么说，主任轻咳了一下，说道：“还没定下来，就是暂时有这个意思而已，不过这样也能让姜老师熟悉熟悉学生的水平。”

在场的都是一个系的老师，大家慢慢聊起来后，气氛一下子热闹了许多。

聚餐势必少不了喝酒，做东的姜离自然逃脱不了。虽然喝的是红酒，可架不住众人轮番敬酒，酒量欠佳的她喝了几杯就有些受不住了。

沈倩见她要去洗手间，怕出什么事，就跟了出来。

“姜老师，你没事吧？”沈倩看着她惨白的脸色，担心地问道。

多数人喝了酒会脸红，像姜离这样脸色发白的看着太瘆人了。

“我没事。”姜离答道。

从卫生间出来后，她靠在走廊上等沈倩，走廊的窗户没有关，一阵寒风吹进来，将她身体里的燥热吹散了不少。

这时，一个身影从她面前走过，那人回头看了她一眼，随后试探性地喊道：“姜离？”

听到有人喊自己的名字，姜离抬起了头，惊讶地喊道：“周如风？”

周如风一听她叫出了自己的名字，笑着问道：“你来这儿吃饭啊，怎么不提前和我说一声？”

“嗯？我为什么要和你说？”姜离疑惑地问道，受到酒精的影响，她虽然还能正常说话，脑子里却跟一团糨糊一样。

周如风见她呆呆的样子，笑道："这是我家的餐厅啊！你要是早点儿说，我可以提前帮你安排啊，你在哪个包间？"

"姜老师。"沈倩出来后见姜离正和一个陌生男人说话，还以为那个男人是故意和她搭讪，便赶紧跑了过来。

周如风一听沈倩对姜离的称呼，立刻好奇地问道："你是老师？"

"教授，我是教授。"酒精上头的姜离看着他认真地纠正道。

周如风一听，打趣地问道："敢问您是哪儿的教授啊？"

"我们姜老师是S大的教授，你这人是怎么回事啊！"沈倩见周如风一脸戏谑的表情，误以为他在讽刺姜离，甩下这句话后就拉着姜离走了。她一边走还一边叮嘱姜离："姜老师，他那种人你可要小心点儿，谁知道是什么人啊！"

周如风也是出来去洗手间的，这会儿一想起包间里的那位，就赶紧回去了。屁股还没坐稳呢，他就冲着对面的人说道："你猜我刚刚看见谁了？这可真是太巧了！"

谁知对面的人理都没理他，只是自顾自地喝着酒。

暖黄色的灯光将每个人的脸都盖上了一层浅浅的暖色，周如风对面微垂着头的男子只露了半张脸，可那挺立的鼻梁和优雅的下颌线已足够引人侧目，旁边倒酒的小姑娘眼神一晃，端着酒壶的手微微抖了一下。

"今天咱们霍总心情不好，只想喝酒，你看见谁都没用。"见霍从烨没说话，他旁边一个穿着浅紫色衬衫的人开口说道。

周如风瞪了那人一眼，说道："钟原，你小子闭嘴吧！"随后他又对霍从烨说道，"我碰见姜离了，她好像是和同事来吃饭的。"

听到姜离的名字，霍从烨猛地抬起头看向周如风。

周如风又感慨道："这姑娘才多大啊，就当上教授了！这不是蒙我吧？"

钟原一听姜离是个女人，立刻来了兴趣，问道："姜离是谁啊？你和我家小爷还有什么秘密不成？"

周如风知道钟原因为输了钱，心里不爽，所以这会儿懒得搭理他，反而有些担心地看着霍从烨。

霍从烨今天不知道是怎么回事，从坐下到现在，一声不吭，只顾着喝酒，估计已经喝了半斤的白酒了。

周如风瞧见姜离后就在想，霍从烨今天的异常举动肯定是因为她，便一脸笑意地问道："要不我去请她过来？"

谁知霍从烨的脸色一下就冷了下来，语气冷漠地说道："请她来干什么！你跟她很熟吗？"

"不熟、不熟。"周如风一看他这架势，赶紧回道。

钟原本来也想问个明白，可他瞧着霍从烨一副要吃人的模样，立刻打消了念头。

眼看桌上的酒都喝完了，一旁的黎钧劝道："咱们今天就到这儿吧，你也喝了不少了。"

霍从烨的脸色白得跟纸一样，眼眶也有些泛红，原本俊美的脸庞，此时看起来就像是夜行的吸血鬼一般。他伸手拿起放在桌上的烟，点了一根，也没抽，就夹在手指间，说道："今天谁都不准走。"

黎钧皱了皱眉头，不再开口。

钟原一向最听霍从烨的话，立刻说道："还不赶紧去拿酒！今天不喝尽兴了，谁都别走啊。"

见一旁的服务员半天都没动，钟原瞪了她一眼，而周如风则赶紧开口让她再去拿酒。

又一瓶酒打开后，一桌人就霍从烨喝得最多。

周如风担心他再这么喝下去会出事，想了想，站起身走了出去，黎钧也跟了出去，对周如风说道："你去把那位姜小姐请过来吧，刚才你一提她，我看从烨的表情都不对了。"

"要是请她过来，估计就该你们的表情不对了。"周如风嗤笑一声后说道。

黎钧蹙眉问道："有什么问题吗？"

周如风摆摆手说道："一时半会儿也说不清楚，我把人喊过来，你自然就明白了。"

随后他找了个服务员，打听到姜离的包间号码后，把她喊了出来。

姜离一见周如风，便疑惑地问道："怎么了？"

"从烨也在这儿，他今天喝了不少酒，你能跟我去劝劝他吗？"

其实，自从那天吃完饭后，她和霍从烨就没再联系过。她知道男女之间的交往不一定非要男人主动，可是她一向不善于处理感情的事情，也不知道要怎么主动。

听了周如风的话，姜离愣了一下，然后点头答应了。

两人推门进去时，发现所有人都围在饭桌边的沙发旁，周如风赶紧问道："这是怎么了？"

见没人回应，两人走了过去，只见霍从烨闭着眼睛、一脸惨白地靠坐在沙发上，头枕着沙发靠垫，仰面而坐的姿势让他的喉结看起来格外凸出，脖子上的青筋也微微凸起，长长的睫毛随着眼球的转动微微颤动着。

姜离走过去，低头看了看他，担心地喊着他的名字："霍从烨。"

霍从烨一下睁开了眼睛，眼眶红红的，姜离刚要说话就被他伸手拉住了，紧接着整个人被拽到了他的怀中。

想到身后还有其他人在，她挣扎着要起身，可是霍从烨牢牢地抓着她的手腕，又用胳膊紧紧地箍着她的腰身，令她根本动弹不得。

她的脸颊贴着霍从烨的脖子，温热的体温不断在彼此之间传递着，他脉搏跳动的声音在她耳边变得异常清晰。

姜离咬着嘴唇，心脏无法克制地剧烈跳动着。

这时，霍从烨轻柔的声音在她耳边响起："纪禾。"

姜离不知道自己的脸色是什么样的，她只觉得自己的心跳在一瞬间停止了。

紧接着，霍从烨又轻声说道："我好像爱上别人了。"

## 第八章

# 你是第一个，也是最后一个

当霍从烨抱着姜离喊出纪禾的名字时，在场其他几个人的心中都划过一种说不出的滋味。这几年，霍从烨过的是什么样的生活，他的这些朋友都是看在眼里的，所以当他说出“我好像爱上别人了”时，他们都十分震惊。

姜离靠在霍从烨的怀中，突然觉得脖子上有液体滑落，随后就感觉被抱得更紧了。过了一会儿，听到他的呼吸声渐渐均匀了，姜离慢慢伸出手想将他的手臂从腰间拿开，可他箍得太紧了，她用力掰了半天才脱身。

姜离深吸了一口气，转身就要出去。

周如风赶紧拦住她，说道：“姜离，他喝醉了，今天晚上……”

话说到一半，他觉得有些不好意思麻烦姜离，可是他们几个男人不方便照顾霍从烨，也不能把他带到人多眼杂的酒店，送回霍家大宅更是不妥。

姜离已明白了他的意思，淡淡地说道："我去前台结账，再和同事打声招呼就回来。"

周如风没想到她会猜到自己的意图还答应得这么痛快，赶紧笑着问道："今天是你请客？"

"我今天入职，请同事吃饭。"

"都是你们大学的老师？"见姜离点了点头，周如风立即说道，"你不用去前台结账了，都算在我的账上，算是哥祝贺你入职，我长这么大第一次见到你这么年轻的教授。"

旁边的钟原附和道："我也是。"

姜离笑了笑，摆摆手说道："不用了，我先过去了。"

说完，她就走了出去。

周如风赶紧跟出去说道："姜离，你别跟我客气，以后咱们打交道的机会还多着呢。"

两人边说边往前台走。

他们出门后，钟原长出了一口气，坐在沙发上看着黎钧说道："老子腿都软了，真的，差点儿就跪下了。"见黎钧面无表情，他又说道，"你不害怕吗？说真的，她进来的时候，我真的以为是纪禾，她们长得也太像了吧！"

"她不是纪禾。"黎钧淡淡地说道。

钟原回头看了一眼睡在沙发上的霍从烨，暗骂他倒是睡着了，险些把他们这帮老友吓得魂飞魄散。

"纪禾很害羞。"说完，黎钧也看了一眼霍从烨。

"你说他是怎么想的啊？没了一个，又找了一个替身？"钟原好奇地问道。

黎钧瞪了他一眼，轻斥道："别说这些没用的，他心里比我们都清楚她们不是一个人，不然他刚才也不会说那样的话。”

钟原回想起霍从烨刚才的那句话，心里也很难受。

看着当初和他们一起打球、泡吧、玩儿极限运动的霍从烨被感情折磨成现在这个样子，钟原不禁感叹道：“你说说，他这几年过的都是什么日子啊！连我都看不下去了，刚想开了一点儿，怎么偏偏又遇上了这个姜离啊！”随后，他若有所思地问道，“你说姜离和纪禾会不会是双胞胎姐妹啊？”

黎钧嗤笑一声，说道：“胡说八道！”

钟原不服气地反驳道：“你和纪禾又不熟，你怎么知道她有没有一个双胞胎姐姐或妹妹啊？”

“你刚才没听老周说的话吗？这个姜离是S大的副教授，以她的年纪能成为副教授，没有真本事能行吗？还有，她第一次请同事吃饭就敢到悦景轩来，你觉得她会是普通家庭出身的孩子吗？你再想想纪禾是什么出身，还觉得她们是双胞胎姐妹吗？”

钟原被他一连串的发问唬得闭上了嘴，随后转头看了霍从烨一眼，说道：“其实他是喜欢上人家了吧，要不然也不会说那句话。”

姜离结账的时候，周如风不停地劝说她把账单挂在他的账上，最后见姜离坚决不同意，他便说道：“要不然这样，我给你打个对折吧。”

“那怎么好意思啊！”姜离笑着说道。

“你就别再和我客气了。”说完，周如风把经理招呼了过来，“把406包间的账单打个对折。”

“好的，周总。”

姜离拿出卡递给经理，签单的时候，她看了一眼账单上的金额，不好意思地对周如风说道：“周先生，谢谢您。”

“你看看，你这不是和我瞎客气嘛。你和从烨是好朋友，那你就是我的朋友，道谢就不用了，下次多带点儿朋友过来捧场就行。”周如风豪爽地说道。

姜离想起那天他给自己大麦茶时的情景，忍不住笑了起来，随后点点头说道：“没想到你不仅是那家六十年老店的传承人，还是悦景轩的老板，我同事对这里的菜可是赞不绝口呢。”

周如风憨笑着回应道：“你们那天去的那家店是我爷爷开的，老人家念旧，所以就一直开着，我有时候也会回去帮忙。”

姜离点了点头，这种老店的味道与众不同，它的存在对于喜欢美食的人来说是不可多得的宝藏。

“姜离，其实……”

周如风原本想替霍从烨说些好话，可是又觉得感情的事，外人怎么说都没用，也就什么都没有说。

第二天一早，霍从烨睁开眼睛就觉得头痛欲裂，在床上又躺了一会儿后才坐起来。他皱着眉头看了看陌生的房间，等意识稍稍恢复了，才发现这个房间虽然陌生，却也熟悉，是他家的客房。

宿醉之后的头疼不断袭来，他揉了揉太阳穴，清醒一些后，慢慢起身走到客厅的饮水机旁接了杯水。

正喝着，他听见厨房里传来细小的响动声，紧接着一个熟悉的声音从身后传来：“你醒了。”

霍从烨慢慢转过身，看到姜离后，他露出一脸难以置信的神情，怎么都想不明白她为什么会在自己家里。

“你这是什么表情。”姜离看着他惊愕的样子，笑着说道，随后将手里端着的碗放到了餐桌上，“这是解酒汤，你快喝了吧，很管用的。”

霍从烨走过去，低头看了一下碗里乌黑的不明液体，皱起了眉头。

“别嫌它难闻，很管用的。”说着，姜离也低头看了一眼自己做的解酒汤，虽然卖相确实不佳，但她在萧世琛身上试验过好几次了，每次效果都很好。她见霍从烨一脸嫌恶的表情，揶揄道：“就算再难闻，也比不上你现在身上的味道难闻吧。”

霍从烨的脸上露出不自然的神色，他将信将疑地把解酒汤端起来，喝了下去。

难喝！真的很难喝！他觉得自己这辈子都不想再喝这种东西了。

可是喝完之后，他就觉得好像一股气冲到了自己的脑子里，原本昏昏沉沉的脑袋一下子清醒了许多，只是那股味道还残留在唇齿间，久久都消散不去。

“你先去洗澡吧，早餐已经准备得差不多了。”姜离十分自然地接过他手里的碗，走回厨房，放在洗手池里，又转头冲着他问道，“你要吃荷包蛋还是培根？”

霍从烨的厨房干净整洁得像是商场里的展示房一样，虽然有全套的德国刀具和顶级的抽油烟机，只可惜都是摆设而已。

“荷包蛋，半熟。”霍从烨总算开口了。

而姜离的一句“你家”，也把他的意识拉了回来。他闻了闻自己身上的味道，忍不住皱起了眉，然后赶紧上楼去洗澡了。

洗完澡之后，他连头发都没吹干，随便擦了两下就下楼了。

见姜离还在厨房里忙活，霍从烨走到餐桌旁边坐了下来。桌上摆着一个白色的小瓷锅，他伸手拿起盖子，一股热气扑面而来，紧接着食物的清香溢了出来，是稻米和海鲜的鲜香。

这时，姜离从厨房里走了出来，把盘子端到他的面前说道：“你的荷包蛋。”

“就只有一个吗？”霍从烨低头看着荷包蛋，疑惑地问道。

“你不够吃吗？那我再帮你煎一个。”姜离说道。

“你不吃吗？”霍从烨看着她问道。

姜离心中一暖，解释道：“我还煎了培根，我比较喜欢吃那个。”

她的嘴角微微扬起，脸上带着温柔的笑容，就像此时照进房中的阳光一样，暖意直达人的心底。

霍从烨点了点头，随后起身去厨房帮忙拿了碗筷，而姜离也把烤好的切片面包拿了过来，两人的举动自然得像是相处已久的夫妻一般。

霍从烨舀了一碗海鲜粥递给对面的姜离，她用汤勺舀了一点儿粥，放到嘴边吹了好几下才喝下去。即便是吹冷热粥这样的动作，她做起来也会让人觉得格外可爱。

霍从烨低头喝了口粥，然后问道："昨晚是你送我回来的？"

听他的语气还算轻松，姜离也十分自然地答道："不是，是周如风还有你的其他朋友一起送你回来的。"

"那你……"霍从烨看了看她，一副欲言又止的样子。

"我有事情想要和你详谈，先吃饭吧。"姜离虽然表现得十分镇定，可她的心跳几乎要破百了。

早上在沙发上醒来的时候，她就在想自己昨晚到底为什么会答应留下来，是因为霍从烨喝醉后说的那句话吗？见霍从烨这两天一直没有音讯，姜离已经察觉到有些不对劲了，昨晚他抱着她说出那句话的时候，她更加清楚地意识到了他们之间那条逾越不了的鸿沟是什么。

其实她并不是从昨晚才知道，而是一直都知道，只是一直在刻意地回避罢了。她十分好奇那个和她长得很像的人究竟是谁？是霍从烨之前的恋人吗？

现在，姜离不想再逃避了，既然她清楚自己想要得到面前的这个男人，那么就应该问清楚他和纪禾的过去。

过去并不可怕，可怕的是不敢面对自己的过去，姜离虽然不善于处理感情的事情，可她不想逃避。她曾遇到过无数的难题，可从未临阵脱逃过。

听到姜离这么说，霍从烨点了点头，低头喝起了粥。

他昨晚喝了太多的白酒，又什么都没吃，此时这鲜美的海鲜粥令他十分开胃，一会儿就喝完了一大碗。

吃完饭，姜离起身要把锅端进厨房，霍从烨说道："把东西放在这里吧，会有清洁人员来打扫的。”

霍从烨自己自然不会收拾房间，他也不喜欢家里有陌生人进出，所以他的房间都是在霍家工作了二十年的帮佣定期来打扫的。

听到他这么说，姜离低头看了一眼手表说道：“正好我也得回家一趟。”

她身上还穿着昨天的衣服，所以得回去换一下再去学校。

霍从烨看着她，轻声问道：“你想和我详谈什么？”

原本已经在心里演练了无数次对话的内容，可此时看见他深邃的目光，姜离突然不知道该怎么开口了。

她要说什么呢？是“霍从烨，我挺喜欢你的，要不咱们试试”，还是“纪禾是谁？你接近我是因为她吗”？又或者是“你说你爱上了别人，那个别人是谁”？

“要不咱们下次再谈吧。”姜离最终还是没能将自己想说的说出口。

她暗自想着，这次还没做好充分的准备，等下次吧。

就在她走到霍从烨身边的时候，他突然站起身，拉住了她的手腕。

姜离的心跳再次开始加速，不知道是从哪里来的勇气，她转头看着霍从烨说道：“昨晚你喝了很多酒，周如风请我过去见你。”

说到这儿，她停顿了一下，而霍从烨的表情也有了明显的变化。

接着姜离露出一个淡然的笑容，平静地说道：“你抱着我，喊了另外一个人的名字。”

瞬间，霍从烨那原本淡然的神色变得十分复杂，姜离对此并不陌生，他在摩纳哥第一次看见她的时候，脸上也是这种夹杂着激动、愤怒、难过、不安的神色。

她此刻关心的是，霍从烨出现这样的神色是为了姜离，还是为了纪禾？

“姜离……”许久，他开口叫出她的名字，却没有继续说下去。

姜离平静地看着他，淡淡地说道：“请你告诉我，一直以来，你和我相处时，看到的是姜离，还是纪禾？”

霍从烨的脸一下褪去了血色，薄唇紧紧地闭着，平日清冷孤傲的气息也荡然无存，此时的他只是一个迷失在感情中、脆弱无助的男人。

“如果你看到的是纪禾，那么请你彻底远离我；如果你看到的是我，那就请你不要再若即若离地对待我。”姜离直视着他的眼睛，决绝地说道。

有些话，一旦开了口，接下来就容易了许多。

两人沉默了许久，见霍从烨一直没有开口的意思，姜离失望地垂下了眼眸，轻轻地从他的手中抽出了自己的手腕，往门口走去。

她的脚步虽然很轻，可每一步都像是踩在霍从烨的心上一样。

“你和纪禾是不一样的。”姜离走到玄关的时候，霍从烨终于开口说道。

十一步，姜离心里既庆幸又失望，庆幸的是他开口叫住了她，失望的是，他没有第一时间开口挽留她。

“纪禾和你虽然长得很像，却是完全不一样的人。”此时，霍从烨像是突然回过神一样，大步流星地朝姜离走了过去。

他走到她的身边，低头看着她，她脖颈处细嫩白皙的肌肤就像是剥了壳的鸡蛋一样。

姜离没有抬头，也没有说话，只是默默地俯身穿上自己的鞋子。那是一双黑色的红底鞋，细长的高跟能让一个毫无攻击性的女人瞬间成为一个睥睨众生的女王。

穿好鞋子之后，她抬起了头，看着霍从烨摇摆不定的眼神坚定地说道：“等你彻底想清楚了再告诉我答案。”走到门口时，姜离似乎想起了什么，回头说道：“霍从烨，我这辈子都不会再为任何一个人挡枪了，你是第一个，也是最后一个。”

姜离到家的时候才早上 8 点，见薛琳已经起床了，她有些不好意思地打了声招呼，薛琳则十分热情地说道：“是不是回来换衣服啊？我昨晚就想让裴芷把你的衣服送过去的，省得你来回跑，可她就是犯懒。”

“不用麻烦的，我自己回来换就行。”说完，姜离进了自己的房间。

她刚好把上衣换好，就听裴芷敲了敲门说道：“我进来啦。”

裴芷靠在门板上，抱着胳膊盯着姜离问道：“说！昨晚去哪儿了？”

姜离正要换裤子，见她一直盯着自己，便皱眉说道：“麻烦你转个身可以吗？”

“不会是有什么我看不得的吧？”说着，裴芷一脸兴奋地走了过去，盯着姜离的脖子瞅了瞅，可姜离穿了一件高领毛衣，脖子被遮得严严实实的，什么都看不见。裴芷略显失望地说道：“我可是冒着被我妈骂死的风险才没去给你送衣服的，你要是不告诉我昨晚你和霍从烨的细节，我可饶不了你。”

“你怎么就能确定我昨晚是和霍从烨在一起？”姜离有些疑惑地问道。

“除了他，还有别人？”裴芷一脸坏笑，随后又改口说道，“不过我知道你不是那种人。”

“我昨晚确实和他在一起，不过我们之间什么都没发生。”姜离说完又想起刚刚的事情，其实他们之间也不是什么都没发生，只是发生的事情不太愉快而已。

“我就说嘛！”裴芷歪靠在床上一脸戏谑地问道，“你们昨晚纯睡觉吗？”

姜离瞪了她一眼，随后叹了口气，不紧不慢地说道：“你还是改行吧，我怕这样下去，医生的名声全被你毁了。”

“你这口才是霍从烨教的？你看看你和他才认识几天就近墨者黑了。”裴芷没想到姜离居然也会这么毒舌。

姜离笑了笑，随后有些激动地说道：“我今天做了一件我以为自己一辈子都不会做的事情。”见裴芷一脸迷茫的表情，她又说道，“我对霍从烨耍了点儿手段。”

“什么意思？”裴芷疑惑地问道。

姜离换好衣服，坐到她旁边说道：“还记得我和你说过我和霍从烨是在摩纳哥认识的吧？其实，后来我们还一起上了赌船，他赢了很多钱，还差点儿被人枪杀，我为他挡枪了。”

裴芷一脸震惊地看着她，不知道该说什么好。

姜离略显迷茫地说道：“其实我也不知道为什么，按理说，就算我当时已经对他有好感了，也没到那种程度啊。可我看见枪手举起枪的一瞬间，就下意识地扑到了他的面前。”接着，她又将今天早上的事情告诉了裴芷并坦承了自己的想法，“我今天故意提起这件事，就是因为我知道那会影响他的决定。”

听姜离难得将自己内心的想法倾吐出来，裴芷真诚地说道：“你肯定很喜欢他，说真的，我从来没见过你这个样子，你每次提到霍从烨时的眼神都是不一样的，整个人也高兴得不得了。”

“所以，我不后悔自己今天所做的决定。”姜离看着裴芷认真地说道。

和霍从烨重逢之后，她就一直在想他们之间的关系，直到今天才彻底想明白。霍从烨的心里有一道墙，现在她已经在这道墙上钻出了一个洞，她想要钻过去，想要看看墙那边究竟是什么样的风景，或许那会是她一生追求的美好。

她只有掏出他的心，才能看见他心里到底有谁。

姜离这几天一直待在实验室和剑桥的同事们一起带学院里的博士生和硕士生做实验，墨菲教授下周就要回英国了，有些资料和数据需要她尽快整理出来。

她正坐在办公桌前梳理自己的工作内容，沈倩敲了两下门对她说道：“姜老师，王院长请你到他的办公室。”

姜离立刻站起身，走过去问道：“王院长有什么事找我？”

“肯定是好事呗。”沈倩笑道。

姜离知道沈倩说的好事是她可以开始上课了，有些惊讶地说道："我以为自己还得过一段时间才能带学生呢。"

现在已经十二月了，再有不到一个月的时间，学校就该放寒假了，所以她一直以为即便需要上课，也应该是从下个学期开始，因此也没准备过上课的资料。

到了王院长的办公室后，姜离敲了敲门，王院长在里面喊道："请进。"

"王院长，您找我？"

王院长伸手示意她坐下，随后问道："姜老师，这几天感觉怎么样啊？"

姜离点点头说道："S 大学风优良，学生们不仅好学，还很有钻研精神。"

虽说这话有讨好之嫌，不过 S 大的学生确实有名校学生的风范，遇到问题时，他们的钻研精神确实让姜离佩服不已。特别是其中的几个博士，专业水平和剑桥的博士比起来丝毫不逊色。

"教书育人，我想姜老师你肯定能做到这四个字的。"王院长赞赏道，随后又有些忐忑地说道，"接下来，院里希望你能带一下本科生的课，虽说他们在专业知识方面确有不足，不过我们化学院的学生还是很认真的。"

王院长知道有很多教授更倾向于做科研项目，不喜欢上课。毕竟科研工作能拿到不少的科研经费，而给本科生上课要处理的琐碎事务很多，所以很多教授都是安排自己的学生代课。他担心自己安排教授职位的姜离去给本科生上课会引起她的不满，所以才会这么说。

姜离听完王院长的安排，愣了一下，随后问道："之前是哪位老师代课的？突然换老师的话，学生会不会不满？"

"之前带班的是秦老师，他也是剑桥毕业的，算起来应该是你的学长，你和他应该很熟悉吧。"王院长答道。

姜离确实知道王院长口中的秦老师，他叫秦墨怀，比她大四届，也是墨菲教授带出来的博士，算是墨菲教授真正的高徒了。之前他曾经多次在世界性杂志上发表过文章，引起了不少国内外学者的关注。在三一学院，秦墨怀的名字可谓如雷贯耳，他在中国留学生圈子中更是极具号召力。北京奥运会期间，他曾发表过一篇文章，号召留学生们保护圣火传递，就连姜离都因为那篇文章参与到了伦敦保护圣火传递的行动中。

不过参加完活动之后，她就被萧世琛关在家里三天以示惩戒了。

其实姜离之前就听说了秦墨怀在S大任职的事情，还有些期待着能和他共事，而现在王院长居然安排她接替他上课，两人也算是有缘分吧。

想到这儿，她有些好奇地问道："我听说秦老师去美国参加研讨会了，到现在还没有回来吗？"

王院长叹了一口气，有些遗憾地说道："秦老师家里出了些事情，暂时要留在美国，不能回来了，之前帮他代课的老师马上要休产假了，所以才会这样安排。"

"院长，您别这么说，给学生上课本来就是我的本职工作，我只是担心突然换了老师，会令学生们不满。"姜离诚恳地说道。

现在的学生，自我意识都很强，学校在一个学期连换了三个老师，难免会引起学生的反感。

王院长听她这么说，立刻安慰道："这方面你尽管放心，学生们都会理解的。如果你没意见的话，那从下周开始，大二和大三的材料化学课就由你来上吧。"

姜离是高分子材料专业的博士，后来在研究所里当研究员的时候也是主攻这个方向，因此让她上材料化学课，再适合不过。

姜离点了点头应允下来。

当天下午，沈倩就把她的课程信息列了出来。上课地点在化一楼，周一早上9点上大二学生的课，周三早上9点上大三学生的课。

"之前代课的老师有留下讲义吗？我想看看课程上到什么进度了。"下周一就要开始上课，姜离需要提前备课。

沈倩查看了一下说道："秦老师走前留下的资料在代课的刘老师手里，所以你要和她联系一下。"

说完，她将刘老师的联系方式给了姜离。

姜离道谢后，拿着课程表回了自己的办公室，她和化学系的两个老师共用一个办公室，此时其他两位老师都去上课了。她打电话联系了之前代课的刘老师，又接收了邮件，了解完目前上课的情况后就到了下班时间。

因为第二天要搬家，姜离一到裴家就回房间收拾东西去了。

吃晚饭时，她瞧着一大桌子的菜，感动地对薛琳说道："阿姨，我都要走了，还这么麻烦您，真是不好意思。"

"不麻烦，你能来阿姨家住，阿姨不知道多开心呢！既然我们住同一个小区，以后你可要经常过来玩儿啊，有什么想吃的只管和我说。"薛琳热情地说道。

她是真的很喜欢姜离这样的姑娘，一看就是有修养的家庭教育出来的孩子，姜离自己也是个有本事的，明明各方面的条件都优秀得很，身上却没有一丝高傲的样子。要不是裴芷说姜离身边已经有了出色的追求者，薛琳还真想把自己的侄子介绍给她呢。

裴爸拿出了珍藏的红酒招待姜离，裴芷喝酒的架势太过娴熟惹得薛琳一顿教训，说她在国外肯定没少去酒吧。

"小姜，像你这么年轻的副教授，我还是头一回见到，叔叔很替你高兴，也很欣赏你能心系祖国，回国来工作……"裴爸端起酒杯，一本正经地说道。

旁边的薛琳听了，连忙笑着打断他的话："你看看你说的都是哪年的老皇历了，也不怕孩子们笑话。"

裴爸反驳道："这有什么可笑话的！不说别人，就说我那些去国外留学的学生，一个个总想着怎么留在北美洲、留在欧洲，没有一个想着回报祖国，国家花了那么多精力和金钱培养他们，一个个都不知道要回报社会。”

裴芷在一旁叹了口气，说道：“还不是现在打医生的事情太多了，弄得当医生的人还要想着怎么保护自己，想想都觉得当医生真惨。”

“裴裴！”薛琳不悦地呵斥了裴芷一声。

这个话题确实有些沉重，之前裴爸所在的医院里就有医生被患者打了，听说足足抢救了十几个小时才救回来。那天裴爸也参与了手术，回来之后一直唉声叹气，半宿都没睡着。

“虽然我们国家的医疗环境存在很多不足之处，可一个人只有在祖国才是主人。”裴爸感慨了一句后，瞪着裴芷说道，“你毕业之后要是敢留在英国，我就飞去伦敦，亲自打断你的腿。”

裴芷略显不屑地说道：“得了吧！就英国那饮食水平，我恨不得立马就回来。说到这儿，爸，你当初坚持让我去英国，不会是早有预谋吧？”

刚说完，她就挨了打，惹得薛琳和姜离都笑了起来。

第二天一早，姜离刚起床，裴芷就笑着跑来告诉她：“我妈非要让我表哥过来帮你搬家，所以你也别找什么搬家公司了，反正也就几个箱子而已。”

姜离租的房子里设施齐全，拎包入住就可以了，而她从英国带回来的行李，也确实只有几个大箱子。

“那不是很麻烦你表哥吗？”姜离问道。

裴芷心里想着，反正是她妈把人喊过来的，这个人情就让她妈慢慢还吧，便毫不在意地说道：“麻烦就麻烦呗！”

她们正说着，门铃响了，裴芷穿着一身睡衣就跑过去开了门。

“你怎么这么邋遢啊！”薛宁晨瞧了一眼蓬头垢面的裴芷，嘲笑道。

裴芷推了他一把，说道：“讨厌！”

“宁晨来了？吃过早饭了吗？”薛琳听见薛宁晨的声音也走了出来，瞧见裴芷对他动手，便不悦地白了她一眼。

薛宁晨笑道："姑姑，我吃过早饭过来的。"随后，他故作亲切地对裴芷说道，"裴裴，你现在可真是越来越漂亮了。"

裴芷和他从小一起长大，早已习惯了他睁眼说瞎话的本事，只偷偷地白了他一眼，没有回话。

"你少夸她，要不然她的尾巴又要翘上天了。"薛琳慈爱地看着薛宁晨说道，随后又转头轻斥裴芷，"你还不赶紧去换一身衣服！也就是你表哥不笑话你。"

裴芷吐了下舌头，转身回了房间。

此时姜离从房里走了出来，薛宁晨看见她后，脸上登时露出惊讶的表情。

姜离的穿着很简单，因为是周末，她穿了一条宽松的牛仔裤，过于纤瘦的身材令裤管看起来空荡荡的，上身穿了一件黑白条纹的长毛衣，宽松的领口露出大片白皙的皮肤和纤细的锁骨。她的脖子很长，微微扬着头时，看起来就像是一只优雅的白天鹅。

随后薛宁晨反应过来，她就是他母亲这两天一直说的在姑姑家住的客人，便伸出手招呼道："你好，我是薛宁晨。"

姜离握了握薛宁晨的手，笑着说道："你好，我是姜离。"

"宁晨，麻烦你今天帮姜离搬下家，就在咱们这栋楼后面没多远。"薛琳看着两人登对的模样，笑着说道。

虽然裴芷跟薛琳说过姜离身边有追求者，可薛琳觉得自己侄子的条件也不差，况且现在不是讲究公平竞争吗，试试也无妨。

姜离并不知道薛琳此刻的想法，不想因为自己的事麻烦别人，连忙说道："阿姨，我只有几个箱子而已，自己就能搬过去的。"

"你一个娇滴滴的小姑娘怎么行啊，你瞧瞧你的手是干活的手吗。"说完，薛琳将两人拉到客厅的沙发旁坐了下来，随后对姜离说道，"别看我这个侄子不言不语的，其实厉害着呢……"

薛琳说姜离在国内没什么朋友，应该多认识一些人，便让她和薛宁晨交换了电话号码，还加了微信好友，作为客人的姜离自然不好拒绝薛琳的好意。

霍从烨晨跑回来时发现霍家大宅的门口停了好几辆车，一进门就看见他的姑姑霍明素和表弟许愿坐在客厅里。

霍明素正陪着柳蔚子说话，而许愿则百无聊赖地坐在一旁。

见霍从烨回来了，霍明素对许愿说道："你表哥回来了，找他玩儿去吧。"

许愿听着她哄小孩一样的口吻，觉得浑身难受，站起身跟霍从烨一起上了楼。

走到楼梯口的时候，许愿想起了什么，疑惑地问霍从烨："姜老师今天搬家，你怎么没去帮忙啊？"

之前霍从烨要求许愿随时向他汇报姜离在学校的情况，可上次两人不欢而散后，他便开始有意地不去关注姜离的消息了。

听许愿这么说，霍从烨踏上楼梯的脚停了下来，转头看着许愿问道："你说什么？"

"姜老师搬家啊，听说她在星湖小区租了套房子。"随后许愿一脸坏笑地问道，"要不要我去打探一下姜老师住在哪栋楼啊？"

"不用。"说完，霍从烨转身上了楼，留下一脸蒙的许愿。

霍从烨暗暗想着，姜离的家，他会让她亲自领着自己去的。

周末两天的时间，姜离一直在家里备课。虽然之前秦墨怀留下了讲义，可那是他整理过的，她不想投机取巧，就按照自己的思路又重新准备了一份。

周一一早，姜离没有吃早餐就出门了，她一紧张就吃不下东西。

到学校的时候还很早，同屋的徐老师来上班时，看见她便招呼道："姜老师，来得这么早啊。"

“待会儿要上课，所以早点儿过来准备。”姜离笑了笑说道。

徐老师嗯了一声，随后说道：“好在这学期就要结束了，再熬一熬就过去了。”

姜离笑了笑没有接话。

现在的高校老师是真的不喜欢上课，一节课的津贴就那么一点点，看着学生们不是玩儿手机就是睡觉，心里的憋屈，别说几十块了，就是几百块都弥补不了。可是就算再不喜欢，该上课还是得继续上课。

她低头看了下手表，已经8点50分了，便收拾好东西准备去化一楼上课。

天色灰蒙蒙的，像是要下雨的样子。

姜离出了办公楼后径直往化一楼的方向走去，丝毫没有注意到身后有一辆黑色的奥迪车一路跟着她。

车里的霍从烨远远地看着前面的姜离，心里烦乱不堪。

其实这几天他一直都想联系姜离，可又不知道联系上她后，自己应该如何开口。他十分清楚自己现在喜欢的人是姜离，可纪禾是他心中的执念，对纪禾充满愧疚的他始终无法放过自己。

姜离的身影穿梭在校园的主干道上，两旁高大的梧桐树只剩下光秃秃的枝干，路上不断有学生骑着自行车疾驰而过。

霍从烨从没在国内读过大学，此时看着眼前的校园美景也微微笑了起来，心想难怪那天姜离会那么开心，能在这样的校园里教书，她一定很高兴。

看着姜离走进教学楼后，霍从烨将车停了下来，随后拿出手机拨通了封庭的电话：“我上次让你买房子的事情办好了吗？”

“霍先生，房子正在办过户手续，还需要几天。”公司地下停车场的信号不太好，封庭提高音量答道。

霍从烨满意地点了点头，说道：“那你和房主交涉一下，请他尽快搬走，我要这周就住进去。”

尽管知道事情难办，封庭依旧应允了下来。老板一句话，手下的人就算跑断腿，也要把事情办妥当了。

挂断电话后，封庭就联系了中介，向对方转述了霍从烨的要求，听到对方有些为难的语气，封庭说道："你告诉房主，我们可以支付三个月的房租给他。"

如果说封庭跟在霍从烨身边学到过什么东西的话，那就是一句话，没有钱解决不了的问题。

霍从烨虽然没有上班打卡的概念，却从不迟到，眼看时间快到 9 点了，他将车子掉了个头，朝着离 S 大只有五分钟车程的众禾科技写字楼开了过去。

姜离站在教室门口深吸了一口气，随后拎着包走了进去。走上讲台的每一步都让她觉得十分紧张，简直比以往在国际会议上做报告还要紧张。她在剑桥时从事过许多次教学工作，可那些都是一对一的单独辅导，不像现在，整个教室的人都在关注着她。

从她进门的那一刻起，安静的教室里便不断传出学生们交头接耳的说话声，虽然每个人的音量都不大，但汇集在一起后还是显得有些吵闹。

教室前几排的耳语声悉数被姜离听进了耳朵里：

"又换老师了吗？秦老师这个学期是不是不回来了啊？我可是为了他才选了这节课的。"

"我也是，起早贪黑地来上课容易嘛！不过新老师看起来也不错啊！"

"新老师好漂亮啊！咱们化学院什么时候有这么漂亮的老师了？"

"听说是咱们学校新来的副教授，还是剑桥毕业的呢！我前几天去实验室的时候，研究生学长们都高兴得要疯了。"

终于，上课铃声响了，姜离清了清嗓子，镇定地看着教室里的学生自我介绍道："大家好，我是你们的代课老师，请各位多多指教。"

说完，她恨不得咬掉自己的舌头，自嘲道：说什么多多指教啊！

谁知，下一秒教室里竟爆发出如雷般的掌声，坐在后排的几个男生还用力地拍了几下桌子。

见学生们的反应好像还不错，姜离总算放下了心，脸上也露出轻松的笑容。

打开课件后，她指了指自己的名字，介绍道："学校官网上我的名字是Shiloh Stevens，不过为了方便称呼，你们可以叫我的中文名字，姜离。"

她的话音刚落，坐在前排的一个长发女生好奇地问道："老师，您是混血儿吗？"

姜离摇了摇头，笑着说道："不是，我是英国人。"

后排的一个男生喊道："老师，我们可以叫您 Shiloh 吗？"

他的话引起了一阵骚动，尽管姜离没想到学生居然这么直接，但还是笑着回应道："我觉得你还是叫我姜老师更合适。"

"老师，您别生气，他是故意想要引起您的注意。"之前问话的那个长发女生吐槽道。

被学生们一打岔，姜离的紧张顿时烟消云散，她三言两语就将学生们的注意力引回到了课件上，开始正式上课。

姜离的课件做得很认真，也很详细，再加上有秦墨怀的讲义作为参考，所以课程进行得很顺利。只是她低估了上课的压力，因为阶梯教室很大，为了让后排的学生也能听清楚，她不得不提高自己的音量，第一节课下课的时候，她觉得自己的嗓子都要冒烟了。

课间休息时，姜离走到走廊的自助贩卖机旁买了一杯奶茶，尽管口感十分甜腻，但喝完还是觉得胃很暖和，连带着整个身体也暖和了起来。

重新回到教室的时候，见学生们三三两两地说着话，她走过去问道："谁是课代表？"

学生们互相看了看，之前提问的那个长发女生站起来说道："老师，没有课代表，不过我是班长，您有什么事情可以和我说，我叫周晶。”

“好的。”姜离点了点头回道。

这时，也不知是谁突然喊道：“老师，您真的和易时远交往过吗？”

姜离抬起头循声看了过去，见学生们都在抬头看着自己，她的脸一下子就红了。

不等她开口，周晶气恼地冲着后面吼道：“你找死啊！不记得开班会时说过什么了吗！”

回过神来的姜离见周晶还想再说什么，赶紧说道：“没事、没事。”

其实，她来之前就预想到会有这一幕了，毕竟当时她和易时远的新闻在网上引起了不小的轰动，S 大的学生又不是书呆子，有学生认出她来是迟早的事。

没想到，作为班长的周晶发了一通脾气后，竟还有学生穷追不舍地问道：“老师，我是易时远的粉丝，您真的和他交往过吗？”

姜离见这次发问的是个女生，顿时恍然大悟，原来这些学生之所以会关注那条新闻，不只是出于八卦的心理，还有不少人是因为真的喜欢易时远。

见周晶气得都快冒烟了，姜离拍了拍她的肩膀，让她坐回了座位。

此时，第二节课的上课铃声响了起来，姜离重新走到讲台上，看着底下的学生们问道：“看来大家都憋了一肚子的问题想要问我，是吗？”

见众人齐齐点头，姜离有些哭笑不得，暗道果然好奇心人人都有。

她笑着说道：“那好，咱们做个约定好不好？你们提的所有问题，只要不过分，我都会回答，但是你们不可以把我的照片发到网上，也不能偷拍我上课的视频发到网上，我只想当一个普通的老师。”见学生们纷纷表示赞同，姜离笑了笑说道，“那就请你们把刚才已经拍了的照片和视频都删除。”

她的话音刚落，不少人都摆弄起了手机。

随后，一个女生问道：“老师，您真的和易时远谈恋爱了吗？”

“嗯，我们在七年前确实短暂交往过。”姜离点头答道。

“你们为什么分手啊？”

姜离想了想说道：“我当时只是个学生，而他是个模特，要去世界各地工作，根本不可能在同一个地方长时间停留，所以我们之间的差距越来越大。”

“老师，您现在后悔吗？”之前说自己是易时远粉丝的那个女生迫不及待地问道。

姜离笑了笑答道：“我只会祝福他以后越来越红。”

五分钟后，姜离打断了学生们的提问，说道：“好了，老师已经知无不言了，所以你们也要守信用，不许把老师的照片和视频传到网上。”

“老师，您放心吧，我们肯定会守信用的。”周晶带头保证道。

两节课上完后，姜离回了办公室，中午的时候，沈倩来叫她一起去食堂吃饭。

路上，想起周晶提到的班会，姜离开口问道：“你知道……”

说到这儿，她有些不知道该怎么问了。

沈倩听她话说了一半停住了，便转头看着她疑惑地问道：“怎么了？那帮学生折腾你了？”

“不是，只是有点儿奇怪。”

姜离将课堂上发生的事情和沈倩简单说了一下，沈倩听完，气愤地说道：“主任还特地让各班的班长回去开会，怎么一个个都这么不懂事啊！”

姜离立刻问道：“你也知道？”

沈倩笑着晃了晃手机，说道：“事情闹得这么大，谁会不知道啊！从你第一天来学校，我们就知道了。不过院长不许我们问，而且要求我们给学生进行宣导，让他们不要擅自拍你的照片，也不要去网上曝光你的信息，要是被查到，校方一定严惩。”随后，她又叹了口气，说道，“没想到这帮学生居然好奇到直接去问你。”

听了沈倩的话，姜离十分感动。之前她一直以为没人来问关于新闻的事情是因为他们都没认出她来，现在想想，是她太过天真了。凭易时远的知名度，但凡与他有关的新闻，影响力一定小不了，就算一个人认不出她来，学院里有那么多人，怎么可能每个人都认不出来。

“谢谢你们啊。”姜离长出了一口气，真诚地说道。

沈倩开玩笑地说道：“不用这么客气，毕竟我们都吃了你请的悦景轩，吃人嘴短嘛！哪儿能不对你好点儿！”

姜离彻底放松下来，冲着沈倩笑了笑。

因为这件事，一连几天她的心情都很好，就连霍从烨一直没有联系她的事都被她刻意忽略了过去。

不过这两天，姜离家对门似乎搬来了新房客，她回家的时候偶尔还会遇到搬东西的工人，好在并没有人施工打扰她。

周五晚上，姜离正在客厅里用电脑编写周一要用的随堂测验题。马上就要期末考试了，她想了解一下学生们的学习情况，所以打算在周一的时候进行随堂测验。

裴芷之前打电话说要来找她，听见门铃声，她以为是裴芷来了，走过去直接打开了门。谁知，霍从烨竟顶着一头湿漉漉的短发站在她家门口。

比姜离高出大半个头的霍从烨低头看着她，语气十分自然地问道：“能借用一下吹风机吗？我家里没有。”

他的口吻好似平常一样，嘴角带着一丝笑意，深邃的眸子里似乎有水波在流转。

见姜离一脸诧异的表情，他解释道：“我刚搬到你家对门了，以后咱们就是邻居了。”

“霍从烨，你想干什么！”回过神的姜离看着他，恼怒地问道。

“想借吹风机。”霍从烨说道。

“然后呢？”姜离下意识地问道。

霍从烨的答非所问彻底激怒了她，想到他之前一直没有联系自己，而现在突然出现在她家门口居然是为了借吹风机，姜离只想问他然后呢？

“姜离，对不起。”霍从烨微微垂着头，发丝上的水珠滴落到姜离的肩上，随后顺着她纤细的手臂滑落了下去。

这几天，他一直在想姜离说的话，也越来越清楚自己心里爱的究竟是谁。纪禾是他的过去，但她也只是他的过去，现在是该放手的时候了。

“你说过，等我考虑清楚了再联系你。”霍从烨的话语中带有一丝乞求的意味，随后他又低声问道，“我们可以吗？”

姜离沉默地低着头，霍从烨仿佛在等待着她的宣判一样，不管是什么样的结果，他都可以承受。

“可以啊。”

她突然响起的声音像一股清泉涌进了霍从烨的心头，他瞬间感觉到一股说不出的滋味，似甜蜜，又似美好。

姜离压抑着内心的狂喜和紧张，故作镇静地说道：“我可以给你一个追求我的机会。”

霍从烨的表情一下子僵住了，眼中的光亮也在一瞬间黯了下去，他有些难以置信地问道：“就只是一个追求你的机会？”

“不要就算了。”说着，姜离后退一步，作势要关门。

霍从烨赶紧用手抵住了门板，随着他的靠近，一股淡淡的、清冽的香气萦绕在她的周围。

姜离不想让他看到自己绯红的脸颊，赶紧转身准备进屋，谁知身体刚转到一半，手臂就被霍从烨拉住了：“去哪儿？”

“给你拿吹风机。”姜离拨开他的手说道。

她刚走开，就听见身后的霍从烨轻笑了一声，那压抑而刻意的沉沉笑声令她心中一顿，脚步也跟着微微迟疑了一下，随后她匆匆地进了房间，把吹风机拿了出来。

霍从烨接过吹风机后轻轻扬了扬，说道：“我会好好用的。”

要不是亲眼看见，姜离怎么都不会相信高冷的霍从烨竟有如此幼稚的一面，她瞪了他一眼，说道：“不用还了。”

霍从烨倚着门看着她赌气的模样，笑着问道：“明天是周末，有什么打算吗？”

姜离忍着笑意，装作不在意地说道：“没什么打算，我要留在家里备课、做课件。”

霍从烨笑着回道：“真是认真。”

他的语气带着一丝宠溺的味道，就像是轻柔的羽毛，一下一下地搔在姜离的耳边。

姜离怕他再说下去，自己会忍不住表露出一直压抑着的喜悦心情，于是故作冷淡地说道：“如果没事的话，我要去睡了。”

“这个时间就睡觉？嗯？”霍从烨低头看着她。

他嗯的那一下让姜离彻底羞红了脸，她强装镇定地说道：“我习惯早睡。”

“确实是个好习惯。”霍从烨点点头赞同道，随后凑近她的脸颊端详了一番，才说道，“那你早点儿睡，我们明天见。”

姜离下意识地答道：“嗯。”

随后她才发觉不对劲，明天见？她可没答应和他明天见啊！

她刚要把门关上，霍从烨又一次用手挡住了门，低声问道：“早餐想吃什么？”

见姜离疑惑地皱起了眉，他解释道：“你不是说要给我机会吗？我会好好表现的。”

见他一副胸有成竹的样子，姜离忍不住找起了碴儿：“我这个人比较挑剔。”

谁知霍从烨竟直白地回应道："我喜欢挑剔的人。晚安，明天见。"

关上门后，姜离靠在沙发上，愣愣地盯着屋顶上的水晶吊灯，安静的房间里仿佛只有她的心跳声。

这时，桌上的手机响了一下，姜离站起身子拿过手机一看，是裴芷发来的微信，内容是一条微博的链接。

她点进去一看，发现是梁嫣然的微博首页。看了一眼页面上的自我介绍后，姜离不禁暗道这个梁嫣然的头衔可真不少，又是电视台特邀记者，又是作家，还刚刚发布了一篇名为《投机取巧者的胜利》的文章。

她还没来得及点进去，裴芷的电话就打了过来："梁嫣然是故意挑事吧！你说她怎么这么无耻啊！我就没见过有人的脸皮能厚成她这样的！"

"好了好了，发生什么事情我都不知道呢。"姜离安慰道。

她知道裴芷是因为自己的关系才会这么看不惯梁嫣然，看到好朋友能立场坚定地站在自己这边，姜离心里又高兴又感动。

裴芷的气还没消，她阴阳怪气地说道："梁嫣然现在可是够红的，她之前去叙利亚装腔作势了一番，回国后就在网上一通炒作，还被那帮无知的网友称为'战地蔷薇'，真是做作！"

姜离有些疑惑地问道："可我记得她是学法律的啊，怎么突然改行当记者了？"

"也不是改行，就是弄了几个专栏，写了几篇酸了吧唧的文章评论一下时事罢了。"裴芷鄙夷地说道。

"所以她那篇《投机取巧者的胜利》涉及我了？"姜离听裴芷这么生气，已经大概猜到是怎么回事了。

裴芷哼了一声，说道："我看得气死了，微博是曾静转发给我的，她和梁嫣然有合作，两人的微博还互关了呢，所以她不敢自己和你说。"说完，她又补充道，"不过曾静让我和你说，她是身在曹营心在汉，立场上是坚决站在你这边的。"

姜离笑了笑说道："那我先谢谢两位女侠仗义出手了。"

挂了裴芷的电话后，姜离点开了那篇文章，不过才发布了半个小时，评论数已经突破了三千，转发也超过了一万。

“进入社会之后，很多人会发现自己的努力并不会得到同等的回报，更可悲的是，在你努力的时候，总有些投机取巧的人会通过一些龌龊的手段占据他们本不该拥有的东西。

“我在剑桥读书的时候就曾遇见过一位 S 小姐，她和我是同一个学院的学生，因为剑桥的学院制度相对开放，所以即便我们并不是学同一个专业，还是迅速地熟稔起来。初时，我和这位 S 小姐一见如故，她看起来十分优雅、有涵养，一看就知道是出身于家教极好的家庭，可日后发生的种种事情，却让我对她大为失望。

“入学之后，S 小姐的功课总是跟不上进度，我当时就觉得甚是奇怪，因为她曾就读于英国顶级的女校。后来我才知道，原来 S 小姐得以入校是有门路的，她的曲棍球和网球打得都很好，据说还曾经是校队队员，再加上她还做过大量的公益工作，这些都对她的顺利入学产生了极大的帮助。当然这也是无可厚非的事情，可是对于那些出身普通家庭、拼命学习想要考进学院的学生来说，他们的努力又有什么意义呢?

“说起这位 S 小姐在大学期间的表现，那更是让人瞠目结舌。家境优越的她，即便是毕业论文出现了重大纰漏，她神通广大的家人依旧帮她完美地逆转了局势。

“本以为事情到这里就结束了，可是最近有朋友告诉我，S 小姐被聘为国内某知名大学的副教授，原来她的投机取巧之路从未停止过。”

梁嫣然的这篇文章摆明了是冲着姜离来的，要不是裴芷今天将这个消息告诉姜离，她都快忘记这个人了。

说起她和梁嫣然，两人之间的梁子还是因为萧世琛结下的呢。

“嫣然，你这篇文章写得可真好，网友们的反响很热烈，你看这才一会儿，就已经转发了两万次了。”助理一边看着手机一边夸道。

梁嫣然的自身条件不错，长相算得上是美女，又有名校学历傍身，如今被打造成敢于为普通人说真话的精英女神后，备受广大网友的欢迎。她只要发一条微博，就有上万人转发，阅读量更是过百万。

梁嫣然听了助理的话，讥讽地说道：“能不好吗！现在的人最喜欢听的就是这种仇富的话了，好像没有那些有钱有势的少爷和小姐，他们这些 loser（失败者）就能翻身一样。”

尽管她心里也十分看不起那些在微博里怨天怨地的网友，可是架不住现在到处都是这样的人，也正因如此，她的文章才会这么有市场。

“对了，出版社那边和我联系了，他们想让你出一本书，到时候再办个巡回签售会，他们肯定会帮你重点打造这本书的。”助理欣喜地说道。

梁嫣然皱了皱眉头，不悦地回道：“出书有什么好！又累人又费劲。”

“你放心吧，写书的人我早就帮你找好了，到时候你只要参加签售会就可以了，又风光又轻松。”助理赶紧安抚道。

梁嫣然这才勉强点头同意，随后又问道：“之前谈的电视台主持的事怎么样了？”

她一提到这个，助理有些为难地说道：“嫣然啊，你也知道，那可是一档大型电视综艺节目，光投资就一个亿呢！所以在主持人的人选问题上，人家肯定是要多考虑的。”

助理的话虽然婉转，但意思已经很明显了，那就是“你还是别惦记了”。

梁嫣然哼了一声，低头看了一眼手机，嗤笑道：“等着吧！过几天，我会让那帮人求着我去的。”

“那是肯定的，你这么红，那帮人真是没眼力！”助理赶紧附和道。

这时，梁嫣然的电话响了起来，她接通后娇笑着说道：“妈，我让您帮我打听的事情怎么样了？”

“真的吗？霍家的人都会参加？您可一定要想办法帮我拿到请柬啊！”

喜笑颜开的梁嫣然挂断电话后，立即对助理吩咐道：“后天我要参加一个晚宴，你去帮我借一套礼服。”说完，她又轻斥道，“可不许再给我借过季的！”

听到门铃响，刚刚起床、还穿着睡衣和拖鞋的姜离揉了揉眼睛，往门口走去。

刚走到玄关处，她突然反应过来了什么，冲进洗手间用漱口水漱了漱口，又快速地洗了洗脸、顺了顺头发，随后照了照镜子。好在虽然粉黛未施，但皮肤白皙细腻，也不怕露出素颜。

姜离收拾好之后一边往门口走，一边深吸了一口气，随后打开了房门。

“早上好。”霍从烨看着还穿着白色睡衣的姜离说道，看到她下巴上残留的水珠时，他忍不住笑了一下。

“你起得好早，我还没睡醒呢。”姜离尴尬地笑道。

霍从烨将手里的袋子递了过去，说道：“这是早餐，都是我爱吃的东西。”

姜离嗔怪道：“哪儿有人送早餐送自己爱吃的东西啊！”

“因为我觉得我爱吃的，你肯定也爱吃。”霍从烨自信地说道。

姜离有些羞涩地接过了袋子，送过早餐后，霍从烨便回了自己的家。

关上门后，姜离靠在门上，用手轻轻拍了拍自己的胸口，又低头看了看手上的早餐，不禁笑了起来。

霍从烨回家换了一身衣裳，正准备出门时，手机响了起来，封庭道：“霍总，我刚发了一封邮件到您的邮箱，您最好现在就看一下，是关于姜小姐的事情。”

姜离没想到，不过一夜之间，她又出名了。

这一次，她是被“黑”出名的。

## 第九章

# 别害怕，有哥哥在呢

姜离正吃着早餐，裴芷发来信息告诉她，她的名字上新闻了。

说实话，上新闻对姜离来说并不算新鲜事。在英国的时候，由于萧世琛的爱慕者实在太多了，姜离和他一起出门时总会被人拍到，而她之所以在推特上有 12 万粉丝，也是因为和萧世琛上过几回新闻。她厌恶的不是自己被拍到，而是那些为了制造所谓的爆点而刻意抹黑别人的行径。

姜离点开微博后发现，不过一个晚上，梁嫣然的那篇文章已经爆红于网络，网友们针对她的文章发表了各种刻薄的评论：

“现在这些所谓名校毕业的人里有几个是名副其实的？有些高校就像是没见过世面的土鳖一样，随便一个人都能被捧上天。”

“说得太对了，才 25 岁，能有什么本事当上副教授？”

“这副教授的职称是花钱买的吧？估计得给学校捐一栋大楼。”

“国内的学校真是崇洋媚外，明明咱们国家也有不少好老师，有的一辈子都评不上教授，而这种有钱人轻轻松松就当上了教授，真苦了那些没权没势的！”

原本以为自己不会受到影响的姜离，看到网友们的评论后还是恼火不已，因为他们什么都不了解就否定了她所有的努力。的确，她的曲棍球和网球都打得很好，可她在 A-Level（中学高级水平考试）中所取得的成绩也足以令她进入任何一所大学学习，而她去参加公益活动是因为姜韵热衷于这些事情，可是网友们根本不在乎这些，他们只能看见自己想看见的东西。

姜离在翻看相关信息时看到一条已经被转发了两万次的长微博，便点了进去，谁知这篇长微博又是那个叫“英国小事”的博主发的：

“话说，昨天有一篇文章引起了广大网友的关注，这一次却不关男神易时远的事了。今天我们专门来了解一下事件的女主角——Shiloh Stevens，别看名字是英国人的名字，人家可是正宗的黄种人。

“女主角的中文名叫姜离，今年 25 岁，来自英国伦敦。

“之前博主已经介绍过了，她是易时远的初恋，不过那都是过去的事情了，最近这位女主角被聘为了 S 大的副教授。”

“英国小事”在微博里把 S 大官网上的信息也发了出来，不仅有姜离的照片，还有她的履历。

“厉害吧！ 25 岁的副教授，别说在国内屈指可数，在国外也很罕见。那么昨天网上发的那篇文章讲的是什么呢？它又和女主角有什么关系呢？我们来分析一下。

“首先，文章的作者梁嫣然毕业于剑桥三一学院，女主角也是剑桥三一学院毕业的，而她们是同一年入校的。当然，这还不是关键信息，关键信息是国内高校副教授。博主翻遍了国内各大高校的官网后发现，只有S大更新了教工信息，当事人刚好是女主角，而其他学校并没有聘请过从剑桥毕业的博士哦。

“当然，还不只有这点儿证据。女主角毕业于英国最好的女校——威坎伯阿贝女校，这一点符合梁嫣然在文章中所提到的内容，至于S小姐喜欢打曲棍球和网球的线索，请看下面两张照片。”

“英国小事”提到的两张照片都是从姜离推特上找来的，一张是她穿着红色的曲棍球球服，手里拿着球杆的样子，另一张则是在网球场拍的照片。

“所以基本能确定，梁嫣然在文章里影射的人就是女主角。博主只想说一句，你们学术界的水真的好深啊。”

这篇微博再次激起了网友们的热烈讨论。

悲伤情歌：“没想到学术界也是一派腥风血雨的场景，幸亏我当初没混进去。”

余家的乔乔：“虽然知道我男神的初恋很优秀，但没想到会优秀到这种程度，难怪会被人抹黑，完全不给庸人留活路啊。”

不欲：“不遭人妒是庸才啊！”

姜离正在翻看评论的时候，门口传来了敲门声，她一开门就看见霍从烨站在门口，看起来一副准备出门的样子。

她刚要开口，霍从烨便问道：“你喜欢骑马吗？正好有朋友邀我一起去看马，你有兴趣吗？”

姜离当然有兴趣，梁嫣然以为她最喜欢的运动是曲棍球和网球，其实不是，她最喜欢的运动是狩猎。在英国的时候，每年秋天，萧世琛都会邀请一帮好友去狩猎，姜离也会跟着去。在她看来，那种枪声一响，血液瞬间涌上头脑的兴奋感是其他任何运动都体会不到的。因为狩猎一直被环保组织所诟病，所以她从不曾在网上提及。

此时霍从烨突然提到骑马，姜离想着虽然不能狩猎，骑骑马也是好的，便欣然应允。

出发前，她要换身衣服，可又不能把霍从烨晾在门口站着，便说道：“要不你进来坐一会儿吧。”

霍从烨点点头，走到玄关处时问道：“需要换鞋吗？”

姜离赶紧去鞋柜里找拖鞋，可只有女款的，她拿着鞋说道：“不好意思，我只有这个。”

霍从烨换上拖鞋，走到沙发旁坐了下来，姜离给他倒了一杯水后，就去换衣服了。

她回国时带了一套骑马装，只是没想到这么快就会用上，因此一时也想不起来放在哪里了，等她翻箱倒柜地找到骑马装后才发现马靴没带，便走到客厅，有些无奈地问霍从烨：“那里有靴子卖吗？我只有骑马装，没有靴子。”

“没关系，你把衣服带上就行。”

开了半个小时左右，车子停在了一座山庄的门口。

进去之后，姜离发现有靶场，惊喜地问道：“这里还可以打靶？”

“嗯，这里可以玩儿射击，也有马场。”霍从烨点点头说道。

姜离兴奋地吹了声口哨，见霍从烨转过头略显惊讶地看着自己，瞬间脸红了。

“你想打靶？”霍从烨问道。

“有点儿兴趣。”

“那我们先去骑马，待会儿再带你去打靶。”霍从烨笑着回应道。

姜离笑着点了点头。

她在更衣间换好衣服准备出来的时候，就听见休息室里传来一个十分熟悉的声音，不禁暗道冤家路窄。

“梁小姐肯定骑得不错吧？”一个女人问道。

梁嫣然淡然地答道：“在剑桥读书的时候，时常和同学去骑，不能说不错，只能说熟练吧。”

姜离嗤笑了一声，心想她还真是句句不离剑桥，可是她给剑桥抹黑的时候，怎么就不想想那是自己的母校呢。

一拨人七嘴八舌地聊着天，内容无非化妆品、名牌包之类的事情，突然有个人问道：“梁小姐，我看过你写的那篇文章，你那个同学现在真的是大学教授吗？”

姜离虽然看不到梁嫣然的表情，却听得出她的声音十分不自然：“大概是吧。”

“真够厉害的！”提问的人羡慕地说道。

“厉害什么啊！你没听嫣然姐姐说吗？她就是家里有点儿钱而已，哪儿有真本事啊！”另一个女人阴阳怪气地说道。

“还有更过分的事情我都没写呢，也算是给老同学留点儿脸面，毕竟她现在也算是有头有脸的人了。”梁嫣然说完幽幽地叹了一口气，又说道，“她上大学的时候，毕业论文造假被人发现了，要不是她哥哥给学校捐了一笔钱，只怕她连学位证书都拿不到。最后靠着家里的背景，她不仅读了硕士，还顺利上了博士。”

听了梁嫣然的话，其他几个人连连感叹起来。

“啊！居然是这样啊！”

“原来剑桥也有这种事情啊！”

她们聊了一会儿就走出了休息室，姜离听到脚步声渐远，才从更衣间里出来。

姜离虽然早已知道梁嫣然对她多有不满，可听到刚刚那番话，还是不由得感叹自己真是小瞧了梁嫣然。

她从休息室出来时，霍从烨早已经在外面等她了，两人在专人陪同下来到了马棚。

霍从烨径直走到了最里面，指着一匹纯黑色的马说道：“这是我养的。”

姜离看见它的第一眼就觉得十分惊艳，不仅毛色乌黑发亮，而且昂首挺胸的样子看起来十分神气。

“它可真帅！叫什么名字？”

“朵朵。”

姜离转过头，惊讶地说道：“它叫朵朵？”

“嗯。”霍从烨笑着点点头，又从饲养员手里接过草料，喂给了朵朵。

朵朵细细咀嚼着他手中的草料，吃完后还打了个响亮的喷嚏。

姜离笑着说道：“我也有一匹马，纯白色，养在英国。”见霍从烨转头看向自己，她又说道，“它叫奔雷，是一匹非常帅气的公马。”

两人围绕着养马的话题聊了很多，随后霍从烨又带她去看了自己养的另外一匹马——追风。

姜离认为追风没有朵朵帅气，所以最后挑马的时候，她毫不犹豫地牵走了朵朵。

在室内马场骑了一圈后，姜离觉得实在太无趣了，便问霍从烨：“我能到外面去骑吗？”

霍从烨欣然同意。

室外马场十分开阔，虽然是冬天，可还是一派生机勃勃的样子，远处的河水在阳光的照射下泛着粼粼的波光。

“不要靠近那边的靶场，枪声会吓到马。”霍从烨用马鞭指了指远处的空地，叮嘱道。

姜离点了点头。

因为许久没有骑马，上马之后，兴致高涨的她策马跑了好几圈，而霍从烨只是骑着马慢悠悠地跟在后面，欣赏着眼前靓丽的身影。

姜离远远地就看见了梁嫣然和她的那群朋友，一身骑马装的她，看起来也算是英姿飒爽，此时她正和身旁的男人说着话。

姜离想起刚刚在更衣室里听到的对话，嘴角浮上了一丝冷笑，随后她一挥马鞭朝着梁嫣然的方向飞奔过去。

起初，对面的人看见姜离骑马的样子还忍不住轻呼“好帅”，可眼看她越来越近，而且丝毫没有停下来的架势，众人渐渐慌乱起来，几个胆小的女人甚至尖叫着往旁边跑去。

梁嫣然虽然没有躲开，可脸色已经吓得发白了，在姜离冲到她身前五米左右时，她终于忍不住惊叫出声，同时接连往后退了好几步，还踩了旁边几个人的脚。

姜离猛地勒住缰绳后，朵朵嘶鸣着扬起了前蹄，而她整个人也随着向后仰去，散到两旁的人都惊魂未定地看着她。

姜离坐在马背上居高临下地看了看梁嫣然苍白的脸色，随后满意地勾起嘴角笑了笑，招呼道：“嫣然，好久不见了。”

梁嫣然一脸怒气地看着她，意识到旁边的男人正在看着自己，才收起了眼中的怒意，装出一副惊喜的模样，说道：“Shiloh，你怎么会在这里？什么时候回国的？”

姜离并不打算配合梁嫣然演戏，笑着说道：“你怎么会不知道呢？你昨天在文章里不是都已经写了吗？S大？副教授？”

一听她这么说，周围的人都露出一副恍然大悟的表情，他们都关注了梁嫣然的微博，又怎么会没读过那篇文章，所以此刻也都明白这是S小姐来讨要说法了。

“Shiloh，你说什么呢？”梁嫣然尴尬地说道，声音比刚刚更柔和了，听起来有点儿楚楚可怜的味道。

姜离突然想到她们上一次见面的时候，梁嫣然的眼神也像现在一样充满了恨意。

听着她装模作样的腔调，姜离轻蔑地一笑，说道：“当然是说你写的那篇文章了。”

并非姜离不顾情面，只是她的性格一贯如此，虽然修养好，不会主动与人发生矛盾，可对方若是触及了她的底线，她也不会任由对方肆意妄为。既然梁嫣然敢写那样的文章，就该承担相应的后果。

姜离知道她最在乎的就是面子，所以才会故意当众让她难堪，因为这比杀了她还要令她难受。

见旁边的人都一脸看好戏的表情，梁嫣然莞尔一笑，辩解道："Shiloh，你也太敏感了吧！你怎么会觉得我写的是你呢？"

姜离可不怕别人看笑话，勒住缰绳，从马背上跳了下来，两步走到了梁嫣然面前，比对方高出半个头的她，垂首看着梁嫣然说道："英国女校毕业、喜欢打曲棍球和网球、剑桥博士、国内知名大学的副教授，这么多线索摆在那里，你是把别人当傻子，还是把自己当傻子啊？"

这时，旁边不知是谁扑哧一声笑了出来。

姜离嗤笑一声，又说道："不过你有一件事情说错了，我最喜欢的运动可不是曲棍球和网球，而是骑马和打猎，我的马术你刚刚见识过了……"说到这儿，她弯下身子，凑到了梁嫣然的耳旁，"真想让你见识见识我的射击水平。"

梁嫣然已吓得脸色惨白，却还是咬着牙否认道："Shiloh，这件事是你误会我了。"

姜离双手抱臂，看着她问道："那你能告诉我，你在文章中影射的人是谁吗？"

"我有权不告诉你。"梁嫣然瞪着她，嘴硬地说道。

姜离上下打量了梁嫣然一番，淡淡地说道："中国不是有句老话说'不是不报，时候未到'嘛，梁小姐，你以为你做出这样的事以后，受到羞辱的人是我吗？不，是你自己！我记得你在剑桥学法律的时候不是现在这副模样啊，你不是和我说过做事应该遵循真相吗？那你现在这种散播谎言的行径对曾经的你来说，不是最大的羞辱吗！"

"Shiloh，你这话说得太奇怪了，我究竟对你做什么了？你难道不记得自己是怎么羞辱我的吗？"梁嫣然再也克制不住心中的怒火，愤恨地说道。

“我没有，不管你相不相信，那件事我并未参与。对你的遭遇，我一直深感同情，这也是你当初改了我毕业论文的数据，我却对你网开一面的原因。梁嫣然，我不欠你的，所以你不要以为我会一直忍下去。”

听她这样说，盛怒的梁嫣然恨不得把她生吞活剥了。

这时，霍从烨赶了过来，看到梁嫣然旁边站着的男人时，他先是一愣，随后招呼道：“小叔叔，您什么时候回来的？”

姜离听了，立刻转过头看向那个身材高大的男人，先前她只顾着和梁嫣然争论，并未注意他，更想不到他竟是霍从烨的叔叔——霍季彦。

霍季彦低声一笑，回道：“刚回来不久，来这里松松筋骨，没想到差点儿被吓破了胆。”他虽然嘴上说自己险些被吓破胆，脸上的表情却十分轻松，随后又看着姜离赞赏地说道，“这位小姐的马术确实过人，不过下次可要当心，别伤到旁人。”

姜离被他这么一说，登时脸上有些发热，随后抱歉地说道：“对不起，是我莽撞了。”

霍季彦没想到刚刚还盛气凌人的她会这么痛快地道歉，看着霍从烨笑道：“你这个小女朋友还真是有趣。”

霍从烨笑了笑，随后问姜离：“你没事吧？”

“没事，我们走吧。”姜离说完便转身上了马，策马离去。

霍季彦看着霍从烨笑道：“有个性的姑娘通常都不好惹。”

“她不是的。”霍从烨看着姜离的身影，轻笑道，“她只是不喜欢掩饰而已。”

霍季彦不置可否地笑了笑。

两人道别之后，霍从烨骑马追上了姜离。

他们将马拴好后，一路顺着河边散步，霍从烨随手从地上捡了颗小石子打起了水漂儿。

姜离看到后惊讶地问他：“你是怎么做到的？”

“这很简单的。”说完，霍从烨又从地上捡起一颗小石子扔了出去，石子在水面上弹了五下后才沉入水中。

他看着姜离瞪得圆滚滚的眼睛，突然想起自己外婆在世时养的那只白色的小哈巴狗，每次它想吃火腿的时候，也是用这样的眼睛看着他。

“想学吗？”霍从烨看着她问道，眼中满是笑意。

姜离的第十三颗小石子扑通一声沉入水中时，霍从烨再也忍不住了，低头轻笑了起来。

见姜离皱着眉头看着自己，他止住了笑声，安慰道：“再试一次。”

说完，他又从地上捡了一颗石子塞到她手中，随后将手臂从姜离身后绕过来握着她的手用力地把石子扔了出去。

这一次，石子终于在水面上弹了起来，姜离默默地数着，七下！那颗小小的石子在水面上弹了七下才沉入水中。

“我说过你可以的！”说完，激动的霍从烨突然收紧手臂把姜离抱在了怀里，谁知姜离却一把推开了他。

她也不知道自己为什么这样做，明明心跳得很快，明明很喜欢他身上淡淡的香气，可她就是想推开他。她忍不住想，霍从烨对纪禾也这样过吗？

姜离知道自己的想法很愚蠢，可它一旦钻进脑子里，就忘不掉了。她以为自己能像成熟的女人一样对心仪之人的过去一笑置之，这一刻她却发现自己想要的是唯一。

霍从烨在被姜离推开的一瞬间就感受到了她心底的挣扎，明白了她的担心，也明白了她的抗拒。

在过去的四年里，他从不曾想过要拯救自己。二十八岁的他，拥有数不清的金钱，内心却不曾感觉到一丝波动，他用了四年的时间去埋葬过去，现在他想让自己解脱。

“姜离，你说过会给我机会的。”霍从烨低着头轻声说道。

看着他失落的表情，姜离很难过，却不想骗他：“可是好像很难。”

昨晚看见他出现在自己家门口的一瞬间，她的心脏都快要从嗓子里蹦出来了，可最后她还是迟疑了，因为她知道自己是在意的。

当你喜欢一个人的时候，就会在意他的过去，在意他的心里到底爱谁。

马场之行不欢而散后，霍从烨要到美国出差半个月，圣诞节才会回到S市。他和姜离都不是擅长聊天的人，再加上各自都有很多事情要忙，因此联系得并不频繁。

其间，姜离接到了易时远打来的电话，他想约她见一面。

姜离原本想拒绝的，她现在已经在风口浪尖上了，要是再被记者拍到和他见面，只怕又要热闹一阵子了。

谁知易时远在电话那头恳求道：“Shiloh，和我见一面吧，当年我们分别得太过匆忙，在我心里，这一直是个遗憾。”

姜离的心一软便答应了，地点定在S市一家私密性非常好的会馆。

赴约前，姜离特意化了一个淡妆，挑选服装也花了一番功夫，不为别的，她只是想让易时远知道她过得很好。

姜离走进包间的时候，易时远已经坐在里面等她了。

“还是你来点吧，我对这里不太熟悉。”姜离看了一下菜单后说道。

易时远点了点头，点完菜后，他又让服务员开了一瓶红酒，对姜离说道：“是你喜欢的。”

姜离见他居然还记得她喜欢的红酒，不免有些惊讶。

易时远解释道：“其实也是我喜欢的，我们第一次喝的时候，看着你一脸享受的样子，我就在想这肯定是世界上最好喝的红酒。人真的很奇怪，连口味都能轻易被身边的人影响。”

姜离不知道该怎么安慰他，只是沉默不语。

这时，服务员将他们点的菜端了上来。

服务员走后，易时远问道：“你过得好吗？”

姜离看了看他，虽然他的容貌没什么变化，依旧是那么英俊，身上散发出的气息却变得有些陌生。姜离此刻面对他，内心十分平静，她笑了笑答道："工作还算不错，生活有点儿糟糕。"

易时远注意到她说话时的神情有些落寞，以为她还在为网上的事情烦恼，便抱歉地说道："对不起，是我连累你了。"

姜离笑了笑，安慰道："也不全是因为你。"

她说的是真心话，最起码生活方面的困扰真的不关易时远的事，她和梁嫣然早在剑桥时就结下了梁子，只能说坏消息总是会凑在一起出现。

"如果有什么事情我能帮忙的话，尽管给我打电话。"易时远认真地说道。

姜离看他一脸真诚的模样，突然有些内疚地说道："对不起。"

易时远不知道她为什么这样说，茫然地看着她。

"其实我和你分手不是因为学业的原因。"

姜离终于把自己在他生日当天跑去意大利的事情说了出来，随后坦白道："当我看到你和那些朋友在一起的时候，突然觉得就算我不在，你一样可以过得很精彩，而如果我们一直在一起，彼此之间的距离只会随着时间越来越远，所以我才会和你分手。"

良久，易时远才苦笑着说道："这个理由也没有让我心里感觉到好过一点儿。"

吃过饭后，易时远提出要送姜离回家，可被她婉拒了。

看着他离去的背影，姜离感觉自己像是彻底卸下了一个包袱，同时也突然意识到，原来过去并没有那么重要。

回到家后，她主动给霍从烨打了个电话。

远在美国的霍从烨还在睡觉，被电话吵醒后，看到是姜离打来的，他赶紧接通了电话："Shiloh？"

他习惯叫姜离的英文名字，他说那像是在叫她的小名，显得更亲密，而姜离不忍心给他泼冷水，因为起码有上百个人叫她 Shiloh。

“我吵到你了吗？”她有些抱歉地说道。

霍从烨轻声回复道：“没有，只是有点儿早。”随后他又说，“这还是你第一次主动给我打电话。”

姜离听着他有些疲倦的声音，不禁心头一颤，那种说不出的感觉又一次涌了出来，同时有些心疼他。

“你什么时候回来？”

还有四天就是圣诞节了，对于她来说，这是一个隆重的节日。

“明天，等我到了给你打电话好不好？”霍从烨轻笑着回道。

姜离嗯了一声，随后挂断了电话。

第二天，她特意选了一件自己最喜欢的纯白色大衣，在镜子前整理了许久后才出发去学校。

姜离到实验室的时候看见有学生在打闹，便皱着眉头轻斥了几句。

第二节课快下课时，她正在讲解实验操作手法，一声巨大的爆炸声突然从隔壁传来，紧接着，桌子上的瓶瓶罐罐摔了一地，耳边充斥着尖叫声。慌乱中，有好几个人都被撞倒在地，姜离就是其中一个，她摔倒的时候，手掌刚好按在烧瓶的碎片上。

见屋子里已经开始冒烟了，姜离顾不上钻心的疼痛，站起身来冲着学生们喊道：“出去！都出去！”随后她赶紧扶起几个摔倒的女生，而班上的男生们也发挥出了“骑士精神”，纷纷拉着女生们往外跑。浓烟越来越大，几乎看不到路，学生们往外跑时撞倒了不少桌椅和架子，上面摆放的化学药剂摔在地上，混合出一股难闻的刺激性味道。

实验室在四楼，姜离带着学生们从安全通道逃到楼下后抬头一望，发现发生爆炸的实验室正隐隐冒着火光。

她赶紧清点了一下自己班级的学生，好在一个都不少，随后她让学生们都躲到远处的空地上去，可是很多人都不愿意离开，有人抽泣着说道：“老师，还有人没下来。”

姜离急切地劝说道："要是发生二次爆炸的话……"

她的话还没说完，巨大的爆炸声再次响起，她想都没想就把身前的两个学生护在了自己身下，可是坠物的散落范围太大，还是有好几个学生被砸到了。

姜离的头发上都是尘土，雪白的大衣已经快要看不出颜色了，而她的脑海中开始不断出现一个人的身影。

突然，她被人从身后拉了过去。

看到一脸惨白的霍从烨时，姜离一点儿都不觉得奇怪，似乎他本来就应该出现在这里、出现在这一刻一样。

霍从烨捧着她的脸，眼睛死死地盯着她，似乎只要一眨眼，她就会消失一样。

姜离红着眼眶说道："我刚刚有个非常可怕的想法，我在想，我要是死了，你该怎么办。"

在这一刻，她不再纠结过去了，也不再嫉妒纪禾了。

她只在乎自己面前的这个男人。

周围的人都在尖叫、号哭，看着姜离眼中的泪光，霍从烨的心都要碎了。

"没事了，我带你走。"他搂着她的肩膀说道。

姜离强忍着钻心的疼痛，用鲜血淋漓的手抓着他的手臂说道："学生们还在这里，我不能走。"

霍从烨问道："你的学生都在这里吗？"见姜离点了点头，他立刻冲着学生们喊道，"都不要在这里站着了，太危险了！受伤的学生现在跟着我们去医院。"

第一次爆炸发生后，学校的保安就迅速赶了过来，组织学生们有序撤离，可很多人都因为听到了楼上传出的绝望的尖叫声而不愿意离开，他们都在祈祷着里面的人能够逃出来，谁知后来发生了第二次爆炸。

"没有受伤的同学带着受伤的同学打车去医院，待会儿救护车来了，未必能把你们全带走。”霍从烨冷静地看着学生们说道，随后他挑了三个伤势比较严重的学生坐他的车。

这时，姜离看着另外一个受伤的女生说道：“你也坐霍先生的车去医院吧。”

“老师，我没事，您的手都伤成这样了，您先去。”那个女生看了一眼她的手，摇着头说道。

看着这么多受伤的学生还没有走，姜离怎么都不肯先去医院。

就在他们争执不下的时候，化学院的其他老师也赶来了。

沈倩看到受伤的学生们，眼泪一下就掉下来了，急忙说道：“我开车过来的，受伤的同学跟着我去医院。”

就这样，几个老师分配下来，伤势较重的学生都可以先坐车去医院了。

姜离这才放下心，答应跟霍从烨去医院。

霍从烨把她扶到副驾驶座后，见那三个学生还站在一旁，便问道：“怎么还不上车？”

“我们身上这么脏……”一个女生不好意思地说道。

“一辆车子而已，比不上你们贵重，赶紧上车！”说着，霍从烨走过去替他们拉开了车门，那三个学生这才陆续上了车。

他回到驾驶座的时候，看见姜离的脸色白得跟纸一样，又着急又心疼地问道：“要喝点儿水吗？”

姜离疼得几乎要昏过去了，额头上的汗珠一颗接一颗地往下掉，不仅脸色发白，嘴唇也发白，一脸痛苦的表情。

霍从烨拧开瓶盖，摸了摸她的额头，又给她喂了两口水。

“你们要喝水吗？”姜离喝完之后，霍从烨又问后座的学生们。

“我们不喝。”说话的是一个穿着蓝色大衣的女生，她刚刚撞到了头，此时血液已经凝固在头上了，看起来伤势很严重的样子。

霍从烨还是把水递给了他们，然后启动了车子。

好在S大附近就有一家三甲级医院，在爆炸发生的第一时间，有学生拨打了急救电话。霍从烨将车子开出校门的时候，一辆辆警车、救护车接连驶入学校，周围只剩下响亮的鸣笛声。

他的车速很快，有好几次都是在绿灯变红前的最后一刻冲过马路的。

到了医院后，霍从烨把车子停好，抱着姜离冲到了诊疗室，三个学生跟在后面。

“你们挂号了吗？”护士见他们直接冲了进来，立即问道。

霍从烨愤怒地喊道：“你没看见他们一个个都头破血流的吗！S大发生爆炸，他们是那里的老师和学生，你先帮他们做检查，我这就去挂号。”

护士听到发生了爆炸，先是愣了一下，随后连连点头说道：“我知道了，我这就去叫医生。”

霍从烨低头吻了下姜离的额头，转头和那三个学生说道：“你们在这里等着，我先去挂号。”

姜离的脸上毫无血色，她疼得说不出话来，要不是有霍从烨和学生在旁边，只怕她已经哭出来了。

霍从烨离开之后，穿粉色衣服的女生看着她说道：“姜老师，您的男朋友对您可真好。”

“是啊。”穿着蓝色大衣的女生，脸色也很苍白，可还是忍不住附和道。

和她们一起来的男生则露出一脸无奈的表情，说道：“你们可真是厉害啊，都这个时候了，还没忘了八卦。”

穿蓝色大衣的女生叫蒋晓文，她笑了笑说道：“这是天性啊。”随后她又疑惑地说道，“不过我觉得姜老师的男朋友好眼熟啊，好像在哪里见过。”

“只要长得帅，你都眼熟。”男生在一旁吐槽道。

姜离心想这些孩子真是精力十足，这种时候还不忘斗嘴，要不是她疼得连说话的力气都没有了，早就开口阻拦他们了。

爆炸的时候，她正拿着烧瓶演示操作方法，被爆炸的气浪撞倒后，烧瓶摔在了地上，而她的手掌刚好按在了上面。

很快，护士就把医生找了过来。医生正给学生检查伤势时，一旁的护士喊道："周医生您看，她的手上全是玻璃碎片。"

医生走过去看了看姜离的手，对护士说道："准备一下消毒工具。"

霍从烨回来后，将挂号单交给了护士，看见装着消毒药水、纱布和镊子的托盘后问医生："就这样直接取出来吗？不能打麻药吗？"

"会先打麻药，不过药效过了之后，还是会很疼。"医生答道。

霍从烨点点头，仔细看了看姜离手上大大小小的碎片后，眼眶一下就红了，然后摸了摸她的头发，安慰道："别害怕，没事的。"

打完麻药后，医生用消毒药水清洗了一下姜离手上混合着泥土和血液的伤口，姜离木然地看着自己的手掌，虽然感觉有些麻，但并不疼。

医生给她清洗完伤口之后，拿出镊子将玻璃碎片一块一块地取了出来，大部分玻璃碎片扎得很浅，很容易就取出来了，可是有一块扎得格外深，医生只得让护士协助自己把姜离手上的伤口撑开。

担心姜离害怕，霍从烨捂住了她的眼睛，不让她看，而他自己也别过头去，不忍心再看。

玻璃碎片被拔出时，姜离的身体明显抖动了一下，这块玻璃扎得太深了，尽管打了麻药，她还是能感觉到钻心的疼痛。

直到所有的碎片都被取出来后，霍从烨才放开捂着她眼睛的手。

这时，姜离口袋里的手机响了起来，她哑着嗓子对霍从烨说道："你能帮我拿一下手机吗？"

霍从烨点点头，掏出了手机，接通电话后，将手机放到了姜离的耳边。

电话那头的萧世琛连忙问道："你怎么回事？为什么一直不接电话？"

姜离皱了下眉头说道："我刚才没听到。"

焦急的萧世琛伸手扯开脖子上的领带，又解开衬衫上的两颗纽扣才觉得呼吸顺畅了一点儿，他急切地问道：“S 大的化学实验楼发生爆炸，你受伤了吗？”

他的声音又急又喘，全然不见平时冷静的语调。

姜离低头看了一眼托盘里沾染着血迹的玻璃碎片，说道：“我没事，今天没有课，我一直待在办公楼里。”

她不想让远在半个地球之外的萧世琛为自己的事情担心，况且之前他曾竭力反对她来这里工作，要是知道爆炸时她就在现场，只怕他会立刻飞到中国。

萧世琛刚松了一口气，就听电话里传来一个陌生的声音：“周医生，这边又来病人了。”

姜离正想解释，电话里突然传来砰的一声巨响，吓得她哆嗦了一下，紧接着就听萧世琛愤怒地说道：“你现在真是越来越胆大妄为了，连我都敢骗！”

姜离刚要说话，电话就被挂断了。

霍从烨把手机从她耳边拿开，轻声说道：“你不应该骗他的。”

“我只是不想让他担心。”说完，姜离叹了口气，心里不禁担忧起来，以萧世琛的性格，只怕他现在已经在赶往机场的路上了。

这时，电话又响了，是裴芷。

霍从烨帮姜离接了，裴芷一听是他，愣了一下，随后忙问道：“姜离没事吧？”

“她受了点儿伤，现在在医院里。”霍从烨知道她们是关系十分要好的朋友，所以没有瞒着裴芷。

裴芷立即问了医院的名字，随后挂断电话赶了过来。

眼看医院里的伤员越来越多，正在给姜离包扎伤口的护士忍不住担心地说道：“据说爆炸事故很严重，很多人都受伤了，所以连休假的医生都被召集回来了。”

姜离听她这么说，望了望霍从烨带来的那三个学生，见他们都在接受治疗，这才稍稍放下心来。

这时，沈倩也带着三个学生赶到了医院，其中一个学生的腿被爆炸时掉落的石头砸到了，血流不止，医生和护士赶紧跑过去为他治疗。

沈倩安排其他两个学生接受治疗后，坐到了姜离旁边，低声说道："爆炸的时候有两个学生没逃出来。"

姜离想起第二次爆炸前楼上传出的哭喊声，登时哽咽了。

"我们学校这次真的出大事了。"沈倩抽泣着说道。

确实如她所说，这次爆炸事故很严重，不仅有许多学生受伤，还造成了学生死亡，恐怕用不了一个小时，全国的媒体都会开始报道这件事。

姜离知道这件事不是自己能处理得了的，好在她的学生只是受了点儿轻伤，虽然有些学生的伤势看起来很严重，但并不会危及性命，这也算是不幸之中的万幸了。

"现在怎么办啊？"沈倩低声说道。

姜离抬起自己包得像粽子一样的手，用手肘碰了碰她的肩膀，安慰道："别难过了，我们肯定能渡过这次的难关的。"

此时护士拿着取药单走了过来，霍从烨上前接过单子说道："给我吧，我去取药。"

沈倩直到这会儿才注意到他，脸色微微一变，低声问道："霍先生？您怎么会在这里？"

一旁的蒋晓文好奇地问道："沈老师，您认识姜老师的男朋友？"

"霍先生居然是你的男朋友？"沈倩一脸震惊地看着姜离问道。

姜离还没开口，蒋晓文恍然大悟地说道："难怪我觉得他这么眼熟，我还看过他那个新年致辞的视频呢，没想到他居然是姜老师的男朋友。"

"我们不仅见到了真人，还坐了他的车！还记不记得上车之前他说什么来着？"另一个叫田瑞的女生也陷入了花痴的情绪当中。

"'一辆车而已，比不上你们贵重'，真是太温暖了！我觉得自己幸福得要昏过去了。”蒋晓文夸张地说道。

一旁的那个男同学无语地看着她们说道：“你们当着姜老师的面议论她的男朋友，这样合适吗？”

姜离觉得有点儿尴尬，可现在这种情况，要澄清霍从烨不是她的男朋友又实在是多此一举，便没有说话。

蒋晓文和田瑞立即露出不好意思的表情，随后田瑞尴尬地笑了笑，说道：“男神都是姜老师的人了，我们就幻想一下而已。”

“你们还挺会苦中作乐啊。”沈倩见她们一个头上包着纱布、一个手臂上挂着绷带，居然还有心思八卦，顿时破涕为笑。

“反正事情都已经发生了，哭也是过，笑也是过，还不如笑笑呢。”蒋晓文豁然地说道。

姜离点点头，转头对沈倩说道:“沈老师，这一点你可就不如她们了。”

沈倩苦笑着点了点头。

“姜老师，您结婚的时候可一定要邀请我们啊。”蒋晓文说道。

姜离正要开口，霍从烨却抢先答道:“你们每个人都会受到邀请的。”

“男主角”一登场，方才还叽叽喳喳地说个不停的两个小姑娘一下子就脸红了，她们没想到自己随口说说的玩笑话居然真的得到了允诺，兴奋地互看了一眼。

霍从烨把手中的药盒交给她们，又交代了每个人应该吃什么药、一天吃几颗，随后低声对姜离说道：“我看我们也帮不上什么忙了，不如我先送你回去休息吧。”

沈倩也劝道：“姜老师，你赶紧回去吧！学生们有我们照顾呢。”

“就是，你们都赶紧回去休息。”行政室的主任此时走过来说道，他见姜离带来的三个学生都已经包扎好了伤口，又说道，“姜老师，麻烦你的男朋友也送他们回去吧。”

姜离点点头，霍从烨先将三个学生送回了学校，才带姜离回了家。

她刚到家，裴芷就从医院打来了电话，姜离赶紧说道：“我已经回家了，没有大问题，你别来回跑了。”

“那怎么行啊！我起码得看看你受伤的情况啊！”裴芷不放心地说道，随后挂断了电话。

“你到床上躺一会儿吧。”霍从烨帮姜离脱掉大衣后说道。

她摇了摇头说道：“我不累，没事。”

“听话。”

听到霍从烨的声音沉了下来，姜离只好点头同意，可她的双手包得像粽子一样，根本脱不了裙子。见他在一旁盯着自己，姜离红着脸别过了头。

“我闭着眼睛帮你脱好不好？”说完，霍从烨闭上了眼睛。

姜离的腰看起来很纤细，霍从烨将手搭在上面后才发现她的腰比他想象中的还要细。

他的手顺着她的腰身摸索着，明明是不带一丝暧昧意味的举动，可是隔着衣衫传递到身上的触感还是让姜离的心跳一次比一次快。随着拉链被拉开的声音响起，她的裙子掉落在脚面上，而霍从烨的眼睛始终紧紧闭着，没有一丝冒犯她的举动。

姜离感受着胸腔里一次比一次强烈的心跳，慢慢地踮起了脚尖，当她甜蜜柔软的嘴唇贴在他的唇上时，霍从烨放在她腰间的双手顿时收紧，两个人贴在了一起。他的唇角微微上扬，舌尖在她的唇瓣上轻轻摩擦着，随后闯入进去。

这个吻是久别重逢之后的吻。

它代表着，她想念他。

这一刻，姜离想要抓住自己的幸福。

裴芷敲了半天门都没有人回应，她害怕姜离一个人在家里昏倒或是发生别的事，一边拼命地按门铃，一边给姜离打电话，脑海里冒出了各种可怕的念头。

她再次扬起的手还没落下，门就打开了，她目瞪口呆地看着面前的霍从烨，许久都没回过神来。

霍从烨笑着说道："你来了，进来吧，Shiloh 在房间里休息呢。"

裴芷进门后，霍从烨说道："你能在这里陪着 Shiloh 吗？我想出去办点儿事情。"

她赶紧点了点头，边换鞋边用犹疑的目光往霍从烨的方向瞟。

裴芷换好鞋子，准备进去找姜离时，霍从烨叫住了她："裴小姐，以后咱们要经常见面了，你不需要这么拘谨。"

裴芷还在琢磨怎么接话，霍从烨伸出了手，微笑着说道："还没自我介绍呢，我是 Shiloh 的男朋友，霍从烨。"

裴芷木讷地和他握了手，等他推门出去之后，立刻奔到了房里，冲着躺在床上的姜离扑了过去："说说说！你们两个究竟发生什么了？你居然藏得这么严实，够厉害的！"

"什么呀？你可千万别压到我的手啊！"姜离说着伸出了自己被包得像粽子一样的手给她看。

裴芷惊呼道："不是说只是小伤，不严重吗？"

其实确实不严重，只是包扎的时候，霍从烨一直皱着眉头问护士纱布是不是用得太少了，生怕姜离的手碰到东西会疼，护士无奈之下足足用了两倍的纱布。现在姜离倒是不用怕自己的手碰到什么不该碰的东西了，可连弯曲都办不到了。

"我看见新闻了，真的太可怕了！"裴芷叹了一口气说道。

姜离皱眉问道："已经上新闻了吗？"

"S 大是知名高校，出了这么大的事，怎么可能不上新闻！ S 大本来就树大招风，突然出了这么大的一件事，学校不知道会动荡成什么样子呢。"裴芷说完，隐隐有些担心这件事会连累到姜离，于是严肃地问道，"姜离，这次爆炸和你没关系吧？"

爆炸地点在化学实验楼，裴芷担心是姜离没有看好学生，让他们做了错误的操作程序才引发了事故，见姜离摇了摇头，她才放下心来。

姜离靠在床头，披散在肩上的长发衬得她的小脸更加莹润白皙，之前在医院的时候，她的脸色苍白得像纸一样，现在已稍稍恢复了血色，脸颊粉扑扑的。

“我也不知道是怎么回事，我当时正在上课，突然听到一声巨大的爆炸声，我被气浪撞倒后，手掌正好按在了玻璃碎片上，接着我就带着学生跑到了楼下，刚到楼下没多久，楼上就发生了第二次爆炸。”姜离说道。

“还有第二次爆炸！”裴芷一脸震惊地说道。

姜离点点头，随后有些悲痛地说道：“在第二次爆炸发生之前，楼里还有人没跑出来。”

房间里顿时陷入了沉默，裴芷是在S大读的本科，那里是她的母校，医学院的实验楼就在距离化学实验楼不远的地方，大学四年里，她几乎每周都会骑着自行车从那栋白色的小楼前经过。想到现在那个地方成了一片废墟，到处都是爆炸的痕迹，甚至还有学生丧命在那里，她也十分难过。

“好在大部分学生都没事。”姜离哽咽着说道，其实刚刚沈倩在医院里对她哭诉的时候，她也红了眼眶，只是一直强忍着泪水罢了。

裴芷见她情绪低落下来，捏了捏她的手臂，轻声安慰道：“算了，别想了，我们都不希望发生这样的事情，你别太难过了，你自己也受伤了。”这时，裴芷的电话响了，她看了一眼说道，“我妈打来的，肯定是问你的。”

果不其然，她一接通电话，薛琳就问道：“我刚才看见新闻上说S大发生爆炸了，好像还是化学实验楼，姜离不就在化学系当老师吗？她怎么样了？”

“她没事，我现在就在她家里呢，只是受了点儿轻伤。”裴芷说完，又补充了一句，“妈，要不你给她炖个猪蹄汤补补吧，她的手受伤了。”

挂了电话后，裴芷立即向姜离邀功："我妈答应要给你炖猪蹄汤，让你以形补形！"

"你的手才是猪蹄呢！"说着姜离瞪了裴芷一眼，可她性子软，就算用那双漂亮灵动的眼睛瞪人，看起来也像是撒娇一样。

裴芷关心地问道："现在都快12点了，你还没吃饭吧？我回家给你盛一点儿过来，先将就一下。"

她的话音刚落，霍从烨敲门走了进来，他伸手在姜离的额头上摸了摸，说道："还好，没有发烧。"

姜离离开医院时，医生特意叮嘱了，如果出现发烧的情况，一定要立即回医院。

随后，霍从烨温柔地说道："我买了点儿吃的回来。"

"既然霍先生给你买了，我就先回去了。"识趣的裴芷立刻从床上跳了下来对姜离说道。

霍从烨客气地说道："我买了不少东西，裴小姐留下来一起吃吧。"

"不用了，我家就住在前面那栋楼，离这里很近的，我下午再来看姜离。"

姜离赶紧说道："裴裴，你就在这里吃吧。"

"不了，你们吃吧。"裴芷说完，头也不回地出了门。

让她一个单身人士看着他们两人在自己面前秀恩爱，她才不要呢！

裴芷离开之后，霍从烨俯身凑到姜离面前，仔细地打量起她来。

姜离害羞地微垂着眼帘，浓密的睫毛在眼下形成一道淡淡的阴影，她正想躲开，就听霍从烨温柔地说道："才一会儿没见，我就想你了。"

他的声音里带着浅浅的笑意，姜离觉得一股甜蜜瞬间涌上心头。

随后霍从烨将手臂放到了她的颈后，姜离赶紧问道："你……你干吗？"

"抱你去吃饭啊。"说完，他毫不费力地把她抱了起来。

抱着姜离的霍从烨不禁感叹，她可真轻啊，虽然长了这么高的个子，可浑身看起来也没几两肉，真是不知道她平时都吃了什么。

姜离紧张地靠在他的怀里，鼻尖萦绕着他身上清冽的气息，她抬眼偷偷地打量了一下他的侧脸，清晰的下颌线和深邃的五官像是雕塑一样完美，不知不觉，她竟有些看呆了。

霍从烨似乎突然察觉到了什么，低头看向她。

姜离赶紧低下了头，装出一副若无其事的样子，随后就听他轻笑了一声，似乎是在嘲笑她。

霍从烨将她放到椅子上后，又把打包回来的食物拿到微波炉里加热了一下。

看着桌上的食物，姜离才想起自己的手被包成了粽子，不禁发愁自己要怎么吃东西。

这时，霍从烨走过来坐到了她身边的椅子上，随后问道："想吃哪道菜？"

桌上的菜都是他亲自去悦景轩吩咐人现做的，少油、免辣，就连酱油和醋都放得很少。可悦景轩的大厨也不是随便说说的，即使这样，这些菜还是做得色香味俱全。

姜离见他举着筷子，问道："你要喂我？"

"要不然你怎么吃饭？"霍从烨回答得理所当然。

姜离的脸一下红了起来，就像是抹了一层薄薄的胭脂，粉嫩中透着红润，这让他不禁想起了自己小时候特别喜欢吃的苹果，他现在就想咬上一口。

霍从烨夹起一朵西兰花放到她嘴边说道："吃点儿蔬菜吧，补充维生素。"

姜离在一瞬间有些恍惚，一天之内，她先是差点儿在爆炸中丧生，然后突然有了男朋友，男朋友又帮她换衣服，现在还要喂她吃饭。

幸福来得太快，令她有些不知所措。

她张开嘴咬住西兰花，狠狠地嚼了两口，霍从烨看她鼓着腮帮子吃东西的样子，轻笑着说道：“慢点儿吃，都是你的。”

喂姜离吃完一碗饭，又喝了一小碗汤后，霍从烨才开始吃饭，连筷子都没有换。

他正吃得津津有味，抬头一看，姜离竟红着一张小脸看着他，清澈的眼睛像是盛满了水一样，便问道：“怎么了？”

她下意识地看了一眼他手中的筷子，随后低下头说道：“没什么。”

话音刚落，姜离就感觉到有一股温热的气息冲到了自己面前，刚一抬头，一个轻柔的吻就落在了她的唇上。

起初霍从烨只是蜻蜓点水般在她的唇上啄了一下，随后又重重地吻了上去，一种说不出的柔情蜜意顿时蔓延在姜离心中。两人交错相融的呼吸像是摩擦出了火花一样，将彼此心底的甜蜜一下点燃了。

“现在还嫌弃我吗？”霍从烨低沉的声音中带有一丝得意。

明明不甘心让他这么得意的姜离看见他脸上孩子气的笑容时，一下子被融化了，笑着解释道：“我不是嫌弃。”说到这儿，她顿了一下，随后说道，“只是还不习惯。”

她刚说完，下巴就被霍从烨修长的手指抬了起来，他温柔地对她说道：“那就早点儿习惯。”

“怎么这么早就醒了？”霍从烨坐在床边，伸手捏了捏姜离的手臂问道。

“习惯了。”姜离睡眼惺忪地趴在床上懒懒地答道，如海藻般浓密的长发披散在床单上。

之前因为要上班，她的作息时间一直很规律，所以尽管校领导得知她的手受伤，特意批给她一周的假期用来养伤，她还是早早地就醒了。

“你现在手不方便，我帮你找了个家政阿姨，她8点左右过来，然后会一直待在家里。”说着，霍从烨伸手把她脸上的碎发拨到了一边，又有些不放心地问道，“你一个人在家可以吗？”

“你不是说有阿姨来照顾我吗？我没事的。”姜离笑着说道，还冲着他挥了挥手。

霍从烨顺势抓住了她的手腕，轻斥道：“都受伤了还不老实！”

姜离憨憨地笑了笑，有些不好意思。

“真不知道你之前都是怎么照顾自己的！”

姜离家世不俗，在英国的时候，身边一向有专人负责打理家务，如今见她伤成这样，霍从烨不免生出一种歉疚，暗自埋怨自己没有照顾好她。

姜离用手肘推了他一下，说道：“你快去上班吧，我没关系的。”

进门前，霍从烨已经换好了衣服，笔挺的浅灰色大衣衬得他的身材更好了，姜离偷瞄了一下他的腹部，暗自猜测衣服里面是不是有八块腹肌。

“你起床送我一下吧。”霍从烨揉了揉她的长发说道。

低沉的声音有种蛊惑人心的魔力，让她想都没想就坐了起来。

姜离一边穿拖鞋，一边问道：“你吃过早餐了吗？”

“还没，我习惯去公司附近的咖啡馆吃早餐。”霍从烨不习惯家里有其他人在，所以他在家的时候，帮佣阿姨都不会过去，等他上班之后，阿姨才会去帮他打扫房间。

姜离有点儿失落地看了下自己的双手，脱口而出道：“等我的手好了，你可以来我家吃早餐。”说完，她就觉得自己的话仿佛在暗示什么，于是赶紧改口道，“可是我做的早餐很简单啊，你要是愿意将就，就过来，要是……”

话还没说完，她就被霍从烨抱住了，虽然隔着厚实的藏蓝色毛衣，可她还是能感觉到他坚实的胸肌。

“我怎么会觉得将就呢！”霍从烨垂下眼眸看着她，声音中的笑意快要漫出来了。

清晨的阳光透过客厅的落地窗洒落进来，此起彼伏的汽车鸣笛声交织成清晨特殊的起床号角，两人站在玄关处，紧紧地拥抱在一起，仿佛彼此的心房都被填满了。

霍从烨离开后，姜离一路小跑扑回了床上，没出息地滚了两圈。

“萧先生，我们到了。”助理走到萧世琛身边说道。

萧世琛点了点头，放下手中的杂志，站起了身。

机舱舱门打开的瞬间，一阵寒风吹了进来，门口等待的空乘人员虽然脸上挂着得体的微笑，可是身体还是忍不住抖了一下。

普森投资的中国总部就设在 S 市，在过去的一年里，普森在中国投资了大量互联网金融企业，同时也涉足了新兴电商领域，在中国的投资率增长了 200%，而回报率则高达 39.3%。

可以说，中国的业务很可能会成为普森投资未来的发展重心。

可萧世琛不喜欢这里，即便这是他的故乡。

姜离正在吃早餐，虽然是最普通的米粥，可是搭配上家政阿姨带来的又脆又爽口的小菜，显得特别好吃。她正准备喝第二碗的时候，接到了萧世琛的电话：“你家的地址。”

一听他问起自家的地址，姜离差点儿咬到舌头，随后结结巴巴地说道：“哥哥，你……你到 S 市了？”

“地址。”说完，萧世琛揉了揉额头，一夜未睡的他有点儿头疼。

姜离赶紧报上了地址，随后讨好地问道：“哥哥，需要我去机场接你吗？”

“老实待着！”说完，萧世琛就挂断了电话。

姜离赶紧对家政阿姨说道：“陈阿姨，麻烦您帮我重新换一下药。”

“好的，姜小姐。”陈阿姨回应道。

刚一拆开姜离手上的纱布，陈阿姨便惊讶地说道：“姜小姐，你的手是怎么了啊？哎哟，这可真是太严重了！你看看，这好好的一双手，怎么搞成这个样子了！”她一边心疼地念叨着，一边扔掉了拆掉的纱布，上药的时候，她抬起头安抚姜离道，“姜小姐，这个药会有点儿疼，你稍微忍一下啊。”

姜离点点头，表示自己准备好了，可药刚碰到手上，她就忍不住要往后缩，却被陈阿姨一把拉住了胳膊。

“你家里人要是看见了，不知道要多心疼呢！你看看你这手，又嫩又白，一看就是没做过家务活的，现在伤成这个样子，还不知道会不会留疤呢！”陈阿姨一边给她上药，一边说道。

昨天发生了太多的事情，姜离根本没想这么多，这会儿一听陈阿姨说可能会留疤，她一下子担心起来。

哪儿有女孩子不爱漂亮的，虽然姜离看起来好像不在乎，可要是真的留下了疤痕……

她想到这儿，心情一下子低落了很多，就连换衣服的时候都显得有些心不在焉的。

门铃响起时，姜离下意识地起身要去开门，陈阿姨赶紧说道：“你手不方便，我去开。”

姜离点点头，站在客厅里胆战心惊地盯着门口的方向。

自从她到S大教书之后，就没敢和萧世琛过多联系，一方面是怕他生气，另一方面也是怕他反对的情绪会影响到自己。她从小到大最听的就是萧世琛的话，所以她能这么硬扛着和他对着干，简直是花了一辈子的勇气。

陈阿姨打开门看见一个陌生的男人站在门口，便客气地问道：“先生，您找谁？”

“姜离。”萧世琛回应道。

“您是姜小姐的朋友啊，快请进吧。”陈阿姨一听说他找姜小姐，便笑着把他请了进来。

萧世琛一眼就看见了站在客厅里的姜离，随后又看见了她包得像粽子一样的手。

姜离注意到他的视线后，赶紧把手藏到了背后，轻声喊道："哥哥。"

萧世琛环视了一圈，从客厅到厨房，几乎一眼就能看全，客厅外面连着的阳台，估计连五平方米都不到。他刚上飞机的时候，心里满是担心和焦急，现在就只剩下愤怒和难受了。

这样的房子让他想起了很多年前，他们一家三口窝在那个小小的公寓里的日子。冬天的时候，暖气时好时坏，那种渗入骨髓的寒冷让他不止一次地发誓要变得富有，要过上吃得饱穿得暖的生活。

他看着姜离问道："你就住在这里？"

姜离看着他阴沉的脸色，吓得什么都不敢说了。她想了想，把藏在背后的双手举到了他面前，可怜巴巴地说道："哥哥，你看我的手。"

靠在萧世琛的胸前号啕大哭的时候，姜离才知道自己心里居然这么委屈，昨天在医院里，她疼得几乎快要昏过去了，可她不想让学生看见自己软弱的一面，更不想让霍从烨担心，所以一直忍着。

这几乎是她这辈子受过的最大的罪了，小时候，她只是摔一跤，姜韵和萧世琛都会立即冲过去又哄又抱的。

"真的好疼。"姜离一想到刚才换药时的疼痛，眼泪就止不住地往下掉。

萧世琛抱着她，又心疼又生气地轻斥道："疼也是你活该！"

这是他能对她说的最重的话了。

"哥哥，你别骂我了。"姜离一边哭一边说，眼泪顺着脸颊流进了嘴里，那种苦涩的咸味让她更加难过了。

萧世琛再也说不出一句重话了，只是用手轻拍着她的后背。

他从小就被姜离吃定了，她上幼儿园的时候，因为没钱坐校车，每天都是萧世琛送她去，可每次姜离走到一半就要耍赖，让他背着。第一天的时候，他咬着牙背了，可心里暗暗发誓明天绝对不能让她得逞。可是第二天、第三天……一直到她不再上幼儿园了，他才终于不用背她。

“哥哥，对不起，你别生我的气了。”止住哭声的姜离低着头小声说道。

萧世琛看着她，叹了一口气说道：“我饿了，两天没吃饭了。”

姜离一听，连脸上的眼泪都来不及擦，就冲着陈阿姨喊道：“陈阿姨，麻烦您做点儿吃的给我哥哥吧。”

陈阿姨应了一声，赶紧进了厨房，把之前煮的粥热了热，又把自家做的点心也端了出来。

姜离将萧世琛拉到餐桌边坐下后，看着陈阿姨问道：“那个小菜还有吧？”

陈阿姨笑着说道：“有、有、有，我放在冰箱里了，现在就拿出来。”

“小菜是陈阿姨自己做的，又脆又爽口。”姜离看着萧世琛，讨好地说道。

她脸上的眼泪还没干，萧世琛看着她水润的眸子，不禁叹了口气，随后抽了一张纸巾，探过身来擦了擦她脸上的眼泪，数落道：“都多大的人了，又哭又笑的，也不害臊。”

姜离吐了吐舌头，一脸傻笑地看着他。

萧世琛一边吃饭，一边问道：“这里是你租的还是买的？”

“租的。”姜离说完，眼珠转了转，又问道，“哥哥，你要住在我这里吗？”

“不方便？”萧世琛瞥了她一眼，淡淡地问道。

姜离赶紧说道：“方便，就是家里太小了，我怕你嫌弃。”

“比这里更小的地方我都睡过。”萧世琛毫不在意地说道。

陈阿姨做的饭很好吃，萧世琛已经有很多年没吃过这样的中式早餐了。

姜离高兴地说道：“那真是太好了！哥哥，你可以多陪我几天吗？”

萧世琛笑着点了点头。

这时，姜离的手机响了，见她双手不方便，半天都滑不开屏幕，萧世琛帮她接通了电话。

沈倩在电话那头情绪低落地说道:“姜老师,你能到学校来一趟吗？”

姜离嗯了一声，问道：“可以，不过有什么事吗？”

电话那头很久都没有回应，随后突然传来一个陌生男人的声音：“您好，我是公安局的，我们正在调查这次的爆炸事故。听说发生爆炸时，您正在上课，所以想请您配合一下我们的调查工作。”

手机开了扩音器，所以萧世琛也听到了对方的话。

姜离愣了一下，随后回道：“行，我现在就去学校。”

“好，谢谢您的配合。”对方说完便挂断了电话。

“哥哥，我得去学校一趟，你先吃饭吧。”姜离尴尬地笑着说道。

萧世琛放下碗筷，不急不忙地说道：“我陪你去。”

姜离在陈阿姨的帮助下换好了衣服，她走出卧室时，萧世琛正在打电话。

挂断电话后，萧世琛回头看着她说道：“我们走吧。”

两人走到门口的时候，陈阿姨刚要过去帮姜离穿鞋子，萧世琛已经蹲下了身子。

握着姜离的脚，他突然笑了一下，说道：“没想到你都长这么大了，还要哥哥给你穿鞋子。”

姜离被他说得有些不好意思，低头笑了笑。

穿好鞋子后，萧世琛站起身，低头看着她说道：“别害怕，有哥哥在呢。”

# 就这样遇见你

下册

Meeting You

蒋牧童 著

青岛出版社
QINGDAO PUBLISHING HOUSE

## 第十章
# 你要是再哭的话，我就亲你了

萧世琛的车还停在楼下，司机见他们下来了，立即下车替他们打开了车门。

“萧先生放心，我是S市本地人，对这里的路熟着呢。”司机在听到他们要去S大后，立即笑着说道。

到了S大，萧世琛让司机把车子停在了门口，似乎在等什么人。姜离以为他有公司的事情需要处理，便说道：“哥哥，要不我自己去学院吧，你先去忙。”

“没事，我们稍等一下。”萧世琛说道。

姜离只好跟着他一起等，大概十分钟之后，一辆黑色的奔驰商务车停在了他们旁边，接着一个戴着眼镜、长相斯文的男人从车里走了下来，而萧世琛也下了车。

姜离在车里，看他们握了握手，又低声交谈了几句。

短暂的对话结束之后，两人重新回到了各自的车上，令姜离没想到的是，那辆商务车居然跟着他们一起开进了学校。因为司机不怎么熟悉S大，所以姜离一路指挥着他把车子开到了化学系的行政楼。

萧世琛下车后，便走过去接姜离，而身后的商务车里也走下来两个人，一个就是刚才下车和萧世琛交谈的男人，另外还有个穿着浅灰色大衣的长发女人。

“Hyman，没想到Shiloh都已经这么大了。”男人看了姜离一眼，老气横秋地说道。

萧世琛微微一笑，转头对姜离说道：“Shiloh，顾湛是我在美国读书时的朋友。”

姜离冲顾湛笑了一下，礼貌地说道：“你好，我是Shiloh。”

“我知道，咱们还见过呢。”顾湛刚说完，就看见萧世琛的脸上闪过一丝阴沉的神色，随后他岔开话题说道，“你放心吧，我已经通过警局那边的朋友打听过了，他们应该只是请你过来录个口供而已。”说完，他看着萧世琛笑道，“你这次可是乱了阵脚了。”

“谁让她是我妹妹呢。”萧世琛说着摇了摇头，自嘲地笑了笑。

姜离这才知道，顾湛是被萧世琛找来帮忙的，她有些抱歉地说道：“其实不用麻烦您的，爆炸并不关我的事。当时我们正在上课，突然就发生了爆炸，是从隔壁实验室传来的声音。”

顾湛看了一眼她受伤的手，收起了脸上的笑意，严肃地说道：“你哥哥严肃对待这件事也是应该的，现在的舆论导向对S大很不利，据说之前曾有学生多次向学校提出过设备老旧的问题，可学校一直没有重视。在这次爆炸中不幸身亡的两个学生，一个是硕士，另一个是本科生，他们的家长已经起诉了校方，别说化学系了，就是整个管理层都会受到牵连的。”

听到问题这么严重，萧世琛皱起了眉。

其实姜离之前也曾担心过学校设备老旧的问题，可是其他老师都表示那些设备都是一届一届用过来的，从没出过事情，所以就先将就着用吧。

想到这儿，她叹了一口气，真正令人感到心痛的是那两个不幸的学生，他们还那么年轻，一直都在努力读书的他们，还没等到毕业就失去了生命。姜离知道很多家庭只有一个孩子，如今这两个孩子的丧生就意味着两个美好的家庭彻底破碎了。

萧世琛见她神情低落，还以为她在担心自己会受到牵连，便搂着她的肩膀，轻声安慰道："别担心，这件事并非你的责任，即便有什么变动，那也是学校的问题。"

姜离本不想这么兴师动众，萧世琛却执意要求顾湛跟着一起进去。最后她拗不过，只得带着他们去了办公室。

他们到三楼时，走廊里已经站了很多的老师和学生了，其中不少是姜离班级里的学生，他们也是来接受问话的。

看见姜离，沈倩立刻走过去低声说道："现在正在一个一个问话呢，也不知道究竟要怎么样。"

此时顾湛看了一眼里面的情况，低声和萧世琛说道："这阵仗可真不小，看来这次的问题真的很严重。"

"会对 Shiloh 有影响吗？"萧世琛皱着眉头问道。

顾湛嗤笑了一声，说道："你不是不喜欢你妹妹在 S 大吗？要是真连累到她，不是正合了你的心意？"

"可我不希望是以这种方式。"萧世琛冷漠地说道。

顾湛瞧着他的表情，叹了口气说道："看看你这担心的样子，但凡你对别的女人有对你妹妹百分之一的重视和关心，你也不至于单身到现在。"

萧世琛瞥了他一眼，说道："我不是单身，我在约会。"

"是啊，一年三百六十五天都在约会的男人。"说完，顾湛露出一个嘲讽的笑容，随后摇了下头，揶揄道，“真为那些替你伤心欲绝的姑娘感到难过。”

“我并不觉得我欠任何人的。”萧世琛冷漠地说道。

顾湛被他这话气得无话可说。

这时，问话室的门被推开了，走出来的警察看着手中的名单对着走廊里喊了一个名字，一个学生应了一声就跟着进去了。

刚刚约谈结束的学生一走出来就被外面的人团团围住了，沈倩赶紧上前对众人说道：“好了，让她回去休息吧。大家都别着急，也都别紧张，这就是一个程序而已，到时候只要实话实说就行了。”

被约谈的学生是蒋晓文，姜离见她一副失魂落魄的样子，走上前去问道：“怎么了？”

“姜老师……”蒋晓文看见是她，一直隐忍着的情绪一下子爆发了。

见她的眼泪止不住地往下落，姜离伸手帮她擦了擦，却越擦越多，那种压抑的哭声像是从她胸腔里发出的，满是痛苦、绝望和难过。

姜离也不知道该怎么安慰她，只好伸手抱了抱她说道：“别难过了。”

似乎现在姜离也只有这样，才能给她一丁点儿的安慰。

蒋晓文似乎再也克制不住了，一下蹲在了地上，声嘶力竭地边哭边说道：“姜老师，为什么偏偏是李师兄啊？为什么呀？他那么好的一个人……”

她说的这个李师兄是不幸身亡的一个学生，他家里很困难，知道父母供自己读书很辛苦，他一直十分刻苦地学习，而且坚持在工作之前不谈恋爱，所以就算蒋晓文那么喜欢他，也只是在心里默默地喜欢着。

她说她想等到李师兄毕业的时候就向他表白，不管成不成功，她都想告诉他，她一直都在默默地看着他、喜欢着他。

姜离也听说过他，他是詹副院长带的研究生，学习很努力，还在国家级学术杂志上发表过好几篇论文。他总是戴着一副眼镜，模样斯斯文文的，对谁都很温和，这样优秀的一个男生，确实值得这个女孩默默地喜欢着。

可是现在……

凛冽的寒风将走廊吹得很冷，可是没有一个人走开，他们都神色哀伤地看着这个心思赤诚的姑娘。她的喜欢，永远都无法告诉那个人了。

她的哭声很悲凉，所有人都很悲伤。

不知过了多久，蒋晓文的同学把她扶走了。姜离看着她的背影，心里一阵一阵地抽痛。这种年少时的喜欢是那么赤诚，因为这个时候，不会有人在意家世、金钱，你喜欢的只是那个人，喜欢他说话时微微笑着的模样，喜欢他做实验时小心细致的样子，甚至喜欢他用手扶眼镜的动作。

终于叫到姜离的名字了，她跟着警察走了进去，看见跟在她身后的顾湛时，警察问道："你是？"

顾湛立即递上了自己的名片，说道："这是我的名片，我是姜离小姐的律师。"

警察看了一眼名片，又看了一眼他，咳了一声说道："我们只是例行询问而已。"

"可我的当事人有权要求我在场。"顾湛微笑着说道。

最后警察只得请他们两个都进去，警方临时借用了化学系的一间会议室来问话，两人进门后，就看见会议桌旁边坐着好几个警察，一个女警正在低头做记录。他们进门之后，几个警察同时抬起了头，露出惊讶的表情。

"这位是顾律师，是这位姜老师的律师。"带他们进来的警察，指了指顾湛说道。

"姜老师，请坐。"一个警察伸手示意道。

两人坐下后，坐在正中间的警察问道："姜老师，请您详细地说一下当日的情况。"

姜离点了点头，随后将事情发生的经过叙述了一遍。当时她正带着学生做实验，就听见了爆炸声，然后到处都是被气浪冲击的惨状，紧接着她就指挥学生立即跑下楼，到楼下没多久，就发生了第二次爆炸。

“在爆炸之前，您有听见什么奇怪的声音或者发现什么奇怪的事情吗？”警察听完她的描述后问道。

姜离摇了摇头说道：“没有。”

“可是据我们调查，不少学生听到旁边实验室里曾传出有人争吵的声音。”警察质疑道。

姜离答道：“没有，我没有听到这样的声音，而且就算有，也应该是楼梯口传来的争吵声。”

“哦？为什么你这么确定？”警察看着她问道。

姜离平静地说道：“你们应该看过实验楼的平面图吧，我们当时所在的实验室靠近楼梯口，做实验的位置也是靠近楼梯间的，而发生爆炸的实验室在最右侧，和我们的实验室紧挨着，可那间实验室的门在最右边，如果生活区真的有人在吵架，我想我的学生是听不到的。”

“你怎么能肯定他们就是在生活区吵架呢？万一他们是在实验区吵架呢，而且一时失手不小心……”

听到这儿，姜离猛地站了起来，她身后的椅子在地上摩擦出一声尖锐的声音后，砰的一声倒在了地上。

“警察先生，如果你没有证据的话，我觉得你不应该做出这种推断，这是对两位死者的亵渎。”说完之后，她稍稍缓和了一下情绪，又看着对面的人，认真地说道，“你们并不熟悉那两个学生，那个研究生是我们学院里非常努力认真的学生，我相信他不会在实验区做出不符合规范的行为。”

“所以你觉得，他们不会在实验区吵架？”警察问道。

姜离坚定地说道：“不会，我可以以我的名誉保证。”

接着警察又问了一些其他的问题便请她出去了。

姜离出来之后，沈倩立刻上前问道：“没事吧？没出什么问题吧？”

“没事，只是问了一些问题而已。”姜离笑了笑说道。

顾湛拉着她走到一旁，皱着眉说道：“你刚才不应该那么说的。”

姜离抿着嘴没说话，此时萧世琛也走了过来问道：“怎么了？”

顾湛将方才在问话室里发生的情况复述了一遍，姜离这才发现他居然记得这么详尽，几乎连一个字都不差。

见萧世琛也忍不住摇了摇头，姜离立即说道：“我只是一时激动而已。”

萧世琛也没多说什么，便要带她离开，姜离只得和不远处的沈倩说了一声，便先行离开了。

走到校门口的时候，他们发现外面围着不少人，校门也紧紧关着。司机下车过去询问了一下，回来后对萧世琛说道：“萧先生，保安说这边的校门不允许走了，让我们走别的门。”

“怎么回事？”姜离疑惑地问道。

“好像是学生家长来闹事了，不是说之前爆炸炸死了学生吗？”司机一边说着一边准备倒车从别的门出去。

姜离立即喊道：“等一下！”

“不许去！”萧世琛知道她的想法，一把拉住她的手臂呵斥道。

姜离回头看向他，眼中露出哀求的目光。

随后萧世琛问道：“这些事情不是你该管的，如果他们有诉求，可以找学校，你去的话，能说什么？能做什么？”见姜离垂下了头，他又安慰道，“如果你真的想做什么，我可以让人以慈善基金会的名义给他们的家庭捐款。”

见姜离不再坚持，萧世琛便命令司机开车离开了。

姜离回到家之后，心情依旧很低落，她连午饭都没吃。

萧世琛离开后，陈阿姨对姜离说道：“刚才霍先生打电话来，我告诉他，你哥哥来了。”

姜离这才想起萧世琛是严禁她和霍从烨交往的，她赶紧叮嘱道：“陈阿姨，在我哥哥面前，您可千万不能提霍先生啊。”

“怎么了？”陈阿姨先是疑惑，随后恍然大悟般地问道，“你们两个的事情，家里不同意啊？”

姜离点了点头。

陈阿姨连连感叹道：“为什么啊？我看霍先生长得又帅，人又有本事，这有什么不同意的啊？我女儿要是找个这样的男朋友，我一百个同意啊！”

姜离抿嘴一笑，说道：“拜托陈阿姨您了，可千万不能说漏嘴啊。”

“你放心吧，阿姨知道轻重，不会乱说的。”陈阿姨担保道。

下午的时候，霍从烨的电话又打了过来，他告诉姜离自己晚上过来。

姜离赶紧说道：“你不能来！”

“怎么了？”霍从烨不明所以地问道，他这会儿还不知道，萧世琛是那么反对他们两个人的事情。

姜离想了想，迅速找了一个理由，说道：“你也累了一天了，早点儿回去休息吧。”

“是不方便吗？”霍从烨问道。

姜离说道：“什么不方便啊，哪儿有不方便？我就是心疼你嘛，你有那么多事情需要处理，肯定很累吧。”

“我到的时候给你打电话，楼下见面吧。”

晚上9点的时候，霍从烨的电话打了过来，姜离赶紧进了自己的房间，费了半天劲才接通电话。

霍从烨在电话那头笑着说道：“开门吧。”

“你在我家门口？”姜离惊恐地问道，她倒吸一口气的声音霍从烨听得清清楚楚。

他有些哭笑不得地问道：“我就这么见不得人？”

霍从烨从未想过自己居然也会有被人嫌弃的一天，虽然他不是自恋的人，可自认各方面和姜离都很般配，不过现在这架势就像是她找了一个上不得台面的男人一样，这可真是伤害到了他骄傲的自尊心。

“当然不是了，只是情况有点儿复杂。”说完，姜离突然觉得有点儿对不住霍从烨，朝门口看了一眼，又问道，“你现在在门口吗？”

霍从烨轻笑了一声，说道：“下来吧，我在楼下呢。”

姜离一下子从床上站了起来，走到窗户旁，就看见楼下有辆车子正打着双闪，立即对着手机说道：“我已经看见你的车子了，现在就下去。”

“多穿点儿衣服，外面冷。”霍从烨叮嘱道。

姜离套了一件红色的羽绒服，刚推门出来，就看见萧世琛正在客厅用笔记本电脑开视频会议。

“要出去？”萧世琛见她穿着外套，疑惑地问道。

他戴着一副眼镜，因为是在家里，所以只穿了一件驼色的圆领毛衣，里面是一件白色衬衫，挺括的领子处解开了一颗纽扣。

姜离有些慌张，随后迅速扬起了笑脸，说道：“裴芷的妈妈给我炖了猪蹄汤，让我过去喝呢。”

“现在？”萧世琛将身体往后靠了一下，随后用深邃的眸子看着她问道。

姜离眨着眼睛，无辜地说道：“她本来要送过来的，可是太麻烦了，半路要是洒了，岂不是可惜？”

萧世琛摘下眼镜，伸手拿起桌上的眼镜布擦了几下，才淡淡地说道：“早去早回，外面挺冷的。”

“我知道了，哥哥你要喝吗？”姜离一边说一边往外面走。

“不用。”萧世琛冷淡地拒绝道。

出了门，姜离长出了一口气，心想自己怎么就那么怕他呢。等电梯的时候，裴芷还真发了微信给她，让她到家里喝猪蹄汤。

霍从烨正在车里百无聊赖地用手指敲着方向盘，就见远处有个圆圆的黑影一路小跑着冲了过来。他立即推门下了车，那团黑影一下就扑到了他怀里，他重心不稳靠在了车身上。

“一天没见，你怎么变重了？”霍从烨用双手紧紧地抱着姜离调笑道，她头上戴着羽绒服的帽子，毛茸茸地戳在他的脖子上，又酥又痒。

姜离抬起头，可帽子将她的脸挡去了大半，她噘着嘴，不悦地反驳道：“我只是穿得有点儿多而已。”

“是啊，都成一个球了。”霍从烨说着捏了捏她的脸颊，另一只手还紧紧地搂着她。

她的腰身真的很细，即使穿着宽松的羽绒服，可只要轻轻一掐，就能摸到她纤细的腰肢。

霍从烨低头看着她，因为被帽子挡着，所以姜离只露出来小半张脸，嘴唇润润的，唇色粉得像樱花瓣一样。他俯身亲吻着她的唇，鼻息间满是呼吸交缠的亲密。姜离闭着眼睛仰着头，紧紧地抱着他的腰。

楼上的阳台上，一个高大的身影正安静地看着他们。

“你哥哥不同意我们两个交往？”霍从烨有些难以置信地问道。

对于萧世琛这个名字，他自然不陌生。在华尔街，像萧世琛这样优秀的亚裔人总是能引起众人的关注，更何况当年众禾上市差点儿与普森投资成为合作伙伴，只是后来阴错阳差地没有合作成功。

这两年，普森投资频频在中国发力，投资了不少新兴企业，其中有好几个都已成了行业内的龙头。霍从烨可以肯定自己从不曾和萧世琛碰过面，更不会无意间得罪到他。

“别问我，我也觉得奇怪，或许他就是没有理由而已。”说完，姜离叹了口气，靠在了椅背上。

“你这个哥哥还真是……”霍从烨的话还没说完，就见姜离瞪着自己，他立即伸出手挡住她的眼睛，说道，“不许这么看我。”

姜离气呼呼地说道：“不许你说我哥哥坏话。”

“我没想说你哥哥坏话。”霍从烨瞧着她不服气地噘着嘴巴，赶紧解释道，又揉了揉她的头发，算是稍稍惩罚她一下。

姜离只能用包成粽子一样的手一点点地将乱发拨回去，暗道这个人现在怎么一点儿都不稳重。

随后霍从烨又问道：“我听说你今天去学校录口供了？”

姜离点点头，失落地说道：“出来的时候还遇上了家长在学校门口拉横幅，可我又什么都做不了。”

就算是校方，现在能做的也只是安抚家长而已，可是光是安抚就能让家长忘记失去自己孩子的伤痛吗？姜离虽然不曾为人父母，却能理解家长的悲痛。

“别难过了，谁都不愿意看见这样的结果，我想学校肯定会做出适合的决定的。”霍从烨轻拍着她的肩膀安慰道。

姜离看了看时间，发现自己已经出门半个小时了，便对霍从烨说道：“我得走了，你也上去休息吧。”

“我们以后要一直这样？”霍从烨问道。

这一幕让他恍惚觉得自己回到了高中时代，那时他除了读书就是打篮球，虽不曾早恋，可他没少看到自己身边的朋友为了争取和女朋友约会的机会而绞尽脑汁。

姜离立即保证道：“不会的，我哥哥不会在这里待很久的，他总要回美国的。”

“如果他一直不回美国呢？”霍从烨认真地问道。

他并不是和姜离随便玩玩，从他第一天和她交往开始，始终抱着认真的态度。

姜离从没想过会有这种可能，诧异地说道：“怎么可能！他工作很忙的。”

“那你考虑过以后吗？我们两个人总不能一直这么瞒着他吧。”霍从烨又问道，他的一只手放在方向盘上，手指有节奏地敲击着。

姜离见他真的担心，想了想说道："我只是想给大家一个缓和的时间，等我哥哥反对的态度不这么强烈了，我就和他说，你放心吧，他拗不过我的。"

霍从烨瞧着她信誓旦旦的样子，突然觉得他们两人的身份似乎对调了过来，一般不都是女方逼着男方带自己回家，然后给自己名分的吗？怎么到了他俩这里，情况颠倒了呢？

想到这儿，他笑了笑。

姜离奇怪地看着他，眼神传递着：你笑什么呢？

听霍从烨说了自己的想法，姜离立即兴奋起来，她跪坐在椅子上，伸手勾住了他的下巴。可她的手被包扎得很夸张，霍从烨一垂眸就能看见那包裹成一团的手掌，心里忍不住想笑。

随后，姜离一脸坏笑地说道："我会对你负责的，所以不用担心。"

霍从烨别过头，止不住地低声笑了起来。

姜离原本也很高兴，可是看着看着，却觉得他这笑声不对劲，于是便皱眉问道："有那么好笑吗？"

"对不起，我只是看见你的手，有点儿忍不住。"原本一个妩媚的手势却因为她的"白粽子"手而大煞风景，霍从烨就是再给面子，也忍不住笑了出来。

姜离恼羞成怒地推门下车，直奔着裴芷家跑去。

见姜离双手捧着碗喝汤的样子，坐在对面的裴芷啧啧了两声，摇头感慨道："瞧瞧！这还是我们的小公主吗？"

从前的姜离真是过着公主一般的日子，身上挑不出一丁点儿毛病，谁看她都是十足的完美小姐，可裴芷总觉得她周围像罩了个玻璃罩子一样，谁也走不近，就算有时候靠得近了，也只能看见她完美的外表。此时裴芷看着因为手受伤只能双手捧着碗喝汤，以至于把自己喝得满嘴冒油光的姜离，顿时觉得她太接地气了。

“真的太好喝了！”说完，姜离豪爽地用手擦了擦嘴。

她喝了太多国外那种又浓又甜的汤，第一次喝到这么香、这么鲜美的汤，所以不禁发出了感叹。

薛琳在客厅里听到姜离的话，心花怒放地喊道：“裴裴，再给离离盛一碗。”

裴芷听话地站起身又给她盛了一碗放到面前，说道：“慢点儿喝。”

“这两天的新闻都在说这件事，S大建校一百年来从没被骂得像现在这样惨过。”裴芷叹了一口气，无奈地说道。

事故导致学生身亡本就足够令人震撼了，又有学生匿名爆料说学校的设备早就该换了，可是学校一直罔顾师生的安全，让他们在危险的环境之下工作学习，这个消息顿时将S大再次推到了风口浪尖上。

姜离低着头说道：“可就算挨再多的骂，那两个学生也活不过来了。”

“也不能把所有的责任都推给学校吧，发生爆炸的原因还没查清楚，也可能是因为学生操作不当造成的啊。”裴芷质疑道。

从今天警察的言语中，姜离也听出了一些端倪，警方似乎认为是两个学生之间发生了争执，甚至动了手，才引起了爆炸。可她不愿意这样想，所以干脆不再说话。

这几天对S大，特别是化学院的全体师生来说，都十分难熬。

化学实验楼发生爆炸，很多实验数据被毁不说，更有学生丧生，就算是偶尔路过看见那栋黑乎乎的小楼，众人心里都免不了一阵难过。

校方考虑到爆炸事故会给师生留下心理阴影，因此特别安排了心理老师给他们进行辅导，姜离也被强制要求去了一趟。

萧世琛这一周一直住在姜离家里，所以她和霍从烨只能偷偷摸摸地见面。原本霍从烨是抱着近水楼台先得月的心思才搬来她对门的，可现在姜离就连去医院拆纱布，都有萧世琛陪在左右。

周五的时候，他本想约姜离到外面吃饭，可萧世琛已经安排好了晚餐，姜离只得忍痛拒绝。

晚餐地点定在一家西餐厅，出发前，萧世琛特意叮嘱姜离穿得隆重一点儿。

姜离的手已经好得差不多了，她给自己挑了一身银白色的长裙，又化了个淡妆，乌黑的长发随意地披散在肩上。从小到大，她的发质都很好，浓黑如墨。

萧世琛亲自开车，到了餐厅楼下，停好车后，两人乘坐电梯到了位于三十三楼的餐厅。

餐厅的环境很幽雅，人也很少，萧世琛领着姜离走到预订的餐桌时，那里已坐了两个人。

“这是刘太太，她与凯特是至交好友。”萧世琛向姜离介绍道。

这位刘太太一看就是个保养得当的贵妇人，姜离从她的面容根本猜不出她的实际年龄。她穿着一身浅紫色的裙子，头发盘得一丝不乱，还戴了一整套的钻石首饰，看起来贵气十足。

刘太太仔细打量了姜离一番，随后又欣慰又心疼地说道：“没想到离离都已经长这么大了，当年我去英国的时候，她还很小呢。”

姜离见过她母亲的很多朋友，如果这位刘太太真的是萧世琛所说的至交好友的话，她不会没有印象。

随后，刘太太拉过她身边的年轻男子，笑着对姜离说道：“离离，这是我儿子刘柏然，他就比你大一岁。”

“姜小姐，你好。”刘柏然绅士地伸出手和姜离打招呼。

姜离轻轻地握了下他的手，点头笑了笑。

落座后，她朝萧世琛看了一眼，可他只顾着和对面的刘太太寒暄，完全不理她。看得出来，他们很熟悉。听了一会儿，姜离才知道，原来刘太太的丈夫是S市一个鼎鼎有名的卖场的老板。

这家卖场在全国都十分有名，去年刘先生甚至入选了福布斯富豪排行榜前一百名。刘柏然是独生子，之前一直在美国留学，因为刘太太才和萧世琛相识。

“柏然能去高盛，多亏你引荐呢。”刘太太笑着说道。

萧世琛客气地回道：“柏然本来就是经济学高才生，就算没有我，他也会是这些投行争相竞争的人才。”

“你是哪个学校毕业的？”此时，刘柏然好奇地看着姜离问道。

原本他被刘太太拉来吃饭也十分不愿意，可是看见姜离的时候，他一下就被吸引住了。

人都是视觉动物，刘柏然饶有兴趣地看着姜离，她话很少，从进来到现在，只说了几句而已。她一低头，长发便披散在脸颊两侧，有种说不出的温柔，刘柏然觉得自己就是被她这一低头的温柔吸引了。

“剑桥。”姜离很想离开，可是碍于面子，还是低声回答道。

之后两人的对话基本上都是刘伯然问一句，姜离答一句。

“离离来S市也没多久吧，估计都还没好好逛逛呢，正好柏然最近也没什么事情，就让他带着你好好转转。”刘太太热情地说道。

这么明显的暗示，姜离要是再不明白，那真是傻子了。

她抬起头，开口说道：“其实我已经有……”

旁边的萧世琛一下握住了她的手，转头冲着刘太太说道：“她刚到S大工作，有点儿忙，不着急。”

“也对，还是离离有出息，这么年轻就是副教授了。”刘太太点点头称赞道。

吃完晚饭后上了车，姜离便沉下了脸，忍了又忍，最后还是说道：“哥哥，我一直没和你说，我有……”

“我不同意！”萧世琛面无表情地看着前方，淡漠地打断了她的话。

“你都没听我说完！”姜离生气地说道。

萧世琛依旧一脸淡漠的表情：“不管听没听完，我都不同意。”

姜离气急了，怒喊道：“停车，我要下车。”

萧世琛没理她，只是沉默地继续开着车。

被姜离拒绝后，霍从烨便被母亲柳蔚子叫回了家。

他到霍家大宅的时候已经快 8 点了，姑姑霍明素也在。他打了声招呼，刚要上楼，就被柳蔚子一把拉住，轻斥道：“一回家就上楼，也不陪我说说话。”

一旁的许愿笑了笑，想着看来倒霉的不止他一个。

霍明素坐了一会儿，觉得有些无聊，便提议道：“大嫂，要不咱们打牌吧。”

“妈，我不会打啊。”许愿生怕被抓去凑数，立即说道。

霍明素瞪了他一眼，数落道：“没出息！连牌都不会打，别的地方聪明有什么用？”

许愿默默地低下了头。

柳蔚子听她这么一说，也有了兴趣。霍老先生出院之后，她就一直在照顾他，好久没放松过了。这周正好霍余哲要陪着霍老先生到山上去住几天，霍明素今天就是去送老爷子了，所以才一直没走。

“要不我给刘太太打个电话，看她有没有空？”

刘太太和柳蔚子是牌搭子，而且刘家离霍家也很近，开车二十分钟就到了。

霍明素听了，也点头同意。

柳蔚子在电话里得知刘太太刚从外面回来，不过来了，觉得有点儿失望，随后又问了句：“今天有应酬啊？”

“带儿子相亲才回来。”刘太太笑着答道。

柳蔚子惊讶地说道：“柏然才多大啊！你这么着急让他结婚啊？”

“倒也不是我着急，只是女方的条件实在是太好了，我可不想错过这么好的姑娘。”刘太太得意地说道。

柳蔚子一听，好奇地问道：“女方是哪家的孩子啊？让你这么满意。”

“不是咱们S市的，刚从英国回来，现在在S大教书，才25岁就是副教授了！而且家世也好，唯一不太好的，就是父母都不在了。”

柳蔚子听完也觉得这姑娘的条件真的很好，现在S市里适婚的女孩不少，也有不少是号称出国留学过的，可回国之后连英语都说不利落。之前柳蔚子就碰到一个，当时她就想，就这样的，还想结识她儿子？

她真心实意地说道：“条件确实是很好，那柏然看中了吗？”

“小姑娘长得真漂亮，我家柏然去之前还说自己不想相亲，可这一见了面，他就一个劲儿地和人家搭话。”刘太太得意的声音，连一旁的霍明素都听见了。

两人又聊了一会儿，才挂了电话。

柳蔚子幽怨地瞥了霍从烨一眼后，向霍明素抱怨道：“你看看人家刘家的孩子，可真省心。”

“你就听她吹吧！还25岁的副教授！”说完，霍明素推了一把旁边的许愿，问道，“儿子，你们学校有这么年轻的副教授吗？”

柳蔚子接电话的时候，许愿的头都要低到地上了，生怕看见霍从烨的表情，可没想到，霍明素还是把他拖下水了。

他低着头，不敢看霍从烨的表情，说道：“我怎么知道？我们学校那么大。”

“你不是在S大读书吗？怎么能不知道？就算不是一个院的，也总该听说过吧？”

这时，霍从烨猛地站了起来，脸色十分阴沉。

柳蔚子被他吓了一跳，正要说什么，就听他冷着声音说道：“我先上楼了。”随后他便转身走开了。

霍从烨进了房里后立即给姜离打了个电话，过了许久，电话才接通。

“你吃完饭了吗？”霍从烨沉声问道。

姜离嗯了一声，听不出是什么情绪。

霍从烨站在窗口，看着外面花园里亮着的路灯，终究是冬天，外面的街道有种萧瑟的悲凉。

他问道："就你和你哥哥两个人？"

过了好久，姜离才说道："是啊，就我们两个。"

"早点儿睡。"说完，霍从烨挂断了电话。

这时，窗外一阵风刮起，卷起的落叶在空中飞了几圈后落在了地上。

接着，砰的一声，吓得客厅里正说话的三个人抬起头一脸惊恐地望向楼上。

"这是怎么了？"柳蔚子拍了拍胸口，担心地问道。

许愿立即安抚道："应该是什么东西摔了吧，我去看看。"

他刚上楼，就见穿着大衣的霍从烨关门走了出来，脸色阴沉得可怕。

许愿刚才听柳蔚子接电话时，一下就听出来她们说的是谁了，他也知道姜离和霍从烨关系匪浅，而且这几天学生之间也都在传姜老师正和男神交往呢。那天发生爆炸的时候，霍从烨去学校找姜离也被不少人看见了，只是学生们都只是在私底下讨论，没人去网上爆料而已。

许愿心想姜离也不是那种一只脚踏好几条船的人啊，怎么和自己表哥交往着，还去相亲呢？

"哥，你这是要去哪儿？"许愿见霍从烨气势汹汹的样子，赶紧上前拦住了他。

霍从烨皱着眉说道："回家。"

"你这不是在家呢吗，舅妈和我妈都被你吓坏了，你可别……"许愿没敢多说，这会儿霍从烨的表情十分难看，许愿极少见他这样，所以赶紧拦住他，生怕出什么事情。

霍从烨冷漠地打断了他的话："让开。"

许愿哪儿敢真让开，赶紧小声说道："哥，这事肯定有误会。你想想啊，姜老师肯定不是那样的人，你要是闹大了，让舅妈知道了，她肯定会对姜老师有成见的。”

霍从烨嗤笑一声，斜睨了他一眼，说道：“你以为我要干吗？”

许愿面色一僵，随后尴尬地笑了两声。

“我房间的玻璃突然炸了，今晚住不了了，所以我要回去住。”霍从烨解释完，便绕过许愿走了下去。

等他的身影消失在楼梯口的时候，许愿半信半疑地走过去推开了他房间的门，一打开灯，就看见地上全是玻璃碎片，阳台的窗户整块都碎了。

见霍从烨下楼，柳蔚子起身问道：“怎么回事啊？”

“玻璃突然炸了，明天您让管家换一下吧。”霍从烨淡淡地说道。

柳蔚子赶紧走上前，上下打量了他好久，才颤声问道：“你没事吧？没伤到哪里吧？”

“没事。”霍从烨拍了拍她的肩膀，笑着说道。

“那你这是要去哪儿啊？”柳蔚子疑惑地问道。

“玻璃坏了，今晚我房间不能住了，我先回去了。”霍从烨淡淡地说道，随后他朝旁边的霍明素点了下头，说道，“姑姑，我先回去了。”

霍明素叮嘱道：“路上开车小心啊！”

柳蔚子虽然不舍得他这么快就回去，可是楼上玻璃坏了，肯定是不能住人了，霍从烨又是个挑剔的人，临时收拾出来的客房，他肯定不愿意住。

霍从烨工作忙，柳蔚子平时总是看不见他，到了周末好不容易见着一面，可这才一会儿的工夫他就要走了，她不舍地说道：“那你今晚回去住，明天要回来陪我吃饭啊。”

霍从烨抱了她一下，轻声说道：“我明天派人来接您，带您出去吃饭。”

柳蔚子点了点头，将他送出了门。

“我真不敢相信，你居然会做出这种事情！”姜离难以置信地看着萧世琛说道。

回来的路上，她越想越觉得今晚的事简直太荒谬了，她无论如何都不能接受这个事实。

“刘柏然是个不错的男人，在美国的时候，我和他深入接触过，他不像中国的那些富二代，只知道泡吧、泡女人，我并不反对你交男朋友，只是觉得你应该慎重挑选一下。”萧世琛看着她，冷静地说道。

姜离听得目瞪口呆，她没想到都这个时候了，他居然还能这么坦然地说出这些话。

“我和什么样的人交往跟家世无关，而是我要喜欢那个人，看见他的时候心里会开心，看不见的时候会想念他。我喜欢霍从烨，他让我重新明白了喜欢一个人的感觉。那个刘先生确实很优秀，可是和我毫无关系。”

姜离意识到正是她一直以来的退让才让萧世琛以为可以随意摆布她的人生。

萧世琛觉得她像是着了魔一样，沉默片刻之后，问道：“你说他喜欢你，那你有没有想过，他真正喜欢的人是你吗？”

姜离一怔，讶异地看着他。

“你认为一个人突然出现在你身边，我会不去调查清楚吗？他带着什么样的目的接近你，我会不去了解吗？”说着，萧世琛往前走了一步，双手紧紧地按住了姜离的肩膀，眼中尽是担忧。

“他究竟是喜欢你，还是因为你长得像他的前女友？”说着，萧世琛手上的力道突然加重了。

姜离觉得肩膀疼得厉害，挣扎了一下，嘴硬地说道：“我们在交往之前就已经讨论过这个问题了，我相信他。”

萧世琛嗤笑了一声，目光直直地看着她，轻声说道：“一个男人在自己的前女友死去后四年都无法忘记她，突然有一天他就忘记了？你在他的眼里到底是谁，你能分辨得清楚吗？”

“我能！”姜离斩钉截铁地说道。

眼神是骗不了人的，即便一个人再能隐藏、再能伪装，那不经意间流露出来的眼神是永远无法造假的。

“你非要吃尽苦头才肯改变主意吗？如果我无论如何都不同意，你不惜和我翻脸也要和那个男人在一起吗？你要为了他放弃你唯一的家人吗？”萧世琛终于使出了撒手锏，他从未这么生气地和姜离说过话。

此刻，他在提醒姜离，如果她真的坚持和霍从烨在一起，那么他是不会原谅她的。

姜离愣住了，虽然是在温暖的房间中，她却觉得自己仿佛身在冰窟，从头冷到脚，心上像被钻了一个巨大的洞，冷风不停地穿过。

“如果我坚持和霍从烨在一起，你要怎么办？”

“就算有一天我死了，你也不要来看我。”萧世琛决绝地说道。

“好。”

霍从烨把车停到楼下后抬头看了看，姜离家的灯亮着。

他在身上摸了半天没找到烟，又在车里翻了翻，好不容易才找到半盒。把烟点上后，他没怎么抽，只是夹在手指间，烟灰快要掉下来的时候，他打开车窗将手伸出去弹了一下。

霍从烨心里清楚许愿说的是对的，他也比谁都了解姜离是什么样的人，但他不喜欢她有事情瞒着他，甚至还撒谎骗他。

直到一根烟烧完了，他才推开车门上了楼。

霍从烨走进电梯时，旁边的电梯刚好到了一楼，电梯门打开后，萧世琛脸色阴沉地走了出来。

到了楼上，霍从烨正要给姜离打电话，就看见她家的门虚掩着，他蹙了下眉，推开门走了进去，姜离站在客厅里，一副十分落寞的样子。

“Shiloh。”霍从烨站在玄关处轻声叫着她的名字。

姜离回过头看着他，表情十分复杂。

“你怎么了？”霍从烨走过去担心地问道。

姜离似乎才反应过来是他，轻轻笑了一下，说道：“没什么，你今天不是要回家吗？怎么突然回来了？”

“有点儿东西落在这里了。”霍从烨随便找了个借口，随后左右看了看，问道，“你哥哥不在家吗？”

“他回美国了。”姜离淡淡地说道，似乎这个消息对她来说再平淡不过了。

霍从烨有点儿惊讶，因为之前姜离从没有向他提起过萧世琛要回去的事。

他看了看明显是在硬撑的姜离，伸手抱住她，问道：“你们吵架了？”

“他气坏了，打算彻底放弃我了，我伤了他的心，对他说了最不应该说的话，他一辈子都不会原谅我了。”姜离的声音有些颤抖，似乎说出的每一个字都让她从心底里害怕。

“不会的，只是吵架而已，家人之间总会有争吵的，等你们都冷静下来了，你再给他打个电话解释一下。”

霍从烨虽然不喜欢萧世琛，可也知道萧世琛对姜离来说有多重要，他不希望姜离受到伤害。

霍从烨知道在这个世界上能称得上是姜离家人的只有萧世琛了，所以能让他们发生争吵的问题一定不小，突然他愣住了，随后缓缓开口问道：“你们是因为我们的事情吵架吗？”

“他对你有偏见，觉得我被爱情冲昏了头脑，但我相信你。”姜离抱着霍从烨的腰，汲取着他身上的温暖，仿佛这样可以让她更加坚定内心的想法。

她想不明白萧世琛为什么会对霍从烨有这么深的偏见，明明霍从烨在各个方面都那么优秀，就算是看条件、看家世，刘柏然连一丝一毫都比不上他。

霍从烨将她紧紧地抱在怀中，轻轻地吻着她的头发，柔声说道："他会理解的，等有机会，我带你去美国亲自向他解释。"

姜离知道他的意思是他愿意低头，愿意为了她向萧世琛低头，于是一直强忍着的眼泪终于落了下来。

霍从烨听到她啜泣的声音，松开了抱着她的手，扶着她的肩膀，微微弯腰看着她的脸，哄道："怎么这么爱哭呢？"

姜离没说话，只是一直掉眼泪。

霍从烨拉着她的手走进洗手间，用毛巾给她擦了擦脸。

姜离此时正伤心，根本无法控制自己的眼泪，见她还是哭得停不下来，霍从烨低头"威胁"道："你要是再哭的话，我就亲你了。"

说完之后，连他自己都忍不住笑了出来，想不到这么幼稚的话居然是从他嘴里说出来的。

姜离只是眨着一双迷离的大眼睛看着他，泪水止不住地往下流。霍从烨轻叹了一声，低头吻在她的眼睛上，苦涩的眼泪被他的薄唇尽数带走，那种酸涩的味道登时盈满了他的唇齿间。

他把她抵在洗手台上，薄唇像羽毛一样轻柔地吻在她的额头、鼻子、眼睛和嘴唇上，随后又哄道："别哭了，只是吵架而已，一看你就是不经常吵架的人。"

他笑了笑，想起自己在叛逆期时做过的事情，不禁觉得这姑娘简直乖巧得过分，不过是和哥哥吵架而已，就哭得像世界末日到了一样。

看姜离的情绪稍稍平缓了一些，霍从烨轻声说道："现在你好好洗个澡，然后上床睡觉，什么都不要想，我会解决这件事的。"

姜离用肿得像核桃一样的眼睛认真地看着他说道："连我都不能让我哥哥改变心意，你？还是算了吧。"

说完，她就把霍从烨推出了洗手间。

过了一会儿，听到敲门声，她带着哭腔问道："干吗？"

“你没拿换洗衣物，我帮你拿了一身。”霍从烨在门外说道。

姜离把门打开，从他手里接过睡衣后又关上了门。她打开睡衣，看见夹在里面的内衣和内裤时，冲着外面的人影低声斥道：“流氓！”

随后她就听门外响起了低低的笑声。

姜离洗完澡出来后看到客厅里没人，以为霍从烨已经回去了，便关了灯，打算好好睡一觉。谁知一推开卧室的房门，就被安静地坐在床头看书的霍从烨吓得惊叫了一声。

霍从烨从容淡定地抬起头看向她，对她的大呼小叫表现得十分不以为意。

姜离问道：“你怎么会在我房间里？！”

“我不放心你今晚一个人睡。”霍从烨十分自然地说道。

姜离这才发现他已经换上了深蓝色的睡衣，有些明知故问地说道：“可是你为什么在这里？”

霍从烨笑了笑，掀开被子，拍了一下床，柔声说道：“快过来，小心着凉。”

姜离气势汹汹地走了过去，刚走到床边，就被他拉住手腕拽倒在了床上，紧接着，霍从烨翻身压了上去。她穿的睡衣是丝绸材质的，柔软的衣摆滑过霍从烨的腿时，原本还在隐忍克制的他，一下子像被点了一把火一样。

姜离躺在床上，瞪着一双大眼睛看着他，睡衣的领子已经滑到了肩头，露出一片白玉一样的皮肤，起伏的曲线随着她的呼吸深深地吸引着霍从烨的视线。

姜离的目光根本不知道该落在哪里才好，她感觉自己周围全是霍从烨身上清冽的香味和他呼吸间散发出来的灼热气息。

看着他上下滚动的喉结，姜离突然想起两人在邮轮上的那个晚上……

“Shiloh，Shiloh？”

霍从烨看着刚才还直勾勾地盯着自己的姜离，这会儿居然呼呼大睡起来，哭笑不得地帮她盖好了被子，又把枕头放好，随后一脸笑意地欣赏起了她的睡颜。

醒来的时候，姜离觉得自己的脖子上全是汗，热得就像依偎着一个火炉。她翻了个身，就听见旁边响起低沉沙哑的声音："怎么了？"

"渴。"姜离下意识地答道。

霍从烨赶紧起身到客厅给她倒了一杯水，回来的时候，就看见姜离双手拉着被子，一脸惊讶地看着他，慌乱地问道："你真的没回家啊？"

"喝水。"霍从烨笑着把水杯塞到她的手里说道。

姜离一边喝水一边不停地偷瞄他。

接过姜离的水杯，放到床头柜上后，霍从烨自然地说道："今天是周六，不用起那么早，再睡一会儿吧。"

说完，他便掀开被子躺了下来。他的身上带着一股寒气，刚一靠近，姜离就忍不住抖了一下，接着往旁边挪了挪，谁知霍从烨用手臂一揽把她揽到了自己的怀里。

其实，他的身上也没有很凉，可姜离还是忍不住抬手捶了一下他的胸口，嗔怪道："讨厌！"

他的胸口十分结实，反倒捶得姜离的手生疼。

她挣扎着想要翻身，霍从烨却牢牢地抱着她，在她耳边轻声说道："别动了。"

姜离自然不肯乖乖听话，就在挣扎时，她感觉好像有什么正抵着自己，随后整个人僵住了。

她正红着脸不知所措时，就听霍从烨发出一阵沉沉的笑声，说道："都说让你不要动了。"

"你还说！"姜离见他不仅丝毫不觉得害羞，还调笑自己，生气地说道。

“好了，再睡一会儿。”霍从烨哄道。

昨晚睡得太早，姜离这会儿已经睡不着了，她静静地看着霍从烨，视线从他的喉结扫向微微敞开的领口。

霍从烨一低头，正看见她盯着自己看，便问道：“好看吗？”

姜离被抓了个正着，恼羞成怒地一把推开了他。随后，她突然想到了什么，坐起身来，推着霍从烨着急地说道：“你快点儿起来！”

霍从烨不明所以地问道：“怎么了？”

“陈阿姨要来了，你得赶紧回家啊！要不然让她看见了，多不好啊！”姜离自己起床后，又要把霍从烨从床上拽下来。

霍从烨瞧着她惊慌失措的模样，笑着说道：“陈阿姨不是早就知道我们是男女朋友了吗？”

“那也不好啊！”

姜离虽然在国外长大，骨子里却有着东方女性特有的委婉和含蓄，自然不愿意让别人看见大清早有男人在她家里。

最后，霍从烨被她连拖带拽地弄了起来。

出门前，他笑着在她的脸颊上亲了一下，说道：“我回家换衣服，待会儿一起吃早餐。”

姜离点头应了一声，霍从烨又轻声说道：“对了，陈阿姨今天不过来，你昨晚睡得太早了，我忘记和你说了。”说完，他便推门而去。

姜离站在玄关处，傻乎乎地看着他走到自家门前，输入密码开门走了进去，不禁暗骂自己真是个此地无银三百两的笨蛋。

吃早餐的时候，姜离接到了萧世琛的电话。

她原以为自己再也接不到他的电话了，所以看见他的名字出现在手机屏幕上时，竟忍不住红了眼眶。

坐在她对面的霍从烨也看见了手机屏幕上的名字，他安静地放下手中的刀叉，等待着姜离接起电话。

姜离深吸了一口气后，伸手拿起了桌上的手机。

“喂。”她的声音又轻又软，而电话那边的风声似乎很大，即便坐在温暖的室内，听到那样的风声也仿佛能感觉到阵阵寒意。

“Shiloh。”萧世琛的语气很温和，他抬头看着面前巨大的白色飞机，心中百感交集。

就算到了这个时候，他还是不忍心放下。他的 Shiloh，从小到大都那么聪明，从没遇到过挫折，除了在那个男人身边，他不想、也不忍看见真相大白的那一天。

“你跟我回美国吧，美国的科研条件比国内好得多，在美国，以你的资历可以轻而易举地得到一份助理教授的工作，升任教授、实现凯特的遗愿是迟早的事情。”萧世琛的声音十分柔和，像极了姜离从前常常听到的样子。

姜离想起自己在母亲的葬礼上哭得几乎站不起来，是萧世琛一边安慰着她，一边妥当地安排着一切，向所有前来道别的人致谢并坚定地表示他会照顾年幼的妹妹。

曾经有很多人或出于好意或出于歹意地提醒姜离要警惕萧世琛，在外人看来，普森投资是姜离的母亲和她继父的遗产，应该由姜离来继承，而萧世琛却以外姓人的身份堂而皇之地当上了普森的执行人。

就在所有人都以为萧世琛这个养子迟早会把什么都不懂的姜离“拆骨剥皮”时，她亲眼看着他一步一步地把普森带到了今天的地位，而她名下的资产相比姜韵离世时翻了好几倍。

在这个世界上，姜离最信任的人就是萧世琛，她相信他的所作所为或许真的有他的道理。

“哥哥……”姜离只是叫了他一声便已泣不成声。

“Shiloh，我在机场等你，飞机会在 11：20 起飞，如果你不来，那就牢牢地记住我昨天说的话。”萧世琛的声音依旧很温和，但他说出的话却十分沉重。

姜离早已泪流满面，她不想选，不管是家人还是爱人，她都不想放弃。

这时，霍从烨将她的手机拿了过去。

对于昨晚的事情，他原本还感到有些庆幸，可现在萧世琛的做法彻底激怒了他。霍从烨没想到自己居然被萧世琛厌恶到这种程度，令他不惜以和姜离断绝关系为代价逼迫他们分开。

“萧先生，我们之间是否有误会？”霍从烨克制着愤怒的情绪，语气平和地问道。

听到姜离压抑的啜泣声，他将手掌按在她的肩头上，似乎这样能带给她一些力量，让她心里好过一些。

萧世琛听到他的声音，先是一愣，随后叹了一口气，说道：“霍先生，你不论是出身还是能力都很优秀，我本人对你没有成见。”

霍从烨愣了一下，没想到坚决反对他和姜离在一起的萧世琛居然会说出这样的话，可这样一来，他更加疑惑事情背后的原因了。

一般来说，家人反对的理由首先是门第不匹配，但以他和姜离的出身来说，他们没有一丁点儿不般配的地方。其次就是双方家庭的原因，可是姜离的母亲早已离世，萧世琛的出身也不明确，所以这应该也不是萧世琛反对他们的理由。至于个人能力方面，霍从烨更不觉得自己有任何问题。

思想来去，霍从烨突然想到了什么，随后问道：“是因为纪禾？”说完，他明显感觉到姜离的肩膀抖了一下。

萧世琛听了他的话，心中的无奈又加重了一分。

萧世琛曾经发誓要将那件事藏在心里一辈子，可是有些事情，就算机关算尽，却还是抵不过命运的安排。他费尽心机地做了那么多的事情，却没想到霍从烨和姜离相隔半个地球还是相遇了，难道这就是宿命吗？

萧世琛是个不相信命运的人，可似乎唯有“命运”这两个字才能解释如今发生的一切。

“霍先生，你们两个并不合适，姜离不是纪禾，等你们在一起之后，你就会越来越清楚这一点，到时候你就会失望，而最后受到伤害的只会是我妹妹，所以我希望你能趁早放手。”萧世琛诚恳地说道。

霍从烨的表情越发阴沉，他沉声说道：“我虽然愚钝，可还是能分清楚自己喜欢谁的，不过萧先生你这样以亲情逼迫 Shiloh 听从你的安排，到底是为了她好还是为了满足你自己的控制欲？”

“不管你我怎么说，最后做决定的是 Shiloh。”萧世琛说完便挂断了电话。

霍从烨低头看着姜离，她的泪眼中竟出现了犹豫的目光。

这是霍从烨最不愿意看到的，因为犹豫就代表不坚定，而不坚定就代表她的心意已经开始动摇。

“走，我带你去一个地方。”说完，他拽着姜离的手冲了出去。

一路上，车子开得很快，两旁的风景在车窗上一闪而过，两人都沉默不语。

走过一段上坡路后，车子停了下来，姜离抬头看了看眼前的大门，是墓园。

她疑惑地看向霍从烨，而他已经推开车门下了车，随后走到副驾驶座替她拉开了车门。

天色灰蒙蒙的，墓园里很安静，到处是高大的树木。正值冬日，树叶凋敝，周围有一种说不出的苍凉。

霍从烨牵着姜离的手沿着台阶一步一步地往上走，最后停在了一级台阶下，两旁是深黑色的墓碑。他将身子转向左侧，许久都没有动。

姜离抬头看了看他，他的薄唇紧紧地抿着，英俊的脸上竟露出一丝紧张的神色。她见惯了霍从烨沉着冷静的样子，此时见他这副模样，不禁有些愣住了，然后她顺着他的视线望向了左侧那排整齐的墓碑。

霍从烨在原地站了很久，才朝里面走了过去。

停下脚步后，姜离看到面前的墓碑上贴着一张黑白照片，照片里的姑娘美得让人挪不开眼睛，若是旁人看见这样美丽的姑娘出现在这里，恐怕都会忍不住感慨一声红颜薄命，而姜离却觉得膝盖发软，身体不自觉地往后退去。

她刚退后一步就被霍从烨扶住了，他艰难地开口说道："这就是纪禾。"

姜离曾无数次想象过纪禾究竟长什么样？是明艳动人，还是娇俏可爱？她长得真的和自己很像吗？是七分像呢？还是八分像？又或者其实不是很像。

当姜离看到墓碑上的那张黑白照片时，终于明白了萧世琛的话："他看着你的时候，究竟是在看纪禾还是看姜离呢？"

纪禾的照片让姜离以为看见了自己，她想如果自己拍一张黑白照片，也是这般笑着，只怕没人会觉得她们是两个人吧。

"我和纪禾认识的时候，刚刚回国，一心想要做出一番事业来证明自己，情况却不是很好，公司亏空得厉害，一度连房租都交不起，每次吃饭的时候，员工们都在抱怨怎么连一块肉都没有。那时，纪禾是我们公司附近一家日本料理店的员工，有一次送外卖的时候送错了餐。"

那段岁月，霍从烨怎么都忘不了。

或许是为了证明自己，或许是为了赌一口气，又或许是为了和自己的小叔叔竞争，总之，他想向父亲证明，他不比任何人差。

霍从烨创办公司的时候不仅没拿家里的一分钱，连信用卡账户都被封了，柳蔚子曾想偷偷地贴补他，却被他拒绝了。

纪禾返回到霍从烨的公司时，员工们惊慌失措地掏钱补给她，可是凑了一大把零钱也没凑够，霍从烨回去的时候正瞧见如此尴尬的一幕，当时陈漪解释说他们都以为是霍从烨订了餐要犒劳大家。

那时他们刚刚做成了一个项目，所有员工都以为能赚到钱，而公司也终于能有些起色了，却不知那个项目被别人中途截走了，虽然签订了合约，但对方说不要就不要了，还摆出一副流氓的姿态让霍从烨尽管去告。

后来，霍从烨把纪禾拉了出去，小声地问她多少钱，谁知竟然要一千二百块。如果是从前，他肯定连眼睛都不眨就给钱，可当时他的银行卡余额连五百块都不到。

霍从烨无奈地表明了自己的窘境，并问纪禾："今晚，我今晚给你可以吗？"

"不用了，是我自己送错了。"纪禾低着头说道。

霍从烨立即解释道："我不是不想付钱，只是我现在没有这么多，我晚上送到你们的店里，可以吗？"

"不用了，我去和老板说吧，都是我自己的错。"纪禾抬起头苦笑着说道，她的眼眶有些泛红。

霍从烨看着穿着鹅黄色制服、戴着头巾、稚气未脱的纪禾，突然觉得心里很难受，他想了想说道："你给我半个小时的时间，就半个小时，我一定把钱拿给你。"

随后他打了个电话给柳蔚子，柳蔚子得知自己的儿子居然连一顿饭钱都付不起的时候，心疼地坐在沙发上哭了起来。

霍从烨赶到那家店把钱还给店长的时候才得知，真正的客人因为一直没等到自己点的外卖投诉到了店里，店长发现纪禾送错餐后开除了她。

之后，霍从烨再也没见过纪禾。

直到一个月后，他在路上重新遇到了正在发传单的她。

"你们相遇在彼此最艰难的时候。"姜离听完，心中说不出是什么滋味。

她见到霍从烨的时候，他不是身边跟着保镖，就是被众人簇拥着，她从未见过那个连一顿饭钱都付不出来的他，甚至无法想象那样的霍从烨是否真的存在过。

“我告诉你这些事只是想让你明白，我能清楚地分辨你和纪禾，你们是完全不一样的，那个和纪禾在一起的霍从烨不会爱上你，而现在的霍从烨如果和纪禾相遇，也不会喜欢上她。”

霍从烨看着石碑上纪禾的照片，突然觉得曾经的爱恨真的已经成了过去，他对那段过往的记忆虽然还很清晰，那时候的感情却再也找不回来了。

“过去爱上她和现在爱上你从来都不是矛盾的，而这才是完整的我。”

## 第十一章
# 这些是你的，不会有人和你抢的

这世上还有比墓园更令人悲伤的地方吗？

姜离每年都会前往墓地，那里安置着她的母亲和她的继父。母亲去世后，在这个世上再也没有跟她有血缘关系的人了。而此时看着墓碑上的人，她竟生出一丝恍惚。

“如果我的妈妈在的话，我真想问问她我是不是有个姐妹。”姜离安静地看着面前的墓碑轻声地说道。

霍从烨转头看着她，安静地说：“你不是她的女儿，你们之间也没有血缘关系。”

姜离先是觉得惊讶，随后表情慢慢地凝滞。她安静地看着霍从烨，半晌才问：“所以你已经拿到了我们的 DNA 报告？”

与聪明的人相处就是这样，他说漏嘴一句话，她便能找到破绽。更何况，霍从烨本就无意继续瞒着她，他想要的是和姜离的未来。

“我很抱歉，但确实有做过这事儿。”霍从烨看着她，承认了。

姜离面无表情地回望着他。这是第一次，她对霍从烨产生了失望的情绪。

“Hyman说你真正的爱人不是我，我一直不相信。”姜离看着他，眼神非常平静，可是这种平静却让霍从烨感到了两人之间的疏远。

霍从烨想起他们认识时，虽然姜离看自己的眼神也很平静，可是眼神中的灼热她是怎么都藏不住的。那时候她看着自己，眼睛里带着光。可是现在她却平静得让他觉得不安。

“你只需要相信我，相信你自己看到的一切。”霍从烨抱着她，坚定地说道。

风声萧瑟，此时站在飞机舷梯下看着远方的萧世琛，抬手看了一眼腕上的手表。

“萧先生，我们该上机了。”助理再次过来，请他上机。

萧世琛点头，转身走上了舷梯。

等他坐下后，旁边的助理立即拿了平板电脑过来，轻声地说：“萧先生，有人坚持要和您通电话。”

萧世琛的脸上露出一点儿笑容。他接过电脑，打开Face Time，随后一个奶声奶气的声音传过来：“daddy（爸爸），你什么时候回来？你答应了要和我一起过圣诞节的。”

“爸爸今天就回去了，现在正在飞机上。”萧世琛举了一下电脑，让对面的人看了一眼自己的身后。

那边传来欢呼声：“I love you, daddy（我爱你，爸爸）！”

萧世琛轻笑，看着电脑那头穿着蓝色毛衣的小家伙。

虽然圣诞节是从国外传来的节日，可是国人是爱热闹的性子，这些节日也越来越热闹，就连学校里也有社团举办圣诞晚会，只是化学院刚出事儿，所以院里的学生没什么兴致了。

姜离见大家这般兴致索然，便掏腰包让班长给全班的学生每人买了一个蛇果。苹果也有平安的意思，所以这算是寄托心愿吧。

沈倩这些日子里一直在协助学校处理后续的事情。学生当日受伤后医疗费用的报销，还有化学实验楼爆炸后的保险赔偿，这些是行政室的工作。

“学生没一天是安生的，我原本以为当了大学后勤老师，这是最轻松的工作，现在才发现，哪一行也不轻松啊。”一向乐观开朗的沈倩也有些难以掩饰的消沉。

姜离见状，无奈地苦笑了一声，说道：“我在准备期末的考卷，可是经过这件事，也不敢出难的题目了。”

此时两人站在办公室外面的阳台上，一人的手里拿着一杯咖啡。沈倩突然想起什么似的，伸手碰了一下姜离的手肘，轻声问道：“今天众禾科技可是派人送了请帖过来，邀咱们学院里的老师呢。”

姜离眨了一下眼睛，淡淡地问：“请帖？什么请帖呀？”

沈倩见她居然什么也不知道，登时就觉得奇怪了，立即说道：“我说的就是众禾每年的圣诞舞会呀。其实这在S市还挺有名的，毕竟众禾里面的青年才俊不少。而且就算是本公司的人也只能携带一位客人，所以每年的请帖都挺抢手的。”

沈倩会知道得这么清楚，也是因为有同学在众禾里工作，每年的这个时候，她的同学都会或真或假地抱怨。众禾的高管中，三十几岁未婚的男人比比皆是，中层的管理者们又几乎是有留学背景的年轻人。所以很多人参加众禾的圣诞舞会，是醉翁之意不在酒。更何况，众禾还有一位大众男神坐镇。就为了他，不少人也打破头想挤进去。

毕竟灰姑娘的故事，就算在今天，依旧散发着无尽的吸引力。总有漂亮的小姑娘，喜欢做飞上枝头的美梦。

沈倩的年纪也不小了，只是她的身边一直没合适的人。这次居然能收到请帖，她自然想参加这个舞会。

姜离倒是没想到，一个舞会还有这么多的弯弯绕绕。不过她倒是想起在英国的时候，每次和萧世琛参加舞会，一晚上总有许多姑娘过来搭讪。只是萧世琛为人挑剔，能看上的人还真是寥寥无几。

“你不是和男神在谈恋爱嘛，众禾的舞会每年都有开场舞的，今年应该你和男神跳开场舞吧，这样也好让那帮小妖精知道，男神已经名草有主了。”沈倩又碰了她一下，调笑着说道。

姜离诧异了一下，还真没听霍从烨提起过舞会的事情。

“没有。”姜离喝了一口杯中的咖啡。虽然咖啡还是温热的，喝进嘴里却变了味道。

“对了，明天易时远到我们学校里来宣传新电影，你知道吧？”沈倩又想起一件重要的事情。

姜离点了点头，其实心里有点儿烦躁。

其实这是易时远的正常工作，并不关她的事情。可偏偏这次他的电影，就是关于初恋、青春的电影。这难免会让人联想到主演的恋情。

女主角陈潇只是个21岁的小姑娘，在电影学院里读书，还没毕业呢。记者问起她的初恋时，人家两手一摊表示“哎呀我的年纪还小，我还没谈过恋爱呢”。所以记者的炮火难免就会集中在易时远身上，谁让他的初恋被宣扬得沸沸扬扬呢。易时远就算再会打太极，也难保不会有中招的时候，特别是公司居然把这次的路演放在了S大，这简直是赤裸裸的炒作。

易时远是难得发火的性子，也忍不住冲着刘卉发火了：“卉姐，当初我们说好了，您绝对不会拿我的事情来炒作电影的。您现在这是干什么？”

刘卉看了他一眼，颇感好笑地说道：“时远，这么好的宣传点我不用？就算我同意不用这个宣传点，老板、制片人他们能放过这个机会吗？既然这早晚会被炒，还不如被用在点子上呢。”

易时远被气笑了，虽然一直知道这个圈子的无耻，可是怎么也没想到有一天连自己也逃不过。

“我不会参加这场路演的。”他坚决地说道。

刘卉猛地起身，瞪着他，愤怒地说道：“阿远，你不要意气用事。如今这已经被定了下来，难道你忍心让那些支持你、喜欢你的粉丝失望吗？”

易时远嗤笑了一声：“我如果去了才是真正地让支持我的人失望呢。一直以来我就不想借绯闻炒作，可是你们呢，电影还没上映，就消费我的初恋。你以为我不知道，很多事情是你们在后面推波助澜吗？”

即便刘卉是圆滑惯了的人，被当众戳破心思，也有些下不来台。

她冷冷地笑了一声，说道：“这场路演是被签在合同里的，你不去的话，我们很难和片方那边交代。”

“违约金是多少，你尽管说，我可以付，”易时远说完后，看着她，轻轻地翘起嘴角，“只是电影后面的宣传，我是不能参加了。”

刘卉没想到性格平和的易时远会突然发这么大的火，他还说出这样的话来。

“阿远，你不要冲动。你以为这么做，只是得罪了一个片方吗？这个行业的圈子很小的，到时候你要是被封杀的话……”刘卉故意将事情往严重了说。

易时远失望地看着她，半晌才说：“刘卉姐，我一直以来敬重你，也相信你的工作能力。只是现在，你完全没有站在我的立场上考虑。你是我的经纪人，应该从我的角度去考虑问题。”

“我当然是为了你好……”刘卉又说。

易时远突然嗤笑了一声：“当初你让我接这部片子的时候，也说是为了我好。你可没告诉我，自己也在里面投资了。”

刘卉登时一愣，随后尴尬得说不出话来。

而一旁的曾静和韩骏，听着两人的争吵，默不作声。直到刘卉摔门出去，易时远才慢慢地转头看着曾静。

“曾静，如果刘卉走了，你有信心当我的经纪人吗？”易时远问道。

曾静的心中一颤，最后她听见自己用镇定又有些颤抖的声音说：“当然有。”

那天从墓地回来之后，姜离和霍从烨便处于一种不冷不淡的关系中。两人每天也见面，只是姜离看见他总是会想起那天，他亲口承认比对过她和纪禾 DNA 的事情。

其实这件事儿姜离从另外一个角度看，就是他真的明白她和纪禾不是一个人，他却还是选择了姜离。可是女人一旦遇上感情的事情，就算有再大的胸怀，心眼也会变得比针眼还小。关于 DNA 报告这件事儿，姜离一时接受不了。

因为这就意味着，当初霍从烨帮助姜离只是刻意地接近她。

在摩纳哥的街头，她看着他出现的那种欣喜若狂，原来其中夹杂着这样复杂的情绪，所以姜离的心里怎么想怎么别扭。而且沈倩提到的舞会，姜离一次都没听霍从烨提起过。

虽然明晚才是平安夜，不过班长周晶已经领着班里的几个男生买了四箱蛇果，而且还买了专门装蛇果的包装盒。因为他们没地方放蛇果，所以蛇果就被放在姜离的办公室里。

姜离下班的时候，他们还在办公室里装蛇果。

有个男生抱怨道：“班长，这种被包装好的蛇果不是有人卖嘛！我们直接买不就行了，现在还费这事儿干吗？”

“被包装好的蛇果十块钱，没被包装过的蛇果才五块钱，咱们买了蛇果回来，自己动动手也就将它们装完了。咱们何必花那个冤枉钱。”周晶一边装蛇果一边说道。

姜离听罢，立即笑着说道：“你们男生就应该多和班长学习学习。”

“姜老师，班长这是帮您省钱呢。”在场的学生知道，这次买苹果的钱是姜离出的，所以打趣道。

“你们赶紧装，姜老师出钱还没抱怨呢，再抱怨的话，蛇果没有了。”周晶一贯有班长的威严。于是他们在被镇压之下，也没人敢抱怨了。

沈倩正好准备回去，过来和姜离打招呼，就看见屋子里大家热火朝天的样子。她立即哟了一声：“你们这是买了多少蛇果呀？”

“四箱。”姜离替他们回答了。

“这发给整个学院的学生都够了吧？”沈倩啧啧地点头，“化学院一向采取小班制度，每个年级统共就两个班，所以四箱蛇果还真够了。”

“你要是不着急回家，也来帮忙吧。等咱们弄完了，我请你们吃饭。”姜离说道。

“噢噢噢！”几个学生立即欢呼起来。

沈倩也干脆过来帮忙，笑道：“反正我回家也是独守空房，帮你们一起弄吧。”

“沈老师，你不是单身吗？”一个男生不明就里地问道。

沈倩恼羞成怒：“不戳穿我，你会死哦。”

此时姜离的手机突然响了一下，她拿起来看了一眼。

把所有的蛇果装好后，众人看着办公室里被堆满的小礼盒，开心不已。

周晶看了一眼，笑着说：“只要明天蛇果被发下去就行了，到时候你们几个也要过来帮忙啊。”

“不是吧？”男生纷纷发出哀号，好好的平安夜不能陪女朋友，要被抓来当苦力。

此时姜离笑了，拍拍手说：“好了，咱们去吃饭吧，今天我请客。”

办公室里又响起一阵欢呼声。大家商量吃什么的时候，周晶说外面刚开了一家烤鱼店，味道特别好。沈倩一听也连连点头，大学的周边吃的东西多。S 大的外面有一条街，街上全是吃的，火锅、烤鱼、鸡公煲等多如牛毛。还有那些奶茶店和小吃店，晚上的时候，街上热闹极了。

他们过去的时候，正巧赶上还有最后一个包间，于是众人赶紧进去坐下。

一个个嘴上叫得欢快，等到点菜时，他们反倒推来推去，谁也不好意思做主了。沈倩瞧着他们扭扭捏捏的模样，登时笑了，嗤笑一声，豪气地说：“你们把菜单给我，一个个的，点菜拖拖拉拉的，有本事待会儿谁也不许动筷子。”

沈倩虽然是 S 市的姑娘，可生得高挑，而且大学是在北边读的，说起话来干脆利索。

所以她一开口，学生们赶紧笑着说：“沈老师，那就您做主行吗？”

沈倩当仁不让地立即点了菜。想到他们一共八个人，沈倩怕一条鱼不够，特地点了两条鱼，又点了好几个别的菜，点饮品的时候，又点了几瓶啤酒，倒是姜离只喝矿泉水。

“你们姜老师就是没意思呀。”沈倩见劝不动她，立即笑着说。

谁知有个穿黑色羽绒服的男生，立即帮姜离说话：“沈老师，你要是想喝酒，今天我们陪你呀。”

“哟，她到底是教你们的老师呀，就是和我这个负责后勤的老师不一样。”沈倩笑了一声，惹得男生羞红了脸，众人笑作一团。

姜离的手机又响了好几下，她低声说了句：“我出去接个电话。”

来到外面走廊的时候，姜离接了电话，就听见电话那头传来清冷的声音：“你在哪儿呢？”

“我在学校的外面吃饭呢，你吃过饭了吗？”姜离随口问了一句。

霍从烨站在窗口，看着外面的灯火，眯着眼睛朝S大的方向看过去。众禾所在的写字楼其实离S大很近。他这么看，似乎还能看见夜色下的S大。

“还没，我待会儿去吃饭。”霍从烨淡淡地说道。

姜离嗯了一声，两人便不知道怎么说下去了。还是霍从烨先开口了：“你先进去吃饭吧。”

只是要挂电话的时候，他笑着问了一句：“你们吃什么呢？”

“烤鱼，学校门口的烤鱼，新开的店，学生说这里的鱼挺好吃的，我们就过来了。”姜离听着那边的呼吸声，不知怎么了，反而不想挂断电话了。

说真的，霍从烨很忙，两人联系的时候很少。他们有时候一天就发一两条微信，而这几天里更是因为她刻意地回避他，两个明明就住对门的人，见面的机会更少了。而且到年底了，工作似乎一下子多了起来。

“那你先吃饭。”霍从烨笑着说道。

就在他挂电话的时候，姜离清楚地听到，电话那边传来一个清晰又悦耳的声音：“霍总。”

她进去后，烤鱼已经被端上来了。偌大的烤鱼盘子，一下子把一张圆桌占了大半。烤鱼冒着热腾腾的雾气，众人早已经脱了外套，整个房间里一下子热了起来，就连窗户上也蒙着一层雾气，这让人看不清外面的情况。

“姜老师，你快过来吃鱼吧。”周晶坐在她旁边，见姜离进来了，立即招呼道。

不过吃饭前，大家总得先走点儿程序。周晶端起杯子，像模像样地说："这顿饭可是姜老师请的，所以咱们吃之前，是不是应该敬姜老师一杯呀？"

"那是必须的。"几个男生立即站了起来，连沈倩也在一旁起哄。

姜离原本没打算喝啤酒的，但被他们这么劝着，喝了好几杯酒，吃饭的时候反倒吃不下去了。她的口味一向清淡，之前在英国的时候，她倒是喜欢吃辣，可是一吃辣，就会扁桃体发炎。几次过后，萧世琛就严禁她再吃辣了。

只是此时烤鱼的味道可真是太香了，像是要往她的鼻子里钻一样。不过她还算有自制力的，没怎么吃，吃了几筷子鱼就停下了。

大家聊得热火朝天，沈倩的年纪也不算大，她和几个学生也能说到一起。此时楼下不时传来圣诞歌曲，姜离听着《铃儿响叮当》的声音又是一笑。

等大家吃饱喝足，姜离到楼下的前台结账后，几个男生非闹着让姜离请他们唱歌。

出门的时候，大家还在闹腾。姜离本来就不习惯这样的热闹，所以推托准备回去。只是沈倩非拉着她的手臂，死活不让她回去。

停在马路边上的车里响起第三遍喇叭时，周晶才在旁边小声地问："姜老师，那是不是来找你的呀？"

姜离转头看过去，就看见银灰色的保时捷，车窗已经被开了大半，男人英俊的脸庞露了出来。即便路灯昏暗，姜离觉得他的眼眸也真是黑得纯正——他的眼睛在夜色里亮得吓人。

"哟，你的男朋友来接人啦。"沈倩松开她的手，推了推她的后背。

此时路上车来车往，马路本来就不宽敞，偏偏不少车非要往里面钻。姜离站在店门口，就看着霍从烨推开车门下来。他今天穿了一件浅灰色的大衣，笔直的、黑色的西装裤。锃亮的皮鞋乃是手工定制的牌子，什么花纹也没有。

他本就生得英俊高大，明明就一个推门下车的动作，偏偏他做起来就是行云流水，让人连眼睛也舍不得眨。此时他从昏黄的灯光下而来，深邃立体的五官似是因为灯光的照射，浮现出不一样的柔和，一贯清冷的表情也携着一点儿笑意。

他身上的矜贵之气，在这喧闹至极的烟火小巷里，让人有种二者格格不入的感觉。

直到霍从烨走近，众人才回过神，却什么话也说不出。所谓的大人物，大概就是一出场就自带一种与众不同的气场吧。就算是在场的诸人都是S大的天之骄子，各个自命不凡，此时在心底也隐隐地生出一种自卑。

“你怎么来了？”姜离有些惊讶地问道。

“下班了，我来接你回家。”霍从烨轻声地说。

他的声音很好听，带着一种低沉浑厚，有种让人说不出的性感。人们就是单单听他说话，也觉得这是一种享受。

饶是此时还处在别扭的姜离，在听到这句话时，也忍不住扬起嘴角笑了。她本就生得好看，只是平时实在安静得过分，连表情也欠奉，如今这么一笑，一张白皙好看的小脸别提多生动了。

“你吃过饭了吗？”姜离重复之前打电话时问过他的事情。只是在看见霍从烨摇头后，她就觉得有点儿生气了，立即说道：“就算工作太多，你也该按时吃饭。”

“咯咯咯！”旁边的沈倩，算是受不了他们两人的对话了。此时他们还站在店门口，而霍从烨站在马路边上，只是店门前被垫高了一层。可就算姜离站在被垫高的地方，还是得抬头看着霍从烨。虽然两人之间，霍从烨只是牵着姜离的手，可是那种谁也插不进去的亲昵，还真是让人看得有些肉麻。

“对了，这是我们院里的沈倩沈老师，那几个是我的学生。”姜离赶紧拉着霍从烨的衣袖，介绍起来。

她刚刚光顾着问他，倒是忘记了介绍他们认识。

沈倩本来只是想打个招呼就赶紧离开，没想到姜离会这么郑重其事地介绍。霍从烨是沈倩难得见到的大人物。沈倩觉得见市长的时候，也没这么紧张。

于是她点了点头："霍先生，您好。"

"沈老师，你好，"霍从烨主动伸出手，笑着说，"上次我们在医院里见过面。"

沈倩这才想起来，只是上次在医院里，伤员很多，也没心思欣赏帅哥。这会儿她再看见这位男神，觉得他长得可真是够好看的。霍从烨的长相是那种很有男人味儿的英俊逼人，两道浓眉如墨。英挺的鼻梁更是像被专门雕刻出来的，挺一分则多，矮一分则塌，一双眼睛是最出彩的，黑眸浓黑有神采，一下把整个人的气场又提升了几分。

难怪那么多小姑娘对他心心念念呀！电视上的明星也未必有他好看！更何况，他身上的那种矜贵、睥睨一切的气势，更不是一般人能有的。

沈倩打了招呼后，又在心底默默地叹了一口气，果然这种男神，就算见着真人，心里也不敢有一丝想法，生怕玷污了他一般。

"那我们是不是得叫师公啊？"旁边的男生就算紧张，好歹还能说出话来。

作为唯一的女生，周晶这会儿也看傻眼了。一向活泼的人，反倒羞涩地站在几个男生的旁边，不敢主动开口。

霍从烨的长眉微挑，沈倩正要转头呵斥这帮不懂事儿的孩子，他却不紧不慢地说："当然可以。"

姜离觉得有点儿不懂，问他："师公是什么意思？"

虽然她的中文说得好到可以去考汉语十级，可是有些词汇，乍然一听，还是弄不懂其中的意思。

霍从烨看了她一眼，突然压低声音说："这是好话。"

姜离瞧着他笑着的模样，还是对此有些怀疑。

结果几个男生齐齐地说：“姜老师，你放心吧，这是好话。”

他们离开的时候，还是一边走一边回头往这边看。姜离更加疑惑了，眉头紧锁。

“走吧。”霍从烨伸手牵起她的手，拉着她往前走。

“我们去哪儿？”

霍从烨难得用轻松的口吻说：“你之前不是一直想要吃烤红薯嘛。”

姜离的脸颊一红，她想吃烤红薯，这是被裴芷带出来的。她之前完全没吃过这种东西，偏偏裴芷去她家做客，见她家里烧着壁炉，便闹着要烤红薯。姜离还记得她们把红薯扔进炉子里的时候管家乔治那惊惧的眼神。不过等裴芷把黑漆漆的红薯扒拉出来，还烧了姜离家里的一块手工地毯时，乔治的表情姜离就不能用惊惧来形容了。

姜离剥开红薯皮，金黄滚烫的红薯肉露了出来。那个香甜的味道，似乎至今还萦绕在她的鼻尖。只要一提起红薯，她就能想起那种特殊的香甜。

霍从烨拉着她一路往前走，只是沿途不少人一直回头看他。姜离自然注意到了那些追随的目光，手掌抓着他抓得更加紧了。

好吧，她觉得有点儿得意。

他们走到路口的时候，就看见一个戴着青色围裙的老奶奶。老奶奶正从圆筒一样的炉子里，拿出一个又一个刚出炉的红薯，而周围还围绕着不少女孩。

“好香啊！”姜离闻了闻，忍不住激动地说。

霍从烨见她一直往前去，立即拉着她，笑着说：“你就这么喜欢烤红薯？你不是刚吃过晚餐嘛。”

“我太怀念这个味道了。自从裴芷烧了我家的一块手工的地毯，还差点儿打碎我哥哥买的一个古董花瓶，他们就不让我们在家里烤红薯了。”姜离闻着空气里弥漫着的香甜味道，这味道可真是香甜极了。

霍从烨握着她的手，有些担心地问：“你的手掌怎么那么冷？”

“我已经习惯了。”她一向就是这样，一到冬天她的手脚特别冷，似乎怎么也焐不暖。

霍从烨伸手握住她的手，又把两人的手放在他的大衣口袋里。他温暖宽厚的大手和厚实暖和的口袋，让姜离登时觉得一股又一股的热流涌入掌心。

“你靠近我一点儿。”霍从烨见她站在离自己一寸的地方，立即轻声地笑着说。

姜离笑了一下，往前迈了一步。

“你再近一点儿。”霍从烨低头，几乎是贴着她的耳朵说的。

旁边有那么多行人，还有好多人转头看着霍从烨。姜离的脸皮薄，她不好意思当众扑进他的怀里。可是下一刻，他的双手动了一下，她的手掌被握住，她整个人被带着扑进他的怀里了。

别人看来，这似乎是她主动投怀送抱一样。

“你！”姜离瞪了他一眼，哼了一声。

“你们买红薯吗？”身后的老奶奶招呼完别的客人，就注意到这双登对的情侣，朗声问道。

霍从烨微微地颔首，笑着说道：“我们买红薯。”

等他买了红薯后，姜离握着浅灰色的油纸报，伸手去撕红薯皮，可是手指一碰上红薯，就一下子被烫得嗞了一声。旁边传来一声浅笑，随后一只白皙修长的手掌伸过来将她手里的东西接过去。等他剥开红薯皮，姜离不自觉地舔了一下唇。

霍从烨被她的这个举动逗乐了，赶紧将红薯还给了她。

“这些是你的，不会有人和你抢的。”他不爱吃这些甜腻腻的东西，带她来，就是为了哄哄这个小姑娘。

姜离的那点儿别扭，其实他能理解，毕竟他有错在先。不过他也知道，她并不是蛮不讲理的人，只是没想到，一个小小的红薯就把她收买了。

姜离哼了一声，不理他。

两人往回走的时候，姜离已经把一个红薯吃完了。霍从烨偏头看着她满足的表情，又是轻轻一笑。他的手里提着装红薯的塑料袋子，另一只手牵着她的手。

只是就在他有种岁月静好的感觉时，旁边的姜离突然顿住了，指着前面说："那个人是裴芷吗？"

霍从烨顺着她指着的方向看过去，只是路上那么多女生，他对裴芷也并非十分熟悉，所以看了一眼，又转头看她："你看见了吗？"

"她从拐角过去了，我看那人像裴芷。"姜离有些遗憾地说。

说来，她已经有一周没看见裴芷了，也不知道裴芷最近在忙什么。

"对了，你们公司的圣诞舞会，你可以让裴芷去吗？"姜离问他。见霍从烨扬眉，姜离立即解释："她只是听说你们公司的圣诞舞会很有意思，所以才想去的。"

"当然，我可以让秘书给她发一张邀请函。"霍从烨点头。

两人又接着往回走，只是走着，霍从烨突然开口问道："你愿意当我的女伴吗？"

姜离转头看着他，昏黄的灯光下，他一贯清冷的表情居然有一丝变化。

"你愿意当我的女伴，跟我一起跳第一支舞吗？"

在剑桥的时候，每年的 May Ball（五月舞会）是学生最期待的，可她从来都是孤身一人。她从来没有携带过男伴，就连别人邀请她也被她婉言谢绝。以至最后，居然有人会打赌，究竟谁能约到三一学院里最难约到的女孩。

直到姜离从剑桥毕业，都没有人能约到她。她也成功地成了三一学院里有史以来最难约到的女孩。

六年的 May Ball，她自始至终是一个人。

“可以。”

现在她终于找到，那个愿意在舞会上与之共舞一曲的男人了。

姜离回到家，把自己衣柜里所有的晚礼服都拿了出来，可是没有一件是满意的。因为她每年圣诞都会购买晚礼服，所以已经有好几家奢侈品的公司提前一个月就把今年的产品发给了她。只是她以为自己用不上，就没在意这些。

她开始翻家里的东西，翻出之前从英国寄过来的东西，好不容易找到一家公司的联系方式。

好在这个点，英国那边还是工作时间，姜离立即打电话过去。等她说明自己在明晚要一件晚礼服的时候，那边立即表示，虽然时间很紧张，但还是会为她准备妥当。

姜离点头，与那边约定了明天试装的时间。好在她去试的是晚礼服并非高级定制的衣服，要不然就算提前一个月打招呼也未必来得及。

姜离搞定自己的事情，又想起裴芷，连忙给她打了个电话。

听着那边有些吵嚷的背景音，姜离问：“你还在外面？”

裴芷看了一眼身边的男人，点了点头，随后便背过身，轻声地说：“是呀，我和朋友在外面吃饭呢。”

“你今天是不是去 S 大了？”

裴芷大惊，就听姜离又说：“我看见一个背影挺像你的。”

“你可能看错了吧。”裴芷打了个哈哈，糊弄过去了。

姜离便把参加圣诞舞会的事情说了一遍，不知是这个舞会太出名，还是红娘的效果显著，不仅沈倩闹着要参加舞会，就连裴芷之前也提了好几遍。既然现在霍从烨盛情邀请她了，她自然得帮裴芷要一张邀请函。

谁知听完后，那边的人反而沉默了，半晌才说：“舞会呀，我连一件晚礼服都没有，这会儿准备也来不及了呀。”

姜离以为她是担心衣服的事情，立即说：“我已经打电话到伦敦了，请那边帮我联系，明天我们就可以去试装。”

人们都说有钱能使鬼推磨，姜离是品牌的 VIP 客户，一个电话 S 市这边就要忙得人仰马翻地为她准备。

裴芷听了自然心痒，又看了一眼身边的男人，然后不紧不慢地说：“那好呀。”

好在今天是周五，姜离不用上课。所以她选了时间，约了裴芷一起过去。一听说晚上就要参加舞会，裴芷一边穿衣服一边埋怨时间太赶了。

“按理说，你的邀请函不是应该提前半个月就发出来嘛，怎么到最后一天才发出呀？”裴芷穿着一身蓝色露肩的晚礼服，这件晚礼服的牌子本就被称为仙牌，带着独特花纹的雪纺，银丝流苏，还有精致繁复的刺绣。

姜离原本打算选银色的晚礼服，可是最后被推荐了一件大红色露背的长礼服，不仅帮她们试装的公关一直在推荐这件衣服，就连裴芷也催她去试这件衣服。裴芷说：“今天可是你跳开场舞，相信我，红色准没错。你今天可是以未来老板娘的身份出席，只有红色才衬你。”

“姜小姐，你的皮肤这么白，红色不仅显得你的气色好，而且让你更有气势。”公关也在一旁劝道。

姜离喜欢素雅的颜色，她衣柜里的晚礼服冷色调的居多，很少会尝试这么正的红色。而当她穿好衣服，站在镜子前时，也忍不住有些看呆了。

正红色的礼服、雪白的肌肤，极致的红与白此时有种矛盾又和谐的别致美。

不用别人再劝，姜离便定了这件。好在她的身材本来就高瘦，她穿起这件小号的礼服正好，衣服也不需要改动。

而鞋子，这边也帮她们准备了。

裴芷一边瞧着绷得笔直的脚，一边感慨：“女人为了美，就是能对自己下狠心啊。”

姜离穿好鞋子的时候，也笑了一下，安慰她：“我还要穿着这双鞋跳开场舞呢。”

“女侠，在下佩服。”裴芷做了个手势。

接着她们要化妆，还要做造型，等把一切弄好之后，离舞会开始只剩半个小时了，好在舞会的地点就在不远的五星酒店。裴芷特地找了她的表哥过来当司机，让表哥开车送她们去酒店。

她们到了酒店，姜离正要给霍从烨打电话，就看见周如风正好出来，他的眼睛险些看直了。

“咱们的霍总啊，这么个大美人要来，也不让我提前知道，想把你私藏起来。”周如风赶紧过来，就要亲自领着她们去楼上。

众禾的圣诞舞会每年都在周如风的酒店举行，好在这是五星级的酒店，所以没人抱怨。圣诞舞会在顶层的旋转餐厅，今天众禾把整个餐厅包了下来，现场布置得充满了浓厚的节日气氛。不过幸亏乐团此时演奏的是华丽优雅的古典乐，而不是这几天姜离听的《铃儿响叮当》。

因为这只是圣诞舞会，而不是正规的年会，所以并不是那么正式。座位是随意安排的，并没有把高管和普通员工区分开来。

霍从烨之前已经打了好几通电话，说让司机去接她们，只是姜离生怕他亲自过来，姜离想看见他那一瞬间的惊喜表情。

周如风打量了旁边的裴芷好几眼。

她们一进来，门口有点儿小骚动，显然众禾是个男性占极大比例的公司，男女的比例甚至达到 7:3。

原本站在餐厅里的霍从烨抬头看了一眼，便低头和身边寒暄的人说了一句，跨步走了过来。封庭见老板离开，只得继续和方才的合作者寒暄。

姜离一在门口站定，霍从烨就走了过来，理所当然地握住了她的手。

一瞬间，无数的叹息声在众人的心底响起。

“裴小姐也来了。”霍从烨冲着裴芷客气地点头。

裴芷瞧他穿的礼服是黑色三件套，男人的礼服总是会稍显刻板。不过他今天的领带却是暗红色的，就连他抬起手臂时，袖口上的袖扣也是红宝石所制。裴芷靠近姜离，把她观察到的说了一遍。

“你们今天的搭配正好。”

裴芷小声说完，便不着痕迹地往旁边退了一步。

而此时霍从烨的手揽着她的腰，这样两个人更加紧密。只是她背后乃是一片光滑白嫩的皮肤，瘦削的后背，隆起的蝴蝶骨，玲珑起伏的弧度，他的手掌此时正贴合着凹陷的地方。只要再微微向下，就是她挺翘浑圆的臀部，他不得不说，姜离拥有一副完美的身材。

“你穿得太犯规了。”等将她带到一旁，霍从烨才贴着她的耳朵，与她亲密地说道。

姜离故作不懂地眨眼睛，轻声问道：“我穿得不够正式吗？”

霍从烨和天下所有的男人一样，对自己的女人，总有一种强烈的占有欲。况且他的女人身材还这么好，所以他有点儿后悔带她来这里。

他咬着牙说：“你选的晚礼服太犯规了。”

这件晚礼服犯规到就算知道她是老板的女朋友，不少人还是会大着胆子往这边偷看。

“那我们待会儿还跳舞吗？”姜离别过头，故意看着他问道。

霍从烨强忍着，才克制住那股把她按着亲到底的冲动。他算是彻底后悔了，低声说：“你下次再选礼服，我要和你一起去。”

姜离没想到他会这么说，低声笑了起来，笑声中还带着得意。

这是她第一次在霍从烨的面前让他吃瘪吧。

从姜离进来的一瞬间，陈漪就看见了她。只是陈漪脸上的表情，与其说是震惊，倒不如说是惊惧。

她难道不应该害怕吗？一个明明已经死了的人，却又突然出现了。

“你看什么呢，这么入神？”叶嘉谦端着酒杯过来，就看见陈漪石化般地望着一处地方。

他顺着她的目光看过去，就见霍从烨正站在窗边，而霍从烨的旁边站着一个穿红色礼服的女人。只是人被霍从烨挡住了，他没看见那个女人的正脸。

“原来霍总带了女伴啊。”

叶嘉谦了然地点头，陈漪对霍从烨的心思，其实这些老人都知道。只是神女虽有心，可襄王却不领情。当初，霍从烨宁愿喜欢一个……

他的念头刚转过，他就看见了站在窗口的姜离：“那、那是……”

陈漪见他吃惊的模样，总算出了心头的一口气，还以为就她一个人惊讶呢，看来叶嘉谦也被吓住了。

随后两人对视一眼，叶嘉谦冷了脸色，问她：“你知道吗？”

“霍先生的私事儿是我能过问的吗？”陈漪轻声说道，可面上的苦涩怎么也掩饰不住。

她在见过了最好的人之后，还能退而求其次吗？

陈漪在霍从烨的身边，看着霍从烨不靠家里只靠自己就把整个众禾带到如今的地步。那些媒体对他的赞美，在她看来，根本连他的万分之一都不能够。她认识他很多年，也爱慕了他那么多年。

她爱的人是霍从烨，那么又有几人能入得了她的眼呢？

只是陈漪怎么也不明白，霍从烨当年为什么会喜欢一个穷酸至极的纪禾。除了一张脸，纪禾什么优势也没有，不过就是个技校出来的乡下妹，进城打工机缘巧合认识了霍从烨。

陈漪不能接受，可是不管他认识多少名门淑女，霍从烨的眼里看见的就只有那个穷酸的女人。

叶嘉谦的脸色也缓和了下来，他并非少见多怪的人。他只摇头轻笑：“她长得可真像纪禾呀，霍先生真长情啊。”

“她就是仗着自己的脸而已。”陈漪捏紧手中的酒杯，恨不得将酒杯捏碎了。

可此时舞会要开场了，主持人站在小舞台上看着众人，笑着说了开场词。在场的除了众禾的员工，还有不少是众禾的合作者。很多人几乎每年都会来参加众禾的圣诞舞会，所以早对这一套熟悉不已。

等主持人邀请霍从烨跳开场舞的时候，几乎所有人都放下手中的酒杯，鼓起掌来。

霍从烨低头瞥了姜离一眼，轻笑：“你准备好了吗？”

说完，他已伸出手，姜离伸手将自己的手轻轻地放在他的手心里。紧接着，他握紧她的手，另一只手握着她的腰，便带着她旋转入场。

姜离没想到他一开场就来这么高难度的动作，便低声笑了起来。而此时乐团演奏的音乐，也跟着快了起来。

餐厅里布置得灯火辉煌，远处有一棵巨大的圣诞树。圣诞树的底下摆着很多大大小小的装饰盒子，旁边围着一圈栅栏。场地的主色调是银色，其中又夹杂着大红色，这里很有圣诞节的气氛。他们所在的舞池上方是耀眼夺目的吊灯，光亮折射在他们的脸上。

姜离看着霍从烨英俊的面容，慢慢笑了起来。

她从未比现在更加坚定，这就是她喜欢的人。

梁嫣然看着两人相拥的身影，从未像现在这样难堪和尴尬。她费尽心思想要靠近的人，此时居然在和她此生最讨厌的人在一起。

这个姜离，就是今生来克她的吧。

等一曲终了，所有人都在热烈地鼓掌，虽然很多女人的心底酸涩不已，可到底站在男神旁边的不是什么网红或者十八线的小明星。况且姜离还长得那么漂亮，两人也算登对。

梁嫣然盯着姜离的眼神太过执拗，以至她身边的女伴叫了梁嫣然好几声，梁嫣然才应答。

她刚答话，就看见姜离起身似乎是去洗手间了。

姜离也没想到，自己正在补妆的时候，身后出现了一个不速之客。她收拾起自己的东西，拎着手包准备离开。

“你现在跟霍从烨在一起？”梁嫣然不客气地问。

姜离没想到梁嫣然会这么直接地开口，只轻笑一声，便绕过她准备离开。

梁嫣然却转过头，抬高下巴看着她：“你可真是一点儿也没有变，还像从前那样。真是会咬人的狗不叫。”

这句话已涉及人身攻击，姜离的脚步顿住。她以为上次她们在马场见面时，彼此已说清楚了。看来她及时勒住马缰，还是没让梁嫣然看清楚现实。

“梁小姐，你是以什么身份问话的？”姜离转过身，好整以暇地看着她，感觉有点儿好笑地抱着手臂，“我和我男友之间的事情，和你这个外人没有一丁点儿关系吧。”

梁嫣然的面色一白，她在三个月前的一次酒会上见到霍从烨后便对他一见倾心。只是一直以来，她没有接近他的机会。

她原本打算以采访的名义接近霍从烨，可是不管她的经纪人还是她自己怎么努力，众禾这边就是不接受采访。而梁嫣然四处打探霍从烨的母亲的情况，后来更是以关心慈善事业为借口，接近柳蔚子。可是梁嫣然这边刚讨得霍夫人的欢心，从霍夫人那里拿了众禾的邀请函，没想到就在舞会上看见了他和姜离这般亲密。

姜离看着梁嫣然的脸色一阵红一阵白，看着梁嫣然煞是好看的模样，突然有种不好的念头。

随后她嗤笑一声，不得不说，梁嫣然这个人虽然不怎么样，可是梁嫣然每次看男人的眼光都还不错。

姜离不想再听她废话，准备离开。

“我就是讨厌你这种高高在上的模样，要不是你哥哥，你以为自己算什么东西？你故意让人在我的宿舍里动手脚，在我的房间放那些恶心的东西，以为我不知道吗？你还把什么都推给别人，装作一副无辜的模样。”

梁嫣然似乎越说越觉得痛快，回想到那段时间，只要一打开宿舍的门，就能看见宿舍里各种断肢的玩偶。那些带血的或被挖了眼珠子的玩偶，即便只是玩偶，可她看着还是觉得异常可怖。即便她将情况上报了学院，可什么人也没抓到。

而她所能想到的人就只有姜离。

姜离看着她面目狰狞的模样，意外地一时说不出话来。随后，姜离淡淡地说：“我早就说过这件事儿和我无关。如果你真的想知道，那么我也不妨告诉你。你应该知道剑桥的秘密社团吧！你得罪了不该得罪的人，却还不自知。”

姜离安静地看着她。

姜离只能说梁嫣然很不走运，梁嫣然勾引萧世琛的时候，萧世琛正在和英国某位老贵族家里的小姐约会。而那位小姐的弟弟，就是剑桥秘密社团的成员，所以他们决定给梁嫣然一点儿教训。

这件事儿最后还是在萧世琛的制止下才停下来。

不然梁嫣然还真以为，光是将情况上报学校或是报警就能解决问题吗？姜离从来不同情她，虽然那帮人做得过分，可是梁嫣然自入校后便不安分。而且梁嫣然明知萧世琛有约会的对象，却还想勾引他，就是犯了忌讳。

梁嫣然一愣，终于在姜离说出一个人名后，彻底安静了。

姜离看了她一眼，淡淡地说："本来这是你的事情，我并不想管的。可这事儿到底和我哥哥有关，所以他们最后停手也是我哥哥出面的原因。所以，我不欠你任何东西，你不要总是一副受害者的模样。如果不是你自己存心不良，也不会被报复。"

虽然有些事情很幼稚，可是幼稚的把戏能把正常人逼疯。

梁嫣然气势汹汹而来，却被姜离揭露了心底最隐秘的事情。

她眼睁睁地看着姜离离开，过了好久，洗手间的隔间门被推开。一个穿着裸色长裙的高挑女人，笑眯眯地看着她，轻声说道："梁小姐，你有兴趣和我谈谈吗？"

姜离出门后，重新回到霍从烨的身边，见他正在和公司里的几个高管说话。她过去后，霍从烨牵着她的手，介绍道："我女朋友姜离。"

众人纷纷打招呼，不过有两三人的表情显露出惊讶之色，特别是叶嘉谦。叶嘉谦刚才远远地看见了姜离，现在站在近处再一看，她是真像纪禾啊。

这世上居然有如此相像的两个人！要不是出于礼貌，他想问问姜离和纪禾是不是亲姐妹。

而那两三个面露惊讶之色的人，也是公司里的老人，看见姜离的时候，怎么能不惊讶呢。当年的事情很多人知道，纪禾的结局他们也是知道的，所以众人在心里唏嘘不已。

霍从烨一晚上都陪在姜离身边，两人之间的亲密，在场的人也看在眼中。而关于这件事儿，没有不透风的墙，所以柳蔚子很快就听到了消息并且还打了电话过来。

"你交了女朋友，怎么也不把她带给妈妈看看？"柳蔚子在电话的那头娇嗔，似乎有点儿怪儿子。

霍从烨此时正在书房，看了一眼桌子上摆的照片，那是一张大合照，所有人都笑容灿烂。那是众禾第一次搬办公室时拍的，那时候公司终于开始有起色，他得到了第一笔天使投资。

“您想与她见面吗？”

柳蔚子听他这么一说，反而觉得有点儿犹疑不定，可听说那个女孩不仅长得好看、知书达礼，并且出身很好。其实经过那件事儿，柳蔚子对于未来的儿媳妇，也不敢有太高的要求，只盼着对方是个家世清白的女孩就好。

“不过有件事儿我得和您提前说。”霍从烨想起那天在家里发脾气的事情。

柳蔚子又问他，他便说晚上回家吃饭。

一听说他回家，柳蔚子高兴得也顾不上问他女朋友的事情，赶紧让人去买菜，做了一桌子的菜等着他。霍余哲回来的时候，一看餐桌上摆的饭菜，就知道那小子今天应该是回家来了，不然夫人也不会这么用心。

霍从烨到家的时候，霍余哲正坐在沙发上。柳蔚子亲自过去开门，把人接了进来。

不过她皱着眉，瞧着他身上的大衣，说：“你穿得太少了。”

霍从烨揽着她进了客厅，见霍余哲也在家，轻声地叫了声“爸”。

“儿子好不容易回来一趟，你怎么对儿子连看也不看一眼？”柳蔚子有些生气，走过去拍了一下霍余哲的腿，随后又有些兴奋地说，“况且儿子这次是带了好消息回来呢。”

霍余哲这才勉强抬起头，瞧着还戳在原地的霍从烨，伸手指了一下对面的小沙发：“坐吧。”

霍家一向家教森严，长辈不发话，小辈连个位置也没有。所以霍余哲说完，霍从烨这才在沙发上坐下。

“你跟妈妈好好说说，你的这个女朋友是做什么的？”

柳蔚子一脸兴奋，自从那个女孩走了，这几年霍从烨的变化让她害怕。所以一听说儿子又谈了女朋友，她真是恨不得立即上门去看看这个姑娘长什么模样、品性如何。

“她今年25岁，在大学里当教授，是教化学的。”霍从烨的脸上带着笑，他不紧不慢地说起来。

柳蔚子一听女孩条件这么好，简直眉飞色舞，25岁的教授，这可真是……

可是她听完，又觉得哪儿不对劲儿。因为这话，她好像听谁说过。她还没捋清楚呢，旁边的霍从烨却不管她的反应继续往下说。

“她是英国人，大学是在剑桥三一学院读的，拿了博士学位后在剑桥的研究所里工作过一段时间。今年才回国，所以她不太懂咱们的传统，到时候我还要麻烦妈你多教导教导她。”

柳蔚子一听，忙朝旁边的老公看了一眼，又小心翼翼地问：“她是外国人？”

“华裔。”

她松了一口气，黄种人就好，老爷子最讨厌的就是外国人了。老爷子早就说过了，他们家的子孙可不许娶外国人。

“那没事儿，以后你多带她回来，妈妈多教教她。”柳蔚子一听小姑娘的履历，极其满意，一看这女孩就是认真做学问的人。

这可真是好极了，在纪禾走后，她简直不敢定儿媳妇的标准。几年过去了，儿子终于想通了。这样出身好又有学历的姑娘，他们两个在一起才会有共同的语言嘛。

只是柳蔚子总觉得哪儿不对劲儿，直到突然想起……

“你说的这个人，我怎么好像听过？”

霍从烨微微一笑，把柳蔚子的手放在自己的掌心里拍了拍，柔声开口道：“妈，你还记得上次刘阿姨和你打电话时提的柏然的相亲对象吗？”

柳蔚子点头。

“那就是我女朋友。”

柳蔚子大惊，颤声问道：“儿子，你挖人家的墙脚了？”

“胡闹！”霍余哲在一旁听了这么久，终于开口呵斥霍从烨。

霍从烨知道这件事儿迟早会被人知道的，毕竟他打算和姜离结婚。而刘家和霍家的关系还算密切，刘太太是柳蔚子的牌友，迟早会和姜离见面的，他倒不如现在说清楚。

“上次S大不是发生爆炸了嘛，爆炸的正好是化学楼，所以姜离受了点儿伤，她哥哥从美国过来。当时她哥哥还不知道我们在谈恋爱，担心她一个人在S市里没人照顾，就安排了那场相亲。姜离事先并不知情，现在她哥哥已经离开了，刘家那边也早已经被回绝了。”

“原来是这样，这叫什么事儿嘛！”柳蔚子这才松了一口气。不过她听说爆炸，就想起之前新闻上的报道，忍不住说：“我没想到她这个大学教授的工作还挺危险的呀。”

“妈妈，我打算和姜离结婚，所以准备安排您和她见一面。”

柳蔚子瞧着他郑重其事的模样，一时欣慰又心酸，握着他的手，轻声说道：“只要你喜欢的女孩，妈妈就同意。”

霍从烨低头，笑了一下，心想：您以前可不是这么说的呀。

整个贺岁档热闹非凡，几部大片上映，影院里热热闹闹。易时远和陈潇主演的那部青春IP电影，却引起了不大不小的风波。

起因就是易时远没有参加S市的路演，这让一开始就买了票的粉丝极为不满。粉丝认为片方的宣传欺骗了他们，于是浩浩荡荡地讨伐到片方的微博下面，谁知宣传方竟发微博喊冤。

宣传方回复女主陈潇的粉丝，说和易时远那边确认过，只是男主中途变卦，他们也没办法。

女主的粉丝本来就有所不满，如此一来，更是恨不得将所有的事情都推给男主。可是易时远的粉丝，自然也不会允许有人诋毁自家的偶像。

于是两方的粉丝你来我往，闹得不可开交，这事儿甚至上了新闻。

随后制片人在网上发声，表示他们确实和易时远签订了合约，只是他单方面毁约了。

电影还在上映中，片方就坑男主角，人人都觉得他们在联合炒作。可是这样一来，易时远的粉丝就更不高兴了。你污蔑我的偶像不说，还要往他的身上扣炒作的锅。

粉丝当即就发难了，特别是一些粉丝发现，S 市的路演计划当中原本是没有 S 大的，但是后来 S 大又被加了上去。

其实电影的路演在学校里，这本来就是现在的宣传手段，毕竟大学生是电影的主要消费群体，而且这部青春题材的电影本来面向的受众也是他们。只是怪就怪在，所有人都知道 S 大里有易时远的初恋。

当初姜离被扒得差不多了，只是为人低调，又和娱乐圈不沾边，所以时间一长，这事儿也就淡了下去。

可是这事儿淡了归淡了，大家却没忘。这回 S 大一出现，粉丝群里就有不同的声音，当时就有人希望易时远不去。毕竟他去的话，容易背上借初恋炒作的黑点。所以易时远不去 S 大，这事儿大部分粉丝还是喜闻乐见的。这边制片人刚发话，那边粉丝的长微博就发了出来。

粉丝在长微博上列举了易时远参加过的路演。他不仅在一天之内在同一座城市里参加了好几场路演，还在一天之内马不停蹄地从深圳飞到长沙。而之所以拒绝 S 市的路演，也是因为制片方有意想炒作绯闻，而易时远不愿意接受。

一时间易时远的粉丝同仇敌忾，长微博被转发达十万次。长微博不仅挂在热门微博上，就连热门话题也占据着第一位。

易时远自从大红，风评一向不错，况且这事儿也情有可原，就连路人也是一片赞美。毕竟他不仅不主动炒作绯闻，还能在电影的宣传期主动避开，简直是模范了。

结果下午时，也不知是谁在微博上放了两张照片。

照片有点儿模糊，可是大家还是能看得清照片上的两个人。一张照片上，两个人站在窗口亲密地说话。男人英俊立体的五官，即便在有点儿模糊的照片里，依旧有种冲击视觉的效果。而他旁边站着的女人，穿着红色露背的晚礼服，长发绾成精致的发髻，白皙丰润的耳垂上的钻石长耳环熠熠生辉。

俊男美女、郎才女貌，大家似乎可以用一切般配的词汇去形容照片上的两个人。况且第二张照片是男人搂着女子跳舞的照片，璀璨的灯光下，他们的身后是穿戴优雅的乐团。两人站在乐团的前方，是整个画面的焦点。男人垂眸，女子抬眼，四目相对，即便这是静止的画面，人们也能感觉到浓浓的情意。

八掌柜："小老婆给我发来的照片，论撩汉，掌柜的我现在只服这位。"

照片上的两个人正是霍从烨和姜离，而照片应该是在众禾公司的圣诞舞会上拍的。虽然当天也提前告知来宾，不允许他们在会场里用手机或者相机偷拍，众禾也安排了专门拍照的人——如果谁想与别人合影，可以请摄影师帮忙。只是有很多来宾到底是公司的合作对象，工作人员还是没防住有人偷拍。

照片刚被传上网，封庭就将这事儿告诉了霍从烨。

霍从烨刚结束一场会议，接过封庭手里的平板，随意地看了一眼："照片还算不错。"

"需要我和这个博主沟通，让他删掉这两张照片吗？"封庭低声问道。

一般来说，霍从烨不太喜欢被曝光。就连平时谁想采访霍从烨，也是三请四请，才请得动他。所以网上一出现关于他的新闻，众禾这边会立刻进行公关。

霍从烨看了他一眼："他拍得挺好的，为什么要删？"

封庭："您不是一向不喜欢这种新闻吗？"

霍从烨把手里的平板电脑还给他，淡淡地说："因为那些是无中生有的。”

回到办公室，霍从烨又拿出自己的手机，刚要登录微博，才发现居然忘记了密码。他打了内线电话，把穆小瑜叫了进来，他的微博一向是她在管理。她基本不发什么，就算发微博也是请示了他之后，转发一条微博而已。

穆小瑜被叫进来，还有点儿忐忑。她虽然在总经办，可顶头上司是封庭，一向和霍先生接触得少。

“密码。”霍从烨拿着手机，冷淡地说道。

穆小瑜抬头，有点儿不懂他的意思。

霍从烨淡淡地瞥了她一眼，把手机递给她：“微博的密码。”

穆小瑜赶紧接过手机，输入了密码，又将手机递给了他，见他低头看手机，赶紧说道：“霍总，之前我就转了一条公司的微博，是请示过您的。”

“嗯。”霍从烨点头，却看着手机，看得有点儿认真。

穆小瑜之前帮他管理账户的时候，就跟揣着一个炸弹似的，连私信也不敢点开看。不过她每天看着粉丝的数量增加，还有那么多的评论和转发，再看看自己的微博，除了熟人，粉丝十天半个月也没多一个。

霍从烨抬头看着她，说道：“对了，之前圣诞舞会的时候，摄影师拍的照片你那边有吧？”

穆小瑜觉得有点儿惊讶，说道：“照片在行政部，霍总您要照片吗？”

“你把我和姜离的照片发到我的邮箱里。”

八掌柜的照片一发出来，不过半个小时，就被转发了两万次，而且热门评论里的口风几乎是一致的：

“论撩汉，欧美我服气霉霉，国内只服这位。她的初恋是国民男友，现任是我的霍男神，我的心在滴血……”

“来来来，你把嘴巴张开，多喝点儿水，吃多了狗粮不容易消化，别噎着了。”

“我跟你们说件事儿，我的本命是易时远，最想嫁的人是男神。我究竟做错了什么？呜呜呜……”

“冷冷的狗粮在我的脸上胡乱地拍……”

不过其中也夹杂着很多质疑的声音，毕竟这几个月来，关于姜离的新闻还挺多的：

“这炒作得也太明显了吧，这女的想往娱乐圈钻的心思真是快穿破屏幕了呀。”

“就是，她先炒作是易时远的初恋，现在又有新恋情。如果这不是炒作，我就直播吃键盘。”

不过路人里也有不忿的，反击道：

“人家的男朋友是霍从烨，还需要进娱乐圈？你们难道不知道豪门里的人最看不上的就是娱乐圈的戏子吗？人家是大学的教授，书香门第、家世优越。而且这两张照片一看就是偷拍的呀。”

“就是，我反正没看出这姑娘哪儿需要炒作。营销博发人家被偷拍的照片，还有点儿脸吗？”

很快，黑子的发言就被路人的评论盖住了。毕竟看俊男美女的画面，大家都觉得他们登对。就算是易时远的粉丝也不得不赞一句“画面实在太美了”。

很快，姜离和霍从烨两人的名字就上了热搜。霍从烨还好说，毕竟本身在网上就很红。姜离这个陌生的名字，和他的名字放在一起，很多路人便点进了微博。

就连易时远的名字也上了热搜，而且就在他们两人名字的下面。这让易时远的粉丝着急，他们拼命地刷易时远电影的消息。

可是路人一向好奇心十足，特别是对这种恋情，很快就连霍从烨和易时远的微博底下也被人占领了。易时远这边，被组织起来的粉丝一直在刷电影的消息，所以把评论控制住了。

霍从烨虽然有九百万粉丝，可是他毕竟不是娱乐圈的明星，就算有粉丝，这些人也是颜粉，所以他们的行动力和组织能力比不上易时远的粉丝。因此他的微博底下全是各种哭号：

“男神，他们说你有女朋友了，我不相信！”

“老公，不是说等我毕业，你就娶我的吗？那一定是烟幕弹，是不是？”

霍从烨很少看自己微博的评论，看着这些评论他还觉得挺有趣。他饶有兴致地翻看着微博的评论，直到姜离打电话过来。

她有些疲倦地说：“对不起，我这次连累你了。”

霍从烨靠在椅背上，往后转了一下，整个人面对着身后的落地窗。冬日的阳光虽不炙热，却带着一股暖洋洋的劲头。他听着姜离的话，淡淡地蹙眉：“这怎么关你的事？”

“要不是因为我和易时远的事情，你和我的事情也不至于被传得沸沸扬扬。”

霍从烨听到她说易时远，眉头锁得更深了。虽说这个人已经是过去式，可是霍从烨一想到易时远见过 18 岁的姜离，她的初恋是易时远，那种萦绕在心头的淡淡的嫉妒还真是由不得霍从烨装看不见。

“有人有心爆料，就算没易时远，这也会成为新闻的。”

突然对面传来一声浅笑，姜离听着他的声音，低声说道：“是呀，你可是国民老公，有多少小女孩吵着要嫁给你呢。”

“可是我想娶的人只有你。”霍从烨即刻回复。

这让电话两端的人一下子沉默了。姜离有点儿尴尬，可是又有种隐隐的激动之情。对于一段恋情，人们最期待的状态自然是两个人一直走下去，可是很多人期待的一直没有到来。

姜离对霍从烨的喜欢毋庸置疑，为了他，甚至连萧世琛也敢反抗。可是她从来没想过结婚这个问题，或许是觉得和霍从烨相识还不久，或许是觉得考虑这个问题还为时过早，此时听到霍从烨的话，反倒有点儿不知所措。

“你怎么不说话？”偏偏霍从烨似乎不想就此放过她，开口说话时，声音里带着浓浓的笑意，似乎想得到她的回答。

姜离咬着唇，脸上闪过红晕，偏偏还要装作镇定的样子：“我得去上课了。”

霍从烨看了一眼手表，提醒她：“现在应该快到下课的时间了。而且你只有周一和周三早上才有课。”

这算什么男朋友，专看她的笑话。

姜离愤愤地挂断电话，继续先前的工作。目前化学实验楼是不能用了，所以她现在也很少去实验室，要做实验的话，只能借用隔壁学校的仪器。好在她之前手头上的工作已经告一段落。所以这两天，她忙着准备期末考试的试卷。这个学期，学生不仅换了三个老师，还遭遇了化学实验楼爆炸。所以学院里的领导在开会时，也明里暗里地表示，今年考试题就不要太为难学生了。

她终于把整套卷子出完时，沈倩过来了。

沈倩见办公室里就她一个人，赶紧走过来，有点儿激动地说：“姜老师，你上网了吗？”

姜离大概知道她想跟自己说什么，点了点头，表示已经知道这件事儿了。

“姜老师，你也太幸福了吧。什么时候我也能有这种男朋友？”沈倩靠在姜离的办公桌上，手里拿着手机，看着她羡慕地说道。

姜离有点儿不好意思，两张被偷拍的照片而已。

“你之前不是见过他了嘛。”她关了电脑上的文档，声音里含着浅笑。

“上次爆炸时，他是第一个赶到现场的吧？我听学生说这事儿的时候，觉得他帅疯了。这次我看网上那些不好的消息，估计这下该全没了。”沈倩激动地说道。

姜离越听越觉得奇怪，不过也明白，网上肯定会有不好的声音。

“算了，这种消息我一向不回应的，反正过几天自动就会散了。”

沈倩点头，羡慕地说：“这可是你家的那位第一次公开承认恋情，我看谁也不敢说你是炒作了。”

姜离刚要笑，可是……

“你说什么？”

沈倩见她一脸迷茫，觉得有些奇怪，立即说：“男神的微博，你没看？”

姜离一直以为她刚才说的是营销号发的那两张照片的事儿。

当姜离拿出手机，登录微博，就发现自己的账号居然卡住了。她又重新登录了一次，才发现自己的微博居然一下子有了两万多粉丝，而且她的微博还有好几万条转发以及评论。

她眨了眨眼睛，还以为自己登错微博了呢。

她点开转发的时候，就看见了微博的自动提醒：“此条微博已经 @ 您多次，您是否需要屏蔽它？”

她看见霍从烨发的那条微博是一张照片，照片上是他和自己。

两个人站在一起，他的手臂搁在她的腰间。两人贴得极近。就算她穿着高跟鞋，可是在他的旁边，还是比他矮了小半截。他们朝着镜头看，脸上露出笑容，似乎连嘴角上扬的弧度也是一样的。

霍从烨最新的微博就是这张照片，还有两个字：“谢谢。”

明明应该是感谢的词，可是此时被他配在这里，却有着特别的骄矜。

霍从烨似乎是在打那些营销号的脸，他们不是想挖他的隐私吗？好呀，他自己大大方方地将照片晒出来，似乎也是在回应那些黑子的话。

只是姜离没想到他居然还 @ 了自己。

姜离有点儿哭笑不得，还记得上次易时远的事情时，她的微博就被小部分粉丝挖了出来。只是她一贯用推特，不太用微博，所以倒是没什么人打扰姜离。

这次霍从烨不仅 @ 了她，还关注了她。

她点进他的微博，就看见好多粉丝真情实感地开始哀号：

“我的天哪，我原本还死也不相信的。结果，这竟然是真的。”

“我的老公今天跟人跑了，可是我却一点儿也不恨对方，因为她太美了。”

确实，照片上的姜离穿着大红色的晚礼服，浑身透着一股精致又高贵的美丽。她的皮肤本来就白皙，又被大红色的衣裳衬托，越发有种白润如玉的感觉。她的长相本来就似精雕细琢过，一双水汪汪的眼睛在照片上异常明亮，似乎里面蕴藏着一汪清泉般。至于鼻梁更是秀气高挺，鼻尖不仅小巧还有点儿翘，透着一股灵动。就冲这张脸，连拿钱黑人的水军也只能说她的品行有问题，而连一句她配不上霍从烨的话也不好意思说。

姜离想了想，还是回关了霍从烨。

“你不发一条微博，回应一下男神？”沈倩在一旁看着她羞涩的模样，不由得逗弄道。

姜离顿住，要公开回应他吗？

## 第十二章

# 你打算用什么来偿还

沈倩离开后，姜离一个人看着微博，点开了编辑文字，打了字又删，反复了好几次，还是没想好要写什么。

她一向不会在社交网络上透露自己的隐私，而她的推特上有十二万粉丝，这也完全是托了萧世琛的福。萧世琛交友广泛，和众多前女友也能做到散买卖不散交情，而且他的前女友中不乏名人，因此每次分手或者被爆出恋情，姜离的推特就要涨粉一次。时间长了，她自然也适应了，除了偶尔发状态，不会提起自己的私生活。

她是被裴芷劝着一起申请的微博，而关注的人只有自己的同学，粉丝才几十人。她的微博就像小号，所以平时她发微博的次数挺多的。不过上次易时远的事情后，她就再没更新过微博了。

至于霍从烨是怎么知道她的微博的，她倒也不觉得奇怪，只是突然被点名，还真有点儿不适应。

可这种不适应渐渐被心头的甜蜜淹没。她习惯了隐忍、习惯了不回应，可是在看到霍从烨的微博内容时，才明白，其实她的心底也有委屈。她想冲那些骂她的人，狠狠地回应：“这关你什么事儿！”她也想冲那些一天到晚抹黑她的人说她才不想进什么演艺圈呢。当老师不知多高兴，她不需要成名，也不想有所谓的名气，继承的遗产可以用几百年，才看不上那些呢。

可是这些话，事实是事实，真被说出来的话，只怕群众的口水能淹没她。

姜离不是离经叛道的人，相反从小到大规规矩矩，经历过贫穷，也拥有着别人想象不到的财富。所以她比一般人要谨慎，交朋友的时候谨慎，说话的时候也会斟酌再三。

这大概也是她在萧世琛的身上学到的吧。

就在她犹豫的时候，裴芷打电话过来了。姜离一接通电话就听到那头的笑声，有点儿魔音过脑的感觉。

“洛神，你看见了吗？看见了吗？”紧接着裴芷又是一阵大笑，姜离甚至还听到疑似捶床的声音，“我真的服气了，太男神了……群里都疯了，真的是所有人都被炸了出来。就连秦师兄刚刚都问怎么回事儿呢。”

姜离有点儿尴尬，她还没登微信呢，估计这次得更多人问她了。

“究竟是怎么回事儿啊？”裴芷乐开了花，简直比她自己被表白还要开心，一个劲儿地追问。

姜离不自觉地伸手扯自己的长发，乌黑如墨的发丝被缠绕在手指间，一圈又一圈。她心想要怎么说呢，可是胸口有种叫喜悦的情绪，已经快要汹涌而出了，整个人似乎飘了起来。一向清醒的脑子，此时就跟一团糨糊似的，她就知道傻笑了。

裴芷见她不说话，就乐了，问道：“你是不是笑傻了？”

“哪儿有……”姜离微微抬头，可是此时电脑屏幕正好黑了，把她的脸照个正着，脸上的表情更是原原本本地被映在上面。

裴芷嗤笑了一声，幽幽开口：“霍男神这回真是把你吃定了。”

姜离正要反驳，怎么就不是她吃定了他啊？结果她刚要开口，脸上一红，眼睫轻颤，那些话到了嘴边，在唇齿间转悠了几圈，还是没说出来。

两人又聊了一会儿，裴芷就被叫出去买东西了，只得挂断电话。

姜离想了好久之后，终于重新登上了自己的微博，看见自己的微博名字：“是离不是洛”。

当初取微博名字的时候，她是打算以英文名字Shiloh申请的，可是这个微博名被占用，最后被裴芷一怂恿，就取了这么个名字。而裴芷取的微博名字为“是裴不是纸”，她当时还美其名曰，这是闺密用户名。

好傻，姜离捂着脸看着微博。可是她现在改名的话，也不太好吧？

她点开微博，在自己的相册里翻了一圈，没想到，就看见了手机里的两张照片。一张是在英国时拍的，当时她骑在马背上，穿着黑白色骑马装，身后是一片碧绿色的草地，而阳光铺洒在她的身上。她头上戴着帽子，脸颊在逆光中，透着一股朦胧美。而另外一张照片，是上次他们去马场的照片，她和霍从烨两人都骑在马背上，是当时马场的人帮他们拍的。大概是她不知道有人在拍照，当时她正看着霍从烨，等她重新翻出来这张照片，才知道，她当时的眼神是那么炙热。

是离不是洛：“谢谢。”

她发了微博之后，就立即退了出来，长出了一口气。

今天简直是八卦群众的狂欢，先是易时远和片方互相攻击，弄得粉丝和电影制片纷纷下场。结果这场大戏刚开锣，姜离就被扯了进来，不过人家是被曝光了新恋情。就在众人以为是炒作的时候，男主角也就是男神霍从烨，在微博上宣布了。

霍从烨的这条微博被微博娱乐转发之后，简直是进一步扩大了影响力，转发在三个小时内超过了 20 万次。至于随后回应的姜离，其微博同样被各大娱乐官媒转发，居然也迅速突破了 10 万次。两人的名字更是齐齐上了热搜，突破了百万搜索量。

就连众禾的公关部门看见了，都不由得瞠目。

陈漪的办公室里，公关经理沈微拿着手机笑着说："咱们绞尽脑汁地宣传公司，还不如老板出手呢。"

旁边的人登时笑了，只是坐在办公桌后面的陈漪，瞪了他们一眼，说道："都什么时候了，还有心思笑，都给我盯紧了，要是有什么不好的新闻，要立即处理。"

"应该没什么问题吧，女方一不是借机上位的小明星，二不是让人鄙视的网红，我看了一下评论，都是祝福的。"

陈漪猛地握紧拳头，声音有点儿冷："网民最容易跟风了，风评随时都可能反转。况且还牵扯到另外一个人，最要紧的是霍总的名誉。所以你们都看紧了，要是有什么差池，到时候谁出错，我找谁算账。"

底下的人被她训得不敢再笑。

等陈漪出去之后，自然有人不忿。

"陈总那么生气做什么？我看网上评论都挺好的，根本不用担心啊。"这一看就是刚进公司的。

"嘘，你可小声点儿。"老人立即拉了拉这个新人，低声说了一句。

新人脸上立即露出惊讶的表情，了然道："难怪呢。"

陈漪冷冰冰地看着电脑，此时界面正停在霍从烨的微博上。他很少登录微博，当初要不是她推荐，他甚至连微博都不会申请。他的微博至今就只有十几条而已，而之前所有的微博，都是转发的。

今天更新的这条微博是他的第一条原创微博。他却是为了另外一个女人发的这条微博。

这几年来，他身边不是没有莺莺燕燕，可是她知道那些女人都不足为虑。直到她看见姜离，才发现他居然爱纪禾爱到那种程度，千方百计地找了一个纪禾的替身。现在他居然还在微博上公开了他们的感情，这根本就不像他的作风。

都是那个女人，陈漪紧紧握住手中的钢笔——这是霍从烨送给她的第一份生日礼物，也是她最珍贵的东西，上面还刻着她的名字。

陈漪想起那天遇到的梁嫣然，那种女人她见多了，自认为出身不错，又是名校毕业，便眼高于顶，想要接近霍从烨。

陈漪在洗手间听到她和姜离的恩怨，自然很容易就得到了梁嫣然的信任。再加上陈漪答应，会让她有机会采访霍先生，她便像个苍蝇一样，在自己身边嗡嗡地乱转。

正出神时，放在桌子上的电话就响了，说曹操曹操就到了。陈漪看着屏幕上的“嫣然”二字，冷笑着接了起来。

“Isabella，你上微博了吗？”梁嫣然刚采访完，才看见微博上的事情，咬着唇，声音里带着浓浓的怨恨，“我就说她手段了得吧，你还不相信，现在瞧出来了吧？”

之前陈漪是以担心姜离故意接近霍从烨为由，与梁嫣然拉近了距离。

这个女人还真是蠢。

陈漪冷笑着，可是声音却透着担心：“霍先生从来不会这么鲁莽的，公司都在担心这件事儿会影响他的形象。我这个公关总监，听着好听，可是得听命于人。现在霍先生被人蛊惑了，我们这些做下属的，哪里敢多说呢。”

要是姜离听到这话，只怕都要觉得骄傲，毕竟陈漪这是把她比喻成了祸国殃民的妖妃啊。

可这话听在梁嫣然耳中，却意外地舒心。梁嫣然自从认识姜离之后，就处处不如她，后来又在萧世琛身上折戟，被折腾得差点儿连最后的尊严都没了，可是偏拿姜离没有办法。回国后这几年，梁嫣然倒是也混成了不大不小的名人，可谁知姜离又突然出现了，甚至不费吹灰之力，就让所有人都关注了她。

梁嫣然如何能不嫉妒。

“对了，你上次和我说她毕业论文的事情，有没有什么证据啊？毕竟她现在是霍先生的女朋友，要是有什么丑闻，肯定会连累到霍先生的。”

梁嫣然立即哼了一声：“她那个哥哥不知道多厉害。就算她毕业论文作假，可人家给学校捐了几百万，你能有什么证据呢？”

陈漪不禁有点儿失望，原以为她有什么实料呢。

“不过我倒是知道她一个秘密。”梁嫣然轻笑了一声。

虽然她说得煞有介事，可是陈漪对她已失望不已，便想找个理由挂电话。

“她曾经前往瑞士做过一年交换生，可是我知道那年在瑞士上课的人，根本不是她。”

陈漪嘲讽地扬起嘴角，所以呢？

突然，陈漪脑海中闪过一个念头，立即问道：“她什么时候去瑞士做交换生的？”

“六年前吧。”梁嫣然顿了顿，似乎是在思考。

六年前……陈漪浑身都在颤抖，用力地握住手机，才没有脱力。

这个念头太可怕了，可是一旦有一丝念想在脑海里生根，她就没办法控制自己不去想。

“你怎么会知道这件事儿的？你有证据吗？”

对面的梁嫣然轻轻笑了起来，片刻之后，饶有兴趣地说：“Isabella，我们之间应该互帮互助才是。”

陈漪冷着脸，这个女人还不算太蠢。

梁嫣然好整以暇地等着陈漪的回答，她当然明白陈漪就是想利用自己，可是她又何尝不是想要利用陈漪呢？陈漪是霍从烨身边的人，近水楼台，她必须得给陈漪点儿甜头，才能让陈漪觉得自己有用。

所以两人都是心怀鬼胎。

梁嫣然早就看出来了，这个陈漪表面上说担心姜离是有意接近霍从烨，可是那天圣诞舞会，陈漪那嫉妒的眼神，可是藏都藏不住啊。

梁嫣然对霍从烨，无非就是一个女人对一个优秀男人的渴望，要说真喜欢，那倒谈不上。只是现在这个男人被她最厌恶的女人抢走了，她可是一点儿都不想看见他们美满幸福下去。

所以梁嫣然倒是可以帮帮陈漪，毕竟敌人的敌人，就是自己的朋友嘛。

“你想要什么？”陈漪冷冷地问她。

梁嫣然轻笑一声，安抚她：“Isabella，放心，我不过是求利而已。我之前一直想采访霍先生，却不得方法。如今认识了你这个霍先生的得力下属，自然想请你牵线搭桥。”

“就只是想采访霍先生？”

“那你以为我想干吗呀？”说完梁嫣然咯咯娇笑起来，说不出地得意。

陈漪听着她得意的笑声，面色冷若寒霜，这个女人，迟早会让她知道自己的厉害。

不过陈漪也知道，现在好像不是翻脸的时候。

“好，我可以帮你安排，不过你最好不要让我发现，你是在骗我。”

陈漪也不是傻子，知道梁嫣然可能只是放假消息，反正她得看见证据之后才会帮这个忙。

梁嫣然也不想和她闹僵，两人约定了时间见面。

刚开完会的霍从烨，拿出手机，就看见一条提醒。

是来自微博的特别关注。

当他看见“是离不是洛”发的微博时，脚步顿住，而身后跟着他出来的高管，面面相觑。

等有人偷偷抬头时，就瞄见一向清冷严肃的霍先生，竟然在笑。

姜离在上课的时候，收到了霍从烨的电话，她偷了个闲给他回了一条微信。

霍从烨一听她在上课，登时有点儿意动。姜离上实验课的时候，都是穿着白大褂，他只见过一次，还是爆炸的时候，她身上的衣服都扯破了，还混杂着泥土和血，哪有一点儿制服诱惑的影子。

所以听她说在上课，他突然想看看她上课时是什么样子。

他听姜离说过，化学实验楼被炸了之后，他们被暂时安排在另外一栋新楼里上课。不过也就是在这里上本科生的课而已，她自己要做的实验，还得去外校借仪器。

霍从烨开车到楼下的时候，抬头从前车窗看了一眼高耸的大楼，突然有点儿想笑。

他都多久没这么冲动过了。可是既然来了，索性就看个痛快。他下车进了实验楼，进电梯的时候，正好有几个女生一起。电梯里气氛有点儿安静，因为 7 楼已经有人按了按钮，他便没有伸手。

电梯在 7 楼停下来的时候，最前面的两个女生先走了出去，等他走下电梯就听见前面的声音。

“电梯里的那个人也太帅了吧，好可惜啊，没能偷拍。”

霍从烨轻笑，稍微顿住了脚步，让前面的女孩走远，免得待会儿她们回头看见自己尴尬。

这座大楼是学校新建的，很多实验室都在这栋楼里，之前化学系就准备搬到这里来的。只是还没搬呢，就发生了爆炸。而根据事故调查结果显示，虽然有一方面是操作问题，但也有设备老化引起的问题。所以学校不敢再耽误，近期把几个老实验楼都停用了。

霍从烨正拿出手机，掂量着是不是给姜离打电话，就见有个实验室内走出两个人，都穿着白大褂，直奔楼道里的自动贩卖机而去。

两人回来的时候，霍从烨认出其中一个人就是那晚在餐厅门口，叫他师公的男生。

“你们姜老师在吗？”霍从烨上前叫住他。

男生眨了眨眼睛，自然也是一下就认出他了，只是有点儿不敢相信。今天微博上的事情，在班级的微信群里都传疯了。那些女生一个个眼冒红心地喊着好帅，他的微博首页都被班里的女同学刷屏了，几乎每个人都转发了微博。

结果男生突然就见到当事人，有种不太真实的感觉。

“霍……霍先生，您是来找姜老师的？”男生立即问道。

霍从烨打量他一下：“怎么不叫师公了？”

霍从烨穿着蓝色立领大衣，身材高大，肩膀宽阔，站在面前，把那两个男生衬托得跟小鸡崽似的。可是偏偏看着清傲冷漠的人，一开口倒这么亲近。

大学里的学生，还不像社会里的人那样会捧高踩低，陡然听到这样的话，立即露出真心的笑容。

“您是来找我们姜老师的吧，我这就帮您叫啊。”男生拿着手里的热饮，飞奔着回了实验室。

姜离出来的时候，霍从烨正站在外面的走廊上，墙壁上的布告栏里挂着很多学院老师的照片。姜离的照片也在上面，就在第三排第一个，一般人的证件照都不怎么好看，甚至还有点儿丑，可她的证件照是真好看，之前她的照片还失窃过，所以现在布告栏被锁起来了。

一张巴掌大的照片上，她浅笑着，安静地看着镜头。她长得可真讨巧，一双乌黑明亮的眼睛，特别水润，是那种像饱含了水分的润。虽然她束着长发，可是脸还是小，鹅蛋脸线条柔和又完美，真正的巴掌小脸。

姜离走近的时候，就看见霍从烨紧紧地盯着自己的照片看，登时有点儿羞赧："很难看吧。"

"这是我见过最好看的证件照了。"

霍从烨没有夸张，他是在国内上的高中，是公立学校，是真正的名校，需要拼命才能考进去的好学校。学校也有个讨厌的地方，就是每个学期期中和期末的时候，会把前五十的学生照片贴在布告栏里。

高中生虽然有朝气、有活力，可是拍出来的照片却不尽如人意。

他转头的时候，就看见穿着白大褂的姜离，双手插在口袋里，安静地站在自己旁边。

"我刚刚来的时候，就在想，你穿白大褂该是什么样子。"

他一贯冷峻的眼睛里都染着浅笑，是那种满足的笑容，如墨汁般的瞳色，此时看起来也不是那么有距离感。

姜离看着他的样子，心里已经得意得不得了，却还是口是心非地问："现在呢？觉得失望吗？"

霍从烨轻声笑了一下。姜离看着他笑的模样，就有种心事被看穿的感觉，登时别过头，结果她一动，手肘就被抓住了，往旁边拉了下。

她被霍从烨抱在怀里，顿时手忙脚乱地推开他，惊慌地小声说："别这样，会被人看见的。"

可是霍从烨不仅没放开，还把下巴抵在她的颈窝里，他身上的热度一层一层地覆盖在她的身上，那种浓烈得让人无法抗拒的男性荷尔蒙，无孔不入地在她四周弥漫。他本来就有 186 厘米高，再加上经常健身，是穿衣显瘦脱衣有肉的身材，所以他整个人靠在姜离身上的时候，她差点儿被压得一口气没上来。

"你这照片贴在这里，像个学生，不像老师。"霍从烨的嘴唇贴着她的耳朵，姜离虽然被他低沉性感的声音迷得五迷三道，却还是在他打趣自己的时候，迅速清醒了。

她噘着嘴，不悦地说："哪里不像了？我上课的时候，不知道多威严呢。"

一阵低沉的轻笑响起，她的耳朵又酥又麻，痒得难受。直到他放开自己，她才一蹦老远。

她做贼一样往两边看，生怕被别人看见了，有损她光辉的教师形象。好在冬天天气冷，就算是下课，也没什么人到走廊上转悠。

霍从烨看着她左右张望的模样，更觉得有趣。可是偏偏上课铃声响了，她又得进去了。

姜离回头看了他一眼，有点儿不舍，又故作坚定地说："你回公司吧，就算是老板也不能这么开小差啊。让下属知道了，会笑话你的。"

霍从烨听她一本正经地教育自己，突然拉住她的手，姜离又有点儿着急，因为铃声已经停了。

"我在楼下等你。"霍从烨说道。

姜离走回实验楼的时候，看见他还站在布告栏前，只是这次他正转头看着自己。

她回了实验室，穿过生活区进了里面的实验区，一进去就听到了欢呼声，是那种调侃又善意的笑声。姜离就知道刚刚肯定被这帮小家伙看见了，立即板着脸表示："别以为这是最后一节课，我就不敢拿你们怎么样，小心期末考试啊。"

她一向温和，从来不曾说过一句重话，所以临时抱佛脚说这样的话，压根不管用。

"姜老师，你真的太幸福了。"有个女生忍不住喊了一句。

明明实验室里不许喧哗，可是现在这帮孩子像疯了一样，一句都停不下来。

"姜老师，你能让男神给我签名吗？"

"我也要、我也要。"

"姜老师，你结婚的时候，一定要给我们喜糖啊。"

"姜老师，我爱你。"

最后吼出那句话的男生，猛然涨红了脸，所有人都转头盯着他。他动了动嘴唇，刚想解释。

“滚，姜老师是我们的。”

“滚蛋，癞蛤蟆想吃天鹅肉，不要玷污姜老师。”

这大概就是当老师的乐趣吧，因为面对的是一群赤诚且可爱的学生。他们善良、聪明、真诚，而且那么生机勃勃。那一场让所有人都悲伤的爆炸阴影，似乎正慢慢地远离他们。

姜离下课走到楼下的时候，身边有几个女生正在商量去哪儿吃饭，就听几声鸣笛声，姜离挥手和她们说再见。

等她走到车边，霍从烨下车走过来替她开车门。站在教学楼门口的一帮小姑娘，又是一阵疯狂，尖叫声隔着老远都能听见。

“以后你可得少来我们学校。”姜离转头看着旁边面色如常的男人，哼了一声。

他长得是真帅，浓眉高鼻，侧脸简直完美，棱角分明得像是刀琢斧刻，难怪这帮小姑娘看见他会又尖叫又欢呼的。她想了想，自己当初好像也是被他英俊的外表吸引的吧。

“因为太吸引人了。”霍从烨启动车子。

姜离把车窗打开，冲着几个女生挥手，叮嘱她们早点儿回宿舍。

等她关上车窗后，才重新转头，看了他一眼：“是啊，太吸引人了，我得把你藏起来。”

“我们现在去哪儿？”她见他开车出了学校，忍不住问。

“回家。”

虽然说的是回家，可是霍从烨开车去了家附近的超市，这是一家进口超市。停了车之后，霍从烨领着她上楼。姜离看着他轻车熟路的样子，立即惊讶地问：“你经常来这里？”

“不常来。”他熟练地走到冷柜附近，面前都是空运过来的牛排，挑挑拣拣了一会儿，便拿了一盒放在面前的推车里。

姜离看着他买的东西，登时噤声，完蛋了，自己压根不会下厨。

就在她纠结得无法自拔的时候，霍从烨转头看着她："有什么忌口的吗？"

"没有。"姜离立即说，手机紧紧地握在手里。

她正打算给玛丽发个短信，问问牛排该怎么煎。

"想喝什么汤？奶油蘑菇浓汤行吗？"

霍从烨这会儿已经带着她走到蔬果区，水灵灵的瓜果蔬菜摆在精致的柜台上，冷白的灯光打在上面，红的、绿的、白的，看起来都特别可爱。

姜离的手握得更紧了。她开始有点儿后悔了，之前在霍从烨家里做早餐，差不多已经是她厨艺的巅峰了。她要露馅儿了。

她真是紧张得不得了，知道中国人都很传统，很多中国家庭找媳妇，就是想要那种知书达理……对，那句叫什么来着，上得厅堂，下得厨房。

可她只能上厅堂，做菜她是万万不擅长的。

霍从烨拿着西蓝花，转头就看见她一脸紧张的模样，掂量了下手里的东西，又问她："不喜欢？"

"喜欢，我这个人最不挑食了。"

其实她最讨厌西蓝花了。

他们排队结账的时候，姜离装作不经意的样子问："我们要在家里吃饭吗？"

"是啊。"霍从烨瞥了她一眼，这不是明知故问吗？

等买了东西上车，姜离总算找到机会给玛丽发短信了。好在玛丽很快就回复了，而且还是长长的一段。

玛丽先是心疼地表示，希洛（姜离的英文名字 Shiloh 的中文）小姐居然要亲自下厨，随后又把煎牛排的要素告诉了她，姜离看着要放的油量，还有特别注意的几点，长出了一口气，不算难。

回家之后，霍从烨脱了大衣，姜离连忙抱着他的衣服，放在沙发上。等她再回头的时候，他已经提着东西进了厨房。

姜离有点儿惊讶地跟了过去，吃惊地问："你要做饭？"

霍从烨在厨房里翻出新的围裙，抖开后，看她："难道是你做？"

"我做就我做，我还挺会做饭的，上次你不是吃过。"姜离郁闷得不行，可偏偏不想让他得意。

一个男人愿意为一个女人做饭，那肯定就是很喜欢她啊。虽然霍从烨说过很多次喜欢她，可是女人还是喜欢从男人的行动中，观察这个人是不是真心的。所以就算他只做了一件小事儿，也会在她心底被无限放大，一直放大到不能更大的地步。此时姜离幸福地看着他，这么完美、这么厉害的人，居然愿意为她做饭。

她甚至都不知道，在这一句话里，她的心低到了尘埃里。

"那今天就让我给你做。"霍从烨看着她紧张又期待的样子，禁不住笑了。

姜离被打发了出来，打开了电视，没一会儿就听见厨房里刺刺的声音，似乎是油在锅里烧热的声音，没一会儿又是刀在砧板上的声音。电视上主持人爽朗的笑声，她听得有点儿厌烦，赶紧调了个安静的台，厨房的声音更响了。

"他在做饭。"姜离有点儿激动，忍不住给裴芷发了一条微信。

没一会儿裴芷回复她："我今天狗粮已经吃得够多了，我谢谢你啊，还单独喂我。"

这会儿裴芷正在刷微博，这一天可真够热闹的啊。姜离的微博曝光了，连带着裴芷这个经常和她互动的人，都跟着"沾光"了。裴芷的粉丝涨了几百，还有好多人给裴芷发了私信。

"中国真好。"姜离又发了一条。

其实她想说他真好，她恨不得时间就停在这一刻，这种说不出的宁静和安然，让她幸福得飘飘然。可是她一向不擅长炫耀，就算这时候，都是含蓄地表示。

不过裴芷早就习惯了她的性格，发了两个哼哼的表情。

随后裴芷又发了一条："和喜欢的人在一起，不管在哪儿，都是最好的。"

难得一向直白的裴芷能说出这么文艺的话，姜离还没想好怎么回复呢，霍从烨已经叫她吃饭了。

这是霍从烨第一次下厨给她做饭。

当然，也是她第一次吃到男朋友亲自做的东西。

真的好吃，不是因为她心底高兴才这么说，而是她真的觉得好吃。特别好吃的那种，就连她一向讨厌的西兰花，似乎都在他手底下变得美味了。

他们吃完晚餐之后，她自告奋勇刷碗。等洗得差不多的时候，她举手把东西放在柜子里。身后的人贴了过来，接过她手里的东西，两人贴得近极了，近到她清楚地感觉到身后的温度。

她僵硬地站在原地，一动不敢动。

直到他贴着她的颈窝，轻声问："晚餐好吃吗？"

"好吃啊。"

但是说话归说话，能不能不要靠这么近。

他可真热，浑身就像一个小火炉一样，她的背后都快要燃烧起来了。她一向畏寒，此时几乎是用全部的自制力，才让自己没有主动靠过去。

"打算用什么来偿还？"

他的呼吸就在她的耳边，说话的时候，胸腔微颤的幅度，她都能清楚地感觉到。

姜离的脸如被火烧，她咬着牙："鸿门宴？"

霍从烨将她整个人转了过来，两人面对面，他低头看着她，微微一笑："你以为谁都能吃我做的东西？"

可她不知道，一顿饭还得偿还啊。

等她被抵在床榻上的时候，就看见昏暗的灯光下，他额角上晶亮的汗珠。

她舔了一下，好咸，可是却有种噬魂的性感。

在那一瞬间，她突然觉得自己完了，她居然连他的汗水都觉得性感。他身上的每一寸，对于她来说都像是宝藏，她的手指带着微微颤抖，轻轻地抚摸着。

直到他低低地嗯了一声，简直是在引诱她犯罪。

他的唇从她的唇上挪开，他用轻到几乎不能再轻的声音问："要吗？"

要吗？

要我吗？

你要我吗？

那种从未有过的贴合感，再一次笼上她的心尖，就好像他天生该如此，而她天生也该如此。

这是一种从未有过的熟悉感。

一直到结束之后，房间里只有沉重的呼吸声，她趴在床褥之间，一动也不动。而旁边是霍从烨汗津津的身体，带着滚烫的体热。他的身体好暖和，又覆盖着一层汗水。她一向讨厌这种黏腻的感觉，可是此刻却一点儿都不想放开他。

"希洛。"他开口，声音前所未有地沙哑，让她的小腹又重新一紧。

"我们结婚吧。"

都说男人会在床上说好听的话哄女人，可是姜离没想到，她平生的第一次被求婚，居然会是在床上。

她猛地转过头，身上的酸痛和疲倦似乎烟消云散。她随意地抓着被子挡在自己面前，脖子抬起来，又是惊讶又是惊喜地看着他："你说什么？"

谁知趴在床上的男人，只轻笑了一声，竟然转过头去了。

姜离如何能让他就这么糊弄过去，整个人趴在他身上，头转了过去，盯着他的脸，又问："你把刚刚的话再说一遍？"

霍从烨睁眼，简简单单地看着她，姜离也盯着他看。

谁知他嘴角一勾：“没听清楚，那就算了吧。”

算了？什么叫算了？姜离整个人都压在他身上，恨不得动手收拾了他，怎么能算了呢。

可是她咬牙切齿了半天，也不知道该拿他怎么办，这个人怎么能这么说话不算话。她重重地哼了一声，就要起来，结果一下就被拉到他怀里。两人身上都还是黏腻腻的，可皮肤贴着皮肤的热度，却让她不忍放手。

“没问清楚，就想走？”霍从烨抱着她，浓墨般的眸子，定定地看着她。

姜离看着他，突然往前倾，张嘴便咬住了他的唇：“我听清楚了，你不许反悔。”

又是一阵低笑响起。

片刻，姜离被抱了起来，她有点儿惊慌：“干吗？”

“洗澡。”

这也太快了吧……

等洗完澡之后，霍从烨躺在她身边，没一会儿便睡着了。之前他们也曾同床共枕过一次，可是那次是姜离先睡着的，而且她醒来的时候，他都已经起床了。

所以这是她第一次看见他睡着的模样。

说实话，那模样太乖巧了。

她居然没想到，自己有一天会用“乖巧”两个字来形容他。可是他此刻真的很乖巧。

一向锐利冷峻的眼睛紧闭着，卷翘的长睫毛安静地搭在眼睑上，高挺笔直的鼻子，此时发出轻微的呼吸声。薄唇大概是因为刚刚洗澡，显得有些丰润，不过却一点儿都不女气。

姜离觉得很神奇，在两个人分享了这世界上最亲密的关系之后，她才真正体会到爱情。

她看着霍从烨的眼睛，想着他方才说的话。

结婚，在认识他之前，她似乎从来没想过这个问题。

可是现在，这个问题就一直萦绕在她的脑海中。结婚是什么，一场盛大、隆重、奢华到让所有人都羡慕的婚礼，还是两人成为伴侣，携手往前的安静和甜蜜？

不管是哪一样，她只知道，只要有他在，她就不会后悔。

清晨是在一阵铃声中醒来的，姜离闭着眼睛伸手摸索，却摸到一片坚硬又温和的肌肤。她顿时睁眼，铃声停止。

霍从烨按掉了闹钟，他转头看着旁边的人，她睡相很安静，大概是被闹钟吵醒的原因吧，眼睫毛一直在颤抖。他长臂一伸，又把人捞进自己怀里，她可真够瘦的，明明是个高挑的身材，可此时躺在自己怀里，又显得特别小巧。

大概是鼻子被压住，呼吸不畅的原因，没一会儿她就仰起头，下巴抬得极高，像是在索吻一样。

霍从烨抱着她，看着她仰着头的模样，心底发笑。

没一会儿，他用手指捏着她的鼻尖，显然是有点儿呼吸困难，她张开嘴巴，还轻声地哼了一声。

姜离睁开眼睛的时候，就看见面前被无限放大的俊脸。

清晨她醒来，身边睡着最喜欢的人，还有比这更美好的事情吗？

“早上好。”霍从烨笑着在她的额头上吻了一下。

姜离羞涩地垂下了头，片刻后问道：“现在几点了呀？”

“8 点 15 分。”霍从烨好整以暇地看着她，上扬的眼尾有点儿风流倜傥的味道。

“8 点 15 分呀。”姜离安心地转了个身，随后猛地坐了起来，回头看着他，声音里带着颤抖，“8 点 15 分了？”

于是整个早上，他就看见她匆匆的身影。她打开衣柜挑衣服的时候，回头就看见霍从烨正靠在床头上。他拿着手机在查看什么，一副悠然自得的模样。

等她急匆匆地化了淡妆后，某人终于起床，披着睡袍走出来。

“我先上班了。”姜离拎着包，手里提着来不及穿的衣服。

等她走到门口，门铃正好响了，霍从烨过去开门。姜离正在换鞋子，结果转头看过去，就见封庭正站在门口。封庭的手里还拿着褐色的纸袋，他说：“姜小姐，早上好。”

“嗯，你好。”

虽然他们是男女朋友，不过一大清早，就被他的下属撞到，姜离多少还是有点儿尴尬的。

“你今天坐封庭的车去上班。”霍从烨从她的手里拿过大衣，站在门口帮她穿好。

姜离乖乖地听从他的指挥，伸完左手伸右手。霍从烨帮她把大衣穿好后，又伸手抱着她，在她的额头上落下一吻：“中午我去接你吃饭。”

旁边的封庭早已经背过身，结果姜离出门时还是差点儿被门槛绊倒。

霍从烨上下打量了她一番，忽然轻轻地叹了口气，问：“你真不需要请假休息一天吗？”

早上起床的时候，他看见了床单上红色的印迹。

姜离立即板着脸，语调轻松地说：“我的身体好好的，我请什么假呀？还有两周学生就期末考试了，我还得帮着学生复习重点呢。”

霍从烨看着她此地无银三百两的模样，也知道劝不住她，便叮嘱她：“封庭帮你买了早餐，你在车上吃了早餐再去上班。”

他似乎还不放心，又叮嘱封庭：“你帮我看着她。”

姜离没想到他居然会这么说，干脆自己走过去按了电梯的按钮。霍从烨瞧着她不服气的样子，忍住抚额头的冲动。

“霍总，我们先走了。”封庭见他这副样子，也不敢笑，只能低头抿着嘴。

霍从烨哼了一声，房门还开着，就穿着薄薄的睡衣盯着她看。早上正是使用电梯的高峰期，所以他们等了好几分钟也不见电梯下来。姜离看他站在门口，忍不住说："你快点儿进去，外面冷。"

小东西，总算是知道心疼她的男人了。

霍从烨打心底里得意，面上却不显露得意之色，还有点儿深沉地点了下头："没事儿，我不冷。"

封庭当了霍从烨这么久的助理，第一次感觉有点儿尴尬，特别是自家老板那灼热的眼神，虽然不是看着他，可就算是余光封庭也有点儿消受不起。

好在电梯总算下来了，姜离进去的时候，还是回头看了一眼倚在门口的"望妻石"。

"我上班了。"她挥了下手，嘴角忍不住露出微笑。

谁知倚在门口的男人，也跟她挥了挥手。封庭正好回头看见了霍从烨，然后慌忙低下头。

霍从烨有些尴尬地收回手，摸了下鼻子，就是打个招呼而已。

出了电梯，姜离跟着封庭上了他的车，有点儿抱歉地说："不好意思封特助，还得麻烦你过来。"

"姜小姐，您别这么说，我也是顺路。"

封庭确实是顺路，他住的地方离这里不远。所以有时候司机上班会先去接封庭，再过来接霍从烨。而这几天司机做阑尾炎手术，公司里一时没有其他合适的人，所以封庭便过来接霍从烨。

他把副驾驶座上放着的早餐递给后排的姜离。

姜离有点儿不好意思，不过还是将早餐接了过去。她想了想，小声说："我可以将早餐拿到办公室里吃吗？"

封庭忍不住笑了，不过随后苦着脸说："姜小姐，霍总如果问我，我总不能对他撒谎吧。”

好吧，她打开袋子，就闻到扑鼻的香味。早餐还带着刚刚出炉的热气呢，还有热腾腾的咖啡，虽然简单，不过对于一个匆忙的早晨来说，已经足够。

“谢谢你，封特助。”姜离笑着说道。

封庭看了一眼后视镜，笑着说道：“不用谢。”

姜离迅速地吃完早餐，他们也到了 S 大的门口，这会儿校园里已经有了人气，大概因为上课的时间快到了，众人行色匆匆。

封庭坚持把她送到了化学院的行政楼下才离开。

她到办公室的时候，还差五分钟到 9 点，还好没有迟到。

临近期末，总是有各种事情要做，霍从烨打来电话的时候，姜离才发现快到中午下班的时间了。

“你已经到了？”她起身站在窗口往下看。

“嗯，你下班后再下来。”霍从烨倚在车背上，低声说道。

姜离甜蜜地点了一下头，又想起他看不见，赶紧应了一声。

她下楼的时候，正好碰上沈倩去食堂，沈倩挽着她的手臂问：“你中午吃什么呀？”

姜离尴尬地笑了一下，指了指楼下说：“我和霍先生去吃饭。”

沈倩听了这话，先是觉得一惊，随后哈哈笑了起来，问道：“你也叫他霍先生？我的天啊，你们俩不会在家里也这么叫吧？”

姜离立即摇头。她还真是没特别注意过对霍从烨的称呼。

他一直叫她希洛，有时候生气的话，会连名带姓地叫姜离。

“男神平时在家里是什么样子呀？”因为电梯门口处就她们两人，沈倩立即八卦地问道。

这也难怪沈倩八卦，就好像陈伟霆突然成了你朋友的男朋友，难道你不想知道男神在家里究竟是什么样子吗？沈倩自然也会好奇霍男神平常的模样，想知道他是不是也和他们这些平凡的人一样。

“他也没什么样子，就普通的模样吧，也会吃饭喝水。”姜离想了一下，随后笑了起来。

他在床上的样子，她才不会告诉别人呢。

到了楼下，两人告别后，姜离就上了霍从烨的车子。

餐厅已经订好了，就在离学校不远的一家酒店里，这里的牛排是S市最好吃的，店内的大厨曾经是米其林三星餐厅里的主厨。位置早已经订好，他们一进入餐厅，餐厅里就有服务员领着他们往里面走。

这家餐厅位于55层，因为天气好，所以他们透过窗子能看见布满金色阳光的市区。

姜离突然指着一栋高楼，说：“你的公司就在那栋大楼里吧？”

霍从烨顺着她的手指看过去，倒是笑了：“你知道我的公司在哪里？”

“就是有次我路过你们公司，裴芷告诉我的。”姜离才不会告诉他，其实她是专门查过的。

“老板娘什么时候能亲临我的公司？”霍从烨故意文绉绉地说道。

姜离是一个中文十级的人，怎么可能不懂“老板娘”的意思，当即白皙的脸颊上闪过羞涩的红晕。她假装看风景地转过头，可是嘴角一直翘着。

“那个……”

“周末有时间吗？”

两人同时开口。

姜离看着他点头：“我有时间。”

“我想带你见见我的家人。”

柳蔚子没有微博，所以自然不知道网上发生的事情，还是霍明素打来电话她才知道的。

不过相较于霍明素的着急，她倒是笑了：“年轻人嘛，就是这样。”她似乎想起什么陈年的往事，忍不住说，“当初你哥哥追求我，可比这轰动多了。”

“大嫂，你要是看见照片的话，估计就不会这么说了。”霍明素有点儿恨铁不成钢，自己看见照片的时候，险些被吓得魂飞魄散。

好在柳蔚子有微信，所以霍明素给她传了照片，还特地叮嘱她别挂电话。柳蔚子瞧着霍明素小心翼翼的模样，还笑了霍明素一番。可是当柳蔚子点开照片后，电话从她的手里掉了下去，掉在茶几上，翻滚了好儿下，最后掉在了地毯上。

霍明素也被这一声巨响吓着了。

等了好半晌，霍明素才听见对面哆哆嗦嗦的声音：“她、她不是已经死了吗？”

“这不是纪禾。”霍明素摸了摸胸口，虽然说这个人不是纪禾，可是也害怕呀，毕竟那么像的两个人。

她一听这是S大的老师，就打电话给许愿，才知道两人已经交往一段时间了。

“我知道他有女朋友，他也和我说过这事儿。可是他没和我说、说……”柳蔚子一想到微信里的照片，恨不得连手机都不要了。

“大嫂，你也别太紧张，那个纪禾死已经死了，可那根本不关你的事情。我打电话就是想告诉你，你在从烨面前可千万冷静。你别说漏了嘴呀。”霍明素担心地说。

柳蔚子是个没有城府的人，霍明素一看见照片上的人，就立即打电话过来，也是怕柳蔚子见着真人说错了话。

柳蔚子猛地捂了下脸，问道：“可是我的心里难受啊。”

“大嫂。”霍明素猛地喊了她一声。

柳蔚子的身子更是哆嗦了一下，她带着哭腔说：“我这辈子几乎没做过亏心事儿。可是就是这件事儿、就是这件事儿，我一直寝食难安。”

“那怎么能关你的事情呢，她死了就死了！她和我们霍家有什么关系，凭什么让咱们拿钱去赎她，反正最后她和从烨也闹翻了。咱们于情于理站得住脚。”霍明素硬着头皮说道。

可是那到底是一条人命啊！他们不是穷凶极恶的人，事到如今，也只能这么安慰自己了。

柳蔚子勉强地应了一声。

“明素，我累了，想去歇会儿。”柳蔚子不想再说了，便挂了电话。

只是她坐在沙发上一直没有动弹。

而 55 楼的餐厅里，姜离看着对面英俊的男人，窗外的阳光洒在他的侧脸和身上，光影交错间，他英挺得像是一尊雕塑。他微微一笑，轻声说：“我想带你见见我的家人。”

姜离看着他，心里那样轻快、幸福。

可是……

“我不能和你去见他们。”她垂着眼眸回答道。

薄光融融，透过玻璃照射进来，照得整个餐厅一片暖黄。

阳光打在姜离的脸上，像是铺在细腻的白釉上，她微垂的眼睫盖着一片密密的阴影。

霍从烨猛地握紧手里的红酒杯。精致的高脚杯晶莹剔透，就算在阳光下也干净薄脆，连一丝划痕也没有。原本他在心里十拿九稳的事情，居然就被她这么轻易地否决了。

“我知道你的意思，可是现在哥哥还在生气。我不能瞒着他就去见你的家人。”

姜离不是不想见霍从烨的家人，而是不能见。萧世琛本来就在生气。如果她再背着他去见霍从烨的家人，只怕哥哥这一世都不会原谅她了。虽然之前两人撂下了狠话，可是家人不就是这样——他们说的狠话能扎进你的心里，可是回头就会后悔。

她已经后悔了，相信哥哥肯定也后悔了。

“我和 Hyman 两个人相依为命。我只剩下他这一个亲人了，所以不能不考虑他的感受。”

霍从烨沉默地看着她，怎么也没想到，理由会是这个。

霍从烨的眉头微蹙，他说：“等你放假了，我可以陪你去纽约。”

可姜离久久未说话。

霍从烨看着她，神色渐渐变得凝重，又问：“你心里也有犹豫？”

“当然没有。”大概是怕他误会，姜离立即摇头。

她不是在心中犹豫，而是担心。当初对她，萧世琛能把话说绝了。如果让他和霍从烨见面的话，她猜不到会发生什么样的事情。

“其实你自己的事情大可不必这么在意他的想法，毕竟你们不是亲兄妹。”霍从烨晃了晃手中的酒杯。

他这话说得并不算过分，姜离和萧世琛确实不是亲兄妹。姜离的母亲在世时，也没有办理收养手续，萧世琛顶多算寄养在姜家。

姜离猛地抬头，有些惊讶又有些恼火地反问：“他是我的家人，是我在这世上仅有的亲人。血缘是很重要，可不管对于我来说还是对于他来说，我们之间的关系不是单纯地以血缘或者其他的东西来衡量的。”

她在两年内失去了继父和母亲，离成年还有一个月的时候，成了孤儿。可是她有父母留下来的大笔遗产。斯蒂文斯家族的那些人为了争夺她的抚养权，险些到最高法院打官司。可是得知公司资不抵债即将面临破产后，那些人又纷纷甩手，把她当成包袱。

当时萧世琛用坚定的口吻告诉她，不会让任何人看他们的笑话，会让她继续过着现在的生活，甚至让她过上比现在还要好的生活。

他说到做到。

不过几年的时间，普森公司就在他的手底下扭亏为盈，甚至迸发新的生机。

而她则成为英国 30 岁以下最富有的人之一。她名下的资产曾一度达到百亿，谁也不会再把她看成一个包袱，斯蒂文斯家的小姐延续着家族的荣光。

霍从烨见她的反应这么激烈，也明白自己说错话了，立即说道："我道歉！我并不是想质疑你们之间的关系。只是我们在一起终究是两个人的事情，我不想让别人影响我们而已。"

姜离抿着嘴，想反驳，可是也知道，在这个问题上说多错多。

"我的家人很好相处的，我带你去见他们也是为了让你哥哥知道，我并不是一时兴起和你谈恋爱。我准备和你建立长久而稳定的关系。"

霍从烨虽然高冷惯了，可是放下姿态的时候，简直就是无差别地释放魅力。

姜离被他说得心动，险些就要同意。

一段长久而稳定的关系，有什么是比婚姻还要更长久而稳定的呢？

阳光这么美好，对面的男人那么英俊，餐厅里的音乐是那么轻柔又优雅，她几乎就要点头了。

"对不起。"可是许久之后，她还是只能说出这三个字。

没有人希望自己的感情不被祝福，更何况萧世琛是她的偶像和目标。对姜离来说，如果说她曾经幻想过自己的婚礼，那一定是她挽着萧世琛的手，走过长长的花路，来到她未来的丈夫面前。最后，萧世琛将她的手交给她未来的丈夫。

霍从烨看着她内疚的模样，伸手握住她的手，轻笑道："顶多我去纽约的时候，在你家的门口等上三天三夜。"

"我哥哥铁石心肠。你又不是美女，他不会心疼的。"姜离听他这么说，立即弯起嘴角，笑了起来。

霍从烨微微地笑道："我要你心疼就好了。"

姜离一怔，原本心底沉甸甸的感觉在这句话下瞬间融化了，心头甜丝丝的。

送姜离回学校后，霍从烨也回了公司。

下午的时候，门口突然有敲门声，秘书说道：“霍先生，霍太太来了。”

如今整个霍家，能被称为霍太太的只有柳蔚子一人。霍从烨立即起身，有点儿惊讶。他刚到门口，柳蔚子的电梯也到了。她到了楼下，就有人陪同她上楼了。

“我给你们带了点儿下午茶。”柳蔚子说完，身后跟着她的人立即把手里的东西拿过来。

霍从烨的秘书赶紧将东西接了过去，连忙说谢谢。

柳蔚子看着霍从烨只穿了一件衬衫站在办公室里，不禁唠叨：“虽然办公室里有空调，可是你穿得也太少了。”

“您怎么过来了？”霍从烨笑着看了她一眼。

无事不登三宝殿，柳蔚子平常是不会到公司里来的，就连霍余哲的公司她都很少过去。柳蔚子今天突然来公司，霍从烨觉得有些奇怪。他把人领进了办公室，柳蔚子环视了一圈，装修的风格简洁轻快，办公室里以黑白两色为主色调。

她走到他的办公桌前，就看见桌子上摆着的相框，伸手将相框拿了起来。

这是众禾第一次搬新办公室时的照片，霍从烨的身边站着纪禾。两人穿着白色衣服，虽然没有过多亲密的动作，可是让人一眼就能看出是一对。

其实单单论外貌的话，纪禾凭样貌完全配得上霍从烨，她虽然穿着普通，可是皮肤白皙，脸颊更是只有巴掌那么大。一双水汪汪的大眼睛犹如明珠，似乎能照进人的心底。

纪禾真是漂亮，就算柳蔚子拿出最挑剔的眼光，这女孩还是漂亮。

只可惜她的结局却是那样。

霍从烨正在吩咐秘书进来倒茶，转身就看见柳蔚子正拿着相框，立即走过去将相框接了过去反手扣在桌子上。

“您坐吧。”霍从烨指了指旁边的沙发。

柳蔚子看着他，突然开口问：“你谈恋爱了？”

霍从烨看了她一眼，点了点头：“我之前不是已经和您说过了嘛。”

“可那个女孩……”柳蔚子没说下去。

纪禾是个禁忌，最起码是他们母子之间的禁忌。

虽然他们母子之间看似一直亲密，可是柳蔚子知道他在心底对自己是存有芥蒂的，要不然他怎么可能连这么重要的事情也没有告诉她呢。他肯定还是怨她的，毕竟当初要不是她极力反对他们，纪禾也不会做得那么决绝。

“您不要介意。”霍从烨在她旁边的单人沙发上坐下。

柳蔚子看着他，说真的，生了这样的儿子，心里怎么能不骄傲呢，儿子无论是外貌、品行还是能力都是最好的。所以她自然也希望，他能找一个配得上他的女孩，最起码这个女孩不应该是纪禾那样的。

当她知道自己的儿子居然找了一个奶茶店的服务员，差点儿昏过去。说他是昏了头也好、被诱惑了也好，柳蔚子都无法接受，也不想接受。

“她不是纪禾。”霍从烨坦然地说道。

既然他已经准备带姜离见家人，这件事儿早晚得说清楚。所以他看着柳蔚子，轻声说道：“她只是和纪禾长得有点儿像。我很清楚自己现在喜欢的人是谁，原本想带她见您的。不过现在这事儿有点儿麻烦，以后吧。”

“从烨。”柳蔚子担忧地叫了他一声。

那是有点儿像吗？两个人简直就是一个人。

“别担心，”霍从烨拍了拍她的手背，轻笑道，“您不是一直想抱孙子嘛，我争取争取，今年年底让您抱孙子好不好？”

现在元旦已经过了，所以这自然是今年的事情了。

柳蔚子听着他的话，心脏总是不受控制地跳动，满脸忧心忡忡。一个纪禾就险些搞得天翻地覆，如今又来了一个和纪禾长相一样的姜离，柳蔚子真是不知道说什么好了。

“你怎么知道她们不是一个人？”柳蔚子问完，又有点儿后悔。

霍从烨倒是没在意：“我自然知道，难道您连我的话也不信吗？”

“妈妈当然信你。”柳蔚子勉强地笑了，不过随后又问，“你刚才说带她来见我有点儿麻烦，这又是怎么回事儿？”

霍从烨倒也没瞒着柳蔚子，便把萧世琛的反对说了。

柳蔚子听完，没说话，半晌，才叹了一口气：“这也不怪人家哥哥担心，我家的孩子若是遇上这样的事情，我也是要琢磨琢磨的。你既然是真心，好好解释，总是能说得通的。”

此时秘书端了茶水进来，茶是柳蔚子喜欢喝的红茶。

“你不是一向喜欢英国吗，以后和姜离倒也有共同的话题。”

虽然他们还没见家长呢，霍从烨倒已经有意地在柳蔚子的面前帮姜离加分了。

柳蔚子笑了下，接着问道：“她家里就只剩下一个哥哥了？”

“她的父母已经去世了。”

“她倒也是个可怜的女孩。难为她这么有出息，父母若是在的话指不定怎么骄傲呢。”

柳家就是书香世家，不仅出过院士，就是在国外当教授的人也有好几个，所以她对读书好的女生一向十分喜欢。

之前她给霍从烨介绍的相亲对象中，也有几个女生不是豪门出身，就是父母是教授，或者自身是老师。如今霍从烨自己找的这个女孩已经是副教授了，柳蔚子问清楚了，也稍微放心了一些。

柳蔚子坐了一会儿，就要回去。霍从烨立即站起身，要送她回去。

“楼下的司机正等着我呢，我哪里需要你送了，你好好上班吧，”她走的时候，又回头笑着叮嘱他，“你可别告诉你爸爸我来你公司了，要不然他又该念叨我了。”

柳蔚子一向不去公司，也是因为霍余哲不喜欢她去公司。霍余哲觉得她一来公司，旁人就兴师动众，这不好。

霍从烨笑了一下，伸手拿了衣架上的大衣，将大衣穿上，还是把她送到了楼下。

期末考试，不管是谁也不敢掉以轻心，毕竟没人愿意提前到学校来补考。

从期末周开始，图书馆里的位置就没空的时候。姜离难得去借本书，一路上居然有不少学生和她打招呼。她也有监考任务，不过任务是从下周开始。

看着学生忙忙碌碌的样子，姜离不禁想起了自己当初在剑桥考试周时的样子，她大概也是这么手忙脚乱吧。

裴芷之前回英国了，昨天刚回来，正好曾静也放假了，三个人就约了一起吃饭。因为只有姜离要上班，所以三个人干脆就约在学校的外面了。裴芷订的地方是她大学时吃了四年的店，里面的酸菜鱼简直称得上一绝。

姜离到的时候，其他两人已经坐着聊天了。

她一进去，裴芷立即拍了拍旁边的椅子，笑道："姜教授来了，快坐、快坐。"

"你欠揍。"姜离瞪了她一眼。

曾静立即说道："我们的姜教授马上就要桃李满天下了，你小心她的徒子徒孙们揍你呀。"

姜离没想到，曾静居然也陪着裴芷一起调侃自己。

"今天你请客呀。"裴芷叫服务员把菜单送了进来，虽然她们只有三个人，不过还是要了个包间。

虽然姜离经常请裴芷吃饭，不过这次是裴芷提议的饭局，姜离有些奇怪地问："不是你提议吃饭的嘛，为什么要我请客？"

"因为我是单身狗啊。"裴芷翻着菜单。

曾静立即举手："我也是。"

姜离默默地看着这两人，别过头笑了起来。

裴芷瞧准了她的动作，立即指着姜离说道："你看看她笑得多开心。"

"我觉得你订在这儿真是错了，我们该去悦景轩吧。"曾静捶胸顿足地说。

其实她哪儿是想吃饭，就是想调侃调侃姜离而已。

点了菜后，裴芷便传达了一下剑桥同学对姜离的想念，特别是在得知她一来中国就解决了自己的终身大事，小伙伴们惊呆了，其中也有某些贼心不死的男生捶胸顿足。

"不过一想到对方是霍从烨，那些男人也就死心了。"裴芷说完，又笑了起来。

曾静特意看了一眼姜离，才慢悠悠地说道："姑娘们，我换工作了。"

"你不给易时远做宣传了？"裴芷惋惜地问道。

曾静摇了摇头，片刻后，说："我现在是他的经纪人了。"

姜离和裴芷对视了一眼，两人作势要用杯子里的水泼曾静，这吓得曾静赶紧求饶。

这次的电影宣传，粉丝讨伐了制作方之后，又将矛头对准了易时远的经纪人刘卉。毕竟这种临时增加的行程，如果不是经纪人同意的话，根本就不可能有。所以粉丝认为刘卉勾结制作方，想要炒作绯闻，而不顾艺人的名声。

粉丝不仅发布了长微博，更是把话题顶到了热门话题的第一名，连媒体也报道了粉丝与经纪人的矛盾。而易时远的粉丝团也从甜腻腻的"薏米"，变成了威风凛凛的"易家军"。

裴芷是个微博深度爱好者，经常刷微博，自然知道易时远的前任经纪人是被粉丝骂走的。

所以她提醒曾静道："你可小心点儿啊，可千万别惹怒了那帮粉丝。我看现在的粉丝可真是厉害极了，他们一言不合就能撕到经纪人的头上。"

曾静比她还深有体会，这些粉丝平时没事儿的时候"曾姐姐""美女姐姐"地叫着。一出事儿，他们说的就是"你们这些废物""要你有何用"，要是没点儿强大心理素质的人还真别干这行。

裴芷点头，随后笑道："你的这身份很尴尬呀！易男神看见你的时候，还不得经常想起咱们的姜教授啊。"

"住嘴。"姜离见裴芷把话题引到自己身上，立即朝裴芷丢了一包纸巾。

"好在易老师马上要去好莱坞试镜，如果成功的话，估计要在那边拍两个月呢。"曾静满足地说道。

在国外的话，不仅易时远觉得轻松许多，就连他们这些工作人员也觉得轻松。

裴芷看了一眼姜离："男神怎么突然要出国呀？"

曾静笑了一下："好莱坞那边邀请他试镜。他如果能成功的话，也算是参演A级电影了，这个机会可是很难得的。"

"那新年你岂不是得在国外过了？"

曾静点了点头："他要是成功的话，我们确实得在国外。不过我以前留学的时候，也不是没在国外过过新年，所以这也不是什么大事儿。"

"姜教授，你呢？学校马上就要放假了，你要回英国吗？"裴芷关心地问道。

姜离想了想："我应该去纽约吧。"

其实她早就已经想好了，学校放寒假了就去纽约。她和哥哥之间的冷战已经够久了，之前他哄着自己，所以这次她也准备哄哄哥哥。

好不容易到了最后一天，姜离拿着试卷进了教室，底下的学生一看见她立即兴奋起来。她笑着让他们安静，等铃声响了后，便开始发考卷。

考场上老师也是不允许玩儿手机的，所以她安静地坐在讲台上，看着底下的学生。谁东张西望了，谁抓耳挠腮了，她真是看得一清二楚。

不过监考确实挺无聊的，一个小时后，考场里就陆陆续续地有学生交卷子。

越来越多的人走了，最后考场里只剩下十几个学生坚持到考试结束。姜离收拾了卷子准备离开的时候，包里的手机开始振动。她拿出一看，手机上有个陌生的号码。

"希洛，你在学校吗？"电话一接通，一个有些着急的男声响起。

她觉得声音有点儿耳熟，却一时想不起这是谁的声音，便客气地问："我在学校里呢，嗯……您是哪位？"

"我是容彦。"

姜离有些惊讶，没想到他会联系自己。容彦是萧世琛大学时的好友，姜离和他曾见过几面，所以她接到容彦的电话还挺意外的。

不过她随后想到，可能是萧世琛让他联系自己，立即又欢喜地问："哥哥让你打电话来的吗？"

"我现在正在去你学校的路上，你等我一会儿。"容彦没回答，而是说了这么一句。

她应了一声，告诉他自己所在的位置，便又去教务处，把卷子放在那里。

她等人的时候，无意间看见了手机推送的新闻。

"快讯：华尔街普森投资的华裔 CEO 在街头被人枪击，据目击者称，枪手最少开了五枪。详情请点击……"

姜离看着手机上的这行字，浑身在颤抖。

容彦为什么会突然联系她？

原因不是哥哥让他来的，是哥哥被枪击了。

他是来告诉她这个噩耗的，难道哥哥已经……

姜离再也不敢往下想，一边打电话，一边往楼下跑。可是电话一直传来忙音，没有人接。

容彦接电话呀，接电话告诉她这不是真的。心跳得太剧烈了，仿佛随时能蹦出来，她有些喘不上气，像是有东西堵在胸口。那种说不出的恐惧和害怕，一瞬间将她淹没。

她想都不敢想，就穿着高跟鞋一路从四楼跑了下去。

可就在已经走出大楼，还有五六层台阶就要走到学校主干道的时候，她突然摔倒了。

姜离狠狠地从楼梯上滚了下去。

膝盖磕在坚硬冰冷的石头上，钻心的疼痛一下子袭来，她的眼泪也瞬间流了下来。她趴在地上，连站起来的力气也没有了。她也不想站起来，或许就这么趴着，很快就会有人来告诉她这是假的，一切都是假的。

“希洛。”

有个声音在叫她。

## 第十三章
# 她在萧世琛的家里，看见了小霍从烨

“姜老师，你没事儿吧？”

“姜老师……”

她的旁边一下子围上来好几个人，他们是刚从楼里走出来的学生，看见她摔了下来，吓得赶紧过来扶她。

容彦到的时候，就看见一帮小丫头叽叽喳喳地围着姜离，唯独被围在中间的人沉默着。

“希洛。”容彦上前，旁边的姑娘不自觉地给他让开了位置。

“姜老师，你没事儿吧？”周晶看着她的脸摔破了，吓得赶紧问道。

姜离还是不说话，就是眼眶发红，那是泛着血丝的红，让人看着就害怕。她的脸上都是泪水，又因为她趴在地上眼泪着了灰糊到一块了，可是没人敢给她擦眼泪。

“容彦，哥哥呢？”姜离看见他，终于开口问道。

容彦一听，就明白她知道了。他将手压在她的肩膀上，用了极大的力气说：“你别急，我们现在就去纽约。”

姜离猛地抓住他的手，正好抓着他的手腕，不长不短的指甲险些抠进容彦的肉里：“他现在怎么样？是不是不要紧？他是不是没被打中要害？”

姜离说到这里的时候，眼睛陡然亮堂了。

容彦突然不敢看她的眼睛了，握着姜离的手，只能以尽量平静温和的口吻说：“希洛，他还在手术，我们过去说不定还能赶上呢。”

赶上？他们赶上什么？

姜离的脸色已经白得不能再白了。

姜离看着容彦，一步也走不了，容彦只能拉着她。旁边的学生听见他们的对话，没头没脑的，可是知道姜老师的家里应该出事儿了。

容彦来的时候，只来得及拿上自己的护照。他已经安排人订机票了，最快一班去纽约的飞机就在两个小时后起飞。

“我们先回去拿你的护照，然后直接去机场。”

容彦几乎要感谢上帝，姜离是英国籍，所以她可以免签进入美国。他知道姜离住的地方，所以也没问她，直接开车就去了，一路上谁也没有精力开口说话。

到了家，姜离直接拿了护照，什么东西也没带就走了。

他们在去机场的路上时，突然开始下雨。冬雨来得快，噼里啪啦地落在车窗上，大到影响路况。一路上车走走停停，鸣笛声一直在响。容彦砸了好几次方向盘，才总算将车开上了机场高速。

他们快到机场的时候，等在机场的秘书又打了电话过来，说外面的雨下得太大，航班可能延误。

一路上，容彦就担心这事儿，可谁知他们真赶上了这事儿。

姜离下车后，神色异常冷漠，脸上的眼泪早干了，可是脸上还留着灰。容彦带着她直奔登机口，可是飞机确定延误了，因为外面的雨势越来越大。飞机究竟延误多久，这也没个准数。

容彦拉着她到候机室里坐着，因为这里是 VIP 室，酒红色的皮质沙发柔软又舒服，可是谁也坐不下去。

姜离站在落地窗旁边，透过玻璃，看着外面的天空。阴沉灰暗的天空，滂沱大雨倾泻而下。就算隔着厚厚的玻璃，那呼啸的雨声也让人心惊。

忽然她猛地伸手，捶着玻璃："雨怎么还不停，停下来，停下来呀。"

候机室内还有其他人，他们转头看着她，脸上露出惊讶的表情。机场的地勤立即发现了这边的状况，走了过来。

容彦走过去，抓住她的手臂，沉声说道："希洛，安静点儿。"

"怎么办？我们要迟了。"

似乎只是一瞬间，她就被绝望淹没了，只要她的脑海中有一丝那样的念头，就怕得不敢再想。

要是她连哥哥最后的一面也见不到，该怎么办？

那么以后她回想起他们最后说的话——

他说："就算有一天我死了，你也不要来看我。"

她回他什么了？她说"好"。她居然说的是"好"。

"怎么办？怎么办……"

她慌不择路，那些曾经的事情一下子涌进她的脑海。

想起来的是他的好，姜离小时候上学时不愿意走路，他背着她去学校。姜离小时候就喜欢吃他做的东西，哥哥就做给她吃。哥哥的身上被熏了一身的油烟味，他被一起踢球的男孩们嘲笑也不在意。

容彦握着她的肩膀，想说安慰的话，也不知从何说起。枪手至少开了五枪，容彦听说每一枪都打中了萧世琛。

此时她放在沙发上的包，里面的手机一直在振动。只是此时它的主人正站在窗口，哭得撕心裂肺。

容彦想让她过去坐下，可是姜离只是站在落地窗前。她盯着外面的飞机，似乎这么看着，就能第一时间得知飞机起飞的消息。或许老天爷真的怜悯她，半个小时后，这场突如其来的暴雨终于停下了。

很快，机场的广播通知他们登机。

容彦走到沙发旁，替她拿了包，就感觉到里面的手机在振动，结果刚拿出手机，手机就一下子黑屏了——她的手机没电了，关机了。

“有人给你打了电话，你需要回过去吗？”容彦虽然知道她现在肯定没心情回电话，还是问了一声。

她没有回答，容彦也没多问，两人并肩去了登机口。

从S市到纽约，要十四个小时左右，姜离就算平时乘坐飞机，也觉得这是一段枯燥无味的旅程，更别提是在这种心情下乘坐飞机。晚餐他们是在飞机上吃的，就算是在头等舱，可谁也没吃饭的心情。

容彦虽然吃不下去，可是看着姜离的样子，还是劝她：“多少吃点儿吧，别没到医院里，你自己先垮了。”

虽然这话不该他说，可他和萧世琛真的算最要好的朋友。两人从求学的时候就认识，后来又一起工作。如今容彦负责普森中国区的业务，他的家里有背景有人脉，所以做起事儿来如鱼得水。

只是容彦没想到，萧世琛突然遇上这件事情。

容彦真是不敢想，万一……

这种时候，容彦总是要考虑最坏的结果。如果萧世琛真的有个万一，那么公司很可能就会陷入股权之争。平时被萧世琛压着，那帮人自然不敢乱动，可要是姜离……

他叹了一口气，谁会服一个只懂化学的教授。

这么大的事儿，新闻是肯定压不下来的，容彦不用看，就已经能想到普森的股票肯定会大跌。

容彦原本以为劝了没用，可是没想到姜离拿起了筷子。她虽然吃得慢，好歹开始吃饭了。容彦在心底叹了一口气，又叫了空姐过来，要了一杯红酒。

“你喝点儿红酒，这对睡眠有益。”容彦把酒递给她。

今晚他们要在飞机上度过，他知道她肯定睡不着。不过这时候，她想什么都没用。

姜离没有拒绝，接过他手里的酒杯，将酒一饮而尽。容彦没来得及阻止姜离，就眼睁睁地看着她把酒喝光了。机舱里的人不多，除了飞机飞行时发出的噪声，没有其他的声音。

姜离的酒量一向不好，几乎就是一杯倒。

可是今天喝了一整杯酒，她还是什么感觉都没有，头脑前所未有地清醒和冷静。在这八千尺的高空中，她抱着怀中的毛毯，眼泪止不住地往下流。

也不知过了多久，容彦睡了一觉醒来，歪过头看了一眼旁边的人。她已经闭上眼睛，看起来睡得正沉。只是昏暗的灯光下，她的眼睫上还挂着泪珠。

容彦在心底又叹了一口气，舷窗外是一片深色。

从知道萧世琛出事儿，霍从烨就一直给姜离打电话，可是没人接。他打到了学校，才知道人已经走了，听说她是被一个男人接走的。

他回去的时候，在家里找了一圈，发现什么都在，只是她的护照不见了。霍从烨当即就让人给自己订了去美国的机票，可是今天已经没有航班了，最早也得明天。他没办法，又让人去准备私人飞机。

可是公司里的人突然打来电话，收购诺信的事情已经到了尾声，准备在这周五开发布会。到时候他们不仅会当场发布新产品，也会公布众禾注资诺信的消息。这件事儿已经布局了半年之久，就差临门一脚，他就是想走也走不了。

封庭站在霍从烨的旁边，瞧着他阴沉的脸色，还是劝说霍从烨："霍总，现在纽约那边肯定也是一片混乱，普森集团的人肯定不会允许别人去医院的。况且普森集团的人肯定会给他请最好的医疗团队。所以霍总倒不如等发布会结束了，再去纽约。"

"电话你打通了吗？"霍从烨挥挥手，沉声问道。

封庭摇了摇头："她已经关机了。"

此时外面突然划过一道闪电，下午一场突如其来的暴风雨后，天空一直阴沉沉的，现在又要下雨了。

"走吧。"外面的雨声渐大，霍从烨转过头，率先走了出去。

飞机到纽约的时候，纽约正面临着三十年来最大的大雪，整座城市被一片雪白覆盖。飞机在空中盘旋了很久，才降落。姜离他们从机场出来的时候，候机大厅里全是人，大雪降临，所有的航班全延误了，无法回程的人只能在机场里等待。

早有人在门口等着，姜离他们上了车后，便直奔医院。

路上的积雪还是很厚，只扫出来一条通道，所以车子开得很慢。姜离茫然地看着窗外，触目可及全是雪白。

她的眼泪似乎流干了，心脏也麻痹了。她那种初听到消息时的绝望和痛苦，在十几个小时后，成了一种麻木。

可是当她站在医院门口时，突然停住脚步了。已经快走进医院的容彦回头，看着她紧紧地拽着衣服，嘴角泛着青紫，整个人憔悴又单薄得可怕。

"希洛，别害怕，你不是也听到了嘛，他还在手术中。"容彦走过来，微微地弯着腰，低头看着她说。

他们一下飞机，接机的人就告诉他们医生还在抢救。

距离他被枪击已经过去快二十个小时了，可是他还在被抢救。

她到了手术室的外面，走廊里站着好几个人。他们穿得光鲜亮丽，只是每个人都若有所思。见她进来了，众人先是抬头看了一眼，有人担忧有人冷笑，也有人若有所思。

姜离看着头顶上的那盏红灯，手术还在进行中，他还没出来。

“你先坐下等着吧。”容彦看她的模样，怀疑她随时能昏过去，忍不住说道。

突然姜离甩开他的手，猛地走到走廊的尽头，紧闭着的门后是手术室。容彦吓了一跳，以为她又要发作，之前在机场的一幕已经够吓人了，要是她在这里失控，这些公司的高层瞧见了，日后没人会服她。

“希洛，你冷静点儿。”他紧跟着她过去。

可是她只是冷冷地看着门口：“那个枪手呢？”

“枪手已经被抓起来了。”容彦蹙眉，但还是回答了她。

姜离的双手紧紧地握住，声音冷得像冰，她说：“我要他在监狱里待到死。”

她清冷的声音，没了平时的柔软和温和，像是来自地狱的诅咒。不管哥哥如何，她要让凶手待到死。

说完，不用容彦说，她自己走到旁边靠着墙壁。冰冷雪白的墙壁，她的脸颊紧紧地贴在上面，似乎这样就能缓解她心底那仿佛要烧尽一切的怒火。

是的，她先是绝望，然后是麻木，现在是怒火中烧。

那个枪手为什么要伤害她的哥哥？为什么要伤害她在这世上仅有的亲人呢？为什么要让她承受最后一个亲人也死去的痛苦？

那个人该死，她不会放过他的。

有一种从未有过的情绪在她的心里生出，那种要烧尽一切的气势，似乎让她整个人一下子重获生机。

“你们回去吧。”姜离突然站起身，环视着众人。

原本还不把她当回事儿的人，此时纷纷抬头看着她。坐在最后面的金发男人，突然笑了下，柔声说道：“斯蒂文斯小姐，Hyman 还未脱离危险，我们想知道他的手术结果。”

他说的是地道的美式英语，没什么口音，不过却很刺耳。

“出去！我不想再重复第二遍。”姜离抬头看着他们。

坐在走廊里的人面面相觑，最后还是站了起来。

容彦是普森集团中国区的负责人，与此时在场的诸人是同事，见状立即上前安抚道：“萧先生遭此变故，这着实让我们所有人都心痛，不过公司还需要大家，大家先回去吧。”

虽然有人发出抱怨的声音，可是姜离是萧世琛的家人。她不想让无关的人在这里等着，那么谁也不能留在这里。

“你这又是何必呢？虽然这些人只是公司的高层并不是股东，可是你也不应该搞僵彼此的关系。”容彦看着她，叹着气劝道。

姜离面无表情地说：“你以为他们会把我放在眼里吗？我是公司的第二大股东。可是你看刚才我来的时候，他们有谁站起来了？”

容彦愣住了。

他以为姜离已经失控到什么也不在意，可是没想到她连这个微小的细节也注意到了。此时再看她脸上的神情，容彦不知自己除了叹气，还能做什么。

“我知道你担心什么。你担心的无非就是哥哥如果真出事儿了，我要怎么控制公司。”姜离抬头看着头顶上通红的指示灯，像是呢喃又像是自言自语，“他才不会出事儿呢！他说过要一辈子保护我的。我的一辈子还没开始呢，他怎么敢死？

“你不是讨厌霍从烨嘛，不是不想让霍从烨和我在一起嘛，起来自己和我说呀，起来呀！”

说完，她趴在门口，又哭了。

“哥哥，哥哥！”姜离跪坐在地上，哭得撕心裂肺，恨不得自己代萧世琛受这样的罪。

医院的人从她旁边经过，一脸惊诧却又有些同情姜离。

容彦蹲在姜离的身边，想拉她起来：“地上凉。”

最后容彦劝不动她，只能蹲下来，安静地陪着姜离一起等着。

他们也不知过了多久，手术室的灯灭了，没一会儿大夫过来了。虽然那些高管被赶走了，可是萧世琛身边的助理和保镖还留在医院里，尤其那帮保镖，眼睁睁地看着自家老板被人枪击，被赤裸裸地打了脸，一个个都守在医院里，生怕再发生意外。

姜离扶着墙想站起来，可是她的脚早就麻了。

容彦扶着姜离，让她站起来。正好医生也走了出来，这个手术足足做了二十二个小时。医生换了好几拨，谁也不敢掉以轻心。毕竟躺在手术台上的人，可是华尔街的大人物。

医生出来后，容彦立即上前询问情况。姜离在容彦的旁边听着，却越听越心惊。

手术进展得很顺利，萧世琛体内的四颗子弹已经被取了出来。可是被送来的时候，萧世琛已经失血过多，所以可能会有后遗症。

“他会有什么后遗症？”姜离立即挡住医生，不让医生离开。

容彦怕她激动，立即揽着她的肩膀，帮姜离问道：“医生，请问他会有什么后遗症呢？”

医生拉了下口罩，用浅灰色的眸子扫了一眼，觉得有些遗憾地表示这个要看具体情况，现在他也无法做出预判。

“我可以去看看他吗？”姜离问道。

医生遗憾地摇摇头。

容彦见她哭得厉害，就算劝她她也不会走，只得又让人与医院方沟通。最后，医生准许他们隔着玻璃看一眼萧世琛。姜离换上了隔离病服，便和容彦跟着护士走了进去。

没人知道为什么，全世界的病房似乎全被弄成白色的。大概因为白色是这世间最纯粹的颜色吧。

姜离站在玻璃窗外，看着里面躺着的男人，即便他的脸上戴着呼吸器，还是没能挡住他的英俊帅气。可是向来霸道的男人，此时只能这么躺着，前所未有地虚弱，看得姜离难过无比。

好在他还活着。

她趴在玻璃上，紧紧地盯着他的胸口，虽然那是极小、极小的幅度，可他真的在呼吸，胸口的衣襟一点儿、一点儿地抖动。

姜离想在这里陪着萧世琛，可是护士已经过来赶人。容彦便拉着她出去了，出了ICU（重症监护室）后，转头看着她，说道："现在回去吧，你累了这么久，回去休息一会儿，才好守着他。"

虽然心里不舍，可姜离也明白，就算自己现在坐在这里也无济于事。

车子一直在楼下等着，四个保镖留在这里守着，其他人跟着姜离回了萧世琛位于纽约的家。车子往城外开的时候，姜离有些奇怪地问道："我记得哥哥有套公寓，那套公寓在上东区？"

容彦愣了一下，随后说道："很多人知道那里，我怕记者在那里等着，你也知道这次的枪击事件已经上了报纸。所以我们现在去庄园，庄园离这里也不远。"

姜离点头。

萧世琛有三个助理。女助理安娜一般安排他日常的行程，所以知道姜离来了，早已经帮姜离准备了衣服以及各种日用品。安娜已经跟随萧世琛三年了，所以和姜离也有接触，清楚地知道这位大小姐的衣服甚至内衣的尺寸。

他们到了家，满室温馨，庄园里的女佣早已把房间收拾妥当了。

晚餐女佣也准备妥当了，姜离邀请容彦一起用餐。这次要不是他在姜离身边，她只怕是真的熬不过去了。

“这次真的谢谢你了。”姜离端起酒杯，没胃口吃东西，只想喝酒。

容彦见识了她在飞机上一饮而尽的豪爽，生怕姜离再借酒浇愁，轻声地劝解道：“少喝点儿酒，这几天你要辛苦了。”

“我辛苦算什么！”姜离放下酒杯，伸手捂住脸，憋了一口气，直到呼吸不上来。

“Hyman 出了这样的事情，公司现在正需要人主持大局。”容彦叹了一口气。

普森集团是新兴的投行，旗下的基金在萧世琛的掌控下，这几年里的表现一直很强势。萧世琛一直被视为带领公司成长的核心人物，当初乔布斯去世的时候，苹果那样庞大的公司股票连连下挫，今天普森集团的股票已经跌停了。只要萧世琛一日未醒，公司的股价就会受到影响。

“公司可以申请停牌吗？CEO 被枪击属于重大事件，我想以这个理由申请停牌。”姜离抬头看着容彦，询问道。

容彦点头，说道：“我也是这个意思，但是公司停牌的事情还需要高层商议。”

“这都到什么时候了，事有轻重缓急，高层应该当断则断。”姜离一下子站了起来，在旁边走了一圈，又回头看了容彦一眼，轻声问道，“这个枪手，你们搞清楚他的身份了吗？他的动机是什么？警局那边有消息吗？”

“枪手的身份已经知道了，他是公司里两个月前被解雇的员工。

他因为失业一时不忿，便做了这件事儿。”容彦揉了揉眉，头疼地说道。

一般来说，这种枪击事件如果处理不当，很容易在舆论上造成不利的影响。本来在大公司和员工之间，大众就很容易同情弱势的员工。

“浑蛋！”姜离气得狠狠地捶在桌子上。

他就因为没了工作，就要杀人吗？

而且最少开了五枪，那个枪手根本就是想置萧世琛于死地。她不会放过任何伤害她家人的人。

“你帮我找纽约最好的律师，不管花多少钱，我要让他一辈子离不开监狱半步。”姜离说着，眼底的恨意涌现，这是她生平第一次想让一个人得到报应。

她不会心慈手软的。

“希洛。”容彦担忧地看着她。

“还有，我要找最好的公关！这次我不允许任何人诋毁我哥哥。”姜离看着他，声音冷得像冰凌，句句戳在人的心里。

一想到这里，姜离连饭也不愿意吃了，让安娜打电话联系了萧世琛其他的两个助理。普森集团合作的律师事务所，在萧世琛被枪击的第一时间就已经得到了消息，此时律师已经在警局里了，并且其他人正在开会商讨这件事儿。

普森集团的公关业务一向是外包给纽约一家国际顶级的公关公司，此时不仅普森集团内部的公关部门已经在审查新闻，公关公司也在联系各个媒体。

一直折腾到很晚，姜离干脆让女佣给容彦准备了房间。

姜离回了房间，洗完澡，就倒在了床上，大概是真累了。飞机上的十几个小时，她其实只睡了不到两个小时，只要一闭上眼睛，脑海中就会出现不好的画面。

此时在国内，虽然网上有一些关于萧世琛被枪击的新闻，不过他一向低调，除了一些北美的营销号发布了这个消息，倒没什么门户网站的新闻报道。不过一些营销号指出，萧世琛是姜离的哥哥。因为姜离最近在网上有些知名度，微博转发量也破了千，有人甚至跑到姜离的微博下留言。

霍从烨等了一夜，可还是什么消息也没有。

霍从烨已经知道是容彦带走了姜离，正准备联系容彦。只是陈漪突然过来，说有要紧的事儿和他谈。

霍从烨一夜未眠，眼底还泛着乌青，轻蹙着眉头道：“陈总监，如果你要说的是私事儿，我建议你下班后再和我约时间。如果你要说的是公事儿，可以直接发邮件给我。我查看邮件后，会给你回复的。”

陈漪听着他平淡的口吻，心底突然泛出恨来。纪禾有什么好的？她在的时候，就一副懦弱无能的穷酸样。结果她死了，这下好了，反倒成了他心头的白月光和眉间的朱砂痣了。

陈漪的消息灵通，她自然知道萧世琛出事儿了。梁嫣然那个女人哭哭啼啼的，跟死了男人似的——萧世琛好好的时候都没用正眼瞧过她。在来的路上，陈漪觉得痛快，只盼着能揭开姜离的那张假面。

可是陈漪一到公司，得到的居然是这番话。

姜离未出现的时候，霍从烨待陈漪一向宽和，可是如今连这般严厉的话都想也不想地说了出来。陈漪的心里如何不恨，她怎么可能不把这件事儿怪罪到姜离的头上。

旁边的秘书见霍从烨生气，只得低声地劝说：“陈总监，您还是先回去吧。”

“霍总，我想和你谈的事情，是关于纪禾的。”

当然陈漪也可以说这件事儿是关于姜离的。

霍从烨的神色微变，他挥手让秘书出去。

等办公室里只剩下他和陈漪两人，霍从烨站了起来，绕过办公桌走到她面前，神色冷峻："陈漪，你不要让我对你一而再再而三地失望。"

她是跟着霍从烨创立公司的元老，霍从烨一向尊重她，说出这样的话，已经是重话了。

陈漪也不说废话，直接从包里拿出了东西，将东西递给霍从烨。他伸手将东西拿过来，那是一张照片，照片应该是在一所国外的大学里拍的，因为不少人是外国人。

"什么意思？"他扫了一眼，照片里没有他认识的人。

陈漪指着其中一个穿着白色衬衫的华裔女孩，说："这是姜离。"

霍从烨皱眉，虽然这个女孩有几分像姜离，可是自己一眼就认出来那不是她。

"我应该说准确点儿，这是在瑞典当交换生时候的'姜离'。这是一张当时的照片，而且是唯一一张'她'在瑞典读书时留下来的照片。"陈漪一口气说完。

霍从烨先是觉得震惊，随后死死地盯着照片，照片上的人绝对不是姜离。可是封庭调查的报告中，也确实提起过姜离曾经以交换生的身份在瑞典生活了一年多。

"如果在瑞典的那个姜离是假的，那么真的姜离在哪儿，你应该能想到吧。"

陈漪看着他，霍从烨的脸色已经不能用可怕来形容了。

此时远在纽约的姜离，正在起床，也不知道自己睡了多久，醒来的时候，房里没有闹钟，她的手机又被丢在楼下的包里。

她下楼的时候，门铃声正好响起，女佣过去开门，一阵冷风便跟着从门缝灌了进来。

“外面又下雪了，我们回不了城里，所以我就带着拉斐尔到这边来了。”清脆的女声响起。

姜离正好下楼，因门还开着，便把身上的睡袍裹得更紧了点儿。她走过去，刚想问是谁来了，就见门外的人已经进来了。一道大人的身影后面，一个穿着红色滑雪服的小男孩蹿出来，他的头上戴着红色的帽子。

姜离正在倒水，转过头，就看见了进来的小男孩。他又黑又亮的大眼睛转悠了一圈，最终落在她的身上。

“你是谁？怎么会在我家里？”小男孩脆生生地问道。

姜离手里的水杯一下子被摔在了地上。地上铺着柔软的长毛地毯，水杯中的水翻倒在上面打湿了一整片地毯。

她看见了什么？

她在萧世琛的家里，看见了小霍从烨。

“就凭一张照片，你想说什么？”霍从烨的神色冷得可怕，他一下子把手里的照片揉成了团。

荒唐！纪禾早已经死了，死在五年前的那场绑架中，他没有救她。纪禾和姜离怎么可能是同一个人呢？

“我虽然不知道这中间究竟发生了什么，可是如果姜离真的是纪禾，她当然会想方设法地隐瞒自己的身份。这世上确实有长得很像的人，可是这么像的两个人，难道你就没有怀疑过吗？”

他怎么可能没有怀疑过！

如果他真的没有怀疑，就不会让人去比对两人的DNA。可是报告的结果已经显示，她们不是一个人。

“世上没有不透风的墙，她以为自己做得万无一失，可破绽总会露出来。她一个千金大小姐，为什么要扮成那副穷酸的模样接近你，难道你就不想知道吗？”陈漪恨不得对着霍从烨怒吼，“姜离就是故意接近你，她这么做是有目的的。她之前差点儿被人拆穿，所以就离开了。结果时隔这么多年，你居然还不死心。”

霍从烨将照片扔进废纸篓里，转身冷冷地说道：“你出去。”

“如果你不相信我的话，可以亲自去调查。姜离在瑞典读书的时候，居然连一张照片都没留下来，这正常吗？你也可以去找她当年的老师或者同学，究竟哪个人才是他们认识的姜离。”

“出去，你别让我再说一遍。”

霍从烨伸手指着门口，可是越是这样，陈漪就越发不服气。

已经到了这个地步，他还要维护那个女人吗？姜离根本就是个骗子，骗了他们所有人，把他们当猴子一样耍，甚至还让霍从烨为了她难过了这么多年。现在好不容易等他走了出来，她摇身一变，又成了另外一个人。

这世上的好事儿难不成全让她占了？

陈漪看着霍从烨的表情，痛快又痛苦。陈漪隐忍了这么多年，差点儿把自己逼疯，可到头来才发现霍从烨的一切才是假的。陈漪又不禁有点儿心疼，心疼他这么多年来居然被骗得这么彻底。

“你一向理性睿智，为什么就在这件事儿上看不清楚呢？那个人根本就是在撒谎，为什么要把自己伪装成另外一个人，难道你就不想弄清楚吗？姜离做这一切的目的，难道你就不想知道吗？”

霍从烨伸手打了电话，没一会儿就见秘书推门进来了。

“你送陈总监出去。”霍从烨看也不看陈漪，吩咐秘书。

秘书愣了一下，随后上前，劝了陈漪一句，见陈漪还不动，只得拉了她一把：“陈总监，您先回去吧，别再惹霍总生气了。”

陈漪还是盯着他看，可是霍从烨不再看她一眼。

而此时在纽约郊外的庄园里，姜离目瞪口呆地看着进来的小孩子。

他那么小，红色滑雪服快把他裹成了一个小粽子，因为戴着毛线帽，整张小脸也快被遮住了。姜离看着他，浑身僵硬，动都不敢动。

似乎她只要动一下，眼前的一切就只是一场梦境会随之消失。

“佐拉，家里有客人吗？”跟着小孩子进来的女子，在看见姜离之后，转头笑着问道。

佐拉立即轻笑着说：“这位是希洛小姐，先生的妹妹。”

女人惊讶了一瞬，脸上随后带着恰到好处的笑容，正要说话，楼上又有人下来了。

容彦是听到了楼下的动静，但是怎么也想不到一下楼，就撞见了这一幕。他震惊地看着女人，头一次惊慌地问道：“你们怎么会过来？”

“拉斐尔的学校在城外有活动，外面下了大雪。我怕他回城后有危险，就带他过来住一晚上。”女人解释道，又盯着姜离看了一眼，心中有些奇怪——难道他们不能过来？

“容叔叔。”小家伙看见容彦，欢快地叫了一声。

只是他没跑过去，而是继续站在原来的地方，眨巴着大眼睛打量着姜离。

这个阿姨可真好看！虽然爸爸的身边经常有很多好看的阿姨，可是这个阿姨跟其他人不一样。拉斐尔也说不出具体哪儿不一样，一看见这个阿姨，就觉得喜欢她，还想和这个阿姨说话，还想……

想到这里，小家伙害羞地垂下了头。

姜离一下子蒙了，转头看着容彦，突然大口地喘气。从刚才看见小孩子的一瞬间，她连呼吸都快忘了。

这怎么会，怎么会呢？

“他是谁？”姜离看着容彦，声音颤抖地说完三个字，再也说不了其他的话。仿佛有人拿了千斤的铁锤，猛地在她的心口上狠狠地捶了下来，她的五脏六腑被震得都要碎了。

“说！”姜离浑身在颤抖，暴戾地看着容彦，咬牙喝问道。

也许她的面容太过狰狞，也许她的口吻太过狠戾，吓得站在原地的小男孩忍不住向旁边的女人看过去。

女佣佐拉也被吓了一跳，茫然地看着容彦。

而此时的容彦，突然苦笑了一声：“千算万算，结果人还是算不过老天爷。”

是的，再处心积虑，人也斗不过老天爷。它信手拈来的东西，就能让你多年背负的秘密在人前曝光。如果萧世琛没有被枪击，如果容彦没有安排姜离来庄园，或者，拉斐尔长得没有那么像霍从烨……

可是这么多的如果都没有发生。

“希洛，这件事儿本不应该由我来告诉你。”就算到了这个地步，容彦还是不知道该怎么说。

这件事儿最应该由萧世琛亲自和姜离说，可是现在那个最应该告诉她真相的人，却躺在医院里。

客厅里的电话响了。佐拉轻手轻脚地走过去，接起电话，谁知听完，便惊慌地对他们说：“医生打来电话，说先生出现了术后并发症，他们正在抢救。”

姜离茫然地看了她一眼，随后转身就往外面走。

容彦上前立即抓住她的手，说道：“希洛，你去换衣服，我让司机备车。我们现在就去医院。”

“爸爸怎么了？”拉斐尔是个聪明的孩子，知道佐拉口中的“先生”指的是萧世琛。

而孩子身边的女人也一下子脸色惨白，问道：“萧先生怎么了？他出什么事情了吗？”

她和拉斐尔因为参加学校的活动，没人告诉他们关于萧世琛的事情。

姜离上楼匆匆地换了一套衣服，下楼的时候，走到拉斐尔身边，半跪在他面前，轻声问道："你愿意跟我一起去医院吗？"

"我们去看爸爸吗？"拉斐尔立即问她。

姜离听着他的话，心里又乱又疼，连他的眼睛也不敢看。可是她好想抱着他，抱着他小小的身体，闻着他身上淡淡的奶香味，亲吻他柔软的小脸。

这是她的孩子。

二十五年的人生中，她从未想过会面临这样的一天。她所有的智慧在这一刻消失，所有的理智已远离。她唯有克制，那种钻进骨髓里的克制让她伸手摸他一下，都觉得胆战心惊。

"是呀，我们去看看他。"姜离垂着头，泪如雨下。

拉斐尔有点儿害怕，看了旁边的女人一眼——刘雅熙是专门照顾他的人。萧世琛忙工作，就算身边有女伴，也不会让她们靠近拉斐尔，所以专门请了人照顾拉斐尔的起居。刘雅熙是做得时间最久的人，已经在拉斐尔的身边待了一年，所以拉斐尔和她的关系很亲近。

此时拉斐尔看着这个漂亮的阿姨哭得这么可怜，忍不住看向刘雅熙，似乎是想询问：我该怎么安慰她呀？

这些女孩子可真是麻烦，怎么那么爱哭呢？

拉斐尔想起自己班里的女生，她们也爱哭得厉害。他其实不太喜欢爱哭的女生，觉得她们太娇气了。只是看这个阿姨哭得那么可怜，他心里面有点儿难过。

"拉斐尔。"

刘雅熙虽从未和姜离见过面，却知道萧世琛有个妹妹，萧世琛将妹妹当掌上明珠般疼爱。只是她一直奇怪的是，为什么姜离从来不来看拉斐尔。而现在只是短短的片刻，她似乎也看懂了。这位姜小姐似乎从来不知道拉斐尔的存在。

“你别哭了，再哭就不漂亮了。”拉斐尔终于伸出小手，搭在姜离的肩膀上，柔声地说道。

姜离泪流满面，哽咽了好久，才开口问道：“你叫什么名字？”

“拉斐尔。”小男孩眨了眨眼睛。

乌黑明亮的眼睛，漂亮得让她不敢抬头。

拉斐尔是大天使的名字，有着能治愈一切的神迹。姜离默默地念着这个名字，心中开心又难过。

容彦进来时，就看见她半跪在拉斐尔面前，她眼中的泪水不断地往下流。他叹了一口气，说道：“车子我已经准备好了，我们走吧。”

姜离看着拉斐尔，轻声问道：“我能抱你上车吗？”

拉斐尔有些羞涩。当然可以呀，他愿意让她抱的。

容彦有点儿惊讶，问姜离：“你要带他一起去？”

“我想哥哥看见他的话，肯定能很快好起来。”姜离说着话，已经伸手将孩子抱了起来。

她本就瘦弱，此时抱着一个穿成圆球一样的小家伙，觉得小家伙可真沉啊。可是她步履坚定地走了出去，到了外面，更是一步步地走得慢极了。一直到了车边，她才把拉斐尔放下，让他爬进车里。

容彦坐在副驾驶座上，后排坐着姜离、拉斐尔和跟过来的刘雅熙。刘雅熙是贴身照顾拉斐尔的人，理应孩子去哪儿她就跟到哪儿。

况且这还是去看萧世琛，虽然姜离一直强忍着，可是她的眼眶已经泛红。

拉斐尔从滑雪服的口袋里，拿出了自己的手帕，将手帕递给姜离，轻声说道：“给你。”

姜离低头看着他胖乎乎的小手，伸手摸了一下，小手暖暖的。她笑了笑，用手帕擦了眼泪。可是泪水像是擦不尽一样，一直落下来，甚至打湿了她的前襟。

她从来不知道，这世上有一个拉斐尔。

她偏头看着旁边坐得板直的小家伙，他的睫毛很长，从侧面看过去，他的睫毛就像两把小扇子。他的眼睛也很漂亮，又黑又亮，像天上镶嵌着的星辰。他的鼻梁挺直，有点儿不像小孩子的鼻子，就连嘴唇的形状也和霍从烨一模一样。

小家伙长得特别好看、特别漂亮，就是太像霍从烨了。眼睛、睫毛、嘴巴，每一处都像。她看见这个孩子的第一眼，就觉得这真是复刻版的霍从烨。

姜离捂着头，哭得太用力，现在脑子里是一片空白。可是她没办法不去想，这是她的孩子？这是霍从烨的孩子？这是她和霍从烨的孩子？

萧世琛养的孩子却长了一张霍从烨的脸。姜离没办法不把拉斐尔和自己联系在一起。

所以这也是哥哥反对她和霍从烨在一起的原因？可是不对呀，哥哥难道不应该支持他们两人在一起吗？

逻辑在一瞬间进入了死循环的状态，她怎么也想不通。

进城的路又被大雪堵住了，大雪将整个纽约变成一座冰雪之城。她偏头看着外面白茫茫的世界，心底比这个世界还要苍白。

哥哥生死未卜，她的身边又出现了一个疑似她儿子的小孩子。

一切朝着一个她看不懂的方向疯狂地前进。她甚至拉不住这一切，只能任由命运将她带到无法预知的未来。

她从包里拿出手机，自从关机后，就再也没有理会过它。可是现在，她却不想开机。

不知道为什么，她不敢面对霍从烨。

姜离捂着脸，轻声地问着前面的容彦：“医院那边怎么样？手术还顺利吗？”

只要哥哥醒了，一切就会真相大白。她想问问哥哥，他为什么要骗她这么久？她想问问哥哥，他为什么要隐藏拉斐尔、为什么要让他们分别这么久？那么多的疑问一下涌进心头，姜离头疼欲裂。

此时旁边的拉斐尔小心翼翼地瞥了她一眼，见她看着窗外，也跟着看起外面的大雪。

“你会滑雪吗？”小家伙好奇地开口问道。

姜离愣了一下，转头看着他，尽量笑着说：“我会呀，你呢？”

她看着他身上的红色滑雪服，便觉得他好可爱。他本来就生得白嫩，穿上红色就像是年画娃娃。她想起了每年在唐人街看到的中国年画，年画上面会有白白胖胖的小娃娃。他可比那些画上的小娃娃好看一千倍。

“我也会，而且很厉害！”可是他兴奋地说完话，小脸上又露出闷闷不乐的表情，“爸爸说要带我去滑雪的，可是一次都没去过。”

“我带你去滑雪，好不好？”姜离不忍看他脸上露出失望的表情。她的小家伙呀，她多希望他一辈子快快乐乐、一丝烦恼也没有。

拉斐尔看了她一眼，似乎有点儿犹豫。毕竟滑雪男人比较厉害呀，他看过爸爸滑雪的视频，没人知道爸爸有多厉害呢！

她可以吗？

可是拉斐尔想了一下，就算她不厉害也没关系，毕竟她长得那么好看。

“可以呀。”拉斐尔点头，见她笑了，也登时欢快起来。

到了医院门口，姜离亲自抱着拉斐尔下车，随后一行人迅速走进了医院。等电梯的时候，拉斐尔靠在她的肩头上和她说话。小家伙调皮地抓着她的一缕长发，旁边的刘雅熙似乎劝阻了一句，姜离却摇了摇头似乎在说没关系。

而此时站在姜离身后不远处的一个白人男子，正拿着手机，对着自己正在自拍——只是在手机屏幕里出现的是姜离和拉斐尔的脸。

电梯来了，姜离抱着小家伙上了楼。

白人男子也收回了手机，笑着将照片通过邮件发给了大洋彼岸的某人。

“你女朋友看起来还算不错，你不用担心。不过她哥哥的情况不太好，手术并发症。”

霍从烨收到这封邮件的时候，正在让封庭帮他联系瑞典的那所大学。封庭刚走出去，霍从烨就收到了邮件。

只是霍从烨打开邮件后，照片里的两个人让他一瞬间犹如被电流击中，连头发也要竖立起来。

他低头看着手机，再抬头，眼眶已血红。

那是谁？

为什么那个孩子和他小时候一模一样？！

姜离再一次站在手术室的门口，她的神情虽然平静，可是看着那盏警示灯的时候，还是露出了痛苦的表情。

原来在这世上，她并非只有哥哥一个亲人，还有一个骨肉至亲。可是直到今天，她才知道这个孩子的存在。姜离偏过头，用双手捂着脸，再一次在心底问：为什么？

哥哥，为什么你要这样对我？为什么要向我隐瞒这件事呢？

“爸爸生病了吗？”拉斐尔转头望了一圈表情沉重的大人，低声问刘雅熙。

刘雅熙勉强笑了笑，眼眶里的泪水将落，可还是拼命地忍着。刘雅熙不能让别人察觉到她对萧世琛的感情。可是他现在躺在手术室里面，都快没命了。

一想到这里，刘雅熙便不想继续隐忍了。如果她喜欢的人出事儿了，难道她连为他哭一场的资格也没有吗?

可是她刚落下泪，又想到拉斐尔前几个家庭教师的下场，便立即擦了眼泪。在她之前的老师，最多做了半年就离开了。刘雅熙来了之后，也有人提点过她，萧先生不喜欢家庭教师对他太过亲近。

后来她才知道，原来那些人是因为对萧世琛太热情才被辞退。至于那些人热情到什么程度，她却是不知。所以她一直谨守本分，除了拉斐尔的事情，从不会去打扰他。

她就这么在他的周围待着，也觉得是一种幸福吧。

“爸爸会没事儿的，你别担心。”刘雅熙一向温柔，要不然拉斐尔也不会这么喜欢她。

拉斐尔点了点头，乖乖地坐在她的身边。而姜离一直站着，就算容彦说了几次，也没有坐下。

这次的手术医生做了四个小时，中途姜离让人送拉斐尔和刘雅熙回去了，小孩子最好还是不要在医院里待太久。医生出来的时候，姜离一瞬间就冲了过去。

情况很危险，可是好在萧世琛熬过去了。

是呀，他又熬过去了。

姜离再次换上了隔离服，走进了ICU，这次医生只让姜离一个人进去了。她一个人站在玻璃窗外，看着里面安静躺着的男人，虽然昨天已经见过哥哥一次，可是这一次见哥哥，心还是一样痛。

她光芒万丈的哥哥，此时就这么苍白地躺在医院的病床上。

求你，你一定要好起来!

你为了我，为了拉斐尔，为了让我们不再失去亲人、失去最强大的支柱，请一定要好起来。

她回去的时候，突然看见路边的教堂。她让人停了车，下车独自进了教堂。此时教堂里并没有人，就连神职人员也不见踪影。教堂内高耸的穹顶，似乎她一抬头就能看见星空。教堂的最前端是耶稣的雕像，黑色的十字架带着一种让人无法诉说的庄严，周围布满了美丽的彩窗。几百张整齐划一的椅子，在柔和的灯光衬托下，有种让人心生敬畏的肃穆。

姜离盯着墙壁上镶嵌的十字架，突然泪如雨下。

“女士，你需要什么帮助吗？”一个低沉柔和的声音在她的面前响起。

姜离抬头，就看见一个穿着黑色长袍的男人。他很年轻，年轻到几乎不像是神父。他那张过分英俊的面孔，却让人想亲近。他的头发是金黄色的，在柔和的灯光映照下，泛着柔软闪亮的浅金色。他的眼睛是蓝色的，比极地冰湖的颜色还要纯粹，却并不冷。这样纯粹的蓝眸，有着一种悲天悯人的柔软。

“我的家人危在旦夕，我想向上帝祈求，他能帮助我吗？”

姜离并不是一个信仰纯粹的人，可是此时还是想向上帝祈求，希望上帝能留住萧世琛的性命。

神父看着面前泪如雨下的东方美人，眼中的悲悯更甚，慢慢地开口，声音更加柔和：“主爱世人，所有人都将得到宽恕。”

“他不需要被宽恕。他没有错，有错的那个人是我。”姜离看着墙壁上的十字架。

如果有一个人应该遭到报应，那么姜离相信，那个人一定是她。她做了不被饶恕的事情。可是她一点儿也不记得了。姜离茫然地看着神父，乌黑的眸子上蒙着一层水光。

她离开教堂时，大雪开始纷纷扬扬地飘下。

姜离打开了萧世琛书房的门。平时这个房间，除了萧世琛，谁也不能进。门上的密码锁，姜离试了很多遍才打开。进了房间后，她便在房中翻找起来。

书房的面积不小，左边整整一排都是书架，她找了二十分钟才找到保险箱的机关。只是在试着打开保险箱的时候，她还是遇到了困难。

容彦找过来的时候，就看见她坐在地上。她对着镶嵌在墙壁里的保险柜，似乎正在深思。

“你在找什么吗？”容彦有点儿担忧地问。

姜离回头看着他，淡淡地说：“我想找找五年前发生的事情。”

“有什么事情，你也等 Hyman 醒来再说，何必要现在就追究过去的事情呢？”容彦有些为难地说道。

此时他觉得无奈，奈何他是当年参与全程的人，真是想撇也没办法撇清了。

他蹲在姜离的身边，劝说道：“希洛，有些事情过去了就过去了，Hyman 也是为了你。你要知道，他可以为了你和拉斐尔做任何事情。”

“我就是想知道真相而已。我知道哥哥不会害我，做错事儿的人是我，是不是？”姜离抱着手臂，抬头泪眼蒙眬地看着他，牙关一直在颤抖，声音抖得厉害，“我做了不好的事情，是不是？”

她并不傻，相反极聪明。萧世琛冒着被她恨的危险，也要瞒住拉斐尔的存在，就是不想让她再想起过往吧。

可是过往是怎样的呢？她根本就不记得之前的事情了。她从来不知道，自己竟然还失去过一段记忆。那对她来说还是极重要的记忆。

“容彦，你能告诉我吗？你能告诉我究竟发生了什么吗？”姜离看着他，几乎哀求地说道。

容彦却沉默不语，不能说，当初看着好友为了掩盖一切所做的努力，他就知道自己不能说。就算有一天姜离要知道真相，那么也应该由萧世琛亲口告诉她。

姜离突然起身，深吸了一口气，再次输入密码。

她输入数字后，就听见房间里突然传来尖锐的警报声。保险箱突然开始冒出浓烟，显然是启动了自毁装置。

姜离没想到，萧世琛把家里的保险箱保管得这么严密，她愣了一下后，猛地拿起桌子上的东西，朝着尖叫的装置狠砸了过去。警报装置被砸了，尖锐的声音也消失了。

容彦目瞪口呆地看着她的举动，半晌才说："要是Hyman回来看见，又该教训你了。"

原本安静的、充满书卷气息的书房，此时一片狼藉。保险柜开启自毁装置后，她也不知道里面放了什么东西，箱子的表面变形了。而头顶的警报器虽然被砸了，可是在自毁装置启动的时候，楼下的人就已经知道了。没一会儿，女佣就一脸惊慌地跑过来，说是楼下的保安上来通知家里遭了贼。

自然是姜离出去处理这事儿。这间公寓是属于萧世琛的，而她是萧世琛的妹妹。

好在公寓保安的专业素养十分了得，居然认得她，所以在听到她的解释后，又看了看书房，然后就回去了。

他们离开后，二楼的楼梯口趴着的小家伙，好奇地看着姜离。

她一看见拉斐尔，心中登时有些抱歉和内疚，问他："我们是不是吵到你了？"

原本刘雅熙正在给他读《哈利·波特》，打算哄他睡觉。可谁知他们突然听见家里的警报响了，她和拉斐尔被吓了一跳。她拉住想要往外跑的小家伙，好在这是虚惊一场。

"家里有小偷吗？"拉斐尔惊讶地四处张望，显然很好奇。

姜离立即走过来安抚他："哪儿有什么小偷，是妈……"她脱口刚要说出"妈妈"两个字，一下子又咬紧了牙关，好半晌才换了称呼，继续说，"我不小心触到了家里的警报器。现在没事了。"

“原来是这样啊，”他点了点头，一副小大人的模样，眼睛又瞧着她，笑嘻嘻地说，“你好笨哦。”

刘雅熙在一旁，立即不赞同地低声说：“拉斐尔，不可以这么和姑姑说话。”

姜离听到“姑姑”这个称呼，先是一愣，随后面色僵硬。虽然她知道在外人看来她只是姑姑。可这是她的孩子，是她只看一眼就能认出来的孩子。

可是她现在什么也不能说，难道要和他说她是妈妈吗？她有什么脸面这么说。

“你不是要睡觉了吗？我哄你睡觉，好不好？”姜离低头看着拉斐尔，笑得温柔。

刘雅熙在一旁看着他们，自然不敢上前阻拦姜离。毕竟姜离是孩子的姑姑，哄拉斐尔睡觉这事儿姜离比她这个家庭教师要名正言顺。

倒是拉斐尔听姜离要哄自己睡觉，有点儿害羞。他还垂下了头，过了会儿才轻声问道：“你看过《哈利·波特》吗？”

姜离愣了一下。

“他最近的床前故事就是《哈利·波特》，我在读这本书，要不还是我继续哄他吧！”刘雅熙见姜离出神，还以为她没看过这本书，立即替她解围。

姜离立即笑了：“你知道我从哪儿来的吗？”

“哪儿？”

“我从小就在英国长大，我可是和哈利·波特是一个国家的人。”她笑着看向拉斐尔，伸手摸了摸他细软的头发，有些得意地说，“我还见过哈利·波特呢。”

姜离确实见过他，不过见到的是哈利·波特的扮演者。她参加过好几次哈利·波特电影的伦敦首映会，还去过霍格沃茨城堡。

“你见过哈利·波特？”拉斐尔一下子睁大眼睛，小嘴巴也张大了，看起来非常呆萌可爱。

姜离有些得意，点头的时候顺便说道：“我还去过霍格沃茨城堡呢。”

“我也想去。”拉斐尔一下子带着敬意看向她。

这个阿姨可是来自哈利·波特的国家呢，而且居然还去过霍格沃茨城堡。

他在姜离的手上看了好几眼，最后才小声地问道：“你的魔杖呢？你可以让我看看你的魔杖吗？”

姜离：“……”

见姜离没说话，拉斐尔更加小声地说：“你给我看看吧，我保证不告诉其他的麻瓜。”

“那我们先回房间。”姜离把手指放在唇边，做了个嘘的动作。

小家伙果然被吸引了，立即拉住她的手，就把姜离带着往自己的房间走去。等他们离开后，刘雅熙有些失落地看着被关上的房门。自从在这个小家伙的身边后，她几乎把他当成自己的孩子了。可是她没想到这位姜小姐一出现，他所有的注意力立马就放在了姜小姐身上。

她还没见过拉斐尔这么快对一个人有好感呢！当初她刚到他身边的时候，花了快一个月的时间才和他亲近起来。

而这边姜离进了房间，见到拉斐尔兴致勃勃的表情，立即苦着脸，有些失落地说：“其实我也是麻瓜，只是刚刚不好意思说，你会因此不喜欢我吗？”

虽然拉斐尔有点儿失望，可是一想到这个阿姨和他一样也没有魔杖，倒是有了同病相怜之情，立即拍着胸脯说：“没关系的，我们是一样的，我怎么会瞧不起你呢？”

真善良，她的孩子可真善良！他有着这世上最柔软的心呢。

姜离把他抱上床，给他脱了外面的厚衣服，让他钻进被窝里。她就坐在床头，拿起床头柜里的书。姜离看着躺在床上、眼巴巴地看着自己的小家伙，心一下就软了。

姜离好想抱着他，好想亲吻他，好想告诉他自己就是他的妈妈呀。

“我能上来和你一起睡吗？”姜离眨了一下眼睛，轻声问道。

拉斐尔有点儿惊讶，大概是没想到她会这么说。他用双手拉着被子的边缘，轻声说道：“当然可以。”

等姜离钻进被子里后，拉斐尔就靠在她的身边，她轻柔的声音在充满童趣的房间里响起来。虽然房间里只有一盏床头灯亮着，可是姜离还是能看清楚整个房间的布局。这个卧室大概有三十平方米那么大，整个房间是浅蓝色的色调，而房顶上甚至还画着白鲸等海洋生物。房间里到处都是毛茸茸的玩具，也有各种超级英雄的模型，还有一辆红色的车子。

这里就是她的孩子生活的地方。

姜离的心柔软得一塌糊涂，险些再次落下眼泪。她尽力控制自己，慢慢地开始读着书上的内容。

“你可以不走吗？”躺在她身边的小家伙，突然抬起头，用乌黑圆亮的眼睛充满期待地看着她。

姜离有些惊讶。

拉斐尔抿了抿嘴。这还是他第一次和女生一起睡觉呢。虽然之前也有照顾他的老师，可是拉斐尔宁愿一个人睡，也不要她们。只是这个阿姨的身上好香，而且她好暖和呀。

拉斐尔又朝姜离的身边靠了靠，姜离忍不住伸手搭在他的身上。

她低声问道：“你不想让我走吗？”

小家伙又不说话了，姜离却一下子笑了，还真是个小傲娇，这么小就学会了口是心非。可是怎么办，她就是好喜欢他！她的小家伙呀，睫毛那么长，皮肤那么柔软，身上还带着淡淡的、好闻的奶香味。

她真想把错失的所有时间都弥补给他。

她当然不会走，以后也不会离开她的小家伙了。

普森集团的人对外发出公告。集团 CEO 因遭遇枪击，目前在医院里。不过好在枪手的枪法不准，所有的子弹都避开了萧世琛的要害。目前，手术顺利，萧世琛正在医院中疗养。但公司为了防止有人趁着这个时间恶意操控普森集团的股份，所以即日起，普森的股票将进入停盘期。

在普森集团的公关以及外包公关公司的控制下，大家对这次枪击事件的凶手，多是发出谴责的声音。就算偶尔有人发出不同的声音，也被普森集团迅速公关。

姜离打定主意，要让那个人在监狱里待一辈子。

可是他在监狱待一辈子，哥哥就能醒过来吗?

萧世琛在手术后，一直就没有醒。现在整整一周过去了，姜离每天要在医院里待上很久，可是她能看见的只有他紧闭的眼睛。

其间，裴芷和曾静以及其他的一些朋友，给她发了信息安慰她。

裴芷甚至还提出来纽约陪陪姜离，可是姜离拒绝了。现在有拉斐尔在她身边，姜离有种束手束脚的感觉。在姜离得知拉斐尔的身份后，第一反应居然也是把他藏起来。

她甚至不敢联系霍从烨。

她来纽约后，就再没和霍从烨联系过。倒是他发了好几条微信，询问萧世琛的情况。每次她看到那些信息，她的心底都有股浓浓的负罪感。

她害怕面对霍从烨。

曾静在两天前来了纽约。姜离拗不过曾静，告诉了她医院地址。

萧世琛今天从 ICU 转了出来，姜离终于可以近距离地看着他了。当姜离看着他的脸颊时，那种心酸和心疼几乎要将她淹没。

曾静进来的时候，姜离正在用热毛巾给萧世琛擦手臂。他虽然一直没醒，可是身上的清洁工作却不能被耽误。姜离已经请了专门的看护，但是也想亲自为萧世琛做点儿事情。

只是她没想到的是，曾静会把易时远带过来。

易时远戴着蓝色的帽子，垂着头，穿着也很低调。他进来后，姜离看见易时远，先是一愣，随后突然泛出一点儿泪意。

“这不是已经快好了，你还哭什么？”易时远走到姜离身边，看着她眼眶泛红，似乎眼泪随时能落下来，立即说道。

姜离背过身，低声说道：“你怎么来了？”

“我想来看看。”易时远轻声说道，说完便轻轻地叹了一口气。

姜离不愿让他们再为自己担心，拼命憋回眼中的泪水，再转身的时候，眼眶除了有点儿红，倒是没有眼泪了。

“谢谢你。”姜离低声说道。

她曾经对易时远说了过分的话，但他还能在这种时候关心自己。

易时远笑了：“你这么客气做什么？说实话，我和你认识可比你和曾静认识还要久。她能来，我怎么就不能来了？”

在一旁被点名的曾静立即举手表示无辜。

他们待了半个小时，姜离亲自送他们下楼。

只是谁也没想到，这一幕居然会被狗仔拍到。

半个小时后，易时远在纽约约会初恋，疑似旧情复燃的新闻，赫然出现在了各大门户网站的首页头条。

闻风而动的网友，第一时间涌入了三人的微博。因为姜离如今的身份是霍从烨的女友，他们甚至在半个月前刚刚在微博上秀了一回恩爱。

姜离得到消息的时候，愤怒不已，第一次选择立即回应这桩绯闻。毕竟易时远是出于好心，她不愿他受到牵连。更何况，那帮无所事事的网友，甚至在霍从烨微博的底下刷了很多绿叶，暗示他的头顶绿油油的。

“谣言可恶、可耻、可恨，我的家人遭遇了意外，作为朋友易时远到纽约后顺便来探望。这么普通的一件事儿，却被抹黑成所谓的旧情复燃。我在这里，郑重且正式地警告造谣的人。我这次不会退缩，已请了律师处理此事，以法律的途径解决问题。在此，我再次感谢易时远，感谢你作为朋友对我的支持。”

有时候坦坦荡荡的人反而会赢得别人的好感。

很快，她的微博底下全是支持的声音，其中很多人的头像是易时远。大概因为姜离没有炒绯闻，第一时间替易时远澄清，赢得了这帮粉丝的好感，让他们也愿意站在姜离这边。

可是姜离没想到，自己还没告那帮造谣的人，却收到了州法院的传票，而一起被告的人还有萧世琛。

原告竟然是霍从烨。

第十四章

# 我和霍从烨之间，确实有一个孩子

人生都有第一遭，但姜离没想到自己第一次被告，原告居然是霍从烨。传票上的诉讼事由，是他要争夺拉斐尔的抚养权。

就在姜离还不知要怎么办的时候，霍从烨那边已经先发制人了。她甚至不知道他是如何得知此事的，可也明白纸包不住火，这件事儿早晚得曝光。只是她从未想过，竟是这样的方式。

“我已经联系了罗伯特，他是整个纽约打抚养权官司最厉害的律师。他会过来，我们商量一下如何应对。”容彦坐在旁边，沉着脸说道。

在他看来，这就是屋漏偏逢连夜雨。不过他和萧世琛是过命的交情，如今老友躺在医院里，他作为萧世琛的朋友，自然有义务照顾萧世琛的家人。最起码，在这件事儿上，容彦是义不容辞的。

姜离却捂着脸，半晌才抬头说：“我们还有别的办法吗，一定要上法庭吗？”

容彦有些同情又无奈地看着姜离，女人到底是女人，她在这种时候还是心软了。可是对方跳过了协商，直接进入了法律程序，那就已经表明了霍从烨的态度。

“希洛，这个法院的传票就已经表明了对方的态度，他是有备而来。战争已经开始了，如果你软弱，那么拉斐尔就有被抢走的危险，”容彦面色沉重地看着她，问道，“你想看着拉斐尔被抢走吗？”

姜离说不出话。

这种时候，难道她还要说“我是霍从烨的女朋友，我们可以组建一个美好的家庭，养育属于我们两个人的孩子”吗？

哈哈哈……

就算脸皮再厚的人，也不好意思再说出这样的话吧。虽然她也是被隐瞒的那个人，可是拉斐尔是被萧世琛抚养的，就算她不知情，也是共犯。

现在哥哥躺在医院里，就像容彦说的，战争已经开始。

她不能退缩了。

因为外面的道路还不是很畅通，拉斐尔不用去幼儿园。此时他正在客厅里开车，红色的法拉利横冲直撞。这不，车又一下子撞到了沙发上。姜离怕他听到，便没有再说。

“拉斐尔，小心点儿。”姜离怕他撞到什么东西有危险，便叮嘱了一句。

拉斐尔笑得前仰后合，很开心。今天起床的时候，他先醒了，看见睡在自己旁边的阿姨，开心得快要疯了。这还是他第一次和别人一起睡。

她可真像妈妈。

当然这些是拉斐尔自己在心里想的。从小到大，他只有爸爸。不过他想，他的爸爸和妈妈应该是离婚了。因为在他的幼儿园里，很多同学的家长离婚了。不过同学们经常会在爸爸或者妈妈的家里住，只有他一个人从来没见过妈妈。况且爸爸也从来不带他睡觉。每次爸爸哄他睡觉的时候，都是把他哄睡着后，就走了。

“我可以吃冰激凌吗？”拉斐尔立即抬头问道。

姜离看了外面一眼，有些为难，这么冷的天气，可是又看见他可怜巴巴的眼神。不过她还没开口，一旁的刘雅熙已轻声说道：“拉斐尔，今天这么冷，怎么可以吃冰激凌呢？你的肚子会不舒服的。”刘雅熙说完后，又转头对姜离有些歉意地笑着说，“姜小姐，拉斐尔的肠胃一向娇气，这么冷的天他不能吃冷的东西，要不然他就会生病。”

姜离尴尬地笑了一下。

虽然姜离知道刘雅熙是好意，刘雅熙也并非针对自己，可是听到刘雅熙这么说，她心里还是难受。一个外人都知道的事情，她这个当妈妈的居然什么都不知道。

姜离立即蹲下，问道：“没有冰激凌，那拉斐尔想吃蛋糕吗？”

“你会做吗？”拉斐尔原本已经有点儿失望了，可是听到姜离的话后，一下子又兴奋起来。

她点了点头，笑道：“我当然会了。”

因为家里的女佣也会做点心，所以厨房里的食材十分充足，就连打蛋机也有。姜离找出所有的食材，就准备给拉斐尔做个小点心。小家伙似乎有点儿兴奋过头，不仅在厨房里跑来跑去，还一个劲儿地也要做蛋糕。

姜离也不拒绝他，做东西的时候，还抱着拉斐尔让他尝试了一下。

姜离将蛋糕送进烤箱里，拉斐尔欢喜地问：“我们马上就能吃蛋糕了吗？”

“当然了，我们很快就可以吃蛋糕了。”姜离笑了一下，又去准备奶油和水果。

过了十来分钟，就有一阵香甜的味道从烤箱里散发出来。那一阵又一阵香甜的味道，勾得拉斐尔一直站在烤箱的前面。姜离生怕他伸手去拉烤箱，赶紧又哄着他过来一起弄奶油。

“我可以尝一下吗？”拉斐尔眼巴巴地瞧着奶油，问道。

姜离见他咽口水，心里早已经笑得前仰后合，满足了他的愿望，用叉子给他挑了一点儿奶油。

小家伙大概是吃了奶油，嘴巴甜得跟吃了蜜一样，立即道：“真好吃，这绝对是我吃过的最好吃的蛋糕。”

“最好吃的蛋糕吗？”姜离眉开眼笑，恨不得在他的脸颊上左右各亲一下。

拉斐尔坐在旁边的高脚凳上，点头道：“那当然了，这可是你亲手做的。”

姜离看着他。她的孩子，可真有这世上最甜的嘴巴。

姜离做好蛋糕后，律师也到了。姜离把蛋糕切了一小块，让刘雅熙陪着拉斐尔在餐厅里吃蛋糕，自己出去见律师。

罗伯特·加西亚，专门打离婚官司的律师，在争夺抚养权上很有一手，可以称得上是全美最会打离婚官司的律师。当然能请得到他，姜离也是付了天价的酬金。

他还带了两个助手，容彦正在和他们寒暄。见她出来，容彦立即道：“罗伯特，这位是斯蒂文斯小姐，也是此次的当事人。”

罗伯特·加西亚是个体面又文质彬彬的男人，此时他已经脱了下大衣，穿着传统的三件套西装。一头棕色的头发被打理得一丝不苟，他戴着一副金丝边眼镜，眼神有些犀利。

他看起来很值得信任。

而罗伯特·加西亚也打量了姜离一番。美丽的东方女孩，看起来可真小，就像是还在上大学的学生。她只穿了一件毛衣和一条白色的长裤，这是舒适的家居穿着。

“斯蒂文斯小姐，您好，我是罗伯特·加西亚。我很高兴这次能为您服务。”他的声音有些浑厚，没有口音，他伸出的手掌带着薄茧，他应该经常用笔。

姜离伸手与他的手握了握，便请他们到客厅的沙发上坐着。

坐下后，姜离又看了一眼罗伯特身后跟着的两个人。两个人穿着干练，手里提着公文包。罗伯特立即解释："斯蒂文斯小姐，他们是我的助理。我刚刚得知消息，对方这次抚养权官司的律师是伊恩·斯考特。"

姜离有点儿迷茫，看着他，她对纽约并不熟悉。

罗伯特谅解地看了她一眼，解释道："斯考特是纽约城里还算不错的打离婚官司的律师。"

此时姜离看了一眼他身后的两个助理，轻笑道："如果斯考特真的只是不错，你也不需要带这么多人过来了吧。"

"您很犀利，"罗伯特笑了笑，耸了一下肩膀，笑着说，"不过您不用担心，他也只是不错。"

对于这点，姜离早有准备。既然霍从烨下定决心要抢拉斐尔的抚养权，那么就一定会请美国最好的律师。他不缺律师，姜离也不缺律师。所以就像容彦说的，这是一场战争。

可是直到此刻，她在内心深处还是不想迎战。

在罗伯特问到他们双方基本的情况时，姜离苦笑。因为这种离奇的事，只怕她说出来连律师也不会相信吧。不过她也知道，必须要和律师说实话，所以也没有隐瞒。

在听到她的说法后，罗伯特笑了一下："这有点儿复杂。"

众人沉默，这何止是复杂。不过律师见多识广，什么离奇的案子都接触过，自然是不怕这些。

随后罗伯特问道："您说不记得有这个孩子，那么当初拉斐尔的抚养权是如何到萧先生的手中的？"

姜离怔住了。

这个问题的答案她自然无法得知。而萧世琛此时正躺在医院里，也没办法回答罗伯特的这个问题。

倒是在一旁的容彦，突然开口道："拉斐尔的收养文件一应俱全，你们不用担心。”

姜离猛地转头，至今她都不知道，哥哥居然还有一个收养文件。所以拉斐尔是被萧世琛收养的孩子?

“容先生，既然姜小姐不记得有这个孩子，那么这个收养文件又是怎么回事儿?”罗伯特眼神犀利地看向他，显然这已经牵扯到法律上的灰色地带。

容彦有些沉重地说：“斯蒂文斯小姐当时的精神状态不稳定，她处于产后抑郁中。作为她唯一的亲人，萧先生承担起了照顾拉斐尔的责任。”

姜离猛地握起手掌。她产后抑郁?可是她一句话也没法反驳。她不知道，居然还有这样的一段记忆。

“很好。”罗伯特赞赏地点头，这是他们的优势所在。

这件案子之所以复杂就在于孩子的抚养权并不在妈妈手中，而在舅舅手中。一般来说，抚养权最有力的争夺者就是父母了。如今萧世琛因为重伤住院，霍从烨突然要争抚养权，那么姜离就必须站出来。

之所以棘手也是因为姜离这方隐瞒了这个孩子的存在，所以霍从烨并非弃养孩子，而是姜离这方不诚实。

“对方很可能会利用这点攻击斯蒂文斯小姐。不过好在您已经从产后抑郁走了出来，现在完全有能力照顾拉斐尔。”罗伯特点头说道。

姜离最担心的也是这点，没有尽到母亲的职责。只要对方调出她出入境的记录，人们就能知道，她来美国的次数寥寥无几。

她完全没有照顾拉斐尔。

他们交谈的时候，罗伯特的助理便拿着笔记本，在一旁记录他们所说的话。

第一次开庭是在下周三，时间就只剩下几天了，所以罗伯特他们需要搜集证据。时间很短，他们不能浪费一分钟。

等他们离开后，姜离在电梯门关上的一瞬间，整个人瘫软了。

战争开始了，她这个战士却没有足够的战斗精神。她在心里难过得想哭，可是又能怎么样呢。法官不会因为她的眼泪就心生同情，相反只要姜离有一个地方做得不好，这就会成为对方攻击她的证据。

她不能软弱。

“我一直让你忙前忙后的。”姜离有些抱歉地对容彦说道。

不得不说，这次要不是容彦，她真要撑不住了。似乎所有的事情一起涌过来，压在她的身上。

容彦看着她，立即说道：“Hyman现在还没醒，于情于理，我都应该帮你。我知道你心里也不好受。可是现在霍从烨来势汹汹，要争夺拉斐尔的抚养权。要不然他不会跳过协商，直接进入法律程序。你的情况并不乐观，这里是美国，在抚养权方面，法庭并不会优先考虑母亲。如果你不够坚定，那么上庭后，很容易成为对方律师攻击的目标。”

姜离点头，她什么都明白。

她深吸了一口气，说道：“我知道，你不用担心。不管是为了哥哥，还是为了拉斐尔，我都不会放弃的。”

她知道这对霍从烨很不公平，也相信霍从烨是处于极度生气的情况下才会走法律程序。可是拉斐尔一直被哥哥抚养，不管怎么说，最起码也要等哥哥醒了再说。

晚上的时候，姜离已经睡着了，突然床头的电话响了。手机持续地振动，发出嗡嗡的响声。她翻了个身，迷迷糊糊地听到电话响，伸手摸到手机，才慢慢地睁开眼睛，电话居然是裴芷打来的。

大晚上的，她怎么打电话来了？

电话那头的裴芷心急如焚，刚一听到电话被接通，就立即喊了一声。

姜离嗯了一声，声音里带着浓浓的睡意。

裴芷本来已经着急得连话都不知道怎么说了，听到她这困顿的声音，突然有点儿哭笑不得。不过想到着急上火的事情，裴芷还是立即喊道：“姜离，你赶紧醒醒，出大事儿了。”

她的声音太急切了，姜离睁开眼睛，伸手打开了床头灯。

“怎么了？”她揉了揉眼睛，声音里还是有些睡意，不过总算清醒了。

裴芷立即说道：“你上热搜了。”

姜离：“……”

这是大事儿吗？她最近三天两头地上热搜。

她不在意地笑了。

裴芷听出她的意思，立即着急地说：“这次不一样，有人造谣说、说霍从烨和你争孩子的抚养权。这不是胡说八道嘛！你们两个人才认识多久，哪儿有什么孩子呀。”

虽然裴芷的声音很着急，但是姜离的内心平静无比。

姜离握着掌心里的手机，冷静地说：“裴裴，网上的爆料是真的。”

电话那头突然陷入死一般的沉寂，过了好久，裴芷才吸着气问：“你、你说什么？”

“网上的人说的是真的，我们确实在争孩子的抚养权，我们之间……我们有一个孩子。”姜离伸手撑着自己的额头，不知因为无边的夜色，还是因为面对朋友的声音，她的心憋闷得难受。

她想说话，可是一张嘴，声音又开始哽咽。她一下子捂住自己的嘴巴，不想哭出声。可是眼泪像是断了线的珠子，就算她一直强忍着，眼泪还是拼命地落了下来。她的心口像是被堵住了，连呼吸也变得困难起来。她不想这样的，可是现在的一切已经让她无法选择。

她只能选择和霍从烨决裂，选择和他站在法庭上，站在霍从烨的对立面。

姜离是被告，而他则会端坐在原告席上冷漠地看着她。

只要想到这一幕，她就心痛得难以呼吸。

裴芷大概也是听到了她的不对劲儿，可是身处大洋彼岸，也只能在电话里给姜离安慰。

“别担心，你肯定能赢的！你是妈妈呀，小孩子总是要跟着妈妈的呀。”裴芷立即说道。

姜离在听到好友的安慰后，眼泪越发汹涌。就算什么都知道，裴芷还是站在了自己这边，安慰姜离，为她打气。

姜离终于忍不住："裴裴，我肯定是做了坏事儿。你知道吗？我是来纽约后，才知道自己居然还有个儿子。我哥哥一直在抚养拉斐尔，一直藏着拉斐尔，不让我知道。我肯定是做了很坏很坏的事情，所以他才会这么做的。"

"不会的。"裴芷着急地说道。

可是姜离明白，这是真的。不只是萧世琛，现在霍从烨肯定也知道什么了，所以霍从烨才会这么绝情。

她哭得不能自已，原来自己就是纪禾呀。

可是她怎么就成了纪禾呢？她把自己伪装成纪禾，欺骗了霍从烨，骗了他这么多年。可笑的是他居然还在思念纪禾，为了纪禾，自我放逐那么多年。

所以他才会那么生气吧，气得直接和她在法庭上相见。

裴芷听着她的哭声，一直在那边安慰她："不是的，真相肯定不是这样的。"

可是裴芷平时那么聪明伶俐的人，除了这几句话，也找不出别的话来安慰她了。

因为她们知道，姜离说的是对的。

姜离出庭的这天，纽约的天气一下子放晴了，天气难得很好。

金色的阳光笼罩在纽约市的上空，姜离特地给自己化了一个淡淡的妆容。而她穿的也是罗伯特建议的浅色系的衣服，她看起来温柔又有母性。

刘雅熙也得知了官司的事情，所以在姜离准备出门的时候，还特地说了一句："姜小姐，我相信你一定能赢的。"

"谢谢你。"姜离露出一个笑容。

容彦陪着姜离去法庭，到的时候，罗伯特已经领着助理等她了。因为怕迟到，所以他们提前半个小时到了。

而直到开庭，姜离才看见霍从烨。

他穿着一件黑色的大衣，里面穿着蓝色暗条纹的西装套装，脚上穿着的牛津鞋柔软又锃亮，整个人看起来英俊又意气风发。霍从烨过来的时候，很多人转头看他。

在距离姜离他们几步的地方，霍从烨突然停下了脚步。他身边跟着的人走了过来，和姜离身边的罗伯特简单地打了个招呼。

伊恩·斯科特在美国享有极大的声誉，极少有败绩。他和罗伯特两人算是老对手和老朋友了。

随后伊恩又和姜离打招呼，就算待会儿在法庭上恨不得撕碎对方，他们现在还要保持足够的风度。

等了一会儿，双方可以进去了。

姜离率先走过去，以为霍从烨会进去，可是他就站在门口——他似乎在等着她。

等她走到门口，霍从烨淡淡地看了姜离一眼，柔声问道："你还好吗？"

姜离所有的伪装差点儿被这句话攻破，眼中的泪意又席卷而来。

这个浑蛋。

姜离面无表情地坐在被告席上，她听着对面律师的话，如果之前还存在一丝幻想的话，那么现在幻想也被彻底碾碎了——对方辩护律师的每句话都是冲着她来的。

跟罗伯特之前提醒她的一样，她成了对方攻击的主要目标。

原告的律师将她形容成一个不负责任、自私自利的母亲。她将自己的亲生儿子交给别人抚养，自己却在英国享受美好而又单纯的生活，仿佛这一切从来没发生过。

厉害的律师就是这样，能直接找到切入点，并且一直攻击这一点。

姜离早有准备，所以一直表现得很理智。在法庭上，克制的冷静往往比大喊大叫更容易赢得法官的同情。此次的听证会，不仅原、被告双方到场，庞大的律师团也纷纷到场。

不管是姜离还是霍从烨，对孩子的抚养权有着势在必得的信心。

萧世琛因为重伤躺在医院里，所以按协议，一旦他发生任何意外，拉斐尔的临时监护人是姜离。

而对方的律师提供了一份文件，文件上面是姜离在一家心理诊所接受治疗的情况。文件显示，她在两个月前遭遇了一场突如其来的爆炸事故，姜离亲眼看见她的学生在这场事故中死去，所以才去寻求精神医生的帮助。

当对方拿出这份资料的时候，罗伯特立即转头看着她。

那眼神就是在质问，她为什么要隐瞒这么重要的事情？可是姜离完全没想到，这件事儿居然成了证据。

她看着另一边的霍从烨，他英俊的面容沉静又安宁。当那双浓墨般的眸子淡淡地扫过她时，姜离心底发寒。之前她的心底尚存一丝说不出口的幻想，此刻，连最后一丝的念头也被搅碎了。

最后听证的结果出来了，霍从烨需要和拉斐尔进行亲子鉴定，而姜离则需要接受第三方的精神鉴定，法庭将会根据这两份结果做出决定。

这不是个好结果，但也不算太坏。

结束后，姜离起身，与身旁的罗伯特一同离开。出门后，众人会合，容彦低声说道："你别太担心。"

姜离笑了笑，再抬头，就见霍从烨已经从她的身边走过。霍从烨只是转头看她与容彦说话，眼神冷漠得可怕。姜离低头，不想再多看他一眼。

"我们回去吧，你也累了。"容彦倒是看了一眼霍从烨。

容彦在S市里负责普森投资的中国区事务，不过容彦之前也只是听说过霍从烨的名字，与霍从烨并没有深交，没想到与他第一次见面会是在这样的场合。

姜离点了点头，便跟着容彦出门了。

寒风凛冽，刮在人的脸上，像是要剥一层皮。不过好在姜离之前长年生活在英国，对这样的寒冷不算陌生。只是为了今天的听证会，她还是穿得精致了些。

冬天的衣服，一旦精致了，防寒的功效自然就差点儿。她从法院一出来，就直奔车走去。

不过姜离刚走了几步，突然身后有人喊她。

虽然声音有点儿沉，可是她还是第一时间停住了脚步。旁边的容彦显然也听到了声音，偏头看着她，似是在询问。姜离微微露出一个笑容，慢慢地转过身。

霍从烨慢慢走了过来，玉树临风，被身后有些破旧的大楼衬托着，越发意气风发、英俊逼人。

姜离看着犹如放大版的拉斐尔，突然忍不住想，她的孩子长大后也会这么高大、英俊、让人仰望吧！

"姜离。"霍从烨走到她的身边，轻声叫她。

姜离点点头，脸上挂着一丝笑容，这个笑容不算陌生也不算亲热。距离刚刚好，不会让彼此觉得尴尬。

"我想见见拉斐尔。"

这个要求，姜离不觉得意外。其实这也是早晚的事情，所以她做好了心理准备。她点了点头，但还是说道："拉斐尔并不知道现在发生的一切，所以如果你见到他，在称呼上需要注意一点儿。"

霍从烨立即挑眉，原本温和的表情陡然变得凌厉。

姜离知道他误会了，立即解释道："现在他叫我姑姑。"

所以这并不是针对你。

可是她这么说，非但没让霍从烨消气，他反而一下子冷笑出声："真行，你们兄妹可真行。"

姜离的脸上露出难堪的表情。自从姜离和霍从烨重逢，就从未听过霍从烨用这样的口吻和她说话。此时她垂着头，不想再说别的话。

容彦走上前，有些强硬地说道：“霍先生，请你说话客气点儿。”

霍从烨转头看着他，打量了一番容彦，淡淡地说道：“容先生。”

容彦见他的态度温和，想解释，却又听霍从烨说：“我们的家事，还轮不到你插手。”

虽然“家事”这两个字，一下子又击中了姜离，可是她不愿看见霍从烨这么对待容彦。这些天以来，要不是容彦一直在帮她，姜离只怕早就崩溃了。

“你要见拉斐尔，我可以安排你们见面，但是地方必须由我来定。”姜离生怕他们再起争执，立即说道。

霍从烨点了点头。

姜离见说清楚了，便开口告别：“如果你没什么其他的事儿，我先走了。你们见面的事情，我会联系你。”

她说完，不敢再看霍从烨，转身便上了车。

容彦则看着霍从烨，几乎咬着牙说道：“霍先生，我劝你做事儿不要欺人太甚。虽然现在 Hyman 在住院，但是我也不会看着你欺负希洛母子。”

“容先生，你的手太长了。”霍从烨冷漠地看着他，忽然嗤笑一声，“这是我和她的事情，我们争的也是自己的儿子。”

容彦知道他说得对，可是希洛几乎是容彦看着长大的。

容彦与萧世琛乃是十年的好友，认识萧世琛的时候，就知道他的家里有个小妹妹。萧世琛对姜离的保护他看在眼中，所以容彦也把姜离当作亲妹妹疼爱。

此时姜离打开车窗，冲着这边喊了一句：“容彦，我们该回去了。”

容彦狠狠地瞪了霍从烨一眼，转身离开。

等容彦上了车，姜离关上车窗，转头看了一眼站在台阶上的霍从烨。

他的脸上没什么表情，视线却是对准了姜离他们的车子。只是此时车子已经往前开去，很快就没有踪影了。

伊恩走了过来，轻笑道："霍先生，您该不会心软了吧？"

霍从烨回头，面容精致如玉，深邃如星辰的眼眸淡淡地看着伊恩："当然不是，我势在必得。"

姜离回到家，刚进门，就听见一声欢呼。拉斐尔扑了过来，一把就将她抱住。

"怎么了？"姜离因为他的热情而欣喜，立即伸手抱住他。

拉斐尔噘着小嘴，有些不乐意地说："我等了你好久。"

姜离立即歉意地笑了笑，在他的小脸蛋上亲了一下，柔声说道："对不起，我出门有点儿事情。"

"我们今天去看爸爸吗？"拉斐尔看着她，原本笑着的小脸上也有些失落。

姜离之前每天都要带他去看萧世琛，虽然萧世琛已经从 ICU 转入了普通病房，可是一直没有醒。姜离心急如焚，已经让人请了全美最好的医疗团队，可还是毫无办法，医生也不知萧世琛迟迟不醒的原因。

因为他一切的生命体征都在往好的方向发展，所以医生也只能安慰她，等待奇迹发生。

姜离见拉斐尔主动提出要求，柔声问道："你想见爸爸吗？"

"我当然想。"拉斐尔毫不犹豫地点头。

虽然萧世琛是个严厉的父亲，可是这些年来，也一直尽了父亲的责任，所以拉斐尔很崇拜他，也很喜欢他。不管谁问拉斐尔最喜欢的人是谁，拉斐尔都会毫不犹豫地回答是爸爸。

姜离有点儿嫉妒，但更多的却是安慰。

随后，姜离就带着拉斐尔去了医院。他们进了病房，就见护工正在替萧世琛擦身体。拉斐尔立即从她的怀里挣扎着下去，跑到病床边，安静地看着萧世琛。

姜离请了两个护工，门口还有保镖轮班值守。此时她过来了，自然便接过照顾萧世琛的工作。

她给萧世琛擦脸的时候，拉斐尔突然哭了起来。她立即着急地蹲下，抱着拉斐尔：“怎么了，宝贝？”

“爸爸会永远这么睡觉吗？”拉斐尔泪眼蒙眬地看着她。

姜离没办法回答他的问题，因为她也不知道答案。她愿意拿任何东西去换萧世琛，只求萧世琛能醒过来。可是老天爷这次没有满足她的愿望。

哥哥也许只是累了，这么多年来，他一直在照顾她，一直朝着更高的目标努力着，所以现在只是想躺一会儿，想休息一下吧。

可是哥哥，如果你觉得休息好了，请早一点儿醒来，好不好？我和拉斐尔在等着你呀。

姜离抱着拉斐尔，声音坚定地说：“当然不会，爸爸不会不管拉斐尔的！爸爸那么喜欢拉斐尔，那么爱你。”

他们刚从医院出来，姜离就接到了霍从烨的电话。

“你现在有空与我见面吗？”他问道。

姜离有些为难，她还没有做好心理准备安排他和拉斐尔见面。

“我知道你和拉斐尔在一起，我想见他。”

听到这话后，姜离瞬间震怒，愤怒地问道：“你派人监视我？”

其实在收到法院的传票后，姜离就知道霍从烨或许派人在跟踪自己。只是当时她心虚，自然不会对这件事儿过多在意，而且要准备官司的事情，所以也没考虑太多。

只是姜离没想到，霍从烨居然这么明目张胆。这简直就是在赤裸裸地告诉姜离，他派人在监视她。

“姜离，我想见拉斐尔。我要见我儿子。”

姜离最终发出冷笑，因为心中有愧，对霍从烨处处忍让。可是他呢，却对自己处处紧逼。

她没有再说话，直接挂断了电话，随后就牵着拉斐尔的手，准备上车离开医院。只是他们还没走到车子旁，一个人突然从侧面走了过来。那人大步流星地走到他们面前，挡住了他们的去路。

姜离一抬头，就看见了霍从烨，登时愣住了。

而霍从烨所有的注意力都被旁边的小家伙吸引了。这就是他的孩子呀，一个长得跟他一模一样的小家伙。霍从烨只看一眼，就知道这是他的儿子。

拉斐尔完全不懂他们大人的事情，有点儿好奇地看着挡住他们去路的叔叔。这个叔叔长得真好看，比他们班上其他同学的爸爸都帅，也就只比他爸爸差那么一点儿。

小家伙好奇地看着面前的男人，却不知道这个人对他而言是多么重要。

霍从烨终于受不了了，一下子转过头。

可就是这个举动，姜离又心头一酸。

这是她的孩子，也是他的孩子啊。

“拉斐尔。”霍从烨终于又转过头，看着面前的小家伙。

“你好。”拉斐尔像个小绅士，规规矩矩地和他打招呼。

你好，这是他的儿子和他说的第一句话。

霍从烨的心头突然涌上恨意，原本他的儿子和他说的第一句话应该是“爸爸”呀。

“我看过这么多新闻，今天这个绝对是最离奇、最劲爆、最狗血的新闻，不接受反驳。半个月前还在微博上秀恩爱的情侣，现在却为了争夺孩子的抚养权，打官司打到了美国。人生如戏，处处是狗血呀。”

微博上第一个爆料的北美营销号，再次上传了两张照片，这是姜离和霍从烨分别到法院的照片。照片上两人的表情严肃，身边跟着好几个人，跟着他们的人看起来是双方的律师团。

虽然之前也有人爆料，可是大家以为那是假新闻。谁知道今天居然连图都出来了。

网友炸锅了：

陈晓妞妞：“人生如戏，戏如人生。这简直就是集狗血之大成，我就想知道他们什么时候生的孩子。”

July77：“他们不是才交往嘛，怎么连孩子都这么大了？所以女方刻意藏起了孩子吗？”

叹今生：“谁也别问我现在的感受，男神有女朋友已经够打击我了。结果男神现在连孩子都有了。对了，男神的孩子长得可像他？我现在去泡他的儿子可还行？”

兔子兔子吃兔子：“等等，我怎么觉得那么糊涂啊，谁给我捋捋人物关系？”

喵喵：“我决定去泡男神的儿子了，当不成他的媳妇，那就当他的儿媳妇吧。”

好在拉斐尔的照片没有曝光，双方就算打官司也有意保护孩子。其实别说网友了，就连他们身边的朋友也疯了，裴芷的微信快被刷爆了。大家现在联系不上姜离，自然就从裴芷这里打探消息了。

就连曾静也忍不住来问裴芷。

裴芷：“你别问我，我真的什么都不知道。你不是在纽约嘛，想问什么，自己去问她吧。”

曾静：“我看见新闻真是要疯了，她到底什么时候生的孩子？”

裴芷：“按照她儿子的年纪，她应该是本科时生的孩子，那时候我还不认识她呢。”

曾静：“我这两天已经不知道该不该联系她了，现在听说他们已经开始打官司了。”

曾静在纽约，想打探消息，自然比别人要方便。况且这件事儿在纽约的报纸上也报道了，因为牵涉萧世琛。他在纽约很有影响力，曾静听说那孩子的名下还有普森集团的股份，所以孩子的抚养权很复杂，这还牵扯到公司问题。

裴芷干脆给曾静打了电话："姜离今天应该出庭，你要不给她打个电话？我不敢多问。"

姜离哭得上气不接下气的声音，至今还在裴芷的耳边回荡呢。认识姜离这么久，裴芷还是第一次见到她这么失态，姜离哭得几乎不能自已，任谁听了心里也觉得难受吧。

所以裴芷在心里担心得要死，却不敢打电话。

"我也不敢打。"曾静幽幽地叹了一口气，又往里面看了一眼，易时远正在化妆。

今天他要拍一组大片，这是之前就定下来的封面拍摄。

自从这件事儿被曝光后，她明显感觉到易时远不对劲儿。

原本他以为还有机会，现在只怕是彻底没机会了。

悠扬的琴声在餐厅里回荡，霍从烨安静地坐着，盯着他对面的小家伙。拉斐尔正在吃龙虾肉，鲜嫩可口的龙虾肉被姜离拆了下来。拉斐尔正用叉子戳着龙虾肉，送进自己的嘴里。

从上菜到现在，霍从烨没有动手，而他对面的姜离一直在照顾拉斐尔。

小家伙的胃口很好，一个人就能吃下一只龙虾。不过姜离生怕拉斐尔吃多了，便哄着拉斐尔吃了点儿蔬菜。挑食大概是全世界小孩子的毛病，拉斐尔也不喜欢吃蔬菜。无论姜离怎么喂拉斐尔，他就是紧紧地闭着嘴巴。

"拉斐尔。"姜离板着脸，喊了一声。

可小家伙用一双大眼睛看着她，嘴巴依旧闭得紧紧的，她怎么哄都没用。

“他不想吃蔬菜的话，那你就不要让他吃了。”霍从烨见状，开口劝道。

姜离皱眉，有点儿不同意地说：“小孩子应该多吃蔬菜的，需要补充维生素。”

“我不要，蔬菜很难吃。”也不知是不是因为霍从烨替他说话了，小家伙的胆子倒是大了，他还反驳道。

姜离瞧着拉斐尔油盐不进的样子，说不上恼火，但也很无奈，最后只能作罢。小家伙大概也看出来了，她根本就舍不得教训他，所以才会这么肆无忌惮吧。

其实小孩子很懂得看眼色的，能轻而易举地辨别谁会对他们心软，谁不忍心对他们说重话。

拉斐尔也是个机灵的小家伙，才和姜离相处了几天，就知道她根本就不会对自己发火。

姜离无奈地看着他，突然又转身看了一眼不远处的钢琴，一个穿着晚礼服的女子正端坐在那里。

霍从烨顺着她的目光看过去，淡淡地说：“她刚才弹错音了。”

说完，两人俱是一愣。

他们在摩纳哥初见时的场景再一次涌上心头。姜离转过头，不敢再看霍从烨。

因为她的眼前浮现起他在山顶上的模样——他站在断崖上，摇摇欲坠。那一幕，她这一世也不会忘记。之前觉得心疼和难过，可是现在才发现，她就是那个罪魁祸首。她让他伤心、痛苦、难过、受尽折磨。

这一切都是因为她。

“拉斐尔，你去过中国吗？”霍从烨看着小家伙，隔着一张桌子，想把他抱进怀中。

拉斐尔的头发很柔软，在灯光的照射下，犹如柔软的缎子。浓密又修长的睫毛，像两把小蒲扇一样。霍从烨之前并不喜欢小孩子，总觉得他们太过娇嫩，似乎只要稍微一动，就能折断他们柔软的小脖子，所以他一向对孩子敬而远之。

可是当看见他的孩子时，霍从烨才明白，原来血脉这么神奇。

他的孩子有着跟他一样的眼睛、鼻子和嘴巴，就连微微皱眉的样子也像极了霍从烨。

拉斐尔摇了摇头："没有去过，但我知道长城。"

他说着，撑开手臂开始比画起来，长城是很厉害、很厉害的东西呢。他班里的好几个同学去过中国，为此拉斐尔还被笑话了。因为拉斐尔是班里唯一的中国人，可是居然一次也没有去看过长城。

"中国还有熊猫。"拉斐尔突然激动起来。

他在华盛顿的公园里看过熊猫，爸爸带他去看的。爸爸说那是只有中国才有的大熊猫，拉斐尔的梦想就是养一只大熊猫。

霍从烨看着他眉飞色舞的样子，也觉得开心，双手交握在桌子上，用一种诱惑的口吻问："美国动物园里的熊猫才两只，可没什么好看的。中国动物园里的熊猫可有十几只那么多。"

"十几只？"拉斐尔惊讶地睁大眼睛，似乎屏住了呼吸。

"而且你还可以抱大熊猫，摸摸它们。"霍从烨看似不经意地说道。

拉斐尔的小脸憋得通红，只是小小的鼻翼扇动得有点儿厉害。他去动物园看大熊猫的时候，只能隔着护栏远远地看着，而且很多时候还看不见它们。如果他能摸……

于是他转头看着姜离。

而此时的姜离有些恼火，霍从烨根本就是犯规，他是存心想诱惑她的儿子。小孩子怎么能忍受住这样的诱惑呀？

"霍从烨。"她着急地叫了一声。

霍从烨端起旁边的杯子，喝了一口清水，有些无辜地表示："我只是想稍微介绍一下我们的国家，让拉斐尔了解一下中国。"

姜离见霍从烨无辜的表情，更加气恼。

可是偏偏她还不能指责他，最后只得低声对拉斐尔说：“如果你想看熊猫的话，等爸爸醒了，我们就去中国看。”

霍从烨听到“爸爸”这个词，眼眸猛地收缩。眼前的两人明明是他的女人和儿子，现在他却只能通过法律途径才能要回自己的孩子。

他的面色沉了下来，对面的姜离却没有发现这事儿。

而拉斐尔更加不知霍从烨的异样，只是一脸欢欣地说：“等爸爸醒了，姑姑你能让他带我去吗？”

一声冷笑陡然从对面传来。

姜离抬头看着霍从烨，见他的面色阴沉得可怕，正想哪里又惹到他了，就听霍从烨开口说道：“‘姑姑’，这还真是个好称呼。你听他这么叫你，心里就不憋屈吗？不过也是，你们兄妹情深，你连……”

“够了！”姜离猛地站了起来，厉声地呵斥霍从烨，生怕他在孩子面前毫不遮掩地说出不好的话来。

餐厅的其他人大概也被她的举动吓了一跳，服务员闻声立即走了过来。

“我们该回去了。”姜离起身，把拉斐尔从椅子上抱下去，便要离开。

霍从烨忍了这么久，好不容易见着人，有很多话想说，也有那么多疑惑想让她解开，自然不会轻易放姜离离开，便挡在了姜离面前。

服务员生怕他们起冲突，立即劝道：“先生，请您克制点儿，这儿还有孩子。”

霍从烨低头，就见拉斐尔有点儿害怕的眼神。

他在心里刚冒起的万丈怒火，一下子就被浇灭了。霍从烨怎么能忍受儿子用这种害怕的眼神看着他呢。

最后，霍从烨还是送姜离他们回去了。

其实姜离想拒绝霍从烨，可是霍从烨的脸色阴沉得可怕。霍从烨拉着她的手就上车，不容她辩解分毫。

在回去的路上，霍从烨一直在和拉斐尔说话。虽然霍从烨刚才发了点儿脾气，可是拉斐尔并不是胆小的孩子。拉斐尔和霍从烨有种相谈甚欢的感觉，大概霍从烨天生就有一种吸引力。他对姜离、对拉斐尔都有这种吸引力。

姜离听着他们父子说话时，心里难过又开心，可表情还得紧绷着。现在他们是站在对立面的敌人，霍从烨是要来抢走她儿子的坏人，她怎么能对他心软呢？

到了公寓楼下，姜离就要离开，霍从烨却喊住了她。

姜离生怕他再说什么，就让司机带着拉斐尔先上楼，独自面对霍从烨。

“难道你真想让拉斐尔叫你一辈子姑姑吗？”霍从烨看着上楼的拉斐尔，小家伙的身影隐没在后面的那道门里。

周围灯火辉煌，灯光照在霍从烨的脸上，一张冷漠的俊脸生生被照得流光溢彩。姜离深感自己的中文词汇可真是浅薄，竟找不出一个词汇形容现在的他，他的身材挺拔高大，长腿笔直，肩膀宽厚有力。

只是他说出的话却让姜离头疼。

她想不到那么远，真的，现在唯一的心愿就是拉斐尔不被抢走。至于拉斐尔是否叫她一辈子姑姑，她想不了那么远。

她不敢想。

霍从烨看着她的表情，又发出一声冷笑：“所以我才要他的抚养权，因为你一定不忍心和萧世琛争抚养权。”

姜离猛地抬头，半晌说不出话。

“你的那个哥哥把孩子藏起来，就该想到这一天。”霍从烨低头看着她，眼中第一次生出矛盾的情绪。

他不是已经下定决心不要再顾虑她，只要孩子的抚养权了，可是为什么一看见她，心就开始动摇了。霍从烨在心底狠狠地鄙视着自己，自己怎么就那么没用，怎么一看见她，就又心软呢。

她骗他，把他耍了，还没有照顾好他的儿子。他应该狠狠地对待姜离，让她后悔当日的所作所为。

霍从烨的表情又变得坚决，他之所以不联系姜离直接上法院，原因也正是这个。他知道自己看见她会心软，或许她只要哭一哭，他的原则就能丢盔弃甲。

所以这一次，他不会后退了。

“Hyman 这么做是为了我！如果你真要报复我们，尽管来找我，别去找无辜的人，这是你我之间的事情。不管你对我做什么，我不会有丝毫怨言。”

霍从烨居高临下地看着她，突然轻轻一笑：“你以为我会放过你？”

“那好，我等着你。”

姜离躺在床上，却还是一直想着之前说的话。这大概是她对霍从烨说出的最狠的话了。说完后，她便转身上楼，留下霍从烨独自站在夜色之中。

纽约即便到了深夜，窗外依旧是璀璨如星河的灯火。姜离实在睡不着，裹着睡袍起身下楼，给自己倒了一杯红酒。这几天晚上，她会在哄睡拉斐尔后，独自喝点儿酒。要不然，她还真是难以入眠。

似乎所有的事情集中在一起了。

对于霍从烨所有的怒火，她能理解，可是理解归理解，还是难免心伤。她爱的男人毫不犹豫地站在了她的对立面。

哪怕就一次，她总是想问他，哪怕就一次，他有没有心软。

她坐在窗边，看着纽约璀璨斑斓的灯火，忍不住开始想曾经的事情。根据拉斐尔出生的时间，她开始回想那一年的事情，可是居然一件事情也想不起来。

其实人的记忆就是这样，一般人去回想五年前的事情时只能想起一两件特别的事情。可是姜离想不起五年前的事情。她的脑海中只有一个念头，她之前是在瑞典当交换生。

她是在瑞典读书。

可是读书时具体发生了什么事儿，她不记得了。

她从前没有发现这件事儿，因为她的脑子里一直有自己在瑞典读书这个清晰的记忆。可是现在她再回忆在瑞典读书时具体发生的事情，才发现，脑中一片空白。

她失忆了。只是有人在她的脑海中植入了一个念头，让她一直坚信自己曾在瑞典读书。

可是她为什么要装成纪禾呢？

对于这些疑惑，她很好奇。可是再好奇，她也没办法找到答案，或许只有哥哥才能告诉她答案吧。

姜离正准备上楼的时候，听见二楼有动静。她放下酒杯，轻手轻脚地上楼。家里除了女佣佐拉等，就只有她和拉斐尔。这个小家伙半夜不睡觉，这是要干什么呢？

结果她刚上楼，就看见一个小人儿扑了过来。小人儿几乎一下就抱住了她的大腿，带着哭腔问道：“你去哪儿了？”

“拉斐尔，你怎么了？”姜离一听他的声音，就知道不对劲儿。她赶紧蹲下，只见他的小脸上布满了泪水。

姜离心疼得要命，立即将他抱起，虽然整个家里是恒温，可小孩子的抵抗力还是差了点儿。她把他带进房间后，小家伙紧紧地抓着她的衣襟，似乎生怕她跑了一样。

拉斐尔埋在她的胸口，也不说话，就是小身子一直在抖。

姜离一边拍着他的后背，一边柔声说道：“你是不是做噩梦了？”

虽然他没说话，不过却在姜离的安慰下，渐渐恢复过来。

姜离猜想他应该是做噩梦了，一边拍着拉斐尔的后背，一边哼着歌，这是中国的童谣。姜离小时候睡不着的时候，妈妈总会这么一边拍着姜离的背，一边哼歌给姜离听，不一会儿，姜离就能睡着了。

不出所料，过了一会儿，她就听到怀里的小家伙发出微微的鼾声。

只是听着听着，她又有点儿害怕，小孩子的鼾声也这么大吗？

姜离虽然不放心，不过还是抱着他，继续哄着他。她身边的朋友多是未婚，就算有结婚的，也还没有孩子。所以她几乎没有和孩子相处的经历，拉斐尔也是自己第一次这么近距离照顾的孩子。

很多事情，她也不懂，只能慢慢摸索。

等把拉斐尔放在床上后，姜离看了看时间，还是给裴芷发了个微信。

姜离："小孩子打鼾正常吗？"

裴芷："谁打呼噜？"

姜离："我儿子。"

拿着手机的裴芷这才反应过来，也不怪自己，姜离突然多了个儿子，自己还真不适应。所以裴芷赶紧打了个笑脸过去，安慰她："小孩子打鼾的现象并不少见，他打鼾的声音大吗？"

姜离仔细听了听，拉斐尔的鼾声不是很大，就是断断续续的。

她把情况如实地告诉了裴芷，过了一会儿裴芷才回复："打鼾其实是儿童睡眠障碍的一种，具体原因需要孩子去医院检查才能知道。如果你实在不放心，就带他去医院吧。"

姜离握着手机，自然是不放心的，想了想，决定明天带他去医院。

过了一会儿，裴芷又发来一个磕头的表情。

裴芷："我跪求你让我看看我们小男神的照片。"

姜离笑了，也没和裴芷保密，直接在手机上发了好几张照片过去。姜离一向不爱拍照，可是自从和拉斐尔在一起后，每天都要给他拍好多照片，有时候翻开相册，随便看见一张照片，能盯着看好久。

她也不吝啬，一次性给裴芷发了七八张照片。这其中有他穿着厚实的羽绒服、戴着毛线帽在外面的照片，也有他在家里开小汽车的照片，还有他吃饭的照片。五花八门的照片都有。

从前看别人在网上晒孩子，姜离总觉得奇怪。可是她有了孩子，真是忍不住想要和全世界分享孩子的可爱和善良。

她的孩子这么好看，简直就是小天使，睫毛那么长，眼睛那么大，姜离真想让全世界的人看见他。

好吧，姜离不能和全世界分享她的孩子，好在还能和好友分享。

裴芷在五分钟后才回复："洛神，你介意比你年纪还大的儿媳妇吗？"

姜离："……"

你不要打我儿子的主意。

裴芷发了语音过来："你儿子长得太好看了！他的眼睛怎么能那么大，真的好像自带美瞳啊。而且他也太像霍从烨了吧，我一看就知道这是他的儿子呀。他简直就是复刻版的霍从烨，现在年纪这么小就帅成这样，长大还了得。"

姜离虽然把声音调小了，可裴芷的声音在安静的房间里还是有些刺耳。

姜离笑了一下，回复她："夸张。"

裴芷立即说道："他真的太可爱了，我什么时候才能见到真人啊？真希望你赶紧回来，我要认他当干儿子，要给他买衣服、各种玩具和各种好吃的。"

姜离："你又不想当我的儿媳妇了？"

裴芷："妈妈在上，请受媳妇一拜。"

姜离："……"

她可真是低估了裴芷的无耻呀。

又和裴芷聊了一会儿，她挂断语音了。

周五的时候，姜离在法庭的指定下，在第三方的精神机构接受了鉴定。

她对鉴定结果并不担心，毕竟当时的结果显示，她只是有轻微的创伤后遗症。这并不会影响她的生活，也不会对她的行为产生影响。所以霍从烨想用这个方式把拉斐尔从她身边抢走，这根本就不可能。

霍从烨和拉斐尔的亲子鉴定，也在法庭指定的机构里做。虽然谁都知道拉斐尔是他的儿子，不过这是既定的程序。

原以为这一周会在平静中度过，可是姜离刚从医院出来，就接到了容彦的电话。

“什么？复牌？谁允许的？Hyman 还在医院里，这个决定是谁发出的？”姜离死死地握着手机，有些愤怒地问道。

容彦也有些气急地说：“这是公司的管理层做出的决定，下周一公司就会进行复牌。我还听说，一个来自中东的基金将要举牌普森对公司进行全面收购。”

姜离猛地吸了一口气，愤怒地说道：“他们怎么敢这么做？”

他们怎么敢这么做？怎么敢在这个时候做出这样的事情？怎么敢对萧世琛落井下石？

姜离的指甲几乎抠进了手掌里。她虽然是公司的股东，可是一直没有参与公司的事务，只是一名董事。可是她身为公司的大股东，这帮管理层的人居然跳过她擅自做出这个决定。

“反水的是斯蒂文斯家族的人吗？”姜离立即问道。

听到容彦叹气，她就明白了，猜对了。

她的母亲与继父结婚时，就曾遭遇过斯蒂文斯家族的反对。因为在他们看来，姜韵只不过是一个从中国来的、一无是处的单身母亲。她怎么能配得上斯蒂文斯家族的掌门人？

掌门人查尔斯却从不管别人的反对。他爱姜韵，甚至让她参与了普森公司的事务。

查尔斯一生结过两次婚，只是并无子女，所以把姜离视如己出。他过世后，所有的财富由姜韵和姜离继承。而姜离也继承了斯蒂文斯的姓氏。对她来说，查尔斯就是她的父亲。

只是姜韵去世前，公司的经营状况已经每况愈下，为了保住公司甚至卖掉了斯蒂文斯家族百年的城堡。姜韵去世不久，公司已面临破产。原先斯蒂文斯家里的人，还想和姜离争遗产，可是听说普森集团的情况后，立即躲得远远的。

直到后来萧世琛以一己之力，将普森集团带到了今天的位置。只是他是外人，不好清洗斯蒂文斯家族的人，所以一直没有动手。

姜离没想到这时候，这帮人居然反水了。

姜离挂断了电话，打了车，直奔普森的办公楼。

等她到了，容彦正巧下来，见到她气势汹汹的模样，立即拉住她：“现在这个消息还只是传闻，就算是真的，我们也没有证据。”

林子大了，什么鸟都有。

萧世琛被枪击入院后，一直在昏迷中。姜离虽然封锁了消息，可是公司里的其他人一直没见到他。他们自然怀疑萧世琛的健康状况，现在公司里有人要反水，这也是人之常情。

可是姜离不能让这件事儿进行下去。

如果公司出问题的话，那么这就会直接影响到拉斐尔抚养权的官司。到时候霍从烨肯定会以这个理由，向法院提出她不适合当拉斐尔的监护人，说她无法给孩子提供一个安定的生活环境。

一想到这里，姜离一下子愣住了。

“你以为我会放过你？”

霍从烨的话言犹在耳边，今天公司里就发生了这样的事情，所以这是他做的吗？

这是他做的吗？

她知道霍从烨住在哪儿，上车就让司机带她过去，刚到酒店大堂，就见到在等她的封庭。

“姜小姐，霍先生在等您。”

封庭将她带到了游泳池。周围一片安静，只有泳池里响起连绵的水花声。她站在泳池边，看着里面一个矫健的身影从泳池的那头一直游到这边。

她走过去，站在泳池的边缘，直到一双手攀住泳池边，整个人一跃而起。

霍从烨湿漉漉的黑发贴着额头，他没有戴泳镜，眼睛亮得像被水洗过。

“这是你做的吗？”她用颤抖的声音问道。

“你哥哥让我差点儿失去最重要的东西，我也要让他尝尝这个滋味。”

“你太过分了，太过分了。”姜离看着还泡在池水中的男人，怒上心头。

他生她的气，要对付她，只管冲着她来好了，可是为什么要对付萧世琛，要对付一个还躺在病床上的人？

霍从烨将双手放在池边，猛地撑住身体，整个人从水里蹿上来，带起四处迸溅的水花。姜离紧紧地盯着他，眼中满是愤怒。她已经一而再再而三地后退了，霍从烨却如此过分。

“我哥哥至今还在医院里，你就要用这种卑劣的手段对付他，你真的太过分了。”姜离看着他，浑身发抖，明明室内温暖如春。

过分，他真的太过分了。

她就算气得浑身颤抖，可是对他指责也只有“过分”两字。她是真舍不得，舍不得去责怪他，可是现实又将他们越推越远。

谁也不想认输，谁都害怕认输，两个人一下子就站在了对立面，连缓冲的余地都没有。

“我不会让你得逞的。”姜离看着他，低声说道。

如今哥哥昏迷，她只能靠自己了。可就算再艰难，她也不会轻易认输，因为认输就意味着失去。

她才和拉斐尔团聚，怎么可能再忍受分别之苦。

霍从烨往前走了一步，居高临下地看着她，头上的水滴一直往下落，甚至因为与她靠得太近，水还滴在了姜离的手背上。他低头看着姜离，轻声说道：“我早就提醒过你，现在只是开始。”

姜离冷哼了一声。

她可真是天真，居然还想找他理论，妄图让他改变心意。人家已经刺刀见红了，她还犹犹豫豫的。

一想到这里，她便怒从心头起，抬脚狠狠地踩在他的脚背上。她穿着高跟鞋，而他赤脚站在泳池边上。他大概也是没想到姜离会突然动手，愣是没有让开。

姜离踩完后，还嫌不解恨，伸手又狠狠地推了他一把。可是霍从烨往后倒的时候，居然还拉住了她。她想抽回手，可是他的手紧紧地箍着她的手腕，于是只听扑通扑通两声，水花一下子溅起了数米高，两人一前一后落水。

姜离一掉进水里，只觉得身上有千斤重。她还穿着厚实的外套，整个人一下子特别沉。她挣扎着要往上游，可是霍从烨到现在还牢牢地抓着她的手腕。

姜离抬脚踢他，可他就是不松手。

虽然她会游泳，可是一直在水底下，也难免气短。就在她以为霍从烨想淹死她时，对面的男人突然游了过来，不由分说地抱着她。

他的唇瓣贴上来的时候，姜离不知是因为在水中触觉更敏感，还是因为水的滋润，他的唇变得更加柔软。

她被他抱在怀中，两个人在水里沉着。她的唇被他狠狠地堵住，灵活的舌头钻了进来，她甚至还尝到了泳池里水的味道。胸腔里的空气越来越少，姜离有种快要窒息的感觉。

可是霍从烨的双手捧着她的脸颊，他根本不允许她动弹分毫。

姜离以为自己真的要溺死在这个泳池里了，拼命地推他，甚至还用脚踢他，可是对面的男人还是紧紧地捧着她的脸颊。

她几乎绝望地睁开眼睛，而此时霍从烨居然也睁开了眼睛。

浅蓝色的水中，他总算放开了她的唇，两人看着对方。与他对峙良久，姜离被霍从烨抱着浮出水面。她趴在他的肩膀上，开始大口大口地喘息。

胸腔仿佛要爆炸了，就算此时她浮出水面，那种窒息感还久久不能散去。

此时霍从烨的保镖也赶了过来。只是霍从烨转头看着他们，狠声说道：“你们给我滚出去。”

他一声令下，保镖也不敢再过来。刘文杰看着趴在他肩膀上、看似一动不动的人，担心地问道：“霍先生，需要我叫医生吗？”

他是看着姜离走进来的，可是这会儿人怎么就掉进水里了？刘文杰虽然是他的保镖，可是总不能看着老板杀人吧。

不过霍从烨没说话，伸手拍了拍姜离的后背，一阵剧烈的咳嗽声响起。

姜离回过神，便发了疯地开始打他：“你这个浑蛋，差点儿杀了我，差点儿杀了我。你怎么这么狠，是不是就想让我死？”

她从来没有受过这样的罪，刚刚在一瞬间她真以为自己会死，会被淹死在这个小池子里。她现在恨不得生吃了他，活剥了他。可是她刚扑棱起来，霍从烨一下子就松开抓住她腰身的手。

于是她整个人又开始往下滑，不知是不是刚才落水时被刺激了，居然忘记了自己会游泳，伸手就紧紧地攀住了霍从烨，似乎生怕他把自己甩进水里。

就在他的脖子被抱住时，姜离突然听见一声轻笑响起。

紧接着霍从烨用若有似无的声音说：“我是不是就该这么治你？”

“你这个浑蛋。”姜离浑身发抖，此时她的身上湿透了。就算室内的温度不低，可是她还是觉得冷。

霍从烨大概也感觉到她在颤抖，便抱着她的腰身，开始带着她往池边走去。此时姜离才发现，挣扎了这么久，他们居然已经到了泳池的三分之一处。

到了池边，霍从烨举着姜离让她先上去。

姜离趴到泳池的边上，连坐起来的力气也没有，她身上的衣服湿漉漉的，手脚发软，整个人像是一摊烂泥趴在地上。霍从烨过来后，伸手想抱起她。

可是姜离还是挣扎着，狠狠地将他推开。

“你别碰我。”她的声音是嘶哑的，身上只剩下一点儿力气，她狠狠地盯着他。

霍从烨低头看着她：“你已经湿透了，我带你去换衣服。”

“你别碰我。”姜离又说了一声，无力地推开他的手。

霍从烨蹲在她的身边，轻声问道：“你要一直这么躺下去？”

“我不用你管。”姜离有点儿愤恨地说道，心里不知道有多憋屈。

这个男人差点儿就把她淹死了，差点儿……

“姜离，你究竟想怎么样？”霍从烨安静地看着她，漆黑宁静的眼眸像深不见底的湖水，他平静得仿佛方才的一切不过是无足轻重的小事儿。

他居然还在问自己究竟想怎么样！

“这句话应该我问你才对，你为什么要和我抢拉斐尔？”姜离看着他，终于将一直想问的话说出口了。

“拉斐尔也是我儿子，这句话我不想再强调了。”

“可你没必要和我抢他，为什么要跳过我去法院？你完全可以和我商量。”姜离至今也无法理解霍从烨的行为，在这件事儿发生之前，他们甚至还是男女朋友。

霍从烨笑了一下，冷峻的眉眼一瞬间有种冰雪消融的柔和，可是下一刻他的声音响起：“你哥哥藏着我儿子时，可没和我商量过。”

“你不可理喻。”姜离狠狠地甩开他的手臂，便扶着地面准备离开。

“你现在这样能去哪儿？”霍从烨伸手拽住她的手臂，他的身上也只穿着一条泳裤。

姜离的唇色已经开始发紫了，她说：“放开我，你现在没资格管我。”

“我是你男朋友，怎么不能管你了？”霍从烨拉着她的手，理直气壮地说道。

姜离回头看着他，眼神冷漠又尖锐。

之前她从来没问过他们的关系，因为一些事情谁也不会先问出口。他们是属于正在打官司中的男女朋友，还是默认分手的男女呢？

姜离不会问他，但是明白，自己和霍从烨是属于默认分手的男女了。

他在得知拉斐尔的存在后，想到的不是和她共同抚养这个孩子，而是和她争夺孩子的抚养权。在这种情况下，姜离自然是默认他们已经分手了。

他今天却说出这句话。

姜离冷漠地看着他："所以这世上有想和女朋友争夺儿子抚养权的人？有放出话不会放过自己女朋友的人？有想淹死自己的女朋友的人？"

霍从烨紧抿着薄唇，从姜离说出这几句话后，便沉默着。

就在姜离以为他无话可说的时候，霍从烨突然又开口了："我和你争抚养权是因为抚养权在萧世琛手上，我不可能让外人养我儿子。"似乎见姜离要反驳，他便伸手按住她的手臂，安静地看着她，轻声说道，"还有，你究竟是谁？"

她究竟是谁？她是纪禾还是姜离？

为什么他爱上了一个女人，最后回来的却是另外一个女人。

他一直在努力地忘记纪禾。即便她们两个人长得很像，可是他清楚地分辨出她们不是一个人，明白自己喜欢的人是谁。可现在他才发现，不管五年前还是现在，他喜欢的、爱的却是同一个人。

其实霍从烨应该高兴，最起码从一而终了。可是他从一而终了，姜离回报给他的是什么？

她回报给他的是欺骗。

这是一场从五年前就开始的骗局，他爱上了一个完全不存在的人、一个虚构的人。而五年后，骗局被拆穿了，他愤怒了。

于是他不顾一切地想要反击。

可是他反击谁呢？他还是爱上了这个女人。即便她换了身份，成了一个与他完全不相干的人，他还是爱上了她。

他连反击都舍不得，怕伤害她。可是心里的愤怒又在作祟，所以他一边伤害她又一边挽留她。

有时候，他也痛恨自己的懦弱，要么彻底伤害她，要么彻底原谅她。

可是他做不到。

## 第十五章
# 原来人不管多大，还是会想妈妈

“我把衣服放在沙发上了。”

浴室的门被敲响时，姜离正在洗头发，消毒药水沾在头发上发出刺鼻的味道。热水在身上冲了好久，她的身体才恢复知觉。她洗完澡推开浴室的门，就看见房间内沙发上的衣服。

她走过去，随手翻了翻衣服，内衣被放在衣服的里面。

她穿上衣服后，推门出去，霍从烨正站在客厅里打电话。他站在落地窗前，纽约难得大晴天。阳光洒在他的脸上，勾勒出明灭的光影效果。

他的声音很沉，只是她听出来他有些不高兴。

“这件事儿我自己会处理的，您就不要担心了。”霍从烨说完，突然回头，就看见姜离站在身后。

他淡淡地看了她一眼，匆匆说了一句，便挂断了电话。

“你把桌子上的东西喝了，这是预防感冒的。”他把茶几上放着的水杯端了过来，水杯里面灰褐色的液体摇晃了几下，散发出刺鼻的味道。

姜离蹙眉，拒绝道：“不用了。”

她的声音沙哑，脸色不知是被热水泡得，还是已经有点儿发热，散发着不正常的潮红。霍从烨抬起手臂，想试探她额头的温度，却被姜离躲了过去。

两人没说话，只是中间的隔阂谁也忽略不了。

“我要回去了。”姜离开口说道。

方才的事情，谁也不想再提起。霍从烨既然打定主意了，她也该振作起来才是。

她转身要离开的时候，却被霍从烨一步挡住：“你把药喝了。”

“打一棒子，再给一个甜枣，这就是你对付我的方法？”姜离冷笑着说道。既然他现在又是送衣服又是给药，方才就不应该拖她落水。

霍从烨皱眉，却没有立即反驳。

他轻声说道：“希洛，我们之间到底该怎么办？”

姜离看着他，下定决心一般：“如果你想争拉斐尔的抚养权，那么我现在迎战了。既然谁也不愿意放手，那么我们就让法律做出判决。在那之前，我们就不要再见面了。如果你想见拉斐尔，也等法庭做出审判之后吧。”

等她下楼时，司机还在楼下等着。

她上车后，便吩咐司机立即回去。虽然方才强撑着，可是现在她头晕得厉害，之前在水池里泡了那么久，就算及时洗了热水澡，可身体还是开始不舒服。

她回去后，连午饭也没有吃，就在房间里睡觉了。

她醒来后，周围一片昏暗，床头灯柔和的灯光照射着周围。她刚起身，就感觉手上被缠着一条线，看过去才发现手臂上居然扎着针，再往旁边看，就见床边放着一个架子，架子的上面挂着一个吊瓶。

她刚坐起来一会儿，就见门被推开了。佐拉一见她醒了，立即惊喜地说道："谢天谢地，您终于醒了。"

"我发烧了？"姜离轻声问了一句，心里也很诧异，居然连自己什么时候被打了点滴也不知道，之前肯定是烧糊涂了。

佐拉立即点头："我之前量您的体温，103华氏度，这可真是太吓人了。拉斐尔一直在哭。"

姜离虚弱得连嘴角的笑容也扯不出来了，她的嗓子干得快要冒烟了，她只能对佐拉说："你能给我倒杯水吗？"

"当然可以。"佐拉立即走过去倒了一杯水，水是温热的，姜离一口气将一整杯水喝完了。

佐拉见她喝得这么快，便试探着问："您还需要再来一杯水吗？"

"谢谢。"姜离把水杯递给她，示意佐拉再给自己倒一杯水。

而佐拉倒水的时候，姜离才知道，现在居然已经是晚上10点了。她是不到11点回到家里的，居然昏睡了近十二个小时。她的病情来势汹汹，她之前发烧到103华氏度，佐拉便给家庭医生打了电话。

姜离摸了摸自己的头，额头此时已经不发烧了，只是还昏沉得厉害。

她不知道自己究竟是因为落水，还是这么久以来的压力一下子爆发了，所以病情才会这么严重。

"您要吃点儿东西吗？"佐拉站在床边看着她，有些担心地问。

姜离摇了摇头，轻声说道："不需要，我没什么胃口。"

就在两人说话的时候，房门又被推开了。拉斐尔惊喜地跑了进来，看着姜离高声说道："我听到你的房间里有人在说话，刘老师还说不是，你好了吗？头还疼吗？你还难受吗？"

他的一双大眼睛紧紧地盯着她，显得担忧极了，他连连问了好多句。

姜离看着他担忧的小模样，虽然开心，可还是不得不说：“佐拉，你把拉斐尔带出去，免得他被我传染上。”

小孩子本来就娇嫩，她的这个房间里如今没人知道有多少病菌，她自然不能让他在这里久待。佐拉也知道，立即上前哄着他。可是拉斐尔好不容易等到姜离醒了，才说了几句话，怎么愿意被带走呢？

此时刘雅熙也赶了过来，见状立即着急道：“拉斐尔，你不可以在这里待着。”

“不要。”一向听话的小家伙居然执拗起来，扒着门不出去。

姜离见他这样，也很无奈：“拉斐尔，姑姑病了。你要是一直待在这里的话，姑姑就会把病传染给你的。你要是生病的话，就会打针，还要吃药，这特别苦也特别疼。你想吗？”

她原以为这样能把他吓回去，可是小家伙居然认认真真地看着她问道：“如果你把病传给了我，你会好吗？”

姜离愣住了。

“那你把病传给我吧！我不怕苦，也不怕疼。”他挺起小胸脯，下巴也高高地扬起，似乎随时准备被传染。

姜离的眼睛一下就湿润了，喉管里像是被什么东西堵住了，酸涩不已，那东西上不来下不去。她拼命地憋着、忍着，才没当场哭出来。

她转过头，迅速擦掉漫出来的眼泪，许久之后，才转头重新看着他。

“不许胡说，姑姑也不想你生病。”

“拉斐尔，我们回去吧，你看姑姑病了，今天她不能陪你玩儿了。我们让姑姑好好休息，你明天再来看姑姑，好不好？”刘雅熙半蹲在他的身边，柔声地宽慰他。

就这样，她们才把小家伙劝走了。

等吊瓶里的药快滴完的时候，佐拉请刘雅熙过来。刘雅熙熟练地把姜离手背上的针头拔掉，又用湿棉球按住针口。

姜离笑了一下：“我没想到，刘老师连这个都懂。”

“我有营养师执照。”刘雅熙抬起头，温和地笑了笑。

姜离又说了一声“谢谢”，才掀开被子，准备下床。她躺了这么久，整个人昏昏沉沉的，倒不如起来走走。刘雅熙立即走到姜离旁边，帮姜离拿了一件厚睡袍，让姜离穿上。

姜离穿衣服的时候，刘雅熙站在旁边。刘雅熙微微地垂着头，脸上尽是欲言又止的模样。最终，刘雅熙还是下定决心开口：“姜小姐，以后、以后拉斐尔要怎么办？”

姜离正在系腰带，转头看着她，脸上有着迷惑的表情。

“刘老师，您想说什么？”她偏着头，微微笑了一下。

大概是因为已经将话问出口，刘雅熙立即说道：“拉斐尔以后还会生活在纽约吗？我知道你在中国工作，你会把他留在这里还是带到中国和他一起生活呢？”

听着刘雅熙的话，姜离也有些恍惚。虽然一直在和霍从烨打官司，可是关于这件事儿姜离一直没有考虑。之前她只想要拉斐尔的抚养权，可是该来的问题还是会来的。

不过因为她在心里还没有定论，所以此时也只是笑着对刘雅熙说道：“刘老师，你放心吧，就算拉斐尔跟着我离开，我也会推荐你到其他地方工作的。”

“我不是担心自己的工作，”刘雅熙立即着急地摆手，露出担忧的表情，说道，“姜小姐，拉斐尔从小就在纽约长大，已经习惯了这里的生活。他在学校里是最受欢迎的孩子，不管男孩还是女孩都喜欢他，他也喜欢这里的学校。我知道您肯定也想陪在拉斐尔的身边，可是也请您一定站在孩子的立场上考虑问题。”

刘雅熙说这番话，是有私心的。可是她也不想拉斐尔离开，毕竟如今他的父母为了抢夺他的抚养权已经到法院打官司了。

“他是我儿子，我愿意拿出自己所拥有的任何东西保护他，所以你不需要担心。”姜离看着她，郑重地说道。

刘雅熙垂着头，心里酸涩。

萧先生至今也没醒，拉斐尔又有被人抢走的危险，刘雅熙不知姜离为什么还能这么冷静，她的心快被搅碎了。

“可姜小姐……”刘雅熙还想劝姜离。

“刘老师，我理解你疼爱拉斐尔的心。但是他是我儿子，我会永远保护他、爱他。我也会选择让他过最好的生活，所以你不用担心。”

听出姜离的口吻有些不善，刘雅熙终于不再开口。

病来如山倒，病去如抽丝。

一直到下一次开庭，姜离还没有好彻底。她的精神鉴定报告已经出来了，并没有问题。霍从烨的DNA报告也出来了。他的律师向法院申请，要求霍从烨享有探视权。

这一点罗伯特早就提醒过她，所以姜离并不意外。

这一次很顺利，法庭判定霍从烨每天有两个小时的探视时间。

等开庭结束时，姜离又被霍从烨叫住了。两人站在走廊里，她因为生病，穿得很厚实，脖子上还挂着一条长长的围巾，整张脸快被挡住了。

“你有时间吗？”霍从烨低头看着她。

姜离皱眉：“你有什么事情，让你的律师联系我的律师吧。”

她知道自己的弱点，所以不想在开庭前，和霍从烨有过多的接触。

想了下，她又说：“我会让我的律师把家里女佣的电话给你。如果你想看孩子，就和她约时间。”随后她又补充道，“还有，拉斐尔至今不知道这场官司，也不知道我们是他的亲生父母。所以你和他见面，可以……”

大概连她自己都觉得这些要求有些过分，便没有继续说下去。她因为萧世琛至今没告诉拉斐尔真相，可是霍从烨这么厌恶哥哥，又怎么可能愿意为了萧世琛保守秘密呢。

姜离离开后，霍从烨就接到了封庭的电话。

“霍先生，您的母亲已经到了纽约。”

柳蔚子是一个人过来的，原本霍余哲也想来的，只是公司里的事实在太多了，根本就抽不出空。而霍老爷子倒是有空，可是医生不建议他坐长途飞机。所以思来想去，最后柳蔚子自己来了。

霍明素倒是愿意陪她来，可柳蔚子拒绝了。之前她给霍从烨打电话时，霍从烨没有透露细节。所以柳蔚子干脆也不和他商量，让助理订了机票，就直接过来了。

柳蔚子年轻的时候也在美国留学过，也是在那个时候认识了霍余哲。两人谈恋爱后，她才知道两家是世交。

霍从烨赶回酒店时，柳蔚子已经换了一身衣裳，正坐着喝茶。见他进来，柳蔚子连头也不抬，也不看他一眼。

“您突然来了，怎么也不和我说一声，我好派车去机场接您。”霍从烨知道柳蔚子心里有气，所以降低了身姿，柔声说道。

柳蔚子总算抬头看他了，不过脸上却是赤裸裸的不满。

霍家是严父慈母，柳蔚子的性子柔和，她对儿子一向没严厉过。可是在这件事儿上，她还是很生气。这么大的事情，她居然是从新闻上知道的。要是新闻不报道，柳蔚子怀疑霍从烨会一直瞒着她。

“你今天去法庭了？”她之前已经问过封庭了，所以也知道霍从烨去法庭了。

霍从烨点了点头，柳蔚子又问：“那结果？”

“法院判定我有探视权，但是抚养权的官司还在进行中。”霍从烨脱掉外套，柳蔚子还给他倒了一杯茶。

她一听说有探视权，脸上闪过欢喜的表情，她立即说道：“那我能看看孩子吗？自从知道这件事儿后，我也没看见孩子的照片，就听说他和你长得像。你爸爸也和我一样，这件事儿出来的当晚，就一直在看你小时候的照片。”

霍从烨的心里也生出歉疚，孩子已经这么大了，父母还没见过孙子。

他揽着柳蔚子的肩膀，安慰道："明天，明天我带你去见拉斐尔。"

"孩子叫拉斐尔？"柳蔚子露出满意的笑容，又问，"那他有中文名字吗？他中文名字叫什么？"

霍从烨顿了一下，到现在也不知道拉斐尔有没有中文名字。

柳蔚子有点儿尴尬："他就算有中文的名字，也不姓霍。你爸爸这两天倒是一直在想名字，怎么说他也是咱们霍家的孩子。"

"妈妈，抚养权的官司可能会持续很久，而且我也没有百分之百的把握能获胜。"

柳蔚子明显愣住了，过了许久，才喃喃地说："你和孩子的妈妈不是男女朋友吗？妈妈知道你在心里过不去那个坎儿。可是在一些事情上，你退一步海阔天空。儿子，你有没有想过和姜离结婚呢？"

其实这也不是柳蔚子一个人的想法。

她得知这件事儿后，很快就明白过来，当年的纪禾就是姜离。虽然柳蔚子不明白当年姜离为什么要那么做，可是一想到纪禾没有死，柳蔚子这么多年来的心病总算放下了。

当时霍从烨公司的机密泄露，公司的核心业务更被对手公司抢了。即便他不愿意，可是所有的证据全指向纪禾。而且纪禾的账户上多了一笔来路不明的钱，霍从烨恼火不已——可他还是没有报警。

而之后，纪禾被人绑架，是柳蔚子接的电话。那时候霍从烨在家里喝酒，醉得不省人事。柳蔚子带着保姆赶过去照顾他，可谁知居然就碰上这件事儿。

她一时慌了神，就打电话和霍明素商议。可是霍明素却让她不要管，反正他们两人当时已经分手了，他们霍家凭什么帮纪禾付钱。况且一千万也不是小数字，他们一时也筹不到这么多钱。而霍明素也知道霍从烨公司的事情，更是一口咬定，这肯定是纪禾故意联合别人整这么一出好让霍从烨心软。

柳蔚子并不喜欢纪禾，她的儿子是多优秀的一个人，可是却为了这个女人伤心难过。作为母亲，她很恼火，所以做了让她后悔一辈子的事。

她关了霍从烨的手机。

后来，纪禾就真出事儿了。

这件事儿只有霍明素和她知道。她从来没说过这事儿，可是心里内疚不已。

如今得知纪禾当年居然怀孕了，她更加内疚，心里后怕不已。如果纪禾当年没有被别人救下，拉斐尔已经不在这个世上了吧。

“你们是男女朋友，你不是还要带她来见我们嘛。现在这不是正好嘛，你们连孩子也有了，为什么不能在一起呢？

“我知道你肯定还喜欢她，过去的事情又有什么重要的呢？”

霍从烨沉默。

他要和姜离结婚吗？

这曾是他郑重考虑过的问题。

姜离正在家里陪拉斐尔，沙发上的手机突然响了起来。

“姜小姐，萧先生醒了。”

听到这句话，姜离突然哭了，眼泪像断了线的珠子止不住地落下。

哥哥终于醒了。

姜离推开白色的病房门，看见床上安静坐着的人，眼睛一下子就又湿润了。

“哥哥！”她扑到床边，看着坐着的人，只觉得之前所有的委屈涌了上来。她有那么多话想要和哥哥说。

她想和他说“对不起”。她之前太任性了，对他说了那么过分的话。这世上不管谁因为什么责备萧世琛，她都是最没有资格责备他的那个人。这么多年，如果没有哥哥挡在前面，她不知道被人生吞活剥多少次了。

可是她说了什么？

她居然说了那么过分的话。

一想到这里，姜离内疚又难过。她坐在床边，转过头，眼泪却一直在流。

萧世琛安静地看着她，见她肩膀抖动得厉害就是不转头，终于忍不住问："你还不想和我说话？"

"我不是不想和你说话。"姜离听到他的话后立即转头，眼泪还挂在睫毛上。

萧世琛伸出手掌，手背上是针头，青青紫紫的，让人看着心疼。

姜离垂着头，愧疚之情更甚，说："哥哥，都是我不好。我不该不听你的话、不该跟你吵架，更不该对你说那么过分的话。"她抬起头，眼中蓄满泪水，可怜巴巴地看着萧世琛，"你能原谅我吗？"

萧世琛瞧她的样子，知道她的话是真心的。不过这个丫头从小就知道怎么对付他。这不，她只要一哭，他就心软了。

"我要是不原谅你，你是不是就要一直哭？"萧世琛靠在身后的枕头上，悠闲地问道。

姜离眨了眨眼睛，想说是，可是一想到自己现在当妈妈了，怎么能老和哥哥撒娇呢，摇了摇头，立即说道："我不哭，以后会好好听哥哥的话，将功补过。"

将功补过？萧世琛一下子就笑了，她为了哄他真是什么话都敢说。

"我考虑考虑。"萧世琛勉强说道。

姜离不但没生气，反而听话地点头，不知道有多乖巧。

"你和拉斐尔见面了？"一说到这个，萧世琛皱了下眉头。

不管怎么说，这并不是他所期待的曝光方式。

姜离垂着头，嗯了一声，房里的气氛一下子变得有些沉重。萧世琛昏迷了半个月，姜离觉得世界要颠倒过来一般。她突然发现自己在这个世界上有一个孩子，然后孩子的爸爸又跑出来和她抢抚养权，而且公司也陷入了危机当中。她不想抱怨，可是这些事儿一下子压在她的身上，压得她喘不过气。

也是现在，她才发现萧世琛之前有多么不容易。

她一直在学校里，没毕业的时候认真读书，毕业后进入学校的研究所工作，现在又在大学里谋了一份教职，身边没有钩心斗角，公司里的事情也从来没管过。

可是萧世琛倒下了，公司的问题一下子都出来了，即便她身为大股东也依旧无法压制那帮心怀不轨的管理层。

“拉斐尔是我儿子吗？”虽然她早已经知道了答案，可还是想问萧世琛，听他亲口回答。

萧世琛轻轻地叹了一口气，黑眸幽幽地盯着她：“希洛，很多事情是情非得已。我知道你在心底可能会怨我，可是在当时的情况下，我只能这么做。”

“当年究竟发生了什么事情？”姜离忍不住问道。

她已经失记了，或许清楚当年之事的人更是少之又少。

萧世琛忽然伸手摸了下头，脸上露出微微痛苦的、扭曲的表情，姜离被吓得立即起身：“你怎么了？你的身体不舒服吗？我叫医生。”

她立即弯腰按了病床旁边的按钮，没一会儿医生就赶了过来。姜离站在旁边，神色紧张地看着医生给萧世琛检查身体。

医生问了他几句后，低声说道：“萧先生，你刚醒过来，最紧要的是静养。”

哥哥需要静养。

姜离的脸一下子就红了，她非常愧疚。她没有考虑妥当，他刚醒来，自己就一直拉着他说话。

于是等医生检查完后，姜离便说：“那你好好休息，有什么事情等你病好了再说。”

“你还真当我是纸糊的。”萧世琛倒是不在意，对自己的身体还算了解。只是他刚才突然觉得一阵头疼，这会儿休息了下，已经好得差不多了。

他躺在床上半个月，身体已经开始有些无力了，所以头疼也是难免的。

姜离不说话，只是坐在他旁边："你快休息吧，我等你睡着了再走。"

"你把我当拉斐尔哄了？"萧世琛听着她的话，有点儿哭笑不得。

她这话倒是像哄几岁的小孩，可他已经是这个年纪了，实在不适合被这样哄了。

"当然不是，拉斐尔可比哥哥听话多了。"姜离立即替自己儿子说话。

萧世琛更无奈了，她还真把自己和拉斐尔比较起来了。

姜离起身帮萧世琛把枕头放平，让他躺下休息。

容彦过来的时候，萧世琛刚睡着。容彦去了一趟洛杉矶，结果刚下飞机就听说萧世琛醒了，紧赶慢赶地到了医院，可到的时候，萧世琛已经休息了。

姜离怕说话的声音吵到萧世琛，便和容彦到了外面的客厅里。

"谢天谢地，他总算睡够了。"容彦没好气地说道。

这些天他也承受着莫大的压力。要是萧世琛再不醒过来，容彦也要吃不消了。

这次萧世琛被枪击的事情看似偶然，可是经过警方调查，警方发现在事发前，枪击者母亲的银行账户中多了一百万美元。而且更重要的是，枪击者是肝癌晚期患者。就算没发生这样的事情，枪击者也只有半年的生命。

所以警方怀疑，有人故意指使枪击者，不过转账的账户是一个在海外注册的公司，根本无法通过这个线索查出幕后之人。

容彦得知这个消息后，便怀疑公司有内鬼。毕竟萧世琛一倒下，就有人忍不住蹦跶了出来。况且收购一家上市公司，这并非一朝一夕的事情，对方这次不仅来势汹汹，更有雄厚的资本支持，看起来是一定要吞下普森集团。

“公司的事情还要再麻烦你跟一段时间，医生说他的身体还没完全康复。”姜离知道这有点儿难为人，可为了萧世琛，还是忍不住拜托容彦。

容彦苦笑：“有些事情我是能扛住，可是有些事情也不是我能对付的。你哥哥是如来佛祖，平时镇着那帮牛鬼蛇神。你看他才病了多久，那帮小人就忍不住要翻天了。”

姜离明白容彦的难处，不过现在他们的处境已经比之前好太多了。

毕竟哥哥醒了，只要他在，就让人觉得仿佛有定海神针一般安心。

姜离回家后，拉斐尔已经知道萧世琛醒了，便吵着要去医院看他。

姜离又得哄拉斐尔，好不容易让小家伙才答应明天再去医院也行。晚饭刚吃完，姜离正在琴房里陪拉斐尔练琴，佐拉就过来说是有电话找姜离。

姜离让拉斐尔先练，自己出门接电话。

她们刚一出去，佐拉就说：“一个男人的电话，他说自己姓霍。”

姜离的脚步一顿，她转头问佐拉：“他姓霍？”

佐拉点头，姜离快步走到客厅里，电话还在桌子上。她拿起话筒：“你好，我是姜离。”

“是我。”对面低沉的声音响起。

姜离低声嗯了一下，猜想他是来跟她约定见拉斐尔的时间的，便抢先说道：“你是来约时间的吧，我已经答应拉斐尔带他去医院看哥哥，明天下午可以吗？”

“好，那就下午吧，我母亲来了，她也想见见拉斐尔。”

姜离一时说不出话。霍从烨每天有两个小时探望拉斐尔，孩子去见什么人，她并无权干涉。

“你说个时间！你过来接孩子还是我送他过去？”姜离说道，握着话筒的手在抖，陌生到极点的话，即便自己有心理准备，可还是难过不已。

“我来接他。”霍从烨轻声说道，口吻正常，语气平和。

姜离点头，又想起他看不见，便嗯了一声。

“再见。”她率先开口说道。

“再见。”

电话里只剩下嘟嘟嘟的声音。

霍从烨看着桌子上的盒子，那里有他之前让人在珠宝公司订的戒指。

戒指今天刚被送过来，只是一切已经物是人非。

挂断电话后，姜离在沙发上坐了一会儿。旁边的佐拉不敢开口打扰她，可是又满脸疑惑的表情。

姜离过了好久才起身，回到琴房，拉斐尔正在练琴。因为他还小，手臂在琴键上动的时候，屁股还跟着手臂挪动。姜离倚在门框上，看着他左右挪动。他像小松鼠一样欢快，脸上还挂着笑容。

拉斐尔一直专注地盯着面前的琴键，一直到一曲终了，才转头看着她问：“好听吗？”

“好听，我从来没听过这么好听的曲子，这首曲子叫什么名字呀？”

姜离的提问显然让小家伙开心不已，他立即说道：“这是莫扎特的《钢琴协奏曲》，我也才学哦。”

拉斐尔微微抬着下巴，表情有点儿骄傲，像是在等待姜离的称赞。姜离微微笑了一下，走过去，在他的琴凳上坐了下来，双手放在琴键上，转头朝他看了一眼，便开始弹奏。

一曲终了，拉斐尔已经张着小嘴，显然是被姜离的琴艺惊呆了。

“你比我的老师弹得还好。”他看着姜离真诚地说道。

姜离笑了一下，有点儿骄傲地说：“我以前还差点儿成为钢琴家。”

“那你怎么不继续谈钢琴？”小孩子的好奇心最重，他想到什么自然就要问什么。

姜离认真回想了一下，事情过去太久了，不太记得了。她的成绩一向很好，钢琴她也弹得不错。当时她的钢琴老师还推荐她去申请德国的汉诺威继续深造，只是最后姜离放弃了钢琴。

大概因为她没有那份爱到愿意付出一切的感情吧，而且姜韵一向认为钢琴只适合闲暇时怡情，姜韵并不希望姜离将钢琴当作职业。

“因为我后来上大学了，就自然而然地把钢琴当兴趣了。”姜离低头冲着他笑了一下。

拉斐尔似懂非懂地点头，问道：“上学你就不能弹琴了吗？”

姜离点了一下头，他突然惋惜地说：“那为什么我上学，还要继续练琴呢？”

小家伙的抱怨一下子逗笑了姜离，原来他是惋惜这个。姜离在他的额头上弹了一下，教训道：“爸爸让你学钢琴是为了提升你的气质，所以你可不许抱怨爸爸。”

“我明天是不是就可以去看爸爸了？”一提到萧世琛，拉斐尔比她还激动呢。

姜离点了点头，又陪着他弹了一小时的钢琴，才安排他去洗澡。结果洗完澡后，小家伙非要拉着她选衣服，说衣服是明天去看爸爸时要穿的。姜离打开他的衣柜，陪着他一块看衣服。

“这件衣服怎么样？蓝色的羽绒服。”姜离拿起衣服在他的身上比画了两下。小家伙低头看了看衣服，表示不行。

最后挑来挑去，他自己选中了一件红色的毛呢小外套，里面穿一套小西装。姜离瞧着他这个臭美的模样，不由得笑了。拉斐尔还真是和他爹一样，这么冷的天，宁愿冻着，也一定要穿得好看。

一想到拉斐尔的那个爹，姜离又有些失落。

一大清早，拉斐尔就蹿到她的房间。姜离刚好洗头发从洗手间里出来，就见他已经穿好小西装。脖子上还系着暗红色的蝴蝶结，他就连头发也弄得一丝不苟的。

“希洛，快来吃早餐了。”拉斐尔已经穿上了崭新的小皮鞋，在她的房间里跑了两圈。

姜离昨晚只帮他选了衣服，还没瞧见他的鞋子，便问道：“你的鞋子是佐拉帮你挑的吗？”

“不是，是刘老师。”他一屁股坐在沙发上，还特地跷起双脚，让姜离看他脚上崭新的、黑色的小皮鞋。

“鞋子真漂亮。”姜离真心夸赞道，之后坐在椅子上，开始给自己化妆。

拉斐尔见她坐在梳妆镜前，也蹦跶着跑过来，站在她旁边望着姜离，不时开口问这是什么、那是什么。见他拿起自己的口红，姜离登时笑着问他：“你要涂一下吗？”

小家伙带着好奇心问道：“可以吗？”

姜离没想到小家伙的好奇心居然这么重，便笑着拧开口红，小心地在他的嘴上抹了一点点，也就是薄薄地涂了一点点而已。可是小孩子的唇本来就小，唇色又浅，这么被涂上一点儿口红，还真有点儿效果，姜离看得直乐。

拉斐尔见她笑了，还歪着头可爱地问她：“我好看吗？”

“好漂亮哦，美得不得了呢，我们的拉斐尔果然是最好看的。”姜离笑着哄他，还拿出手机给他拍了两张照片留念。

拍了照片后，她赶紧拿卸妆棉把口红擦掉了，拉斐尔还好奇地问道：“既然好看，你干吗还要擦掉它？”

虽然口红里的化学剂量非常低，不过姜离还是不敢让他涂太久。

姜离让他玩儿手机，自己对着镜子开始化妆。拉斐尔有了手机，就安静地坐在房间里的沙发上，整个屋子格外安静。她化好妆后，就见拉斐尔正在玩儿她手机里的游戏。这个游戏也是姜离为他下载的，不过平时她只让他一天玩儿一小时。

“好了，你该去吃早餐了，待会儿要去医院。”姜离伸手将他抱起来。

小家伙还用双手握着她的手机，似乎生怕她将手机要回去一样。

姜离笑了，也不说话，抱着他下楼了。

刘雅熙和佐拉在厨房里，见她抱着拉斐尔过来，立即把餐盘端到桌子上。刘雅熙瞧了姜离好几眼，似乎有话想说。可姜离正在和拉斐尔说话，没有看见刘雅熙的眼神。

一直到早餐结束，姜离起身准备带着拉斐尔离开的时候，刘雅熙突然站起来。

“姜小姐。”刘雅熙叫住她。

姜离回头看着她，笑着问道：“你怎么了？”

“要不我带着拉斐尔吧，毕竟您一个人也不是很方便。”刘雅熙温柔地说道。

姜离微挑了一下眉，有些不太懂她所说的“不太方便”是什么意思。

不过刘雅熙似乎也意识到自己说错话了，立即改口道：“我是说平时我带着拉斐尔。今天他去医院，我也该跟着他才是。”

她说完，脸颊已经涨红了。姜离看得出来，这番话让刘雅熙有点儿尴尬。

姜离打量了她一番，笑了笑，随口道：“刘老师，你说得也对，那我就麻烦你陪我和拉斐尔一起去医院吧。”

“不麻烦，这是我分内的事儿。”刘雅熙边说边垂头，脸上的红晕还没有散去。

纽约的雨雪天已经过去了，这一周是难得的艳阳高照，不然姜离也不会允许拉斐尔臭美地穿上他的小西装。

到了医院，刚进电梯，他就开始兴奋，一个劲儿地拽着姜离的手问这问那。结果到了病房门口，他反倒有点儿不好意思了。

门口站着两个穿黑西装的保镖，见他们过来，立即推开房门请他们进去。姜离拉着拉斐尔的手进了房间。医生正在给萧世琛做日常检查。虽然萧世琛昨天才醒过来，可是经过一天的休养，看起来已经好了不少，最起码脸色比昨天好多了。

萧世琛依旧是半坐在病床上，白色的病床被摇至半空。为首的医生是戴着眼镜的教授，而身后则跟着三四个医生，几个人正在低声交流。

见他们进来，为首的教授和萧世琛交谈了几句，就离开了。

“爸爸。”拉斐尔一瞧见萧世琛，先前的那点儿不好意思一下子就被抛开了，飞奔到他的病床前，趴在床边抬起头眼巴巴地看着萧世琛。

萧世琛看见他，也伸出双手，可是身上的枪伤还未痊愈，都不能下床，更别说抱拉斐尔了。

姜离生怕拉斐尔让萧世琛抱，立即上前拉住拉斐尔：“拉斐尔，爸爸的身体还没恢复呢！等他恢复了，你再让他抱你好不好？”

不过这次，姜离可没这么容易哄住小家伙，只见他抓着萧世琛身上盖着的被子，死死地盯着萧世琛问道：“爸爸，你怎么生病生这么久？我好想你哦。”

姜离也不知为什么，眼睛一下子就湿润了。虽然拉斐尔也很喜欢她，可是那种喜欢和对萧世琛的喜欢是不一样的，对她更像是喜欢一个朋友，而不是把她当成妈妈。见他这么亲热地叫萧世琛“爸爸”，姜离心里酸涩不已。

“爸爸也想你了。”不知是因为枪击带来的变化，还是很久没看见拉斐尔，萧世琛难得温情地伸手摸了摸他的头。

拉斐尔也明显愣住了，爸爸还从来没这么和他说过话呢，他有点儿害羞地抿了下嘴巴。姜离此时早已经转过头了。

萧世琛又和拉斐尔聊了一会儿天，问了他这几天在家里怎么样，拉斐尔倒是提了几句姜离。即便这样，她失落的心情也没被拉回来。

后来，萧世琛找了个借口，让刘雅熙领着拉斐尔去楼下玩儿一会儿。

“心情不好？”萧世琛看着姜离，明知故问。

姜离还憋着一口气，转过头，装作一点儿不在意地说：“没有，我哪儿有不高兴。”

“因为拉斐尔叫我‘爸爸’，你才不高兴的？”萧世琛虽然躺在床上，可到底是千年的老狐狸，怎么可能察觉不到姜离心情的波动。

姜离立即否认：“我心情不好当然不是因为这个。”

“那是因为什么？”萧世琛看着她。

“哥哥，我什么时候才能和拉斐尔相认呢？”

姜离终于憋不住了，之前一直没有和拉斐尔相认，也是因为萧世琛。可是现在，她真的有点儿忍不住了——她不想让拉斐尔叫她姑姑。

她想让他叫自己妈妈，知道这对萧世琛不太公平，毕竟萧世琛把孩子养这么大。可是如果当年她知道拉斐尔的存在，不会不管自己的孩子，就算再艰难，也一定会养好他的。

“现在的问题不是你，是霍家。”萧世琛用一双乌黑幽深的眸子冷静地看着她。

千年的狐狸，即便受了伤，依旧不改犀利的本色。不过一天的工夫，他就已经摸清了现在的困局。

拉斐尔的问题不在于他什么时候叫姜离“妈妈”，而在于他的抚养权。

姜离愣住了，却也没有否认这件事儿。

半晌后，她轻声说道：“根据之前的结果，霍从烨每天有两个小时的探视时间。所以今天下午，他要看孩子。”

“你让他看孩子。”萧世琛淡淡地说。

姜离猛地抬头看他。

萧世琛的脸上露出浅浅的笑意，他说：“既然人家已经亮剑了，咱们只管接招。”

到了午饭的时候，姜离带着拉斐尔去吃午餐。拉斐尔恋恋不舍地和萧世琛说再见，与萧世琛约定明天还来看他，萧世琛也挥手和拉斐尔道别。

姜离带拉斐尔到了市中心的一家法国餐厅，刘雅熙也跟着他们一起过来了。之前姜离也看出她想留在医院里的心情，不过刘雅熙只是拉斐尔的家庭教师。如果萧世琛对刘雅熙有意，也不会让她继续当拉斐尔的家庭老师。

之前姜离听刘雅熙提起过拉斐尔喜欢这家餐厅，所以带他来的时候，他很开心。

“你还要冰激凌？”姜离见他吃完自己面前的冰激凌，眼巴巴地看着她面前的杯子。

拉斐尔开心地点头，刘雅熙有点儿担心他。

姜离摇头，坚决地说：“不行，天气这么冷，你已经吃得够多了。”

姜离一向对他百依百顺，拉斐尔没有得到她的同意，脸色一下子就沉了下来，小脸上是可怜巴巴的表情，就连他的眼神也可怜兮兮的。姜离知道这是套路，已经不记得自己小时候拿这招对付过萧世琛多少次了。

可是现在她瞧着拉斐尔的模样，才明白，其实哥哥也知道自己是假装的吧。哥哥只是不舍得让她失望，就和她现在一样。

从前她享受着萧世琛无微不至的照顾，直到现在，才明白做一个监护人是多么不容易。

“不可以。”

好吧，她是个严厉的妈妈。

拉斐尔本就是个听话的孩子，姜离说不行，也只是失望地嘟了嘟嘴巴。

就在冰激凌快被吃完的时候，姜离的手机响了。她看着手机屏幕上的名字，有些发愣，不过还是接了起来。

“我现在可以过来吗？”霍从烨开口问道。

姜离看了一眼对面的小家伙，轻声报了这家餐厅的名字，告诉霍从烨自己和拉斐尔正在这里吃饭，他可以过来带孩子离开。

旁边的刘雅熙倒是激灵了一下，姜离还没挂断电话，就颤抖着声音问：“姜小姐，您要让他带走拉斐尔？”

刘雅熙的声音不小，她又提到了拉斐尔的名字，小家伙的这个年纪说小也不小，他很多事情都懂了。他一听到自己的名字，立即问道："谁要带我走？"

姜离的脸色一下子就沉了下来，刘雅熙有点儿害怕地不敢和姜离对视。

"没什么，待会儿一个叔叔过来，想接你去玩儿一会儿。"姜离安慰拉斐尔。

姜离虽然这么说，可拉斐尔还是看了她和刘雅熙一眼。他还是很疑惑。

霍从烨来得很快，差不多十分钟就到了餐厅。霍从烨一进门，姜离就看见他了，身材高大挺拔，穿着米色的毛呢大衣，原本清冷英俊的人，看起来倒是有了几分柔和。

大概也是因为要接拉斐尔吧，霍从烨整个人看起来和平时不太一样，走过来的时候，脸上还挂着一点儿笑意。

"拉斐尔。"他走到餐桌旁，叫了拉斐尔一声。

拉斐尔抬头看着他，立即惊喜地说道："叔叔，是你。"

霍从烨伸手摸了一下他的头，便顺势在姜离的旁边坐下，看着桌子上已经吃得差不多的食物，转头问道："你们吃完了吗？"

姜离点了点头。

他立即招手让服务员过来，并且从怀中拿出钱包，抽出一张卡，让服务员去结账。

"不用，我自己来。"姜离立即拒绝道。

可是霍从烨已经把卡给了服务员，并挥挥手让服务员立即去结账。

姜离沉默了一下，片刻后才对对面的孩子说："拉斐尔，霍叔叔带你出去玩儿一会儿，你愿意跟他去吗？"

"我们去哪里玩儿？"拉斐尔没有说拒绝的话，反倒问了他们去哪儿。

旁边的刘雅熙非常惊讶，原以为拉斐尔会毫不犹豫地拒绝呢。她带这孩子一年多，从未见过他和只见过一次面的人如此亲近。血脉还是无法被切断的，或许正是血脉的原因，他天然这么亲近姜离和这位霍先生吧。

“你想去哪儿？”霍从烨没有哄孩子的经验，自然说不出孩子喜欢玩儿的地方，干脆反问他。

拉斐尔还真偏头想了下，问霍从烨：“你会滑冰吗？我想去滑冰。”

姜离突然想起他们第一次见面时，拉斐尔穿着红色的滑雪服，白皙的小脸被冻得有点儿红，可是偏偏穿着大红色的衣裳，别提多可爱了。

“那我们就去滑冰。”霍从烨斩钉截铁地说。

他在大学的时候喜欢打冰球，所以滑冰对他来说是轻而易举的事情。

拉斐尔听罢，又转头看着姜离，似是在询问她：“希洛，你呢，会不会呀？”

姜离也会滑冰，不过滑得不算好。

只是霍从烨带孩子离开，这是属于他们父子独处的两个小时，她不该出现。所以她摇了摇头：“我不会，对运动不是很擅长。所以，你和霍先生去玩儿。”

“那我也不去了。”拉斐尔居然想也不想地拒绝了。

姜离既欣慰又有点儿心酸，但还是劝道：“不要担心我，你去玩儿得开心点儿。”

“不要。”拉斐尔居然别过脸，又拒绝了。

姜离没想到拉斐尔会这么说，不由得看了霍从烨一眼，只见霍从烨也转头看着自己。两人四目相对，她有些尴尬，低声说道：“你别担心，我劝劝他。”

“你也一起来吧。”霍从烨突然轻笑，似乎一点儿没有因为拉斐尔的拒绝而生气。

“那怎么行，这两个小时是你的探视时间。”

霍从烨看了她一眼：“可我也没说你不能在场。”

最后两人带着拉斐尔去了冰场，这家冰场是娱乐性的冰场，此时很多家长带着小朋友在玩儿。拉斐尔一进来，就开心地指指点点。姜离笑了一下，然后皱了皱眉头。

冰场里的气温有些低，连她进来都忍不住哆嗦了一下。拉斐尔的身上虽然穿着毛呢外套，可这外套好看是好看，就是不如滑雪服保暖。

她正想着要不要给他买件衣服，就见一个人在不远处冲着他们招了招手。霍从烨伸手拉着拉斐尔的手，说道：“我妈妈在那边，我们过去吧。”

姜离：“……”

他可没说过他妈妈也在这里呀。

柳蔚子一听说他们是约在冰场里见面，临时去商店里给孩子买了一件滑雪服。谁知她到了，霍从烨他们还没到，所以柳蔚子在冰场的栏杆里等着。这个冰场很出名，她听说还有奥运冠军从这里走出去，所以不少家长带着孩子过来玩儿。

她等了一会儿，一转头就看见霍从烨进来了，他旁边站着姜离。而他们中间站着的孩子，柳蔚子却是第一次见，她的眼睛一下子就湿润了。

虽然孩子离柳蔚子有点儿远，可是那白白嫩嫩的小团子，小手还被霍从烨牵着。柳蔚子早就盼着霍从烨结婚了，没想到却突然就看见孙子了，如何不激动。他们还没走过去，她就先走过来了。

“妈。”霍从烨叫了一声，也不知是提醒柳蔚子，还是想安慰柳蔚子，大概是怕柳蔚子吓到孩子吧。

柳蔚子笑了一下，可是表情还是很僵硬，她低头看着拉斐尔，一下子握住了霍从烨的手臂，带着颤声说：“太像了，你们真是太像了！他和你小时候一模一样。”

霍从烨上前一步，伸手握住柳蔚子的肩膀，轻声劝道："妈妈，别激动，你要吓到他了。"

"从烨，他真的和你特别像！你是没看见……"柳蔚子激动得连话都说不清楚了，一个劲儿地抓着霍从烨的手臂。

而拉斐尔有点儿紧张地握住姜离的手，对面的这个阿姨盯着他看，他有点儿害怕。她的眼神好像要把他吃掉，可是阿姨长得又很好看，拉斐尔又悄悄地看着阿姨。

"拉斐尔，我是奶奶呀。"柳蔚子上前，伸手想摸孩子的脸，可是拉斐尔躲了过去。

"您不是带了衣服过来嘛，把衣服给他换上吧，这里有点儿冷。"霍从烨低声劝道，拍了两下她的肩膀。

柳蔚子连声哦了两下，立即拿出手里白色的袋子，袋子的里面是一件红色的滑雪服。

霍从烨将衣服接过来："我带他过去换衣服。"

等他们父子两人离开后，姜离有点儿手足无措，这是她记忆中第一次和柳蔚子见面，还是如此尴尬的场合。因为姜离不记得之前的事情，所以也不知道以前柳蔚子和她有没有过接触。

既然这是她们第一次见面，姜离主动打招呼："柳女士，您好。"

"你好。"柳蔚子露出浅笑，不过眉宇间也有点儿不自然。

两人相对无言，也不知说什么，还是柳蔚子先开口问道："我听说你哥哥受伤了，他现在好点儿了吗？"

柳蔚子这么主动问候，倒也是有心了，姜离立即点头："他已经醒了，恢复得还算不错，我早上刚带拉斐尔去看过哥哥。"

作为正在争孩子抚养权的两家人，此时倒是能平静地站在一处聊天，姜离有点儿哭笑不得。

好在没一会儿，霍从烨便领着拉斐尔出来了，小家伙身上已经换好了衣服，手肘和膝盖上戴上了护具。拉斐尔站在远处冲姜离挥了挥手，霍从烨也冲着她们招手。

等姜离走过去，霍从烨把身上的大衣脱掉，将衣服塞进她手里："你拿着。"

姜离无语，却还是默默地把衣服接过来。

结果他们说话的时候，拉斐尔已经率先进入了冰场，并且开始向里面滑去。姜离立即推了霍从烨一把，着急地说："你赶紧进去吧，看着他点儿，别让拉斐尔摔着。"

霍从烨抿嘴瞧了她一眼："我知道了，你拿好衣服。"

姜离低头看了一眼她手里的衣服。难不成这衣服里面还有什么宝贝不成，值得他再特地叮嘱她一声。不过她低头看衣服的时候，霍从烨已经滑进了冰场，开始去捉那匹脱缰的小野马。

一旁的柳蔚子，看着拉斐尔在一群大人的中间滑来滑去，也担心不已，优雅的形象也不顾了，冲着霍从烨大喊："你看好孩子。"

"拉斐尔。"姜离也忍不住喊了一声。

可拉斐尔听到姜离叫他的名字，反而冲着她挥了挥手，一点儿也不在意的样子。

好在霍从烨已经捉住他了，于是一大一小的两人居然手牵着手开始滑冰。

"你会玩儿这个吗？"看了一会儿，柳蔚子主动转头问她。

姜离笑了一下："我不太会。"

"那要不我帮你拿着衣服，你也进去玩儿一会儿。"柳蔚子提议道。

姜离有点儿惊讶，还是摇头道："不用了，我滑得也不太好。他们两个人玩儿吧。"

"从烨的性子冷，不会哄孩子。"柳蔚子瞧着场内的两个人，眼神真是一刻也舍不得离开他们。

姜离倒是看着他们，说道："拉斐尔是喜欢他的，男孩子总是崇拜运动能力强的人。"

“从烨以前在大学里就喜欢打冰球，有好几次受伤了，也不敢跟家里说。要不是有一次我临时来美国看他，还不知道他摔断了腿。”柳蔚子说到这个，心里又生气又骄傲。

冰球是对抗性特别强的运动，柳蔚子曾经看过一次现场比赛，她吓得心脏病险些犯了。可是此时柳蔚子看着霍从烨领着拉斐尔在冰面上，真觉得他们特别和谐。

此时拉斐尔又冲着她们招手，姜离和柳蔚子同时抬手冲着他招手。

“小姜。”等霍从烨领着拉斐尔滑到远处的时候，柳蔚子突然转头看着她。

姜离也转头看向她。

柳蔚子是个被时间宽待的人，虽然已经五十多岁，可看起来比实际的年纪起码要少十岁。

“咱们不争了，行吗？”

姜离咬着唇，有些难堪地别过头：“这句话你应该劝霍从烨。”

“我劝过他了。其实我看出来他在心底已经开始后悔了。他一开始这么做，也是心里有怨气，觉得孩子这么大了，自己这个当爸爸的居然不知道。之前没有孩子时，从烨已经回来和我们说了，想带你回家见我们。他对你自始至终都是真心的。”

不可否认，柳蔚子将话说到了姜离的心里。

她开口轻声问道：“那您呢，不怨我吗？”

“万般一切皆是命，半点儿不由人，有些事情真的是由不得人。你给我生了这么个乖孙子，我又怎么会怨你呢。我只盼着你以后不要怨我才是。”

柳蔚子看着场中那个红色的小身影，不知道姜离当年是怎么活下来的。在那么艰难的情况下，她不仅活了下来，还生了拉斐尔。

一想到姜离落在那些人的手里，柳蔚子在心里就内疚不已。

“其实最重要的是你和从烨两个人，之前你们两个人就有感情。你看看过了五年了，他喜欢的人还是你，而你喜欢的人也还是他。这就是我们中国人所说的命吧。”

姜离不太理解柳蔚子对于命运的解读，但是对她来说，凡事有因果。她并不是个一味逃避的人。有些事情的真相虽然会被暂时掩盖，可最终还是会大白于天下。

“关于抚养权的事情，这是您自己的意思还是霍从烨的意思呢？”虽然姜离这么问，目光还是看向对面。

对于霍从烨的性格，她多少还是了解的，他不是那种做事儿半途而废的人。所以他要争抚养权，就是打定主意要和自己争抚养权。况且霍从烨说过，他也不是要和她争抚养权，而是和萧世琛争抚养权。

所以他不会放手的。

倒是柳蔚子有点儿不好意思，似乎被戳破了心思。

“这是我的意思，不过也是他爸爸的意思，我们希望万事和为贵。毕竟你们是拉斐尔的父母，又有感情，不至为了抚养权而上法庭。”柳蔚子解释道。

其实霍家这样的态度姜离也能理解，虽然霍老爷子这两年退居了二线，可是霍家的内部也不是一帆风顺。霍余哲守成有余，进取不足，外界看来，可没有那个比他小二十几岁的、同父异母的弟弟有冲劲儿。

只是老爷子还在，所以霍家倒不至于传出争夺财产的新闻。而且霍家人低调，除了财经新闻，从来没有花边新闻。

谁知一向让他们夫妇放心的儿子，这次却一下子捅出这么大的事情。霍从烨争子争到了美国，现在国内关于这件事儿的报道数不胜数。就算安扬集团做了公关，可还是挡不住网民对这件事儿的关心。

况且争子的两个人，还是之前刚在微博上秀恩爱的情侣。这可比现在卫视上 8 点黄金档的电视剧还要精彩，谁不喜欢看豪门狗血的新闻？而且不管霍从烨还是姜离，两人出身富贵，身后都有黄金律师团，打起官司来更是棋逢对手。

甚至网上还有对这件事儿的神总结：“一个中国的爸爸和一个英国的妈妈，争一个美国的孩子。”

但对于霍余哲和柳蔚子来说，这件事儿总归是家事，他们应该关起门私底下解决这件事情。中国人不习惯什么事情都上法院，所以霍从烨因为诉讼这件事儿，也被霍余哲骂了个狗血喷头。

故而柳蔚子才会主动说这番话。

“这件事儿恐怕我不能答应您。我不会放弃拉斐尔的抚养权，也不能放弃。而霍从烨也是势在必得，先跳过了协商的环节。我虽不愿看到这种局面，却也不得不面对这种局面。”

柳蔚子叹了一口气：“这件事情从烨没有考虑清楚，你受委屈了。”

她这么说，姜离反而有点儿不好意思地笑了一下。

此时拉斐尔朝这边猛地滑过来，霍从烨蹙着眉在身后追着。可谁知拉斐尔还没到姜离面前，一个小姑娘从侧面突然蹿出来。那小姑娘向后倒滑，没有看见身后的拉斐尔。而拉斐尔则盯着姜离，也没有看见正冲过来的女孩。

姜离注意到女孩的时候，刚要大喊提醒他，两个人已经撞在了一处。

“拉斐尔。”姜离失控地大叫。

她看着他被撞得狠狠地摔在冰面上，而和拉斐尔相撞的小姑娘也摔倒在地，登时冰场上响起此起彼伏的尖叫声。

姜离想也不想地跑了过去，可是此时守在冰场边上的人迅速滑了过来，工作人员要求她出去。

“那是我儿子，你滚开。”姜离狠狠地推开面前的男人，就往那边跑，可是她脚上穿着高跟鞋，几乎每走一步就一个趔趄，最后连滚带爬地到了拉斐尔身边。

此时霍从烨已经跪在孩子面前，可是没有碰他，甚至在姜离过来的时候，一把狠狠地抱住了她。

“你干什么？你放开我！”姜离看着近在咫尺的孩子，此时才看清拉斐尔脸颊上的血迹。他也不知是被割破了哪里，整张小脸染上了红色，姜离的心几乎要碎了。

“不知道他的伤在哪里，我们不能动孩子，得等医生过来。”霍从烨也心急如焚，恨不得立即将孩子从冰冷的冰面上抱起来。

可是拉斐尔和女孩刚才那么一撞，他们还不知道拉斐尔有没有撞到哪里，所以他们不能碰拉斐尔。

“好疼。”此时拉斐尔一个劲儿地喊疼，声音很小。

姜离觉得她的心要碎了，恨不得此时躺在冰面上的人是她。可是她只能眼睁睁地看着，说：“拉斐尔，妈妈在这里，你别害怕。”

她想拉住他的手，抱住他小小的身体。可是霍从烨牢牢地将她压在怀中，根本不让姜离过去。

“妈妈？”拉斐尔迷迷糊糊的，就听到“妈妈”两个字，小孩子本来就怕疼，此时躺在冰面上，眼泪直流，“妈妈，我要妈妈。妈妈，你在哪儿？”

虽然他有名义上的爸爸，有专门负责他生活的老师和女佣，可是这世上谁能代替妈妈呢？

他就算再勇敢，也是个小孩子，也曾经在夜里因为想妈妈偷偷哭过。此时躺在冰面上，他疼得已经意识模糊了，就一个劲儿地喊妈妈。

“他在叫我。”姜离哭得不能自已，忍不住紧紧地握着拉斐尔的小手。

霍从烨的眼睛湿了，可他还是怕她冲动地去抱孩子。就算她再挣扎，他还是拼命地抱着姜离。而此时场馆里的工作人员也赶了过来，看着地上的两个孩子，紧张地询问情况。好在冰场旁边就有医院，事发后，场馆里的工作人员已经第一时间叫了救护车。

柳蔚子跌跌撞撞地过来时，就看见孩子躺在地上，姜离几乎要崩溃了。柳蔚子捂着嘴，赶紧跪在地上，霍从烨也立即冲她说：“妈，别碰他，医生还没过来。”

柳蔚子浑身颤抖，几个大人只能在旁边看着小孩子躺在冰面上。

拉斐尔一直在叫妈妈。姜离拼命忍着，不敢让自己的哭声影响到他，可是胸口憋闷得几乎要窒息。她的双手紧紧地抱着霍从烨的手腕，她几乎是在抓着他的手臂。而一旁另一个女孩的家长也在大喊，霍从烨不停地皱眉，朝那对正在吵闹的白人夫妻看了过去。

过了许久，医护人员总算是赶过来了。三个穿着白色大褂的人，徒步过来。他们先是在拉斐尔的旁边停留，安慰和鼓励他后，便开始给他做身体检查。

因为旁边还有个受伤的女孩，所以一个医生走到女孩旁边，替那个小女孩做检查。

“我的女儿受了重伤。你一个人怎么能行，快让你的同事也过来。”那个看起来块头极大的白人男子，趾高气扬地冲着医生大吼。

医生并未理会他的指责，只是低头继续帮他的女儿做检查。好在那个小女孩的伤势并不严重，甚至连皮外伤都没有，毕竟她光是个子也要比拉斐尔高很多。两人相撞的时候，女孩只是倒在了冰面上，而拉斐尔则是被她撞出去好远。

因为拉斐尔年纪小，所以医生给他做检查的时候，不管按哪里拉斐尔都说疼。

姜离抹了抹眼泪，小心地跪在拉斐尔身边，帮助医生问他。好在拉斐尔身上没有出现骨折，但是他的额头被撞到了，血流不止。之前脸颊上的血迹也是从额头的伤口流出来的。

医生帮他简单地止血，向姜离表示，因为孩子的头撞到了冰面，所以拉斐尔需要到医院做全面检查。

就算医生不说，姜离也是这么打算的。于是医生把孩子抬上了担架，姜离跟了上去。而柳蔚子也站了起来，赶紧走在另一边。

只是见他们离开，那个一直在发火的白人，突然指着他们怒道：“他撞伤了我的女儿，你们就想这么逃跑吗？肮脏的中国人。”

姜离刚愤怒地看过去，就见旁边的霍从烨已经冲了过去。他狠狠地冲着那个白人的脸上揍了一拳。那个白人被打得往后退了好几步，最后摔倒在冰面上。

霍从烨居高临下地看着他："或许这样，你就会懂得尊重中国人。"

说完，他头也不回地转身离开。

因为救护车不能上太多人，最后霍从烨跟着孩子过去，姜离和柳蔚子则是坐着自己的车过去。上车后，姜离一直在哭。柳蔚子拉住姜离的手，安慰她："没事儿的，刚才医生说了，那就是皮外伤而已。男孩子小时候就这样，经历摔摔打打，才能长得更结实。"

姜离虽然也听到了医生的话，可是一想到拉斐尔小脸惨白地躺在冰面上的样子，心就像是被刀子一下、一下地划过。

她的心真的在这一刻已经碎了。

"我就是想着，要是摔倒的人是我就好了。"她一边说一边抽泣，脸上满是泪水。

柳蔚子看着姜离，第一次伸出手将她揽在怀中："我懂。当妈妈的就是这样，孩子病了、伤了，恨不得那些疼、那些伤是在自己身上才好呢。我知道。"

姜离闻着柳蔚子身上的香味，恍惚觉得柳蔚子好像是她的妈妈。

原来人不管多大，还是会想妈妈。

拉斐尔在想妈妈，她在此时此刻也想起了自己的妈妈。

她终于再也忍不住，抱住柳蔚子，趴在柳蔚子的肩头上号啕大哭。

到了医院，她们上楼后，医生已经带着拉斐尔去做检查了。霍从烨倚靠在墙上，紧紧地闭着眼睛。

大概是听到了脚步声，他睁开眼睛，看着喘着粗气、脸上还挂着泪珠的姜离走过来，一把将她抱在怀中。

"你被吓坏了吧？"他一边揽着姜离的肩膀，一边压着她的头发，有些倒吸气地问道。

他才是被吓坏了吧，姜离从没见过他这么失态。

“没事儿了、没事儿了。”

姜离抱着他又哭了起来，明明刚才已经哭得差不多了，可是为什么这会儿又哭起来了？

柳蔚子看着他们两个人抱头痛哭的样子，不禁有些头疼，所以他们争什么抚养权啊？

## 第十六章

# 可是我想你了，姜离

没一会儿，医生请父母进去，姜离看了霍从烨一眼。他点了下头，伸手牵住她的手。

“别怕。”他低声说了句，就揽着她的肩膀走了进去。

小家伙正坐在检查台上，旁边的护士正用棒棒糖安慰他。只是他垂着头，小声抽泣着。见到姜离进来了，他立即伸出手臂，也没哭闹。可就那个小模样，又让人心疼不已。

“拉斐尔，”姜离快步走了过去，伸手抱住他，“还疼吗？”

“好疼。”小家伙靠在她的怀里，软绵绵的声音还带着哭腔。

此时医生转头看了一眼，开口解释：“他的身上没有其他外伤，当然我们还需要做进一步的检查。不过现在我们需要给他额头上的伤口进行缝合。”

“缝合？”

霍从烨一听说孩子的伤口要缝合，脸色已经变了，更别提姜离和旁边的柳蔚子了。

他看着医生，有些艰难地问：“伤口深吗？大概需要缝合几针？”

“伤口应该要缝合七针。”

方才医生已经检查过拉斐尔的伤口，虽然暂时止了血，不过伤口挺深的，确实需要缝合，这也是医生让父母进来的原因。毕竟医生给孩子缝合伤口，要比给大人缝合伤口麻烦得多。即便打了麻药，孩子看见针头，还是会哭闹不止。

姜离听完这话，不仅心疼，手也跟着抖了起来。

旁边的拉斐尔似懂非懂，拉着她的手喊道：“我要回家，要爸爸！爸爸，我要爸爸。”

“别哭了，拉斐尔，咱们不哭。你是男子汉。”姜离手忙脚乱地哄着他，又求助似的看向霍从烨。

霍从烨过来，一把将他抱了起来：“爸爸在这里，你别哭了。伤口很快就会好的。”

拉斐尔的眼睛里含着泪，他直直地看着霍从烨：“你不是爸爸，爸爸在医院里。”

姜离生怕霍从烨这会儿沉不住气，立即伸手拍了拍拉斐尔的后背，从护士小姐的手中接过棒棒糖，将糖放在他面前：“我们吃颗糖果吧，甜甜的糖果不是拉斐尔最喜欢的东西嘛！”

拉斐尔像所有小孩一样，喜欢糖果、冰激凌等甜食，只是因为家里管得严，很难吃到糖果。方才护士给他的时候，他光顾着疼，都没拿。现在他被抱在怀里，又被哄着，还有糖果吃，倒是有点儿忘记了头上的伤。

最后还是姜离把他抱在怀里，坐在椅子上。

医生给他打麻药的时候，小家伙又要挣扎，姜离只能哄着，结果刚哄好，针头扎了进去，他挣扎得更厉害了。一直到缝合结束，姜离身上都湿透了，连额头上都沾着汗珠。

拉斐尔大概也哭了，浓密的长睫毛上挂着小小的水珠，看起来越发可怜。

霍从烨见结束了，立即上前，想伸手接过拉斐尔。

谁知小家伙虽然哭累了，可是霸道一点儿不减，不仅不让霍从烨抱他，反而更往姜离怀里钻。

一旁的柳蔚子见状，上前拉住霍从烨，说道："这个时候，小孩子就喜欢待在妈妈怀里。小姜虽然累了点儿，不过孩子愿意待在她身边，就先让他待着。"

本来就天大地大他最大的小家伙，此时更是横着走。

医生又安排他去进行其他检查，毕竟之前他摔在了冰面上，看看他是否有轻微的脑震荡。

"脑震荡"三个字，可把姜离吓坏了，脸色一下白得跟纸一样。最后等结果出来的时候，姜离的掌心都被自己掐出了指甲印。

好在医生帮他们看了报告，并没有出现脑震荡，甚至不需要在医院住院观察。听到这话，在场的三个大人总算是松了一口气。霍从烨把拉斐尔抱在怀里，柳蔚子瞧了小家伙一眼，笑道："你这个小家伙，可吓坏我们了。"

拉斐尔咧开嘴，无声地笑了起来，还有精力冲柳蔚子眨眼。

这把柳蔚子逗得心花怒放，伸手就要抱他："奶奶抱抱，好不好？"

"不好。"拉斐尔奶声奶气地说道。

柳蔚子虽然被拒绝了，可是一点儿都不生气，笑眯眯地瞧着小家伙，恨不得抱着他亲。

此时姜离转过头，刚要教他不许这么说话，结果就见他已经伸出两只小手道："抱抱。"

"哟，不是说不要奶奶抱的吗？"柳蔚子笑得不知道多开心，伸手就从霍从烨怀里接过拉斐尔。

小家伙刚到她怀里，就吸了吸鼻子："好香啊，奶奶好香哦。"

柳蔚子这会儿真是笑开怀了，在他的小脸蛋上左右亲了好几下，恨不得揣在怀里才好呢。

而这边姜离和霍从烨听完了医生的医嘱，又拿了药，这才回去。只是刚到医院门口，刘文杰突然上来，低声在霍从烨耳边说了几句。

霍从烨轻蔑地笑了一声，吩咐道："你先送他们回去。"

"怎么了？"柳蔚子一听，立即出声问道。

结果她刚问完，就见一行人匆匆地从外面走了进来，只见为首的那个白人指着他们就喊："就是他，就是那个中国人，是他在冰场打了我。他的儿子还撞伤了我的女儿。"

一帮穿着警察制服的人迅速围了上来，柳蔚子怕吓到孩子，立即伸手按住拉斐尔的头，让他靠在自己的怀里，不想让他听到这些事情。

"你好。"警察上前，还算克制地出示了证件，要求霍从烨和他们走一趟。

姜离自然认出了那个白人男子，她的儿子被撞伤了，她还没找那个女孩的父母算账呢，这个蠢货倒是自己送上门了。

"我可以打电话给我的律师吗？"霍从烨轻笑了一声。

警察点了点头，看着他拿出手机。而姜离则上前一步，刚要说话，却被霍从烨一把握住了手。他一边看着她，一边拨通电话，等电话接通之后，他浅笑着将自己现在的情况告诉了对方，也不知对方说了句什么，他居然还发出了笑声。

对面那个白人，本来还得意扬扬，觉得是给了霍从烨一个下马威。可霍从烨不是他想象中那般惊恐，反而是很轻蔑地看着他。

霍从烨打完电话后，便叮嘱姜离："带拉斐尔早点儿回去休息，我晚点儿给你打电话。"

说完，他在她的脸颊上亲了一下，姜离眼眶有些湿润。

就在他要转身的时候，她突然伸手抱住了他，低声道："我等你。"

刘文杰让两个人跟过去，而他则负责送姜离他们回去。

柳蔚子倒是不怎么担心，刚才霍从烨打那个浑蛋的时候，她也在场。若不是因为拉斐尔受伤了，她倒是想让儿子多揍他几下。这种白人眼高于顶，骨子里就瞧不起亚裔，就算被揍也是活该。

"我的大宝孙，和奶奶回家。"柳蔚子抱着他，就往医院外面走去。

姜离看着他们祖孙两人和谐的模样，突然有些哭笑不得。等上了车之后，刘文杰没问地址，直接开车了。

拉斐尔倒是一点儿不困，看着旁边的姜离，开始喊饿了。

柳蔚子一听就心疼了，非要让刘文杰找家餐厅停下，要带着她的大宝孙去吃饭。

姜离瞧着柳蔚子着急的模样，立即说："阿姨，我刚才已经让家里的女佣准备晚餐了。拉斐尔头上有伤，最好还是不要在外面吃，免得吃到什么忌口的东西。"

"也对。"柳蔚子点点头，赶紧开始翻自己随身的包。

只是昂贵的皮包里哪里有什么零食啊，最后还是刘文杰趁着停车的间隙，从前面递了一块巧克力过来。

姜离不想让拉斐尔吃这些，可是一瞧见他头上的纱布，心就软了。

好在这里离她家并不是很远，二十分钟就到了公寓楼下。

柳蔚子有些遗憾地看着怀里的拉斐尔，失望地说："我们拉斐尔要回家了，跟奶奶拜拜。"

拉斐尔小心地看了一眼旁边的姜离，似乎很舍不得这个漂亮又香香的奶奶，奶声奶气地问："希洛，可以请奶奶到我们家做客吗？"

柳蔚子心里可开心了，毕竟孩子喜欢她，那可是表现在脸上的。她也知道，按照规定，今天只有两个小时见孩子。只是这见到是一回事儿，真执行就是另外一回事儿了。

之前还没见到孩子的时候，柳蔚子心心念念，就像飘在半空中一样。

可是见到了，真是一刻都不想跟他分开，她想好好瞧瞧孩子，问他这些年好不好。虽然柳蔚子知道以姜离家的条件，是亏待不了孩子的，可就是什么都想问。

“柳阿姨，如果不嫌弃，就到家里一起用晚餐吧。”姜离邀请道。

柳蔚子立即笑了：“我正求之不得呢，哪儿能嫌弃啊。”

于是姜离便领着柳蔚子下车了，不过这次换成她抱拉斐尔，毕竟这一路上都是柳蔚子抱着的。虽然柳蔚子瞧着年轻，可到底也是快奔六十的人了，长时间抱着这么大的孩子，哪里受得了。

刘文杰要去警局接霍从烨，便站在车旁，看着他们进了公寓的大门。

等到了家，刘雅熙正在客厅里等着，见他们回来，便迎了过来，不过看见跟着姜离回来的中年贵妇，还是愣了一下。

“柳阿姨，这是刘老师，是我哥哥请回来照顾拉斐尔日常生活的。她有专门的儿童心理咨询治疗师执照，也有营养师执照，在整个上东区都十分有名。当初我哥哥请她回来，也是费了一番周折。”姜离顺势给柳蔚子介绍道。

倒也不是她夸张，而是刘雅熙在儿童教育方面，确实专业。

柳蔚子瞧了一眼刘雅熙，微微颔首，不算亲热，但也不冷淡地打招呼：“刘小姐您好。”

刘雅熙知道姜离下午带拉斐尔去见他爸爸，只是没想到，会跟回来一位长辈。看样子，这似乎应该是拉斐尔的奶奶吧。

可这些问题，在她看见拉斐尔额头时都顾不得了，一下子失声问道：“拉斐尔怎么了？”

她忙上前，就要检查拉斐尔额头上的伤。

小家伙倒是个忘性大的，丝毫不记得之前号啕大哭的模样，笑嘻嘻地和她说：“刘老师，你别担心，一点儿都不疼的。”

“这才一下午，怎么就摔成这样了？”刘雅熙半蹲在他面前，脸上全是心疼。

姜离倒是没怎么在意，可柳蔚子的脸色一下就难看了，只觉得刘雅熙这是含沙射影地指责他们出去没有照看好孩子。

“刘老师，拉斐尔在冰场摔了一下，缝了几针而已。现在已经没有大问题了，”姜离想了下，还是叮嘱刘雅熙，“这件事儿就先别告诉我哥哥了，免得他没办法安心休养。”

现在这小家伙就是全家人的命，所以他身上有个磕磕碰碰，那真是顶天的大事儿了。姜离不想让萧世琛住院期间还为拉斐尔担心，都是她没照顾好孩子，所以她心里又歉疚又难过。

刘雅熙支支吾吾地嗯了一声，而姜离已经请柳蔚子到客厅坐下了。

一直到晚餐结束，姜离才接到霍从烨的电话。说实话，她是真没担心霍从烨的事情，毕竟只是打了那人一拳而已，就算霍从烨揍了那人一顿，身后的律师也会帮霍从烨摆平。

姜离听他笑着说了处理结果，不算好也不算坏。毕竟他是中国公民，虽然之前在美国留过学，可是到底许多年不曾在这里，再加上冰场上很多人看见是他打人了。

“会被驱逐出境吗？”姜离最担心的就是这个。

霍从烨倒是一点儿不在意，嗤笑了一声，还逗她：“那不正好，我就没办法和你抢拉斐尔了。”

姜离没想到，一贯深沉内敛的人，居然在这个时候给她玩儿叛逆。她有点儿生气地从椅子上站起来，走了几步，背着所有人，才冲他说道：“那我真是求之不得。”

可她这边埋怨霍从烨没了往常的冷静内敛，自己也说了平日里难以说出的气话。她说完之后，两人都像是憋了一口气，谁都不开口了，可谁也不挂断电话。

最后还是霍从烨先说道：“能请我到你家吃个晚餐吗？”

“还剩点儿东西，你快点儿过来，说不定还能给你留点儿。”姜离冷着声音说道。

可是转身挂了电话，她就让佐拉去重新准备了晚餐。

柳蔚子知道刚才是霍从烨打来的电话，就问她情况，姜离摇了摇头，说道："情况我也不是很清楚。不过他已经从警局出来了，待会儿等他回来了，再让他好好跟您说吧。"

姜离说这话的时候，都没注意，她用的是"回来"两个字。

等他回来了，这句话可真是像妻子描述丈夫的话，柳蔚子笑了笑。

第二天姜离去看萧世琛的时候，一进病房，就感觉到气氛有些不对劲。她刚进去，容彦等一干普森的人，都被撵了出来。

容彦临出去的时候，给她使了个眼色，让她小心点儿。

姜离笑着点了点头，可是走过去的时候，萧世琛一抬头，那眼神真是跟刀子一样往她身上扎。

"哥哥。"她叫了一声，就见他床头还放着药片呢，这肯定是早上他没吃完的药。她赶紧过去试了试杯子的水，不行，都凉透了。于是她端起水杯，轻声说："我给你重新倒杯热水，先把药吃了吧。"

"拉斐尔受伤了。"萧世琛盯着她。

姜离一下放下手中的杯子，有点儿生气："这个刘老师还真是……"

她一向不擅长批评别人，半天也没说出别的话。

倒是萧世琛沉着脸："要是她不说，你打算瞒着我是不是？"

姜离立即表示："拉斐尔受伤真的只是意外而已，是我没看好他。"

"我没说怪你，你这么着急把责任揽在自己身上做什么？"萧世琛不紧不慢地说道。

姜离干脆不说了，反正多说多错。

"你是不是又心软了？"萧世琛瞧着她的模样，便已经大概猜到她的心思了。

姜离别过头，还是不说话。可是她这样子，萧世琛更确定了。

"真的非那个人不可吗？"萧世琛又问她。

姜离突然转过头，看着他，认真说道："哥哥，你是知道当年事情的人了，你告诉我，明明白白地告诉我。"

为什么我会是纪禾？

这次轮到萧世琛转过头，他望向窗外，窗明几净的玻璃外，全是灿烂的阳光。人生如果能像阳光一样纯粹温暖，该多好。可是偏偏最忐忑的就是它了，到处都是转折，明明前一刻还是康庄大道，可是下一秒就能拐进羊肠小道，甚至还会面临突如其来的深渊。

萧世琛痛彻心扉的事情并不多，唯一一件就是姜韵的离开。

他出生在中国，6 岁的时候跟着父母移民英国。可是父亲生意失败之后，带着他母亲还有弟弟离开了，却把他丢在了伦敦。他只能在伦敦的唐人街中餐馆洗盘子养活自己，11 岁的少年，乍然从云端跌落到谷底。

直到他遇到姜韵。

那天姜韵带着姜离到中餐馆吃饭，可偏偏餐厅的师傅不在，就连一盘最简单的扬州炒饭都没人做。最后是萧世琛做的，等炒饭端出去之后，他又开始继续洗盘子。只是没想到，过了好久，老板娘让他出去，说是客人想见见他。

当他看见美艳动人的姜韵时，冷漠的少年第一次从心底升起了一股自卑。他身上都是厨房的油烟味，而他的衣服也是油腻腻的，站在姜韵面前，他第一次垂下了头。

可是姜韵丝毫不在意，笑眯眯地问他，叫什么名字。

萧世琛却一言不发，姜韵又笑了，感慨："这是我来伦敦之后，吃过最好吃的扬州炒饭。谢谢你。"

老板娘心地不错，以为姜韵喊他出来，是想给他小费，便说道："这孩子命不好，爹妈做生意失败了，带着小儿子跑了，只留他一个人混日子。"

萧世琛猛地抬头，眼神里有些愤怒——那些不堪的往事，他不想告诉任何人。

姜韵却笑了笑，而此时坐在她旁边的小女孩，也就是小小的姜离，看着他，突然笑嘻嘻地说："妈妈，这个哥哥长得真好看。"

"希洛不是说喜欢吃炒饭嘛，这是这个哥哥专门为你做的，谢谢哥哥好不好？"姜韵温柔地对姜离说道。

她的声音很柔，像是最柔软的绸缎般抚过人的心头，那时候的萧世琛只觉得这是世上最好听的声音。

"谢谢哥哥。"

这对母女离开时，付了炒饭钱，还给了他五十英镑的小费。

萧世琛拿到这笔小费，下班之后，就去买了两份汉堡，站在小巷里边哭边吃。这是父母离开之后，他第一次能敞开肚皮饱饱地吃一顿。

之后姜韵便经常带着姜离过来，直到有一天，她问他，愿不愿意到她家中帮忙带孩子？

萧世琛毫不犹豫地答应了。

他到了她家才发现，其实她的生活也并不是很宽裕。她在伦敦租了一套小公寓，有两个房间。她有一份还算不错的工作，但是花销也不小，独自抚养着一个 5 岁的女儿。

他到了姜家之后，很快姜韵就安排他去上学。

"男孩子不读书怎么能行，希洛上幼儿园就行。我听说你成绩很不错，得做个榜样给妹妹看才是。"

也是此时，萧世琛才知道姜韵并不是想招童工，而是想帮他。可是为什么要帮他，一直到她去世，这个答案她都未曾告诉他。

姜韵是个美艳的女人，也是他这一生见过最好看的人。她的工作能力不差，再加上长得极美，追求她的人很多。

在他 15 岁的时候，姜韵打算嫁给一个姓斯蒂文斯（姜离英文姓氏的中译）的英国贵族。

他和姜离正式搬进了豪华庄园里，而他更是进入了昂贵的私立学校。

在家里，姜离有的东西，他一定也有，而且还不会比她的差。

他以为岁月就会这么流淌下去，可是那个他打心底珍重的人，却突然没了。

他已经不幸，所以他才会不顾一切地保护他的小女孩，让她的人生幸福美满，可是姜家的女人，骨子里是不是都有一种不成功便成仁的决绝？

他失去的那个是这样。

而他拼尽一切，勉强留下的这个也是这样。

姜离见他只看着窗外不说话，还以为自己说的话惹他不高兴了。

可是没一会儿，他转头看着她，问："希洛，如果我说，这个真相并不是你所期待的，甚至会让你现在的生活毁于一旦，你还想知道吗？"

毁于一旦吗？

"哥哥，我过去做了很过分的事情吗？"她轻声问道。

萧世琛看着她，面色带着怜惜，轻声问道："你怎么会这么想？"

"其实这些天我一直在想，可是思来想去，还是觉得问题出在我身上，毕竟当年是我隐瞒真实身份，而不是霍从烨。"姜离低头温柔一笑，继续说，"纪禾是个什么都没有的人，可是霍从烨却对她极好，所以我没办法不联想到自己。"

有些事情，就像蒙着一层玻璃一样，你已经看见对面模糊的影子，可就是始终看不清楚。

她现在正透过一层玻璃，看向过往，可始终看不透，也看不清。

萧世琛知道是无法劝回她的，如果她的心思能轻易改变，当年也不会险些酿成大错。

"我后日便可以出院，到时候我会告诉你一切。"

"出院？哥哥你才养了多久，怎么能出院呢？"姜离刚听说这件事儿，登时出言反对。

“我在医院都快住了一个月了，身体都养散了，怎么就不能出院了？”萧世琛笑了笑，一脸懒散。

姜离微微皱眉，还是不赞同：“你中了那么多枪，又昏迷这么多天，我不赞同你现在就出院。”

“医生都同意了，你倒是比医生还霸道啊。”萧世琛瞧着她，似笑非笑地道。

姜离就是不愿意，他多霸道啊，肯定是威胁了医生，要不然医生肯定不会让他出院的。所以她苦口婆心地开始劝萧世琛，可是萧世琛摆手，示意姜离不要再说了。

“回去让佐拉把我的卧室收拾好。”萧世琛不由分说地叮嘱她。

姜离还是有点儿不情愿，可是就算再不情愿，听萧世琛的意思也是不能改变的。

等她到了家，佐拉就迎了上来，告诉她，之前罗伯特打电话到家里，请她务必回个电话。姜离这才翻出手机，昨晚忘记充电，手机早就关机了。

她立即给手机充电，等开机之后，就给罗伯特打了个电话。

“姜小姐，今天斯科特联系我了，他告诉我，霍先生准备和我们协商抚养权的事情。”罗伯特神采奕奕，对这个消息似乎很高兴。

姜离没想到会听到这个消息，有些惊讶：“协商？他们的条件是？”

“共同抚养，而且要求你带着拉斐尔生活在中国，这是底线。”罗伯特说完后，之前大概也考虑过了，便又劝说道，“一般来说，共同抚养对孩子最好。你和霍先生两人都有抚养孩子的条件，所以你们双方都没有绝对胜诉的把握。

“如果你对生活在中国这个条件有异议的话，我可以找对方再协商，毕竟现在霍先生是处于弱势的一方，他可是惹了大麻烦。”罗伯特声音得意地说道。

姜离嗓子一紧：“他惹了什么麻烦？”

“姜小姐你还不知道吧，霍先生昨天与人发生冲突，闹到警局。若是重罚，只怕会被驱逐出境，这对我们来说，可是好消息。”

姜离顾不上高兴，立即问他：“那么他被驱逐出境的可能性大吗？”

“应该不大吧，听说对方涉嫌种族歧视，只怕比他还要麻烦。”罗伯特有些失望，霍从烨身边是一帮顶级大律师，怎么可能斗不过对方一个人。

姜离总算松了口气，看来不会有什么大麻烦。

“姜小姐，对方态度既然缓和下来，我觉得你也可以考虑和解。毕竟共同抚养是最好的选择。”罗伯特又劝她。

姜离表示她会考虑。

等挂断了电话，她坐在沙发上，就听见楼上乒乒乓乓的声音。拉斐尔因为额头上有伤，所以这几天的一切活动都取消了，只能待在家里，只是不知道小家伙究竟在忙什么，居然弄出这么大的声音。

没一会儿，声音停止了，她低头看着手机，想了又想，最后还是拨了电话。

那头接得倒是很快，就听一个低沉清冷的声音，透过电波传到她的耳中：“希洛。”

他叫她的名字，还是像从前那么好听。

“你决定协商了？”姜离问他。

霍从烨嗯了一声，算是回答了。

可是她心底还是不高兴，又问他：“那你不自己打电话跟我说？”

为什么还是通过律师？

“我明天就要回国了，所以抚养权的事情，只能委托律师来办了。”霍从烨低声说道。

姜离的心脏像是被一只无形的手狠狠地抓了一把，竟是有点儿透不过气来。

“明天就要走吗？”姜离有些失神。

霍从烨又嗯了一声，不过这次低声问道："我走之前，能再来看看你和拉斐尔吗？"

姜离有种莫名的伤心，仿佛自此一别，就是不再相见的感觉。

"我在家等你。"

霍从烨到的时候，拉斐尔正在客厅里玩儿玩具，见他从电梯里走进来，立即跳起来，小跑着过来。

"拉斐尔，"霍从烨伸手把拉斐尔抱了起来，而给他带来的礼物则放在了地上，"伤口还疼吗？"

"换药的时候，有一点点疼。"小家伙伸出手指，大概测量了一下疼痛。

霍从烨单手抱着他，又微微屈膝，去拿地上的盒子，最后递给他："你喜欢这个吗？"

"钢铁侠！"拉斐尔凑近看了看，高兴地拍了好几下盒子，开心地道，"喜欢，我最喜欢的就是钢铁侠了。"

霍从烨早就打听过他的喜好了，所以自然是投其所好。

姜离这会儿才从厨房里走出来。

她只能勉强做点儿早餐，对于中国菜实在是不在行。不过好在煎牛排她倒是在行，所以她刚才在厨房，就是准备今天的午餐。

她穿着一身家居服，纯白色长毛毛衣，领口极大，她的脖颈修长又好看，露出纤细精致的锁骨。而那条黑色长裤穿在她腿上，显得她一双腿又修长又笔直，整个人亭亭玉立地站在那里，比玉石雕刻的还要好看。

"来了。"她没走过去，相反是霍从烨抱着拉斐尔走过来。

他走到她面前，在她额头上吻了一下。

拉斐尔一下就看直了，姜离原先还没什么别的想法，可瞧见小家伙这么直愣愣地看着她，倒是生出了几分羞涩。

结果下一秒钟，小家伙居然身子往前倾，也在姜离脸上亲了一口，还笑嘻嘻地说："这是礼仪吻。"

姜离被他亲得还没反应过来，人家居然开始甩锅了。她有些哭笑不得，伸手捏了捏他的脸颊，恨恨地问："都是跟谁学的？不学好。"

"肯定不是跟我，"霍从烨低头看了看怀里的小东西，拒绝背黑锅，直接说，"大概是和某个不在这里的人学的吧。"

姜离："……"

小心眼也至于这样的吧，趁着哥哥不在这里，就拼命抹黑他。

不过姜离反而轻松了，毕竟霍从烨能接受协商，应该就是代表他的心结已经慢慢解开了吧。

"好了，把他放下来，咱们去吃饭吧。"姜离立即招呼他。

这顿饭是他们和拉斐尔第二次一起吃饭，等坐下的时候，姜离突然心头一酸，也不知道下次在一起吃饭，拉斐尔是不是应该叫她妈妈了。不过霍从烨也没提让拉斐尔叫他爸爸的要求，这让姜离一直很感激他这么有耐心，她一直希望找个适当的机会，告诉拉斐尔真相。

她特地开了一瓶红酒："希望你明天旅途顺利。"

"谢谢。"霍从烨说道。

两人都没说下次见面的事情，或许双方都有默契吧。

吃完饭，霍从烨准备离开，姜离突然忍不住对拉斐尔说："拉斐尔，霍叔叔明天要回中国了，你和他好好说再见。"

谁知她刚说完，霍从烨已经一把将拉斐尔抱起来，走到电梯门口，两人小声地咬耳朵，还嘻嘻笑笑的。终于电梯叮的一声，霍从烨将他放下，走进电梯，看着她，微微颔首："再见。"

"再见。"

霍从烨离开，姜离没去送他。他也没要求，只是在机场的时候，柳蔚子一直在看手机里的照片。那是她在冰场里拍的，拉斐尔冲着镜头笑着比V。

“你说下次看见他，得什么时候？”柳蔚子难过地说道。

他真是没用，儿媳妇、孙子，一个都没带回来，柳蔚子心里怨儿子没把姜离哄回来。

柳蔚子有些哀怨地看着他，表情像是在说：我生你有什么用，还不如生个南瓜呢。

饶是霍从烨定力十足，最后还是有些无奈地揽着她的肩膀，轻声说：“我保证，儿媳妇、孙子，一个都不少。”

“你保证有什么用啊，现在还不就是我们两个。”柳蔚子推了他一把，一脸不高兴。

霍从烨倒是浅浅一笑，说道：“之前你不是说最喜欢我？”

“那不一样，我现在都有大宝孙了，当然最喜欢他。”柳蔚子毫不犹豫地倒戈拉斐尔。

霍从烨清冷的眉眼，染上一层浅笑。

姜离去医院把萧世琛接回家了，结果到了家，才想起来保险柜还没修好的事情。之前她强行弄密码，结果险些烧掉保险柜。于是她趁着萧世琛去书房之前，赶紧自首。

萧世琛一听，一瘸一拐地去了书房。

姜离知道他的书房不准别人进，也不敢再在风口浪尖惹事儿。只是一直到午餐时间，都不见萧世琛的身影，她只得上去找。

到了书房门口，才发现房门并未关严，她轻轻一推房门就开了，而萧世琛并没有坐在书桌后。她往里面走了几步，还以为他在旁边的房间，可是找了一圈，偌大的书房都没有人。她要出去的时候，不小心打翻了桌子上放着的文件，赶紧捡起来放回去。可是刚放好，她就瞥见摆在正中央的一份文件。

她一眼就瞥见了“霍从烨”三个字……

等她拿起了文件，刚看了几行，就觉得呼吸都不顺畅了。而她越往下看，脸色越发惨白。

原来竟然是这样……

“希洛。”穿着黑色衬衫、黑色长裤的萧世琛，推开房门就看见她正拿着文件看。

他的表情并没有惊慌，他也准备好了，告诉她真相。

那么真相是什么呢?

真相就是，一切都是骗局，当初的相遇是骗局，是姜离精心策划的。纪禾这个身份也是假的，是她故意打造的。

姜离回头看着他，满脸似乎都在问：这都是真的吗?

“你手里的那份文件，就是当年你召集了一个团队制订的。你为了接近霍从烨，搜集了关于他的一切资料，并且还有好几个心理医生，帮你制订了好几个方案，让你可以最快、最迅速地得到这个男人。”

“其实从你们再相遇的结果来看，希洛你之前做那么多，反倒是多此一举。就算你不是一个一无所有的小孤女，他也还是会被你吸引、爱上你。”

她召集了一整个团队，甚至还有心理医生帮姜离评估这个男人理想中的爱人模样，以他最喜欢的形象出现。

他是个强势的人，可内心又有着不为人知的柔软，所以她就把自己变成一个一无所有却又奋发向上的、坚强的少女。

不得不说，剧情虽然有点儿老套。可一朵美丽又脆弱的娇花，偏偏有着杂草一样的生存精神，确实很惹人注目。

他也真的爱上她了。

可他不知道的是，她做这一切只是为了拿回姜家的东西。

“希洛，你妈妈是生病去世的。她离开这个人世时并没有什么遗憾。你不需要替她做任何事情，姜家的那些东西没了就没了。她不希望你被这一切牵绊。”

“我怎么会这么坏？”姜离突然轻声说道。

萧世琛震惊地看着她。

姜离的脸上露出一点儿惨白的笑容，声音比刚刚的声音大了一点儿，她说：“你说，我怎么那么坏？”

她怎么可以这么对霍从烨，把他当成一个东西在研究，费尽心机。

她怎么能这么坏呢？

这个世界上，有这么处心积虑的人吗？

有，她就是。

姜离慢慢转身，一步一步地往外走。萧世琛站在门口，看着她慢慢地向自己走过来。可是她的每一步又慢又重，似乎脚底有千斤。

“希洛。”萧世琛看着她，她的脸色惨白得可怕。

可姜离还没走到他面前，便一下子昏了过去。萧世琛慌忙上前，赶在她摔在地上之前，抱住了姜离。

这大概是一个很长很长的梦吧，几乎耗尽了她一生的心血。

母亲病逝，公司面临破产，然后她看到母亲的遗书。遗书不是母亲留给她的，是留给萧世琛的。是的，她妈妈在这世间留下的最后一封信，是给萧世琛的，而不是给她的。

她只记得那封信很厚很厚，里面有好多页纸，好像一辈子也看不完似的。

可是在那封信里，姜韵却把她这一生洋洋洒洒地写在纸上。那些姜离不曾知道的、想要知道的事情，姜韵告诉了萧世琛，而且只告诉了萧世琛。

姜离小时候并不明白，可是越长大就越疑惑。因为她在这世上，好像除了妈妈、哥哥、继父就再也没有别人了。她甚至从未见过自己的生父，也没见过妈妈的亲人。她和妈妈就像是漂洋过海而来的浮萍。

没有亲人、没有过往，姜韵是一张被刻意抹白的纸，而姜离则是一张真的白纸。

“妈妈、妈妈。”姜离在床上低声呢喃，一声比一声急促，可眼睛紧紧地闭着就是睁不开。

萧世琛坐在床边，握着她的手，听着她叫着妈妈。他低头看着她额头上细密的汗珠，真相总是太伤人，可是为什么每个人都要知道真相呢。

她就一直这么蹙着秀气的眉，原本红润的唇也起了一层薄薄的白皮，整个人看起来一下子就颓败了。那么美、那么好看的一张小脸，一下子变得死气沉沉，像是一朵盛极而败的花。

就像五年前，他从船上将她救下来，看着她的手脚被紧紧地捆着。整个人像是刚从水里被捞出来似的，脸上、后背上全是汗珠。她的眼睛却睁着，一团光始终没散，直到她看见他。她咬着牙，一字一顿地说：“哥哥，救救我的孩子。”

她差点儿就没了，被抢救了整整四十个小时。其间有四次，护士出来告诉他，孩子快不行了，让他签字。

可他就是没有签字。虽然她说了让他救孩子，但萧世琛相信姜离也不会轻易放弃。所以他一次又一次地拒绝签字，而手术室里面的她一次又一次地努力。

最后她挺过来了，拉斐尔也挺过来了。

门被轻轻地推开，屋子里床头有一盏浅浅的光源，门口小小的人儿探头朝里面看。

萧世琛看过去，目光就撞上拉斐尔好奇的眼神。他神色温和地冲拉斐尔招手。小家伙一高兴就颠颠地跑了过来，好在姜离的房中铺了地毯，即便跑，周围还是静悄悄的。

他把拉斐尔抱在怀中，两人又同时看向病床上的姜离。

“希洛怎么了？”拉斐尔轻轻地问道。

“她累了而已。”萧世琛说道，声音带着说不尽的温柔。

这一世，他将所有的柔情都给了姜家的女人。就连萧世琛怀中的这个小家伙，也没分得多少他的柔情。

拉斐尔哦了一声，可是又觉得有点儿疑惑："她不饿吗？"

他今天一整天也没见到希洛，她就这么睡觉。她一点儿不饿吗？

"她睡醒了，自然就饿了。"

萧世琛就算和拉斐尔说话，也从来是平等认真，从不把拉斐尔当小孩子，哄他这件事情交给别人就好。他需要把拉斐尔养成一个堂堂正正的男人，这样等以后孩子的父母找过来的时候，也算是多少赎了一点儿藏着别人孩子的罪过。

拉斐尔又嗯了一下，于是"父子"二人就这么安静地看着姜离。

姜离醒过来的时候是夜半时分，周围伸手不见五指。她睁开眼睛，却觉得这黑夜比任何时候都让她安心。

她蜷缩在床上，整个人仿佛是卷成一团的虾米，眼泪顺着眼角流了下来。她死死地咬着唇，不想哭出声，可心底的痛楚一点点蔓延开来，席卷了她的全身。

霍从烨站在摩纳哥临海山顶上的身影，在她的眼前一遍又一遍地回放。她每想他一次就觉得有一把刀扎进她的心脏，血流成河。

她一直说自己爱霍从烨，可她的爱却比这世上最剧烈的毒药还要致命。

不管是谁，都比她有资格爱霍从烨。

姜离慢慢地从床上起来，推开玻璃门走到外面的阳台上。冷风萧瑟，呼啸而过，吹起她衣袍的一角。高楼之上，她抬头便看到了星空，星辰闪烁，仿佛伸手就能碰到。

姜韵是癌症末期，只剩下半年的时间。

姜离一直不知道这件事儿。妈妈一直表现得那么寻常，带她参加时装周，参加姜离高中的毕业典礼，陪姜离一起去参观剑桥，参观姜离未来的大学。

所以当姜韵去世时，姜离险些疯掉。

寒风吹得她的身子冰冷，可她的头脑却越来越清醒，甚至清醒到可怕的地步。她做了不可饶恕的事情，不管曾经的理由是什么。

那些她记得的、她愉快的、她痛苦的、她期待的，还有莫名消失的事儿。

她赤着脚踩着栏杆，可是双脚刚站上去，就被人拦腰拖了下来。她还没回过神，就听黑暗中响起一声清脆的耳光。她被一巴掌打得往后退了好几步，险些又摔倒在地上。

哥哥还真厉害，天这么黑也能分毫不差地打中她。

“你不想活了？你还记得在医院里和我说过什么吗，不管怎么样也不会后悔。这就是你不会后悔的表现？”萧世琛喘着粗气看着她，高大的身影又往前一步。

月光洒进房中，他高大的身影几乎将她全部遮挡。这就像这么多年来，他一直在她的面前遮风挡雨一样。

姜离啜泣的声音低极了，像风一吹就能散开。可是她还是呜呜咽咽地开口：“不是，我不是想做傻事，只是想静一静，站得高点儿吹吹风。我的头好痛，特别痛。”

头痛得她快要死掉了。

萧世琛慢慢平静下来，又想起自己刚才用全力打她的那一巴掌。这是这么多年来，他头一次对她动手。之前，就算她做了再混账的事情，他也舍不得动手。

不过那时候，她是在伤害别人，萧世琛不在乎别人。但是现在，她伤害自己，萧世琛差点儿失控。

“小离，过去的事情已经过去了。谁都有迷茫的事情，你只是走错了一步。如果你一味地沉溺在过去里，这只会让你更加痛苦。这人世已经让人很辛苦了，你又何必再自苦呢？”萧世琛伸出手，轻轻地压在她的肩膀上，似乎想让她想明白这个道理。

姜离沉默，阳台门没关，寒风吹得它哐当哐当地响。

“你想想拉斐尔。”萧世琛终于使出撒手锏。

姜离突然捂住脸，问他：“哥哥，你说妈妈为我考虑过吗？”

她呜咽的声音忧伤又痛苦，这或许就是她一直无法释怀的事情吧。有些痛苦她不去想，这并不代表它不存在。直到现在，这个伤口依旧是血淋淋的。所以这也是让她做错事儿的原因吧。

“你已经想起来了？”萧世琛说道，声音有些颤抖。

她也不算全部想起来了，只是有模糊的印象。那扇隔开她与真相的窗户被擦亮了一点儿，让她能窥见一点儿过去的影子。

“她想过，也犹豫过，只是太痛苦了，疼得钻心。妈妈那么美的一个人，又怎么能忍受化疗带来的后果。”

况且所有人都告诉她，她的生命只剩下半年，就算她接受化疗也只是拖延时间。

姜离又哭了，几乎哭得不能自已，半晌才断断续续地说：“你……你知道。你、你……知道。她只和你说实话，就连遗言，也只交代给你。”

她一边说一边哭，像是要断气了。

可萧世琛不能再对姜离说过分的话，和五年前一样，以为她早就忘记了遗书的事情，可没想到姜离会想用那种方式拿回姜家的东西。

“她不告诉你，是因为不想你被这一切所累。她想让你活得简单、快乐。你还记得她对你最大的期望是什么吗？”萧世琛提到姜韵的时候，即便在黑夜中，眼中也迅速聚集起光亮，那光亮灼灼逼人，“她希望你能一直留在剑桥，希望你在那里读本科、硕士、博士，然后留在那里生活。”

可是连萧世琛也没想到，姜离居然趁着去瑞典交换学习的机会，干出了惊世骇俗的事情。

姜韵出生在江南水乡。

姜家在清末的时候，祖上还出过状元，后来便逐渐兴盛起来。姜韵的父亲是画家，曾经因为他的几幅画被海外的收藏家以高价购得，被打上和资本主义勾结的标签。

后来环境渐好，姜家又重新成为书香门第。

只是姜韵的母亲不甘于人后，利用姜韵父亲的关系，来往内地与香港，很快就积累了一部分财富。而改革开放后，姜韵的母亲更是一下子累积起巨大的财富。

姜母成立房地产公司，公司发展迅速，甚至很快就累积了数亿的财产，这在当时是不可想象的财富。但是随着姜母公司越来越壮大，却出现了另外一种声音——她的财富并不仅仅是做生意得来的，最起码姜母的原始资金就没人能说清。于是那时候，便有了传言，说姜家的祖上积攒的一笔巨大财富，就藏在香港的一家银行里。之前因为国家政策，姜家人迟迟无法拿回这笔财富，但是改革开放后，内地和香港的来往日益密切，姜家便去香港拿回了一部分财富，并且以此为原始的资本，迅速发家致富。

姜韵当时刚考上大学，对这个所谓的传闻感到十分不屑而且嗤之以鼻。

姜家在清末民初的时候，确实开始起家，可是姜韵的曾祖和爷爷是做学问的人，家族中怎么又会有巨额财富呢？

可是这个传闻却随着姜母的生意越做越大，而变得越来越神秘，最后甚至有人信誓旦旦地说姜家在香港银行里的财富价值数十亿美元。

在九十年代，上亿美元对普通人来说是一笔天文数字。数十亿美元更是人们不敢想象的财富。

但慢慢地，姜韵发现家中亲戚的眼光变了。姑姑和叔叔几乎每天上门，有时候是在爸爸的书房里说话，有时候干脆在客厅里大吵大闹，他们埋怨爸爸居然瞒着他们藏了这么一大笔钱。

姜父一直说从来没有这笔钱，那是外面的人瞎传的。可他越这么说，姑姑和叔叔越不相信，财帛动人心，几乎能让人疯狂。

只是姜韵没想到，这真的给她带来了一生都无法愈合的绝望。

换身份对别人来说或许很难，可是钱到位，你想变成什么样的人都可以。

姜离从瑞典离开后，在土耳其弄到了护照到了越南，最后通过越南的国境线进入中国。所以在她本人的出入境记录中，她从未到过中国，封庭当初查到的资料自然也是这样的。

她前往广西后，便拿到了纪禾的身份。

真正的纪禾和她还有血缘关系。纪禾的外祖母是姜离祖母的亲妹妹，只是两家关系比较疏远，几十年没有联系。纪禾无父无母，没有家人，甚至没有朋友。

所以姜离用了她的身份，并且安排纪禾离开中国。

她这么做，是因为香港苏富比拍卖行决定在 2010 年 9 月拍卖一批古董，其中包括瓷器 7 件，书画 12 幅，而那批东西就是传说中姜家财富的一部分。

姜父一辈子没承认过这批东西，即便兄弟姐妹皆与他反目成仇，也未曾承认过这些东西是姜家的财富。

在民国时期国家动荡，很多珍贵的文物和古籍被藏了起来。而姜家的这批东西，就是当年被偷偷地藏起来的，并在香港以姜家的名义存在银行中。当初的人只盼着日后姜氏的后人能重回香港，取出这批东西，将之归于国家。

姜父一生坎坷，遭受了不少磨难，所以后来境遇变好之后，他的内心里也有怨怼。对于姜家代为保管的这些东西，他一直不闻不问，既不取，也不想用。

直到后来，姜母的生意失败。他两次走投无路时被姜母救下。若不是姜母陪在他身边，姜父只怕早就挨不住了。

看在几十年的夫妻情分儿上，就算与兄妹反目，姜父都没拿出的东西，最后还是拿了出来。

姜母做生意一向决绝，要不然也不会在那么短的时间内，积累那么庞大的财富。可是越是高楼，倒塌后留下的危害就越巨大。风光时她还不觉得，可是真到了危机之时，便是敌人多，朋友少。

落井下石者有，雪中送炭者却无。

姜父不忍妻子多年的心血毁于一旦，便将姜家保存多年的东西，最后抵押给了一个香港的富商。

三千万的价格，几乎被压到最低。

可姜母最后还是因侵吞公款，被迫入狱。三千万并没有挽救她，也没能挽回公司。姜家的亲戚知道姜父所做的事情后，日日上门，让他将这笔钱拿出来。从前还有强势的妻子挡在他的前面，而如今妻子不在，姜父一人日日忍受着兄妹的逼迫，又因愧疚于先父的嘱托，最后郁郁而终。

姜韵的青春也就结束了。

父亲去世，母亲入狱生死未知，而她最后一次去看母亲后便彻底消失了。

然后就再没有人见过姜韵。

关于母亲的过去，姜离也是在她最后的遗书中得知的。而姜韵的这封遗书没有留给唯一的女儿，而是留给了萧世琛。那一刻姜离前所未有地嫉妒萧世琛，并且非常难过，所以想完成姜韵的心愿，将姜家的东西拿回来。

姜离不管用什么办法都要拿回姜家的东西。

萧世琛低头看着她，低沉的声音中带着无法掩饰的难过："如果我们当时能过得更好一点儿，或许你就不用这么做。"

如果他当时能更努力一点儿，她也不用剑走偏锋。

谁都知道这些东西一旦被拍卖，其价值将无法估计，一张画就会被拍卖到几百万甚至几千万，那么那些更昂贵精致的瓷器呢？

当时的萧世琛和姜离都没能力要回这批东西，普森投资的业务虽然在他的努力下，业绩稳定上升，可是他想拿钱买回这批东西，根本就是痴心妄想。至于姜离，虽然姜韵给她留了遗产，可终究杯水车薪。

姜离和萧世琛也是在姜韵离开后，才知道公司的情况差到了这种程度。

现在他们再回过头想想那个时候，拼命和挣扎大概就是他们活着的态度了。如果萧世琛完全不管普森的死活，以他的能力完全可以在华尔街谋得一份体面的工作。至于姜离，不过就是回到了 5 岁时候的生活。

可是萧世琛如果那么做了，就不是萧世琛了。而如果姜离没那么做，也就不是姜离了。

“原因不在你，这么多年来，你为我所做的一切我全知道。公司明明是你在经营，可什么也没做的我却是大股东。我一直在拖累哥哥。”姜离面色惨白地笑了下，几乎是在一夜间，整个人变得憔悴无比。

她的声音细细的，带着轻微的哭腔，在这深夜中，几乎钻进了萧世琛的心中。

萧世琛把她揽在怀中，温柔地将下巴抵在她的头顶上，和曾经无数个他们相依为命的时刻一样，柔声地说道：“傻瓜，我是哥哥呀。在这世上我最在乎的人就是你了，你没有拖累我，我做这些理所应当。”

他确实心甘情愿，11 岁开始，就心甘情愿地把姜韵和姜离当这世上唯有的亲人了。而姜韵离开后，姜离就是他的全部，他在心里牵挂她的喜怒哀乐。

没人能想到风流倜傥、换女人和换衣服一样的萧先生，居然会死心塌地地对待一个女人。那种死心塌地大概就是，姜离要挖了他的心，他也会心甘情愿地自己脱了衣裳，以免她还要觉得费劲儿。

姜离哭得不能自已，却不知道该怎么办。她只要一想到自己和霍从烨就会心痛，因为她做了坏事儿，是理亏的那个人，甚至不能从容地面对他了。而现在，她居然还有脸和他抢拉斐尔。

可是她怎么办，她舍不得自己的孩子呀。她不明白为什么一切会这么凌乱，明明可以生活得更好。或许，她就是觉得不甘心吧。

姜离觉得不甘心，母亲将遗书给了哥哥，所以迫不及待地想要完成母亲的遗愿。姜离不止一次想过，母亲去世的时候想过她吗？

可是不管姜离痛苦也好，伤心难过也好，死去的人是不会感受到的，被留下的人才是最痛苦的。

姜离哭得不能自已，甚至不知道自己是什么时候睡过去的。

醒过来的时候，她微微睁开眼睛，就听到旁边有咯咯的笑声。她的眼睛有些干涩和疼痛，姜离睁眼的时候有点儿困难。她先是用手背在眼皮上压了压，过了一会儿才缓缓地睁开眼睛。

旁边的小家伙已经在床上翻滚了好几圈，终于等到她醒过来了。他有些惊喜地问道："为什么我会在这里？"

睡醒后居然是在最喜欢的女士旁边，拉斐尔的心里可不是一点点高兴哦。不过小孩子居然也有点儿口是心非，还开口问她。

姜离自然猜到他是被萧世琛抱过来的，满腔的母爱在阳光明媚的早上，简直像热气球那样膨胀，一直充溢着，直到……

她闻到被窝里一股怪味，还以为自己闻错了，居然还自作孽地掀开被子，接着一股熏天的臭气传来。她噌的一下坐起来，看着床上躺在床上无辜的小家伙："拉斐尔。"

小东西大概也知道自己的屁实在太臭了，不好意思地咯咯大笑起来。姜离见他不仅不觉得歉疚居然还笑，更是恼火，伸手就去挠他的小肚子。两个人，一大一小，在床上闹腾得险些将房顶翻过去。

萧世琛过来的时候，抱着手臂靠在门边，冷冷地教训他们："我给你们两个五分钟的时间，你们立即起床、吃早饭。"

萧世琛的话，姜离不敢不听，萧世琛可以宠姜离宠得给她摘星星摘月亮，可是在教育她的这个问题上，又比谁都要严格。至于拉斐尔，就更害怕萧世琛了。

姜离噌地跳下床，就奔着洗手间去了，而完全忘记床上还有一个小家伙呢。

她刚溜到洗手间的门口，又狠狠地拍了下脑门，转身奔到床边，拦腰抱着拉斐尔，又往洗手间走去。她的洗手间里摆着两支电动牙刷，一支是拉斐尔的电动牙刷。

拉斐尔看见了，还奇怪地问："我的牙刷怎么会在这里？"

"你赶紧刷牙吧，要不然待会儿我们得被教训了。"姜离以最快的速度，把牙膏挤在牙刷上，又给拉斐尔挤了牙膏，最后让他站在洗手间的小凳子上。

两个人对着洗手台上的镜子，连刷牙的动作也出奇地一致。

其实姜离一直委屈得不得了，毕竟拉斐尔论长相简直就是复刻版的霍从烨。她这么努力生下来的孩子，居然没有一处像她的地方。可是现在她瞧着他刷牙的模样，倒是有点儿欣慰。最起码在微小之处，拉斐尔还是有像她的地方嘛。

刷完牙之后，姜离刚把人抱出洗手间，孩子就被萧世琛接了过去："我去帮他穿衣服。你自己穿好衣服，就下来吃早餐。"

姜离赶紧点头。拉斐尔依依不舍地看着她，姜离不好意思地冲着他笑了笑。

没办法，现在房主回来了，他们母子还是小心做人比较好。

不过等她到楼下吃饭的时候，拉斐尔和萧世琛已经坐好了。只是她没想到的是，这两人居然穿着亲子装。同样浅蓝色的衬衫，套着一件藏蓝色的 V 领毛衣，而袖口有黑色的丝线绣着繁复的花体字母，这是他们各自的英文名字："Hyman & Raphael"。

拉斐尔看起来可乖巧了，面前的餐盘是萧世琛为他特别定制的，连刀叉、勺子也是迷你版的。

“早上好。”姜离在路过他的椅子时，在他的脸颊上亲了一下。

拉斐尔冲着她点点头一笑，也在她的脸上亲了一口。

难得一家人凑齐吃早餐，就连佐拉也拿出了压箱底的拿手早点。松饼被烤得松软脆香，抹上新鲜的蓝莓果酱，简直让人唇齿留香。

不知是因为餐桌上多了一个人，还是佐拉真的将饭做得特别好吃，姜离今天吃的早餐足足是寻常的两倍。当她要吃第三块松饼的时候，就连萧世琛也朝她看了一眼。

怎么，他没见过美女吃这么多呀？

“今天你有什么计划吗？”萧世琛问他们。

姜离眨了眨眼睛，他和拉斐尔在养伤，还能有什么计划？

“今天是元宵节。”萧世琛低沉地说道。

经他提醒后，姜离才想明白，原来今天是元宵节。因为他中枪，连春节姜离也没过。过年的那天，还是刘雅熙提醒她该给拉斐尔包一个新年红包。

元宵节，是大家可以吃元宵、看花灯的节日。她小时候，每年姜韵会带她去唐人街。那里可真是热闹极了，全是人，人们摩肩接踵，每个人的脸上都是笑容，那是种发自内心欢喜的笑容。

“你的身体可以吗？”姜离还是有点儿担心，毕竟他昨天才出院。

“今天你就可以见识到，什么叫顽强的生命力。”

萧世琛难得说了个冷笑话，可姜离脸上的表情动都没动，显然她一点儿都不觉得好笑。

萧世琛见她苦大仇深的模样，立即笑道：“你别担心，我们今天带足保镖。我有他们护着，不会有人挤到我的。”

姜离这才点头，勉强算是同意。

因为晚上时唐人街才会热闹起来，所以他们也不用太早出门。姜离看了看时间，纽约和中国有十二个小时的时差，现在这里是早上 8 点，那么中国正好是晚上 8 点。

元宵节，也是阖家团圆的日子。

姜离低声问萧世琛：“哥哥，我能让拉斐尔给中国那边的人打个电话吗？”

虽然她没说那边的人是谁，可萧世琛明白。他点了点头，表情不甚在意，只说：“你是他的妈妈，你说了算。”

姜离感激地看了他一眼，上楼去拿手机。

她下楼，就看见拉斐尔正在客厅里玩儿乐高。这几天他有点儿玩儿疯了，不过仗着姜离宠他，谁也不敢说什么。姜离把他叫过来，将他抱在怀里后，似乎才有信心拨通国内的电话。

忙音大概只响了两声，电话就已经被接了起来。霍从烨的声音随着电波漂洋过海而来，带着一点儿沙沙的感觉，他一开口，姜离的眼睛就湿了。

“喂。”他开口说了一个简单的单音节。

姜离清了清嗓子，轻声说道：“是我。”

“嗯，我知道。”那边的背景音有点儿吵，他似乎找了个安静的地方。只是背景音从人声换成了风声。

她搂紧怀中的拉斐尔，似乎这就是她的力量之源：“今天是元宵节，我想让拉斐尔给你拜个年。”

浅浅的笑声，像是清风拂过水面，一圈又一圈的水波纹渐渐扩大。她似乎能看见他嘴角扩大的弧度和他有点儿志得意满的模样。

“拜年的时间早就过去了。”他清冷的声音，携着一点儿温暖，居然隔着太平洋都能暖到她心里。

“拉斐尔呢，你让他和我说说话。”片刻后，他又说道。

姜离这才把电话递给早就眼巴巴等着的拉斐尔。其实小家伙聪明得很，知道这个霍叔叔是希洛的男朋友，要不然她怎么老是带着自己去见他呢，况且那个霍叔叔很会滑冰，而且听说霍叔叔滑雪也很厉害，所以他还挺喜欢霍叔叔的。

“霍叔叔，你好。”拉斐尔拿到电话，脆生生地喊道。

霍从烨的一颗心，他真是说不出自己是什么感觉了。他听到孩子的声音觉得很高兴，可是听到孩子叫他“霍叔叔”，又觉得难过。沉稳如霍先生，也在这一瞬间，心里冰火两重天。

“你想我了吗？”霍从烨问道，声音比刚才还要软。

姜离紧紧地贴着手机，自然听到了，她有点儿嫉妒拉斐尔。

拉斐尔嗯了一声，笑嘻嘻地和他打招呼，没一会儿电话那头传来了柳蔚子的声音。对这个好看的奶奶，拉斐尔可是记忆犹新，特别是柳蔚子还给他买了衣服、送了礼物呢。

于是他甜甜地叫了一声“奶奶”后，电话里没多久又传来另外一个男声，声音十分稳重和低沉。等那人让拉斐尔叫“爷爷”时，拉斐尔有点儿惊讶地看了看姜离，她随即点了点头。

“爷爷。”拉斐尔虽然有点儿不明白这个称呼的意思，还是乖巧地叫了，电话那边的人朗声笑了起来。

没一会儿，电话重新回到霍从烨的手里，他让拉斐尔把电话给姜离。等两人重新听到彼此的呼吸时，他说：“你什么时候回来？”

她回去吗？

她好像确实应该回去吧。

姜离笑了一下，最后淡淡地开口：“寒假还没结束呢。”

“可是我想你了，姜离。”

霍从烨淡淡的一句话，一下子让两边陷入了静默。

等姜离挂断了电话，拉斐尔有些好奇地问：“爷爷是什么意思呀？”

姜离重复了一遍“爷爷”的英文，解释道：“爷爷就是爸爸的爸爸呀。”

“可霍叔叔不是爸爸呀。”拉斐尔靠在她的怀里，抬起头问道。

姜离看着小家伙明亮得能倒映出她表情的眼睛，突然生出一股孤勇，告诉拉斐尔吧，就告诉他真相，拉斐尔总归是要知道真相的。

“其实霍叔叔就是……”

“姜离。”一个声音从楼梯口传来，萧世琛站在楼梯口。他扶着楼梯，冷静地看着她。

他身上穿着藏蓝色的毛衣和拉斐尔的毛衣一模一样，而他扶着楼梯的那只手臂上，袖口上绣着的名字就是“Raphael”。

她第一次在萧世琛的眼中看到了慌张。

## 第十七章

# 就算是奶爸，他也是帅得让人惊叹的奶爸呀

“拉斐尔，过来。”萧世琛没再看姜离，叫了拉斐尔一声，招手让他过去。

拉斐尔一向听他的话，所以萧世琛的话音刚落，已经从姜离的怀中蹿了出来，连忙跑了过去。萧世琛让他上楼去看一会儿书，待会儿再玩儿。小家伙满脸不高兴，可就是不敢反驳。

等他上了楼，萧世琛走了过来。

姜离则是羞愧得根本不敢看他，如果刚才不是萧世琛及时阻止她，只怕她已经将真相说出口了。或者她从知道拉斐尔的存在后，就想告诉拉斐尔真相，想告诉拉斐尔，他的姑姑其实是他的妈妈，而拉斐尔的霍叔叔，则是他的爸爸。

可她找不到责怪的人，所以最后只能责怪自己。

她差点儿又要破坏了这一切。

"对不起。"她捂着脸，双手搭在膝盖上，整个人蜷缩成一团。

萧世琛在她的旁边坐下，伸手把姜离揽在怀里："我不是不让你说，只是你给我点儿时间。"

萧世琛希望姜离给他点儿时间，他的心，还是难过了。

自从把拉斐尔接到身边，将孩子养起来后，萧世琛虽然给了他世上最好的东西，却不敢靠近拉斐尔。他早晚得把孩子还回去，如果没那么喜欢拉斐尔的话，到时候与拉斐尔分别，心里也就不会那么难过了吧？

可是拉斐尔越长大就越喜欢靠近他。爸爸什么时候回来？爸爸去哪儿了？爸爸这次给我带了什么礼物？

萧世琛苦笑了一声，自己啊，这次真的要遭报应了。

"一切都是我不对，我明白的。"姜离听着他的声音，同样不好过。

于是大家自动避开这个话题，所以出门的时候，还是一副和和美美的模样。萧世琛今天不仅里面的毛衣、衬衫和拉斐尔的衣服一样，就连外面穿着的驼色双排扣大衣也和小家伙的一模一样。

一大一小，一个冷漠英俊，一个精致可爱，就连姜离看着他们都觉得羡慕不已。

为什么她要生儿子？如果生的是女儿的话，最起码现在能和女儿穿母女装。

司机开车，副驾驶座上坐着保镖，他们三人坐在后排，而车后面还有一辆车跟着。倒是拉斐尔有点儿兴奋，一听说是去唐人街，当即就念叨糖葫芦和棉花糖，姜离有点儿哭笑不得。

不过她想起小时候，过年去唐人街，好像也是光顾着吃。小笼包、豌豆黄、鸡丝馄饨、烤羊肉串，大江南北的小吃唐人街应有尽有。所以这么一想，连她自己也有了雀跃的感觉。

元宵佳节，唐人街到处是熟悉的黄皮肤、黑眼睛的中国人，连姜离也快忘记这个地方其实是在美国的纽约。

街上还有舞龙和舞狮子，小孩子最喜欢这些了。拉斐尔拉着她就往前跑。可是前面的人太多了，等萧世琛过来，拉斐尔就一脸期待地看着他。姜离一瞧周围不少的孩子骑在爸爸的脖子上，生怕拉斐尔也提这个要求，就要抱着他。

“拉斐尔现在这么重，你怎么抱得动他？”萧世琛按住她的手，让旁边的保镖上前抱起拉斐尔，最后让拉斐尔骑在自己的脖子上。

而当舞狮的人跳到高台上，拉下对联的时候，现场的气氛一下子被燃到顶点。所有人欢笑着，看着身边的家人，想要永远留住这种幸福的感觉。

姜离也是如此。

萧世琛更是如此。

等回家后，拉斐尔在回来的路上睡着了。佐拉抱着他上楼，姜离留在客厅里。

萧世琛面色平静，淡淡地问道：“你打算什么时候回去？”

“那个我不着急。”她说道。

客厅里挂着的古董钟突然响了起来。钟声清亮，回荡在偌大的客厅里，平白无故让人生出空旷寂寥的错觉。萧世琛轻笑了一下，声音不高不低，似乎在笑姜离这话说得有趣。

“哥哥，公司的事情你有什么打算吗？”姜离不懂公司的事情，可是也明白萧世琛这次经历的枪击事件绝对不是对方被辞退这么简单。

萧世琛伸手在口袋里摸了一下，掏出烟盒后，走了几步，拿起之前茶几上的火柴盒。嚓的一声火柴划过，冒出的火光在有些昏暗的客厅里陡然亮起，姜离不自觉地眯了眯眼睛。

他点了一根烟，吸了两口，才开口：“你不用担心，我自有打算。”

“这次有多危险，你知不知道？如果哥哥出事儿的话，让我怎么办呢？”姜离有点儿暴躁地说道。

她不喜欢美国，觉得纽约这座城市也不过尔尔。可是萧世琛的事业在这里，要不然她真想把他揣进包里，将哥哥一起带回中国。

“你把那些能威胁到你的人都送进监狱吧，”姜离上前几步，“你不要再顾及我。斯蒂文斯家族的人，除了爹地，对我来说都是陌生人。”

萧世琛这次是真笑了。

他的小姑娘啊，平时心软得不得了，可是就因为他受伤了，就说出这样的狠话。

他可真稀罕这个小姑娘。

“你带拉斐尔去S市吧。”一点儿红光在他的手指间忽明忽暗，他走到茶几旁把烟头掐灭，将烟丢进烟灰缸里。

姜离立即问道：“那你呢？”

“我当然是处理后事，”他轻笑了下，“处理他们的后事。”

姜离这才明白，他在心中早已经打定主意。可是她此时反而又有点儿放心不下了，想了想，还是问道：“你还会有危险吗？”

“虽然商场确实如战场，不过纽约可是座文明的城市，你不要担心我。你们留在这里，我反而要分心。”萧世琛失笑一声。

萧世琛说完，便让她回去休息。

姜离走到楼梯口的时候，他对她的背影说：“你离开前，我会和拉斐尔谈一次。其实他一直很想见妈妈的。”

已经踏上台阶的姜离一下子顿住，半晌才嗯了一声，鼻音极浓地说：“谢谢你，哥哥。”

因为还有一个星期就要回国了，所以姜离也开始收拾东西。她来的时候，只带着一本护照和一个随身的包。可是这次回去，她却带了整整一个衣柜的东西。

拉斐尔的东西，她也要收拾起来，尤其他平时睡觉时要盖的小毯子、抱着的小玩偶，他们是一定要带走的。

刘雅熙这几天没来，大概萧世琛已经和她谈过，以后不用来了。而佐拉也知道拉斐尔要离开，帮姜离收拾东西的时候，也十分舍不得他们。

倒是拉斐尔还不知道，一个劲儿地吵着要去上柔道课。拉斐尔因为在冰场摔伤了，所以养伤期间，姜离不敢让他出门。

偏偏小家伙吵闹得厉害，最后萧世琛罚他在走廊里面壁。

姜离在旁边看着着急，可就是不敢劝萧世琛，拉斐尔大概站了半个小时，萧世琛才开完会。萧世琛从书房里出来，问了他几句，见拉斐尔居然还不认错，就把拉斐尔扔在一旁，自己进去了。

姜离急得团团转，等萧世琛进去后，走到拉斐尔身边，轻声问他："你为什么不和爸爸道歉呢？"

"我没有错。"一向软萌又嘴甜的小家伙，居然说出这样的话。

姜离："……"

好汉，你的胆子可以呀，敢这么说话。

"可是你一直被罚站啊。"姜离眨了眨眼睛，企图让他发现自己的错误。

可梗着脖子的小家伙，反而看着她说："爸爸就是不喜欢我而已。"

"爸爸怎么会不喜欢你呢？"姜离说道。

她的心被一下子捏住，疼得要爆炸一样。

拉斐尔踢了一下墙脚，语气还是倔强得要命，说："他就是不喜欢……"说到这里，他也红了眼眶，有些委屈地说，"要是我妈妈在的话，他肯定就不会这样了。"

姜离拼命克制心中的难过，几乎咬着牙问他："那你想见妈妈吗？"

他想吗？他当然想了，这世上有谁不喜欢妈妈吗？可是拉斐尔沉默了，因为没有妈妈，所以不能说想，一旦将话说出口，他就再也忍不住了。

他沉默地看着面前的墙壁，小脸绷得紧紧的。

"拉斐尔，如果、如果有一天妈妈回来了，你会原谅她吗？"姜离轻声问道。

拉斐尔慢慢地转头看着她，眨了下眼睛，想了又想，才小心地问：“希洛，你认识我妈妈吗？她为什么不要我呢？”

拉斐尔问完，又转过头盯着墙壁。

姜离痛得几乎呼吸不过来，从来没想过拉斐尔会有这样的想法。或许他们大人太笃定没问题了，以为这么小的孩子什么都不懂，可其实他们比谁都明白。从未见过的母亲，被遗弃的感觉，他一直懂。

“拉斐尔，你能原谅我吗，原谅希洛，原谅妈妈吗？”姜离颤着声音问他，眼眶里的泪水再也忍不住了。

她的孩子，她愿意拿世上所有的东西去换的宝贝，居然觉得自己是个被遗弃的孩子。

拉斐尔再看着她的时候，眼睛里满是疑惑。乌黑明亮的眼眸，没了以往的笑意和天真，而是带着说不出的迷惑。

“拉斐尔，妈妈不是故意的，只是不知道……”

不知道这世上有你，姜离一下子咬住唇，好不容易才收住下面的话。可是她有那么多话，想要和她的宝贝说。

现在她却仿佛失去了表达能力。

其实小孩子很聪明的。就像现在，姜离才说完话，他就怔怔地看着她。又过了一会儿，他的小身子开始颤抖，眼里噙着泪花，他巴巴地看着姜离。他不喜欢妈妈了。虽然别人有妈妈，但他一点儿也不羡慕他们。

拉斐尔有刘老师和佐拉照顾。她们也可以帮拉斐尔洗澡、帮拉斐尔穿衣服、接送拉斐尔，所以他才不需要妈妈呢。

可是……

“哇哇哇……”拉斐尔一下子哭得特别大声，好像要把心里所有的委屈哭出来。

他现在一点儿也不喜欢希洛了。

萧世琛听到哭声走了出来，就看见姜离跪在地上，她的面前是同样在哭的孩子。他怔了一下，心里已经明白怎么回事儿了。

他慢慢走过去，半蹲下来，看着面前的两个人。

其实他也觉得拉斐尔没那么像姜离，可是现在倒是找到他们的相似之处了，他们都是小哭包呀。

他叹了口气，任由这两人哭得天翻地覆。

姜离看着面前的孩子，伸了伸手，想要拉他。可是她的手刚碰到拉斐尔的衣袖，就被他一下子甩开了。姜离虽然泪眼蒙眬，可还是一下子感觉到了拉斐尔对她的抵触。她甚至不敢抬头看他的眼睛，怕那里面是对她满满的厌恶。

怎么办？他还是讨厌她了。

她手足无措起来。她拥有聪明的大脑，现在却想不到一点儿办法。

“希洛是世界上最糟糕的妈妈，居然一直没来看这么好的拉斐尔。可是希洛真的不是故意的。”姜离想解释，可是拉斐尔有什么错呢？错的人是她，她的行为导致了现在所有的结果。

她不能怪霍从烨、不能怪哥哥，要怪只能怪自己。

“拉斐尔，你不是想见妈妈吗？”萧世琛语气柔和地说道，伸手摸了摸小家伙的头发。

拉斐尔才这么小，就受了这么多委屈，好在萧世琛终于可以把拉斐尔还给他的父母了。

萧世琛心里虽然难过，可也高兴。他不是能带好孩子的人。这几年，拉斐尔虽与他生活在一起，可还是身边的保姆和家庭老师照顾得多。如今孩子要是回到希洛身边，肯定会得到更好的照顾。

所以他该放手了。

拉斐尔转头看着他，低低喊了一声：“爸爸。”

“拉斐尔，”萧世琛伸手摸了摸他，有点儿难过地说，“希洛是你的妈妈，也是爸爸的妹妹，之前妈妈生了很严重的病，没办法照顾你，所以就把你托付给了我。现在妈妈病好了，她来接你回家了。”

姜离突然觉得他们很残忍，让这么小的孩子去理解这么复杂的关系。

拉斐尔还是站在原地。萧世琛瞧着他紧抿的嘴唇和小脸上的眼泪、鼻涕，从口袋里掏出帕子，仔细地给他擦了擦脸。他伸手按在拉斐尔的小肩膀上，轻声问道："你之前不是还偷偷地和我说特别喜欢希洛嘛。其实她就是拉斐尔一直想见的妈妈，所以拉斐尔过去抱抱妈妈。"

就算这样，拉斐尔还是没有动。

姜离看着他抗拒的模样，胸口像是被堵着东西，有不能呼吸般的窒息感。可偏偏她不敢哭出声，怕再次吓到拉斐尔。明明那么喜欢她的孩子，现在却这么抗拒她，这是她咎由自取。

萧世琛也觉得头疼，没想到拉斐尔会这么抗拒姜离，可就在他们不想再逼迫孩子的时候，就见拉斐尔慢慢地抬起头。他看着姜离，轻声问道："你真是我妈妈吗？"

她是他一直想念、一直记挂着的妈妈吗？

姜离终于忍不住，将他抱在怀中，哭得不能自已。

"你怎么这么久才回来看我呢？"拉斐尔委屈得不得了，明明不喜欢妈妈的。可是如果她是希洛的话，好像也没那么差劲儿。

"对不起，是妈妈不好，这么久不来看你，对不起。"姜离紧紧地抱着他的小身子，那么暖、那么小的孩子，与她血脉相连的孩子。

当天的晚上，姜离便带着拉斐尔睡觉了，两人一起在洗手间里刷牙。拉斐尔踩在小凳子上，对着镜子，刷得一嘴都是泡沫。姜离还亲自帮他洗澡，小家伙似乎害羞得不得了，明明之前也帮他洗过的。

上了床，他躺在姜离旁边，姜离拿着一本书。她开始给他读睡前故事。可是他也不闭着眼睛，反而睁着一双乌黑的大眼睛，一眨不眨地看着她，似乎是怕一眨眼，姜离就离开了。

姜离的心里酸涩又有点儿高兴，一直到他睡着了，她才稍微动一下。

虽然之前也陪小家伙躺在一张床上过，可这是第一次，她以妈妈的身份陪着他。

大概是因为心里最大的石头落地了，第二天姜离居然睡到 9 点多才醒，而旁边的拉斐尔早已经不见了。她起床，才听佐拉说，先生带他出门了。

一直到下午，萧世琛才带着拉斐尔回来。

原来他还是带小家伙去了一趟柔道班。拉斐尔离开的时候，还亲了一下班里的中国小女孩。

姜离听完，笑得前俯后仰，拉斐尔羞得险些抬不起头。

离开的时间竟在恍惚间一下子就到了。

拉斐尔的情绪也有些不高，他不想离开萧世琛。不过这次他却没有发脾气，因为萧世琛和拉斐尔保证，会和拉斐尔每天打电话。

不过就算这样，去机场的路上，他还是绷着小脸。就连姜离也不敢轻易得罪他了。姜离来的时候，容彦陪她来的，不过走的时候，容彦却要留在纽约。萧世琛怕她一个人没办法照顾拉斐尔，便安排两个保镖陪着她上机。

姜离原本不想这么麻烦，可见萧世琛坚持，也就没有拒绝。

等机场的广播提示飞往 S 市的旅客应该登机时，拉斐尔突然哭了起来。姜离心里难过得想落泪，倒是萧世琛笑了一下。他拍了拍她的肩膀："这边事情处理完了，我就去 S 市找你们。"

姜离点了点头，最后抱着拉斐尔离开。

"我们什么时候回来？"上了飞机，坐下没多久，拉斐尔就偏头问她。

姜离笑了一下，他们还没离开呢，他就想着回来。不过她还是安慰他道："很快，等下个暑假，我们就可以回来了。"

"暑假是什么时候？"拉斐尔又问，此时俨然变身为十万个为什么。

不过这个问题，姜离却回答得很快："七月，中国的暑假在七月。"

从美国到 S 市坐飞机足足要十四个小时，就算他们在头等舱，对小孩子来说，依旧是难熬的旅程。好在拉斐尔一直表现得很乖巧，就算有时候实在无聊，也只是和她说话。

到了S市，姜离竟有种恍如隔世的感觉。

上次离开的时候，她以为世界要塌了。可这次回来，她却带回了自己的全世界。

他们的行李很多，好在两个保镖帮忙推车。他们直接出了机场，听说外面有接机的人。

她抱着好奇的拉斐尔，生怕与他在机场里走散了。等他们到了外面，她就看见停在那里的几辆车和站在车外、正在打电话的男人。

“霍叔叔。”

拉斐尔跟她一样，一眼就认出了霍从烨。

S市的天气还算晴朗，初春虽然依旧寒冷，但比起纽约，已是暖和很多。一碧如洗的天空中，人们连浮云也未瞧见，金黄的阳光洒在这座城市的每个角落里、高楼大厦的玻璃窗上、行驶车辆的前窗上和霍从烨的眼睛里。

霍从烨本就身材高大，此时穿着一件黑色的格子纹及膝大衣，肩膀宽阔挺拔，腰身紧窄，简直比T台上的男模还要引人注目。况且机场上人来人往，不少从门口出来的女孩不断地回头看他。

他缓缓地走过来时，背光而行，身后仿佛被晕染上一层光圈。

“你累吗？”走到姜离面前，霍从烨伸手接过她怀里的孩子，声音轻柔地问道。

她还没说话呢，拉斐尔率真地说：“我们不累，坐飞机可好玩儿了。”

霍从烨瞧着拉斐尔这一口利索的中文，倒是有些惊喜。之前在纽约的时候，他一直说英语，回来后，父亲和爷爷还担心拉斐尔在国外待久了，连中文都不会说了。

“拉斐尔中文说得很好。”他低头看了小家伙一眼。

姜离笑了：“他一直有中文老师，之前没说中文，只是有点儿害羞。”

“上车吧，你们坐了这么久的飞机，也累了。”说完，霍从烨便伸手牵住姜离的手。

姜离低头看着他白皙修长的手掌，嘴角悄悄翘起，露出一点儿笑容。

霍从烨看了一眼周围，好像有路人已经认出他们了，他们甚至拿出手机开始偷拍。

上了车后，拉斐尔一直对外面很感兴趣。小孩子素来精力旺盛，姜离累得连话也不想说，他倒是有问不完的问题似的。

她到了家里，一打开门，原以为家里的灰尘已经积了一层，结果家里干干净净。她转头看着霍从烨，就见他把拉斐尔放下来，就连鞋柜里的小拖鞋也已经准备妥当了。

"谢谢。"肯定是他找人帮忙打扫的，姜离有点儿不好意思地笑了笑。

"我们晚上一起吃饭吧。"霍从烨换好拖鞋，站在玄关处，芝兰玉树般。这人还真是英俊得让人移不开眼睛。

姜离弯弯嘴角，倒是问起另外一个问题："你怎么知道我今天回来？"

"我说是心灵感应，"说完，他自己先笑了下，随后反问道，"你信吗？"

"信。"她想也不想地说道，霍从烨失笑出声。

"我现在去洗个澡，方便的话，你能帮拉斐尔洗个澡吗？"姜离实在太累了，不想自己洗完后，再收拾儿子。

再说了，孩子是他们两个人的，他这个亲爹怎么说也该做点儿事情吧。

拉斐尔立即反驳："不要。"

"由不得你不要，妈妈实在太累了。"姜离在他的小脑袋上弹了一下，随后又弯腰狠狠地亲了拉斐尔两下。

霍从烨在听到"妈妈"这个称呼后，微挑了挑眉头，看来她已经和孩子说了真相。不过他估计，她大概只说了自己的那部分。于是他用一只手抄起拉斐尔："我家就在对面，咱们洗完澡再回来也不迟。"

姜离洗完澡后，吹干了头发，还不见拉斐尔回来。她本来只打算在床头靠一会儿，可谁知竟一下睡着了，醒过来的时候，天已经黑了。

她伸手在床头柜上摸了一会儿，摸到自己的手机，就看见手机上有裴芷的两个未接电话。坐起身后，她便解锁了电话，打了过去。

“你回国了？”裴芷笑呵呵地问她。

姜离笑了，回国的消息谁也没告诉，怎么一个个全知道了。于是她问道：“你怎么知道的？我还想调整时差后，就约你出来呢。”

“你和霍从烨两个人在机场你侬我侬的照片，早就被人拍下来传到网上了，幸亏我手快地保存了几张，要不然这会儿你还看不见这些照片呢。”裴芷坐在沙发上，换了个姿势，一脸坏笑地说道。

姜离伸手按了按额头，怎么休息了一会儿，反而觉得更头晕了？不过对网上的消息，她也颇为无奈，只怪如今的社交媒体太过发达，真是谁都能成为爆料者。

“对了，你是不是还住我们小区里呢？”裴芷这会儿倒想起来重要的问题了。

姜离嗯了一声，就听裴芷惊声尖叫：“那小宝贝现在是不是就在你家里？”

她的声音实在太大了，姜离的耳膜被刺得生疼，姜离又嗯了一声。

裴芷声音里的激动已经难以抑制：“你等我呀！我穿个衣服，现在就过去。”

之前姜离一直在美国，裴芷虽然见过拉斐尔的照片，却没瞧见真人。如今小家伙也跟着姜离回国了，裴芷赶紧从沙发上跳下来，随便在身上套了件羽绒服，连袜子也没穿，穿上雪地靴就一路狂奔过来了。

她按了姜离家的门铃，没一会儿就有人过来开门，可见到门后露出来的脸时，猛然想起，自己好像两天没洗头了。

“霍先生，您也在呀。”她尴尬地挥了挥手，羽绒服的袖口太长了，连手掌也被藏起来了。

霍从烨看见她也没觉得惊讶，淡淡地点了点头，让出身子，请裴芷进来。

裴芷换了拖鞋走到客厅里，就看见正乖乖坐在沙发上的小家伙，小家伙离得有点儿远，没看清他的脸，就觉得灯光下白白嫩嫩的一团。他还真像是小馒头，怎么这么白嫩？

姜离正好从房间里出来，瞧见裴芷站得远远的，便笑着问她："你怎么不过来坐呀？"

"妈妈，你醒了。"拉斐尔玩儿了一个下午，总算等到她睡醒了。

姜离转头问从玄关过来的霍从烨："你下午没带他睡觉吗？"

"我哄了他半天，拉斐尔就是不困。"霍从烨可没承认是自己太不擅长哄孩子。

姜离皱了下眉头："我怕他没调好时差。"

"那你让他今晚跟我睡？"

裴芷在一旁听着他们的对话，一愣一愣的，这什么情况？这两人不是在纽约还打官司争抚养权，怎么现在这么和谐？而且裴芷听他们的对话，就像夫妻在商讨怎么照顾孩子。

男神居家的一面，居然还是那么帅。就算是奶爸，他也是帅得让人惊叹的奶爸呀。

"我饿了，妈妈。"拉斐尔可不管晚上的事情，他现在饿了。

姜离看了霍从烨一眼，似乎是在责备霍从烨，他怎么也不给她的儿子弄点儿吃的？

霍从烨在心底叹了一口气，立即表示："老周刚刚打电话过来，让我们过去吃饭。"

"我们去悦景轩？"姜离问。

霍从烨点了点头，看她的神色，说："你不想去吗？"

"倒也不是，"姜离笑了笑，见裴芷还傻傻地站在旁边，就邀请裴芷，"裴裴，你也和我们一起去吧。"

“我？”裴芷本来只是想见见她的“心上人”，没想到还能蹭饭，当即表示，“那我得回去准备一下。要不你们先去，我待会儿自己开车过去。”

“那也行。”姜离点头，伸手按在拉斐尔的肩膀上，对他说，“拉斐尔，这是妈妈的朋友，裴裴阿姨。你和裴裴阿姨打个招呼。”

“裴裴阿姨，你好，我是拉斐尔。”小家伙本来就很有礼貌，听到姜离的话后，不仅恭恭敬敬地看着裴芷，还给她鞠躬。

裴芷欢喜地就想上手抱他，结果才发现，与拉斐尔头一次见面，居然什么礼物也没准备。

哟，瞧她这脑子，她真是白让人家叫“阿姨”了。

他们到了悦景轩，刚下车，已经等在门口的周如风就过来了。他亲自开了后排的门，拉斐尔正好坐在门旁的座位上，所以就先下车了。

周如风没想到，一下就见了大侄子，低头瞧了一眼，就已经在心里肯定，孩子还真是霍从烨亲生的。

他是和霍从烨一起长大的，跟霍从烨的感情也比其他几人深。小时候，霍家老爷子经常带着霍从烨过来吃饭，每回小轿车停在他们周家那个小饭店门口时，那一条街的大妈和小姑娘都会站在门口瞧。

谁都知道霍家那个漂亮的小少爷又来了。

周如风其实小时候还没这么胖，也算是清秀的孩子。可是霍从烨小时候，真是唇红齿白，容貌比小姑娘还要好看呢，简直就是漫画里走出来的美正太。而且霍从烨每次去周家的小饭馆，穿得不仅干净，而且特别洋气。六七岁的小孩穿着小西装，可真是像模像样的。

所以呀，周如风对小时候的霍从烨，那叫一个印象深刻。况且他还曾经因为给霍从烨起外号，而被狠揍了一顿，反正说起来，全是眼泪。

等他回过神，霍从烨和姜离已经下车了。门口泊车的小弟赶紧接过车钥匙，帮忙停车。

“这就是你儿子呀？”周如风明知故问。

霍从烨伸手拉着拉斐尔，翘了翘嘴角：“这不是明摆着嘛。”

周如风瞧他这得意的模样，一口气险些没顺下去，这有什么可得意的。霍从烨不就、不就比自己早几年生儿子了嘛。他结了婚，生一个篮球队的孩子，看霍从烨还嘚瑟不。

可是不管怎么说，现在的周如风就是个单身狗。偏偏他这个单身狗还不自知，非要请人吃饭，这就是上赶着吃“狗粮”啊。

周如风这会儿再瞧见姜离，心里说不硌硬，那是假的。

他们两个人在纽约争抚养权的官司一被报道，周如风就蒙了。别人不清楚，他这个当哥们的难道还不知道。五年前，在霍从烨身边的女人可叫“纪禾”。不过他也不傻，自然立即就明白了，纪禾和姜离就是同一个人。可是纪禾当年不是已经死了吗？她难道还能死而复生不成？

他想不明白，所以干脆不想了，毕竟自己从小到大的兄弟突然当爹了，这也算是个大喜事儿吧。

进了包间，周如风就开始逗拉斐尔：“你叫什么名字呀？今年几岁了？”

拉斐尔也不怕这个胖叔叔，脆生生地回答：“我叫拉斐尔，今年4岁了。”说完，人家还竖起4根手指头，大概是怕周如风不懂4岁的意思吧。

这可真把周如风逗乐了。明明他长得和霍从烨那么像，可是他爹成天冷着一张脸，这个家伙却笑得甜甜的。

周如风可真是太喜欢这个小家伙了。

“那你得叫我周叔叔，我是你爸爸……”

结果他刚把“爸爸”两个字说出口，突然被旁边的霍从烨打断：“我们先点菜吧，拉斐尔早就饿了。”

周如风转头眯着眼，瞧着面无表情的霍从烨，觉得不对劲儿。

因为拉斐尔饿了，周如风便让人先上了甜点，让小家伙填填肚子。

他借着点菜，把椅子拉到霍从烨旁边，低声问道：“这怎么回事儿啊？”

“嗯？”霍从烨低头，随手翻了两页菜单，才缓缓地抬起眼睑，扫了他一眼。

周如风被他这一眼看得心底发寒，身子抖了一下，可还是不知死活地问道：“你儿子不会到现在还没认你吧？”

毕竟之前霍从烨完全不知道这个儿子。周如风是以调笑的口吻问的霍从烨，霍从烨却剑眉微蹙，脸上忽然露出软弱的表情，吓得周如风的身子猛地挺直，不会吧，他难道要哭？

“你想什么呢？”霍从烨抄起菜单，对着他的头拍了一下，随手摆了下手臂，“你看着点吧，反正你最懂。”

“妈妈，这个好吃，你也吃。”一旁的孝子拉斐尔，正把自己面前的小碗端到姜离面前。

姜离还没体会到养儿的辛苦呢，就先享受到儿子的孝心了，真是比吃什么都甜。她立即低头亲了亲他的小脸蛋，赶紧说：“妈妈不饿，你先吃。”

“妈妈，你吃呀。”

周如风心疼地看着母子俩，一碗甜羹被两人推来推去，心酸不已。

“你们要是觉得甜羹不够吃，我让人再送一碗进来。”

姜离立即说道：“不用了，我晚上不习惯吃甜食。”

周如风瞧了她一眼。细长的脖颈，精致的锁骨，她确实不像吃夜宵的人。

没一会儿，钟原和黎钧过来了。这两人是霍从烨在中学认识的好友。他们当初一起读国际班，后来一起到美国留学，虽然不在一个州，不过平时假期也会坐飞机，一起去度假。

钟原和黎钧没想到，之前还一起打光棍的兄弟突然间连儿子都有了。

连私生活最为丰富多彩的钟原，这次都甘拜下风。

一进门，钟原就先瞧见坐在屋里面的小家伙，当即挥手，用英文冲他打招呼："Hi，guy（你好，小朋友）！"

"你稳重点儿，怎么说小家伙也得叫你钟叔叔呢。"周如风见拉斐尔一脸懵懂的表情，立即开口。

倒是一旁正在脱大衣的黎钧，回头瞧了一眼，点评道："亲儿子。"

周如风立即哈哈大笑，他没敢说的话，可算有人帮他说出来了。

包间里的几个男人认识纪禾，也认识姜离，但之前谁也没把她们两个当成同一个人。毕竟一个女孩是天，另一个女孩是地。可结果在她这儿天地还真融合了。

裴芷到的时候，包间里已经很热闹了。

裴芷提着礼盒，推门进去，屋里面的几个男人朝她看过来。裴芷一瞧他们是生面孔，还以为走错门了呢。好在坐在里面的姜离见她来了，立即起身打招呼："裴裴，进来吧。"

"不好意思，我迟到了。"裴芷点头示意。

不过走到小家伙面前的时候，裴芷就把藏在背后的东西拿了出来："裴裴阿姨给你买的礼物，你喜欢吗？"

裴芷早就打听过这小家伙的喜好了，所以去玩具店时，直奔钢铁侠。

"Iron Man（钢铁侠），妈妈，Iron Man。"拉斐尔抱着比他还大的盒子，高兴坏了，献宝一样地给姜离看。

姜离知道他喜欢这个，不过还是对裴芷客气地说了一句："吃饭就吃饭，你买什么礼物，会把小孩子惯坏的。"

"怎么能少了见面礼，哪儿能与孩子初次见面不给礼物，我还好意思让他叫我裴裴阿姨吗？"

一句话却成了三把刀，扎在对面三个男人的心里，这姑娘可真够实诚的。

周如风还好，毕竟这地方是他家的。今天这局还是他攒起来的。可是钟原和黎钧两个人却有些尴尬。钟原一向大大咧咧，连给历届女朋友送的礼物也是一模一样，哪儿能记得给小孩子准备礼物。

至于黎钧，是真忙昏头了，前阵子刚接了一个大案子，这事儿要是成了，光分红就有上千万。

所以他们厚着脸皮假装没听到裴芷的话。

姜离倒是没想那么多，拉着裴芷坐下。两人也好久没见了，自然有话题，况且今天中间还夹着一个这么可爱的小家伙。

吃得差不多，姜离带拉斐尔去洗手间，裴芷也跟着他们过去。

他们出去后，周如风笑了一声："她们女的倒也有趣，干什么都喜欢成群结队。"

"你能和朋友一块去嫖，人家一起去上个洗手间又关你什么事儿啊。"钟原趁着拉斐尔不在，赶紧点了一支烟，他的烟瘾不小，可是在餐桌上硬是忍住了。

黎钧则问道："现在抚养权的官司法官怎么说？"

"这个话题你问得可真够煞风景的，人家两口子已经这样了，他们还争什么抚养权？"钟原伸出手肘，碰了他一下。

黎钧轻笑一声，却还是看着霍从烨。霍从烨要说这件事儿就这么过去了，黎钧还真是头一个不相信。这件事儿他比谁知道得都早，他就是学法律的，当年大学时也是在纽约哥伦比亚的法律系读书。

伊恩·斯科特是他大学时候的学长，最擅长打的就是离婚官司，不过收费极高。不是涉及千万的财产分割，基本上没人敢找他，要不然他们分得的财产都不够给律师的费用。霍从烨为了争儿子，钱根本不在话下，甚至请了一个豪华律师团，所以黎钧总觉得这事儿结束得也太容易了些。

毕竟一开始他提议让霍从烨与对方协商抚养权的问题，却被霍从烨一下子拒绝了。

"我们共同抚养孩子。"霍从烨微微转头看着他。

"你们不赶紧结婚，还等什么呢？"钟原见一个个表情沉重，倒是感到有点儿迷惑。

钟原要不是他们多年的老友，周如风恨不得在他的头上磕一下，现在霍从烨和姜离能立即结婚吗？当年的事情霍从烨还没弄清楚，别说霍从烨的心里存疑，就连他们这些朋友也弄不清楚。

钟原这会儿倒是回过神了，他的性格本来就没霍从烨那么沉稳内敛，可胜在看得开。

他两手一摊，说道："我知道你们什么意思，不就是纪禾那点儿事儿。当年她确实隐瞒了身份，不过喜欢从烨那也是真的吧。而且公司泄密那事儿，应该也和她没关系。我说真的，过去的事情你们追究起来是真没意思。你就看看现在，姜离这样的姑娘，谁带出去不是倍儿有面儿，况且人还给你生了个大胖小子。"他吸了一口气烟，两眼眯了眯，随后笑道，"这要换作我，哪儿还会追究过去的那点儿事儿啊。"

周如风看着他，对他的想法可真是叹为观止。

倒是黎钧说了实话："所以说，脑子简单有时候也不见得是件坏事儿。"

"这话哥们就不喜欢听了呀。"钟原说道。

他妈妈是北京人，小时候过暑假老是去外婆家，回来就是一口北京腔调，就是到了这个年纪，有时候还时不时地蹦出来几句。

霍从烨突然笑了。

钟原一瞧霍从烨乐了，指着他就喊："你们瞧，当事人同意我的话呢。"

周如风和黎钧同时转过头："傻子！"

不过话虽如此，霍从烨却一直没闲着。其实他回来后，就一直在调查。当年姜离既然用假身份接近他，肯定有目的。如今姜离都失忆了，所以他干脆自己去查。

有些信息，人们瞧着不重要，可是一旦被挖出来，很快就会连成一条线。

姜离出生在英国，父亲的身份不详，母亲他倒是可以查。只是他知道她的母亲叫姜韵，姜韵出国前大概是 S 市的人。年龄不详、家庭不详，好在姜韵之前在英国也算是名人，不少报纸上有她的照片。

他去纽约之前，就已经让封庭去查姜韵在国内的情况了。

后来霍从烨一直在纽约，回来后，封庭才把资料发给他。他才知道，原来姜韵的父母当年在 S 市是名人，她母亲的公司甚至一度极有规模。

但霍从烨一直没找到霍家与姜家有关系的证据。毕竟三十年前的事情了，他再想调查已经极困难。

虽然这件事儿他找人调查，可是姜离一回来，他身上的压力也陡然变大了。爷爷那边一直想见见拉斐尔，之前孩子在纽约，见不着孩子也就算了。现在孩子已经回国了，霍从烨无论如何也应该让长辈与孩子见上一面。

今天姜离的学校开学，她没办法带着拉斐尔。他的幼儿园姜离还没找到呢，所以她只能让霍从烨先带一天孩子。

一大清早，拉斐尔就背着小书包，跟着霍从烨来办公室了。从前台一直到总裁办的员工，一个个目瞪口呆。

“陈秘书，麻烦拿点儿牛奶进来。”

陈秘书接到电话，有些傻眼，半晌才问：“霍总，牛奶要什么口味的？”

“有什么口味的牛奶你全拿进来吧。”

结果陈秘书看了看，咖啡倒是什么品牌都有，可牛奶全是纯牛奶呀。她没办法，直接倒了一杯牛奶，端了进去。

“你在这里乖乖看书，待会儿我要去开会。”霍从烨早上要主持会议，只能叮嘱拉斐尔。

拉斐尔背着蓝色的叮当猫书包，乖巧地点头。

陈秘书瞧了一眼，原来这就是霍总传说中的儿子呀。

这孩子和霍总长得可真像，不愧是亲生的。

姜离回学校报到。学院里的老师看见她，虽然与姜离照常打招呼，眼神里的惊讶却没藏住。这个寒假里她虽然没在国内，却出了大名。之前她与易时远的恋情被曝光，虽然网上人们的热议不断，可总归是过去的恋情，也没人抓着不放。

这次的情况却和那次的情况不一样。她和国内最有名的豪门继承人，为了争夺孩子的抚养权，打官司打到纽约，这简直是霸占头条一周都不够的大爆炸新闻。

幸亏当时她不在国内，要不然真是能被各种吃瓜群众的言论淹没。

之前学院里的老师虽然也知道她的家境不错，毕竟姜离平时的穿戴不俗，姜离拎的一个包就得好几万，可没想到，她家能豪成这样。

她到行政室报到的时候，主任和沈倩本来正聊着天，两人见她进来，愣了半天才想起来打招呼。

“姜老师回来了。”主任笑着站了起来，还打量了她一番。

她穿着一件米色的翻领长大衣，里面穿着白色小翻领毛衣，下面穿了条黑色的铅笔裤。一双大长腿被包裹着，真是又细又直。这身打扮还算低调，倒是她手上拎的一个白色链条包，双 C 标志，算是她身上最抢眼的物件了。

“我过来看看今年的课程。”她笑着说道。

沈倩立即站起来，把桌子上的一个文件夹拿起来，翻开文件夹后，抽出一张纸：“我早给你打好了。”

“谢谢呀。”姜离拿着课程表，低头看了一眼，今年的课居然比去年的多了。

“能者多劳，院长说像您这样的青年教授是咱们院里的财富，得多在一线的教学岗位上。”沈倩冲她眨了眨眼睛。

姜离笑了一下，两人之间那种疏离尴尬的气氛总算缓解了不少。

其实院里老师，沈倩和姜离关系最好。只是这个寒假中发生了这样的事情，沈倩也不好多问。

姜离走的时候，冲沈倩眨了一下眼睛。

中午的时候，两人去小餐厅吃饭，选了个角落。刚坐下，沈倩立即说道：“我还以为你今年不会回来了呢。”

“你怎么会这么想？”姜离怔了怔，随后笑了起来。

“毕竟这事儿闹得这么大，而且你……”沈倩瞧了她一眼，才继续往下说，“你儿子不是在纽约嘛。”

姜离倒笑了：“我的工作在这里，而且我很喜欢S大。”

这倒也是，沈倩觉得自己想得简单了。不过她有一肚子的话想问姜离，却不好意思瞎打听。

“对了，你知道S市里有什么好的幼儿园吗？”姜离知道沈倩是本地人，而且沈倩的父母是搞教育的，所以便认真地问道。

沈倩先是有点儿惊讶，随后压低声音问道：“你儿子也跟你回来了？”

“嗯，不过我们回来得太晚，我现在还没来得及给他找学校。”姜离有些苦恼。拉斐尔刚来中国，换了环境，所以她希望孩子能快一点儿适应新环境。

沈倩一听，立即来了兴趣，问她：“你是想让他上私立幼儿园还是公立幼儿园？现在的幼儿园讲究可大了。不过你别听公立幼儿园就觉得它不好，我们中国的很多好学校是公立学校，私立学校就是些国际学校。”

“拉斐尔的母语一直是英语，我怕他不适应国内学校的环境。”

毕竟他周围的孩子讲中文，拉斐尔的中文虽然不差，可是拉斐尔跟国内的孩子比肯定还是有差距。

“原来你儿子叫拉斐尔啊。”沈倩捂嘴笑了一下，最后问自己能不能看看照片。

姜离翻了翻手机，找了一张拉斐尔的照片，拿照片给沈倩看。

沈倩看完照片，简直跟裴芷的梵音一样，捂着脸，惊呼：“他好可爱呀，而且和霍总真是一个模子刻出来的。”

姜离微微蹙眉，忧伤地问：“他真一点儿也不像我？”

“他有、有一点儿像你吧，”沈倩又仔细端详了一会儿，犹疑地说，“眼睛有点儿像你。”

姜离瞧着她，立即笑了：“他的眼睛才是最像霍从烨的。”

今天虽然是开学第一天，不过姜离没有课，她可以准时下班。她5点就给霍从烨发了微信，他今晚有应酬，所以她要去公司接拉斐尔。

因为姜离没有出入卡，进不了大楼，所以封庭下来接她。两人进了公司，前台的两个姑娘见了姜离，面面相觑。

“这是那位姜小姐吧？”一个姑娘问道。

自家老板的绯闻，全公司的人已经知道了。刚开始霍从烨在微博上公开恋情的时候，公司里单身小姑娘的心碎了一地。可谁知转头，两人就为了争儿子的抚养权在纽约打起官司了。

“霍总和姜小姐和好了？”长发姑娘假装起身整理资料，朝那边张望了一眼。

“今天霍总不是还把儿子带到公司里来了，两人估计和好了吧。”另外一个姑娘也抬头看了一眼。

封庭把姜离一路领到霍从烨的办公室，不过霍从烨此时并不在办公室。她进去后，就看见拉斐尔正端坐在沙发上。他用双手拿着 iPad，看得还挺认真。

“拉斐尔。”她走过去，把小家伙抱起来，这才一天没见到他，她就想得不得了。

拉斐尔总算把小脸从屏幕上抬起来，高兴地抱着姜离：“妈妈、妈妈。”

姜离在他的脸上亲了亲，又瞧了一眼旁边茶几上的东西，牛奶盒已经空了，垃圾桶里扔着冰激凌盒，茶几上还有薯片等零食。她指着零食问道：“这是你吃的？”

“不是，”拉斐尔立即摇头，不过在姜离威严的眼神下，又迅速指了指牛奶，说，“那个是霍叔叔喝的，我没有喝。”

此时在会议室里的霍从烨不知道，自己已经被儿子出卖了。因为小家伙还没和他相认，所以霍从烨在对待小家伙的问题上毫无原则性可言。小家伙想玩儿游戏就玩儿游戏，想吃什么就吃什么，霍从烨只想早日从霍叔叔变成爸爸。

封庭站在她身后，轻咳了一声："姜小姐，霍总大概二十分钟后开完会，所以还请您稍等片刻。"

"我知道，谢谢。"姜离笑了笑。

霍从烨开完会回来，叶嘉谦因为对会议上部分决定不满，一直跟在他身边，结果到了霍从烨办公室门口，就听见办公室里传来小孩子咯咯的笑声。

"你回去重新做一份报告，这种东西别想在我这里通过。"霍从烨回头看了他一眼，冷冷地说完，便推门进了办公室。

霍从烨开门的瞬间，叶嘉谦就看见办公室里面的沙发上坐着的长发女子和孩子。虽然长发女人背对着他，可是长发披肩，纤腰长臂，确实是个美人。

叶嘉谦拿着文件夹往回走，到了公关部的时候，又往前走了两步，在一个办公室门口停下，伸手敲了敲们。

"叶总。"陈漪正坐在办公桌前，见有人敲门，便抬头看向门口，来人倒是出乎她的意料。

叶嘉谦打量了一下她的办公室，见桌子上的摆设简单，只有一个别致的相框挺吸引人的。他走过去，随手将它拿起来。这是一张集体合照，还是众禾创立时，所有创始员工的合照。

"你还挺念旧的。"叶嘉谦看着陈漪，微微一笑，便随手放下了照片。

陈漪站起来，看着他，有些生硬地说："叶总，你过来不会是想和我叙旧吧？如果是，那真是抱歉，我手头上还有许多工作，只怕不能奉陪。"

"姜小姐现在正在霍先生的办公室里。"叶嘉谦抬头，私底下他们习惯称呼霍从烨为霍先生。

陈漪的脸色一白，今早霍从烨带着小孩进公司的消息早就被传遍了。经过媒体的渲染，现在大家都知道他有个 4 岁的儿子。

“看来陈总监的夙愿是真实现不了了。”叶嘉谦看着她，嘴角勾出一丝嘲讽的笑容。

陈漪立即站起来：“叶总监，我觉得你与其这么关心我，倒不如对自己部门的业绩多上点儿心，我听说霍总最近对你们可是不满得很啊。现在竞争这么激烈，叶总监小心马失前蹄呀。”

叶嘉谦耸了耸肩，一副随便的模样。

“有些事情，不会随着时间的逝去，就真的可以过去。即便别人没有证据，可是只要有良心……”叶嘉谦突然嗤笑了一声，“哦，对了，要是陈总监有良心这种东西，也不至现在还能活得这么好。”

“你！”陈漪没想到他会这么明目张胆地挖苦自己，顿时气得脸颊涨红。

可她站起来后，反而迅速冷静下来。陈漪知道叶嘉谦一直看不上她。只是这几年，大家是同事，又不是一个部门的，平时很少见面，也不至于撕破脸。可是他今天说这话，真是不管不顾了。

陈漪指着门口，冷冷地道：“叶总监，如果你进来只是想羞辱我，那么现在请你出去，因为我得工作了。我的工作时间可不能浪费在私人恩怨上。”

叶嘉谦想说的话已经说完了，自然不想留在这里。

他只是有点儿惋惜，刚认识陈漪的时候，众禾还只是个小公司。她是公司里少数的几个女生之一，却比男人还要拼。技术部的人加班到十二点，她一个做行政的也陪着技术部的人加班，而且她还给大家买夜宵。她长得漂亮，又肯吃苦，当时公司里不少人对她有好感，不过陈漪的眼睛却只看得见一个人。

感情的事情向来是人们说不清的，陈漪和霍从烨认识得更早，可是，纪禾一出现，霍从烨就跟着了魔一样。他喜欢纪禾这事儿，可真是太童话了。

就连叶嘉谦这种不信童话故事的男人，也要相信王子和灰姑娘的故事了。

现在，灰姑娘虽然是灰姑娘，可也是出身贵族、拥有美貌，并且有能让王子喜欢的气质。

“你让我见你爸妈？”姜离没想到，霍从烨一回来就带给她这么大的惊喜。

霍从烨坐在椅子上，打开邮箱，准备最后查收邮件，听到她的疑惑，抬头解释：“爸爸今天刚从欧洲回来，一直想见拉斐尔。孩子在纽约的时候没办法，但是现在回国了，总不能连一面也不见吧。”

其实老爷子也想见重孙子，只是大家怕他年纪大，太激动反而不好。

姜离低头看了一眼自己的打扮，说道：“那你带拉斐尔去吧，我过去反而不太好吧。”

霍从烨不说话了，鼠标点击邮件的声音在房间中回荡着，那声音就像敲在姜离的心窝上。她偷偷瞄了一眼他的表情，心中有点儿纠结，想让霍从烨否定她的提议，可又怕霍从烨开口说话。

“你和我们一起去吧，我已经订好了位置。”霍从烨淡淡地开口。

姜离虽然听到了想要的答案，可是心里还是空落落的。

她低头看了一眼什么也不懂的拉斐尔，最后还是说道：“算了，你还是带拉斐尔去吧，这种情况下，我不太适合去。”

“那行，待会儿我让封庭送你回去。”霍从烨关掉电脑，站了起来。

姜离愣住了，显然没想到他变得这么快，不自觉地咬了一下唇。她紧张的时候总会做这个小动作。霍从烨已经从桌子后面绕了出来，拿起衣架上的大衣，将大衣顺手穿上，一转头，就看见了姜离脸上的表情。

他已经邀请她了，可人家不领情，霍从烨也不想太勉强她。

他牵着拉斐尔的手，姜离立即拎起包，说了句："不用麻烦封特助了，我自己打车回去就行。"

"你就让他送你吧，现在是下班高峰期，不太好叫车。"霍从烨很是体贴地说道。

姜离听着他熨帖的话，心里又开始不是滋味。自从回国后，她以为霍从烨来机场接她，他已经考虑好了。可是现在看来，他对她虽热情却太过客气。

他们两人就像离婚后因为孩子而保持着良好关系的夫妻。

姜离也没再拒绝，到楼下时，和拉斐尔道别。

孩子见她要走，立即不愿意了，扯着她的手臂，问道："妈妈要去哪儿？你带我走。"

"你跟霍叔叔去吃饭，待会儿回来就能看见妈妈了。"姜离伸手摸了摸他的头，见拉斐尔要哭，又蹲下来哄了拉斐尔好久。

她也不知道，他是玩儿了一天好不容易看见姜离舍不得与姜离分别，还是因为什么，两人怎么哄拉斐尔都哄不好。

霍从烨说："要不你也一起去吧。"

这次姜离没有犹豫，说道："不用。"

等司机把车开过来，姜离又低头和拉斐尔说了一会儿话，总算把他哄好了。霍从烨抱着拉斐尔上车，关门时，朝她看了一眼。那双深潭般幽深的眸子，散发着清冷之意，却又似有旋涡涌起，吸引着姜离的目光。

她退后一步，挥手和拉斐尔道别。

封庭站在她的身后，一直等霍从烨的车离开，才请她上车。

姜离上车后，封庭径直启动车子。不过车快到小区时，姜离拍了一下他的座椅，轻声说道："封特助，在前面的那个路口，麻烦停车。"

"姜小姐，我还是把你送到家吧。"封庭客气地说了句。

姜离立即笑了："你不用这么麻烦，我想去超市里买点儿东西。我刚回来，家里什么都没有。"

“那我送您过去吧。”封庭将车开到路口，转了个弯儿，这块他可比姜离熟悉。

姜离下车后，就让他先回去了，封庭笑了笑。

逛超市的时候，姜离看着时间，给萧世琛打了个电话。这时候纽约是早晨，萧世琛正在慢跑。

“哥哥，你小心点儿，医生说你还不能剧烈运动。”姜离有点儿担心地说。

萧世琛轻笑一声：“我也是问过医生后，才出来跑步的。”

姜离这才放心，又把霍从烨带拉斐尔去见霍家父母的事情告诉了萧世琛。好在萧世琛也没太激动，只淡淡地表示，爷爷和奶奶见孙子也是应该的。

“小离，我昨天见到丹尼尔医生了。”萧世琛突然转了话题，微顿了一下，“如果你想恢复记忆，我可以请丹尼尔医生去中国。他是世界顶级的心理医生。”

当年姜离产后，抑郁得很严重。萧世琛为她找了心理医生也没用，最后只能采用最坏的办法，催眠了姜离，让她忘记那段痛苦的记忆。

此时姜离站在超市里，广播一直放着韩文歌曲，旁边的孩子正在一个劲儿地要买巧克力。妈妈哄了孩子，孩子不听，只能拿了最小的一个巧克力给孩子。她的周围是人间烟火，每个人的脸上都挂着笑容，每个人都活在当下。大家认真努力地往前看。

原先她也一直想恢复记忆，可是现在，过去的事情似乎没那么重要了。

现在和未来对她来说才是最重要的。

她轻声说道：“我现在没有去想那些事情，只想一切顺其自然。”

萧世琛听到她的回答，反而有点儿惊讶，不过也释然地笑了笑。

挂了电话后，姜离迅速买了东西，便准备回去了。她出了超市，刚走到马路边，就被一个人狠狠地撞了下肩膀，手里的袋子一下落在了地上。

那人立即低头，讷讷地说道："对不起、对不起，小姑娘，对不起呀。"

姜离见那人满头银发，立即摇头道："没关系。"

那人抬头看着姜离，刚要说"谢谢"，结果在看见她的脸时，犹如见到恐怖至极的事情，往后退了一步，脸上更是布满了惊吓。他指着姜离："你、你、你不是死了吗？鬼呀，鬼！"

他往后退去，一边退还一边大喊。

姜离惊讶地看着他，周围的行人也被那个男人吸引了，不少人驻足看了过来。

"姜小姐，这是怎么回事儿？"封庭一直等在路边，这会儿也走了过来，见那个男人一直盯着姜离，那男人边盯着姜离边念叨。

瞧着那个男人脸上的惊恐，姜离也不知道是怎么回事儿，只摇了摇头。封庭见状，立即帮她拎起袋子，便准备离开。

"你不是已经死了，怎么又活了？"那个男人见她要走，居然跟了上来，但脸上还是惊恐的表情。

"你五年前就死了，怎么又活了？你肯定是鬼，肯定是。"

听到这句话，姜离停住了脚步。

## 第十八章

# 他对她的喜欢，被刻进骨血里如影随形

“你是谁？”姜离回头打量着他。这个男人虽然满头白发，可看起来年纪也就四十几岁的样子。

他本来还在神经质地念念叨叨，可是一瞧见姜离回头，吓得身子往后躲去，似乎生怕她过来。可是他的眼睛又一直往姜离的身上瞟，又想要把她看得更清楚些。

“你认识我？”姜离问他。

可那个男人此时不说话了，就是一个劲儿地盯着她，脸上还带着恐惧的表情。

“姜小姐，我看咱们还是先离开吧。”封庭瞧着那个男人有些神经质的模样，立即劝道。

之前萧世琛中枪的事情，他自然清楚，所以看见这个陌生人，便立即警觉起来。只是姜离面色沉沉地看着那个男人，似乎不愿离开。

可是那个男人说话时条理并不清楚，看起来又有点儿疯疯癫癫。

最后她还是准备离开了，可是她要走时，那个男人反而一下子清醒了一般，立即上前，一把抓住她的手臂，大喊："你骗人！你根本就没死，你得跟我去警局。"

"你干什么？"姜离立即想挣脱他。

可是那个人的手臂就像老虎钳，死死地抓住她不放手。

封庭立刻放下手里的东西，上前捏着那个人的手腕，硬生生把他的手掌掰开。只见那人的表情极其痛苦，可是封庭还是没放手，那个男人疼得大喊，此时路人已是议论纷纷。

"你别打我、别打我。"那个男人一边喊疼，一边求饶，声音凄厉得仿佛真被人毒打一般。

姜离生怕闹出什么事情，立即说：道"封特助，算了，放开他吧。"

封庭这才松手。

可是那个男人一被放开，表情又变得怨毒起来，喊道："你、你别想跑，我让警察来抓你。你别跑。"

姜离见他疯言疯语的，也不想再理会他了，便要离开。

可谁知刚走了几步，她就听到警车鸣笛的声音。那个男人见警察来了，一下子亢奋起来，大喊大叫，很快警察就过来了。

"谁报警的？"警察瞧了瞧他们三个，有点儿奇怪。毕竟两个穿着光鲜亮丽的男女，怎么也不该和旁边这个满头白发的男人扯上关系才是。

那个男人立即指着姜离说："警察同志，就是她、就是她。她没死，你们快把她抓起来、抓起来。"

姜离有些无奈，猜想这个男人应该是认错人了。

旁边封庭的脸色越来越不好看。

因为这个男人一直反反复复地说那几句话，警察却又问不出什么，最后警察只能让他们回警局配合调查。姜离张了张嘴，刚要说话，却听封庭已先开口了：“警察同志，这位先生只是认错人了，我们就不必去警局了吧。”

“去不去警局可不是你说了算的。”为首那个年纪稍大的警察，立即板着脸说道。

封庭立即点头，笑了笑，道：“我这位朋友是国际友人。你们如果没有证据，就带她回警局调查，那么我只能联系英国大使馆了。”

姜离：“……”

这事儿没那么严重吧。

可是她看着封庭严肃的表情，也没有说话。

对面的警察没想到封庭会这么说，脸上立即有点儿不好看，大概因为周围还有人，也不想丢了脸面，便立即喊道：“你们三个人把证件拿出来。”

姜离又看了封庭一眼，见他点头，便伸手把自己的证件拿了出来。

这事儿说来也巧，她的护照今天就带在身上。她又怕警察不信，还把S大的工作证拿给他。

警察见到她的工作证，倒是吃惊了一下，问道：“你是S大的教授？”

“副教授。”姜离纠正道。

警察仔细将工作证翻看了一会儿，又看了看她的护照，就将证件还给了她。而封庭的身份证也没有问题，倒是那个一开始抓着姜离的男人什么身份证明也拿不出来。

最后那个男人被带走了。

临走的时候，那个年长的警察还有点儿不好意思地和姜离道歉：“不好意思呀，我们给您添麻烦了。”

等警察走了，周围的人也散了。

姜离这才开口问道：“有什么问题吗？”

方才封庭竭力阻止她去警局，甚至不惜搬出她外国人的身份，一定是察觉到了什么。

“上车我再告诉您吧。”封庭拎起地上的袋子。

等两人上了车，封庭立即启动车子，很快便将车开到了小区里，一直将车开进地下停车场。他停了车子，脸色才稍稍好了一些。

“姜小姐，您不记得那个人了吗？”封庭看着她，轻声问道。

姜离脸上微露惊讶，随后她有些好笑地反问：“我应该认识他？”

停车场里很安静，车里更是安静得过分。对面幽暗的银色灯光照进车内，打在封庭的脸上，他的脸色还有点儿发白，嘴唇紧紧抿着。最后他才轻声开口：“姜小姐，方才那个人就是五年前的绑架犯之一。”

这世上如果有一劳永逸的勾当，那么绑架绝对能排在前三名。一条人命，动辄数千万块钱起步，甚至有绑匪还敢要好几亿。

这就会让很多人铤而走险。

“绑架纪禾的人？”姜离的声音轻飘得像一阵烟。

即便她知道纪禾和自己就是一个人，可是在提到纪禾的时候，还是习惯性地将自己和她区别开。她不再拥有属于纪禾的记忆，却又无法真正摆脱属于纪禾的一切。

封庭严肃地点了点头，继续说：“目前看来，他已经认出您了。”

“你怕他报复我？”姜离开口问道。

没想到事情居然会这么凑巧，绑架纪禾的人居然出狱了，可是这不对呀。

她立即问道：“他为什么会这么快就出狱呢？”

“这个人叫贾昌，人称贾老大，是专门弄船的。当年那帮绑架犯就是用了他的船。贾昌因为没直接参与绑架，只是从犯，所以比别人判得轻。至于绑架犯，特别是主犯，以故意谋杀和绑架等罪名，被判处了死缓。”

姜离怔了怔，封庭的话给她的冲击还是很大的。

“为什么会这么严重？”姜离不明白国内的刑罚标准，可是对这些人的判决结果，她还是有些震惊。

封庭微微叹了口气，轻声说道：“霍先生很爱您。”

即便当年他对纪禾有诸多误会，可是自己最爱的女人被人绑架，甚至连尸体也沉于大海，他怎么能不报复？警方迅速抓住了那帮绑匪，可是他们都不承认杀了人。

霍从烨自然不会放过他们中的任何一个人，这件事儿的舆论影响极其恶劣，这些绑匪最后是被以最严的标准判刑的。

“其实五年来，霍先生一直很内疚，当年公司的机密文件泄露，纪小姐的嫌疑最大。霍先生当时气愤不已，只是谁也没想到纪小姐会被绑架。那时候他是真没有接到绑匪的电话。”

封庭是霍从烨的助理，对霍从烨的事情要比一般人知道得多。即便他在霍从烨身边时，纪禾已经不在了。

这几年来，霍从烨过的是什么样的生活，他比谁都清楚。一个身家过亿的男人，却活得跟清教徒一样。即便有无数的女人倒贴，霍从烨却从没有绯闻，不喜欢交际，似乎心里只有工作。

姜离深吸了一口气，转头看着他，轻声说道：“可是现在的问题是我并没有死。”

那些人最大的罪名就是故意谋杀，可是她还好好地活着。

“当年那艘船在行驶的过程中漏水，所有绑匪包括这个船长贾老大跳船逃生，最后船沉了。那时候谁也没救纪小姐，所以大家以为……”

大家以为纪禾死了。其实她早在沉船前，就已经被救走了，甚至船沉了也是为了掩盖她被救走这件事儿。

“这件事儿，你能先不告诉霍从烨吗？”

封庭有些震惊，还是劝道：“姜小姐，那个贾昌既然已经认出您了，我想他一定不会放弃的。如果您真的出了什么事情，到时候我们只怕追悔莫及。”

“我知道你的意思，只是这件事儿我想自己解决。”

封庭沉默，似是不赞同她的想法。

“姜小姐，我觉得这件事儿您最好还是不要隐瞒。”

雅致的包间中，穿着统一服饰的女生们正鱼贯而入，手中的盘子被稳稳当当地放在桌子上。拉斐尔坐在儿童座椅上，低头看着桌子上的东西，这些东西闻起来好香。只是对面的两个人老是在看他，所以拉斐尔不好意思抬头。

柳蔚子一看见他，就把拉斐尔搂在怀里亲了好几下，这惹得小家伙羞红了脸。

霍余哲早见过了拉斐尔的照片，却是第一次见到小家伙，还郑重地和拉斐尔握了握手。他看着自己的小孙子，挺直了腰身，特别认真地跟他握手时，竟生出一种莫名的感动。

"你和姜离要上班，不如就把拉斐尔交给我来带，正好妈妈也没别的事情。"

霍从烨的工作忙，他要天南海北地飞。姜离虽然是大学老师，没他那么忙，可是平常也得上班。所以柳蔚子在心里早就帮他们想好了。

"我已经让人在给拉斐尔找学校了，他得上幼儿园了。"

"我知道你的顾虑。我是说孩子放学那么早，你和小姜哪儿有时间接孩子？我过去接他，等你们下班了，再把孩子给你们送回去。"柳蔚子显然早就准备好了说辞，霍从烨拒绝她的理由被柳蔚子立即驳回去了。

霍从烨只得说："那太麻烦了。"

"不麻烦、不麻烦，带这么可爱的拉斐尔，我怎么会觉得麻烦呢。"柳蔚子又看了一眼拉斐尔，满眼欢喜。

霍余哲问他："孩子有中文名字吗？"

"他没有中文名字。"霍从烨摇了摇头。

霍余哲这才满意地点头："我之前倒是随便想了几个名字，到时候你也来看看。"

"你别听你爸爸胡说，他哪里是随便想几个名字？他呀，不知道翻了多少遍书呢。"柳蔚子瞪了霍余哲一眼，已经这个时候了，他还口是心非呢。

霍从烨低头浅笑，摸了摸小家伙的脑袋，说道：“你还不谢谢爷爷。”

拉斐尔正在吃东西，也不知道发生了什么，抬起头，乖巧地冲霍余哲说“谢谢”。妈妈说，他要听霍叔叔的话。

吃了一半，拉斐尔要上洗手间，柳蔚子起身带他过去。

等他们离开后，霍从烨放下筷子，沉思了一会儿：“爸，您认识姜韵这个人吗？”

姜离的母亲在英国的公开资料不少，可是那些资料都是她在英国时的事情。她来英国前的资料，所知者甚少，甚至连知情人霍从烨都找不到。但姜离当初既然以纪禾的身份接近他，霍从烨就知道，他身上或者家里一定有让她感兴趣的东西。

霍余哲低头想了一会儿，疑惑地问道：“我印象里没听过这个名字，怎么了？这个人有什么问题吗？”

之前霍从烨一直没有找到姜离母亲的资料，所以也不清楚当年的事情。不管怎么说，他也该给自己一个交代，可是没想到，姜韵之前在中国的资料居然那么难找。

“她应该比您小几岁，二十六年前移民去了英国。”霍从烨低头探过去，想继续提醒霍余哲。

可是让他失望的是，霍余哲依旧摇头：“二十六年前，那可太久了。”

“爸，这件事儿对我很重要，我请您务必想一想。”霍从烨难得带着请求的口吻说道。

霍余哲瞧他郑重又严肃的模样，微微摇了下头，还真是关心则乱，问道：“你就没有照片吗？你只说了一个名字，我自然不会记得什么。你把照片拿过来，我帮你看看。”

霍从烨也一下子被自己逗笑了，居然忘了照片。

他拿出手机，好在之前封庭调查的资料在霍从烨的邮箱里。可他刚打开邮箱，柳蔚子和拉斐尔就回来了。他便按下手机，打算以后再详细问问。

吃完晚饭后，柳蔚子同他们道别的时候，眼睛又有点儿湿润，惋惜地说："拉斐尔真不能去家里住一晚吗？"

霍从烨知道她太想拉近和孩子的关系了，伸手抱了下她，柔声安慰道："妈，时间还有很多，我们慢慢来，好不好？"

"之前孩子在纽约，我也不见你这么爱哭。现在孩子回来了，你反倒斤斤计较上了。"霍余哲板着脸说道。

柳蔚子就是见不得他故作大度的模样，就好像只有她自己想孙子似的："先前谁巴巴地让我打电话，自己拉不下脸，就让我去。既然这样，那你以后别指望我了。"

霍从烨见两人居然站在大马路上拌起嘴来，登时有些无奈。他立即拉开车门，先把柳蔚子劝上车，等霍余哲上车的时候，低声说道："爸爸，我会早点儿带拉斐尔回去的。"

"嗯，早点儿回来好，他总归是我们霍家的孩子。你爷爷之前还说，要给他准备教育基金，你自己抓紧点儿。"

霍从烨交代了司机小心开车，便让拉斐尔和爷爷、奶奶道别。等他们离开后，霍从烨也带着拉斐尔上车了。

到家后，刚出电梯，拉斐尔就一步冲出去，跑到家门口，一个劲儿地按门铃。

姜离顶着一头湿漉漉的长发过来开门，门刚被开了一点儿，姜离就被冲进来的小家伙抱住了大腿："妈妈，我好想你呀。"

这还是拉斐尔和姜离重逢后第一次分开这么久。这不，他又开始抱着妈妈的腿撒娇了。

姜离将他抱起来掂量了一下："这才一天，你怎么就胖成小肥猪了？妈妈抱不动你了。你跟妈妈老实说，今天吃了多少东西？"

拉斐尔笑嘻嘻地搂着她的脖子，一个劲儿地拱，姜离痒得想笑。

霍从烨见他们母子这么亲密，心底不禁微微泛酸，臭小子。

“今天谢谢你呀。”姜离看着他，也不知为什么，她说了这么一句。

霍从烨立即皱眉，却听明白了她的意思，立即沉声说道：“我带他是应该的。”

“今天这么晚了，我先带他进去洗澡……”

“我有事情要和你商量。”霍从烨不由分说地走了进来，手臂已经扣在了她的肩膀上，搂着她就往客厅里走。

姜离抱着拉斐尔走进来，把他放在沙发上，又给拉斐尔脱了鞋子。

“你让他先玩儿一会儿，我和你商量一下他的事情。”霍从烨道。

姜离见他这么说，便把拉斐尔抱到卧室，又给拉斐尔拿了玩具，让拉斐尔先玩儿着。

“今天我让人找了几家幼儿园，这几家幼儿园是S市里顶好的幼儿园，所以想问问你的意见。”霍从烨把身上的大衣脱了，顺手将大衣放在旁边沙发的扶手上。

姜离今天也问了学校的事情，没想到沈倩那边还没回话，他这边倒是先有了目标。

她坐在旁边的单人沙发上，轻声问道：“你觉得哪个学校不错？”

“我今天大概看了一下。几个私立幼儿园是双语教学，比较适合拉斐尔。不过他的母语是英语，拉斐尔如果上公立幼儿园，大概会对他提高中文水平有所帮助。”

儿子上学的事情，霍从烨十分重视。

姜离沉思了一下，突然开口问道：“你呢，你小时候念的是哪所学校？”

霍从烨没想到她会这么问，先是低头，嘴角扬起一抹笑意，随后再抬头的时候，看着她说：“你想让他和我读一个学校？”

“这不好？”她目光坚定地看着他。

这是传承，难道不好吗？

当然好，霍从烨的心头有种渐起的沸腾，血脉在这一瞬间有种特殊的温度。

心脏的跳动异常强烈，连他也不想承认，自己居然在她说完这简单的一句话后，眼眶微涨。

“很好，不过我们得去参加学校的面试，说实话，我读的学校有点儿古板。”

“家长需要面试？”

“是的，你愿意去吗？”

“当然，我们是拉斐尔的爸爸和妈妈呀。”

“你别紧张。”霍从烨偏头看了她一眼，见她正低头用手机的亮面看着自己的妆容。

姜离正在打量自己的妆容，头发光滑柔顺，正缩发的时候，就听到霍从烨说的话。她立即收回手机，坐直了身子，看着前方。霍从烨见她这般正经，微微摇了下头。

此时正好前方的办公室门打开了。

“走吧。”霍从烨听到对方叫了他们的名字，便起身拉着她的手往前走去。

出来后，姜离被外面的阳光刺得眯了眯眼，随后停下脚步。旁边的霍从烨也跟着她停下脚步。两人携手站着，竟同时呼出了一口气，随后忍不住看向对方。他们居然同时觉得松了一口气。

“我不知道，现在的面试居然这么严格。”姜离如释重负地说道。

她的话显然也得到了霍从烨的认同，平日他见了很多合作伙伴，甚至还与各国的政要见过面，可是居然在一个小小的家长面试上紧张了。他还真怕自己表现不好，影响拉斐尔上学。

她突然笑着说：“我连自己上大学时面试，也没有这么紧张。”

“我也是。”霍从烨同样一笑。

他上一次这么紧张，大概还是在众禾上市的时候。

“我送你回学校。”

快到学校的时候，姜离让他在门口停下就行。可霍从烨没说话，径直将车开了进去。等车停在学院的行政楼前时，姜离有些无奈地看着他：“我发现你现在好像不会听我的话了。”

“我以前听过你的话？”他好笑地看着她。

姜离被他拆穿，立即哼了一声，随后便推门准备下车。可另外一只手，却被他紧紧地握住，她回头望向霍从烨。

“你是不是忘了什么事情？”霍从烨认真地问她。

姜离低头看了看车座，没什么东西落下呀。

“难道你不应该亲我一下再走？”

姜离听着他一本正经的话，还以为自己听错了。她正傻眼的时候，霍从烨已经俯身吻在她的唇上，她的眼睛直愣愣地看着他，他丰神俊朗的脸被无限放大，浓密的眼睫毛擦在她的眼睑上。她慢慢闭上眼睛，手掌紧紧地握成拳头，身体紧绷，可是整个人的情绪却是说不出地高涨。

结束时，两人的气息都有点儿重，她的耳边是他性感喘息的声音。

“小离。”霍从烨看着她，眼神中有迷惑，“当年你为什么要那么做？”

之前霍从烨和她打官司也好，和她和解也好，从来没有问过当年的事情。他爱过的女人却不是他认识的人，而变成了另外一个人。这样的愤怒足以将他击穿。所以他才会在得知拉斐尔的消息后，毫不犹豫地选择打官司。

但决定是一回事儿，内心的感受又是一回事儿。

他恨她吗？他恨姜离恨到骨子里了。恨她欺骗自己、恨她一走了之、恨她这么多年来一直没有出现。姜离让他以为自己永远失去她了。

可是他喜欢她吗？他还是喜欢她，那种被刻进骨血里的喜欢如影随形，怎么也清除不了。

霍从烨的自尊心让他问不出口，可是他也没想过放手。她骗了他，让他痛苦了这么多年。这笔债真算起来，能算清楚吗？

他算不了这笔债。

他算不了这笔债要怎么办，就把她绑在身边一辈子，让她用一生一世偿还。

这话霍从烨和谁都没说过，他这人一向冷淡，别人瞧着他是个冷情的人，可谁能想到霍先生还有这么热情的一面。

姜离安静地看着他，其实早有准备，也一直在等着霍从烨来问她。可是霍从烨没问，她不知道怎么开口和他说。人总是懦弱的，自己做错了事情，却又害怕面对那样的结果。

“霍从烨，你会原谅我吗？”

“你还没说你干了什么，就先问我原不原谅你。”霍从烨说道，神色平静，连语气也是和缓的。

姜离不自觉地动了动喉咙：“我们要在这里谈这个问题吗？”

“地方并不重要，但是如果你在这里不想说，我们可以选个更安静的地方。”霍从烨说道，嘴角轻翘，一副只要你开心什么都好的表情。

姜离想了想，还是摇头。

既然他已经问了，那她又何必隐瞒真相。当年她既然做了那件事儿，如今就不该退缩，现在也该承担后果了。

“你应该知道我母亲叫姜韵吧？”姜离提起了她的母亲。

霍从烨点头，却一点儿不意外。姜离的生活很简单，她 5 岁前和姜韵相依为命，之后萧世琛来到姜家，再之后姜韵嫁给了斯蒂文斯先生。霍从烨可以说，能对她产生重要的影响力的人就只有这三个。

斯蒂文斯先生早姜韵两年去世，姜离一直规规矩矩地读书。可是姜韵去世后，事情就发生了。

所以一开始霍从烨就知道，这件事儿肯定和姜韵有关。

“我妈妈是 S 市的人。我外公叫姜重洋，是一名画家。我外婆叫陈芳媛，之前是一名商人。一切我得从我们姜家的那些东西说起……”

其实她一旦开了口，说下去也就容易多了。

姜离虽然还未恢复记忆，可是萧世琛早已经将一切告诉了她，甚至连当年霍从烨的那份心理调查报告也还在，几个心理医生从各个方面剖析了他。他虽然是个外表冷漠的人，可是内心又有着不同寻常的柔软。

所以他会怜悯弱者，甚至会不自觉地帮助弱者。

灰姑娘和王子的故事，历经数百年，依旧散发着诱人的魅力。所以她接近他的方式虽然老旧，可是证明是有效的。

他真的喜欢上了她，并且极其认真。

也许命该如此吧，她不怀好意地接近霍从烨，最后也真的付出了代价。

萧世琛发现姜离根本不在瑞典的时候，已经是半年以后了。此时她与霍从烨的交往异常顺利，她甚至爱上了他。所以即便萧世琛亲自来劝她，她也不愿离开，与萧世琛的见面反倒正好被人利用了。

霍从烨公司的机密丢失，整个公司蒙受巨大的损失，甚至还面临倒闭的危险。本来公司已经逐步走上正轨，霍从烨即将在霍家长辈面前证明自己的能力，却险些被这件事儿打垮。而有人告诉他，正是姜离泄露了公司的机密。

他自然不信，可偏偏那时候姜离要时常和萧世琛见面，而她自然不能让霍从烨发现自己的秘密，所以行事神神秘秘。最后就连他质问她的时候，姜离也没有否认。因为她当时已经受不了良心上的谴责，不敢再面对他，怕自己有一天会在他面前坦白一切。

谁知两人刚分手，姜离就被绑架了。

她被人盯上了。霍从烨是男人，身边又时常有公司的人跟在身边，极少有落单的时候。而她是他的女朋友，是个极好的下手目标。

那帮人将她绑架了，弄了条船，然后把姜离绑在了船上。毕竟在船上，她就算想逃走，也是不可能的。

绑匪在姜离的手机里查到了霍从烨的电话。可是绑匪没想到的是给霍从烨打了好多个电话，居然没人接听。

那时候霍从烨因为姜离没有否认那些事儿而失魂落魄，以为她真泄露了公司机密。所以他一直在家里喝酒，把自己灌得醉醺醺的，好让自己不去想姜离背叛了他。

“你当时是怎么活下来的？”霍从烨听完那么长的故事后，轻声问道。

可是他问的第一句话，却还是关于她的。

“我哥哥当时就在S市，第一时间发现我失踪了。只是他花了两天才找到那艘船。给船上的人送补给的时候，他带去的人在饭菜里给那些人下药了。所以我被救了，而那艘船撞上了暗礁。”

姜离说完，车里又是一阵可怕的沉默。那些惊心动魄的过往被她徐徐道来，让人有种说不出的唏嘘。

那么热烈的喜欢，那么浓烈的恨，犹如水火般交缠着。

他们交缠的命运，即便中间被硬生生地切割了五年，却一直未被斩断过。

“你想知道我这五年是怎么过的吗？”他看向她，声音里有种轻柔的魔力，让人无法拒绝，“我以为你泄露了公司的机密后，甚至没来得及好好查清楚。警察就告诉我，你随着一艘船沉入了海里。明明前一天在我面前还活生生的人，却突然没了。等警方审问了犯人后，我才知道，他们想绑架你来向我勒索赎金，可是我却错过了救你的时机。

“我一直很自责，特别自责，刚开始的时候，整夜整夜睡不着觉。我一闭上眼睛，就能看见你。我越想你，就越拼命地工作，希望能工作到自己什么力气也没有，那样就能不想你。可我发现自己慢慢开始不想你时，却更不开心。”

霍从烨偏头看着前方，侧脸英挺，就连眼角的一丝余光也带着悲伤。

他整个人笔直地坐在车里，整个车厢里充斥着他清冷低沉的声音，过去的一切被他娓娓道来，带着属于他的独特的味道。

五年了，过去矜持的男人，从稚嫩到成熟，俨然长成了一棵顶天立地的巨树。

他清冷、淡然，冷漠地看着周围的一切。

可是偏偏在关于她的问题上，他前所未有地急躁、冲动以及反反复复。当爱和恨交缠在一起，他又如何能分清自己的感情呢？

“所以你接近我，是为了姜家的东西，是吧？”

当霍从烨转头时，姜离惊慌失措，甚至不敢看他的眼睛。

“我知道那批东西，爷爷确实曾委托苏富比拍卖了其中一部分，只是后来他又作罢了。现在那批东西，还在香港的银行里。”

姜离嘴唇颤抖，她想说自己不想要那批东西了。可是她不敢说出来，为了那批东西，她曾拼了命地接近他，弄得两个人痛苦这么久。

“我可以劝我爷爷，让他把那批东西还给你。”

当霍从烨说出这句话的时候，姜离震惊地看着他。

霍从烨轻笑出声：“我只是试试看，并不能保证做到，但是会尽我最大的努力。”

姜离看着他，半晌才问道：“真的？”

“真的。”他郑重地点了点头，脸上依旧带着淡淡的笑意，只是又说道，“不过我有个条件。”

姜离刚到办公室坐下，沈倩就敲门进来了。她见办公室里只有姜离一个人，赶紧过来。

“你认识梁嫣然吗？”

突然听到这个名字，姜离愣了一下，随后点头：“认识，我们是大学同学。”

“原来你们认识呀，那她还这么对你，她也太过分了吧。你们在大学时的关系很差吗？”沈倩立即义愤填膺地说道。

姜离有点惊讶沈倩怎么会提起梁嫣然，随口问道：“你也认识她？”

沈倩掏出手机，恨恨地说：“我之前还挺喜欢她的。梁嫣然文章写得还不错，又一直是女权斗士，所以网上很多人追捧她。只是我没想到，她也这么八婆。这真是毁了她之前塑造的清冷高贵的形象。”

听沈倩这么一说，姜离才明白，原来梁嫣然又写文章攻击自己了。

对这个怎么也甩不掉的狗皮膏药，姜离虽然有点儿无奈，却也一直没做什么。虽然当年恶整梁嫣然不是她的主意，可是这事儿和她哥哥有关，所以姜离对梁嫣然一直采取无视的态度。

可是当她看见梁嫣然的文章时，心头登时蹿起一股怒火。

梁嫣然的文章语言极犀利，她素来喜欢针砭时弊，而她这次针砭的却是一件私事儿：

“之前网上有人爆出某豪门争子的案件。说实在的，我真的异常震惊。因为当事人之一乃是我的同学。我们曾在剑桥一起读书，一起度过美好的大学时光，可是我没想到，如今她却走在了我们所有人的面前。只怕谁也想不到，一向以清纯面貌示人的她，居然会未婚先孕。只是我唯一不解的是，她为何要一直隐瞒这个消息。她既然选择把孩子带到这个世间，难道不应该好好爱他吗？如果她只是生了他，却从不尽母亲的责任，那么又有何脸面以人母自居？

“不过有没有人想过，她为何一定要隐瞒生子的真相呢？因为这件事情的背后涉及一桩可怕的往事。”

梁嫣然的文章又一次把网友的目光吸引了过来，她直指姜离撒谎，她说姜离就是一个不负责任的母亲。

不过这次的声音却纷杂不断，梁嫣然的粉丝自然拍手称快。他们大赞自己的女神敢于说真话、戳破某些人的谎言，可是一些网友也对她的文章发表不满。

“我刚开始被你吸引，是觉得你敢说真话，可是没想到你居然也这么说人家的家长里短。这件事儿是什么时政大事儿吗？这是人家两口子的事情，你这个外人倒跳得最高，我对你失望透顶，取关。”

这条热评被顶在第一位，点赞数超过一万。

不过也有粉丝为女神打抱不平，立即反驳：“嫣然只是看不惯她又当又立的嘴脸。她生而不养，孩子多可怜。”

立即又有路人嗤笑，回复道：“所以梁女神指手画脚，攻击孩子的妈妈，就是对孩子好？脸盘真大。”

梁嫣然的微博下面头一次吵得这么厉害，早就有人看不惯梁嫣然故作清高的姿态了。如今她居然写了这么一篇世俗的文章，自然有人立即嘲讽她人设崩得一塌糊涂。

直到一条微博出现了：

“梁女神一向清高冷艳，就连娱乐圈里的女星也频频被她艳压。可是她三番五次地写文章攻击一个圈外人，这究竟是为什么呢？那不如就让我们看看梁女神和姜离两人的对比。姜离出身名门，哥哥萧世琛是华尔街巨鳄，名下有普森投资价值几亿美元的股票。而咱们的梁女神呢，虽一直号称出身名门，不过唯一能和豪门牵扯上的就是她改嫁的母亲。梁女神剑桥毕业，当然这是梁女神及其粉丝一直炫耀并且自豪的事情。可是姜离不仅是剑桥出身，更是博士，这比起梁女神的本科不知高到哪里去。长相这东西太过主观，所以且算她们打个平手吧。其实我本人真的非常喜欢姜小姐的面相——大气明艳、顾盼生辉。接下来咱们再比比两位的工作，梁女神是法律系毕业，可是至今打的官司只怕用十根手指就可以数过来。姜小姐之前在剑桥研究所工作，去年被 S 大聘为副教授，是 S 大百年校史上最年轻的教授。

“我说到这里，肯定有人说我是姜小姐的脑残粉。是，我就是她的脑残粉，这么一个又美又聪明的姑娘，我有什么理由不喜欢她？所以，你在说别人的是非前，拿镜子照照自己吧。”

这条微博发出来后，居然还直接 @ 梁嫣然。

姜离因为上次霍从烨在微博上公布恋情，粉丝早已经涨到了 60 万。她最后的一条微博，还是那条回应霍从烨的微博，评论数已经超过了十万。所以她多少也算网红了，虽然自己没想到会是这种情况。

更让姜离没想到的是，梁嫣然发了这条微博后，居然还有自称是自己粉丝的人帮她去梁嫣然那里留言反驳，甚至不少人还涌到姜离的微博下，给她加油打气。

在这个社交媒体的时代，几乎每个人都有成为网红的机会。而姜离也在多次曝光后，被动地成了网红。以至于裴芷给她打电话时，抱着肚子笑得几乎喘不过气来。

裴芷一边笑一边说："我真没想到，你的粉丝居然这么彪悍。就那条你和梁嫣然对比的微博，他们居然转了一万多次，还上了热门微博榜呢。"

姜离忍不住按了按额头，自己也没想到会这样。

"梁嫣然真是搬起石头砸自己的脚呀，以为她有粉丝，就能随便在网上写些胡说八道的东西，然后攻击别人啊。谁还没粉丝呀。"裴芷说道，口吻中充满了骄傲。

姜离哭笑不得地说："网友胡闹，你也跟着他们添乱啊。"

"什么叫胡闹，我看你的粉丝还真弄得挺好。他们还弄了长微博，给你反黑呢，说得有理有据的，比梁嫣然那帮只知道骂人的粉好太多了。"裴芷呵呵地笑着说道。

她可是一开始就关注了这件事儿，原本还义愤填膺，恨不得亲自上阵反驳梁嫣然。可谁知她不用动手，居然有热心的网友这么干了，这可真是大快人心。

姜离却有点儿笑不出来。虽然梁嫣然不知道真相，但是说了一个事实。对拉斐尔来说，她真的不是一个称职的妈妈，她居然不知道他的存在。这么多年，他一个人生活在纽约，即便有萧世琛照顾他，可是一个小孩子，没有妈妈的日子是不幸福的。

"其实她也没说错吧，我确实是个不太称职的妈妈。"姜离苦笑一声。

裴芷愣住，立即说道："不是，你是个好妈妈。你之前只是不知道有拉斐尔。距离拉斐尔长大还有那么久呢，你来得一点儿也不晚。"

姜离知道她在安慰自己。

“你是最好的妈妈，不知道拉斐尔多喜欢你。上次我问他喜欢我还是喜欢你，他可是毫不犹豫地选择了你呀。”

姜离忍不住笑了，哪儿能这么比较啊，小孩子肯定会毫不犹豫地选择妈妈呀。

“这个梁嫣然是真打算把自己当成一块狗皮膏药，然后贴在你的身上了，是吧？”

姜离抬头看了一眼面前的电脑，此时电脑界面就停在梁嫣然的微博页面上，头像是梁嫣然的照片，精致的妆容和微微牵起的嘴角，梁嫣然确实也是个美人。

只是美人却没做美人该做的事情。

梁嫣然这次主动攻击她，甚至还牵扯到拉斐尔，这确实触及姜离的底线了。

要找到梁嫣然的联系方式并不难，姜离给梁嫣然打电话的时候，就听见电话那头响起微微诧异的声音：“希洛，是你？”

“你很意外吗？”姜离轻轻地问道。

电话那头传来一阵银铃般的笑声，梁嫣然娇声说道：“我也不是没想过，只是没想到你会这么快。如今你可是贵人，能给我打电话，我当然有些意外了。”

“虚伪。”姜离嗤笑一声，一点儿也不客气地说道。

电话那头登时没了声音，好半晌她才冷冷地说道：“你打电话来，不会就是为了说这个吧？”

“你把微博删了。”姜离开门见山地说道。

大家不是傻子，到了这种时候，她自然不需要再遮遮掩掩了。

梁嫣然登时就笑了：“你让我删微博，我就非得删吗？”

“那你想让谁来和你说这件事儿？我哥哥吗？”

“你别太过分了，姜离！”梁嫣然登时气急败坏地说道，显然姜离戳到了她的痛处。

“谁让你发这条微博的？”

梁嫣然呵呵地笑了两声，好不得意：“这个我可不能告诉你。不过我能告诉你的是，其实你这人真的挺让人讨厌的，你不知道多少人想看着你倒霉呢。”

“原来是这样，所以你就和陈漪联合起来，以为靠你们两个人就能让我倒霉？你可真是自不量力呀！原来这么多年，你还是这么眼光浅薄。你找谁不好，居然找她。”

“我们两个就够了。”梁嫣然咬着牙，声音带着恨意。

嫉妒能让人心生疯狂。梁嫣然初识姜离的时候，或许被她的优秀吸引。可是当那份优秀成了梁嫣然怎么努力也够不到的镜花水月时，嫉妒便在心底滋生。那些带刺的藤蔓慢慢地包裹了她的心脏，让她怎么也不得解脱。

听到她的话，姜离淡淡地说：“原来真的是陈漪呀。”

姜离看了梁嫣然的微博，发现有些事情根本就不是梁嫣然一个外人能知道的，所以这其中应该有自己或是霍从烨身边的人泄露了消息。

可是她身边知道这些事情的人只有哥哥和裴芷。哥哥压根不可能和梁嫣然再有牵扯，至于裴芷，讨厌梁嫣然还来不及呢，又怎么会泄露消息。

唯一的解释就是霍从烨的身边有人帮助了梁嫣然。

而陈漪是她能想到的唯一人选，毕竟姜离不是盲人。陈漪看霍从烨的眼神，根本就不是一个下属看老板的眼神。那种痴恋，即便被藏得再深，却总会在眼波流转中，不经意地流出。况且陈漪又是众禾的老员工，当年创立公司时就已经在了，她是认识纪禾的。

一个大家以为早就死了的人，却重新出现，还再次抢走了她爱的人，怎么能不让一个女人发疯呢？

姜离早就该想到了，只是没想到她会通过梁嫣然向自己发难。

梁嫣然和陈漪也只是相互利用，所以梁嫣然在听到姜离猜出来陈漪时，先是慌张，随后又淡定下来。这个陈漪想得倒是好，坏事儿都是她梁嫣然做，可既然这里也有陈漪的主意，总不能罪名只让她梁嫣然一个人担着吧。

“这只能怪你太讨厌了，你总是抢别人的东西。”梁嫣然顺势说道。

弱者总有一百种理由责怪别人，却从来不知道在自己身上找原因。

姜离提醒她：“你所谓的抢东西是什么？据我所知，我可从来没盯着你的东西。倒是你利用我，故意接近我哥哥，你才是那个想偷东西的贼。只可惜你这个贼太笨。至于陈漪，若是有机会，又怎么会等到现在呢？”

这世上最没道理的本来就是感情。

不是陈漪喜欢霍从烨，霍从烨就一定得喜欢她，往往很多感情是求而不得的。

姜离挂断了电话，梁嫣然开始担心。毕竟梁嫣然和陈漪也算是同一条船上的人了，姜离已经猜出来陈漪了，要是梁嫣然不给陈漪通个信，只怕以后她们得翻脸，所以梁嫣然赶紧给陈漪打了电话。

电话接通后，陈漪的口吻有些不善，她说：“什么事儿？我马上要去开会。”

“姜离刚刚给我打电话了，已经猜出来那些事情是你告诉我的，你可千万小心点儿，我怕她会对你不利。”梁嫣然好心提醒道。

陈漪已经到了会议室，听到这话大吃一惊，急忙问道：“她知道什么了？为什么她会知道？你跟我保证过什么？”

“这可不是我告诉她的，姜离一开口就认定是你。我虽然否认了，可是她一点儿也不相信。我估计她是早就盯上你了吧，毕竟你可是公司里唯一和霍先生走得近的女高管，你又长得那么好看，我猜她想趁机除掉你。”

梁嫣然可不会承认是她自己不小心说漏嘴了。

偏偏陈漪此时心乱如麻，根本就没察觉到梁嫣然话中的漏洞，她站在墙角，看着对面不断有人进入会议室。众禾已经成功收购了诺信手机，即将开展新的业务。她甚至还让人扩招了公关部，想要给公司的新业务来一个开门红。

要是姜离真的向霍从烨告状，那么她在公司的地位极有可能会受到影响。

该死的，为什么她那么心虚，是因为没有底气吧。在和姜离摊牌前，她几乎可以预见，霍从烨会选择谁。

为什么那个女人就是不死？五年前她就应该去死的呀，为什么当年她被人救了？

封庭敲了敲霍从烨办公室的门，就听见里面传来低沉的声音："进来。"

"霍先生。"他进来后，恭敬地站在霍从烨的办公桌前。

霍从烨正在处理文件，签下自己的名字后，才抬起头问道："你有什么事儿吗？"

"霍先生，我觉得有件事儿，您应该知道。"

霍从烨听他认真的口吻，点了点头："你说。"

"那天我送姜小姐回去时，她去了一趟超市，在那里撞上了一个人。"

霍从烨拿起桌子上钢笔帽，一只手捏着钢笔，一只手拿着笔帽，微微地颔首，示意他继续说下去。

"那个人是贾昌，是当年绑架案的船家。"

霍从烨在听到这个名字时，漆黑的眸子里，瞳孔猛地一缩，捏着钢笔的力道也不由自主地加重。他轻声问道："他已经出狱了？"

"贾昌并非主犯，而且当年警察的调查也证实他一开始对绑架案并不知情，只是后来被胁迫参与的。所以他被判了五年，是所有绑匪中刑期最短的。"

"刑期还是太短了。"

他们差点儿让姜离死掉，差点儿让他彻底失去拉斐尔，这帮人就是一辈子在监狱里待着，都是应该的。

“贾昌认出了姜小姐，并且一直让姜小姐跟他去警局。”

霍从烨冷笑一声，毫不在意地说道：“当年的绑架案，难不成他还想翻盘？”

“当年警方认定姜小姐死亡了，最后法官也是以故意谋杀的罪名惩处了主犯。如果外人知道姜小姐就是从前的纪禾，这只怕会引起舆论的颠覆。”

霍从烨陷入沉思，封庭这话确实给他提了个醒。

“那个贾昌现在在哪儿？”

“他的船在那次绑架案中沉入海中，他买船时欠了几十万块钱，这几年他妻子和儿子一直在还这笔钱。贾昌出狱后，就一直在找工作，但是年纪大了，又有案底在身，所以根本没人聘请他。”

所以他那天看见姜离，才会那么激动。

出狱的囚犯，总要有一段时间适应。但是贾昌很不幸，他就是那种最不能适应社会的人。他之前一直弄船，是个靠海吃海的人，但就因为五年前的事情，不仅把家里唯一的船赔了进去，自己也坐了这么多年的牢。

贾昌出狱后，妻子和孩子不理解他，他又心怀愧疚，想竭尽一切地补偿家人。

“我记得有一种远洋渔船，人一出海就是几年。”霍从烨终于把笔帽盖在了钢笔上，啪嗒一声，声音清脆。

封庭愣了一下，不明白他的意思。

“贾昌不是想要补偿家人嘛，正好我也不想让他再在S市里待着。你替贾昌找一艘这样的远洋渔船，他最好几年不用回来。”

霍从烨的钢笔在修长的手指间滑过，他垂头时，眸眼中带着某种说不出的决绝。

“霍先生。”

封庭当年是亲眼看着霍从烨是如何利用舆论让这件案子里的所有人被判刑的，并且他们都被判得很重。他没想到，这次霍从烨会轻易放过贾昌。

“你尽快安排这件事儿，我想有这种机会的话，他会毫不犹豫地选择出海。”

如今贾昌连临时工的工作都找不到，要是有这样的机会，别说拒绝，只怕得感恩戴德。

封庭有些惊讶，但是心底不知为何又突然松了口气。

其实不管霍从烨做出什么样的决定，他都不会奇怪。令封庭真正惊讶的是，霍从烨居然做出了一个对曾经的霍从烨来说最不可能的决定。

“你立即去办这件事儿。”

封庭点头，准备出去。

霍从烨又把他叫住，略思索了一下，吩咐道：“你帮我调整一下我的时间，把下周一的时间给我空出来。”

“一整天吗？”

他点了点头：“嗯，一整天都空出来。”

封庭没敢多问，只点头表示明白了。

封庭出去后，才知道梁嫣然在网上发的微博。他读完后，脸色异常难看。

旁边的穆小瑜低声说道：“封特助，我觉得梁嫣然写得太过分了。她根本就什么都不知道，就这么诋毁姜小姐，太过分了。”

那天拉斐尔来公司，总裁办的人看见这么漂亮可爱又懂礼貌的孩子，就没有一个不喜欢他的。而且之后姜小姐来公司接孩子时，穆小瑜进去送资料时听到姜小姐和孩子说话。姜小姐很温柔呢。

封庭却冷冷地说道：“梁嫣然可不是什么都不知道，我看她知道得清楚呢。”

梁嫣然在文章中提到的内容，外人只不过是看个热闹。可是封庭看完后，却知道是有内部人员泄露了秘密，甚至连霍先生没有和姜离进行协商，直接就在法院起诉姜离这件事儿，也被梁嫣然写在了文章里。

封庭又立即去了霍从烨的办公室，把微博上发生的纠纷，告诉了他。

霍从烨拿出手机，翻出梁嫣然的微博，看完整篇文章后，冷冷地一笑："你去查这件事儿。知道内情的人不多，就那么几个人，你给我仔细查这是谁泄露的。"

封庭应了一声，便转身离开了。

等他出去后，霍从烨便拿起桌子上的手机，拨了一个电话。

"你真要这么做呀？"黎钧虽然早知道这件事儿，可是此时听到霍从烨的话，依旧觉得惊讶。

霍从烨伸手抚额："你别说废话，帮我做就是。"

"可真是英雄难过美人关，用网上的话形容你这就是恋爱脑。"

"鹅鹅鹅，曲项向天歌。白毛浮绿水，红掌拨清波。"

等拉斐尔摇头晃脑地背完一首诗后，姜离觉得她的眼泪要夺眶而出了。她抱着拉斐尔，在他的小脸上左右狠狠地亲了两口。

亲完了，她低头问道："这是谁教你的？老师吗？"

拉斐尔点头，脸上是微微害羞的表情，显然被姜离夸得有点儿不好意思了。

姜离觉得她的儿子可真是这世上最聪明的小孩，他这才去幼儿园几天，连唐诗都会背了。她可是一直到6岁才会背第一首唐诗，而且还是被哥哥逼着背的，要不然以她妈妈养女儿的态度，只要会吃饭，其他的全不在意。

所以姜离对拉斐尔也没什么要求，只是娃娃太聪明了，给她这么多惊喜。

姜离抱着拉斐尔，又仔细问了问拉斐尔。拉斐尔说幼儿园里的老师很好，同学们很友爱，小朋友也没有欺负他。

姜离不禁感慨，还记得她小时候读书的时候，上学被人欺负也不敢告诉老师和家长。最后因为她抗拒去学校被哥哥发现了，哥哥狠狠教训了那个胖胖的小男生。

晚餐已经做好了，她带着拉斐尔回来后便把之前的阿姨又请了回来。

她已经够忙了，每天接送拉斐尔的时间也不够，好在幼儿园的配备很齐全，有专门的校车接送。

她抱着拉斐尔到餐厅吃饭的时候，门铃准时响了起来。

拉斐尔一下子从她的手臂里挣脱着滑了下去，一边朝门口跑过去，一边欢快地喊道："霍叔叔来了。"

儿子也太喜欢这个便宜的霍叔叔了吧。

姜离回头，伤感地看了一眼留不住的孩子。他跑到门口，踮着脚，拉着门把手，顺势把门打开了。门口站着的高大男人，低着头，手里提着什么东西，总之那东西应该是吃的。

"霍叔叔。"拉斐尔甜甜地叫了一声。

霍从烨笑了，伸手把手里的东西递过去，待拉斐尔接过去，就用单手把小家伙抱了起来。

"你们吃晚饭了？"他走过来，瞧着桌子上已经摆好的晚餐，带着浅浅的笑意问道。

姜离看着他，腹议：你不就是掐着饭点来的嘛。

这一周，几乎一到他们吃晚饭的时候，门铃就响了。

她还没说话呢，拉斐尔已经拉着他的手走到餐桌旁边了："霍叔叔，我们在等你呢。"

姜离瞧了儿子一眼，小家伙还真是胳膊肘往外拐。

而霍从烨还特别客气地问道："可以吗？"

姜离几乎要被气笑了，瞧了他一眼："你这样有意思吗？"

"还挺有意思的。"他点了点头，轻声笑着说道。

“无聊。”她转身去了厨房，桌子上只有她和拉斐尔的碗筷。

她出来后，才发现霍从烨今天带回来的是烤鸭。此时盒子已经被打开了，金黄色的鸭片在灯光的照耀下，让人胃口大开，尤其拉斐尔坐在椅子上馋得几乎要爬起来看。

“妈妈，这是北京烤鸭。”拉斐尔指着盒子里的烤鸭，煞有介事地给她介绍。

姜离点了点头，问他：“你喜欢这个？”

拉斐尔点头，姜离知道霍从烨买来烤鸭就是为了哄这个小家伙的。

“这只烤鸭是老周家的厨子专门做的，他学的正经的烤鸭手艺。”霍从烨已经脱了大衣坐下来了，很自然地拿过姜离面前的碗筷。

姜离见他这么不客气，只能拿着手里的碗筷，在自己的位置上坐下。

烤鸭是霍从烨亲自去拿的，他开车回来只花了二十分钟，还热乎着。木质的大盒子已经被打开，里层是小一点儿的盒子，整整齐齐地摆着金黄色的鸭皮、连皮带肉的部分、纯鸭肉三种。配料也齐全，姜离看了忍不住吃惊，难怪木盒这么大。

霍从烨夹了一片金黄色的鸭皮，蘸了蘸小碟里的白糖，放在姜离的碗里，姜离突然低头笑了。

“笑什么？”见她突然笑了，他低声问道。

姜离眨了眨眼睛：“因为我喜欢吃呀。”

霍从烨瞧着她狡黠的模样，就知道她没说真话，不过也没在意这件事儿，而是动手拿了一张面皮，给拉斐尔包了一块鸭肉，还在面皮里面放了几片黄瓜。

姜离真没想到，拉斐尔会这么喜欢吃烤鸭。他迅速吃掉手上的一卷烤鸭后，又伸手要。于是霍从烨包，他吃。等拉斐尔一直吃到第五卷烤鸭的时候，姜离赶紧拦住他。

“少吃点儿，要不然晚上你该睡不着了。”

他真的吃太多了，这么一会儿的工夫，她看见拉斐尔几口就又吃掉了一卷烤鸭肉。可是她的阻止没什么效果，拉斐尔是真的喜欢这个烤鸭，他一口气又吃了两卷。最后霍从烨哄着他喝了一碗鸭架汤，这才算完。

等拉斐尔吃完下桌，姜离看着他圆滚滚的肚子，不由得叹了口气，转头对霍从烨抱怨："你太宠他了。他晚上吃这么多油腻的东西，不好消化。"

"他喜欢吃烤鸭。"霍从烨转头，看了一眼正在客厅里跑来跑去的拉斐尔。

只要他喜欢，霍从烨就想给他。

姜离登时说不出话了，他们错过了拉斐尔成长的许多瞬间。等他们遇见孩子的时候，他已经会笑、会哭、会走路、会说话，也有了自己的喜好和憎恶。他们作为父母给他的东西太少了。

"对不起。"姜离说道。

霍从烨看着她，这是姜离又一次因为拉斐尔的事情向他低头。

"一切都是我不好。"姜离立即别过头，不敢看他。

如果不是她任性，事情根本不会这样。她错过了拉斐尔四年的陪伴，也让霍从烨内疚自责了这么多年。

餐桌上柔和的灯光倾泻而下，覆在两人的头发和脸上，他的表情前所未有地柔和，连薄唇也是上扬的。

她不知道该怎么责备自己，大概就是霍从烨说再过分的话，她的错也不能被原谅吧。

霍从烨静静地看着她，最后说道："你最近有时间吗？"

姜离看向他："学校里不算很忙，我周末有时间。"

"那这周我们去香港吧。"

姜离没问什么原因，就把自己的护照发给了封庭，让他帮自己订了去香港的机票和酒店。

她自然想带着拉斐尔一起去，霍从烨却提出将拉斐尔送到他父母家里，让拉斐尔在那里过周末，而且就两天的时间。她不想这样，最后还是带着孩子一起去了。

他们是周五下午去香港的，从S市到香港要四个小时，到的时候，已经快晚上10点了。

下飞机的时候，拉斐尔早已经睡得歪七扭八，还流着口水。霍从烨一只手抱着他，另一只手牵着姜离，出了机场。

外面早已经有车子在等着他们，一直将他们送到了酒店。进了房间，姜离接过拉斐尔，把他抱进房中，出来后，就看见屋子里有两个行李箱。

她指了指黑色的行李箱："这个是不是送错地方了？"

"行李箱没送错，我就住这个房间。"霍从烨边说边把外套脱了下来。

姜离环视了一圈，也不知为什么，觉得喉咙有点儿紧，有种说不出的情绪涌上心头。

"你早点儿休息，明天还要出门。"谁知对面的人又开口了。

姜离："……"

于是她眼睁睁地看着霍从烨拉着行李箱进了自己的套房，随后关上门。

姜离无语地扯了扯嘴角，返回自己的房间。

这一夜还算好眠，第二天她是被拉斐尔吵醒的，睁眼的时候，他已经穿好了衣服。

她揉了揉眼睛，有些惊喜地问道："你自己穿的衣服吗？"

"霍叔叔给我穿的衣服。"拉斐尔笑眯眯地说道，一点儿没觉得不好意思。

姜离笑了一下，拉斐尔已经扯着姜离的手臂让她起床了。

等她穿好衣服出来，霍从烨正站在客厅的窗边打电话。落地窗的外面就是维多利亚港，江面上波光粼粼，有几艘船在水面上漂浮。

听见开门的声音，他回头看了一眼，侧脸隐在阳光下只剩下轮廓，却有种让人说不出的撩人。

她听着霍从烨跟对方说了再见，随后他慢慢走了过来。

“你起床了？”霍从烨走近的时候，姜离总觉得他今天有点儿不一样，可是一时又说不出哪里不一样。

霍从烨见她一直盯着自己，水润的眸子里充满了好奇，心头一软，伸手摸了摸她的头发，轻笑着说道：“我们去吃早餐吧。”

旁边的酒店管家，从看见她出来的时候，就已经打电话叫人送早餐了。

他们吃过早餐后，姜离问他今天有什么安排。

霍从烨笑了笑，只是让她戴上帽子和墨镜，顺便也给拉斐尔找了顶帽子让他戴上。见霍从烨这么做，姜离还以为他们要去海边，便回房间，连防晒霜也拿上了。

等车子开到目的地的门口，她看着外面迪士尼乐园里颇具童趣又壮观的建筑物，才有点儿吃惊地问到：“我们今天就来迪士尼？”

她的疑问刚结束，坐在一旁的拉斐尔差点儿兴奋得跳起来，整个人趴在她身上朝窗外张望。

他们进了大门，她才终于发现这是真的。

她总算回过神来，知道霍从烨哪里不对劲儿了，他穿得太过休闲了。

他们重逢后，他的衣服总是各种名贵的手工衬衫，处处透着一种隔绝众生的骄矜和贵气。今天的他居然罕见地穿了休闲装，脚上甚至穿着一双渔夫鞋。

拉斐尔喜欢白雪公主，所以在遇见扮演白雪公主的工作人员时，非要上去合影。可是等他们真让他站过去，拉斐尔又有点儿害羞，连摆pose（姿势）的时候，也有点儿不自然。

因为今天正逢周末又天气晴朗，迪士尼里的人很多，拉斐尔一路上很兴奋。姜离只去过法国的迪士尼，第一次来香港的迪士尼，也有些新奇，一路上母子两人很开心。至于霍从烨，就是掏钱加拎包的那个人。

拉斐尔要吃冰激凌，看中了米老鼠的帽子，又看中了玩偶，还想吃汉堡，叫的全是霍叔叔。至于姜离，也是跟着他们来蹭吃蹭喝的。

坐过山车的时候，拉斐尔因为年纪太小，还没达到要求的身高，不能坐过山车。

谁知他居然大方地摆手道：“妈妈，你们去玩儿吧，我可以在这里等你们。”

姜离感动地看着小家伙。他才多大儿啊，就知道体贴妈妈了。

于是姜离道：“我也不想玩儿过山车，咱们去玩儿别的吧。”

霍从烨却一下握住了她的手：“我想玩儿过山车。”

他招了招手，让远处的保镖过来护着拉斐尔，而自己则拉着姜离过去排队。姜离回头看了一眼拉斐尔，低声无奈地问道：“你多大了，居然还喜欢这个？”

霍从烨抬了抬下巴。姜离顺着他抬头的方向看过去，就见一个头发微白、看起来五十几岁的大叔正站在队伍里。

姜离有点儿羞赧，又恼火他现在真是一点儿也不让着她。

拉斐尔已经被保镖领着喝饮料去了。他们两人站在队伍中间，头顶的阳光渐盛。过山车轰鸣而过，上面坐着的人发出尖叫声。一切是那么明媚，有种刺入人心的明媚。

她抬头看着他，咧嘴笑开。

这两天在香港，除了玩儿就是玩儿，姜离甚至怀疑霍从烨就是单纯把她叫过来玩儿的。一直到周末的下午，他带着她去了中环。

“我们为什么要来这里？”看见一家律师事务所，她还有些奇怪。

霍从烨神色如常地说道：“我们过来办点儿事情。”

姜离不疑有他，便跟着霍从烨上楼了。拉斐尔照例被带到旁边的商场去玩儿了。

两人坐电梯上了 32 楼，门口早就有人等着了。穿着浅灰色三件套的律师，看见他们后，立即上前，霍从烨和他握了握手。随后霍从烨又向姜离介绍道："Edward，香港执业大律师。"

姜离和他握了一下手。

只是姜离还是有点儿不解，霍从烨为何要带着她来这里。

律师直接把他们领进了事务所最大的会议室里，随后说了声"抱歉"，便出去拿东西了。

"你过来有什么事情吗？"

她刚问完，Edward 又进来了，这次他的手里拿着一个厚厚的文件袋。他笑着推了推鼻子上的眼镜，解释道："这么大的一份文件，我不敢乱放，只能将它放在办公室的保险柜里。"

姜离皱紧眉头。

而此时他已经从袋里拿出文件，将文件放在姜离面前："姜小姐，您看看，要是没什么疑问，可以直接签字。"

他又把一支钢笔放在她面前，连笔帽也打开了。

姜离没看面前的文件，而是转头看着霍从烨。

霍从烨起身，走过去站在她的身边，低声说："这是一份赠与文件，我请 Edward 帮忙拟订的。"

"所以呢？"

霍从烨似是轻轻地叹了一口气，脸上微动，又似坚决，随后慢慢说道："我决定将姜家所有的东西还给你。"

"什么意思？"姜离抬头看着他，脸上不知道是否因过于震惊而没有表情。

霍从烨在做这件事儿前，就早已经想清楚了，所以此时缓缓地弯着腰，面对面地看着姜离："姜家的东西，爷爷在三年前给了我，现在我还给你。"

不知道是听到"还"，还是因为他的口吻，姜离眼眶蓦然一热。

"这些东西……"姜离看着文件上的"赠与"两个字，有种落泪的冲动，她将文件推了回去。

姜离的面前摆着的不是几张纸，而是沉重得让她不能伸手的东西。她不能要这些东西，即便这是她心心念念的东西。

霍从烨将手轻轻地压在她的肩膀上，低着头，看着姜离脸上的表情，轻声说道：“这不是你一直想要找回的东西吗？你为什么又不想要它们了？”

她不是不想要那些东西，是不能要。

“这个我不能要。”姜离猛地站了起来，椅子往后滑了一下，她起身就想离开。

她心心念念的东西，如今就这么摆在她面前，结果姜离的反应居然是这样。或许这是20岁的纪禾没想到的，也是25岁的姜离没想到的。

律师见姜离离开，露出惊诧的表情，以为她只是过来签个字。怎么，他们还没商量好？

霍从烨追上去，挡在她面前，问道：“你不是一直想要这些东西吗？”

“是，我是想要这些东西，但不是现在。”姜离拼命低着头，连声音也变得特别涩滞。

姜离生怕自己抬头，就让对面的人看见她盈满眼眶的泪水。可是此时泪珠已经顺着眼角悄然滑落，滴在浅灰色的地毯上。

霍从烨看着此时怎么也不肯抬头的姜离，心里居然想笑。原来她做错事儿时的表情是这个样子的。姜离不敢抬头看他，手指不停地在身前绞动，要不是他拦着她，只怕真要钻进地洞里了。

“你收下它们吧。这是你最想要的，也是我现在唯一能给你的。”

姜离猛地抬头，睁着一双水亮的双眸，目光流动，险些让人溺在她柔软的眼神中。

“霍从烨，你是不是真要和我分手了？”

她颤抖着声音问道，柔软的唇一直在抖，眼眶里的泪水迅速聚集，眼泪还在不停地打转，要落不落，看起来异常可怜。

因为你要彻底和我分手，所以连送分手的礼物也这么大方、这么毫不犹豫。

她的心里有种说不出的滋味，这几个月来，他们两个就是陷入了一个死循环里面。他要和她打官司争拉斐尔，他们两个人对簿公堂，可是谁也没说过分手的事儿。或许时间会冲淡很多事情，她也曾期盼着，有拉斐尔在，霍从烨会忘记她所做的那些混账事儿。

可是她连请求他原谅都不敢。那些过去的事情并不能因为过去了，霍从烨就忽略了那些事儿给他带来的伤害，那些伤害给他造成的伤口甚至还没有愈合。纪禾带来的伤害最起码对他来说，在她坦白前，伤口再一次被撕裂开了。

她一次又一次地伤害了面前的男人。

现在悬在她头顶的斧子，终于要落下来了。

“霍从烨，你……”姜离上前狠狠地抱着他，拼尽全身的力气。她的脸颊紧紧贴着他的胸口，眼泪止不住地顺势而下，姜离几乎泣不成声：“对不起，我知道我说多少遍对不起也弥补不了自己犯下的错误。可是你能不能别抛下我？能不能再给我一次机会？我保证我会爱你，会用一辈子的时间去弥补那些错误，对你好。”

如果这世上真有魔法，姜离真想回到过去，改变他们的人生轨迹。

霍从烨听着怀里的人不断自责，几乎是叹着气抱紧她：“我到底哪里给了你这样的错觉？”

原本趴在他的怀中哭得泣不成声的姜离，在听到这句话后，忍不住抬头看着霍从烨。

霍从烨轻轻地叹气：“我要只是为了和你分手，又何必把这么贵重的东西给你？你要是真拿了东西，拍拍屁股走人，我岂不是赔了夫人又折兵？”

姜离含着眼泪嗔道：“粗俗。”

“对，我粗俗。”他刚说完，身影便压了下来，猛地吻住了她的唇瓣。

姜离睁着眼睛，承受着突如其来的暴风骤雨，心跳也因此加速跳动，心像是要跳出胸膛。他刚刚说的话是什么意思？他根本就不是为了和她分手？她想错了？

霍从烨能感觉到她走神了，所以只能亲到姜离不走神为止。

等霍从烨松开姜离，她软倒在他的怀里，小声喘息着，眼睛还泛着水光，只是这会儿却不是楚楚可怜，眼睛里是柔媚的艳光。

“你把字签了，姜家的东西是你找回来的，你也算完成了你母亲的遗愿。”

关于姜韵，霍从烨只能在资料中了解这个风华绝代的女人。她孤身到了英国，生下姜离，独自将女儿抚养长大，并且给女儿提供了优越的生活。她很坚强，也很善良。

萧世琛的身世并不是什么秘密，霍从烨只要花费一番工夫，自然能调查出来。

更何况萧世琛的双亲，还曾将姜韵告上法院，要求她负起抚养的责任。也正是那场官司，让霍从烨得知了萧世琛的身世。所以霍从烨对从未见过面的姜韵更加钦佩，因为她拯救了一个人的命运。

如果她没有帮助萧世琛，或许这世上会少一个华尔街的大亨，而多一个唐人街的混混。

至于姜家的这批东西，爷爷当年是以低到离谱的价格拿到手的。

这件事儿霍从烨一直不知道，但是几年前，爷爷突然要将这批东西里的一部分拿出来交给苏富比拍卖。当时霍从烨才知道有这些东西，只是他一向不关心家中的财产问题，就算财产再丰厚，那也是爸爸的事情。

“对对错错，我其实早就分不清楚。我唯一能分清的就是自己和你在一起不会后悔。不管你是纪禾也好，是姜离也好，都是我爱的人。只要遇见你，我就不会放手。”霍从烨捧着她的脸，态度前所未有地认真。

他冷漠的时候太多。可他似乎把所有的柔软都给了面前的这个人。

她就是他的软肋。

“你把文件签了。这是你对你母亲的承诺，也是我对你母亲的承诺。”

姜离没有动。霍从烨回过身，把桌子上的笔放在她的手中。此时会议室中只剩下他们两人。

霍从烨牵着姜离的手，让她站在桌子前，在姜离的耳边低声说道：“你把字签了。”他直接把文件翻到最后一页，见她还是不动，微微笑着问道，“你还想再仔细检查检查合同？”

“不是。”姜离矢口否认。

她抬头犹豫地看着他，问道：“你把这个给我，你家里人同意吗？”

“你以为我费尽心思将这些东西要来，他们会不知道？”霍从烨微弯着腰，深邃如幽潭的眸子安静地看着她，轻声说道，“我和我爷爷说，这是我未来媳妇的聘礼。他老人家可是让我今年一定让他看见孙媳妇的。”

姜离的面上一红，她没想到他会这么说。

她刚羞涩地低下头，又听他开口说道：“你愿意嫁给我吗？”

她睁大眼睛，不敢相信地看着他。他在求婚吗？这是求婚吗？

“愿意，我愿意。”她几乎没有思考，第一时间扑到了他的怀中。她放开霍从烨后，打量着他问道：“戒指呢？我的戒指呢？”

“哪儿有未婚妻主动要戒指的？”霍从烨哭笑不得地说道，然后从怀中掏出一个黑色的锦袋。

因为盒子不好放，所以他让人将盒子换成了锦袋。姜离回来后，他就一直将戒指放在身上。

戒指上镶嵌的主钻是他亲自挑选的，6.6 克拉的粉钻，在佳士得拍卖行的成交价是 1600 万美元，当时被某个私人收藏家拍得，但最后流转到他的手中。

姜离吃惊地看着他拿出来的戒指，看得出来这枚钻戒是精心打造的，根本不是临时买的。

“这……”

“在发现拉斐尔的事情前，我准备向你求婚。”

所以霍从烨想娶她，不是因为姜离为他生了拉斐尔，而是因为姜离是霍从烨所爱之人，是他的心之所向。

霍从烨总是能抓住最佳的时机，做生意如此，掳获一个女人时亦是如此。

姜离的脸上尽是愧疚的表情，一切都是她的错。

“一切都已经过去了。”他拍了拍她的脸颊，单膝跪下了。

姜离原本还沉浸在自责中，看见他突然单膝跪在自己面前。霍从烨即便是半跪着，可是他身材高大、腰背挺拔，此时看起来就像中世纪的黑骑士，在向他心中的公主求爱：“姜离，你愿意嫁给我吗？”

眼泪再一次在姜离的眼眶中打转，她当然愿意了。她伸出手，已说不出一个字。

直到那个银色的指环被霍从烨缓缓地戴上她的手指。

她人生中最重要的时刻终于在这一刻来临了。

姜离捂着嘴，怕自己哭得太伤心。可是妈妈和继父没能看见这个场景，她多想让他们知道自己把余生托付给了一个可靠的男人。他比谁都要爱她，甚至不在乎姜离曾经的欺骗和伤害。

她要结婚了。

拉斐尔见到姜离的时候，她的眼眶还是一片通红。他一边抱着手里的冰激凌，一边抬头打量着姜离，过了好一会儿，才凑近她，悄悄问道：“妈妈，你哭了吗？”

“没有啊。”姜离撩了下头发，有点儿不好意思地说道。

被自家儿子看出来哭了，她这个当妈妈的还真是丢人呢。

坐在车上，她低头时，就看见手指上的戒指，不由得又咬了一下唇，自己真被求婚了。最后，她还是没忍住，拿起手机，拍下一张手背的照片，将照片传给了裴芷。将照片传过去后，她看着微信上萧世琛的名字，想了好久，还是决定将照片也发过去。

她没想到先回复她的人反而是萧世琛，因为他直接打了电话过来。

“他向你求婚了？”

姜离瞥了一眼旁边的男人，低着头，害羞地嗯了一声。

电话那头的萧世琛沉默了半晌：“之后的事情，你不许再自作主张了。”

姜离有点儿好奇，就问：“之后还有什么事情啊？”

“婚礼、聘礼和嫁妆的事情。”

姜离瞠目，想说姜家那批东西的事情，可是当着霍从烨的面也不好说，所以低声说道：“那我回去再和你商量。”

萧世琛闷闷地嗯了一声，便挂断了电话。

这个在纽约的男人，此时看着挂断的电话，半晌才将手机丢在桌上。他绕着办公桌走了两圈，最后狠狠地踢了一脚桌子。结果他踢歪了，脚尖传来钻心的疼痛。

萧世琛：“……”

不过在遥远的香港，姜离可不知道他这么憋屈的一幕。

萧世琛的电话刚挂了，裴芷的电话紧跟着就来了。

“男神向你求婚了？”裴芷的声音太大了，姜离觉得旁边的霍从烨肯定听到了。

她照旧嗯了 声。

裴芷又发出一长串的尖叫，最后停住了尖叫才说：“好大的钻戒，快闪瞎我的狗眼了。你快点儿回来，让我好好看看鸽子蛋究竟长什么样子。”

裴芷知道她来香港了。

姜离没想到他们直接去了机场。

他们到S市的时候，天刚黑。到了家，霍从烨送姜离和拉斐尔进了家门，就去接了个电话。

封庭打来的电话，说：“霍先生，他已经上船了，两年之内不会回来。而且你放心，我也已经安排妥当了。”

霍从烨点了点头。

那个贾昌出狱后，一直找不到工作，如今能在远洋渔船上工作，自然不会拒绝，这辈子是不会再出现在姜离的周围了。

“霍先生，梁嫣然文章的事情，我也查明白了。”封庭顿了一下，其实幕后的人是谁，他们心里都清楚。

霍从烨点头：“我记得香港那边还有个位置是空缺的。你安排人事总监去和陈漪谈谈，如果陈漪愿意去香港，那就调陈漪去香港，如果她不愿意，那么就直接赔违约金给她。”

霍从烨这个人其实面冷心热，对跟着他的老人一向很好。只是陈漪太过分了，而且一直留在他身边，也只会给她妄想吧，所以霍从烨不想再放纵她了。

封庭表示明白。

霍从烨推门进去，就见姜离正在帮拉斐尔换衣服，靠在旁边，说：“明天，你请个假吧。”

“有事儿？”

霍从烨点了点头，嗯了一声。

“什么事儿呀？”

“我们去领证吧。”许是怕她听不懂，他又说，“结婚证，我们去领结婚证吧。”

姜离转头看着他，一脸不相信的表情：“这会不会太快了？”

霍从烨今天向她求婚，他们明天就领结婚证？

霍从烨浅浅地一笑：“现在离民政局开门还有十个小时，时间好慢。”

他觉得自己这一生从未觉得十个小时居然如此漫长，时间真的好慢。

姜离看着拉斐尔，心里忐忑。可是她还没把霍从烨是他爸爸的事情告诉他呢。

霍从烨是何等聪明的人，看见她的目光，直接冲着拉斐尔说道：“臭小子，还不叫爸爸吗？”

“爸爸。”

姜离只听一声清脆的喊声，脸上的表情简直不能更错愕了。

“你们……”她指着霍从烨，又看了看拉斐尔。

他们究竟什么时候在她的眼皮子底下暗度陈仓的？

霍从烨走过来，将拉斐尔抱起来，看着她：“连儿子都叫我爸爸了，你还不跟我去领证吗？”

姜离看着他们两个，一大一小的两张脸却是那么相像。

这是她生命当中重要的两个男人啊。

“好呀，我们明天就去领证。”